KNAUR

Über die Autorin:
Sabine Ebert war als Journalistin und Sachbuchautorin tätig und begann aus Passion für deutsche Geschichte, historische Romane zu schreiben, die allesamt zu Bestsellern wurden.
Ihr Debütroman »Das Geheimnis der Hebamme« wurde von der ARD als Event-Zweiteiler verfilmt und in einer umjubelten Theaterfassung auf der Felsenbühne Rathen uraufgeführt.
Alle Bände der großen Saga über die Epoche Barbarossas schafften es auf Anhieb in die Bestsellerlisten.
Sabine Ebert lebt und arbeitet nach vielen Jahren in Freiberg und Leipzig nun in Dresden.

SABINE EBERT

Schwert und Krone

HERZ AUS STEIN

HISTORISCHER ROMAN

KNAUR

Besuchen Sie uns im Internet:
www.knaur.de

Aus Verantwortung für die Umwelt hat sich die Verlagsgruppe Droemer Knaur zu einer nachhaltigen Buchproduktion verpflichtet. Der bewusste Umgang mit unseren Ressourcen, der Schutz unseres Klimas und der Natur gehören zu unseren obersten Unternehmenszielen. Gemeinsam mit unseren Partnern und Lieferanten setzen wir uns für eine klimaneutrale Buchproduktion ein, die den Erwerb von Klimazertifikaten zur Kompensation des CO_2-Ausstoßes einschließt. Weitere Informationen finden Sie unter: www.klimaneutralerverlag.de

FSC www.fsc.org MIX Papier aus verantwortungsvollen Quellen FSC® C014496

Eigenlizenz Mai 2021
Knaur Taschenbuch

Ein Imprint der Verlagsgruppe
Droemer Knaur GmbH & Co. KG, München

Ein Projekt der AVA International
Autoren- und Verlagsagentur
www.ava-international.de
Redaktion: Silvia Kuttny-Walser
Stammtafeln: Dr. Stefan Auert-Watzik
Landkarte: Verantw. Redakteur: Prof. Dr. Ing. Andreas Kowanda;
Kartograph: M. Eng. Thomas Zimmermann
Covergestaltung: Alexandra Dohse / grafikkiosk.de
Coverabbildung: Collage unter Verwendung verschiedener
Motive von shutterstock und ein
Motiv von Arcangel © Stephen Mulcahey
Satz: Wilhelm Vornehm, München
Druck und Bindung: GGP Media GmbH, Pößneck
ISBN 978-3-426-52243-1

2 4 5 3 1

Dramatis Personae

Historisch belegte Personen der Handlung:

Staufer

Friedrich I., römisch-deutscher König und Kaiser (später genannt Friedrich Barbarossa)

Beatrix von Burgund, seine zweite Gemahlin

Friedrich IV. (von Rothenburg), Sohn des vorherigen Königs Konrad von Staufen, Herzog von Schwaben (unter Vormundschaft Barbarossas)

Weltliche Verbündete:

Pfalzgraf Otto von Wittelsbach, Bannerträger Friedrichs und enger Freund

Graf Ulrich von Lenzburg, Vertrauter des Kaisers

Burggraf Heinrich von Dohna, kaiserlicher Ministeriale

Welfen

Heinrich der Löwe, Herzog von Sachsen und Bayern

Clementia von Zähringen, seine erste Gemahlin

Welf VI., jüngerer Bruder des 1139 verstorbenen

Thronanwärters Heinrich der Stolze, Oheim und Ratgeber Heinrichs des Löwen und Friedrich Barbarossas

Uta von Calw und Schauenburg, seine Gemahlin

Welf VII., ihr Sohn

Weltliche Verbündete:

Graf Adolf von Schauenburg, Holstein und Stormarn

Heinrich von Weida, Ratgeber Heinrichs des Löwen

Graf Gunzelin von Hagen, Statthalter im Abodritenland

Graf Ludolf von Peine, Statthalter im Abodritenland

Graf Christian von Oldenburg

Graf Reinhold von Dithmarschen, Ministeriale des Herzogs

Askanier

Albrecht von Ballenstedt, ehemals Herzog von Sachsen, Markgraf von Brandenburg, genannt Albrecht der Bär

Sophia von Winzenburg, seine Gemahlin

Otto, Hermann, Adalbert, Dietrich, Siegfried, Heinrich und Bernhard – beider Söhne

Adele, Schwester des Meißner Markgrafen Otto, Witwe des Königs Sven von Dänemark, Gemahlin von Graf Adalbert von Ballenstedt

Wettiner

Otto, Markgraf von Meißen, später genannt Otto der Reiche

Hedwig, seine Gemahlin, Tochter Albrechts des Bären

Albrecht und Dietrich, beider Söhne

Dietrich, Ottos Bruder, Markgraf der Lausitz
(später Dietrich von Landsberg)

Dobroniega, seine Gemahlin, Schwester der Herzöge
von Polen

Konrad, beider Sohn

Dietrich, außerehelicher Sohn Dietrichs mit
Kunigunde von Plötzkau

Dedo, Graf von Groitzsch

Mathilde von Heinsberg, seine Gemahlin

Heinrich, Friedrich – weitere Brüder Ottos

Christian, Ministeriale in Ottos Diensten

Ludowinger

Landgraf Ludwig II., genannt der Eiserne

Judith, Tochter Herzog Friedrichs II. von Schwaben
und Halbschwester Barbarossas, Ludwigs Gemahlin
(später Jutta Claricia von Thüringen)

Slawen

Niklot, Fürst der Abodriten

Pribislaw und Wertislaw, seine Söhne

Prislaw, sein abtrünniger Sohn in dänischen Diensten,
Jarl von Lolland

Lubemar, Bruder Niklots

Woizlawa, Gemahlin von Pribislaw

Borwin, Pribislaws Sohn

Geistlichkeit

Hadrian IV., Papst

Viktor IV., Papst

Paschalis III., Papst

Rainald von Dassel, Kanzler Friedrich Barbarossas und Erzbischof von Köln

Philipp von Heinsberg, Domdekan in Köln, rechte Hand Rainalds, Schwager Dedos von Groitzsch (später Erzbischof von Köln)

Wichmann, Erzbischof von Magdeburg, Neffe des Markgrafen Konrad von Meißen

Hartwig, Erzbischof von Bremen

Otto, Bischof von Freising, Halbbruder Konrads von Staufen

Rahewin, Schreiber Ottos von Freising

Evermod, Bischof von Ratzeburg

Dänemark

Sven III., König (später Sven Grathe)

Adele, Tochter Konrads von Wettin, des Markgrafen von Meißen und der Lausitz, seine Gemahlin

Waldemar I., König (später Waldemar der Große)

Sophia von Minsk, seine Gemahlin

Absolon, Erzbischof von Lund

Asker, Bischof von Roskilde

Italien

Meister Marchese, Kriegsmaschinenkonstrukteur

Graf Guido von Biandrate, Mailänder und Vertrauter des Kaisers

Acerbus Morena, Konsul von Lodi und Chronist

Böhmen

Vladislav, König

Pommern

Kazimir, Herzog

Bogislaw, sein Bruder, Herzog

Wichtige fiktive Personen

Raimund von Muldental, Richard und Gero – Christians Freunde

Randolf von Muldenstein, Ritter am Hof des Markgrafen von Meißen, Christians Erzfeind

Luitgard, junges Mädchen am Meißner Hof

Josefa, Heilerin in Meißen, genannt »die alte Muhme«

Stefano di Stella, Dolmetscher in Diensten des Kaisers

Marie Claire, Hofdame von Friedrich Barbarossas Gemahlin Beatrix

ERSTER TEIL

RECHT UND UNRECHT

Königsmord

Adele von Meißen, dänische Königin und Gemahlin von Sven III. Estridsson; Roskilde, 9. August 1157

Panische Schreie gellten durch die eben noch friedliche Sommernacht, Waffengeklirr mischte sich mit dem Krachen von umgeworfenen Bänken und zerschellenden Krügen. Keuchend vor Entsetzen stützte sich Adele, die Tochter des verstorbenen Markgrafen von Meißen und junge Gemahlin des dänischen Königs Sven, mit beiden Händen auf einen wackligen Tisch. In dieses ärmliche Versteck hatte Sven sie eben erst geführt – kurz bevor das Blutbad da draußen begann. Am liebsten würde sie sich die Ohren zuhalten und die Augen schließen. Als könnte sie damit auslöschen, was im Palast neben dem Dom und in den Gassen vor sich ging. Fast meinte sie, den Kuss zu spüren, den ihr geliebter Mann ihr geben wollte, bevor er dieses schmale, windschiefe Haus unterhalb des Doms verließ. Doch sie hatte sich von ihm abgewandt.
Denn auf dem kurzen Weg vom Palast hierher war Adele klar geworden, was Sven plante. Etwas so Abscheuliches und Unentschuldbares, dass sie nicht wusste, ob sie ihm je würde verzeihen können.
Sofern er überhaupt noch lebte.
Gemeinsam mit seinen Männern hatte Sven das Schwert gegen seine beiden Vettern und Mitkönige erhoben, Knut und Waldemar – bei einem Fest hier in der dänischen Königsstadt Roskilde, mit dem alle drei ihren Friedensschluss feiern wollten. Vor einer Viertelstunde noch hatte Adele mit ihnen an der Hohen Tafel gesessen und geplaudert.

Nun war sie vor Schreck wie gelähmt. Jäh schoss ihr der Mageninhalt in die Kehle. Mit Not schaffte sie es, zu einem Bottich zu stürzen, in den sie sich erbrach, bis nur noch Galle kam. Janne, ihre Leibdienerin und einzige Begleiterin, hatte seit der Ankunft im Versteck auf Knien und händeringend Gebete heruntergehaspelt. Nun hielt sie ihrer Herrin Kopf und Schleier und griff dann nach einem Krug Wasser, damit Adele den üblen Geschmack aus dem Mund spülen konnte.
»Sollen wir wirklich hier warten, bis es vorbei ist?«, flüsterte sie ängstlich. »Hier sind wir nicht sicher, meine Königin. Aber ohne männliche Begleiter können wir nirgendwohin. Und wenn Euch jemand erkennt …«
Auch Janne hatte Svens Absichten durchschaut. Als er seine Gemahlin zu später Stunde persönlich aus dem Palast hinausgeleitete, brachte er Adele zu ihrem Erstaunen nicht in ihr Quartier, wie sie anfangs hoffte, da sie sich nach einem langen Tag schon auf das Bett freute. Sondern er führte sie in dieses unscheinbare Haus, ohne irgendwelche Fragen zu beantworten.
Das war auch nicht nötig. Auf dem Weg hierher konnten die beiden jungen Frauen sehen, wie Sven sein Schwert gürtete, das er vor Beginn des Festes abgelegt hatte – zum Zeichen dafür, dass er den Frieden der Halle achten würde. Und seine dreihundert Kämpfer, die gerade aus Schonen eingetroffen waren und für die vor dem Palast reichlich aufgetafelt wurde, trugen allesamt Rüstung.
Dann war Sven sofort in den steinernen Palast neben dem Dom zurückgelaufen und hatte mit seinen waffenstarrenden Männern das Blutbad eröffnet.
Der Zorn der Angegriffenen würde vor seiner fremdländischen Gemahlin nicht haltmachen.
Falls Sven den Kampf gegen Knut und Waldemar verlor, war Adele keine Königin mehr, sondern die Witwe eines Eidbrüchigen und Königsmörders.

Falls er siegte, wäre sie die Gemahlin eines Eidbrüchigen und Königsmörders. Knut und Waldemar waren beliebt; die Dänen würden diesen heimtückischen Überfall nicht ungerächt lassen.

Adele wusste, dass Sven schon einmal vorgehabt hatte, seine beiden Vettern und Konkurrenten um den Thron in einen Hinterhalt zu locken und zu töten. Ihr Vater, Markgraf Konrad, sollte sie dazu auf den Meißner Burgberg einladen. Doch er hatte dieses Ansinnen sofort zurückgewiesen – entrüstet und angewidert.

Wie konnte ich mich so in Sven täuschen?, fragte sich die junge Frau. Wie konnte ich diesen Mann nur lieben? Und was soll ich jetzt tun? Sie hatte sich blenden lassen von seinem Aussehen und seinem Auftreten: Groß, blond und stark war er. Und sehr in sie verliebt.

Doch nun schwebten Janne und sie in Lebensgefahr und brauchten all ihre Sinne und all ihren Mut. Sie durften nicht in diesem Versteck bleiben, in das Sven sie geführt hatte, bevor er zu seiner grausigen Tat schritt.

Das war nur wenige Augenblicke her. Trotzdem hatte Adele keine Ahnung, ob ihr Gemahl noch lebte. Ob er seine beiden Mitkönige und Verwandten getötet hatte – oder Knut und Waldemar ihn.

Die Schreie, der Lärm und die kreischenden Stimmen der Fliehenden draußen verebbten nicht, sondern wurden immer lauter.

»Niemand darf uns hier finden«, raunte sie angstvoll ihrer Leibdienerin zu. »Und niemand darf uns erkennen!«

Mit zitternden Fingern versuchte Adele, die Schnüre ihres Prunkgewandes zu lösen, in dem sie bis eben noch beim Fest mit Svens Vettern und Knuts bildschöner Schwester Sophia von Minsk Versöhnung gefeiert hatte. Den Friedensschluss, der jedem der Thronanwärter den Titel König und ein Drittel des Landes zusicherte.

»Wohin wollt Ihr denn gehen?«, jammerte die sonst so beherzte Janne. »Es gibt keinen Ort in Dänemark, an dem Ihr noch sicher seid, sobald sich herumspricht, dass Euer Gemahl den Frieden gebrochen und seine eigenen Verwandten ermordet hat.«
Die rundgesichtige Dienerin hielt kurz inne, lauschte dem Lärm von draußen und wisperte: »Hört nur! Bald weiß es jeder in dieser Stadt.«
Denn draußen kreischte eine Frau wieder und wieder: »Sven bringt alle um! Sven Estridsson hat den König getötet!«
Welchen der Könige?, dachte Adele verzweifelt. Ich weiß nicht einmal, ob dies allein seine Idee war oder ob er sich mit einem der beiden anderen verbündet hat. Doch blieb ihr jetzt keine Zeit, darüber nachzudenken, wie sie Sven nach dieser Ungeheuerlichkeit noch zur Seite stehen konnte, sollte er die Nacht überleben. Sie musste fort von hier, denn Svens Feinde würden nach ihr suchen.
Nur wohin?
Sie wollte leben und zu ihrem erst wenige Wochen alten Töchterchen fliehen, das sie in Lüneburg in guter Obhut hatte zurücklassen müssen – auf Svens Befehl. Vermutlich hatte er da die Untat schon geplant, die er heute beging.
»Hilf mir in ein schlichtes Kleid und verbirg mein Haar«, flüsterte sie Janne zu. Mit ihren bebenden Fingern wollte es einfach nicht gelingen, die Schnürungen an den Seiten des prachtvollen Bliauts zu entwirren.
Zu ihrem Glück und ihrer großen Verwunderung hatte sie in dem Versteck eine ihrer Kleidertruhen vorgefunden. Ein weiterer Beweis dafür, wie kaltblütig Sven seinen Verrat geplant hatte.
Janne zerrte ein schmuckloses Wollkleid über die Königin und verbarg Adeles auffälliges Haar – es war schwarz gelockt und nicht blond wie das der meisten Däninnen – unter einem doppelt verknoteten Tuch.

»Wenn Ihr draußen erkannt werdet, schlagen sie uns tot«, barmte sie, während sie der Königin ihren eigenen schlichten Umhang anlegte. »Ist es nicht sicherer, hier zu warten? Selbst wenn wir es bis zum Hafen schaffen ... Kein Schiff nimmt zwei ehrbare Frauen ohne männliche Begleiter auf!«
Roskilde lag auf einer Insel, und es stimmte: Ohne Beisein eines Ehemannes oder anderer Verwandter als Vormund durften sie nicht reisen, geschweige denn ein Schiff betreten.
»Selbst wenn Ihr mit Edelsteinen bezahlt ... Dadurch würde man Euch sofort erkennen ... Oder als Diebin hinrichten, sofern Ihr nicht Namen und Titel enthüllt«, fuhr Janne mit der Beschreibung ihrer Notlage fort.
»Es gibt nur eine Möglichkeit für uns, zu überleben«, wisperte Adele zurück und drückte Jannes Hand. »Hab Mut, vertrau auf Gott und komm mit mir! Es sei denn, du willst hier auf deinen Mann warten.«
Sie öffnete die Tür einen winzigen Spalt und spähte hinaus. Die Gassen waren vollgestopft mit flüchtenden, kreischenden Menschen. Aus dem hell erleuchteten Palast sah sie Männer mit bluttriefenden Schwertern kommen und nach neuen Opfern suchen. Davor lagen zerstückelte Leichen; bei einigen hatten die Kleider Feuer gefangen. Fackeln und brennende Bänke beleuchteten die schrecklichen Bilder vor dem Palast mit zuckendem Licht in sternenklarer Nacht.
Die meisten Bewohner des Viertels versuchten immer noch, sich in den Dom zu retten und Zuflucht in Gottes Haus zu finden. Mütter trugen ihre Kinder auf dem Arm oder zerrten sie an der Hand mit sich. Mancher hatte hastig noch ein paar Habseligkeiten zusammengeschnürt, andere trugen nur Unterhemd und Umhang und liefen barfuß. Wer nicht schnell genug war, drohte von der panischen Menge umgerannt und zermalmt zu werden.
»Zum Hafen?«, flüsterte Janne.
»Nein. Dort hinauf!« Adele wies mit dem Kinn auf die Kathe-

drale neben dem Palast, zu der die Menschen angstvoll strömten. Sie zog sich die Gugel tiefer ins Gesicht und tat das Gleiche auch bei Janne.
Der Saum ihres Kleides verfing sich an einem Holznagel. Heftig zerrte sie, und der Stoff zerriss.
Die junge Meißnerin griff nach der Hand ihrer Vertrauten und rannte los, bis das Seitenstechen sie zum Stehenbleiben zwang. Sie hielt kurz inne, schnappte nach Luft und rannte dann weiter. In der Linken trug sie ein kleines Bündel, in das sie ein warmes Kleid, ihren silbernen Haarreif und die edelsteinbesetzten Ringe geschnürt hatte – für den Fall, dass sie jemanden für seine Hilfe bestechen musste.
»Und wenn uns Bewaffnete angreifen? Oder uns irgendwer erkennt?«, keuchte Janne.
»Wir können sonst nirgendwohin. Und in dem Versteck hätte man uns schon bald gefunden. Also lauf schnell!«
Immer wieder spähte Adele nach links und rechts, so gut es in dem wilden Durcheinander von verängstigten Menschen ging, zog ihre Vertraute mit sich, während sie sich unter diejenigen mischten, die zum Dom flüchteten. Sie ließen sich von den Stadtbewohnern mitreißen und folgten dem Strom derer, die nur noch das geöffnete Kirchenportal als Ziel vor Augen hatten.
Einmal erhielt Adele einen so wuchtigen Stoß in den Rücken, dass sie stolperte und beinahe stürzte. Janne fing sie auf.
Die junge Meißnerin fürchtete schon, dass jemand anklagend auf sie zeigen und schreien würde: »Da ist die Königin! Die Frau des Mörders! Schlagt sie tot!«
Doch zum Glück erkannte niemand sie. Unter Einsatz der Ellenbogen kämpften sie sich weiter durch, keuchend vor Atemnot und Angst.
Doch als sie das Innere der Kirche erreicht hatten, versuchte Adele erst gar nicht, sich in der Menge zu verstecken. Sie drängte sich mit Janne zum Altar vor, legte ihre rechte Hand

auf den mit bestickten Tüchern verzierten Altartisch und sagte, leise und um Atem ringend, zu dem dort stehenden Messdiener: »Ich ... ersuche ... um ... Kirchenasyl.«

Der Geistliche – noch jung, mager, mit hängenden Schultern und zutiefst verschreckt von dem Ansturm schreiender Menschen – hob abwehrend die Hände.

Mit zittriger Stimme murmelte er: »G-geht zu den anderen! Wir werden gemeinsam dafür beten, dass das Grauen ein Ende findet. Und für das Seelenheil der Toten.«

Er wollte sich abwenden, aber Adele gebot ihm mit einer Geste Einhalt und zischte leise: »Schaut genau her! Wir können nicht zu den anderen. Ich wiederhole: Wir erbitten Kirchenasyl.«

Ihre Hand lag immer noch auf dem Altar.

Der Bursche hielt inne und starrte sie an.

Endlich begriff er, wen er vor sich hatte: die junge Königin aus meißnischen Landen. Und Gemahlin des Mannes, der, dem Wehgeschrei der Menschen nach zu urteilen, das Gemetzel im Palast begonnen hatte.

Sein Gesicht, in dem sich Schrecken und Entschlusslosigkeit abwechselten, verlor das letzte bisschen Farbe. Seine Hände flatterten.

»Seid Ihr von Sinnen?«, ächzte er mit sich überschlagender Stimme. »Wenn Euch jemand erkennt, wird die Heiligkeit dieses Ortes das Volk nicht davon abhalten, hier das nächste Blutbad zu entfesseln!«

»Deshalb stehen wir vor Euch und erbitten Kirchenasyl«, wiederholte Adele eindringlich, die den ängstlichen Burschen am liebsten bei den Schultern gerüttelt hätte. Durch seine Begriffsstutzigkeit würde er noch das Blutbad auslösen, das er mit Worten schon heraufbeschwor. Aber natürlich durfte sie sich nicht an einem Geistlichen vergreifen.

»Im Namen der barmherzigen Jungfrau!«, mahnte sie.

Es war am Gesicht des Burschen abzulesen, wie allmählich Bewegung in seine Gedanken kam. »Das muss der Bischof entscheiden«, flüsterte er. »Und Hochwürden weilt beim Festmahl ...«

Was in ihm als Nächstes die Erkenntnis dämmern ließ, dass er nicht einmal wusste, ob Bischof Asker überhaupt noch lebte. Roskilde war die größte und bedeutendste Stadt Dänemarks, und ihr Bischof zählte zu den Verwandten und engen Vertrauten König Waldemars. Ebenso wie der mächtige Absalon, Heerführer und Ziehbruder von Waldemar, mit Sicherheit der künftige Bischof von Roskilde und Erzbischof von Lund. Sofern er noch lebte.

Die Gedanken des überforderten Kirchendieners wollten sich einfach nicht ordnen, und das Geschrei der Zufluchtsuchenden im Dom hinderte ihn daran, einen Entschluss zu fassen.

»Geht! Ich kann hier nicht für Euer Leben garantieren«, zischte er.

Dieser Narr wird uns in seiner Einfalt wirklich noch ans Messer liefern, dachte Adele voller Ungeduld. Einige wurden schon auf die Szene am Altar aufmerksam.

»Ich habe Euch jetzt drei Mal um Asyl gebeten und an Eure Pflicht und geltendes Recht gemahnt«, erinnerte sie mit Nachdruck und Würde, aber gedämpfter Stimme. »Die Vorfahren meines Gemahls ließen diese Kirche erbauen und sorgten für die Verbreitung von Gottes Wort in diesem Land. Sie liegen hier begraben. Wenn Ihr uns fortschickt, ladet Ihr Blutschuld auf Euch. Wollt Ihr das?«

Der dürre Messdiener krümmte sich vor Unbehagen.

»Ich stifte einen goldenen Ring. Mit dem Gold könnt Ihr das Altarkreuz verzieren«, lockte sie und hob vielversprechend ihr Bündel ein wenig an.

Da endlich fiel ihm ein Ausweg ein.

»Geht in die Gruft, rasch!«, zischte er und deutete auf die Gittertür, die in das Gewölbe führte, in dem die dänischen Könige beigesetzt wurden. Harald Blauzahn, Sven Gabelbart, Sven II. Estridsson …

»Versteckt euch dort. Ich bringe Brot und etwas zu trinken, sobald sich die Lage beruhigt.«

Mit Gottes Hilfe leben der Bischof, Absalon und Waldemar noch, dachte er. Sollen sie entscheiden, was aus diesen Weibern wird. Ich halte sie hier fest, bis Gott, mein Bischof und mein König über sie richten.

Die beiden jungen Frauen huschten durch die Tür und waren so erst einmal den Blicken der meisten anderen in der Kirche verborgen. Bald kam der verunsicherte Messdiener mit einem Krug Wasser zurück. Er reichte ihn durch das Gitter, stammelte, Brot würde er noch bringen, und suchte einen Schlüssel aus seinem schweren Bund heraus, mit dem er das Gitter zur Gruft abschloss.

»Jetzt sind wir bei den Toten gefangen«, murmelte Janne.

»Oder geschützt von ihnen«, flüsterte Adele, der selbst bei der Vorstellung graute, die nächsten vierzig Tage zwischen den Sarkophagen zubringen zu müssen. Doch so lange würden sie sicher nicht bleiben. Sobald der Bischof von Roskilde sie sah, würde er mit dem Erzbischof von Bremen verhandeln, damit der ihm die nur schlecht gelittene Meißnerin abnahm. Im Tausch für Silber oder einen Gefallen.

Durstig trank sie von dem Wasser, denn das Essen beim Festmahl war kräftig gewürzt gewesen. Schweiß rann ihr den Rücken hinab und durchtränkte ihr Unterkleid.

Sie wollte den Krug gerade an Janne weiterreichen, als von der großen Pforte des Doms eine sonore, weit tragende Stimme erklang.

»Macht Platz!«

Sofort wichen die Menschen beiseite, um den Bischof durchzulassen, der offenbar direkt vom Festmahl kam. Seine Kleider waren blutbesudelt.

Mit eiligen Schritten trat er auf den Altar zu, kniete nieder, senkte den Kopf und schlug ein Kreuz, dann erhob er sich und wandte sich zu den Menschen um, die hier Zuflucht gesucht hatten.

»Läutet alle Glocken! König Knut ist tot!«, rief er, und in der Menge flammte sofort ein vielstimmiges Wehgeschrei auf. Knut war der Herrscher über diesen Landesteil gewesen – Seeland.

Bischof Asker hob beschwichtigend eine Hand und gebot Schweigen.

»Ein Vertrauter von Sven Estridsson ermordete ihn. Sven selbst hat unter Bruch des Gastrechts und aller Eide diesen Angriff begonnen, die Bluttat befohlen.«

»Lebt Waldemar?«, erklang eine zittrige Stimme aus der Menge der Lauschenden. Waldemar war der jüngste der drei dänischen Könige, erst Mitte zwanzig.

»Der König von Jütland wurde am Bein verwundet. Doch mit Gottes Hilfe konnten er und sein Ziehbruder Absalon entkommen«, fuhr der Bischof laut fort. »Wie durch ein Wunder sind sie entschwunden, trotz Waldemars Verletzung.«

Nun fragt doch endlich!, dachte Svens Gemahlin aufgebracht und mit wild klopfendem Herzen, während sie sich vorsichtig dem Gitter näherte, um den Bischof im Blick zu behalten.

»Was ist mit Sven?« Endlich stellte eine schrille Frauenstimme die Frage. Adele erstarrte und machte sich auf das Schlimmste gefasst.

»Der Eidbrecher und Königsmörder hat seine Männer um sich geschart, um Waldemar zu suchen. Sie sind alle fort. Die Kämpfe in dieser Stadt sind beendet. Also geht wieder in eure Häuser! Doch zuvor lasst uns beten für Waldemar und Absalon und für das Seelenheil von König Knut!«

Nun begann jemand, die Glocken zum Tod des Königs zu läuten; vielleicht der magere, begriffsstutzige Messdiener. In die dunklen Töne mischten sich die Gebete der Menschen im Dom, die ausnahmslos alle niedergekniet waren.

Nur langsam leerte sich das Kirchenschiff.
Adele und Janne hatten sich ein Stück zurückgezogen, um nicht gesehen zu werden. Doch sie wussten, sie würden nun bald Besuch bekommen.

Noch immer läuteten die Glocken für König Knut. Der Tote lastete schwer auf Adeles Seele. Sie hockte sich hin, umschloss die Knie mit den Armen und drückte sich verzweifelt gegen die Wand. Ob Knuts Schwester Sophia in Sicherheit war, die Verlobte Waldemars? Beim Mahl vorhin hatten sie noch freundlich miteinander geplaudert. Sophia von Minsk hatte die Tafel vor ihr verlassen; vielleicht war das ja ihre Rettung gewesen?
O Sven, ich hoffe, du hast nicht auch noch ihr Blut an deinen Händen!, flehte Adele stumm und voller Bitterkeit.
Ein Klirren verriet ihr, dass die Gittertür zur Gruft geöffnet wurde.
Mühsam stemmte sie sich hoch und wischte sich die Tränen von den Wangen.
Wie erwartet kam Bischof Asker. Ein grauhaariger Mann mit scharf geschnittenen Gesichtszügen und einem Blick, der Adele Schauer über den Rücken jagte. Mit ebensolchen unerbittlich eisgrauen Augen hatte einst ihr Vater Konrad seine Gegner eingeschüchtert, der einstige Markgraf von Meißen und der Lausitz.
Der Bischof leuchtete ihr mit einer Fackel ins Gesicht.
»Sehr klug von Euch, das Haar zu verbergen …«
»Hochwürden, ich schwöre bei der Heiligen Mutter Gottes, dass ich nichts von den schändlichen Plänen meines Gemahls wusste. Er hat mich von der Tafel fortgeführt, wie Ihr Euch vielleicht erinnert. Und ich …«
Nun brach ihr die Stimme, Tränen schossen ihr erneut in die Augen, und sie hauchte: »Sophia? Lebt sie noch?«
»Ich wüsste nicht, was Euch das angeht«, meinte Asker kühl

und verschränkte die Arme vor dem Leib. »Was soll ich nun mit Euch machen? Ich darf Euch nicht für die Schandtaten Eures Gemahls zur Rechenschaft ziehen. Doch Ihr werdet verstehen, dass ich Eure Anwesenheit hier nicht länger dulden kann als unbedingt nötig.«

Er sah ihr ins Gesicht. »Andererseits wären Waldemar und Absalon unter gewissen Umständen glücklich, Euch zum … Austausch zu haben.«

Adele sah zweifelnd auf, spielte Gelassenheit vor diesem eiskalten Mann, weil ihn Tränen nicht rühren würden. Wie einst ihren Vater Konrad von Wettin, Gott sei seiner Seele gnädig.

»Glaubt Ihr wirklich, ein Weib könnte als Geisel wertvoll genug sein, um gegen einen Mann ausgetauscht zu werden?«, wandte sie ein.

»Eine *Königin* vielleicht. Eine Königin, die von ihrem Gemahl geliebt wird …« Der Bischof lächelte kühl.

Würde sich Sven meinetwegen ergeben?, überlegte Adele und verneinte die Frage sofort. Er liebt mich, aber seinen Stolz und seine Krone liebt er noch mehr. Er ist von dem Wahn besessen, alles haben zu können, das *ganze* Land und mich, und Dänemark würde ihm seine Schandtaten verzeihen.

»Ich weiß nicht, ob mein Gemahl noch lebt. Aber eines weiß ich sicher: Nach dieser Blutnacht wird er kein König mehr sein«, antwortete sie. »Also bin ich auch keine Königin mehr. Besprecht Euch mit den deutschen Bischöfen, Hochwürden. Sie werden dafür sorgen, dass ich sicher nach Meißen geleitet werde.«

Für Sven würde es keine Rettung und kein Erbarmen geben. Sonst hätte der Bischof sie aufgefordert, sich zu ihrem vor Gott angetrauten Ehemann zu begeben. Doch für ihn schien Svens Tod eine sichere Sache zu sein. Ob nun in dieser Nacht, morgen oder übermorgen.

»Ein ausgesprochen törichter Gedanke, Weib«, entgegnete Asker grimmig lächelnd. »Dazu müsste ich mich mit Erzbischof Eskil von Lund beraten, doch der wird unerhörterweise in deutschen Landen festgehalten. Und Euer Kaiser Friedrich Rotbart weigert sich, etwas dagegen zu unternehmen. Eskil würde auch nie gegen Euch eingetauscht werden wollen, wie Ihr selbst bereits festgestellt habt. Das wäre unter seiner Würde. Deshalb will er auch nicht, dass die Dänen Lösegeld für ihn sammeln. Und der Erzbischof von Bremen ist uns feindlich gesinnt.«

»Dann wendet Euch an den Erzbischof von Magdeburg, er ist mein Vetter«, flehte Adele.

»Würde der für Euer sicheres Geleit zahlen? Oder Eure Brüder, die Markgrafen von Meißen und der Lausitz?«

»Ihr könnt Euch gewiss mit meinem Vetter Wichmann von Magdeburg einigen. Oder mit meinen Brüdern«, antwortete sie und dachte dabei an Dietrich. Ob Otto als der Älteste bereitwillig für sie sein Silber hergeben würde, daran zweifelte Adele. Aber vielleicht legte seine junge Gemahlin Hedwig ein gutes Wort für sie ein.

»Ich werde um Klarheit beten und erst eine Entscheidung treffen, nachdem ich mich mit Waldemar und Absalon über Euer künftiges Schicksal besprochen habe. Bis dahin bleibt Ihr hier. Als unser Gast«, verkündete Asker, wobei er das Wort *Gast* so hart aussprach, dass Adele wusste, sie war seine Gefangene und Geisel. Aber vorerst geschützt vor der nach Rache dürstenden Menge. Eine Entscheidung würde der berechnende Bischof erst treffen, sobald er sichere Nachricht von Svens Tod hatte. Vom Tod des Mannes, in den sie sich einst verliebt hatte.

Vielleicht war sie schon Witwe und ihr Töchterchen eine Halbwaise? Adele schauderte bei der Vorstellung, welches Schicksal ihrem Gemahl wohl beschieden war. Bilder standen ihr vor Augen, die ihn verblutend am Boden zeigten.

Als hätte er ihre Gedanken erraten, fügte der Bischof an: »Bleibt diese Nacht hier verborgen. Ich werde über ein angemessenes Quartier für Euch nachdenken. Heute wäret Ihr nicht sicher, sollte Euch irgendjemand erkennen.«

Das Kirchenasyl galt in einem Bereich von sechzig Schritten ab dem Kirchenportal. Doch heute Nacht würde angesichts der Verwünschungen und Racheschreie gegen Sven selbst die Begleitung eines Bischofs die Gemahlin des Königs nicht schützen.

Ohne weiteres Wort wandte sich der Geistliche ab.

Der magere Bursche, der sich inzwischen wieder eingefunden hatte, drückte Janne wortlos einen Kanten Brot und eine brennende Kerze in die Hand, dann schlurfte er dem Bischof hinterher. Die beiden jungen Frauen hörten, wie er das Gitter klirrend verschloss. Adele war froh, vor der Flucht aus dem Versteck noch einmal das Nachtgeschirr benutzt zu haben, denn auf dem Fest hatte es reichlich zu trinken gegeben. Dann fragte sie sich, wie sie angesichts ihrer Lage noch solch banale Überlegungen anstellen konnte.

Müde und aufgewühlt zugleich, immer noch fassungslos über die schicksalsschweren Geschehnisse der letzten Stunden, wickelten sich die beiden jungen Frauen in ihre Umhänge und legten sich auf dem blanken Boden nieder, um in der Nähe der Toten Schlaf zu finden. Jede von ihnen betete lange und stumm.

Sven, welche Schuld hast du nur auf dich geladen?, dachte Adele wieder und wieder und wusste: Er war verdammt. Tränen rannen ihr übers Gesicht.

Die Glocken läuteten die ganze Nacht hindurch. Und Adele wusste nicht, ob sie nur für den toten König Knut erklangen oder auch für Waldemar. Oder Sven.

Auf dem Gipfel der Macht

Kaiser Friedrich I., sein Kanzler Rainald von Dassel; Besançon, Oktober 1157

»Es ist großartig, ein Kaiser zu sein«, konstatierte Friedrich von Staufen, ein gut aussehender Mann Mitte dreißig mit rotgoldenem Haar und kurz gehaltenem Bart. Er räkelte sich auf seinem Stuhl, streckte genüsslich die Beine aus und prostete seinem Gegenüber zu. Doch plötzlich hielt er mitten in der Bewegung inne und korrigierte sich selbst.

»Es ist großartig, *der* Kaiser zu sein!«

Rainald von Dassel, sein Kanzler, Freund und engster Berater, hob ebenso hochzufrieden den Becher.

»Die Könige Europas überbieten sich darin, ihre Ergebenheit für Euch zu beteuern. Und Besançon bereitet Euch einen grandiosen Empfang. Alle Großen Burgunds sind zum Hoftag erschienen.«

Ein verträumtes Lächeln zog über Friedrichs Gesicht, als er an seinen glorreichen Einzug in diese reiche Stadt dachte, die seit mehr als einem Jahrhundert zum Kaiserreich gehörte. Die Honoratioren hatten ihn in feierlicher und ergebenster Stimmung vor den Toren erwartet, dann waren sie in einem schier endlosen festlichen Zug mit Pauken und Trompeten eingeritten, unter einem riesigen Triumphbogen aus alter römischer Zeit hindurch. Und auf beiden Seiten der Straße hatten jubelnde Menschen gestanden.

So waren er und seine geliebte Beatrix hier empfangen worden.

In einem Anflug von Eifersucht fragte sich Friedrich, wie viel von der Begeisterung und Ehrerbietung vor allem seiner schönen Gemahlin galt, die aus Burgund stammte und einen Teil davon – Hochburgund – in ihre Ehe eingebracht hatte. Obwohl zweifelsfrei glücklich an seiner Seite, blühte sie sichtlich auf, seit sie wieder in der alten Heimat weilte und in ihrer Muttersprache plaudern konnte, nicht in dem erst mühsam erlernten Deutsch. Wenn sie sich mit ihren burgundischen Landsleuten unterhielt, die sie umschwärmten, sprach sie doppelt so schnell und mit viel lebhafterer Mimik als sonst. Obwohl oder gerade weil er nichts davon verstand, klang es in seinen Ohren wie liebliches Vogelgezwitscher.

Habe ich sie nicht geheiratet, um Burgund zu bekommen?, tat er den Moment von Eifersucht und Zweifel sofort ab. Der Empfang hier in Besançon hatte seine kühnsten Erwartungen übertroffen. Und das Beste kam erst noch! Morgen würde er mit einem sorgsam geplanten Manöver seines durchtriebenen Kanzlers etwas tun, das die Welt aufhorchen ließ und Geschichte schrieb.

Er konnte es kaum erwarten.

Für eine letzte Abstimmung hatte er Rainald zum Gespräch unter vier Augen eingeladen und alle Pagen, Knappen, Diener hinausgeschickt, ausgenommen den Schenken.

So saßen die zwei mächtigsten Männer des Reiches in Friedrichs Quartier vor mit Wildbret beladenen Platten und genossen die guten burgundischen Weine.

Sobald sie ihr Mahl beendet hatten, zog Friedrich das Schachbrett heran, um über die unvollendete gestrige Partie nachzugrübeln, und setzte einen Springer.

Nach flüchtigem Blick aufs Schachbrett legte Rainald den schwarzen König nieder und erklärte: »Ihr gewinnt in vier Zügen.«

Friedrich rechnete die möglichen Züge nach; es stimmte.

»Ihr lasst mich mit Absicht gewinnen!«, protestierte er. »Ich kenne keinen so gewieften Pläneschmied wie Euch. Abgesehen von Albero von Trier, Gott sei seiner intriganten Seele gnädig.«

Rainald lächelte geschmeichelt.

Beide – Kaiser Friedrich von Staufen und sein schlauer Kanz-

ler – waren etwa gleich alt, und trotz seines geistlichen Standes liebte Rainald von Dassel nicht nur Bücher, sondern auch prunkvolle Kleider und ritt mit größter Selbstverständlichkeit an der Spitze einer eigenen Streitmacht in den Krieg. Was erheblich dazu beitrug, dass Friedrich ihn so schätzte. Ebenso wie Rainalds distanziertes Verhältnis zum Heiligen Stuhl und seine kühnen Pläne. Morgen würde eines seiner Meisterstücke in die Tat umgesetzt werden.
Doch die Vorbereitung des morgigen Geschehens war Friedrich nur ein Vorwand. Diesen Zwischenfall musste Rainald listenreich aus dem arrangieren, was sich im Verlauf des heutigen Tages in den Vorgesprächen mit den soeben eingetroffenen päpstlichen Legaten ergeben würde.
Friedrich vertraute seinem Kanzler vollkommen. Der fand immer einen Weg, die Dinge so zu richten, dass er, der Kaiser, den größten Vorteil daraus ziehen konnte.
Deshalb ging er jetzt mit ihm lieber genüsslich die diplomatischen Erfolge auf dem jüngsten Hoftag in Würzburg durch, wo er ausländische Gesandte in großer Zahl empfangen hatte.
»Sagt mir noch einmal, mein Freund, was der junge englische König schrieb. Ich kann es gar nicht oft genug hören«, forderte der Kaiser seinen Berater auf, der im Gegensatz zu Friedrich nicht nur mehrere Sprachen sowie Lesen und Schreiben beherrschte, sondern auch die Gabe besaß, Texte wörtlich in Erinnerung behalten und wiedergeben zu können.
Rainald zog die Hand zurück, die er schon nach einem dieser köstlichen, mit Honig bestrichenen gebratenen Singvögel ausgestreckt hatte, machte es sich in seinem Stuhl bequem und deklamierte mit einem Lächeln: »Heinrich Plantagenet beschwor in seinem Schreiben die *unlösliche Friedensgemeinschaft* zwischen unseren Völkern. Und dass Ihr als Höhergestellter befehlen möget. Er sei willens, Euren Befehlen zu gehorchen.«
Der Kanzler wusste, was sein Kaiser von ihm hören wollte.

Sie grinsten beide in stillem Einvernehmen, während sie die unterwürfige Formulierung auskosteten.

»Er will nicht, dass wir uns mit Ludwig von Frankreich verbünden«, begründete Rainald dieses Versprechen des englischen Königs. Der war fraglos ein mächtiger Mann, zumal er durch die Heirat mit Eleonore von Aquitanien ausgedehnte Ländereien hinzugewonnen hatte. Das Königspaar hatte mit seinen prachtvollen Geschenken an den Kaiser nicht nur die eigene erhabene Stellung demonstriert, sondern ebenso die in ihren Augen überlegene englisch-aquitanische Hofkultur. Das riesige rote Prunkzelt, das Heinrich dem Kaiser zu dessen Hochzeit mit Beatrix geschenkt hatte, war so groß und schwer, dass es nur mit Hilfe von Maschinen aufgerichtet werden konnte.

»Ludwig von Frankreich und Heinrich von England sind einander spinnefeind«, betonte Rainald und griff nun doch noch nach einem der gebratenen Singvögel.

Friedrich lachte auf.

»Kein Wunder, nachdem Heinrich dem braven Ludwig die schöne Gemahlin ausgespannt hat! Noch dazu auf eine Weise, die ihn zum Gespött an allen Höfen Europas machte«, erinnerte er grinsend. Die Geschichte war einfach zu köstlich.

»Wart Ihr zugegen, als uns ein Spielmann davon berichtete?«, fragte er Rainald und gab dem Schenken das Zeichen, die Becher nachzufüllen.

»Es war bei einem Festmahl auf dem Pfingsthoftag in Merseburg … Wir haben Tränen gelacht!«

Friedrich schüttelte sich vor schadenfroher Heiterkeit.

»Erst lag die lebenslustige Eleonore dem frommen Ludwig in den Ohren, ihrer Ehe seien keine Erben vergönnt, weil sie zu eng miteinander verwandt seien. Doch kaum sind sie geschieden, reist sie zu Heinrich und heiratet ihn, obwohl er zehn Jahre jünger ist als sie. Und das Verrückteste daran: Seither schenkt sie Heinrich jedes Jahr ein Kind! Sie haben gemeinsam schon drei Söhne und eine Tochter …«

Er japste nach Luft und wischte sich eine Lachträne aus dem Augenwinkel. »Was für eine Blamage!«
»Ludwig zittert bei dem Gedanken, dass wir uns mit dem englischen König verbünden, seinem Rivalen. Das können wir zu unseren Gunsten nutzen …«, meinte Rainald kühl.
»Selbstredend! Ich bin mir nicht einmal sicher, ob ich mich überhaupt noch mit Ludwig treffen will …«, bekräftigte Friedrich, der den französischen König auf dem Zweiten Kreuzzug ins Heilige Land erlebt hatte und ihn kläglich fand. Einer Krone nicht würdig. Vielleicht würde er stattdessen den Grafen von Lenzburg zu Ludwig schicken, einen seiner langjährigen Vertrauten.
»Zurück zur Liste!«, sagte er und zählte gleich selbst an den Fingern die erfreulichen Entwicklungen ab.
»Der englische König unterstellt sich mir also, der französische sitzt in Paris und fürchtet sich. König Géza von Ungarn verspricht uns fünfhundert Kämpfer für den Italienfeldzug. Er bangt, sein Bruder Stephan könnte ihn vom Thron stürzen.«
»Da bangt er durchaus zu Recht«, kommentierte Rainald, der über zahlreiche Spione verfügte, kühl lächelnd diese Beflissenheit Gézas.
»Den Herzog von Böhmen, Vladislav, erhebe ich im Januar zum König. Dafür ist er mir überaus dankbar und stellt mir seine gefürchteten Panzerreiter«, fuhr Friedrich mit seiner Aufzählung fort. »Die Herzöge von Polen werden wie befohlen Weihnachten vor mir auf die Knie sinken. Den dänischen Thronstreit hatte ich auch geklärt. Bis dann plötzlich alles anders kam …«
Friedrich runzelte die Stirn und ließ die Hände sinken.
»Sven ist mein Freund, wir wurden gemeinsam als Knappen an König Konrads Hof ausgebildet. Aber in letzter Zeit verhielt er sich wie ein Narr. Ehrlos und dumm. Wenn man seine Rivalen schon töten will, muss man es so planen, dass es auch im Handstreich gelingt!«, ereiferte er sich.

»Wir können nur warten, bis wir Kunde erhalten, wer überlebt hat: Sven oder Waldemar«, beschwichtigte der Kanzler. »Ganz gleich, wie es ausgeht, wer den dänischen Thron behauptet – sobald die Verhältnisse dort geklärt sind, können die Dänen und Herzog Heinrich der Löwe, Euer geschätzter Vetter, endgültig mit den heidnischen Slawen im Norden aufräumen.«

Unwillig und mit trauriger Vorahnung verharrte Friedrich in seinen Gedanken bei Sven. Das sah Rainald und lenkte die Aufmerksamkeit des Kaisers auf etwas anderes.

»Kommen wir bei dieser Aufzählung zu den Widerstrebenden, denen Ihr gezeigt habt, wer der bedeutendere der zwei Kaiser ist. Nämlich *nicht* der byzantinische.«

Eine griechische Gesandtschaft war ebenfalls in Würzburg erschienen. Die Gäste hatten kostbare Geschenke in großer Zahl überbracht, ließen es aber bei der Anrede des Kaisers an Höflichkeit fehlen.

»Ein grimmiger Blick von Euch, und sie gaben sofort nach, entschuldigten sich und boten Frieden an«, erinnerte Rainald mit zufriedenem Lächeln. »Kaiser Manuels Herrschaft steht auf unsicheren Füßen, und die Glanzzeit des Byzantinischen Reiches ist längst vorbei, während Eure gerade erst richtig beginnt.«

Das traf wohl zu; jedenfalls hoffte Friedrich es. Nur eines verdross ihn bei der Erinnerung an die byzantinische Gesandtschaft.

»Aber diese Sache mit meinem Rothenburger Vetter …«

Missmutig und ziemlich laut stellte er seinen Becher auf dem Tisch ab.

Kaiser und Kaiserin von Byzanz hatten darauf bestanden, dass der erst zwölfjährige Sohn des verstorbenen Königs Konrad – Friedrichs Vetter – in den Ritterstand erhoben wurde. Er war der Neffe Kaiserin Irenes, und hinter ihrem unnachgiebigen Drängen stand der unausgesprochene Vor-

wurf, Friedrich habe Konrads einzig verbliebenem Sohn und Erben den Thron geraubt.
Was Konrads Brüder und Schwäger dem Jungen auch unablässig ins Ohr flüsterten.
»Solange mir meine liebliche Beatrix keinen Erben gebiert, ist der Bursche der einzige Königssohn«, murrte Friedrich. Das bereitete ihm wirklich Sorge. Seit mehr als einem Jahr war er nun schon vermählt, und es gab noch keinerlei Anzeichen für eine Schwangerschaft bei seiner Gemahlin.
»Sein Sulzbacher Oheim und die ganze Babenberger Sippe werden nicht lockerlassen und ihm wieder und wieder sagen, dass *er* auf den Thron gehört!«, beschwerte sich der Kaiser, nun immer wütender. »Der Knabe war acht, als sein Vater starb! Wie sollte er da dieses zerrissene und von Kriegen und Fehden heimgesuchte Reich befrieden?«
»Ohne Zweifel war es das Beste für das Reich, dass Ihr die Regentschaft übernahmt«, versicherte Rainald. »Und Ihr habt Euch doch sehr großzügig gezeigt, als Ihr dem Knaben Euer Herzogtum Schwaben übertrugt. Keiner kann Euch etwas vorwerfen.«
»Schwaben *und* Rothenburg«, erinnerte Friedrich grimmig. »Da soll er gefälligst bleiben! Von dem Tag an, an dem ich einen Erben bekomme, gibt es nur noch einen Königssohn, nämlich meinen! Und Schwaben und den Herzogstitel brauche ich dann für meine eigenen Söhne.«
»Noch ist es nicht so weit.«
Rainald beugte sich etwas vor und sah seinem Kaiser in die Augen. »Er ist jetzt ein Ritter, aber immer noch nicht älter als zwölf. Bis er eine ernsthafte Bedrohung für Euch darstellen könnte, wird noch viel Zeit vergehen. Und derweil mag manches geschehen …«
Glockengeläut mischte sich unter seine letzten Worte, während Friedrich gerade eine geniale Lösung des Problems durch den Kopf schoss.

Er kam nicht dazu, den Gedanken auszusprechen, denn Rainald drängte zum Aufbruch.
»Wir sollten jetzt losreiten. Alles entwickelt sich nach unseren Wünschen. Ihr seid der größte weltliche Herrscher der Welt. Und nun ist es Zeit, dem Papst auf die Finger zu klopfen. Seid Ihr bereit, Euch den päpstlichen Legaten zu widmen?«
Der für sein Amt noch junge Kanzler erhob sich und wartete, dass der Kaiser es ihm gleichtat.
»Mit größtem Vergnügen«, meinte Friedrich grinsend, stand schwungvoll auf und erteilte alle nötigen Befehle, damit sie umgehend mit kleinem Geleit aufbrechen konnten.
Der offizielle Auftritt der päpstlichen Gesandten beim Hoftag von Besançon war für den morgigen Tag geplant. Doch dabei wollte Rainald nichts dem Zufall überlassen.
Der durchtriebene Kanzler hatte dem Kaiser versprochen, die beiden Legaten morgen in die Enge zu treiben und den Zorn der versammelten Fürsten auf sie zu lenken. Deshalb waren sie jetzt mit ihnen zu Vorgesprächen in einer kleinen Kapelle verabredet. Rainald hatte darauf gedrängt, dass sein Kaiser dabei war.
Er hatte seine Gründe, wohldurchdacht wie immer.

»Kenne ich sie?«, fragte Friedrich seinen Begleiter, während sie Seite an Seite zu der abseits gelegenen Kapelle ritten. Die Sonne schien und brachte farbiges Laub zum Leuchten.
»Zumindest einen: Rolando Bandinelli, ein Freund und der Kanzler des Papstes«, gab Rainald Auskunft.
Ein Mann wie Papst Hadrian, jemand in seiner Position, hat keine Freunde, dachte Friedrich abfällig.
Und überlegte beim nächsten Atemzug: Habe *ich* denn welche? Rainald, ja, der dient mir ergeben. Mein Vetter Otto von Wittelsbach. Mein Schwager Ludwig von Thüringen. Mein Vetter Heinrich der Löwe. Wobei ich aufpassen muss, dass der nicht zu sehr über die Stränge schlägt. Aber niemand hat mir

auf dem ersten Italienzug ein so großes Heer gestellt wie Heinrich. Und bemisst sich Freundschaft nicht auch daran?
Der sechste Welf fiel ihm ein, sein nur wenig älterer Oheim. Vor fast zwanzig Jahren hatten sie gemeinsam gegen die Entmachtung der Welfen unter König Konrad gekämpft, auf dem Zweiten Kreuzzug ins Heilige Land waren sie Seite an Seite geritten, hatten die Überreste ihres vernichtend geschlagenen Heeres zusammengetrommelt. Aber es missfiel ihm, wie Welf und seine Gemahlin Uta von Calw ihm dann und wann ins Gewissen redeten.
Er behielt jedoch diese Gedanken für sich und meinte stattdessen mit einem Anflug von Sarkasmus: »Die Übereinkunft mit mir muss Seiner Heiligkeit sehr am Herzen liegen, wenn er sogar seinen Kanzler schickt.«
»Sehr. Ihr habt diesen Rolando schon getroffen. Er war einer der Wortführer unter den Kardinälen bei dem Zwischenfall in Sutri …«
Friedrich konnte sich ein Lachen nicht verkneifen. Das war zu kurios gewesen. Bei ihrem ersten Zusammentreffen vor der Kaiserkrönung hatte Papst Hadrian darauf bestanden, dass er ihm das Pferd am Zügel führte und beim Absitzen den Steigbügel hielt. Das hatte er schlichtweg abgelehnt, weshalb die erste Begegnung abgebrochen wurde und die Kardinäle gemeinsam mit Friedrichs Fürsten tagelang verzweifelt nach einer Lösung suchten.
Wenn dieser Rolando Bandinelli dabei gewesen war, würde er nicht gut auf den Kaiser zu sprechen sein. Denn Friedrich erfüllte zwar letztlich den Willen des Papstes, aber verspottete ihn dabei genüsslich.
Die Vorstellung, einen der Beteiligten an dieser Posse in Kürze zu treffen, steigerte noch Friedrichs Vorfreude und Neugier darauf, wie Rainald die päpstlichen Gesandten wohl morgen in die Enge treiben wollte – vor den versammelten Fürsten beim Hoftag in Besançon.

Friedrich erkannte den Kanzler des Papstes sofort wieder. Er vergaß nie ein Gesicht – eine wichtige Fähigkeit für einen Herrscher.
Und er wusste von dem Augenblick an, als die beiden Gesandten die Kapelle betraten, dass er diesen Rolando Bandinelli nicht leiden konnte. Mochte der auch noch so fein formulierte Worte der Ehrerbietung von sich geben.
Rainald übersetzte in beide Richtungen, da er der Einzige hier war, der Deutsch *und* Latein sprach.
Doch auch wenn Friedrich kein Latein beherrschte – nach all den vielen Begegnungen mit ausländischen Abordnungen kam er nicht umhin, diese oder jene Floskel der allgegenwärtigen Sprache zu *verstehen.*
Er unterbrach Rainald nicht, als dieser die Begrüßung übersetzte, doch fing er seinen Blick auf und zog die Augenbrauen hoch.
In stummer Kommunikation fragte er: Hat er wirklich *Brüder* gesagt?
»Der Papst ist Euer Vater, wir Kardinäle sind Eure Brüder«, übersetzte Rainald scheinbar gleichmütig. Doch sein mahnender Blick besagte: Äußert Euch jetzt nicht dazu, das alles wird uns morgen dienlich sein.
»Wir sind gekommen, den Ruhm und die Ehre des Reiches zu wahren«, fuhr Rolando fort.
Das sollte mich wirklich freuen, könnte ich es nur glauben, dachte Friedrich mit unbewegter Miene. Hadrian will mich unbedingt als seinen Untergebenen darstellen, und das werde ich keinesfalls zulassen.
Geschickt half Rainald über das jäh eingetretene Schweigen hinweg.
»Darf ich Euch ersuchen, mir die Botschaft des Papstes zu überreichen, damit ich die Übersetzung vorbereiten kann?«, fragte er Rolando. Der zögerte, hatte aber keinen offiziellen Grund, die Bitte abzuschlagen.

Er händigte Friedrichs Kanzler eine Kopie des Schreibens aus, Rainald bedankte sich mit einer Verneigung, dann verabschiedete man sich.
Die beiden Gesandten hatten die Kapelle kaum verlassen, als Rainald von Dassel das Siegel brach und sich im Schein einer Kerze in den Text vertiefte.
Aufmerksam las er jedes Wort, selbst die üblichen langatmigen Begrüßungsfloskeln. Dann zog ein Lächeln über seine Züge.
»Wir haben sie. Das wird morgen ein Fest für Euch.«

Formulierungssache

Kaiser Friedrich I., Kanzler Rainald von Dassel, Pfalzgraf Otto von Wittelsbach, die päpstlichen Gesandten Rolando und Bernhard, der junge Übersetzer Stefano di Stella; Besançon, Oktober 1157

»Das wird ein Spaß! Heute treten wir dem Papst kräftig auf die Füße«, verkündete Friedrich wohlgelaunt seiner blutjungen Gemahlin Beatrix, umfing ihr Gesicht mit beiden Händen und küsste sie. Beunruhigt sah sie ihn an, bis er mit schwungvollen Schritten an ihrer Seite den Saal betrat, wo die Großen Burgunds und diverse Gesandte das Kaiserpaar erwarteten.
Genüsslich beobachtete Friedrich die vor ihm stehenden Fürsten, die erfreulich zahlreich zu seinem Hoftag in Besançon erschienen waren und deren Kleider vom Reichtum Burgunds kündeten. Erwartungsgemäß schnappten sie schon bei den Grußworten der beiden päpstlichen Gesandten nach Luft, weil die beiden Kardinäle auch hier den Papst als Vater des Kaisers bezeichneten, sich selbst als seine Brüder.
Was besagte, dass der Papst über allen stehe.

»*Ihr* maßt Euch an, die *Brüder* unseres Kaisers sein zu wollen?«, entrüstete sich lautstark der stämmige Markgraf von Montserrat. »Damit stündet ihr auf einer Stufe mit ihm, doch das tut ihr nicht! Nur Papst und Kaiser sind einander ebenbürtig. *Das* ist Gottes Ordnung der Welt!«
Ein Grundsatz, der Friedrichs Handeln vom ersten Tag seiner Regentschaft an prägte.
Entrüstet und lautstark stimmten die anderen Besucher des Hoftages dem aufgebrachten Markgrafen zu. Sehr zu Friedrichs Zufriedenheit. Und *dieser* Tumult war noch nicht einmal insgeheim befohlen, sondern ganz spontan entstanden. Aber natürlich von ihm und Rainald so erwartet.
Der eigentliche Eklat sollte erst noch kommen. Es konnte nicht mehr lange dauern.
Als Rolando dann – scheinbar unbeeindruckt von den Protesten – die harsche Beschwerde des Papstes darüber verlas, dass der Erzbischof von Lund in deutschen Landen von Diebsgesindel gefangen gehalten werde, und er den Kaiser aufforderte, diesem Frevel umgehend ein Ende zu bereiten, verflog auch die letzte Zurückhaltung im Publikum.
»Ich habe Eskil von Lund weder gefangen genommen, noch weiß ich, wo er sich befindet«, erklärte Friedrich streng und abweisend. »*Was* ich allerdings weiß, ist: Eskil erhebt Anspruch auf Gebiete im Norden, die dem Erzbischof von Bremen zustehen. Ich werde niemanden unterstützen, der die Finger nach meinem Reich ausstreckt.«
Den ehrgeizigen Erzbischof von Lund für eine Weile seiner Einflussnahme zu berauben, kam nicht nur Friedrich, sondern ebenso Hartwig von Bremen sehr zupass. Erwartungsgemäß schlugen sich auch die anwesenden Bischöfe auf die Seite des Kaisers.
Insgeheim belustigt betrachtete Friedrich die mit roten und blauen Pelzen herausgeputzten Geistlichen. Die farbenfrohen Pelze waren einer der Gründe, weshalb die meisten der anwe-

senden hohen Kleriker hier laut und vernehmlich ihm zustimmten statt dem Heiligen Vater. Hätte nicht Rainald vor etlichen Jahren als noch junger Dompropst von Hildesheim einem Vorgänger des jetzigen Papstes ein kühnes »Nein!« entgegengeschmettert, als dieser dem Klerus das Tragen rot und blau gefärbter Pelze verbieten wollte, würden sie alle hier mit verfilzten Schaffellen über den Schultern vor ihm stehen. Ständig gab es neue Vorschriften, mit denen der Heilige Stuhl die Eitelkeit und Geltungssucht des Klerus bekämpfen wollte. Das trug nicht gerade zur Beliebtheit der Päpste bei.

Selbst Rolando und Bernhard prunkten mit Pelzen in leuchtendem Rot, was Friedrich und Rainald mit verstohlenem Lächeln kommentierten, als sie einen Blick tauschten.

Ja, es lief alles ganz wunderbar nach Plan.

Mittlerweile hatte sich der päpstliche Kanzler Rolando zu weiteren Anschuldigungen gegen den Kaiser hinreißen lassen. Sein scharf geschnittenes Gesicht verzerrte sich vor Wut, nun trat er sogar einen Schritt vor.

Pfalzgraf Otto von Wittelsbach, den Friedrich heute als seine persönliche Leibwache eingeteilt hatte, weil für den hünenhaften Mann eine besondere Rolle in diesem Spektakel vorgesehen war, legte demonstrativ die Hand an den Griff seines Schwertes und rückte etwas näher zu seinem Freund und Kaiser.

Der befand, er sollte in dem Gebrüll erst einmal für Ruhe sorgen, damit besser zur Geltung kam, was Rainald ausgetüftelt hatte.

Einhalt gebietend hob der Kaiser die Hand, was den Lärm zum Verebben brachte. Dann wandte er sich an Rolando.

»Ihr wagt es, *mir* einen Rechtsbruch vorzuwerfen?«, fragte er drohend und ließ kein Auge von Bandinelli. »Dabei ist es der Papst, der sich am Recht vergeht. Euer Heiliger Vater hat gegen den Vertrag von Konstanz verstoßen, indem er ohne Absprache mit mir Frieden mit Wilhelm von Sizilien schloss, unserem gemeinsamen Feind.«

Ganz gleich, ob die Herren im Saal das schon gewusst hatten oder nicht, der Tumult auf diese Anschuldigung war enorm.
»Und er bezeichnet Wilhelm als Lehnsmann«, fuhr Friedrich zornig fort. »Mag sich König Wilhelm von Sizilien dem Papst unterwerfen – ich werde es nicht! Ein Kaiser ist kein Lehnsmann des Papstes, sondern ihm ebenbürtig.«
Immer noch ließ er Bandinelli nicht aus den Augen. Der war berechnend und gefährlich. Gestern hatte Friedrich seinen Kanzler Rainald gefragt, ob nicht zu erwarten sei, dass dieser ehrgeizige Mann, der noch keine fünfzig Jahre zählen mochte, der nächste Papst würde. Der jetzige, Hadrian, war alt.
»Damit befassen wir uns, sollte diese Lage eintreten«, hatte der Kanzler gelassen erwidert und hintergründig gelächelt. »Es gibt so viele Männer im Vatikan, die gern Papst werden möchten. Und ich stehe mit ihnen in Verbindung.«
Gleich platzt er vor Wut, dachte Friedrich angesichts des nach Luft schnappenden Rolando. Kurz überlegte er: Ist es wirklich klug, mit dem wahrscheinlich nächsten Papst Streit anzufangen? Dieser Bandinelli ist von anderer Statur als der ängstliche Hadrian. Skrupellos, gewandt, ehrgeizig.
Doch Friedrich von Staufen vertraute Rainald, dem niemand das Wasser reichen konnten, wenn es darum ging, Strategien zu ersinnen und Vorwände zu schaffen. Der würdige Nachfolger des verstorbenen Erzbischofs Albero von Trier, der mit einer unglaublich fein gesponnenen Intrige einen Staufer auf den Thron lanciert hatte: Friedrichs Oheim Konrad.
Der Papst rechnete offenbar mit einer ablehnenden Haltung des Kaisers auf seine Forderungen. So las Rolando weiter das Schreiben des Kirchenoberhaupts auf Latein vor, während Rainald von Dassel übersetzte.
»Habe ich dir nicht die Kaiserkrone verliehen?«, deklamierte Bandinelli mit vorwurfsvoller Stimme und wartete ungeduldig Rainalds Wiedergabe ab.

Doch sobald Rainald von Dassel die nächsten Worte ins Deutsche übertragen hatte, brach erneut Tumult aus.

Das ist nicht exakt übersetzt, *Benificien* bedeutet im üblichen Sprachgebrauch »Wohltaten«, nicht Lehen, so hat es der Papst gemeint!, dachte sofort ein junger Mann, der in der hintersten Reihe, aber noch in Sichtweite des Kaisers stand.
Er fiel nicht nur durch seine Jugend auf, sondern vor allem durch eine Verstümmelung: Ihm fehlte die rechte Hand. Krampfhaft umfasste er den Armstumpf, in dem das Blut so heiß und dumpf pulsierte, als wolle es die schlecht verheilte Narbe zum Platzen bringen. Er hielt ihn hoch und fragte sich zum wohl tausendsten Mal, wie etwas schmerzen konnte, das gar nicht mehr da war.
Stefano di Stella, ein junger Römer mit deutscher Mutter, der mehrere Sprachen fließend sprach, hatte Friedrich während dessen ersten Italienzuges als Dolmetscher gedient. Doch bei den Kämpfen zwischen den Bewohnern Roms und Friedrichs Heer unmittelbar nach der Kaiserkrönung hatten ihm marodierende Römer die Hand abgeschlagen.
Wie durch ein Gotteswunder überlebte er dank der Hilfe eines heilkundigen Mönches. Weder verblutete er, noch ereilte ihn der Wundbrand.
Dennoch wünschte sich Stefano manchmal, er wäre gestorben. All seine Lebenspläne waren auf einen Schlag zunichtegemacht. Mit dem Geld, das er in Diensten des Kaisers verdiente, hatte er um das Mädchen freien wollen, das er liebte. Doch er hatte seinen Lohn nicht einmal bekommen, denn beim hastigen Rückzug des Kaisers war er mit seinem blutigen Armstumpf zurückgeblieben. Von Schmerzen und Entsetzen geschüttelt, schaffte es Stefano bis nach Hause. Aber einen Krüppel wollte die schöne Giulia nicht heiraten. Angewidert hatte sie sich von ihm abgewandt.
Selbst seine eigene Familie verstieß ihn.

»Wir können nicht weiter in Rom Geschäfte machen, wenn jeder in der Stadt weiß, dass du diesem *tedesco* gedient hast. Geh!«, hatte sein Vater befohlen, als Stefanos Stumpf so weit verheilt war, dass er ohne Wundarzt auskam. Seine Mutter weinte viel, ohne ein Wort zu sagen, und steckte ihm beim Abschied heimlich ein Päckchen zu – mit Geld und einem Teil ihres Schmucks. Er sah ihr Gesicht noch heute vor sich: fassungslos, tränenüberströmt, tieftraurig.

Verbittert, hilflos und ohne sich über seine Vorhaben im Klaren zu sein, lenkte Stefano die Schritte gen Norden. Er schlug sich durch in der Hoffnung, niemand würde ihn für leichte Beute halten – was er mit nur einer Hand in der Tat war – und ausrauben. Zumal Fremde ihn wegen der Art der Verletzung für einen Dieb halten könnten, dem man zur Strafe für ein Verbrechen die rechte Hand abgeschlagen hatte. Wer würde ihm schon glauben, dass er sich diese unheilvolle Verletzung im Kampf zugezogen hatte?

Da er nach dem Verlust der Rechten seinen Lebensunterhalt nicht mehr durch das Schreiben von Liebes- und Geschäftsbriefen verdienen konnte und da es in Rom für ihn kein Verweilen gab, bestand seine einzige Hoffnung darin, der Kaiser könnte sich seiner erinnern und ihn erneut in seine Dienste nehmen.

Der junge Mann hatte Glück, endlich einmal. Irgendwann hatte der Kaiser nach ihm gefragt und Männer ausgeschickt, in deren Begleitung Stefano dann umgehend vorgelassen wurde, nachdem ihm Diener ein Bad bereitet und seine Lumpen gegen frische Kleidung ausgetauscht hatten. Allein konnte er sich nicht einmal richtig anziehen mit nur einer Hand. Friedrich zeigte sich bestürzt, ließ ihm eine Mark Silber und einen Ring als Entschädigung überreichen und bot ihm an, erneut für ihn zu übersetzen. Hier in Besançon waren mehrere Delegationen aus den oberitalienischen Städten eingetroffen, die heute noch vorsprechen wollten und deren Worte er übertragen sollte.

Und jetzt fuhr Stefano, begleitet von einem stechenden Schmerz im Stumpf, die Erkenntnis durch den Kopf, dass der Kanzler des Kaisers nicht korrekt übersetzt hatte. Denn *Benificien* hieß tatsächlich »Wohltaten« und nicht Lehen.

Erschrocken beobachtete Stefano den Aufruhr, den Rainalds Version bewirkte: Gern hätte der Papst dem Kaiser noch größere Lehen gegeben, verkündete der Kanzler, der es besser wissen sollte. Nicht umsonst galt er als einer der klügsten Köpfe des Reiches und sicher in mehreren Sprachen.

»Das ist ja nicht zu fassen!« – »Eine Unverschämtheit!« – »Nicht das erste Mal, dass sich der Papst zum Lehnsherrn eines Kaisers aufschwingen will!«, schrien die Fürsten los, sich gegenseitig an Lautstärke überbietend.

Soll ich eingreifen und den Irrtum aufklären?, überlegte Stefano unschlüssig.

Er rief sich in Erinnerung, was ihm sein Gönner einst erklärt hatte, der Graf von Gravina, ein erfahrener Diplomat und enger Vertrauter von Stefanos Eltern: »Manchmal kannst du mit einer etwas freundlicheren Formulierung einen Krieg verhindern. Das ist Diplomatie. Und manchmal kannst du mit einer unfreundlichen Formulierung einen Krieg auslösen. Das ist Politik.«

Dann ist das hier eindeutig Politik, dachte der versehrte junge Mann verbittert. Rainald von Dassel ist viel zu schlau und gerissen, um solch einen Fehler aus Versehen oder aus mangelnder Sorgfalt zu begehen.

Als Stefano wie zur Bestätigung ein zufriedenes Funkeln in den Augen des Kaisers wahrnahm, wusste er, dass er zu schweigen hatte. Er umklammerte seinen Armstumpf und biss die Zähne zusammen.

Genüsslich sah Friedrich zu, wie sich die hochgeborenen Herren lautstark entrüsteten.

Rolando Bandinelli schien gar nicht zu wissen, wie ihm geschah. Er stammte aus Siena und sprach nicht Deutsch; er wusste also nicht, wie Rainald seine Worte übersetzt hatte. Zornig schrie er auf Italienisch in den Tumult hinein: »Von wem hat denn der Kaiser seine Würde, wenn nicht vom Papst?«

Diesmal übersetzte Rainald korrekt und mit kaum übersehbarer Freude darüber, dass ihm der Rivale in die Falle getappt war.

Denn nun brach die Hölle los.

Wild durcheinandergebrüllte Proteste, drohend erhobene Fäuste … Und endlich erfüllte auch der hitzköpfige Otto von Wittelsbach seine ihm am Morgen von Friedrich übertragene Aufgabe, zog das Schwert und legte es an die Kehle des jäh erbleichenden Rolando.

Hochzufrieden ließ sich Friedrich herab, jedermann im Saal zu Ruhe und Wahrung des Friedens zu mahnen.

»Steckt Euer Schwert ein, Pfalzgraf Otto; hier soll kein Blut vergossen werden!«, mahnte er seinen bayerischen Leibwächter gütlich, während er insgeheim die messerscharfe Präzision bewunderte, mit der Rainald diese Szene geplant und verwirklicht hatte.

Mit hochrotem Kopf wie stets, wenn ihn etwas aufregte, schob der Wittelsbacher die blanke Klinge in die Scheide zurück.

»Ich gewähre Euch sicheres Geleit zu Eurer Unterkunft, doch Ihr habt diesen Saal auf der Stelle zu verlassen«, befahl der Kaiser den päpstlichen Gesandten.

Wortlos und entrüstet verließen die beiden Kardinäle die Halle, begleitet von Rainald von Dassel. Vor der Tür wartete schon eine zehnköpfige Leibwache, die sie zum Quartier der päpstlichen Legaten bringen sollte.

Auf dem Weg verlor niemand ein Wort. Die beiden Römer nicht, weil es im Moment äußerst unklug gewesen wäre, ihrer Wut Ausdruck zu verleihen. Und Rainald nicht, weil er sich auf den letzten Akt dieses Dramas freute – der einsetzte, als sie das Haus erreichten, in dem Rolando und Bernhard untergebracht waren.

»Ihr werdet zu würdigen wissen, dass Euch nur die Gnade unseres Kaisers vor Volkes Zorn schützt«, begann Rainald, der als Erster aus dem Sattel stieg. »Doch muss ich auf eine Untersuchung Eurer Dokumente bestehen. Ihr habt versucht, die frommen Christenmenschen in diesem Reich gegen ihren Kaiser aufzuwiegeln, ihren *von Gott erwählten* Kaiser. Ich muss annehmen, dass Ihr dieses verabscheuungswürdige Verhalten während Eures Aufenthaltes hier fortsetzen wollt.«

Ehe jemand etwas sagen konnte, hatte er das Haus schon betreten, ließ sich von einem Diener die Kammer der Gesandten zeigen und rief die Wachen herein, damit sie alles durchwühlten.

Er nahm sämtliche Pergamente entgegen, die sich teils in Truhen und Kisten befanden, teils auch noch unfertig auf dem Tisch lagen, und studierte sie mit heimlichem Triumph. Hier fand sich noch viel mehr als erwartet, was ihm in die Hände spielte!

»Diese Dokumente enthalten Beleidigungen unseres Kaisers und sollen Unruhe im Reich stiften«, verkündete er. Dann wandte er sich an Rolando, den Ranghöheren der beiden Gesandten.

»Morgen bei Sonnenaufgang werdet Ihr dieses Haus und dieses Land verlassen. Ihr werdet keinen Schritt weiter in deutsche Lande vordringen, sondern direkt von Besançon aus zum Papst zurückkehren. Auf kürzestem Weg. Gott sei mit Euch!«

Er reichte die Pergamente dem Anführer der Wache, damit der sie sicher verwahrte, nickte den beiden Kardinälen kurz zu und wandte sich ab, um das Haus zu verlassen.

Der Kaiser würde sehr zufrieden sein. Mit der Szene am Hof und mit den beschlagnahmten Pergamenten.

Das lief noch besser als geplant!, dachte Rainald zufrieden, während er zurückritt. Müsste er nicht die Zügel halten, würde er sich die Hände reiben. Dem Papst haben wir Paroli geboten, seinen Kanzler blamiert, und diesen Bernhard kann sowieso niemand ernst nehmen. Jetzt muss ich mich nur noch darum kümmern, dass Rolando nicht Papst wird, sobald Hadrian das Zeitliche segnet.

Stefano hingegen ging stumm in sein Quartier, mühte sich, einhändig die Kleider abzulegen, und grübelte die halbe Nacht, während er auf seinem Bett lag. Wohin konnte das noch führen, wenn sich der Kaiser mit dem Papst zerstritt? Hätte er doch etwas sagen sollen?
Nein, beantwortete er sich diese Frage immer wieder selbst. Das alles war kein Zufall. Das war arrangiert. Und er fragte sich, was der Kaiser und sein Kanzler nun wohl vorhatten.

Schlechte Nachrichten

Die Markgrafen Otto und Dietrich, ihre Gemahlinnen Hedwig und Dobroniega, Christian, Ritter in Ottos Diensten; Meißen, Herbst 1157

Ein Gewitter ging über dem Meißner Burgberg nieder, als der Festgottesdienst anlässlich der Geburt von Markgraf Dietrichs legitimem Sohn und Erben gefeiert wurde. Das Rauschen des Regens und das Trommeln der Tropfen gegen das Kirchentor übertönte die Zeremonie für all jene, die im hinteren Teil des Doms standen.
Durch die Fensteröffnungen sahen sie Blitze zucken, einen Atemzug später zerriss krachender Donner die Worte des Bischofs, als er den Segen des Allmächtigen für den künftigen Erben der Ostmark erbat.

Der Säugling erschrak und begann zu schreien – in beachtlicher Lautstärke für sein zartes Alter.
Mach dich ruhig bemerkbar, kleiner Konrad!, dachte sein Vater voller Stolz und Zärtlichkeit. Von dir werden in der Zukunft große Dinge erwartet.
Doch beim nächsten Donnerschlag begann sich Dietrich zu fragen, ob Sturm und Gewitter ein schlechtes Omen für den Säugling sein mochten.
Natürlich war der Knabe sofort getauft worden, nachdem er in Eilenburg zur Welt kam, im Herrschaftszentrum des Markgrafen der Lausitz. Zu viele Säuglinge starben während oder kurz nach der Geburt, als dass man mit dem Ritus warten konnte. Ohne Taufe waren ihre Seelen verloren. Dem ersten legitimen Sohn eines wettinischen Fürsten stand jedoch auch eine große Tauffeier im Meißner Dom zu, sobald seine Mutter vierzig Tage nach der Niederkunft wieder eingesegnet war. Bis dahin galt sie als unrein und durfte keine Kirche betreten.
Der kleine Konrad, benannt nach seinem unlängst verstorbenen Großvater, schrie immer lauter. Vielleicht war ihm kalt, vielleicht war er hungrig oder die Windel nass. Zunächst versuchte Bischof Gerung, das Säuglingsgebrüll mit seiner klangvollen Stimme zu übertönen, dann gab er es auf und kürzte die Zeremonie ab, um ihr nicht die Festlichkeit zu nehmen. Hastig drückte die Amme das Kind an sich und wiegte es.
Schließlich setzte feierliches Glockenläuten ein, das den Regen und alle sonstigen Geräusche übertönte. Dies machte sich Raimund zunutze, ein junger Ritter in Diensten des Meißner Markgrafen Otto von Wettin, und stieß seinem Freund Christian den Ellenbogen derb in die Seite.
»Du solltest etwas fröhlicher blicken! Schließlich ist das ein Tauffest für einen markgräflichen Erben und uns allen Grund zur Freude«, zischte er ihm ins Ohr.
Christian, ebenfalls ein Ritter von knapp zwanzig Jahren, wandte dem Freund den Kopf zu. Langsam wichen Zorn und

Wut aus seinem Gesicht, dafür zeigte es nun pure Verzweiflung.
»Du kannst ihr nicht helfen!«, raunte Raimund beschwörend. Die zierliche Luitgard, in die sich Christian verliebt hatte, war vor wenigen Tagen urplötzlich und sichtlich gegen ihren Willen vermählt worden. Und als wäre das nicht schon schlimm genug, hatte Markgraf Otto sie ausgerechnet einem Ritter gegeben, der nicht nur durch seine Körpergröße, sondern auch durch seine Gewalttätigkeit auffiel.
Die erst dreizehnjährige verängstigte Braut hatte unter Tränen ihr Ja zu der erzwungenen Vermählung mit Randolf ausgesprochen. Seitdem sah man Luitgard nur noch selten außerhalb ihrer Kammer, und wenn, dann mit Spuren von Schlägen im Gesicht. Heute stand sie fünf Reihen vor ihm. Ihr linkes Auge war geschwollen und schillerte bläulich.
»Du kannst ihr nicht helfen! Du kannst nichts tun, sie gehört jetzt ihm!«, wiederholte Raimund beharrlich, der einen beträchtlichen Teil seiner Zeit darauf verwandte, den Freund von Dummheiten abzuhalten. Von Dummheiten, die ernsthafte Folgen haben würden.
Er starrte Christian ins Gesicht, als wollte er ihm die Worte ins Gehirn brennen: Sie ist ihm zum Eheweib gegeben, und somit ist es sein Recht, sie zu behandeln, wie es ihm beliebt.
Randolf genoss es, Christian herauszufordern; er wartete ständig auf eine Gelegenheit, dem Rivalen hinterrücks diese oder jene Niederlage heimzuzahlen, die Christian ihm im Verlauf ihrer langen, allseits bekannten Feindschaft beigebracht hatte. Und sollte Christian wegen Luitgard Streit mit ihm beginnen, würde Markgraf Otto *ihn* maßregeln und nicht Randolf. Was Christian einerlei wäre, müsste er nicht fürchten, Luitgard würde dann an seiner Stelle von ihrem Mann bestraft.
»Sonst muss sie es noch büßen!«, mahnte auch Raimund leise, der seine Gedanken erriet.

Die beiden jungen Ritter wussten nicht, dass auch Raimunds Vater, der denselben Namen trug, Randolf auf ein paar ernsthafte Worte zur Seite genommen hatte – doch vergeblich.
»Dein Vater war mein bester Freund. Ich war bei ihm, als er starb. Er würde sich im Grabe umdrehen, wüsste er, wie du deine Frau behandelst«, hatte er ihm vorgehalten.
»Mein Vater ist *tot.* Getroffen und vergiftet von einem Wendenpfeil, während *Ihr* tatenlos neben ihm standet«, konterte Randolf wütend. »Der Pfeil hätte Euch treffen sollen!« Mit diesen Worten drehte er sich um und stapfte davon.
Christian reagierte mit Schweigen auf die Ermahnung des jüngeren Raimund. Genau das machte ihn ja so wütend! Zu Untätigkeit verurteilt zu sein. Zusehen zu müssen, wie Luitgard litt. Es zerriss ihm schier das Herz.
Stur blickte er geradeaus, grollte und grübelte. Ob die junge Markgräfin Hedwig eingreifen konnte? Sie hielt ihre Hände schützend über die Mädchen auf dem Burgberg, so gut sie es vermochte. Doch letztlich hatte auch sie den Befehlen ihres Gemahls zu gehorchen. Und Otto von Meißen war kein mitfühlender Mensch.

Das Läuten der Glocken hallte in Markgraf Dietrichs Brust wider. Er fühlte sich erlöst, nach zehnjähriger, unerfreulicher Ehe endlich einen Nachfolger und Erben zu haben. Bisher war ihm nur eine Tochter vergönnt gewesen, die im Kloster erzogen wurde, sowie ein illegitimer Sohn aus der langjährigen Liaison mit seiner großen Liebe, Kunigunde von Plötzkau. Der inzwischen Achtjährige trug sogar seinen Namen. Doch wegen seiner außerehelichen Geburt stand ihm nur eine geistliche Laufbahn offen. Dietrich war fest entschlossen, dafür zu sorgen, dass der aufgeweckte Junge einmal Bischof wurde. Er lernte schon eifrig in der Klosterschule.
Der Markgraf der Lausitz, ein Mann Ende dreißig von schlanker, aber muskulöser Statur, warf einen behutsamen Blick auf

seine Gemahlin Dobroniega, deren Gesicht wie meist nicht die geringste Regung zeigte. Doch er wusste: Auch sie war überaus erleichtert. Da sie nun ihre dringlichste Pflicht erfüllt und Dietrich einen Erben geboren hatte, erlaubte er, dass sie ihrem Wunsch gemäß den Rest ihres Lebens in Abgeschiedenheit und Enthaltsamkeit verbrachte, weit fort von ihm.
Seine Ehe mit der schönen polnischen Herzogstochter war vom ersten Tag an eine Katastrophe gewesen, und dabei waren Worte gefallen, die sich nicht wiedergutmachen ließen. Heute noch wollte sie abreisen.
Ungewohnt verlegen erwiderte Dobroniega seinen Blick, als er ihr den Arm bot, um sie unter Glockengeläut aus dem Dom zu führen.
»Ich danke Euch, dass Ihr mir einen Sohn und eine Tochter geschenkt habt«, sagte er, um das beklemmende Schweigen zwischen ihnen zu durchbrechen.
Einen Augenblick lang versuchte sich Dietrich vorzustellen, wie ihre Ehe verlaufen wäre, hätte ihn Dobroniega nicht vom ersten Tag an von sich gestoßen. Doch rasch gab er es auf. Es glich einem Wunder, dass sie überhaupt zwei Kinder miteinander hatten. Da eine Scheidung nicht in Frage kam, sondern Dobroniega getrennt von ihm leben würde, durfte er keine neue Ehe eingehen. Doch als Markgraf konnte er sich Bettgefährtinnen nach seinem Belieben wählen. Nur stand ihm kaum der Sinn danach. Er trauerte immer noch um Gunda. Rasch bekreuzigte er sich und sandte ein stummes Gebet für ihr Seelenheil zum Himmel.
An irgendetwas – vielleicht dem Anflug von Wehmut und Trauer auf seiner Miene – schien Dobroniega zu erraten, zu wem seine Gedanken flogen. Sie sah ihn von der Seite an, blinzelte und setzte sofort wieder ihre gewohnte eiskalte Miene auf.
Der Gewitterguss hatte so plötzlich aufgehört, wie er losgebrochen war. Als sie vorhin vom markgräflichen Palas zum

Dom gelaufen waren, ein paar Dutzend Schritte nur, hatten die Regentropfen Blasen in den Pfützen geschlagen. Jetzt stand der Hof voller Wasserlachen, doch der Himmel riss auf, und es nieselte nur noch ein wenig.

»Wollt Ihr wirklich bei diesem Wetter reisen?«, fragte Dietrich seine Gemahlin, die zielstrebig auf die Mitte des Hofes zuschritt, wo ihr Geleitschutz und etliche Bedienstete bereits um mit Truhen und Vorräten beladenen Karren versammelt waren.

»Die Wege sind aufgeweicht, und der Schlamm wird Eure Gewänder verderben. Weit kommt Ihr heute ohnehin nicht mehr«, redete er ihr zu. »Verbringt die Nacht noch hier und brecht morgen nach der Frühmesse auf, in trockenen Kleidern.«

Niemand sollte ihm nachsagen können, er habe sie bei Wind und Wetter hinausgetrieben.

»Nein!«

Ihre Absage kam so schroff und schnell, dass Dietrich wusste, nichts würde sie umstimmen. Offenbar konnte sie es kaum erwarten, von ihm fortzukommen. Voll Bitterkeit stieg erneut der Gedanke in ihm auf, wie es hätte sein können, wenn ihre Ehe harmonisch verlaufen wäre. Dobroniega war eine Schönheit. Doch sie wollte sich nicht damit abfinden, von ihren Brüdern für eine dynastische Ehe zwischen den Häusern Piast und Wettin aus dem Kloster gezerrt worden zu sein.

Dietrich würde nie erraten, was gerade hinter der beherrschten Miene seiner Gemahlin vor sich ging.

Ich habe alles verdorben mit meinem Stolz, dachte sie verbittert und reuevoll. So schenkte er sein Herz dieser anderen Frau. Nicht einmal jetzt könnte ich gegen sie ankommen, obwohl sie schon lange tot ist. Und das habe ich mir selbst zuzuschreiben. Warum habe ich ihn vom ersten Tag an nur zurückgewiesen und beleidigt? Warum sah ich nicht, dass er mir ein guter Gemahl gewesen wäre? Ich wünschte, ich könnte vieles ungeschehen machen. Doch das kann ich nicht. So bleibt mir nur, aus seinem Leben zu verschwinden und das entsagungsvolle, fromme Leben zu führen, das ich mir als junges Mädchen ersehnte, um in den Himmel zu kommen. Wird Gott mir vergeben, dass ich keine Jungfrau mehr bin, wenn ich von nun an ein Leben führe, das Keuschheit und Gebeten gewidmet ist?

Sorgsam verbarg Dobroniega ihre Verzweiflung und sah fordernd zum Anführer ihrer Leibwache.

Der gab nach einem zustimmenden Nicken von Fürst Dietrich den Befehl zum Aufbruch von Reitern und Gespannen.

»Gott segne und schütze Euch«, sagte der Markgraf zum Abschied.

Die Pferde schüttelten ihre triefend nassen Mähnen und hielten die Köpfe gesenkt, Männer und Frauen saßen auf und zogen ihre Wollumhänge eng an sich, die gut gewalkt waren, damit die Nässe abperlte. Doch der von den Hufen aufgewirbelte Schlamm spritzte weit über die Kleidersäume hinauf.

Der Markgraf der Lausitz sah der Kolonne nach, bis sie aus seinem Blickfeld verschwand. Er hätte seine Gemahlin aus Höflichkeit auch auf ihrer Reise begleitet. Doch es war klar zu erkennen gewesen, dass sie das nicht wünschte. Und jetzt gab es Wichtiges mit seinem älteren Bruder und seiner Schwägerin zu bereden, bevor das Festmahl begann.

Otto und Hedwig traten zu ihm, sobald sie Dobroniega verabschiedet hatten.

Otto, Markgraf von Meißen und seit dem Tod seines Vaters ältester Fürst im Hause Wettin, hieb dem Bruder wuchtig ins Kreuz.

»Sei froh, dass du sie los bist! Von dem kleinen Schreihals abgesehen, hat sie dir doch nur Ärger bereitet.«

Dies war Ottos Vorstellung von tröstenden Worten. Dass seine Gemahlin kurz peinlich berührt die Augen schloss, ignorierte er.
Doch der Gedanke an den neugeborenen Neffen zauberte ein wehmütiges Lächeln auf ihr Gesicht.
Hedwig von Ballenstedt, die Tochter des Markgrafen Albrecht der Bär, war seit fünf Jahren mit Otto verheiratet. Zu Beginn ihrer Ehe hatte ihr fast zwanzig Jahre älterer Gemahl Rücksicht auf ihre Jugend genommen; sie zählte damals erst dreizehn Sommer und war noch zu jung, um ein Kind auszutragen. Dank der geheimen Ratschläge zweier weiser Frauen hatte sie verhindert, schwanger zu werden. Doch seit einem Jahr hätte sie schwanger werden können – und wurde es nicht. War das ihre Strafe für die Verwendung der Kräuter? Otto ließ keinen Zweifel daran, dass er dringend einen Erben von ihr erwartete, und es gab längst Gewisper auf dem Burgberg darüber, dass die Markgräfin immer noch kein Kind unterm Herzen trug. Nur mit einem Erben für die Mark Meißen konnte sie ihre Stellung behaupten und Einfluss auf Ottos oft impulsives Betragen nehmen. Und obwohl ihr vor den Gefahren einer Schwangerschaft graute, fürchtete sie sich noch mehr davor, *nicht* schwanger zu werden – zur Strafe für ihr Tun. Und je mehr Zeit verstrich, umso verzweifelter wurde sie.

Jovial legte Otto seinen Arm um Dietrichs Schulter.
»Komm, darauf müssen wir anstoßen!«, rief er und ließ offen, ob er die Geburt seines Neffen oder den Abschied von der ungeliebten Schwägerin meinte.
Um jeden Zweifel auszuräumen, schlug er sogleich vor: »Du solltest dir zur Feier des Tages die teuerste Hure von Meißen kommen lassen.«
Dietrich tauschte einen verständnisinnigen Blick mit Hedwig, die die Augen verdrehte, und antwortete sarkastisch: »Bruder, ich habe dich schon immer für dein Feingefühl bewundert …«

Otto grinste. Gemeinsam schritten sie über den regennassen Hof zum markgräflichen Palas.
In der Kammer des Fürstenpaares standen bereits Speisen und Weinkrüge auf dem Tisch. Hedwig hatte veranlasst, dass reichlich gebratene Wachteln dabei waren, die Otto besonders mochte. Die junge Markgräfin setzte sich an die Feuerstelle, damit ihre Schuhe trockneten. Sie hätte es als unpassend empfunden, eine Kirche mit klappernden hölzernen Trippen zu betreten. Dafür schlug ihr nun der Saum ihres Lieblingskleides – krapprot mit weiten Ärmeln und üppigen Stickereien – unangenehm nass um die Knöchel.
Bevor sich Otto wieder einmal darüber ereifern konnte, dass der Kaiser sich geweigert hatte, ihn offiziell mit der Mark Meißen zu belehnen, seinem Anteil aus dem Erbe seines verstorbenen Vaters, zupfte Hedwig rasch Kleid und Schleier zurecht und blickte sanft lächelnd auf ihren Angetrauten.
»Otto, mein liebster Gemahl …«
Die gute Laune des liebsten Gemahls verflog abrupt, denn er wusste: Wenn Hedwig so begann und es keine Zeugen gab außer der Familie, folgte unweigerlich etwas, das er nicht gern hörte.
»Was ist?«, knurrte er und starrte sie mit einem Blick an, der jedem anderen Furcht eingeflößt hätte. Schon sein Vater hatte diese Fertigkeit beherrscht. Otto zählt an die vierzig Jahre, war breitschultrig, mit kantigem Kinn und dunklem Haar, Hedwig hingegen war erst achtzehn und zierlich. Ihr blondes Haar trug sie zu Zöpfen geflochten.
»Ich bitte dich, tu mir den Gefallen und ermahne deinen Ritter Randolf von Muldenstein, seine junge Gemahlin etwas freundlicher zu behandeln«, begann sie.
Ihr war nicht entgangen, dass die kleine Luitgard schon wieder Spuren von Schlägen trug. Und auf dem Burgberg wartete jeder nur darauf, dass es zu einem blutigen Zusammenstoß zwischen Ottos beiden besten, doch zutiefst verfeindeten Rittern kam: Randolf und Christian.

Otto machte eine Handbewegung, als könnte er das Problem vom Tisch wischen wie ein paar Brotkrumen.
»Sie ist sein Eheweib, sein Eigen. Nach Recht und Gesetz darf er sie so behandeln, wie er es für richtig hält«, belehrte er seine Gemahlin.
Das wusste Hedwig natürlich. Aber sie fand dieses Gesetz furchtbar, und es machte sie zornig, nichts daran ändern zu können. Ihr blieb nichts weiter übrig, als ihrem Gemahl ganz behutsam ins Ohr zu säuseln, dass seine Ritter ihre Frauen doch bitte nicht totschlagen sollten …
»Wenn sie nicht folgt, kann er sie prügeln, bis sie Gehorsam lernt«, ergänzte Otto in der Hoffnung, das Thema damit abzuschließen.
Sehr zu seinem Verdruss ließ Hedwig jedoch nicht locker.
»Ich kenne die kleine Luitgard gut. Schließlich war ich für ihre Erziehung zuständig, bis sie vor wenigen Wochen deinem Ritter zur Frau gegeben wurde. Und ich kann mit Sicherheit sagen, dass sie niemals Ungehorsam zeigen oder auch nur widersprechen würde«, erklärte sie nachdrücklich. »Außerdem war deine erlauchte Mutter ihre Taufpatin. Wir sollten uns um ihr Wohlergehen kümmern.«
»Hmm«, brummte Otto missmutig.
»Randolfs Verhalten bringt nicht nur Schande über die Ritterschaft, sondern sät überdies Zwietracht. Es ist nur eine Frage der Zeit, bis er und Christian aufeinander losgehen«, hakte die junge Markgräfin nach. Dann schüttelte sie ihre am Saum schlammigen Röcke aus und lockte ein grau gestreiftes Kätzchen zu sich, um dem Moment mehr Beiläufigkeit zu geben, während sie angespannt auf eine Antwort wartete. Ebenso wie Dietrich, der das Gespräch aufmerksam und mit heimlicher Sympathie für Hedwig verfolgte.
Otto ließ seine vom Schwertkampf schwielige Hand auf den Tisch krachen.
»Sollten sie das tun, werde ich sie bestrafen. Und du weißt,

wie mein Urteil ausfällt«, belehrte er seine junge Frau unwirsch. »Randolf hat von seinem Vater große Ländereien an der Mulde geerbt und kann mir mehrere Dutzend Bewaffnete stellen, wenn ich dem Kaiser Heerfolge leisten muss. Und Christian ist zwar kein Bastard, wie fast jedermann glaubt, aber er verfügt über keinerlei Besitz und vermag mir also auch keine Männer zu stellen.«

Staunend hatte Otto von seinem Vater ein Geheimnis erfahren, das nur wenige Menschen kennen durften. Christians Vater war ein Spielmann gewesen, ein unehrlich Geborener, und stand als Spion in Diensten des alten Markgrafen. Weil er dabei grausam zu Tode kam, löste dieser sein Versprechen ein und sorgte für den Jungen, indem er ihn auf den Burgberg holte und zum Ritter ausbilden ließ.

»Wem also würdest *du* recht geben?«, fragte Otto, und die Antwort erübrigte sich.

Hedwig hatte ein feines Gespür für die Stimmung ihres Mannes und erkannte, dass sie jetzt besser schwieg, auch wenn ihr die spitze Frage auf der Zunge lag, ob Recht und Gesetz wohl käuflich seien. Häufig waren sie es.

Für den Moment musste sie das Thema fallenlassen, schwieg also und streichelte das Kätzchen auf ihrem Schoß, das dabei mit geschlossenen Augen schnurrte.

Dietrich erkannte die heikle Lage seiner Schwägerin, die sich so mutig für die geschundene Kindfrau Luitgard einsetzte. Aber nach Ottos Machtwort war es wohl besser, dem Gespräch eine andere Wendung zu geben.

Er warf Hedwig einen bedauernden Blick zu. Doch ihr kaum erkennbares Lächeln sagte ihm, dass in dieser Angelegenheit noch nicht das letzte Wort gesprochen war.

Dietrich bewunderte Hedwig dafür, wie geschickt sie seinen impulsiven und oft schroffen Bruder dorthin lenkte, wo es gut für ihn und die Mark Meißen war. Er beugte sich vor, um Ottos Aufmerksamkeit auf sich zu ziehen, und räusperte sich.

»Ich werde am Jahresende zum Hoftag des Kaisers nach Goslar reisen und dort versuchen, ein gutes Wort für dich einzulegen. Du bleibst dem Hof so lange besser fern.«

Dietrich und der Kaiser waren durch ein Erlebnis miteinander verbunden. In jungen Jahren hatten sie gemeinsam ein Turnier gewonnen, zusammen mit Sven, der nun König von Dänemark und mit Dietrichs Lieblingsschwester Adele vermählt war. Doch sein Vater, Konrad von Wettin, war beim Kaiser in Ungnade gefallen, musste Macht und Titeln entsagen und sich ins Kloster zurückziehen, wo er kurz darauf starb. Konrad hatte sein Erbe – darunter drei Fahnenlehen der Krone – unter seinen Söhnen aufgeteilt. Und während der Kaiser Dietrich als Markgrafen der Lausitz und ihren dicken Bruder Dedo als Grafen von Groitzsch bestätigt hatte, verweigerte er Otto den Titel Markgraf von Meißen.

»Ich soll mich vom Hof fernhalten? Liebend gern!«, blaffte der älteste der wettinischen Brüder. »Ich verspüre nämlich nicht die geringste Lust, im tiefen Schnee nach Goslar zu reiten und dort jeden Tag vor Augen geführt zu bekommen, wie der Löwe durch die Gunst des Kaisers an den Goslarer Silbergruben reicher und reicher wird. Während ebenjener Kaiser mir das Land Bautzen samt Burg und Münze wegnahm!«

Dietrich atmete tief durch. Wenn Otto dem Kaiser nicht bald Gehorsam und Treue schwor, statt sich lauthals zu beschweren, würde die Mark Meißen womöglich noch an einen anderen gehen. In seinem Innersten wusste Otto das auch. Nur wollte er es nicht zugeben.

»Mein Schwager Bolislaw soll Weihnachten in Magdeburg vor dem Kaiser erscheinen und sich unterwerfen«, fuhr Dietrich fort und griff nach der letzten Wachtel, wofür ihn sein Bruder mit finsterem Blick bedachte. Unbeeindruckt berichtete Dietrich weiter: »Wie ich hörte, will Bolislaw nicht kommen.«

Diese Neuigkeit ließ Otto aufhorchen. Auch Hedwig, die das

Kätzchen mit dem Ende ihres Zopfes spielen ließ, wirkte überrascht und hielt mitten in der Bewegung inne.

War Dietrichs polnischer Schwager wirklich so dreist, dem Kaiser erneut die Stirn zu bieten? Er musste sich doch schon vor einem Jahr in Worms für seine Rebellion vollständig unterwerfen, sogar seinen jüngsten Bruder Kazimir als Geisel stellen!

Ottos Überlegungen gingen jedoch gar nicht so weit; sie zielten schnurstracks auf das Nächstliegende.

»Hat dir deine Gemahlin dieses Geheimnis anvertraut, die Eisprinzessin? Dann hätte sie in zehn Jahren Ehe einen ganzen nützlichen Satz gesagt. Ich bin beeindruckt«, höhnte er.

Dietrich überging mit Engelsgeduld auch diese Taktlosigkeit. Für solches Gezänk war die Lage zu ernst.

»Woher sollte sie das wissen? Ich bezahle jemanden an Bolislaws Hof, der mir solche wichtigen Nachrichten zukommen lässt. Das weißt du doch.«

Otto grinste und deutete stolz auf seine Gemahlin.

»Zum Glück muss *ich* keine Spione am Hof meines Schwiegervaters halten. Er erzählt mir auch so, was ich wissen muss.«

Hedwigs Vater, Markgraf Albrecht der Bär, war ein langjähriger Freund und Kampfgefährte des alten Fürsten Konrad gewesen.

»Ich werde beim Kaiser in Goslar für dich tun, was ich kann«, fuhr Dietrich ungerührt fort. »Ich werde mich sogar zu seinem Italienfeldzug melden in der Hoffnung, dass er das auch dir zugutehält. Komm zum Hoftag nach Regensburg Mitte Januar!«

»Pah, Regensburg ist nicht besser. Dort wird der Herzog von Böhmen zum König gekrönt, sagen mir *meine* Spione«, fuhr Otto auf, und an seiner Schläfe begann eine Ader zu pulsieren. »Dieser Vladislav. Der mir das Land Bautzen gestohlen hat!«

Dietrich rollte mit den Augen. Obwohl viel diplomatischer und bedachtsamer als sein älterer Bruder, verlor er langsam die Geduld mit diesem störrischen Kerl.

»Genau an solchen Worten liegt es, dass du noch nicht vom Kaiser mit der Mark Meißen belehnt bist«, sagte er, nun mit deutlicher Schärfe in der Stimme. »Und wenn du je offiziell Markgraf von Meißen werden willst, finde dich mit dem Verlust Bautzens ab! Der Kaiser hat entschieden. Sei froh, dass Dedo das Vogteirecht über Naumburg zurückerhalten hat.«
Otto schnappte nach Luft und wollte herausplatzen: »Er hätte es *mir* geben sollen, nicht unserem fetten Bruder!«
Doch mitten in seine Worte hinein klopfte jemand an die Tür und kündigte zu aller Überraschung einen Boten des Grafen von Schauenburg, Holstein und Stormarn an.
»Was kann der wohl wollen? Was haben wir mit dem Norden zu schaffen?«, wunderte sich Otto. »Ein Hochzeitsgesuch? Es heißt, der Holsteiner halte Ausschau nach einer geeigneten Gemahlin …«
Doch Hedwig war kreidebleich geworden, tauschte einen bangen Blick mit Dietrich und wusste sofort, dass ihr Schwager das Gleiche dachte wie sie.
»Adele!«, hauchte sie. »Irgendetwas ist ihr zugestoßen.«

Der Bote, ein Mann in mittleren Jahren mit blondem Haar und wettergegerbtem Gesicht, war völlig durchnässt. Doch bevor er seine Kleider trocknen durfte, wollten Otto, Hedwig und Dietrich von ihm wissen, was ihn auf diesen weiten Weg getrieben hatte.
Schon seine ersten Worte schnitten wie ein Schwert.
»Ein Blutbad in Roskilde … Sven erhob die Waffen gegen seine Vettern … König Knut starb in der Halle durch einen von Svens Männern.«
Ob Waldemar und Sven noch lebten, konnte der Mann nicht sagen; beide Könige zogen mit ihren Heeren durch Dänemark und würden vermutlich schon bald aufeinandertreffen.
»Und von Königin Adele fehlt seitdem jede Spur …«, endete er.

Lange herrschte bestürztes Schweigen in der Kammer. Zu grauenvoll war das Geschehene, zu furchteinflößend die Möglichkeiten, welches Schicksal Adele ereilt haben mochte, wenn sie weder für ihren Gemahl auffindbar war noch zu ihrer kleinen Tochter kam.

»Der Graf von Holstein hat Männer ausgesandt, die nach ihr suchen. Bisher fanden sie nicht eine Spur«, berichtete dessen Bote. »Er will sogar bei einem wendischen Verbündeten Erkundigungen einziehen, bei Fürst Niklot. Doch der hätte sich längst gemeldet, wenn er etwas wüsste. Niklot ist ein Mann von Ehre …«

»Großartig!«, brüllte Otto seinen Bruder an. »Hast nicht *du* Adelchens Hochzeit mit diesem Versager eingefädelt, mit deinem *guten Freund Sven?* Ich hab ihn von Anfang an nicht gemocht, diesen Wikinger …«

»Ich missbillige Svens Verhalten ebenso«, gab Dietrich heftig zurück.

»Hört auf zu streiten!«, mischte sich Hedwig ungewohnt laut in das Gebrüll. »Es gibt Dringenderes. Wir müssen Adele finden. Und beten, dass sie noch lebt. Wenn nicht …«

Sie schluckte. »Dann müssen wir ihr Töchterchen zu uns holen und beschützen«, fuhr sie leiser fort.

Otto starrte seine Frau an und befahl nach kurzem Überlegen: »Schickt sofort Christian zu mir!«

Auf die fragenden Blicke von Hedwig und Dietrich rief er: »Was tut ihr so überrascht? Sein Vater war ein Spion, er hat das im Blut. Wenn jemand etwas herausfindet, dann Christian. Außerdem löse ich so gleich zwei Probleme. Wenn ich ihn fortschicke, kann er sich nicht mit Randolf schlagen.«

Hedwig verkniff sich die Bemerkung, dass keines der Probleme allein dadurch gelöst wurde, dass er den jungen Ritter auf die Suche schickte. Sie sorgte sich zu sehr um Adele, als dass sie jetzt streiten mochte.

Schweigen herrschte in der Kammer, bis Christian sichtlich

verwundert eintrat. Erst ein einziges Mal war er hier gewesen, noch als Knappe, und da hatte ihn der alte Markgraf Konrad auf eine geheime und sehr abenteuerliche Mission geschickt. Plante sein ältester Sohn jetzt Ähnliches, oder hatte ihn Randolf angeschwärzt?

Otto erklärte in kurzen Worten die Lage.

»Reitet los und sucht meine Schwester, Königin Adele!«, befahl Otto dem vor ihm knienden jungen Ritter. »Und lasst Euren Knappen hier; ein Mann allein ist unauffälliger und schneller. Reitet über Seeburg, wo meine Schwester aufwuchs, nach Magdeburg. Vielleicht weiß mein Neffe Wichmann etwas, der Erzbischof.«

»Dann geht nach Lüneburg zu Herzogin Clementia«, warf Hedwig ein, die wusste, dass Adele einige Zeit bei der Gemahlin des Löwen zugebracht hatte. »Sie soll Adeles Kind beschützen, bis wir es holen können.«

»Und wenn es dann immer noch keinen Hinweis auf ihren Verbleib gibt, reitet nach Lübeck«, fuhr Otto fort, der sich allmählich ernsthaft um seine Schwester sorgte. »Wenn sie mit dem Schiff entkommen ist, wird sie dort anlanden, und der Holsteiner erfährt es sofort.«

Er sah zum Boten des Grafen. »Richte deinem Herrn unseren Dank aus und ebenso die Bitte, weitere Erkundigungen einzuziehen.«

»Das werde ich, Durchlaucht«, versicherte der.

»Brecht morgen in aller Frühe auf. Und sputet Euch!«, befahl der Markgraf von Meißen beiden Männern. »Wir werden hier keine Ruhe finden, ehe wir unsere Schwester nicht in Sicherheit wissen.«

Recht und Unrecht

Bischof Otto von Freising, sein Schreiber Rahewin, Herzog Heinrich der Löwe; Regensburg und Föhring, Herbst 1157

Der Wind fauchte und riss dem Bischof von Freising beinahe die Worte von den Lippen, als er klagte: »Uns erwartet nichts Gutes; ich kann es förmlich riechen!«
Derselben Empfindung hatte er schon drei Mal in verschiedenen Formulierungen Ausdruck verliehen, während er mit seinem Notar und Schreiber Rahewin zum Regensburger Herzogshof ging. Dorthin hatte der neue Herzog von Bayern seine erste Zusammenkunft mit dem bayerischen Adel einberufen.
Bischof Otto wirkte deutlich älter als die fünfundvierzig Jahre, die er zählte. Er blickte betrübt und besorgt, schlurfte kraftlos mit hängenden Schultern. Der zerknitterte schlichte Zisterzienserhabit mit heller Kutte und schwarzem Überwurf vervollkommnete das Bild eines vor der Zeit gealterten Mannes.
Trotz des stürmischen Wetters gingen sie zu Fuß durch die von Menschen wimmelnde Stadt. Der Weg von ihrem Quartier im Domherrenhaus zum Herzogshof am Alten Kornmarkt maß kaum dreihundert Schritte. Dennoch hatte ihr Gastgeber, der Regensburger Bischof, beschlossen, sich zu Ross dorthin zu begeben; das sei er dem Ansehen seines Amtes schuldig. Im Gegensatz zu ihm pflegten die Zisterzienser eine bescheidene Lebensweise, verzichteten auf Prunk in der Kleidung und in ihren Klöstern und widmeten sich ganz dem Gebet und der Arbeit.
Schneidender Wind fegte durch die Straßen von Regensburg, der größten und reichsten Stadt Bayerns, seit Generationen Residenz der bayerischen Herzöge. Dennoch herrschte leb-

haftes Gedränge. Kaufmannsfrauen und Mägde trugen duftendes frisches Brot, Fische oder gackernde Hühner von ihren Besorgungen nach Hause, alle paar Augenblicke verlangte der Anführer einer berittenen Schar lautstark freie Bahn für seinen Herrn, woraufhin jedermann eiligst zur Seite trat. Die meisten Menschen in den Gassen zog es Richtung Kornmarkt, weil sie entweder an der Zusammenkunft teilnehmen würden oder auf die Freigebigkeit der vornehmen Herren hofften und ein paar in die Menge geworfene Pfennige ergattern wollten. Eine junge Frau in zerschlissenem Kleid warf sich mitten im Gedränge vor den beiden Geistlichen auf die Knie und hielt ihnen einen greinenden Säugling entgegen.

»Bitte segnet meinen kleinen Jungen, Ihr gütigen Herren«, barmte sie, und Otto von Freising kam der Bitte bereitwillig nach. Da er wegen der jungen Mutter abrupt stehen geblieben war, rammte ihn einer der herumrennenden Straßenjungen von hinten, rutschte auf dem Unrat der Straße aus und fiel in den Schmutz. Seine Freunde lachten lauthals. Otto von Freising vergewisserte sich, dass der Junge wieder aufkam. Dann ging er an Rahewins Seite weiter, nachdem ihm die junge Frau überschwänglich gedankt hatte.

»Dieser Bursche heckt etwas aus«, prophezeite der Bischof missmutig. »Ein ganzes Jahr hat er gewartet, bis er endlich seinen ersten Landtag in Bayern einberuft. Und das bestimmt nicht nur, weil er so viel in Sachsen zu tun hatte. Irgendetwas Unheilvolles wird heute passieren …«

Dieser Bursche, das war der junge Fürst Heinrich der Löwe, Herzog von Sachsen und dank Kaiser Friedrich seit dem vorigen Sommer auch noch Herzog von Bayern. Niemand sonst im Kaiserreich hielt zwei Herzogtümer.

»Vielleicht hat er so lange gebraucht, um die Sprache der Bayern zu verstehen«, versuchte Rahewin, die Bedenken seines Bischofs mit einem Scherz zu zerstreuen, und wischte sich die triefende Nase am Ärmel ab.

Otto von Freising war nicht für den Sarkasmus seines Begleiters empfänglich. Zwar gab es große Unterschiede zwischen dem Dialekt der Bayern und dem, wie man in Lüneburg oder Braunschweig sprach. Aber der machthungrige Löwe würde sich von Verständigungsproblemen nicht abschrecken lassen. Dafür kannte der Bischof von Freising ihn zu gut.

Seit fast zwanzig Jahren übte Otto dieses Amt aus. Sein Bruder Konrad von Staufen hatte für seinen Aufstieg zum Bischof gesorgt, sobald er als König gewählt und gekrönt war. Otto hatte in Frankreich studiert und war einer der klügsten Männer des Reiches. Doch das nützte ihm derzeit nicht viel. Der Babenberger Zweig der Staufer musste einen Schlag nach dem anderen hinnehmen, seit Konrads Neffe Friedrich auf dem Thron saß, der eindeutig seine welfischen Verwandten bevorzugte.

Allmächtiger, vergib mir!, flehte Otto stumm, weil er in einem Gewirr aus Neid und Kleingläubigkeit gefangen war. Was einem Bischof nicht anstand. Sollte er nicht auf Gott vertrauen?

Aber trotz der familiären Nähe zum Kaiser und obwohl sie gemeinsam den Zweiten Kreuzzug durchlitten hatten … Er befand sich eindeutig nicht mehr im Besitz der kaiserlichen Gnade. Sein Bruder Heinrich Jasomirgott hatte sogar das Herzogtum Bayern an den Löwen abtreten müssen und war mit dem viel kleineren, eigens dafür geschaffenen Herzogtum Österreich und einigen Sonderrechten abgespeist worden.

Inzwischen hatte er, Otto, nicht einmal mehr Zugang zum Kaiser. Obwohl er doch eine Chronik über Friedrichs Taten schrieb und diesen darin in allerbestem Licht darstellte! Er durfte den vollendeten ersten Teil seines Werkes nicht persönlich dem Kaiser überreichen. Rahewin musste ihn diesem durchtriebenen Kanzler Rainald von Dassel in die Hand drücken und darauf vertrauen, dass der das Schriftwerk samt Widmung weiterreichte, nach Möglichkeit noch mit warmherzigen Empfehlungen.

Und wenn des Kaisers Freund Heinrich der Löwe heute den bayerischen Adel an die Kandare nehmen wollte, würde kein Betroffener mit seiner Klage zu Friedrich vordringen.
Der Wind blies nun so stark, dass sich die beiden Zisterzienser dagegenstemmen mussten und froh waren, als sie den Ort der Zusammenkunft erreichten. Die meisten der bayerischen Herren hatten sich bereits im Saal eingefunden und demonstrierten ihren Stand und Reichtum mit kostbaren Gewändern. Dagegen nahmen sich der Bischof von Freising und sein Notar und Schreiber sehr bescheiden aus. Das erwartete ihr Orden von ihnen, und Otto selbst hatte seit der Amtsübernahme dafür gesorgt, dass diese Regeln eingehalten wurden.
Sie stellten sich neben Bischof Hartwich von Regensburg. Gespannt und zumeist skeptisch warteten die Fürsten auf das Eintreffen des noch nicht einmal dreißigjährigen Herzogs.
Der Glockenschlag vom Dom war längst verhallt, als der Löwe mit einem Gefolge bewaffneter Männer den Saal betrat. Jeder Zoll des schwarzhaarigen Welfen strahlte Kraft und Siegessicherheit aus. Er hakte die Daumen hinter den mit Silberbeschlägen verzierten Gürtel – eine Pose, die auch sein Vater geliebt hatte – und sah wortlos vom einen zum anderen, während der bayerische Adel vor ihm niederkniete.

Lange hatte Heinrich der Löwe auf diesen Moment gewartet und ihn gründlich vorbereitet. Ganze Scharen von Advokaten waren darauf angesetzt, Vorwände für sein Handeln zu schaffen.
Dabei fand er, dass er eigentlich gar keine Vorwände brauchte. Der Kaiser war sein Vetter und bester Freund, der würde ihm alles durchgehen lassen, statt auf das Gejammer oder die Proteste von ein paar bayerischen Grafen zu hören. Zumal sich sein Geniestreich vor allem gegen den Bischof von Freising richtete, und den konnte Friedrich nicht leiden. Vielleicht weil Otto von Freising dem Babenberger Zweig der Familie ange-

hörte, der von Friedrich Stück für Stück zurechtgestutzt wurde. Oder weil er auf dem Kreuzzug so erbärmlich versagt hatte, als er tausende arme Pilger sicher geleiten sollte, aber fast der gesamte Zug von Seldschuken niedergemetzelt wurde. Dieses schreckliche Erlebnis konnte sich Otto von Freising selbst nicht vergeben, und es ließ ihn vor der Zeit altern, auch wenn er letztlich nichts gegen die berittenen Bogenschützen hätte ausrichten können.

Mit einem Blick übertrug der Herzog von Sachsen und Bayern seinem Ratgeber Heinrich von Weida die Aufgabe, die Versammelten zu begrüßen und an ihre Pflichten zu gemahnen. Auf Höflichkeit pfiff er, die hatten seine Untergebenen zu zeigen.

Deshalb kam der Löwe auch direkt zur Sache, nachdem er die Männer gemustert hatte, die vor ihm standen.

»Es war Wunsch Seiner Majestät des Kaisers, mir das Herzogtum Bayern zu übertragen«, eröffnete er und sah, wie einige der Herren die Lippen kräuselten, weil sie zweifellos dachten: Es war wohl zuvörderst der Löwe, der dieses reiche und einträgliche Herzogtum begehrte. Weshalb es seinem Vorgänger Jasomirgott weggenommen wurde.

Euch wird das Grinsen gleich vergehen!, dachte Heinrich und stellte sich noch etwas breitbeiniger hin, um festen Stand zu haben und jeden möglichen Ansturm abzufangen, der gleich einsetzen mochte.

»Bevor ich heute vor Euch trat, habe ich mich genau über die Zustände kundig gemacht, die hier herrschen. Und ich muss sagen: Ich bin entsetzt, in welchem Maße das Recht gebrochen wird. Damit Ihr begreift, dass ich dagegen mit eiserner Hand vorgehe, habe ich ein Exempel statuiert.«

Jetzt hatte er auch die Aufmerksamkeit des Letzten hier im Saal. Alle starrten ihn an, einige erbleichten, und jeder fürchtete, dass dieses Exempel just an ihm statuiert würde.

Heinrich wippte leicht auf den Fußballen vor und zurück,

dann richtete er seinen kalten Blick auf Otto von Freising. Der hätte sich am liebsten unsichtbar gemacht. Irgendein Unheil – er hatte es doch geahnt! – würde gleich über ihn hereinbrechen, also richtete er ein stummes Gebet an den Allmächtigen.

»In Föhring bestehen eine Zollstation und ein Markt, wo der Bischof von Freising Zölle erhebt«, verkündete der Herzog. »Doch Föhring ist eine weltliche Ansiedlung. Seine enormen Einnahmen vor allem durch den Salzhandel stehen nicht dem Bistum zu.«

Noch bevor der Bischof etwas einwenden konnte, fuhr Heinrich fort: »Diesem gewaltigen Unrecht wird mit dem heutigen Tag ein Ende gesetzt. Eine Schar meiner Männer ist zur Stunde dabei, die in betrügerischer Absicht errichtete Zollstation und die Brücke über die Isar zu zerstören. Der Salzhandel und jeglicher Warenverkehr werden künftig unter meinem Schutz über einen Markt und eine Brücke geleitet, die ich einige Meilen flussaufwärts errichten lasse, bei der Ansiedlung namens Munichen oder München, wie manche es nennen.«

Otto von Freising stöhnte auf, griff sich an die Kehle und wäre zusammengebrochen, hätte ihn nicht Rahewin beim Arm gepackt und gehalten.

Nach dem ersten entsetzten Schweigen der Versammlung brach nicht etwa ein Aufschrei los, wie es der Bischof erhoffte. Er sah zwar an den Gesichtern der versammelten bayerischen Fürsten, dass dieser klare Rechtsbruch sie empörte. Aber sie hatten viel zu viel Angst, selbst zum Opfer drakonischer Maßnahmen zu werden. In dieser Sache konnte nur der Kaiser entscheiden.

Doch während die anderen glaubten, dass Friedrich einen solchen Gewaltakt – noch dazu gegen die Kirche – nicht ungestraft durchgehen lassen konnte, war sich Otto dessen gar nicht sicher. Vielleicht würde ihm sogar in dieser haarsträubenden Angelegenheit der Zugang zum Kaiser verwehrt. Und sein Freund Wibald von Stablo, den er sicher als Fürsprecher hätte gewinnen können, war derzeit nicht am kaiserlichen Hof, sondern im Auftrag Friedrichs mit einer Gesandtschaft auf dem Weg nach Byzanz.

Ottos größte Sorge galt in diesem Moment auch nicht dem Silber, selbst wenn die Einnahmen durch den Salzhandel enorm waren und den Ort wohlhabend gemacht hatten. Salz brauchte jeder – zum Backen, zum Würzen und vor allem zum Pökeln und damit Haltbarmachen von Fleisch und Fisch. Die alte Handelsstraße stammte noch aus der Römerzeit, die Brücke hatte einer der früheren Bischöfe von Freising errichten lassen.

Seine Hauptsorge galt dem, was wohl soeben an der Isar geschah. Vor seinem geistigen Auge sah er die Holzbrücke in Flammen aufgehen, sah eine Horde bewaffneter Reiter über den Markt galoppieren und Mensch und Tier niederhauen. Hastig bekreuzigte er sich und flehte zum Allmächtigen, dass es keine Toten bei dem Überfall geben möge. Er musste dorthin! Sich vergewissern … und beten, wenn er das Unheil schon nicht aufhalten konnte.

Zufrieden nahm der Löwe das Entsetzen auf den Gesichtern der Anwesenden wahr, bemerkte, wie manche von ihnen den Mund öffneten, um Protest einzulegen, ihn dann aber wieder schlossen und lieber schwiegen. Niemand würde sich gegen ihn auflehnen. Selbst der Bischof von Regensburg wagte keinen Protest.

Als sich Otto von Freising so weit gefasst hatte, dass er wieder sprechen konnte, brachte er nur eine gestammelte Bitte zustande.

»Durchlaucht, bitte gestattet, dass ich mich dorthin begebe … um mich …«

Er stockte mitten im Satz. Nein, *vergewissern* musste er sich nicht, dass der Löwe es vollkommen ernst gemeint hatte. Brücke und Zollstation gingen gerade in Flammen auf oder wurden anderweitig zerstört. Nun konnte er nur noch beten, dass bei dem Überfall der welfischen Truppen niemand sein Leben verlor.

Er öffnete drei Mal den Mund wie ein Fisch, der auf dem Trockenen nach Luft schnappt, und brachte dann nach einem tiefen Atemzug heraus: »Wenn Euer Durchlaucht erlauben, begebe ich mich umgehend nach Föhring, um dort …«

Wieder stockte er. »Nach dem Rechten zu sehen« verkniff er sich lieber, denn an dieser Untat war nichts recht.

»… meinen verängstigten Schutzbefohlenen Beistand zu leisten und ihnen Eure Befehle zu überbringen.«

Flehend sah er den Herzog an.

Streng erwiderte dieser: »Dann tut das, Hochwürden! Meine Befehle sind eindeutig. Der Markt wird niedergelegt und ein neuer bei München eröffnet. Dessen Einnahmen gehen an mich, da sie mir rechtmäßig zustehen. Gleiches gilt für die Zollstation. Und die Salzladungen aus Reichenhall werden künftig über die Isarbrücke geleitet, die *ich* errichten lasse. Nun geht schon, beeilt euch!«

Mit einer herrischen Handbewegung entließ er den Bischof und dessen Begleiter. Der Bischof von Regensburg schickte ihnen nach einem geflüsterten Befehl seinen Propst mit, damit Otto und Rahewin Hilfe beim schnellen Packen bekamen.

Und Herzog Heinrich dachte triumphierend: Als Nächstes hole ich mir Lübeck.

Drei Tage später erreichten der Bischof, sein Schreiber und ihre Weggefährten die zerstörte Zollstation an der Isar. Von der Brücke ragten nur noch die verkohlten Reste einiger Pfosten aus dem Wasser, die Siedlung um den Markt lag in Schutt und Asche. Mit Tränen in den Augen betrachtete Otto von Freising die Menschen, die verzweifelt in den Überresten

ihrer Häuser nach etwas suchten, das den Angriff überdauert hatte.
Dies war das zweite Mal in seinem Leben, dass er vollständig darin versagt hatte, Menschen seinen Schutz zu gewähren. Auf dem Kreuzzug hatte dies Tausende das Leben gekostet. Sie suchten ihn immer noch nachts heim.
Und nun?
Am Fluss hatten zwei Ordensbrüder eine Kochstelle errichtet und teilten Brei an die hungernden Menschen aus, die ihr Obdach verloren hatten.
Doch als er sich mit Rahewin näherte, strömten ihnen dutzende Verzweifelter entgegen und beklagten ihr Leid, hofften auf tröstende Worte und die Zusage, dass ihnen Gerechtigkeit widerfahren werde.
»Sie kamen am helllichten Tag und ließen sich durch nichts aufhalten«, berichtete der Marktaufseher mit rußverschmiertem Gesicht. »Ihr Anführer behauptete, Herzog Heinrich habe sie ausgesandt. Das kann unmöglich stimmen! Ich kannte keinen von ihnen. Sie hatten gute Pferde und Waffen.«
»Es *waren* Männer von Heinrich dem Löwen«, erklärte der Bischof, während ihm Tränen über die Wangen liefen. »Lasst uns für die Verletzten und Hungernden sorgen, aufräumen, die Häuser neu errichten. Und beten. Doch Markt und Zollstation werden flussaufwärts verlegt, und sämtliche Einnahmen gehen ab sofort an den Herzog. Das hat er vor drei Tagen auf seinem ersten Landtag verkündet.«
Fassungslose Gesichter starrten ihn an.
»Dann sind wir also völlig schutzlos gegen solche Willkür? Niemand wird bestraft für das Leid, das sie uns zugefügt haben? Niemand wird uns entschädigen für den Verlust unserer Häuser und Vorräte?«, protestierte die Frau des Marktaufsehers wütend. Gesicht und Kleid waren mit Asche beschmiert, die Hände rau und aufgerissen. »Unsere Kinder darben, unser Vieh wurde abgestochen, und wir wissen nicht, wie wir ohne

Dach überm Kopf und ohne Vorräte durch den Winter kommen sollen.«
»Beschwert Euch beim Kaiser, Hochwürden! Solch ein Unrecht, solch eine Dreistigkeit kann Seine Majestät nicht durchgehen lassen«, forderte Ottos Diakon. »Der Kaiser hat geschworen, die Kirche zu schützen.«
Der Bischof von Freising schüttelte nur den Kopf.
»Ich werde es versuchen. Natürlich. Aber macht euch nicht zu viel Hoffnung.«
Er rief zwei Salzkärrner heran, die mit ihrer kostbaren Fracht ohne Brücke nicht nach Augsburg weiterkamen und auf eine Antwort hofften. Die Brücke war zwar an einer Furt gebaut worden; hier konnte man den Fluss auch durchschreiten. Aber nicht beim derzeitigem Wasserstand nach den heftigen Regenfällen der letzten Zeit. Im Wasser würde sich ihre kostbare Ladung im wahrsten Sinne des Wortes in nichts auflösen.
»Zieht weiter flussaufwärts, ihr guten Menschen, zu dem Dorf München. Der Herzog von Sachsen und Bayern lässt dort eine neue Brücke errichten. Ich werde für euch beten.«

Die Frau des Königsmörders

Adele von Meißen, Bischof Asker von Roskilde, Absalon, Äbtissin Euphemia; Roskilde, November 1157

Adele und ihre Dienerin mussten nur eine Nacht in der Krypta des Doms von Roskilde zubringen. Am nächsten Tag, sobald die Abenddämmerung weit genug vorangeschritten war, wurden sie unter dem Schutz des Bischofs und mit tief ins Gesicht gezogenen Gugeln in das nahe Zisterzienserinnenkloster geführt. Es war noch nicht fertig und geweiht, aber die meisten Gebäude und das Gästehaus standen bereits, errichtet von Konversen, während die Nonnen im Klostergarten oder im Skriptorium arbeiteten, wenn sie nicht beteten.

Dort lebten die beiden jungen Frauen nun ganz im Verborgenen, im innersten Bereich. Zu dem würden nach der Weihe des Klosters nur noch Nonnen Zutritt haben.

Euphemia, die Äbtissin, hatte sie bei ihrer Ankunft empfangen und klare Anweisungen erteilt. Sie durften die Kammer nicht verlassen und kein Wort sprechen, damit niemand Adele am Akzent erkannte. Da sich die Anwesenheit zweier fremder Frauen nicht verheimlichen ließ, wurde das Gerücht gestreut, eine Dame von Stand habe ein Schweigegelübde abgelegt, um den Allmächtigen gnädig zu stimmen, damit sie einen Sohn bekäme.

»Euretwegen muss ich lügen, was eine Sünde ist! Ich tue es nur, weil Hochwürden es mir befohlen hat und ich nicht an einem Blutvergießen schuld sein will«, hielt ihnen die Äbtissin schon bei der ersten Begegnung vor.

Sie war eine kleine, verwachsene Frau, doch von eisernem Willen und mit durchdringendem Blick.

Adele war vor ihr auf die Knie gesunken und erbot sich, zum Dank für den Beistand ein Altartuch zu besticken.

Aber die alte Euphemia starrte sie nur mit Raubvogelblick an und erklärte schroff: »Ich kann nicht Eurer Hände Arbeit auf den Altar legen, nachdem Euer Gemahl, der Königsmörder, seine Hände so schändlich mit Blut besudelt hat!«

Adele wich zurück, als hätte man sie geschlagen, und wäre am liebsten im Boden versunken.

Sie war also auch hier unerwünscht.

Der einzige Lichtblick in ihrer Not: Es stellte sich heraus, dass sie nicht schwanger war. Das hätte alles noch komplizierter gemacht. Und noch bedrohlicher. Sollte Sven in diesen Kämpfen unterliegen, würde Waldemar nicht zulassen, dass in ihr noch ein Estridsson und damit der nächste Rivale um den Thron heranwuchs. Es wäre ihr Todesurteil gewesen.

Adele verbrachte die Tage damit, zu beten, zu bangen und zu hoffen. Nachts wachte sie immer wieder schreiend aus Alpträumen auf, in denen sie Sven hundert Tode sterben sah. Mal von Schwertern zerhackt in der Schlacht, von Pfeilen durchbohrt, als Hochverräter gehängt oder geköpft. Tags sehnte sie sich nach ihrem Töchterchen, dass sie es fast nicht mehr aushielt, und fragte sich, ob es wohl noch lebte. Kleine Kinder starben schnell.

Der Sommer war dem Herbst gewichen. Das Laub färbte sich, die Obstbäume verloren ihre Blätter, und immer häufiger wurde das geschäftige Treiben der Bauleute draußen von Regengüssen unterbrochen. Schon kündeten winzige Graupel darin das Nahen des Winters an. Die vierzig Tage, für die das Kirchenasyl galt, mussten längst verstrichen sein.

Adele fragte sich jeden Morgen beim Erwachen, ob wohl an diesem Tag die Glocken läuten würden, weil ein weiterer König gestorben war. Und ob dieses Geläut nun Waldemar oder ihrem Gemahl galt.

Doch nichts dergleichen geschah, niemand beantwortete ihre Fragen. Sie wusste nicht einmal, ob die Äbtissin dies befohlen hatte oder ob schlichtweg noch keine Kunde von der unausweichlichen Entscheidungsschlacht eingetroffen war.

Auch Janne sorgte sich um ihren Mann. »Aksel wird uns suchen, doch wie soll er uns hier finden?«, klagte sie ein ums andere Mal.

»Er wird bei seinem König sein«, wiederholte Adele dann matt. »Sie finden uns, sobald die Kämpfe vorüber sind.«

Sofern sie dann noch leben, dachte sie bitter und ganz ohne Vertrauen in das Schicksal.

Das Scharren des Riegels riss sie aus ihren Gedanken, die sich in immer denselben Kreisen bewegten, schwankend zwischen Hoffnung und Furcht.

»Die Äbtissin wünscht Euch zu sehen«, erklärte eine hagere Frau im Zisterzienserinnenhabit.
Wortlos und voller böser Vorahnungen erhoben sich die beiden Frauen und folgten ihr.

Als sie die Kammer betraten, glaubte Adele, ihr Herz bliebe vor Schreck stehen.
Nicht nur Euphemia erwartete sie, sondern auch Bischof Asker – und neben ihm Absalon, der Ziehbruder und Vertraute von König Waldemar, trotz seiner Jugend der einflussreichste Geistliche Dänemarks nach Eskil von Lund.
Wenn Absalon hier stand, bedeutete das: Waldemar hatte die Schlacht gewonnen.
War Sven tot? Oder gefangen? Würden sie ihn noch einmal ins Exil gehen lassen?
Nein, beantwortete sich Adele in entsetztem Begreifen die Frage selbst.
Sie kniete nieder, und Tränen schossen ihr in die Augen.
»Euer Gemahl ist tot«, eröffnete Absalon, der an der Reaktion der einstigen Königin ablas, dass sie verstand, und es also nicht für nötig hielt, diese Nachricht in schonende Worte zu kleiden. Sofern er das überhaupt erwogen hatte.
»Auf der Grather Heide bei Viborg in Jütland stießen die Heere von Waldemar und Sven aufeinander, am 23. Tag des Oktober«, berichtete er kühl, während Adele schluchzte.
»Das Heer Eures Gemahls unterlag nach kurzer und sehr blutiger Schlacht. Sven floh. Doch es gab kein Entrinnen für den Königsmörder. Eine Schar aufgebrachter Bauern fand und erschlug ihn.«
Unnötigerweise fügte er hinzu: »Ihr seid jetzt also Witwe.«
Ich habe es gewusst, dachte Adele dumpf, nahm alle Kraft zusammen, wischte sich die Nase mit dem Ärmel ab, rieb sich die Tränen mit klammen Händen von den Wangen.
»Kann ich über seinen … Leichnam verfügen und für sein

christliches Begräbnis sorgen?«, fragte sie mit ersterbender Stimme.
Hass und Verachtung zogen über Absalons Gesicht, was einem Geistlichen nicht anstand. Doch dieser war auch ein Krieger.
»Sein Fleisch fraßen Krähen und Füchse, seine zermalmten Knochen verrotten in der Heide. Ihr hättet den Toten nicht erkannt, als die Bauern in ihrer Wut endlich von ihm abließen.«
Von dem stolzen, hochgewachsenen König war nach dem Gewaltausbruch der Landbewohner nur noch ein blutiger Klumpen Fleisch geblieben. Einzig eine lose Strähne seines blondes Haares gab Gewissheit, wer dort lag.
Adele schluchzte erneut auf. »Dann ist seine Seele verdammt.«
»Er ist ein Eidbrecher und Königsmörder, er ist ein Verwandtenmörder und hat keine Erlösung verdient«, sagte Absalon mit eisenharter Stimme und wandte seinen Blick dem Bischof zu, der nach einem Moment des Schweigens das Wort ergriff.
»König Waldemar, der nun über ganz Dänemark herrscht, trug mir auf, das Problem zu lösen, das Eure Anwesenheit darstellt. Ihr versteht?«, fragte er und starrte Adele streng an.
Sie war viel zu aufgelöst, um über die Art des Problems nachzudenken. Der Bischof musste das wohl erkannt haben.
»Seid Ihr gesegneten Leibes?«, fragte er scharf.
»Nein«, hauchte sie. »Man würde es jetzt schon sehen …«
Asker atmete auf. »Ah. Das vereinfacht die Dinge.«
Sie wollte nicht darüber nachdenken, inwiefern. Sie wusste es ohnehin.
Der Bischof ließ ihr auch keine Zeit für lange Überlegungen.
»Wir stehen nun vor der Frage: Wie sollen wir mit Euch verfahren, Weib? Wir können Euch nicht für die Missetaten Eures Mannes büßen lassen, da Ihr nicht zugegen wart und Euren Worten nach seine üblen Pläne nicht kanntet.«
Er tauschte einen kurzen Blick mit der Äbtissin, die ihm zunickte.

»Wir können Euch nicht ewig hierbehalten. Ihr seid nicht mehr gelitten in Dänemark, selbst wenn Eure Brüder für die Klostermitgift aufkämen. Aber wir können Euch auch nicht einfach fortschicken, denn irgendjemand würde Euch erkennen. Und so, wie die Dänen auf Sven zu sprechen sind, würden viele nicht davor haltmachen, die Hand auch gegen seine Witwe zu erheben. Wir dürfen Euch nicht länger hier beherbergen, doch wir dürfen auch nicht Euren Tod auf uns laden. Versteht Ihr das?«
Sie nickte und schniefte.
»Als Ihr im Dom um Kirchenasyl batet, sagtet Ihr, die deutschen Bischöfe würden für Eure sichere Heimfahrt sorgen. Nun, angesichts der Feindseligkeiten Eurer Landsleute gegen Erzbischof Eskil von Lund sehe ich keine Verhandlungsbasis mit Hartwig von Bremen. Und nach der verabscheuungswürdigen Gefangennahme Eskils sehen wir uns nicht im Geringsten veranlasst, Euren Landsleuten einen Gefallen zu erweisen.«
Der Bischof legte eine Pause ein, und nun drang das Geschrei der Bauleute von draußen durch die Fenster. Dem Lärm nach hatte jemand einen Balken fallen lassen.
»Ihr müsst Dänemark verlassen, das steht fest. Würde der Kaiser Eure sichere Überfahrt mit einem Gefallen bezahlen?«, fragte Asker.
Adele war kaum noch in der Lage, den Gedanken des Bischofs zu folgen; der Schmerz über Svens Tod und sein grausiges Ende zerriss sie, die Kälte des Fußbodens kroch in ihren Körper, und plötzlich fingen ihre Zähne zu klappern an.
»N-nein, das glaube ich nicht«, brachte sie mit Mühe heraus. Der Kaiser war zwar in jungen Jahren zusammen mit Sven am Königshof zum Ritter ausgebildet worden. Aber das lag nun fast zwanzig Jahre zurück. Er hatte ihn gekrönt, sie war dabei gewesen. Doch Friedrich war ein Mann von Ehre, er würde Svens Handeln verurteilen. Und sie selbst war ihm nicht wich-

tig genug, um den Dänen im Streit mit Eskil Zugeständnisse zu machen.

Bischof Asker nickte; er glaubte auch nicht, dass sich der Kaiser vom Schicksal dieser unglücklichen jungen Witwe zu irgendeinem Einlenken bewegen ließ.

Er durchbohrte Adele förmlich mit seinem Blick.

»Der Erzbischof von Magdeburg ist Euer Vetter?«

Sie nickte.

»Dann werden wir herausfinden, wie viel ihm an Euch liegt«, erklärte der Bischof und gab durch ein Zeichen zu verstehen, dass das Gespräch beendet war.

Starr vor Kälte und Entsetzen musste sich Adele aufhelfen lassen und ging mit steifen Schritten, von Janne gestützt, in ihre Kammer, um zu weinen, zu beten und schließlich in dumpfen Schlaf zu sinken.

Auf der Suche I

Christian, Graf Konrad von Seeburg,
Erzbischof Wichmann von Magdeburg,
Herzogin Clementia von Zähringen; Seeburg,
Magdeburg und Lüneburg, Spätherbst 1157

»Beweg dich, du störrisches Biest, sonst muss ich dich noch für einen Esel halten!«, schalt Christian den Rappen, den ihm Markgraf Otto für die Suche nach Adele überlassen hatte. Ein ausdauerndes und kräftiges Tier, doch widerspenstig und nur mit Mühe davon zu überzeugen, den Weg einzuschlagen, den sein Reiter nehmen wollte. Der Hengst wieherte und preschte jäh los. Er barst schier vor Ungeduld. Dann und wann ließ Christian ihn galoppieren, um das ungestüme Tier zu ermüden, was es schwierig machte, sein eigenes Pferd als

Handpferd mitzuführen. Auf Ottos Geheiß ritt Christian ohne Begleiter, doch gut mit Proviant und Silbermünzen versorgt. So konnte er Heu und Hafer für die Pferde kaufen und in Herbergen übernachten.

Christian war froh, seinen übereifrigen jungen Knappen Matthes in Meißen gelassen zu haben. Er musste ja unterwegs keine Rüstung anlegen, wofür er einen Knappen oder einen anderen Helfer benötigt hätte. Und um die Pferde kümmerte er sich lieber selbst.

Der Kleinkrieg mit dem übellaunigen Hengst hielt ihn wenigstens davon ab, ständig darüber nachzugrübeln, wie es wohl Luitgard erging. Zumindest tagsüber. Nachts flogen seine Gedanken zu ihr, bis ihn endlich der Schlaf übermannte. Wie er es auch drehte und wendete, er hatte keine Möglichkeit, ihr zu helfen. Seine einzige Hoffnung auf Beistand für Luitgard setzte er in Hedwig.

»Kommt nicht wieder ohne eine Spur von meiner Schwester!«, hatte Markgraf Otto ihm eingeschärft. Doch auch ohne diese Mahnung war Christian entschlossen, Adele oder wenigstens einen Hinweis auf ihr Schicksal zu finden. Er kannte die lebensfrohe junge Königin aus ihrer Zeit am Meißner Hof. Ihm schien es undenkbar, dass sie von Svens Plänen gewusst, geschweige denn sie gebilligt hatte. Trotzdem musste sie nun dafür büßen. Sonst wäre sie längst gefunden worden und befände sich mit ihrem Kind in Sicherheit.

Der Herbst neigte sich dem Ende zu. Die letzten Blätter fielen, Nieselregen legte einen grauen Schleier über die Landschaft. Die sonst von Händlern, Pilgern, bewaffneten Reitern und Bauern auf dem Weg zum Markt bevölkerten Straßen waren weitgehend leer.

So war es Christian möglich, sich in Gedanken zu versenken, wenn der Rappe einmal nicht bockte, und über sein Leben als Ritter nachzugrübeln. Es gefiel ihm nicht besonders, was dabei herauskam.

Sicher, er war nun ein Mann in Waffen und von höherem Stand, als es ein Schmied oder Kaufmann je sein könnten. Doch auch er musste Befehlen gehorchen, ob sie ihm gefielen oder nicht. Er hatte bei seiner Schwertleite geschworen, die Wehrlosen zu schützen. Nur konnte er weder Luitgard beistehen noch sonst jemandem, der wirklich Hilfe brauchte.

Wie wäre mein Leben verlaufen, wenn ich nach Vaters Tod bei Meister Goswin geblieben wäre und weiter das Schmieden erlernt hätte?, fragte er sich. Dann würde Mutter vielleicht noch leben. Als Schmied wäre ich ein angesehener Mann mit einem geachteten Beruf. Natürlich den Launen eines jeden Ritters ausgesetzt, der bei mir Waffen bestellt oder sein Pferd beschlagen lässt. Aber bin ich das nicht auch jetzt?

Er beneidete seinen Freund Raimund, weil dessen künftiges Leben in festen Bahnen zu verlaufen schien. Er würde einmal die Ländereien seines Vaters erben, eine wunderschöne Braut heimführen und eine Familie gründen. Während Christian ohne Besitz und als Ministeriale an den Meißner Hof gebunden blieb. Eine Familie durfte er nur mit Erlaubnis des Markgrafen gründen. Doch er spürte auch kein Verlangen danach. Was hatte er einer Frau schon zu bieten – ohne Land und Silber? Er war sich nicht einmal mehr sicher, ob es Liebe war, was er für Luitgard empfand, oder einfach nur der Wunsch, ihr in ihrer Angst und Hilflosigkeit beizustehen.

Am dritten Tag seiner Suche erreichte Christian Seeburg.

Er hatte den Weg über Leipzig genommen; dorthin kamen auch viele Händler aus weit entfernten Gegenden. Er hörte sich unter ihnen um, doch niemand wusste etwas über die Königin der Dänen.

Der Graf von Seeburg war zur Jagd, als Christian die massige steinerne Burg am Süßen See erreichte. So kümmerte er sich erst einmal um seine Pferde. Den biestigen Rappen wollte er den Stallburschen nicht zumuten. Prompt schnappte der störrische Hengst nach ihm; Christian konnte gerade noch rechtzeitig ausweichen.

»Eines Tages kastriere ich dich!«, drohte er grimmig. Aber der Rappe schien ihn auszulachen, als wüsste er, dass sein Reiter das nicht durfte. Jäh blitzte in Christian die Erinnerung daran auf, wie ihm hier einmal der Erzbischof von Magdeburg sein Ungetüm von einem Pferd anvertraut hatte, an das sich kein Stallbursche heranwagte.

Graf Konrad von Seeburg kam schon bald hochzufrieden von der Jagd zurück. Jagdhelfer trugen einen Hirsch, außerdem waren zwei Rehe und einiges Kleinwild zur Strecke gebracht. Noch in blutbefleckten Jagdkleidern empfing der Graf den Boten seines meißnischen Vetters. Der Graf von Seeburg war der älteste Sohn von Markgraf Konrads Schwester, der für ihren scharfen Geist und die spitze Zunge gefürchteten Mathilde.

Er hat das Gesicht seiner Mutter, dachte Christian, als er vor dem Seeburger stand. Aber er kommt weder nach seinem stämmigen Vetter Otto noch nach dem schlanken Dietrich, sondern eher nach dem fetten Dedo.

Als der junge meißnische Ritter berichtet hatte, was Adeles Brüder über das Blutfest von Roskilde erfahren hatten, starrte der Seeburger ihn fassungslos an.

»Dieser Narr!«, wütete er und wiederholte dann – ohne es zu wissen – einen Satz der Kaisers: »Wenn man seine Rivalen schon töten will, muss man es so planen, dass es auch im Handstreich gelingt.«

Er rieb sich übers Gesicht. »Unser armes Adelchen! Ich hab sie hier aufwachsen sehen in der Obhut meiner Mutter. Gott steh ihr bei! Ich mag gar nicht zu Ende denken, was ihr alles zugestoßen sein könnte.«

Graf Konrad war erschüttert. In Gedanken prüfte er hin und her, was er für seine Verwandte tun könnte, ohne jedoch zu einem Ergebnis zu kommen.

»Christian, ich höre von alldem erst durch Euch und habe nicht die geringste Nachricht von meiner Base. Ich schicke einen Boten zu Otto nach Meißen, so könnt Ihr gleich nach Magdeburg weiterreisen«, entschied er. »Vielleicht weiß mein Bruder Wichmann etwas. Als Erzbischof hat er seine eigenen Quellen und Wege, um Neuigkeiten in Erfahrung zu bringen. Eurem Bericht zufolge war ein Bischof bei diesem Gemetzel dabei. Man sollte meinen, dass sich der Klerus in solch einem Fall trotz aller Streitigkeiten untereinander beisteht und auf die Tugend der Nächstenliebe besinnt.«

Großzügig mit Proviant und Hafer für die Pferde versehen, erreichte Christian zwei Tage später Magdeburg. Zum ersten Mal sah er die Stadt an der Elbe, deren Reichtum an Kirchen ihn staunen ließ. Die Elbe war mit schwer beladenen Schiffen stark befahren, und auch die breite Straße nach Magdeburg war auf dem letzten Stück trotz der fortgeschrittenen Jahreszeit dicht bevölkert. Der Handel blühte offenbar.

Ohne irgendwo zu verweilen, ritt Christian zum erzbischöflichen Palast an der Ostseite des Domplatzes und ließ sich bei Erzbischof Wichmann melden, dem jüngeren Bruder des Grafen von Seeburg. Ein Mann von etwa vierzig Jahren, der unverkennbar den Prunk und prächtige Kleider liebte, doch klug und als Friedensstifter geachtet. Ganz anders als sein grimmiger Vetter Otto, der neue Markgraf zu Meißen.

»Höchstwürden ist ins Gebet vertieft«, beschied ihm ein wichtigtuerischer Diener und deutete auf einen Platz, wo er sich bereithalten sollte.

Christian stellte sich auf längeres Warten ein, wurde jedoch zu seinem eigenen Erstaunen schon nach kurzer Zeit vorgelassen. Der wie gewohnt prachtvoll gekleidete Erzbischof erkannte ihn sofort wieder. »Ihr habt mich im Auftrag meines Oheims Markgraf Konrad auf einer besonderen Mission begleitet, als Ihr noch Knappe wart.«

Christian bestätigte und erwiderte Wichmanns ironisches Lächeln. Der Erzbischof hatte ihn mit der Gesandtschaft Albrechts des Bären auf einen Hoftag geschickt. Dort sollte er erkunden, was der Kaiser bezüglich der Mark Meißen plante. Zur Tarnung gab dabei der engste Vertraute des Bären, der Graf von Hillersleben, Christian als seinen illegitimen Sohn aus, was der belustigten Gräfin Anlass zu spitzzüngigen Kommentaren und theatralischem Gekeife gegeben hatte.
Mit einem Wink schickte der Erzbischof sämtliche Anwesende bis auf Christian hinaus. Dem jungen Ritter fiel auf, dass jedermann hier wohlgekleidet war, was vom Reichtum Magdeburgs, aber auch von der Großzügigkeit Wichmanns zeugte. Und von ausgeprägtem Standesbewusstsein.
»Mein Vetter Otto sendet Euch vermutlich, damit ich beim Kaiser ein gutes Wort für ihn einlege«, begann der Erzbischof, der in dieser Annahme alle hinausbefohlen hatte. Als Markgraf musste Otto unbedingt formell vom Kaiser mit der Mark Meißen belehnt werden, wollte er sie behalten. Doch solche Familienangelegenheiten breitete man nicht in der Öffentlichkeit aus.
Noch bevor Christian sein Ansinnen vortragen konnte, sagte Wichmann bereits: »Es trifft sich gut, dass Otto mir einen Boten schickt; sonst hätte ich noch heute selbst einen entsandt. Ich habe schlechte Neuigkeiten für meine Vettern.«
Dem jungen Meißner stockte der Atem. War die Schwester des Markgrafen umgekommen?
»Durch einen Boten des Erzbischofs von Bremen erfuhr ich heute Morgen, dass König Sven tot ist. Erschlagen von einer Horde wütender Bauern, nachdem er die Schlacht gegen den jungen König Waldemar verloren hatte«, berichtete Wichmann sichtlich bedrückt. »Doch von meiner Base habe ich keinerlei Nachricht. Sie scheint … verschollen. Solange nicht jemand ihren Leichnam gesehen und erkannt hat, gebe ich die Hoffnung nicht auf. Die Heilige Jungfrau möge ihr beistehen.«
»Deshalb bin ich hier, Höchstwürden. Markgraf Otto schickte

mich aus Sorge um Königin Adele zu Euch. Zuvor habe ich seinem Befehl gemäß auch schon Euren Bruder in Seeburg aufgesucht«, berichtete Christian.
Der Erzbischof fuhr auf, Hoffnung leuchtete in seinem Gesicht.
»Ist sie in Meißen und gesund?«
Bedauernd schüttelte Christian den Kopf.
»Nein. Bei meinem Aufbruch wusste dort noch nicht einmal jemand etwas von König Svens Tod«, erklärte er und wiederholte, was der Bote des Grafen von Holstein berichtet hatte.
Der Erzbischof atmete tief durch, und nun drückte sein Gesicht noch mehr Besorgnis aus als zuvor.
»So besteht wenigstens Hoffnung, dass sie lebt«, sagte er mit vor Sorge gefurchter Stirn, ohne auch nur im Geringsten hoffnungsvoll zu wirken. »Doch es beunruhigt mich sehr, dass ich keinerlei Nachricht über ihr Schicksal habe. Der Bischof von Roskilde war bei diesem blutigen Fest zugegen. Er *muss* etwas gesehen und gehört haben!«
Der Erzbischof klang jetzt sehr eindringlich, und man sah ihm an, wie seine Gedanken rasten.
»Wenn sie irgendwo Zuflucht gesucht hat oder als Geisel gehalten wird, hätte sich längst jemand wegen des Lösegelds an mich oder ihre Brüder gewandt«, spann Wichmann den Faden weiter. »Dass kein Bote mit der Forderung eintrifft, sie auszulösen, oder irgendjemand wenigstens einen Hinweis auf ihren Verbleib hat, ist ein schlechtes Zeichen.«
Er durchdachte und verwarf einige Möglichkeiten und entschied: »Ich werde Boten zu Erzbischof Hartwig nach Bremen und auch zu Bischof Asker nach Roskilde senden. Sobald ich etwas erfahre, benachrichtige ich meine Vettern, Adeles Brüder. Und Ihr, Christian, reitet wie befohlen gleich weiter nach Lüneburg. Dort musste sie ihre kleine Tochter lassen, als Sven aufbrach, um Dänemark zurückzuerobern. Eine Mutter zieht es zu ihrem Kind.«

Bevor Christian die Pferde aus dem Stall holte, ging er in den Dom, um für Königin Adele und für Luitgard zu beten und die Reliquien zu betrachten. Er suchte die Gräber von Kaiser Otto und Königin Editha auf und verharrte dort eine kurze Weile.

Dann lief Christian voll finsterer Gedanken zu den Stallungen, um seine Reise heute noch fortzusetzen. War Adele am Leben? Wenn ja, wo steckte sie? Ging es ihr gut? All seine Hoffnung richtete sich nun darauf, sie in Lüneburg zu finden. Der Erzbischof hatte sicher recht: Eine Mutter zog es zu ihrem Kind.

Der Stallmeister händigte ihm auf Weisung des Erzbischofs ein Säckchen mit Proviant aus.

»Wer hat Euch denn diesen biestigen Rappen gegeben? Wer es auch war, seid Euch gewiss: Er wollte Euch nichts Gutes«, meinte der Stallmeister, ein grauhaariger, stämmiger Mann.

»Wir gewöhnen uns gerade aneinander«, erwiderte Christian matt grinsend und strich dem Hengst über das Fell, woraufhin dieser gereizt nach ihm schnappte. Doch Christian hatte seine Hand flugs in Sicherheit gebracht und zog dem Rappen die Zügel über den Kopf.

Dann gab er ihm einen Apfel aus seinen Vorräten zu fressen.

»Du könntest ruhig ein bisschen mehr Dankbarkeit zeigen«, beschwerte sich der junge Ritter, während das Pferd den Apfel zermalmte.

Er dankte dem Stallmeister und führte den Rappen auf den Hof. Ein Pferdeknecht brachte den Sattel und reichte ihn Christian, wobei er tunlichst Abstand von dem Hengst hielt. Dessen übles Temperament hatte sich schnell herumgesprochen. Ein weiterer Stallbursche führte Christians zweites Pferd am Zügel heran.

Der meißnische Ritter saß auf und ritt los. Mindestens zehn Meilen wollte er heute noch schaffen.

Die Dämmerung brach herein, als Christian an einer Wegkreuzung eine Schankwirtschaft fand.
Er saß ab und band beide Pferde an einem Baum fest, um den Wirt nach einer Bleibe und einer Mahlzeit zu fragen. Es war kalt geworden in den letzten Stunden, und er sehnte sich nach einer Schale mit heißer Suppe.
Doch der Wirt machte einen so wenig vertrauenswürdigen Eindruck, dass Christian beschloss, die Nacht im Stall bei seinen Pferden zu verbringen und sich mit Brot und Käse aus seinen Vorräten zu begnügen.
Er hatte sich kaum auf dem Heuboden eingerichtet, als noch jemand die Stiege heraufkam: eine der jüngeren Schankmägde. Sie lächelte ihn breit an und zog ihr fadenscheiniges Kleid hoch bis über die Knie, was ihre schmutzigen Füße enthüllte. Ihr Lächeln entblößte mehrere Zahnlücken auf der linken Seite; vermutlich waren ihr die Zähne ausgeschlagen worden.
»Darf ich Euch ein wenig Gesellschaft leisten, edler Herr?«, fragte sie und wiegte sich in den Hüften.
»Geh zurück an deine Arbeit, mir steht der Sinn nicht nach Gesellschaft!«
»Das *ist* meine Arbeit«, gab sie zurück und zog den Rock noch ein wenig höher. »Allein vom Ausschenken werd ich das Balg nicht satt kriegen, dafür bezahlt der Dreckskerl von einem Wirt nicht genug.«
Ihre Worte bestätigten seinen Verdacht, dass sie schwanger war. Und hinter dem Lächeln erkannte er ihre Angst.
»Geh zurück in die Schankstube, da findest du genug Kundschaft!«, beharrte Christian. In der Gastwirtschaft saßen etliche Kerle, die eine Frau wollten; nur konnten die meisten vermutlich nicht dafür bezahlen. Und selbst wenn er ihr einfach so einen Hälfling gab, würde der Wirt ihn dem Mädchen sofort wegnehmen. Er konnte ihr nicht helfen.
Was ihn geradewegs zum Endpunkt seiner Grübeleien brachte: Er konnte niemandem helfen.

Als Christian am Morgen vom Brunnen zurückkam, fing er aus dem Augenwinkel eine Bewegung ein. Blitzschnell langte er zu und packte einen dürren Burschen von vielleicht sechs oder sieben Jahren am Kittel. Das vor Schmutz starrende Kleidungsstück zerriss, aber Christian hielt den Jungen am Arm, der sich an seine Proviantsäcke heranschleichen wollte.
»Tut mir nichts, edler Herr, bitte tut mir nichts und lasst mich laufen!«, bettelte der kleine Dieb.
»Du wolltest stehlen. Ich sollte dich dem Richter übergeben, dann wird dir ein Ohr abgeschnitten oder eine Hand abgeschlagen«, drohte Christian.
»Bitte nicht, edler Herr!«, flehte der Junge, seine Tränen hinterließen helle Spuren auf dem schmutzigen Gesicht. »Ich werde Euch dienen! Ich kann Eure Pferde striegeln, die Hufe auskratzen, Euer Gepäck tragen, ganz ohne Lohn, nur für einen Kanten Brot. Ich habe seit Tagen nichts mehr gegessen.«
»Sei froh, dass dir dieser schwarze Teufel nichts angetan hat«, meinte Christian streng und wies mit dem Kopf auf den Rappen. »Wo sind deine Eltern und Geschwister?«
»Tot, alle tot …«, schniefte der Junge. »Alle an einem Fieber gestorben. Erst Mutter und Vater. Wir hatten keine Verwandten im Dorf, also bettelte ich bei den Nachbarn, damit sie mir und meinen kleinen Schwestern etwas zu essen gaben. Doch die Nachbarn scheuchten uns fort. Ich wollte mich als Pferdeknecht verdingen, aber der Schankwirt fand mich zu schwächlich, und dann sind die Mädchen … einfach nicht mehr aufgewacht. Ich hoffe, sie sind jetzt alle im Himmel …«
Ratlos blickte Christian auf den dürren Jungen. Diebstahl war keine Kleinigkeit und wurde drakonisch bestraft. Sein geringes Alter würde den Jungen nicht davor retten. Das Gesetz schützte den Besitz der Wohlhabenden. Und für einen Armen konnte ein Kanten Brot Leben oder Tod bedeuten. Doch Christian wollte nicht, dass der Junge verstümmelt wurde.

Verlangte der ritterliche Eid nicht, die Schwachen und Waisen zu schützen?
Durch energisches Nachfragen fand Christian bald seinen Verdacht bestätigt: Der Wirt hatte den mageren Burschen aufgefordert, das Gepäck der Reisenden nach nützlichen Dingen zu durchstöbern; dafür sollte er etwas zu essen bekommen.
Wenn er ihn also hierließ, würde die ausgehungerte kleine Gestalt früher oder später als Dieb gebrandmarkt oder verstümmelt werden, wenn man ihn nicht sogar aufknüpfte. Kurz entschlossen hievte er den Jungen vor sich in den Sattel und erklärte: »Du wirst mich ein Stück begleiten und mir dienen. In der nächsten Schankwirtschaft frage ich, ob sie dort Verwendung für dich als Stallburschen oder Küchengehilfen haben.«
Der Junge wischte sich mit dem Ärmel Rotz und Tränen aus dem Gesicht, wodurch er es noch mehr verschmierte, bedankte sich überschwänglich und beteuerte, ein nützlicher Helfer sein zu wollen.

Unterwegs änderte Christian seine Pläne. Auf halbem Weg nach Lüneburg dirigierte er seine Pferde zu einer Mühle und schlug dem Müller vor, den mageren Waisenjungen in Lohn und Brot zu nehmen, denn der Mühlenmann ging schief, unter sichtlichen Schmerzen, und seine Finger waren verkrümmt und knotig.
»Der Hänfling ist zu dürr, der kann doch keinen Sack tragen!«, murrte der Müller verbittert. »Die Mühle wirft nicht so viel ab, dass ich nutzlose Esser durchfüttern kann. Mit Verlaub, Herr.«
Christian ließ sich davon nicht abbringen. »Die Säcke soll dein Großknecht tragen«, meinte er, obwohl hier weder ein Knecht noch erwachsene Söhne zu sehen waren. »Der Winter naht, und du brauchst jemanden, der Holz für dich aufliest, Wasser ins Haus trägt und sich um die Maultiere und Esel der-

jenigen kümmert, die ihr Korn bei dir mahlen lassen wollen. Dafür hat der Junge ein gutes Händchen«, versicherte er und schob den mageren Kerl vor sich, wobei er eine fette Laus über dessen strähniges Haar krabbeln sah.

»Vergebt mir, edler Herr, seht Ihr hier irgendein Pferd oder einen Esel außer Euren kostbaren Reittieren?«, höhnte der Müller.

»Ich sehe, dass dein Rücken krumm ist und du die Finger kaum noch bewegen kannst. Nimm dir den Jungen zur Hilfe für etwas Brot zum Lohn. Als Müller wird es dir daran nicht mangeln«, redete Christian ihm zu. »Du wirst außerdem bald mehr zu tun bekommen. Der Kaiser beabsichtigt, den Mühlenzwang zum Gesetz zu erheben. Was bedeutet, dass jeder auf dem Land deines Grundherrn sein Korn zu dir bringen muss, wenn er nicht hart bestraft werden will.«

Dem Müller stand die Frage klar ins Gesicht geschrieben: Woher wollt Ihr wissen, was der Kaiser plant? Doch das wagte er natürlich nicht auszusprechen.

Christian ignorierte das Mienenspiel des griesgrämigen Alten. Er sah den Jungen streng an. »Gehorche und sei fleißig! Dann bekommst du hier ein Dach überm Kopf und etwas zu essen.«

»Ja, Herr«, versicherte der Junge und beäugte skeptisch die Müllerin, die inzwischen aus dem Haus getreten war und sich ihnen näherte.

»Tut ein gutes Werk und nehmt diese Waise auf!«, redete Christian dem Paar zu. »Der Bursche kann euch zur Hand gehen.«

Er drückte der Frau zwei Pfennige in die Hand. »Mach ihm neue Kleider, seine hängen ihm ja nur noch in Fetzen am Leib.«

»Gott vergelt's Euch, edler Herr!«, dankte die Müllerin und nahm die Münzen hastig entgegen. Dann musterte sie den Jungen. Ein Bad im Fluss hatte er schon genommen, während er mit Christian reiste. Sein Gesicht war nun sauber – das war

das Freundlichste, was man von seiner Erscheinung sagen konnte.
Christian kündigte an, auf seiner Rückreise vorbeizuschauen, um sich zu überzeugen, dass es dem Jungen gut erging und er seine Arbeit zur Zufriedenheit der Müllersleute erledigte. Dann ritt er weiter. Er wollte noch vor Einbruch der Dämmerung Lüneburg erreichen.
Herzog Heinrich würde nicht dort sein; der Löwe war entweder noch in Bayern oder schon beim Kaiser. Deshalb war Christian auch nicht über Braunschweig gereist. Er setzte alle Hoffnungen auf Herzogin Clementia, bei der Adele eine Zeitlang Schutz gesucht hatte, während Sven Dänemark zurückerobern wollte – mit Hilfe des Löwen, der den Befehl dazu vom Kaiser erteilt bekommen hatte. Doch spätestens seit einer gemeinsam verlorenen Schlacht war der Herzog nicht gut auf Sven zu sprechen. Clementia von Zähringen jedoch würde Adele sicher helfen. Außerdem stand sie in dem Ruf, in Abwesenheit ihres Gemahls seine Interessen gut und weise zu wahren.

Lüneburg lag an der Kreuzung zweier bedeutender Handelsstraßen und beeindruckte Christian sehr. Nicht nur die Burg auf einem Kalkhügel, die sich hoch über den Salinenhäusern emporreckte. Das Salz und der Handel damit hatten der Stadt und ihrem Besitzer sichtlich zu Reichtum verholfen. Salz war kostbar und unersetzlich.
Herzog Heinrich besitzt das Goslarer Silber, das Lüneburger Salz, durch Handel blühende Städte und die Zölle, die an den großen Straßen erhoben werden, zählte Christian in Gedanken auf. Zwei Herzogtümer, die beide noch dazu mit einträglichen Geldquellen gesegnet waren.
Während er zur Burg ritt und dabei seine Blicke über die nahen Salinen schweifen ließ, dachte er: Dagegen nehmen sich die Besitzungen der Markgrafen Otto und Dietrich fast

bescheiden aus, nach Maßstäben eines Fürsten gemessen. Sie verfügen weder über Silberbergwerke noch Salinen, aus der Elbe lässt sich kein Gold waschen. Und das Gebiet mit der bedeutendsten Handelsstraße, das Land Bautzen, musste der alte Markgraf Konrad auf kaiserlichen Befehl an den Herzog von Böhmen abtreten, ebenso das einträgliche Vogteirecht über die Klöster Naumburg und Chemnitz.

Otto und Dietrich herrschten über Markgrafschaften, die zu großen Teilen aus dichtem Urwald oder Sumpfland bestanden und in denen es nur wenige größere Ansiedlungen gab. Kein Wunder, dass Otto erwog, Siedler ins Land zu holen, die es urbar machen sollten. Doch das kostete Silber. Die meißnischen Wälder waren so dicht gewachsen, dass sich nur unter Mühen hinreichend große Felder für die Aussaat roden ließen. Ohne Unterstützung in Form von Getreide und Werkzeug konnten sich die Siedler nicht in dieser Wildnis behaupten. Das hatte sich gezeigt, als der Meißner Bischof Gerung vor drei Jahren eine Gruppe Flamen in seinen Sprengel rief.

Nachdem er seine beiden Pferde an den Stallmeister übergeben hatte, ließ sich Christian bei Herzogin Clementia melden. Er sank vor ihr auf ein Knie und richtete die Grüße der Markgrafen Otto und Dietrich und ihre Frage nach Adele aus.

Clementias Anblick verblüffte ihn.

Mächtige Männer nahmen sich junge Frauen. Die Herzogin von Sachsen und Bayern jedoch wirkte älter als ihr Gemahl, den Christian als jungen Fürsten erlebt hatte, der vor Kraft und Hochmut nur so strotzte. Vielleicht war sie auch nur deutlicher gealtert in ihrer Ehe. Die Jahre waren nicht gnädig umgegangen mit Clementia von Zähringen.

Ob Christian ahnte, dass die Herzogin gerade Ähnliches dachte?

Die kluge Frau wartete nur noch auf die Mitteilung, dass ihr Gemahl sich von ihr scheiden lassen wollte. Und sie konnte nichts dagegen tun. Es bestand keine Hoffnung mehr, dass sie ihm noch einen Sohn schenkte. Er suchte ihr Bett schon lange nicht mehr auf.

Und der Kaiser, mittlerweile Heinrichs bester und vermutlich einziger Freund, wird gerade jetzt wieder entsprechend auf ihn einreden, dachte sie verbittert. Friedrich führte schon als junger Ritter Fehde gegen meinen Vater, sie stritten sich um Land. Und seine eigene Scheidung verhalf dem Kaiser zu einer blendenden Partie. Mein Gemahl wird mich wegschicken und sich eine Jüngere nehmen, eine Gemahlin von hohem Stand. Von hohem Stand und fruchtbar.

Diesen Gedanken konnte Clementia einfach nicht mehr aus ihrem Kopf verbannen. Jedes Mal, wenn Heinrich von einem Aufenthalt am kaiserlichen Hof zurückkehrte, fragte sie sich, ob er ihr wohl diesmal eröffnen würde, dass er die Scheidung begehrte. Sie wusste, der Kaiser war ihr Feind.

Doch sie verbarg diese Gedanken sorgfältig und fragte sich zugleich, wieso. Wurde nicht schon genug darüber geklatscht, pfiffen es die Spatzen nicht von den Dächern, dass sich der Löwe sicher bald eine neue Frau nehmen würde?

Dabei hatte es am Anfang ihrer Ehe trotz des Altersunterschiedes durchaus Nähe gegeben. Die Geburt ihres gemeinsamen Sohnes kaum ein Jahr nach der Hochzeit war Heinrichs größte Freude und sein Stolz gewesen. Doch dass der Säugling wenig später durch einen tragischen Unfall starb, konnten beide nicht verkraften. Und danach hatte sie nur noch Töchter geboren – wo es doch das größte Streben eines Fürsten war, Söhne zu hinterlassen, an die er sein Erbe weitergeben konnte.

Herzogin Clementia schüttelte nun diesen Kummer ab und richtete sich auf.

»Ich bedaure es sehr, Markgraf Otto keine Nachricht von seiner Schwester geben zu können«, begann sie. »Dabei sorge ich mich selbst um Adele. Niemand scheint zu wissen, welches

Schicksal sie nach der Bluttat ihres Gemahls ereilt hat. Aber ihre kleine Tochter ist hier wohlbehütet, bis ihre Mutter sie mit sich nehmen kann – oder Markgraf Otto beschließt, seine Nichte zu sich zu holen.«
Auf ihren Befehl trat die Amme mit Adeles Töchterchen im Arm ein. Das Kind kam Christian winzig vor, aber es wirkte gut genährt und zufrieden.
Werde ich einmal Kinder haben?, fragte er sich mit Wehmut im Herzen. Einen Sohn, dem ich Reiten und Kämpfen beibringen kann und der einmal mein Schwert erbt? Eine Tochter, die mich bei meiner Rückkehr liebevoll umarmt? Er hatte nicht einmal eine Vorstellung, wie und wo er eine Frau finden könnte, die er liebte und die seine Liebe erwiderte.
»Ich wählte für die kleine Lucardis eine Amme, die keine Verwandten mehr hier hat und mit der Prinzessin nach Meißen reisen kann, sollte Markgraf Otto dies wünschen«, erklärte Clementia und rieb sich erschöpft die Schläfen. Ihr Kopf schmerzte. Und ihr Herz noch mehr.
»Kehrt Ihr morgen nach Meißen zurück und richtet dies aus?«, fragte sie Christian. »Oder soll ich einen Boten schicken? Habt Ihr noch irgendeinen Anhaltspunkt, um die Suche nach der bedauernswerten jungen Witwe fortzusetzen?«
»Womöglich erhielt der Graf von Holstein Kunde«, antwortete Christian. »Deshalb werde ich heute noch weiterreiten, nach Lübeck. Falls Königin Adele Seeland verlassen konnte, segelt sie mit Sicherheit dorthin.«
Clementia sah ihn erstaunt an und beugte sich leicht vor.
»Ihr wisst es also gar nicht?«
»Was denn, Durchlaucht?«, fragte Christian, den jäh ein mulmiges Gefühl überfiel. Innerlich bereitete er sich schon darauf vor, vom Ableben des Holsteiners zu erfahren.
Doch Clementia hatte eine andere Kunde für ihn.
»Lübeck ist niedergebrannt, vor wenigen Tagen erst.«

Auf der Suche II

Graf Adolf von Holstein,
Slawenfürst Niklot, Christian; Lübeck,
Spätherbst 1157

Der durchdringende Geruch von feuchter Asche stach Christian in die Nase, sobald er die Wakenitz an einer Furt durchquert hatte und vor den Überresten Lübecks stand. Er fühlte sich an die schaurigen Bilder vom Polenfeldzug des Kaisers erinnert. Nur dass er hier nicht mit gegnerischen Angriffen rechnen musste.

Im Boden rund um die verkohlten Reste der Häuser fand er in einer Schicht von Asche die Abdrücke von nackten Füßen, große und kleine. Hier hatten die Bewohner offenbar nicht einmal ihre Schuhe retten können.

Wie es schien, hatte die Mehrzahl der Lübecker vorübergehend Zuflucht in der alten Burg Buku nördlich von Hafen und Marktplatz gefunden.

Doch vor einem Wirtshaus nahe dem Hafen, das wie durch ein Wunder vom Feuer verschont geblieben war, stand eine Gruppe aufgebrachter Menschen versammelt.

Vorbei an zahllosen Brandstätten dirigierte Christian seinen Rappen dorthin und verfolgte in geringem Abstand, was vonstatten ging.

»Siegbert, Johann, berichtet endlich, was ihr erfahren habt!«, rief ein älterer Mann mit angesengtem Bart ungeduldig. »Erlaubt der Herzog, dass wir Lübeck wieder aufbauen?«

Den Reaktionen der Versammelten entnahm Christian, dass die Lübecker Kaufleute eine Abordnung zum Löwen geschickt hatten, um ihm genau diese Frage zu stellen. Und die Männer waren wohl gerade zurückgekehrt.

Der Anführer der Kaufleute schob sich in die Mitte und rückte den Gürtel über seinem Gewand zurecht, das aus feinem Tuch

genäht war, aber durch Ruß, Asche und die lange Reise arg gelitten hatte.
»Herzog Heinrich ließ uns ausrichten, dass wir ein Stück weiter flussaufwärts an der Wakenitz siedeln sollen«, berichtete er. »Wir sollen dort eine neue Stadt erbauen, die seinen Namen trägt: Löwenstadt.«
»Da ist der Fluss nicht tief genug, um große Schiffe aufzunehmen«, wandte ein anderer Mann lautstark ein. »Sollen wir etwa die Waren auf offener See in kleine Boote umladen und dann in diese *Löwenstadt* bringen?«
Verächtlich spie er aus.
Mehrere der Versammelten stimmten ihm zu und murrten über die Anweisung des Herzogs.
»Ich musste Lübeck schon zwei Mal abbrennen sehen!«, rief eine verhärmte Frau. »Und davor war es in Slawenkriegen vernichtet worden. Graf Adolf hatte es damals neu errichten lassen … Bis vor zehn Jahren die Abodriten unter Niklots Führung kamen … Ihr wart dabei«, sagte sie und deutete in einem Halbkreis auf die versammelten Menschen vor sich.
»Wir entkamen dem Tod dank Gottes Hilfe und den tapferen Kämpfern auf der Burg. Doch nicht jedem war das vergönnt. Mein guter Mann starb, der Allmächtige sei seiner Seele gnädig. Wir ließen Lübeck wiederauferstehen. Und nun ist es erneut vernichtet mit allem, was wir in diesen zehn Jahren durch unserer Hände Arbeit erschufen. Schon wieder haben wir all unseren Besitz und das Dach überm Kopf verloren.«
Ihr Gesicht, ihre Haltung drückten Hoffnungslosigkeit aus.
»Dreimal wurde Lübeck zerstört in weniger als einem Menschenleben. Vielleicht soll es nicht sein, dass wir hier siedeln. Vielleicht ist dieser Platz verwunschen.«
Sie bekreuzigte sich, und etliche in ihrer Nähe taten es ihr gleich. Dann schwenkte sie den Arm und wies auf niedergebrannte Häuser und notdürftig errichtete Unterkünfte aus Ästen und Zweigen. »Womöglich ist es Gottes Wille, dass wir

Lübeck aufgeben. Ziehen wir zu dieser Löwenstadt, wie Seine Durchlaucht es wünscht!«

»Wir sind ohnehin auf das Wohlwollen des Herzogs angewiesen«, murmelte die jüngere Frau neben ihr. »Ohne seine Zustimmung …«

Sie sprach den Satz nicht zu Ende, den konnte jeder in Gedanken weiterführen. Selbst der Graf von Holstein, der Lübeck zweimal hatte wiedererrichten lassen, musste sich dem Willen seines Lehnsherrn fügen.

»Der Löwe thront weit weg und weiß nichts von Wassertiefen«, rief ein stämmiger Mann zehn Schritte vor Christian und bekam lautstark Zustimmung von seinen vergleichsweise gut gekleideten Begleitern. »Lübeck lebt vom Handel, von seiner günstigen Lage zwischen zwei Flüssen und dem Zugang zum Meer.«

Schon brach lautes Gezänk unter den Mutlosen aus.

Christian ritt zur Burg im Norden der Halbinsel. Fürs Erste hatte er genug gehört. Nun musste er sich auf seine Nachforschungen über Adele konzentrieren. Die Aussichten hatten sich gerade erheblich verschlechtert, hier etwas darüber zu erfahren.

Der Graf von Holstein hatte einen Gast – den Abodritenfürsten Niklot. Zwischen beiden Männern war eine Freundschaft gewachsen, die selbst den Krieg gegen die Slawen vor zehn Jahren überdauert hatte, den Wendenkreuzzug, obwohl sie sich damals in feindlichen Lagern gegenüberstanden.

Niklot und seine Abodriten mussten sich letztlich Heinrich dem Löwen unterwerfen, die Taufe über sich ergehen lassen und fortan hohe Tribute zahlen. Doch dank Niklots kluger Führung konnten sie als Untertanen des Löwen ihr Land und ihre Lebensweise bewahren. In stillem Einvernehmen durften sie sogar weiter ihren alten Göttern huldigen. Vorerst noch. Dass die zahlenmäßig weit überlegenen Christen mit dem fremden Glauben Schluss machen würden, sobald sie sich stark genug dafür fühlten, war dem Anführer der Slawen im Norden bewusst.

»Sehr unvorsichtig von dir, so kurz nach der Feuersbrunst in Lübeck einzureiten«, tadelte der Graf seinen älteren Freund. »Es hätte sein können, dass sie dich erkennen und aus reiner Wut erschlagen, weil sie denken, dass auch diese Feuersbrunst auf dich zurückgeht – so wie die vor zehn Jahren.«

»Damals herrschte Krieg. Ein Krieg, den nicht wir vom Zaun gebrochen haben«, widersprach Niklot und verkniff sich die ebenso zynische wie zutreffende Bemerkung, dass es mehr als ein paar aufgebrachte Kaufleute und Fischer brauchte, um ihn zu töten. Trotz seiner nahezu sechzig Jahre schien der Fürst der Abodriten nichts von seiner Kraft und Entschlossenheit eingebüßt zu haben. Er war immer noch ein gefürchteter Krieger, Heerführer und Fürst. Auch wenn der Löwe nun sein Lehnsherr war.

»Hätte ich Lübeck erneut niederbrennen wollen, wäre ich an der Spitze meiner Männer gekommen und würde nicht erst Wochen später den Schaden betrachten«, sagte Niklot mit leichtem Vorwurf im Tonfall. »So gut solltest du mich kennen.«

Allerdings hatte sein christlicher Freund nicht unrecht mit seiner Mahnung. Als Niklot mit seinen Begleitern in typisch slawischer Kleidung zur Burg geritten war, bekamen sie nicht nur Verwünschungen zu hören. Menschen flohen kreischend vor ihnen und kamen erst wieder aus ihren Verstecken, als sich das Burgtor hinter den Abodriten geschlossen hatte.

»Ich wollte sehen, ob die Gerüchte stimmten«, erklärte der Slawenfürst. »Doch eigentlich komme ich in einer ganz anderen Angelegenheit zu dir, die wichtig für unser Überleben ist. Nun sehe ich leider mit eigenen Augen: Es ist ein denkbar schlechter Zeitpunkt, um dich zu bitten, uns unsere Abgaben zu stunden.«

Niklot strich sich über den blonden, zum Dreieck geschnittenen Bart. Er trug nicht nur die Haartracht, sondern wie stets auch die Kleidung der Slawen, mit Wickelbändern um die Waden und aufgestickten verschlungenen Knoten, Wolfsköpfen und Drachen auf seinen Kleidern.
»Wir hatten eine schlechte Ernte, und uns sind Dutzende Pferde an einer Krankheit eingegangen, die wir sonst gut hätten verkaufen können«, berichtete er mit finsterer Miene. Die kleinen, aber ausdauernden und schnellen Pferde aus slawischer Zucht waren weithin begehrt und eine wichtige Einnahmequelle für sein Volk.
»Und deinen geldgierigen Herzog Heinrich brauche ich gar nicht erst zu fragen, ob er uns die Tributzahlungen mindert oder wenigstens stundet«, resümierte Niklot bitter.
Sie führten das Gespräch in der Sprache der Abodriten, die der Holsteiner erlernt hatte. So blieb vertraulich, was sie sagten, auch wenn es in der Burg nach der Feuersbrunst von Menschen nur so wimmelte.
»Hast du einen Anhaltspunkt, ob der Brand durch Funkenflug oder ein Missgeschick am Herd ausgelöst wurde? Oder hat jemand nachgeholfen?«, fragte der Abodritenfürst umstandslos.
Der Graf, der mit knapp fünfzig Jahren jünger war als sein Gast, zuckte kaum merklich zusammen. Erriet der Freund wieder einmal seine verborgensten Gedanken?
Adolf von Holstein gab sich zwar keinen Illusionen über seinen Herzog und dessen Gier nach Macht und Silber hin. Doch alles in ihm sträubte sich dagegen, Niklots Vermutung zu Ende zu denken. Obwohl ihm dieser Verdacht auch schon gekommen war. Wie könnte er noch seinem Lehnsherrn die Treue halten, wenn er ihm solche Missetaten zutraute?
Eines war jedenfalls gewiss: Der Löwe begehrte Lübeck, das nach dem slawischen Überfall vor zehn Jahren durch den günstig gelegenen Hafen und regen Handel erstaunlich schnell

wieder erblüht war. Der Herzog hatte ihn bereits mehrfach aufgefordert, es ihm zu überlassen. Und außerdem befohlen, die Salinen stillzulegen, die Graf Adolf betrieb. Aber der Holsteiner weigerte sich. *Er* hatte Lübeck zu neuer Blüte verholfen. Und mit den Einnahmen aus Salzgewinnung und -handel wollte er weiter Siedler werben, Land erschließen, das noch brachlag.

Niklot kannte ihn zu gut; er las auf dem Gesicht seines Gegenübers, was diesen bewegte.

»Gerade erst hat dein Herzog Heinrich in Bayern eine Zollstation niederbrennen lassen, die dem Bischof von Freising gehörte, um ein paar Meilen entfernt eine eigene zu errichten. Kommt dir das nicht irgendwie vertraut vor?«, bohrte Niklot unnachgiebig nach.

Adolf von Holstein fragte sich, woher Niklot das wohl wusste. Aber der Slawenfürst war ein kluger Mann und Anführer und verfügte sicher über ein Heer von Spionen, um die Christen im Auge zu behalten. Sie alle spürten, dass der Fortbestand der alten Bräuche und Heiligtümer am seidenen Faden hing.

Der Graf ächzte und rieb sich mit der Hand die Stirn.

Was ihn an Niklots Andeutungen zweifeln ließ: Der Löwe wusste sich so unverbrüchlich vom Kaiser geschützt, dass er womöglich ganz offen in Lübeck hätte einreiten lassen, wie er es in Föhring getan hatte. Heinrich kannte keine Hemmungen.

»Gerade ist eine Abordnung von Kaufleuten zurückgekehrt, die den Herzog um Erlaubnis bitten wollte, Lübeck neu zu errichten«, berichtete der Holsteiner. »Doch er befiehlt ihnen, ein Stück weiter flussaufwärts an der Wakenitz eine neue Siedlung zu errichten – *Löwenstadt.*«

Niklot hob vielsagend die Augenbrauen.

»Das Feuer hier kam ihm also sehr gelegen«, resümierte er und starrte dem Holsteiner ins Gesicht. Dann machte er eine wegwerfende Handbewegung. »Wenn er die Stelle meint, die ich vor Augen habe, können dort keine großen Schiffe anlegen. Seine Löwenstadt wird scheitern. Und aller Handel erfolgt über Bardowick.«

Adolf von Holstein lachte bitter auf.

»Ja, Löwenstadt wird scheitern. Mehr oder weniger schnell wird der Herzog einsehen, dass Lübeck der beste Handelsplatz und Hafen ist. Am selben Tag wird er es von mir einfordern.«

»Kannst du ablehnen?«, fragte Niklot, der die Sorge des Freundes teilte.

»Nein«, antwortete der kurz und bündig und trank seinen Becher leer. »Was soll ich denn tun? Ich habe Lübeck wiedergegründet, sogar zwei Mal. Doch wenn mir das Wohlergehen der Lübecker ehrlich am Herzen liegt, kann ich mich nicht verschließen, wenn sie eher früher als später darum bitten, die Löwenstadt aufzugeben und hierher zurückzukehren. Das wird der Herzog nur erlauben, wenn Lübeck dann ihm gehört. Abgesehen davon schulde ich ihm Gehorsam.«

»Er ist ein ziemlich undankbarer Hund, dein Herzog, wenn er dir so all die Jahre vergilt, die du ihm als getreuer und weiser Ratgeber zur Seite standest, von seiner Kindheit an!«, meinte Niklot und schüttelte den Kopf.

»Ich sehe ihn noch vor mir ... Ein zehnjähriger Bursche, der Rotz und Wasser heulte, weil sein Vater plötzlich gestorben war«, erinnerte sich der Graf voller Bitterkeit. »Seine Großmutter, Kaiserinwitwe Richenza, beauftragte noch am selben Morgen mich und einige andere Männer, ihrem Enkel zur Seite zu stehen. Das taten wir, ohne zu zögern. Doch ein paar Jahre später befand er, keinen Rat mehr zu brauchen. Heinrich macht, was er will. Weil er weiß, dass ihn der Kaiser in allem gewähren lässt.«

Müde strich sich der Graf das Haar zurück. »Wenn es je eines Beweises dafür bedurfte ... Die Zerstörung der Zollstation des Bischofs von Freising war ein ungeheuerlicher Verstoß gegen Recht und Gesetz! Doch nicht weniger ungeheuerlich ist, dass der Kaiser nicht sofort einschreitet. Niemand sonst im Reich dürfte sich so etwas leisten wie sein *guter Freund und Verwandter* Heinrich.«

Beunruhigende Aussichten, dachte Niklot. Über unser Gedeih und Verderb bestimmt jemand, der vollkommen entfesselt ist. Doch statt das Offensichtliche zu wiederholen – er konnte schließlich nichts dagegen unternehmen –, riet er dem Freund: »Du solltest dir eine Frau suchen, die dich wenigstens für einige Stunden deinen Ärger mit dem Löwen vergessen lässt.«

Das hatte der Graf tatsächlich vor und schon seine Fühler ausgestreckt. Es wäre weise, jetzt seine weiter südlich gelegenen Besitzungen zu stärken. Denn im Norden würde er vielleicht bald keine große Rolle mehr spielen.

Er holte tief Luft, um – etwas verlegen – zu berichten, dass er erwog, sich mit einer Tochter des Grafen Sizzo von Schwarzburg und Käfernburg zu vermählen, eines der mächtigsten thüringischen Adligen. Mechthild, der nachgesagt wurde, dass sie eine Schönheit sei und mit einer stattlichen Mitgift rechnen dürfe.

Doch ehe er etwas sagen konnte, unterbrach ihn ein Klopfen an der Tür. Der noch junge Hauptmann der Wache meldete: »Ein Mann wünscht Euch zu sprechen.«

Der Graf verdrehte die Augen.

»Werde ich heute noch erfahren, *wer* es ist und *was* er wünscht?«

Piet, der das Amt des unlängst verstorbenen Hauptmanns der Wache übernommen hatte, versah seinen Dienst mit viel Eifer. Doch fühlte er sich immer noch gehemmt, wenn er vor den Grafen treten musste. Zumal er nun jeden Tag auf die Geburt seines dritten Kindes hoffte und sich um seine Frau sorgte.

»Verzeiht!«, bat Piet reuevoll und trat von einem Bein aufs andere. »Meine Marieke hat nach der Wehmutter gerufen. Das Kleine wird wohl heute kommen …«

»Gott schütze sie und eure Kinder«, wünschte ihm der Graf. Neues Leben bedeutete immer auch Hoffnung. Und Marieke war eine tüchtige Frau.
Piet bedankte sich und atmete tief durch, bevor er seine Meldung präzisierte.
Adolf von Holstein rechnete damit, dass ihn die Kaufleute erneut zu sprechen wünschten, die zum Löwen gereist waren, und stellte sich auf ein vielstimmiges Lamento ein. Wenn das weiter so ging, musste er Lübeck noch schneller aufgeben als befürchtet. Was ihn ärgerte und kränkte.
Doch zu seiner Überraschung verkündete Piet, dass ein Bote des Markgrafen von Meißen eingetroffen sei.
»Er mag hereinkommen«, wies der Graf an und fragte sich, ob dieser Bote nun Nachrichten von Königin Adele *erwartete* oder *brachte.* Er wünschte der jungen Frau von ganzem Herzen, dass sie Rettung gefunden hatte.
Niklot wollte sich erheben und gehen, doch der Holsteiner hielt ihn mit einer Geste davon ab.
»Er fragt sicher nach der jungen Witwe von König Sven«, erklärte er. »Das Letzte, was ich von ihr hörte, war, dass sie nach dem Blutfest in Roskilde spurlos verschwand. Weißt du etwas über sie?«
»Nur dass ihr Mann ein Narr war«, sagte Niklot und schnaubte verächtlich. Er kannte das Königspaar, weil er sie auf Befehl des Herzogs mit seinen Schiffen nach Dänemark hatte bringen müssen. Die junge Frau Svens hatte ihn beeindruckt. Mutig, lebensfroh, schön. Doch erkennbar nicht sehr glücklich über die Pläne ihres Gemahls.
Die beiden Männer lehnten sich in ihren Stühlen zurück und stellten sich auf weitere schlechte Nachrichten ein.

Christian sank vor dem Grafen von Schauenburg, Holstein und Stormarn auf ein Knie. Als er einen fragenden Blick auf den slawischen Gast richtete, versicherte der Graf: »Fürst

Niklot hatte Sven und Adele geholfen, Dänemark zurückzuerobern. Vielleicht weiß er etwas.«
Das also ist der berühmte Niklot!, dachte Christian. Interessiert betrachtete er den Anführer der Abodriten. Die Slawen in der Mark Meißen waren längst zum Christentum bekehrt, zumindest offiziell. Zwar erkannte man sie noch an den Beinkleidern aus gewickelten Bändern, doch sie hatten sich in vielen Dingen ihren christlichen Nachbarn angepasst. Dieser hier allerdings trug seine traditionelle Kleidung mit Stolz, und sicher betete er noch die uralten slawischen Gottheiten an.
»Mein Fürst, Markgraf Otto, hat mich ausgesandt, um nach seiner Schwester Adele zu suchen«, begann Christian. »Doch nirgendwo fand ich einen Hinweis. Der Markgraf dankt Euch für die Nachricht, die Ihr gesandt habt, und erkundigt sich, ob Ihr inzwischen etwas über Adeles Schicksal in Erfahrung bringen konntet.«
Der Graf verneinte mit ehrlichem Bedauern, befragte Christian nach den bisherigen Stationen seiner Suche und Niklot nach irgendwelchen Gerüchten, die er aufgeschnappt haben könnte.
Wie sie es auch drehten und wendeten, das Ausbleiben jeglicher Nachricht ließ nichts Gutes hoffen.
Mitten in diese traurigen Überlegungen bat erneut der junge Hauptmann der Wache um Einlass.
»Ein Schiff hat angelegt, und ein Bote des Bischofs von Roskilde bittet, Euch zu sprechen.«
Damit hatte Piet die volle Aufmerksamkeit der drei Männer im Raum.
Jetzt erfahren wir, ob sie tot ist oder nicht. Allmächtiger, lass Adele leben!, dachte Graf Adolf von Holstein, der eine geistliche Erziehung genossen hatte und nun alle Schutzheiligen der Verfolgten um Beistand bat.
Ich sollte wohl gehen, dachte Niklot derweil zynisch. Die Bischöfe und die Dänen halten mich gleichermaßen für eine

Ausgeburt ihrer Hölle, weil ich weiter meinen Göttern huldige und mit meiner Flotte die dänischen Küsten überfalle. Doch er blieb. Da ihn sein Gastgeber nicht hinausbat, verstieß es gegen seinen Stolz, das Feld freiwillig zu räumen. Außerdem interessierte er sich für das Schicksal der jungen Königin. Und Christian wusste nicht, ob er nun hoffen oder sich auf schlechte Nachrichten einstellen sollte.

Begegnungen in Goslar

Die Markgrafen Albrecht der Bär und Dietrich, Kaiser Friedrich I.; Goslar, Anfang Januar 1158

Komm her, Bursche, lass dich umarmen!«, rief Albrecht der Bär dem Lausitzer Markgrafen Dietrich zu. Der hünenhafte alte Fürst zog den Jüngeren herzhaft an die Brust, dass die Gelenke knackten, und hieb ihm so kraftvoll auf den Rücken, dass es Dietrich den Atem aus den Lungen presste.

»Ich vermisse deinen Vater. Er war ein alter Griesgram, und ich hätte nie gedacht, dass mir sein übellauniges Gesicht einmal so fehlen wird«, brummte der Bär laut und jovial. Der Markgraf von Brandenburg strotzte trotz seines Alters von fast sechzig Jahren vor Kraft und Tatendrang Er grinste breit und etwas wehmütig.

»Mein bester Gefolgsmann, der Graf von Hillersleben, ist auch gestorben. All die Recken von altem Schlag sind dahin, nur ich bin noch übrig. Das Leben ist langweilig geworden ohne sie …«

Dietrich lächelte schief. Sein Vater war ein überaus strenger Mann gewesen und das blanke Gegenstück zu dem impulsiven Bären. Hart gegen seine Familie und gegen sich selbst. Als der alte Markgraf Konrad beim Kaiser in Ungnade fiel, weil er einer der Anführer einer Rebellion war, legte er alle Ämter und Titel nieder und zog sich in ein Kloster zurück, um beide Markgrafschaften für seine Söhne zu bewahren. Kurz darauf verstarb er.

Albrecht und sein Gast setzten sich und ließen sich Wein einschenken, ebenso Dietrichs jüngerer Bruder Heinrich von Wettin, den der Markgraf der Lausitz zum Goslarer Fürstentreffen mitgenommen hatte, damit er den Auftritt bei Hofe erlernte.

»Ich hoffe, dein Bruder Otto behandelt meine kleine Hedwig gut, und sie machen mich bald zum Großvater«, meinte der Bär nach einem tiefen Schluck, mit dem er seinen Becher zur Hälfte leerte. »Gibt es denn endlich einen Hinweis auf Nachwuchs?«

Als Dietrich bedauernd verneinte, schüttelte Albrecht missbilligend den Kopf.

»An meiner Hedwig kann's nicht liegen. Ihre Mutter hat mir dreizehn Kinder geboren.«

Er warf dem Bruder seines Schwiegersohnes einen schiefen Blick zu.

»Bist du sicher, dass ihr Ehebett nicht so kalt ist wie deins? Nichts für ungut«, entschuldigte er sich halbherzig für so viel Direktheit. Albrecht der Bär hatte noch nie ein Blatt vor den Mund genommen.

Dietrich beteuerte, dass Hedwig und ihr Gemahl eine gute Ehe führten, wobei er verschwieg, dass dies hauptsächlich Hedwigs Verdienst war, die ihren Gemahl mit großem Geschick lenkte.

»Mein Bruder ist Eurer Tochter sehr zugetan«, beteuerte er und dachte dabei, dass Hedwig tatsächlich bald einen Erben für Otto vorweisen sollte, damit sie nicht noch mehr ins Gerede kam.

Diener brachten Gebratenes und Gesottenes. Albrecht lud seine wettinischen Gäste ein, nach Herzenslust zuzulangen, und ging mit gutem Beispiel voran.

»Du willst sicher beim Kaiser um gut' Wetter bitten, damit er meinen Schwiegersohn offiziell mit der Mark Meißen belehnt«, sagte er zu Dietrich und biss genüsslich in einen Hasenschlegel.

Er kaute, wischte sich den Mund mit dem Handrücken ab, biss erneut ab und meinte: »Das wird wahrlich Zeit. Es ist nun schon fast ein Jahr her, dass euer Vater starb, Gott hab ihn selig. Aber ich bin mir nicht sicher, ob Majestät dich sehen will. Vielleicht hättet ihr besser den fetten Dedo geschickt. Denn dein polnischer Schwager Bolislaw ist Weihnachten – entgegen seinem Schwur – nicht in Magdeburg vor dem Kaiser erschienen, um den Treueeid zu leisten und den Tribut in Höhe von fünfhundert Mark Silber zu zahlen.«

»Das war sehr unklug von ihm«, kommentierte Dietrich. »Ich kann nur hoffen, dass der Kaiser seinen Unmut darüber nicht an uns auslässt.«

»Der Rotbart ist nur dann in großzügiger Stimmung, wenn es um seinen *guten Freund Heinrich* geht, den Löwen«, meinte Albrecht der Bär höhnisch. »Hast du gehört, welchen Gewaltstreich der Welpe sich gegen den Bischof von Freising erlaubt hat? Doch darüber hören wir kein mahnendes Wort«, monierte er voller Groll. »Auf diesem Hoftag soll der Löwe auch noch den halben Harz kriegen, womit er sich direkt vor meiner Nase immer weiter ausbreitet. Heinrich und der Kaiser tauschen einige Territorien, um ihre jeweiligen Gebiete abzurunden.«

Er nahm den nächsten Schluck und sagte mit leichtem Triumph: »Weil der Kaiser bei diesem Tausch auch Besitztümer der Krone dem Löwen gibt, muss er zum Ausgleich Leißnig, Colditz und Lausigk aus seinen privaten Ländereien der Krone übereignen. Und so macht er das Pleißenland zum Reichsterritorium mit Altenburg als Zentrum.«

»Ein Reichsterritorium direkt neben unseren Besitzungen?« Dietrich runzelte die Stirn. »Friedrich wird etliche seiner

Ministerialen dorthin schicken, damit sie Burgen bauen und die noch unerschlossenen Wälder roden lassen und in Besitz nehmen. Wir müssen künftig achtsam sein, wenn noch mehr kaiserliche Beauftragte so dicht an unseren Ländereien schalten und walten. Und uns mehr um Leipzig kümmern.«

Sein Vater Konrad hatte es stets als großen Vorteil betrachtet, weit entfernt vom Kaiser und dessen Gefolgsleuten zu herrschen.

»Die sind mir jetzt schon näher, als mir lieb ist!«, maulte der Bär und langte nach dem nächsten Stück Braten. »Dem Kaiser beliebt es, einen Burggrafen auf die Brandenburg zu schicken, damit der mir wie eine Laus im Pelz sitzt. Ich kann seinen Namen kaum aussprechen – Baderich von Jabilinze ... Kein wahrer Christ sollte so heißen!«

Er schnaubte verächtlich, dann widmete er alle Aufmerksamkeit der nächsten Portion Fleisch. Dietrich ermunterte seinen jüngeren Bruder, sich ebenfalls daran gütlich zu tun.

Von draußen näherten sich Schritte. Die drei Männer richteten sich in der Erwartung auf, einen Bediensteten anklopfen zu hören, der einen Boten oder weiteren Gast ankündigte. Dabei musterten sie sich gegenseitig mit fragenden Blicken. Keiner von ihnen erwartete noch jemanden.

War etwas Schlimmes geschehen? Eine beunruhigende Nachricht eingetroffen?

Zu ihrer Überraschung klopfte jedoch niemand. Stattdessen wurde die Tür ohne Vorankündigung aufgerissen. Das war ungewöhnlich. Nur ein ebenbürtiger oder ranghöherer Besucher würde es wagen, so einzutreten.

In der Tür stand Wichmann, der Erzbischof von Magdeburg. Und noch ehe er ein Wort der Begrüßung sagen konnte, drängte sich eine schmale Gestalt an ihm vorbei und stürzte Dietrich entgegen, der heute zum zweiten Mal umhalst wurde, nun allerdings zarter.

Es war Adele, die sich schluchzend in seine Arme warf.

Während Albrecht reichlich verblüfft dreinsah, fühlte Dietrich einen Stein vom Herzen fallen. Seine Schwester lebte! Sacht strich er über ihr Haar, hielt sie an sich gedrückt, während sie sich ausweinte. Bis er sich vorsichtig von ihr löste.
Der Bär hatte inzwischen weitere Becher und Schüsseln geordert und dem Erzbischof einen Platz angeboten.
Lächelnd und nicht minder erleichtert betrachtete er die innige Szene zwischen den meißnischen Geschwistern.
Niemand kam auf die Idee, Adele sein Beileid zum Tod ihres Gemahls auszudrücken. Die Umstände von Svens Untergang waren drastisch und beschämend genug; die junge Witwe würde nur erneut in Tränen ausbrechen. Wo sie sich doch zu aller Erleichterung gerade etwas beruhigte und sich mit verweinten Augen an den Tisch setzte.
»Was musstest du tun, um dies zu bewirken?«, fragte Dietrich seinen Vetter, den Magdeburger Erzbischof. »Mein Bruder hatte einen seiner jungen Ritter ausgesandt, der uns nach langer Suche berichtete, sie sei in Roskilde, und der Bischof werde nur mit dir über Adeles Rückkehr verhandeln, nicht mit uns. Wir konnten nichts weiter tun, als ihr Töchterchen aus Lüneburg nach Meißen zu holen. Es geht ihr gut«, beruhigte er seine Schwester, die vor Sehnsucht nach ihrem Kind erneut in Tränen ausbrach.
»Um es kurz zu sagen: Ich schulde nun Erzbischof Eskil von Lund und dem Bischof von Roskilde einen größeren Gefallen«, erklärte Wichmann. »Das behagt mir ganz und gar nicht. Doch die Hauptsache ist, wir haben unsere geliebte Verwandte wohlbehalten wieder bei uns. Die Heilige Jungfrau war ihr gnädig, so dass sie sogar zu dieser Jahreszeit die Seereise antreten konnte.«
Er ließ sich einen Becher vollschenken und auch Adele einen reichen, damit sie zur Ruhe kam.
»Welche Pläne habt ihr nun für sie?«, fragte der alte Bär, dem Adeles Gefühlsausbrüche unangenehm waren. »Ihr müsst sie

schnell wieder verheiraten, schon um ihrer Sicherheit willen. Da sie offenkundig kein Kind unterm Herzen trägt, das einmal Anspruch auf den dänischen Thron erheben könnte, steht dem doch nichts im Wege.«

Er rieb sich kurz den Bart und meinte: »Wir könnten sie mit meinem Sohn Adalbert vermählen, dem Grafen von Ballenstedt. Es wird Zeit, dass der Bursche heiratet.«

Adele klappte den Mund vor Überraschung auf, und sie wollte protestieren. Markgraf Albrecht verhandelte hier über ihr künftiges Schicksal, als sei sie gar nicht anwesend! Sie wurde nicht einmal gefragt. Und ganz gleich, wer ihr nächster Bräutigam sein würde – sie musste noch um Sven trauern und wollte nicht sofort eine neue Ehe eingehen. Doch ihre Verwandten erweckten nicht den Eindruck, den Askanier mit seinen wilden Ideen zügeln zu wollen.

»Mit ihm kann sie nach Ballenstedt gehen, das ist weit weg von Dänemark. Dort sollte sie sicher sein«, fuhr Albrecht der Bär mit größter Selbstverständlichkeit fort. »Es ist das Herz meiner Mark und gut zu verteidigen.«

Dietrich las das Entsetzen auf dem Gesicht seiner Schwester und sah sie mitfühlend an.

»Waldemar ist jetzt unangefochtener König von Dänemark. Gerade einmal fünfundzwanzig Jahre alt, ein gefürchteter Kämpfer – und vermutlich getrieben von Rachegedanken wegen des Blutbads in Roskilde«, sagte er nachdenklich. »Wenn wir dich schnell wieder vermählen, noch dazu so weit entfernt von der Küste, bist du außerhalb seiner Reichweite. Und es zeigt ihm unmissverständlich, dass wir keinerlei Ansprüche stellen werden.«

Adele starrte ihn mit aufgerissenen Augen an. Ließ sie nun auch noch ihr Bruder im Stich, wurde sie einfach weitergereicht wie ein Gegenstand?

Derweil dachte der Bär listig: Man weiß nie, ob sich am Ende nicht doch Gewinn daraus schlagen lässt. Immerhin war sie

einmal Königin. Das macht es wett, dass sie eine Witwe und keine Jungfrau mehr ist.
Und noch etwas gefiel ihm an einer möglichen Verbindung zwischen Adele und einem seiner Söhne. Die Häuser Anhalt und Wettin mussten zusammenstehen, um sich gegen den übermächtigen Löwen zu behaupten. Jetzt mehr denn je, da der Kaiser den Welfen so offen bevorzugte.
Doch insgeheim fürchtete Albrecht, die Ehe seiner Lieblingstochter Hedwig mit dem ältesten Sohn seines verblichenen Freundes Konrad könnte zerbrechen, falls nicht bald ein Erbe geboren wurde. Schließlich waren Hedwig und Otto nun bereits mehr als fünf Jahre miteinander vermählt. Wenn Adele nach Ballenstedt heiratete und die Burg vom Löwen angegriffen wurde, blieb den wettinischen Brüdern gar nichts anderes übrig, als ihm zu Hilfe zu eilen. Albrecht gratulierte sich selbst zu dieser Idee mit der Hochzeit.
»Und Adele ist fruchtbar, sie hat bereits ein Kind«, wagte Heinrich einzuwerfen und erntete dafür entrüstete Blicke nicht nur von seiner Schwester.
»Suchst du Streit, Bursche?«, fuhr ihn der Bär an und stellte seinen Becher krachend ab. »Willst du *irgendetwas* andeuten? Bei euch hat die ganze Familie, sehe ich von Adeles kleiner Tochter ab, in zehn Jahren gerade einmal zwei Kinder und einen Bastard zustande gebracht. In dieser Zeit hätte meine Sophia zehn Kinder geboren! Und eure Mutter auch, Gott hab sie selig …«
Heinrich zuckte zusammen und beteuerte, dass er keinen Streit habe beginnen wollen und auch keinerlei Hintergedanken hege.
Endlich überwand Adele ihre Fassungslosigkeit, um zu widersprechen. »Ich will nicht so schnell wieder heiraten.«
»Hier geht es nicht darum, was du willst oder nicht!«, behauptete Heinrich, der sich im Recht sah und zunehmend mutiger wurde. »Es geht um deine Sicherheit. Und als Gräfin von Ballenstedt wärst du sicher.«

»Nicht so schnell ...«, warnte Dietrich und warf Adele einen tröstenden Blick zu. »Wir müssen das zuerst mit Otto besprechen. Als Ältester in der Familie ist er nun Adeles Vormund.«

»... aber auch nicht zu langsam!«, forderte Albrecht. »Im Sommer gehe ich auf Pilgerfahrt ins Heilige Land. Und wolltet ihr nicht eine eurer kleinen Schwestern mit einem Schwarzburger vermählen? Lasst uns doch eine Doppelhochzeit feiern!«

»Danke für das ehrenvolle Angebot. Wir werden darüber mit meinem Bruder Otto beraten«, meinte Dietrich ausweichend. »Adele wirkt sehr erschöpft. Ich bringe dich in dein Quartier, Liebes, ja? Ruh dich zuerst aus.«

Noch heute hatte er eine Audienz beim Kaiser. Und zuvor wollte er seine Lieblingsschwester nicht nur trösten, sondern auch mehr über die Ereignisse in Dänemark erfahren. Sofern sie die Kraft fand, darüber zu sprechen.

Kaum hatten sie die Kammer verlassen, warf sich Adele ihrem Bruder verzweifelt an den Hals.

»Dietrich, hilf mir! Ich will nicht ...«

»Scht ... Denk jetzt nicht daran und erhole dich erst einmal von den Schrecken und der langen Reise«, fiel er ihr ins Wort. »Noch ist nichts entschieden.«

Adele stutzte, ließ die Arme sinken und starrte Dietrich mit jähem Begreifen an.

»Du findest also auch, ich sollte diesen Adalbert heiraten – je eher, desto besser?!«, rief sie entsetzt und hämmerte ihm mit beiden Fäusten auf die Brust. Ließ sie sogar ihr Lieblingsbruder im Stich?

Sanft umklammerte Dietrich ihre Hände und zwang sie zum Stillhalten. »Dir bleibt nur eine baldige Neuvermählung – es sei denn, du willst ins Kloster. Dort sind zwar deine Schwestern glücklich, aber ich kann mir nicht vorstellen, dass du es ebenfalls wärst«, sagte er mitfühlend. »Adalbert ist eine gute Lösung; er ist nicht alt und gichtig, und die Askanier legen

großen Wert auf gute Beziehungen zwischen unseren Häusern.«
Adele schüttelte den Kopf, ließ die Schultern hängen und wandte sich von ihrem Bruder ab, um in ihre Kammer zu gehen. Dietrich folgte ihr und beleuchtete den Weg mit einer Fackel.
Still haderte Adele mit ihrem Schicksal, mit dieser Verschwörung der Männer. Sie wusste tief im Innern, dass sie nun umgehend neu vermählt werden würde – ob nun mit dem Grafen von Ballenstedt oder einem anderen Mann, den sie noch nie gesehen hatte. Viele Ehen in hochgeborenen Kreisen wurden geschlossen, ohne dass sich die künftigen Eheleute zuvor kennenlernen durften.
Hatte sie nicht ihren ersten Gemahl vorher gesehen und war so hingerissen von ihm gewesen, dass sie ihren Vater bedrängt hatte, sein Einverständnis zu dieser Ehe zu geben? Und was war dabei herausgekommen …

Nachdem er seine Schwester nach Kräften getröstet hatte, begab sich Dietrich zum Quartier des Kaisers in der prächtigen Goslarer Königspfalz und wartete geduldig darauf, dass er zur Audienz gerufen wurde.
Es verging keine halbe Stunde, bis er vor den Kaiser treten durfte. Ein gutes Zeichen?
»Euer Majestät!«, grüßte Dietrich ehrerbietig und sank auf ein Knie.
Als junge Ritter waren Friedrich und er weit zwangloser miteinander umgegangen. Damals, als sie vor zwanzig Jahren gemeinsam mit Sven ein Turnier gewonnen und anschließend ihren Sieg ausgelassen gefeiert hatten.
Doch Dietrich erkannte an Friedrichs Miene, dass dieser derlei Vertraulichkeiten nunmehr als unangemessen betrachten würde. Der damalige Herzog von Schwaben war heute Herrscher über das ganze Kaiserreich. So etwas veränderte einen

Mann. Es wäre äußerst unklug, sich unaufgefordert auf eine Episode aus Jugendjahren zu berufen. Und im Gegensatz zu seinem poltrigen Bruder Otto und dem impulsiven Bären beherrschte Dietrich die höfischen Umgangsformen vollendet.

»Ihr habt wenig Glück mit Euren Schwägern«, eröffnete der Kaiser das Gespräch mit strengem Blick. »Bolislaw brach seinen Schwur, mir Weihnachten beim Hoftag in Magdeburg den Treueeid zu leisten, was er noch bereuen wird. Und Sven … Ich sage das nicht gern, aber er hat sich sein schmähliches Ende selbst zuzuschreiben.«

Der Kaiser ließ einen Mundwinkel sinken. In jungen Jahren war Sven sein Freund gewesen, als sie gemeinsam zu Rittern ausgebildet wurden. Er hatte Sven kurz nach seinem eigenen Herrschaftsantritt gekrönt und den Thronstreit in Dänemark geschlichtet. Doch dann hatte Sven alles verspielt …

»Ich hörte, dass seine Witwe hier in Goslar eingetroffen ist. Welche Pläne habt Ihr für sie? Sie ist noch jung und sollte umgehend wieder verheiratet werden, um einem neuen Mann Söhne zu schenken. Solange sie es noch kann«, meinte Friedrich, den dabei beunruhigende Gedanken heimsuchten. Seine geliebte Beatrix trug nach anderthalb Jahren Ehe immer noch keinen Erben unterm Herzen. Und es lag nicht daran, dass er nicht versucht hätte, ein Kind mit ihr zu zeugen. Wenn er ohne leiblichen Erben starb, wäre alles Erreichte dahin. Vermutlich würde der junge Rothenburger sein Nachfolger.

Unwillig wandte Friedrich seine Aufmerksamkeit wieder Dietrich zu. Er brauchte die Wettiner und musste sich auf sie verlassen können, wenn er im Sommer auf den nächsten Italienfeldzug ging. Doch diesen Otto von Meißen musste er zuerst ein wenig zurechtstutzen. So wie er dem aufsässigen Bären die Krallen stutzen würde.

»Ihr wollt ein gutes Wort für Euren Bruder einlegen, damit ich ihn mit der Mark Meißen belehne. Die ein Fahnenlehen

der Krone ist und nicht sein Eigen, wie er sich anmaßt zu behaupten«, beanstandete er streng.
»Euer Majestät, er bereut seine schroffen Worte bei der letzten Begegnung und versichert Euch seiner Treue«, versuchte Dietrich zu vermitteln. Auch wenn Ottos Benehmen in nichts auf Reue schließen ließ. Zum Glück war er weit weg, in Meißen.
Der Gesichtsausdruck Friedrichs nahm etwas Lauerndes an.
»Und wie wird er sie unter Beweis stellen, seine Treue? Mit Truppen für meinen Italienfeldzug?«
Dietrich hatte mit dieser Frage gerechnet und sie gefürchtet. Otto besaß weder Neigung noch Geld für diesen Feldzug. Die Mark Meißen allein warf nicht viel ab, und sie hatten die Hochzeit ihrer kleinen Schwester Gertrud mit dem ältesten Sohn des überaus reichen Grafen Sizzo von Schwarzburg und Käfernburg auszurichten, wobei sie sich nicht blamieren durften. Außerdem wurde wohl bald nötig, eine Mitgift für Adeles erneute Vermählung aufzubringen.
Hier musste er in die Bresche springen.
»Wenn es Euch beliebt, werde *ich* Euch mit einem Heerbann nach Italien folgen. Mein Bruder Otto wird derweil die östlichen Grenzen des Reiches schützen, die meißnische und die Lausitzer.«
Friedrich zeigte sich nur mäßig überrascht.
»Mich erfreut Eure Bereitschaft, am Italienzug teilzunehmen. Das will ich Eurem Haus zugute rechnen. Mailand muss unterworfen werden. Und was den Schutz der östlichen Grenzen des Reiches betrifft, so hat sich Euer Vater auch immer darauf berufen …«
Er warf einen verständnisinnigen Blick zum Geistlichen zu seiner Rechten, Rainald von Dassel.
Der Kanzler und mein Vetter Wichmann könnten in Wettstreit treten, wer die prächtigsten Kleider trägt, ging Dietrich dabei durch den Kopf. Dann ermahnte er sich selbst. Rainald

stand in uneingeschränkter Gunst des Kaisers und hatte den größten Einfluss auf ihn. Da war es wohl besser, ihn im Auge zu behalten und ihm allen Respekt zu bezeugen.

»Ja, Majestät, mein Bruder ist vollauf damit beschäftigt. Außerdem muss er Adele bald wieder vermählen. Und er will Siedler werben, um den Ausbau des Landes voranzutreiben, woraus auch die Krone Nutzen ziehen wird.«

Friedrich schien zufrieden damit. Er hatte nicht mit einer wettinischen Beteiligung an diesem Italienzug gerechnet. Sie konnten ohnehin nicht so viele Schwerter stellen wie sein Freund Heinrich der Löwe oder der Herzog von Böhmen, den er auf dem nächsten Hoftag zum König krönen wollte.

Es war Rainalds weiser – und auch ziemlich boshafter – Rat gewesen, den Meißner dabei zuschauen zu lassen. Wenn er in Aussicht stellte, ihn dort zu belehnen, würde Otto kommen, sosehr es ihm auch zuwider sein mochte, bei der Rangerhöhung des Böhmen zuzusehen.

»Es freut mich, das zu hören«, meinte der Kaiser voller Genugtuung. »Euer Bruder mag in zwei Wochen in Regensburg um seine Belehnung vorsprechen, und ich werde seiner Bitte gewogen sein«, verkündete er in gespielter Großzügigkeit. An Dietrichs Gesicht erkannte er jedoch, dass dieser sich schon das Unheil ausmalte, das daraus entstehen konnte, wenn sein Bruder und Herzog Vladislav von Böhmen vor den Augen des Kaisers aufeinandertrafen. Wie sollte er Otto nur dazu bringen, sich zurückzuhalten?

»Und Ihr, Dietrich, erweist mir die Ehre, als Zeuge auf diesem Hoftag den Gütertausch zu beurkunden«, fuhr der Kaiser fort. Dies war tatsächlich eine Ehre, und so schöpfte Dietrich etwas Hoffnung, das Haus Wettin wohlbehalten durch alle Widrigkeiten zu steuern.

Des Kaisers Gnade

Friedrich und Beatrix, Bischof Otto von Freising, Markgraf Otto von Meißen, Markgräfin Hedwig; Regensburg, Januar 1158

»Sei nicht traurig, Liebste!«

Sanft legte Friedrich seine Hand an Beatrix' Wange. Heute Morgen hatte sich wieder einmal die Hoffnung zerschlagen, die junge Kaiserin könnte ein Kind unterm Herzen tragen. »Wir haben noch Zeit, und du wirst mir viele starke Söhne und bildhübsche Töchter schenken«, beteuerte er.

Zärtlich zog er sie an sich und hielt sie umschlungen, während sich Beatrix alle Mühe gab, zu lächeln. Die Ehe mit ihr hatte Friedrich fünftausend Ritter, eine Menge Gold und Hochburgund eingebracht. Doch wenn sie ihm keinen Erben gebar, zählte das alles nicht. Im Sommer wollte er auf einen Kriegszug nach Italien gehen, und falls ihm dort etwas zustieß …

Sie dachte den Gedanken nicht zu Ende, denn sie brauchte alle Kraft, um nicht zu weinen. Das hasste er. Obwohl ihr davor graute, jetzt schon ein Kind auszutragen, wogen die Blicke schwer, mit denen jeder hier ihren Leib musterte und sich hinter ihrem Rücken das Maul darüber zerriss, warum die Kaiserin nicht wenigstens Anzeichen einer Schwangerschaft vorzuweisen hatte. Und wie lange würde Friedrich noch geduldig bleiben?

Ob die junge Beatrix ahnte, dass dieselbe Sorge – ihren Männern dringend einen Erben schenken zu müssen – auch Clementia von Zähringen und Hedwig von Meißen den Schlaf raubte?

Friedrich hielt sie tröstend in seinen Armen, dann gab er sie frei, zog sie auf einen Stuhl und entnahm einem Kästchen auf dem Tisch eine byzantinische Süßspeise, um ihr ein Stück davon in den Mund zu stecken. Seine noch sehr junge Gemahlin liebte die Köstlichkeiten, die Kaiser Manuel ihnen aus Konstantinopel schickte.

Dann ergriff er ihre Hände.

»Am liebsten würde ich alle Staatsgeschäfte für heute vergessen und den ganzen Tag mit dir verbringen«, gestand er lächelnd.

Beatrix lächelte zurück. Aber sie wusste: Das würde nie geschehen. Er liebte es, das Bett mit ihr zu teilen. Doch das Spiel mit der Macht liebte er noch mehr. Auch wenn er jetzt so tat, als sei er es leid.

»Statt bei dir zu liegen, habe ich gleich wieder all die alten Männer um mich herum, die sich am liebsten gegenseitig an die Gurgel gehen würden«, beschwerte er sich und begann aufzuzählen: »Mein Freisinger Oheim wird mich mit großen traurigen Augen bedrängen, ihm seine Zollstation an der Isar zurückzugeben. Was ich aber nicht kann, ohne meinen Vetter Heinrich den Löwen zu brüskieren, und der ist mir nun mal wichtiger. Fast täglich kommen neue Gesandte aus norditalienischen Städten und beschweren sich über die Übergriffe durch Mailand und Crema. Wer, wenn nicht ich als der römische Kaiser, soll dort für Frieden sorgen? Doch ich freue mich schon auf die Gesichter des Bären und des Meißner Markgrafen, wenn ich sie etwas straffer beim Zügel nehme … Und für den kleinen Rothenburger habe ich auch die perfekte Lösung.«

Er strahlte sie vielversprechend an, und Beatrix erkannte ohne große Überraschung, dass er in Gedanken längst bei den Verhandlungen mit seinen widerspenstigen Fürsten war.

»Geh nur, Liebster, sie warten auf dich«, drängte sie ihn, weil er ohnehin gehen und sich von ihr nicht aufhalten lassen würde.

»Wie verbringst du den Tag? In der Falknerei?«, erkundigte er sich.

»Ich weiß es noch nicht«, wich sie aus.

Sofern der Hof nicht in Burgund zusammentrat, ging Friedrich ohne sie zu seinen Beratungen. Aber die Falknerei mochte sie in dieser Kälte nicht aufsuchen. Beatrix erwog kurz, diesen einhändigen Dolmetscher rufen zu lassen, damit er ihr ein wenig Italienisch beibrachte. Früher oder später würde sie es brauchen. Doch dann beschloss sie, lieber Hedwig von Meißen zu sich kommen zu lassen. Sie war neugierig auf die Markgräfin, der man beträchtliche Klugheit nachsagte. Und von ihr könnte sie gewiss Einzelheiten über die dramatischen Erlebnisse der dänischen Königinwitwe erfahren.
Außerdem wollte Beatrix nicht auf die Gemahlin von Herzog Heinrich Jasomirgott treffen, die durchtriebene Theodora, die jedes Mal aufs Neue mit ihr um das schönste Kleid wetteiferte. Im Gegensatz zu der aus Byzanz stammenden Theodora würde sich die junge Meißner Markgräfin gewiss nicht mit kostbarstem Goldbrokat behängen.

Hedwig mühte sich derweil, ihrem Otto gut zuzureden.
»Sei höflich zum Kaiser!«, mahnte sie, während sie ihm den Umhang zurechtzupfte.
»Bin ich das nicht immer?«, murrte er.
Sie zog spöttisch die Augenbrauen hoch und sah ihm ins Gesicht. Otto seufzte gequält. »Ich verspreche es. Dietrich hat mir ja schließlich lange genug deshalb in den Ohren gelegen. Bist du nun zufrieden?«
Hedwig nickte und lobte ihn ausgiebig. Sie wollte ihn zum Fürstentreffen begleiten; schließlich war es ein großer Moment, wenn ihr Gemahl vom Kaiser förmlich mit der Mark Meißen belehnt wurde.
Doch zu Hedwigs Erstaunen und Ottos sorgsam verborgener Erleichterung wurde sie zur Kaiserin gerufen. Während sie sich für den Besuch bei Beatrix zurechtmachte, polterte Otto die Treppe hinunter zum Bären, der im selben Gasthaus Quartier genommen hatte. Sie hatten noch einiges zu besprechen,

bevor sie sich beim Kaiser einfinden mussten, und er war froh, dass Hedwig nicht dabei sein würde.

»Einverstanden, soll dein Adalbert meine Schwester Adele heiraten! Noch bevor du im Sommer auf Pilgerreise gehst«, sagte er ihm sogleich anstatt einer Begrüßung.

»Das stimmt mich froh, mein junger Freund!«, versicherte Markgraf Albrecht. »Damit wird das leidige Problem aus der Welt geschafft. Die junge Witwe tritt erneut in den Ehestand und zieht so weit fort vom Meer, dass die Dänen hoffentlich von ihr ablassen. Und wir stärken das Bündnis zwischen unseren Häusern.«

Eigentlich interessierte es ihn nicht besonders, doch aus Höflichkeit fragte er: »Was sagt sie denn dazu?«

»Nichts. Sie sitzt da und weint«, beklagte sich Otto, der Adele noch gar nicht nach ihrer Meinung in dieser Angelegenheit gefragt hatte. Die war für ihn unerheblich. »Seit sie in Meißen eingetroffen ist, heult sie in einem fort. Die Elbe wird noch über die Ufer treten von all ihren Tränen.«

Von Meißen und seiner trübsinnigen Schwester wegzukommen, verlieh für ihn dem heiklen Besuch beim Regensburger Hoftag einen gewissen Reiz. Auch wenn er nun dabei zusehen musste, wie Vladislav von Böhmen zum König gekrönt wurde. Der Mann, der ihm das einträgliche Land Bautzen samt Burg und Münze abspenstig gemacht hatte.

Und der alte Bär musste ebenfalls eine bittere Pille schlucken. »Der Kaiser weigert sich neuerdings, mich Markgraf von Brandenburg zu nennen«, beschwerte sich der Askanier schlecht gelaunt. »Ich weiß beim besten Willen nicht, was mir der Rotbart nun schon wieder verübelt! Dabei sollte doch *ich* beleidigt sein, da er meinen Rivalen, den Löwen, erneut so bevorzugt und ihm noch mehr Land in sein gefräßiges Maul stopft.«

Er machte eine unwirsche Geste und sagte: »Wenn das so ist und nun dieser fragwürdige Burggraf über die Brandenburg wacht, kann ich ja beruhigt meine Pilgerreise antreten.« Albrecht plante schon seit längerem eine Wallfahrt ins Heilige Land, mit stattlichem Gefolge und in Begleitung etlicher ranghoher Geistlicher.

Wenn Adele nach Ballenstedt zog, würden ihre Brüder zu Hilfe kommen, falls der Löwe derweil seine Besitzungen angriff. Noch einmal lobte sich Albrecht selbst, wie klug er das eingefädelt hatte.

Er gestand Otto gegenüber ein: »Ich kann hier derzeit nichts bewirken. Und meine geliebte Sophia schwindet dahin.« Schlagartig wich die Unternehmungslust auf seinem Gesicht tiefer Sorge. »Ich weiß nicht, ob eine Krankheit oder einfach Mutlosigkeit an ihr zehren. Meine ganze Hoffnung setze ich darauf, dass ihr der Anblick der heiligsten Stätten die Lebenskraft zurückgibt.«

Jedermann am Hof wusste, dass der Bär – so schroff und impulsiv er auch war – nach wie vor zärtliche Gefühle für seine Gemahlin hegte, die sanfte Sophia. Doch sie war erschöpft und ausgezehrt von dem wendungsreichen Leben an seiner Seite und den vielen Schwangerschaften.

Bischof Otto von Freising wartete schon darauf, bei seinem kaiserlichen Verwandten vorsprechen zu dürfen.

Wie erwartet flehte er mit großen, traurigen Augen.

»Neffe, hab ein Herz und entscheide zu meinen Gunsten bezüglich der Zollstation an der Isar! Wohin soll das führen, wenn sich jeder in Raubrittermanier an fremden Gütern vergreift, noch dazu an kirchlichen? Nur dank Gottes Beistand hatten wir keine Toten zu beklagen.«

Er ist nicht nur alt und grau geworden, er hat auch jegliches Feuer verloren, dachte Friedrich beim Anblick seines Oheims. Fast kann er einem leidtun.

Doch einlenken würde er deshalb nicht. Die Unterstützung des Löwen war ihm wichtiger als eine gut gefüllte Silbertruhe für den Bischof. Heinrich würde ihm von den Erlösen seiner neuen Zollstation in München Truppen stellen. Der Bischof würde höchstens ein Gebet für ihn sprechen. Da fiel die Entscheidung nicht schwer.

»Soweit ich weiß, und das sagt auch mein in juristischen Angelegenheiten äußerst bewanderter Kanzler, kann sich die Freisinger Diözese nur auf Gewohnheitsrecht berufen«, erklärte Friedrich.

Der alt gewordene Bischof sah zu Rainald von Dassel, der wie stets rechter Hand des Kaisers stand oder saß. Das war die ehrenvollste Position. Jetzt lehnte er ein paar Schritte entfernt in einem Stuhl und verfolgte ihr Gespräch mit Argusaugen.

Der Freund und das Verhängnis meines Neffen, dachte Otto resigniert. Niemand kommt an Rainald vorbei, ungehindert flüstert er dem Kaiser seine ausgeklügelten Listen ins Ohr.

»Nur aus Gewohnheitsrecht hat die Freisinger Kirche diesen Zoll erhoben. Es gibt doch keine Urkunde darüber, nicht wahr?«, fragte der Kaiser nach.

»Nein.«

Urplötzlich regte sich Rainald und beugte sich etwas vor.

»Da dies somit geklärt ist, würde es an Glaubwürdigkeit mangeln, sollte jetzt durch einen … Zufall noch eine solche Urkunde auftauchen«, mischte er sich in das Gespräch ein.

Nun stieg Zorn in Otto auf. Nicht nur wegen der beleidigenden Unterstellung, sondern auch über sich selbst, weil er nicht daran gedacht hatte, eine solche Urkunde fälschen zu lassen. Da hatte er noch geglaubt, er würde sein Recht vom Kaiser bekommen. Und er wollte nicht lügen. Aber am meisten ärgerte ihn, wie allmächtig dieser Intrigenschmied Rainald geworden war, der doch selbst ein Geistlicher war.

»Bist du nicht der Schutzherr der Kirche, Neffe? Hast du nicht einen heiligen Eid geschworen, solch grobes Unrecht zu ahnden?«, warf er dem Kaiser vor – ein völlig unerwarteter Ausbruch des sonst so bedachten Bischofs.

Doch so etwas ließ sich Friedrich nicht bieten.
»Statt mir etwas wegen dieser schon fast verjährten Sache in Föhring vorzujammern, schlichte lieber den Streit mit deinem Bruder Jasomirgott, dem Herzog von Österreich!«, forderte er harsch. »Sonst tue ich es vor allen versammelte Fürsten, und es wird dir nicht gefallen, Oheim.«
Otto starrte ihn an, und sein Aufbegehren brach in sich zusammen. Ohne ein weiteres Wort ging er mit hängenden Schultern zur Tür.
Dort wäre er beinahe gegen Heinrich den Löwen geprallt. Der sah belustigt auf ihn herab.
»Herzog« – »Bischof«, grüßten sie einander eisig, und schon war der Freisinger hinaus.
Friedrich wartete, bis die Tür sich hinter dem Oheim geschlossen hatte, und wandte sich dann an seinen fröhlich grinsenden Vetter.
»Ich kann dir nicht ewig solche Schurkenstreiche durchgehen lassen«, ermahnte er ihn. »Denk daran: Du hast nur wenige Freunde.«
»*Du* bist mein Freund«, erwiderte der Löwe gelassen und siegessicher. »Mein Freund, mein Vetter und mein Kaiser. Mehr brauche ich nicht. Abgesehen von ein paar zuverlässigen Gefolgsleuten, die jeden meiner Befehle ausführen, ohne zu fragen.«
Er setzte sich unaufgefordert und sagte leichthin: »Übrigens bin ich inzwischen deiner Meinung in dieser Eheangelegenheit. Ich werde mich von Clementia trennen. Ich brauche eine junge Frau, eine Schönheit von edler Geburt an meiner Seite, die mir viele Erben gebiert. Und die Zähringer … Du kannst sie ja selbst nicht leiden.«
Friedrich lächelte triumphierend und erkundigte sich: »Hast du dir schon eine künftige Gemahlin ausgesucht?«
»Erst einmal muss ich die derzeitige loswerden«, erwiderte der Löwe. »Aber vielleicht kann mir dein schlauer Kanzler

behilflich sein, einen Grund dafür zu finden. Zu nahe Verwandtschaft, du weißt schon …«

Eine von Rainald aufgespürte Verwandtschaft siebten Grades war es, die Friedrich vor ein paar Jahren die Scheidung von seiner ersten Gemahlin ermöglicht hatte, Adela von Vohburg.

Gemeinsam gingen sie zur Fürstenversammlung, dicht gefolgt von Rainald, der sich mit einem Hüsteln bemerkbar machte.

»Übrigens, Majestät … Da wir vorhin von Gewohnheitsrechten und verbürgten Rechten sprachen – ich glaube, es könnte von großem Gewinn für Euch sein, wenn wir einmal die Gesetzeslage in Italien prüfen ließen.«

Friedrich sah ihn verständnislos an.

»Was überlieferte Rechte und Anteile des Kaisers betrifft«, erklärte sein rechtskundiger Kanzler. »Mit Eurer Erlaubnis werde ich die besten Gelehrten der Rechtsschule von Bologna hinzuziehen.«

Das Fürstentreffen mit den bayerischen Großen und vielen anderen edlen Herren lief zu Friedrichs höchster Zufriedenheit.

Otto von Freising und Heinrich Jasomirgott schworen Versöhnung. Der Markgraf von Meißen gab sich – mit sichtlicher Mühe – demütig genug, um mit der Mark Meißen belehnt zu werden. Er hatte Albrecht dem Bären einen Dämpfer versetzt, indem er ihn nicht »Markgraf von Brandenburg« titulierte. Und morgen würde er Vladislav zum König von Böhmen krönen, was ihm viel Geld und die legendären böhmischen Panzerreiter für seinen Italienfeldzug einbringen würde.

Bevor er die heutige Zusammenkunft beendete, hatte Friedrich jedoch noch eine Überraschung parat.

»Mein geliebter Vetter, König Konrads Sohn Friedrich von Rothenburg, hat sich trotz seiner Jugend den Ritterstand redlich verdient«, begann er und wusste, was der ganze Saal dachte: Der Bursche ist erst dreizehn Jahre alt und als Ritter ein Witz! Doch weil der Kaiser von Byzanz darauf bestand, musste Friedrich seinem königlichen Vetter so früh die Schwertleite gewähren. Als Entschädigung dafür, dass er ihn um den Thron gebracht hatte.

Im Saal herrschte nun erwartungsvolle Stille. Was würde auf diese Einleitung folgen?

Der Einzige, der ihn nach dieser Ankündigung erwartungsfroh ansah, war der junge Friedrich. Auf den Gesichtern seiner Onkel Gebhard von Sulzbach und Heinrich Jasomirgott zeigte sich schlagartig Misstrauen.

»Um den jungen Herzog zu ehren …« – hier hätte der Kaiser »Königssohn« sagen müssen, tat dies aber bewusst nicht – »… und in bester Familientradition ernenne ich meinen geliebten Vetter für den Italienfeldzug zu meinem Bannerträger.«

Jetzt hätte man eine Nadel fallen hören können. Der Sulzbacher zuckte zusammen, Jasomirgott wurde kreidebleich.

Ein Bannerträger des Kaisers zu sein, *war* eine große Ehre. Doch es bedeutete auch eine große Gefahr. Wer dem Kaiser mit dessen Banner voranritt, gab für den Feind ein verlockendes Ziel ab. Und den jungen, im Kampf noch unerfahrenen Burschen durch solch ein Missgeschick loszuwerden, würde einige Probleme Friedrichs lösen.

Gebhard von Sulzbach umkrampfte mit einer Hand die knochige Schulter des jungen Königssohnes, Albrecht der Bär und Otto von Wettin tauschten einen bedeutungsschweren Blick.

Doch niemand durfte das Unausgesprochene in Worte fassen. Nach außen hin hatten die Fürsten ungetrübte Freude über diesen Beschluss zu zeigen. Rainald von Dassel begann zu applaudieren, und nach und nach fielen die anderen ein. Der junge Sohn von König Konrad bedankte sich mit höflichen Worten.

Es war eine Ehre, eine Gefahr und konnte zugleich eine Demütigung sein. Der Vater des jungen Rothenburgers war einst auch Bannerträger eines Kaisers geworden, von Lothar von Süpplingenburg. Nachdem Konrads zehn Jahre währende Revolte gegen Lothar gescheitert war und er sich unterwerfen musste. Des Kaisers Gnade war ein zweischneidiges Schwert.

Schlimme Ahnungen

Otto, Hedwig, Christian; unterwegs nach Meißen, Ende Januar 1158

Vor kurzem musste es geschneit haben in dem Gebiet, das die meißnische Gruppe auf dem Rückweg vom Hoftag gerade passierte. Weißer, unberührter Schnee gleißte links und rechts des Weges in der Sonne, die Schicht darunter war verharscht und brach knirschend unter den Hufen der Pferde. Hedwig kniff die Lider gegen das grelle Funkeln zusammen und verließ sich ganz darauf, dass ihr zuverlässiges Pferd – ein Verlobungsgeschenk ihres Gemahls – ruhig an seinem Platz in der Reiterkolonne lief.

Meißen konnte kaum noch einen halben Tagesritt entfernt sein, doch ihre Gedanken flogen zurück zum Regensburger Hoftag. Ehe sie sich wieder auf dem Meißner Burgberg ihren unzähligen Aufgaben widmen musste, wollte sie noch einmal die vielen Eindrücke während der weiten Reise sortieren.

Sie hatte ihren Vater wiedergesehen, nach langer Zeit und zu beider Freude. Der alte Bär schien sich überhaupt nicht verändert zu haben, er wirkte so kraftvoll und draufgängerisch wie eh und je. Doch sein prüfender Blick auf den Leib seiner Lieblingstochter besagte eindeutig: Bist du immer noch nicht schwanger? Und bedrückt berichtete er von ihrer kränkelnden Mutter, die in Brandenburg geblieben war.

»Wenn wir in wenigen Monaten ins Heilige Land pilgern, besuchen wir die heiligsten Stätten und werden dort beten. Ich beabsichtige, etwas zu stiften und Reliquien zu erwerben. Das wird deiner erlauchten Mutter Genesung und neue Zuversicht schenken«, hatte er im Brustton der Überzeugung gesagt. Auch Hedwig hoffte, dass die Ablenkung, die vielen neuen Eindrücke, der Besuch der bedeutendsten Pilgerstätten und die Wärme in fernen Landen ihrer Mutter guttaten.
Ob sie eines Tages selbst einmal so eine weite, abenteuerliche Reise unternehmen würde? Sie malte es sich in ihren Tagträumen aus.
Die seltenen Gelegenheiten, bei denen sie ihren Gemahl an den Hof des Kaisers begleiten durfte, genoss sie sehr. Trotz der Mühsal des Weges, der Tage im Sattel, der Nächte in überfüllten Klosterherbergen oder kalten Burgen.
In Regensburg hatte sie mit Staunen und Ergriffenheit vor der Steinernen Brücke gestanden und sich gefragt, ob ein solch gewaltiges Werk von Menschenhand dereinst wohl auch über die Elbe führen würde. Es hieß, der in Regensburg feierlich zum König gekrönte Böhmenfürst Vladislav plane für Prag eine große steinerne Brücke über die Moldau, nachdem die dortige Holzbrücke durch Hochwasser zerstört worden war.
Hedwigs erste große Reise hatte sie vor knapp sechs Jahren nach Aachen geführt. Dort durfte sie den jungen Kaiser Friedrich sehen, unmittelbar nachdem er gekrönt und gesalbt worden war. Damals war sie fast noch ein Kind gewesen und vom Anblick des strahlenden Herrschers schwer beeindruckt. Auch wenn der sie keines Blickes gewürdigt hatte.
Diesmal, in Regensburg, war sie an der Seite ihres Gemahls vor den Kaiser getreten, damit dieser seinen Fürsten Otto feierlich mit der Mark Meißen belehnte. Ein denkwürdiger Moment, der die Laune ihres Mannes eindeutig zum Guten wandelte. Doch sie hatte mehr gesehen als Otto: wie geschickt

der Kaiser mit eiserner Hand regierte und dabei trotzdem den Anschein von Liebenswürdigkeit erweckte.

Es sei denn, er *wollte* bedrohlich wirken.

In Regensburg hatten ihr Vater und ihr Gemahl auch entschieden, die unglückliche Adele mit Hedwigs Bruder Adalbert von Ballenstedt zu vermählen. Das musste sie der jungen Witwe nach ihrer Rückkehr noch schonend beibringen. Hedwig konnte kaum glauben, dass Adele dazu bereit war. Doch darauf würde niemand Rücksicht nehmen.

Adele war einen Tag vor Hedwigs Aufbruch zum Hoftag auf dem Meißner Burgberg eingetroffen, und beide Frauen waren sich weinend um den Hals gefallen. Die junge Witwe hatte einen völlig aufgelösten Eindruck gemacht – kein Wunder angesichts des Erlittenen. Adele trauerte um Sven, den ein so furchtbarer Tod ereilt hatte. Und sie sorgte sich um ihre treue Begleiterin Janne, die in Roskilde geblieben war, um ihren Mann Aksel zu suchen.

Ich hoffe, Adele findet Trost bei ihrer kleinen Tochter, dachte Hedwig bedrückt. Und wenn die Männer klug sind, führen sie die Sicherheit der kleinen Lucardis als wichtigstes Argument für eine rasche Wiedervermählung an. Doch weder ihr Vater noch ihr Gemahl waren bekannt dafür, Rücksicht auf weibliche Gefühle zu nehmen. Oder auf sonst irgendetwas.

Plötzliche Bewegung in der Kolonne der Reiter riss die junge Markgräfin von Meißen aus ihren Gedanken. Der hünenhafte Hauptmann der markgräflichen Wachen auf dieser Reise ließ sich von der Spitze zurückfallen und wollte offenkundig zu ihr.

Hedwig war dieser Randolf unheimlich. Ein grausamer Mann. Doch er stand in höchster Gunst bei ihrem Gemahl, weil er über bedeutende Ländereien an der Mulde verfügte und im Kriegsfall das größte Kontingent an Bewaffneten stellen konnte.

»Seine Durchlaucht bittet Euch an seine Seite«, vermeldete

der weißblonde Ritter mit gerade einmal dem Minimum an Höflichkeit, die er ihr schuldete. Sie waren einander spinnefeind, Hedwig von Ballenstedt und Randolf von Muldenstein. Denn die Markgräfin verurteilte, wie brutal Randolf seine blutjunge Frau behandelte. Sicher war die in Meißen zurückgebliebene Luitgard heilfroh, ihren gewalttätigen Gemahl für die Dauer dieser Reise vom Hals zu haben. Aber ab heute würde sie ihm wieder ausgeliefert sein. Dass Randolf jedoch derzeit den Geleitschutz anführte, hatte ein Gutes: So konnte er nicht mit seinem immerwährenden Kontrahenten Christian aneinandergeraten.

Der ritt hinter der Markgräfin und schien in eigene, finstere Gedanken versunken. Doch dann und wann wehte der Wind einen Scherz zu ihr, mit dem sein Freund Raimund ihn aufmuntern wollte.

Hedwig spähte nach vorn. Der Weg war gerade breit genug für zwei oder drei Pferde nebeneinander, und vielleicht langweilte sich ihr Gemahl ja und wollte mit ihr plaudern. Oder zum hundertsten Mal von dem festlichen Moment erzählen, in dem er vom Kaiser vor allen versammelten Fürsten mit der Mark Meißen belehnt worden war. Als wäre sie nicht dabei gewesen oder hätte es vergessen können!

Gehorsam und mit einer gewissen Anspannung, was Otto wohl von ihr wollte, dirigierte sie ihr braves Pferd an die Seite seines Hengstes.

Otto warf einen zufriedenen Blick auf seine Gemahlin, als diese an seiner Seite auftauchte und die pelzverbrämte Gugel etwas zurückschob, damit sie ihn von der Seite ansehen konnte.

Es war ein schöner Wintertag, die Sonne stand zwar tief, brachte aber die verschneite Landschaft immer noch zum Glitzern.

»Erzähl noch einmal von deiner Begegnung mit der Kaiserin, und zwar ganz ausführlich«, forderte Otto seine zwanzig

Jahre jüngere Gemahlin auf. »Vielleicht ergibt sich etwas, aus dem wir Vorteil ziehen können.«

»Kaiserin Beatrix ist sehr jung. So jung wie ich, als wir beide miteinander vermählt wurden«, begann sie.

»Das weiß ich doch!«, meinte Otto ungeduldig. »Und dass sie sehr schön ist und sehr reich und in mehreren Sprachen bewandert ...«

»Sie kann sogar Lesen und Schreiben«, ergänzte Hedwig. »Vielleicht solltet Ihr mir gestatten, es ebenfalls zu erlernen, mein Gemahl.« Das würde ihr sehr gefallen.

»Ich sehe nicht ein, wozu das gut sein soll«, wehrte der Markgraf ab, beschloss dann aber, sich großzügig zu geben. »Meinetwegen ... Sofern dir deine Pflichten die Zeit dazu lassen.« Ein Gedanke fuhr ihm durch den Kopf, den er prompt aussprach: »Es könnte von Vorteil sein, damit uns die Geistlichen nicht hinters Licht führen können.«

Hedwig bedankte sich für diese Erlaubnis, doch Otto fiel ihr ins Wort.

»Schon gut. Zurück zu Beatrix. Hat sie Einfluss auf ihren Gemahl, den Kaiser? Man hört und sieht nichts davon. Und falls ja ... Können wir uns das zunutze machen, nachdem du von ihr geladen warst?«

»Der Kaiser ist ihr aus tiefstem Herzen gewogen«, begann sie. »Es heißt, er lese ihr jeden Wunsch von den Augen ab.«

»Das ist ja beim besten Willen nicht zu übersehen«, murrte Otto. »Neuerdings hat er sogar Sänger, Dichter und Musikanten an seinem Hof! Doch hat sie Einfluss auf seine Entscheidungen?«

Hedwig überlegte genau, ehe sie antwortete.

»Bei den Beratungen ist sie nicht zugegen. Aber als ich zu ihr durfte, warteten mehrere Bittsteller auf sie, die sie als Fürsprecherin gewinnen wollten. Also muss sie in mancherlei Dingen sein Ohr haben«, schlussfolgerte Hedwig.

In der blutjungen Kaiserin hatte sie sich selbst ein wenig wie-

dererkannt. Sie fühlte sich an den Anfang ihrer Ehe mit Otto erinnert. Wobei in Meißen niemand *offen* vor sie trat, um sie als Fürsprecherin zu gewinnen. Otto ließ sich zu nichts überreden, wenn er wusste, etwas wurde von ihm erwartet. Behutsam lenken konnte sie ihn nur, solange er das nicht mitbekam.
Der Ruf eines entgegenkommenden Reiters unterbrach ihr Gespräch. Meißen konnte nun nicht mehr weit entfernt sein, und wie üblich hatte der Truchsess einen Beauftragten geschickt, der sich nach den Wünschen des Markgrafen erkundigte, damit bei seiner Ankunft auch alles zu seinem Wohlgefallen vorbereitet war.
Hedwig ließ sich mit ihrem Pferd Goldmähne auf ihren ursprünglichen Platz in der Reihe zurückfallen.
Jetzt wollte sie sich auf die Dinge konzentrieren, die sie heute noch zu erledigen hatte. Und je näher sie Meißen kamen, umso mehr schien ihr fast der Kopf zu platzen von all den Pflichten.
Eine Meile weiter konnten sie schon den Burgberg sehen, das Ziel ihrer Reise. Hedwig wurde immer unruhiger bei dem Gedanken, was sie bis Einbruch der Dunkelheit noch alles bewältigen musste: zusammen mit dem Verwalter und dem Küchenmeister die verbliebenen Vorräte berechnen, alle möglichen Streitereien unter den Hofdamen schlichten, ein paar aufmunternde Worte an die jungen Mädchen richten, die unter ihrer Obhut erzogen wurden. Währenddessen würde es im Burghof von lärmenden Bediensteten nur so wimmeln, die sich um die Pferde kümmerten, die Reisetruhen in die Kammern brachten und auspackten, um die Kleider am Saum auszubürsten und aufzuhängen.
Ob es wohl besondere Vorkommnisse gegeben hatte? Streitigkeiten, Geburten, Todesfälle?
Und ganz gleich, wie viele Vorräte noch in den Speichern und Räucherkammern lagerten – sie würde Otto ans Herz legen, dass er schon bald mit ein paar Männern zur Jagd ritt. Nie-

mand konnte wissen, wie lange dieser Winter noch dauern würde.

Müde rieb sich Hedwig mit der behandschuhten Rechten die Stirn. Der Himmel war immer noch klar über der verschneiten Landschaft. Doch die fahle Sonne stand nun so tief, dass sie die Reiterin blendete.

Sie zwinkerte und starrte verblüfft auf den Burgberg. War das ein großer Vogel gewesen? Oder hatte der Wind ein Tuch herabgeweht? Nein, das passte nicht zu dem jähen Aufblitzen, das sie für einen Augenblick zu sehen geglaubt hatte. Etwas war wie ein Stein in die Tiefe gefallen. Ein ungutes Gefühl überkam sie. Nun konnte sie den Moment kaum erwarten, an dem sie ihr Ziel erreichte und nach dem Rechten sehen konnte.

Auf dem Burghof hatte sich eine aufgeregte Menschentraube gebildet.

»Lasst mich durch! Lasst mich sofort durch!«, rief Hedwig und versuchte, sich mit Ellenbogenkraft durch die Menge zu zwängen, die anders als sonst üblich nicht zurückwich, um ihr Platz zu machen, sondern sich um etwas drängte, das am Boden lag.

Nun forderte sie, so laut sie konnte, vorgelassen zu werden, und sogleich öffnete sich vor ihr eine Gasse durch den Menschenauflauf.

Als sie den Grund der Aufregung erkennen konnte, war ihr, als würde ihr Herz in kleine Eissplitter zerschellen.

Da lag Luitgard, Randolfs blutjunge Gemahlin, mit zerschmettertem Gesicht und unnatürlich verrenkten Gliedern.

»Ein Unfall, Eurer Durchlaucht«, wehklagte die Gemahlin des Ritters von Grünbach, die in Hedwigs Abwesenheit die Aufsicht über die Hofdamen führte. »Sie muss auf dem vereisten Burghof ausgerutscht und über die Mauer gestürzt sein. Es brauchte drei Männer, den Leichnam zu bergen und hier hochzutragen.«

Hedwig bekreuzigte sich und konnte kein Wort herausbringen. Das Entsetzen hatte sie gepackt, und wie wohl jeder hier wusste sie: Niemand konnte einfach so über die Palisaden fallen, dafür waren sie viel zu hoch. Luitgard hatte von hier oben gespäht, wann die Reisegesellschaft zurückkehrte. Sobald sie die Kolonne sah und sich auf die baldige Rückkehr ihres brutalen Ehemanns einstellen musste, hatte sie sich in die Tiefe gestürzt. Sie konnte nicht mehr leben mit der Angst vor diesem Mann.

Nur durfte das niemand aussprechen. Selbstmord war die schlimmste aller Sünden, weil sie nicht bereut werden konnte, und Selbstmörder durften nicht in geweihter Erde begraben werden. Sie waren zu ewigem Höllenfeuer verdammt.

»Hüllt sie in ein Tuch, bahrt sie auf und ruft einen Priester!«, befahl die junge Markgräfin schließlich. »Sagt ihrem Gemahl, was geschehen ist. Und schickt Christian zu mir, ebenso Raimund von Muldental, den Älteren! Sofort! Und wenn ihr dafür Christian in Ketten legen müsst.«

Niedergeschlagen ging sie in Richtung Palas.

Auf dem Weg kam ihr Adele entgegen.

»Ich hätte es ahnen und etwas tun sollen«, flüsterte Svens Witwe.

»Was denn?«, fragte Hedwig verzweifelt und strich sich müde eine Strähne aus dem Gesicht, die sich beim Reiten gelockert hatte. »Sie fürchtete sich zu Tode vor ihrem Mann.«

Hastig flüsternd erzählte sie der Schwägerin Luitgards Leidensgeschichte. Vor wenigen Wochen erst hatte Randolf die dreizehnjährige Luitgard geschändet, und um dies »wiedergutzumachen«, erklärte er sich bereit, sie zu ehelichen. Keine ungewöhnliche Lösung, wenngleich unvorstellbar grauenvoll. Und nicht genug damit, hatte Randolf seine verängstigte Frau weiter misshandelt. Nun hatte er sein Ziel erreicht: Er würde Luitgards Familiengüter an der Mulde erben, die an seine grenzten.

Hedwig ging zusammen mit Adele in die Kemenate und wartete dort voller Unruhe auf Christian. Er würde rasen vor Schmerz und Zorn nach allem, was Hedwig wusste und ahnte. Doch das musste sie verhindern.
Raimunds gleichnamiger Vater brachte Christian schließlich zu ihr – nicht in Ketten, aber mit düsterem Blick. Hedwig hielt sich gar nicht erst mit Vorreden auf, nachdem sie alle Frauen hinausgeschickt hatte.
»Christian, ich ahne, was in Euch vorgehen mag. Doch wenn Ihr mitfühlt mit der armen Luitgard, wenn Ihr sie auch nach ihrem Tod noch schützen wollt …«
Sie blickte ihm stur ins Gesicht, als könnte sie so seinen Zorn und Trotz bezwingen.
»Wenn Ihr sie noch über ihren tragischen Tod hinaus beschützen wollt …«, wiederholte Hedwig streng, »dann veranstaltet jetzt keinen Aufruhr! Haltet Euch zurück und fordert Randolf nicht heraus, schon gar nicht zu einem Zweikampf.«
»Ich fürchte mich nicht vor ihm!«, entgegnete Christian schroff. Höflichkeitshalber fügte er rasch noch »Euer Durchlaucht« an.
»Darum geht es nicht«, wies ihn Hedwig streng zurecht. »Wir können an dem traurigen Geschehen nichts ändern. Doch wenn Ihr jetzt irgendetwas unternehmt, Randolf vor Zeugen die Schuld daran gebt … Dann könnte es sehr leicht geschehen, dass ein Eiferer die Frage stellt, ob dies wirklich ein Unfall gewesen sein kann. Ihr wollt doch auch, dass sie in geweihter Erde bestattet wird, nicht wahr?«
Christian nickte kreidebleich in jähem Begreifen.
»Dann schweigt! So schützt Ihr sie am besten. Zündet im Dom eine Kerze für sie an«, mahnte Hedwig und tauschte einen Blick mit dem älteren Raimund, der die Stelle eines Vaters für Christian eingenommen hatte.
»Ich verlasse mich auf Euch.«
Mit strengem Blick entließ sie die Männer, sank auf ihrem

Stuhl zusammen, stützte den Kopf auf eine Hand und betete, dass niemand die Auslegung von Luitgards Tod als Unfall laut in Frage zu stellen wagte.
Christian hingegen lief zu den Stallungen, sattelte seinen Hengst und ritt ein Stück hinaus in den Wald, um dort seine Trauer und Verzweiflung herauszuschreien.

Mehr und weniger wundervolle Neuigkeiten

Hedwig, Otto, Dietrich, ihre Schwestern Adele und Gertrud, Graf Adalbert von Ballenstedt; Burgberg Meißen, April 1158

Aufmunternd klatschte Hedwig in die Hände. »Genug geschwatzt, wir haben viel zu tun! In zwei Wochen müssen die Gewänder für beide Hochzeiten fertig sein.«
Auf dem Boden der Kemenate lagen die kostbaren Stoffe ausgebreitet, aus denen sie und ihre Hofdamen die Festgewänder für die Bräute – Adele und deren jüngste Schwester Gertrud – und die übrigen Familienmitglieder zuschnitten. Mehrere Näherinnen würden in den nächsten Tagen damit beschäftigt sein, die einzelnen Teile zu prachtvollen Bliauts zusammenzusetzen. Und viele geschickte Hände würden die Kleider besticken.
Aus dem Augenwinkel sah die junge Markgräfin etwas über den Boden huschen und stöhnte: »Erbarme sich doch eine von euch und schafft die Katze nach draußen, ehe sie noch alles verdirbt!«
Der gestreifte Mäusejäger war über die ausgelegten Tuche stolziert und gerade dabei, sich aus einem davon ein kuscheliges Nest zu bauen.
Die achtjährige Elisabeth, seit einigen Monaten am Hof, um

unter Hedwigs Anleitung erzogen und ausgebildet zu werden, stand rasch auf, ergriff das Kätzchen mit beiden Händen und brachte es nach draußen. Dabei redete sie tröstend auf das Tier ein und hielt es sich an die Wange, und sofort ging es von strampelndem Protest zu genüsslichem Schnurren über.
Hedwig vergewisserte sich, dass die Tür der Kemenate hinter dem kleinen Störenfried geschlossen wurde, und wandte sich wieder den ausgebreiteten Stoffteilen zu.
So viel war vorzubereiten für zwei Hochzeiten und mehrere Reisegesellschaften, dass sie kaum noch wusste, wie sie all das schaffen sollte.
Ostern, zum Ende der Fastenzeit, sollte die Vermählung zwischen Adele und Hedwigs Bruder Adalbert stattfinden. Danach würde Albrecht der Bär seine Pilgerreise ins Heilige Land antreten, mit großem und erlesenem Gefolge. Während Hedwig, Otto und seine Brüder nach Thüringen auf die Kevernburg reisen würden, wo Gertrud mit dem Sohn des Grafen Sizzo von Schwarzburg und Käfernburg vermählt wurde.
Und dann war ja auch noch allerhand vorzubereiten, weil ihr Schwager Dietrich im Sommer mit dem Kaiser auf den Italienfeldzug ging! Nach Dobroniegas Abreise lebte nun keine Fürstin mehr an seinem Hof in Eilenburg.
Vielleicht war die Sorge, dies alles nicht zu schaffen, der Grund dafür, dass Hedwig sich gereizt und unwohl fühlte. Am Morgen schon, noch vor dem Frühmahl, musste sie sich übergeben und hatte den Küchenmeister kommen lassen, um ihn zu fragen, ob etwas an der gestrigen Abendmahlzeit verdorben gewesen sein könnte. Der Mann verneinte fast beleidigt und versicherte, allen anderen sei das Essen gut bekommen.
Vom Frühstück brachte Hedwig gar nichts hinunter, wodurch sie sich nun matt und schwindlig fühlte. So setzte sie sich kurz auf eine der steinernen Bänke in den Fensternischen, sog die frische Luft ein und überließ die Aufsicht für eine Weile der

ältlichen Gemahlin des Ritters von Grünbach. Ein Ausbund an Gehässigkeit und Klatschsucht, aber erfahren in allen Dingen der Hofhaltung. Hochnäsig und wichtigtuerisch schritt die Grünbacherin nun zwischen den Frauen und jungen Mädchen umher, die mit Schnüren Maß nahmen für die Säume und die Keile, die – an der Taille eingesetzt – dem Rock die verschwenderische Weite verliehen.

Und das alles möglichst ohne Verschnitt, denn der Stoff war so kostbar, dass selbst der kleinste Rest als Zierrat oder Flicken herhalten musste.

Da um diese Jahreszeit noch keine jüdischen Händler mit Seiden und Brokaten in Meißen eingetroffen waren, hatte Hedwig entschieden, einige der besten Gewänder aus ihren Truhen umzuarbeiten und mit den Resten der Seide kräftig gefärbte Leinenstoffe an Hals und Ärmeln abzusetzen.

Adele hatte schließlich keines ihrer prachtvollen Gewänder von Dänemark mitbringen können. Und Gertrud wurde gerade erst mit einer Geleitmannschaft unter Christians Kommando feierlich vom Kloster Gerbstedt abgeholt, wo sie erzogen worden war. Bislang hatte sie also nur ganz schlichte, schmucklose Kleider getragen. Das erste Festkleid in ihrem Leben würde ihr Hochzeitskleid werden. Doch hier wartete Hedwig noch mit dem Zuschnitt. Sie wusste nicht, wie groß Gertrud inzwischen war.

Heute wollte sie für Adele einen Umhang aus feinem blauem Tuch zuschneiden. Graf Sizzo hatte als Geschenk ein Kästchen mit bestem Erfurter Färberwaid nach Meißen geschickt. Daraus hatten die hiesigen Färber leuchtend blaue Stoffe gefertigt.

Hedwig atmete ein paarmal tief durch, spürte nach, ob sich ihr revoltierender Magen wieder beruhigt hatte, dann ging sie vorsichtig in die Knie und maß die Länge ab, damit der Umhang bis zum Boden reichte und bequem über die Schultern fiel.

Aus dem ausgebreiteten Stoff stieg ihr ein Gemisch an intensiven Gerüchen – Fullererde zum Walken von Tuch und Urin zum Fixieren der Farbe – so heftig in die Nase, dass ihr jäh übel wurde.

Sie schaffte es gerade noch, sich von den teuren Stoffen abzuwenden, ehe sie sich auf den Boden erbrach.

Während sich die Hofdamen entsetzt ansahen und ein paar Dienerinnen rasch losliefen, um Bottich und Lappen zu holen, rief die alte Grünbacherin verzückt: »Das ist ja wunderbar, Euer Durchlaucht!«

Geradezu begeistert verschränkte sie die Hände und wippte auf den Fußballen ein wenig auf und nieder, während sie strahlend auf die kreidebleiche Hedwig herablächelte.

Ich weiß nicht, was daran wunderbar sein soll, wenn ich mich hier vor aller Augen auf die Festgewänder erbreche, dachte diese verärgert und warf der Herrin von Grünbach einen wütenden Blick zu.

Die hagere Ortrud von Grünbach aber lächelte breit und quietschte begeistert: »Ihr seid schwanger, meine Liebe!«

Fassungslos übersah Hedwig die Hände, die sich ihr bereitwillig entgegenstreckten, um ihr aufzuhelfen. Nun ließ sie sich erst einmal ganz auf den Boden plumpsen.

Sich gegenseitig überbietend brachen auch die anderen Hofdamen und jungen Mädchen in enthusiastische Gratulationen aus.

Hedwig ließ sich etwas Bier bringen – Wein war in der Fastenzeit verboten – und spülte den schlechten Geschmack im Mund fort. Hinunterschlucken konnte sie kaum, ihr Magen revoltierte immer noch.

In die begeisterten Glückwünsche ihrer Damen und jungen Mädchen hinein bat sie energisch um Ruhe. Beleidigt verstummte die Grünbacherin, und die anderen taten es ihr nach, wenn es ihnen auch sichtlich schwerfiel.

Mühsam versuchte Hedwig, ihre Gedanken zu ordnen.

Waren ihre verzweifelten Gebete erhört worden?
Ja, der Verdacht und die Hoffnung waren in ihr schon gekeimt, dass sie schwanger sein könnte. Seit ein paar Tagen fühlte sie sich unwohl, besonders morgens, und bekam kaum einen Bissen Essen hinunter. Aber das konnte viele Ursachen haben.
Und ehe die Frauen hier ausschwärmten und überall herumposaunten, die Markgräfin sei endlich gesegneten Leibes, wollte sie Gewissheit. Dann – und erst dann! – würde sie es Otto sagen. Und er sollte es aus ihrem Mund erfahren, nicht durch Weiberklatsch. Ob sich das wohl bewerkstelligen ließe?
»Ich will die weise Frau aus dem unteren Viertel sehen«, wies sie hastig an. »Holt sie rasch! Und sagt meinem Gemahl noch nichts, bevor wir Gewissheit haben.«
Sie ließ sich aufhelfen, verpflichtete die Frauen noch einmal zu Stillschweigen und überließ die Festgewänder der Aufsicht der Grünbacherin.

In ihrer Kammer ruhte sich Hedwig ein wenig aus, bis sie sich besser fühlte, dachte nach und wartete auf Josefa, die alte Wehmutter aus dem unteren Viertel. Eine sehr gütige und erfahrene Heilerin, die allen Kindern des alten Meißner Markgrafenpaares auf die Welt geholfen hatte. Und Dietrichs außerehelichem Sohn.
Josefa kam bald, befragte und untersuchte sie und lächelte dabei, was ihre gütigen Augen mit einem Kranz von Fältchen umgab.
»Es ist noch sehr früh … Aber ich denke schon, dass Ihr Eurem Gemahl gute Nachrichten ausrichten dürft. Meinen Glückwunsch, Durchlaucht!«
Hedwig schossen vor Freude und Erleichterung Tränen in die Augen. Sie wurde also doch nicht mit Kinderlosigkeit für ihr Handeln bestraft!
Josefa gab etliche Ratschläge und ging reich belohnt wieder hinunter zu ihrem windschiefen Haus im unteren Viertel.

Hedwig verlor sich in Gedanken, während sie sich die Zöpfe neu flechten und ein sauberes Gewand anziehen ließ; das andere hatte einige Spritzer Erbrochenes abbekommen.
Dann wollte sie sich bei ihrem Gemahl melden lassen. Doch sie war noch gar nicht an der Tür, als Otto diese schon stürmisch aufriss.
»Ist es wahr? Ist es endlich wahr, meine Liebe? Du trägst ein Kind unterm Herzen? Du machst mich überglücklich!«
Freudestrahlend zog er sie an sich, dass es ihr fast den Atem nahm, während sie voller Grimm überlegte, welche der Frauen den Mund nicht hatte halten können.
Doch sein ungewöhnlicher Überschwang riss auch sie mit. Sie freute sich auch darauf, in einem halben Jahr ein Kind in den Armen zu halten.
»Ich werde dich mit Geschenken überhäufen! Und unseren Sohn erst!«, jubelte ihr Gemahl.
»Noch ist es nicht so weit«, beschwichtigte ihn Hedwig. »Und Ihr müsst mir nichts schenken, mein liebster Gemahl. Wenn Ihr mir und dem Ungeborenen etwas Gutes tun wollt, dann begleitet mich in den Dom und zündet eine Kerze an.«
»Ich werde dem Domkapitel sofort Silber stiften, damit sie Messen lesen, für dein Wohl und das unseres Kindes«, versicherte Otto.
So voller Begeisterung und Überschwang hatte Hedwig ihn noch nie gesehen. Erleichtert ließ sie sich auf die Bettkante sinken.

Auf Ottos Drängen musste Hedwig nach dem Gebet im Dom eine Stunde ruhen.
Adele, die sonst meistens in ihrer eigenen Kammer blieb, wo sie grübelte und trauerte, leistete ihr nun Gesellschaft und freute sich mit ihr über die guten Neuigkeiten.
»Ich wünsche dir von Herzen, dass es ein Junge wird. Männer wollen Söhne«, meinte Adele leise. Sie spürte einen Stich im

Herzen, weil ihr die Szene wieder vor Augen stand, wie harsch Sven auf die Kunde reagiert hatte, dass sie keinen Sohn, sondern eine Tochter geboren hatte.

Trotzdem hatte sie diesen Mann geliebt. Tränen rannen ihr über die Wangen; sie konnte sie einfach nicht zurückhalten. Und nun sollte sie schon in zwei Wochen neu vermählt werden!

»Mein Bruder wird dir ein liebenswerter und rücksichtsvoller Gemahl sein«, versicherte Hedwig, die ahnte, was in Adele vorging. Es war schließlich nicht schwer zu erraten.

»Er ist ein gutaussehender junger Mann. Und in Ballenstedt wirst du dich behütet fühlen«, versprach sie. Obgleich Hedwig selbst nicht wohl dabei war, der frisch verwitweten Schwägerin schon wieder zu einer Heirat zuzureden.

»Davon kannst du dich bald selbst überzeugen. Adalbert ist auf dem Weg hierher und sollte heute noch eintreffen.«

Ihr Bruder kam nach Meißen, um sich seiner Braut vorzustellen und sie dann zur Hochzeit nach Ballenstedt zu geleiten. Das wäre zwar nicht zwingend nötig gewesen, er hätte auch dort auf seine Braut warten können. Aber Hedwig hatte auf ihren Vater eingeredet, aufgrund der besonderen Umstände eine Begegnung der Brautleute vor der Hochzeit zu arrangieren.

Als hätte sie es geahnt, kündigte Lärm vom Burghof her die Ankunft einer größeren Reisegesellschaft an. Hedwig stemmte sich hoch und ging zum Fenster, um nachzusehen, was dort vor sich ging.

»Mein Bruder ist gekommen.«

Sie strahlte Adele an, die lieber hier warten und ihrem Bräutigam erst beim Festmahl in der Halle begegnen wollte, ließ sich den Umhang anlegen und eilte hinunter, um Adalbert willkommen zu heißen.

Drei Schritte vor ihrem Bruder erstarrte Hedwig mitten im Lauf und musterte die verblassenden Spuren von Schlägen in seinem Gesicht.

»Mit wem hast du dich denn geprügelt?«, fragte sie verwundert. »Seid ihr von Wegelagerern überfallen worden?«
Adalbert, dunkelhaarig, aber bei weitem nicht so hünenhaft wie sein Vater, tippte auf sein geschwollenes Auge, das gelb und grün schillerte.
»Vater«, sagte er nur mit schiefem Grinsen.
»Wieso?«, fragte Hedwig entgeistert. Gegen sie hatte ihr Vater nie die Hand erhoben; gegen ihre Brüder schon, wenn sie nicht gehorchten, als sie noch klein waren. Doch jetzt? Da musste sich Adalbert etwas ziemlich Schlimmes geleistet haben.
»Weil ich zu sagen wagte, dass ich mich ungerecht behandelt fühle. Wieso muss ich mich mit einer Witwe begnügen, während meine Brüder allesamt jungfräuliche Bräute bekommen?«, entrüstete er sich. »Sie ist sogar älter als ich, schon über zwanzig. Da hat er mich am Gewand gepackt und gebrüllt: *Du wirst es tun, weil ich es dir sage!*«
Hedwig ballte wütend die Fäuste und stemmte sie in die Hüften; jetzt war alle Übelkeit vergessen.
»Weißt du, *Bruder*, am liebsten würde ich dir dafür auch eine Ohrfeige verpassen. Du hast sie noch nicht einmal gesehen!«, rief sie und senkte dann die Stimme, um kein Aufsehen zu erregen. »Deine Braut ist eine wahre Schönheit, ein liebenswürdiger Mensch und kaum älter als du. *Und* sie war eine Königin. Also sei dankbar, wenn sie dich nimmt!«
Immer noch wütend zischte sie ihm zu: »Und sei froh, wenn ich ihr nichts davon erzähle. Wehe dir, du wagst es, sie unfreundlich zu behandeln! Dann sage ich es unserem Vater, und er verpasst dir noch einen Hieb auf das andere Auge.«
Hedwig prustete verächtlich, drehte sich auf den Hacken um und überließ ihren Bruder all den Bediensteten, die sich um die askanischen Gäste, ihre Pferde und ihre Truhen kümmerten.
Doch sie ging erst gar nicht wieder in den Palas, denn durch

das Tor sah sie eine weitere Reitergruppe ankommen: Christian, der ihre Schwägerin Gertrud brachte.
Schon lief sie ihnen entgegen, dankte Christian mit einem Lächeln und freundlichen Worten und begrüßte dann die junge Braut. Gertrud trug ein sehr schlichtes Kleid in Grau und Braun.
»Willkommen, Liebes!«, begrüßte Hedwig das eingeschüchterte junge Mädchen.
»Bist du hungrig oder durstig? Ein Bad ist für dich vorbereitet. Komm, ich bringe dich hinein. Oder möchtest du erst deinen Bruder Otto sehen?«
»Wenn ich ehrlich sein soll …« Gertrud zögerte und platzte dann heraus: »Ich muss ganz dringend auf die Heimlichkeit!«
Hedwig schmunzelte und führte ihre Schwägerin dorthin.
Aber vorher warf sie noch einen gründlichen Blick auf Christian. Sie hatte gehofft, diese Reise würde ihn etwas aus seiner Trauer herausreißen. Da hatte sie sich wohl getäuscht.

Hedwig überließ Gertrud den Bademägden; nach der mehrtägigen Reise sollte sie sich erst den Staub der Reise abspülen, ehe sie vor ihren ältesten Bruder trat, der nun das Familienoberhaupt war.
Hedwig legte ihr ein besticktes Leinenkleid in kräftigen Farben zurecht.
»Mein Gemahl wird wünschen, dass seine Schwester in angemessen prächtigen Kleidern auftritt«, sagte sie, um Gertruds schlechtes Gewissen zu beruhigen. Im Kloster war sie angehalten worden, jeden Prunk zu meiden.
»Ist Putzsucht nicht eine Sünde?«, fragte Gertrud denn auch prompt, während ihr eine Magd warmes Wasser über die Schultern goss.
Hedwig lächelte ihr aufmunternd zu. »Nur übertriebene Eitelkeit. Wenn du eine Schwarzburgerin wirst, erwarten dein Gemahl und auch dein gestrenger Schwiegervater, dass deine

Kleider deinen Stand anzeigen. Und Otto legt natürlich besonders Wert darauf.«
Sie sah, wie hingerissen Gertrud das Kleid anstarrte.
»Du wirst wunderschön darin aussehen!«, versprach sie.
»Ist das mein Brautkleid?«, fragte Gertrud eingeschüchtert – ob nun wegen der Gefahr der Eitelkeit oder weil sie der Gedanke beunruhigte, heiraten zu müssen.
»Nein. Sobald du frisch angezogen bist, können wir in der Kemenate die Stoffe begutachten und gleich Maß nehmen.«
Gertruds Augen begannen zu leuchten. Und als sie die Stoffe erblickte, fand sie kaum Worte. Sie wählten rotes Leinen und hellgrüne Seide als Besatz, und die angehende Braut versicherte, sie könne gar nicht erwarten, es selbst besticken zu dürfen.
Wenigstens eine Braut, die nicht in Tränen ausbricht, wenn von ihrer Hochzeit die Rede ist!, dachte Hedwig bedrückt.
Sie sah aus dem Fenster und erblickte noch eine dritte Gruppe Reiter, die gerade auf den Burghof kam. Das musste ihr Schwager Markgraf Dietrich sein.
»Lass dich von den Hofdamen herausputzen«, schlug Hedwig vor. »Ich gehe derweil deinen Bruder Dietrich begrüßen. Dedo und Heinrich sind auch schon hier. Ich rufe sie zusammen und hole dich ab, damit wir gemeinsam vor deine Brüder treten, ja?«
Gertruds Blick wurde wehmütig.
»Ich habe sie so lange nicht gesehen! Und kaum bin ich hier, soll ich auch schon wieder fort, nach Thüringen, an einen fremden Hof.«
»Nein, Liebes, wir bleiben erst eine Weile zusammen und bereiten dich auf dein neues Leben vor«, versprach Hedwig.

Unerwünschter Besuch

Niklot und sein verstoßener Sohn Prislaw;
Mecklenburg, Sommer 1158

Der Abodritenfürst Niklot wollte gerade zu einer der Koppeln gehen, als ihm ein Bote von Herzog Heinrich dem Löwen und dem dänischen König Waldemar angekündigt wurde.

Die Aussicht behagte ihm ganz und gar nicht, sich mit deren Forderungen abzugeben. Es war klar, was sie verlangen würden. Doch am Gesicht seiner Wachen las er ab, dass es noch übler kommen sollte als erwartet.

»Was noch?«, fragte er streng und ungeduldig.

»Der Bote … ist Prislaw«, gestand der Mann mit besorgter Miene.

Niklots Gesicht versteinerte schlagartig.

Prislaw war sein erstgeborener Sohn. Doch er hatte schon vor Jahren mit ihm gebrochen, weil der Abtrünnige die Sache der Slawen für aussichtslos hielt und sich den Dänen angeschlossen hatte.

Seither war ihm der Aufenthalt auf Abodritenland verwehrt, und sein Vater hatte sich vor dem ganzen Stamm von ihm losgesagt. Danach waren sie nie wieder zusammengetroffen – bis zum heutigen Tag.

Als Niklot während des Wendenkreuzzugs von der Fluchtburg Demmin aus einen Ausfall aufs Lager der Dänen angeführt hatte, war ihm durchaus der Gedanke durch den Kopf gegangen, dass sich sein Sohn unter denen befinden könnte, die er getötet oder in die Flucht geschlagen hatte. Nun, zumindest der erste Fall war offensichtlich nicht eingetreten.

»Schickt ihn her!«, befahl er ohne eine Regung in seinen Zügen.

Er verharrte vor dem Haus, stand breitbeinig, als erwarte er einen Kampf.

Von mehreren Männern begleitet, stolzierte Prislaw heran. Demonstrativ trug er die Kleidung der Christen, aufwendig verziert. Um seinen Vater zu reizen, hatte er sich auch noch ein großes silbernes Kreuz an einem Lederband um den Hals gehängt.
»Du bist alt geworden«, eröffnete der Verstoßene das Gespräch.
Niklot ging nicht darauf ein, sondern schwieg.
»Willst du mich nicht unters Dach bitten?«, fragte sein Sohn mit gehässigem Grinsen und deutete auf das mit vielen Schnitzereien verzierte Haus, in dem er mit seinen beiden Brüdern aufgewachsen war. »Mir Brot und Salz anbieten, wie es die Tradition verlangt?«
»Hast du nicht selbst auf diese Tradition gespien und uns verraten?«, hielt Niklot ihm eiskalt vor. »Weil du glaubtest, nur bei den Christen könntest du es weit bringen? Du warst einmal mein Sohn, mein Erstgeborener.«
»Ich *habe* es weit gebracht«, konterte Prislaw triumphierend. »Ich bin nun der Jarl von Lolland und vermählt mit Katharina, der Tochter Knut Lavards. Eine bildschöne Frau und von königlichem Geblüt. Während ihr hier« – er vollführte mit dem Arm eine ausladende Bewegung über die wehrhafte Siedlung – »die Tage zählen könnt, an denen ihr noch zu euren Götzen beten dürft. Willst du mich nicht endlich ins Haus bitten? Wo bleibt deine Achtung vor den alten Bräuchen?«
Niklot verschränkte die Arme vor der Brust und machte keinerlei Anstalten, ins Haus zu gehen und den Verstoßenen hineinzubitten. Inzwischen waren einige seiner engsten Vertrauten neben ihn getreten, dazu seine beiden anderen Söhne Wertislaw und Pribislaw. Finster musterten sie ihren abtrünnigen Bruder.
Alle anderen hielten trotz ihrer Neugierde gebührenden Abstand.
»Steht ihr immer noch unter Vaters Fuchtel?«, provozierte

Prislaw seine Brüder. »Dann wird es Zeit für euch, endlich aus seinem Schatten zu treten! Kommt mit mir, und König Waldemar wird es euch großzügig lohnen. Denn eines ist klar: Ihr werdet nie die Abodriten anführen. Eher geht hier alles in Rauch und Asche auf.«

Wertislaw spie ihm verächtlich vor die Füße, Pribislaw meinte schroff: »Mutter wird sich noch im Totenreich schämen bei deinem Anblick, Verräter.«

Niklot brachte ihn mit einem scharfen Blick zum Schweigen. »Da du als Bote meines Herzogs und eines Königs kommst, sichere ich dir freien Abzug durch Abodritenland zu«, erklärte der Fürst seinem verstoßenen Sohn. Er winkte eine etwas abseits wartende Frau mit den traditionellen Willkommensgaben herbei.

»Du erhältst Brot und Salz, und wir werden reden. Doch nicht in meinem Haus. Du hast jedes Recht verwirkt, es zu betreten. Und ich will nicht mit dir unter einem Dach stehen. Sag vor allen anderen hier draußen, was du uns mitzuteilen hast. Ich rate dir, es nicht in die Länge zu ziehen.«

Immer noch mit regloser Miene fragte Niklot laut: »Was also sollst du mir vom Löwen und dem Dänenkönig ausrichten?«

In seinen Tagträumen hatte sich Prislaw diesen Auftritt deutlich wirkungsvoller vorgestellt. Aber er würde seinen Vater schon noch so weit reizen, bis er sich vergaß. Dann würde er, der Jarl von Lolland, als Sieger vom Platz gehen.

Er hatte zwar mit mehr Bewirtung als Brot und Salz gerechnet, war jedoch klug genug, beides nicht zurückzuweisen, weil ihm diese Gaben das Recht des Gastes sicherten. Er brach ein Stück aus dem runden Brot und stippte es in die mit Salz gefüllte Mulde in der Mitte. Kauend wies er seine drei Begleiter mit einem Kopfrucken an, es ihm nachzutun.

Nur ein Narr würde auf den Schutz verzichten, den diese symbolischen Gaben bedeuteten. Zumal ihn sein sturer Vater nicht ins Haus gebeten hatte.

Prislaw würgte mit trockenem Mund – es war ein heißer Sommertag, und er hatte Durst – das salzige Brot hinunter und wurde erneut aufgefordert, seine Botschaft auszurichten.
Er schluckte noch einmal und verkündete dann mit stolzgeschwellter Brust: »Herzog Heinrich fordert dein klares Bekenntnis zum einzig wahren Glauben. Euer heidnischer Götzentempel wird nicht länger geduldet und niedergebrannt. König Waldemar fordert ebenso wie der Herzog das Ende deiner Überfälle auf die dänische Küste und dänische Gewässer.«
Niklot betrachtete ihn, ohne durch seinen Gesichtsausdruck seine Anspannung zu verraten.
»Richte dem Herzog aus, was ich ihm schon einmal sagte: Wir huldigen *ihm* als unseren Herrscher, mag er für uns seinem Gott huldigen.«
Prislaw verzog das Gesicht. »Du solltest es besser wissen, alter Mann. Ihr habt keine Chance. Wähle jetzt den richtigen Weg!«
»Wir haben unterschiedliche Vorstellungen darüber, was richtig und was falsch ist«, bekam er zur Antwort.
»Und deine Botschaft für König Waldemar? Was antwortest du ihm?«, fragte der Jarl von Lolland schroff.
»Für ihn habe ich keine Antwort«, erklärte Niklot. »Er ist nicht mein König.«
Da ihre starke Flotte den Abodriten die Hoheit auf See sicherte, waren sie gezwungen, diesen Vorteil auszunutzen. Mit den Überfällen auf die dänischen Küstendörfer versuchten sie, die immensen Tributzahlungen aufzubringen, die Heinrich der Löwe und seine Vasallen von ihnen forderten.
Prislaw beugte sich etwas vor, eine helle Strähne fiel ihm ins Gesicht und wurde von einer leichten Windbö zerzaust.
»Du wirst unser Volk noch ins Verderben stürzen mit deiner Starrsinnigkeit!«, rief er wütend.
»Es ist nicht mehr dein Volk. Du hast dich gegen uns entschie-

den«, erklärte Niklot mit einer Stimme, die trotz der Sommerhitze aus Eis gemacht schien.
»Vater, versteh doch!«, beschwor ihn Prislaw. Dieser starrsinnige alte Mann würde sie alle noch ins Verderben stürzen. Und wenn er, der Jarl von Lolland, seinem König keine zufriedenstellende Antwort mitbrachte, würde er womöglich auch in Ungnade fallen.
»Ich bin nicht mehr dein Vater, du bist nicht mehr mein Sohn«, erklärte Niklot, und sein Tonfall hatte etwas Endgültiges. »Wenn das alles ist, was du mir ausrichten sollst, rate ich dir, umgehend die Rückreise anzutreten. Ich lasse dir ausreichend Proviant mitgeben.«
»Du bist verblendet!«, rief Prislaw wütend.
»Und du bist treulos gegen deine Familie und gegen dein Volk. Geh mir aus den Augen, ehe es mich reut, dich empfangen zu haben!«, hielt ihm sein Vater entgegen.
»*Dich* wird es reuen, euch alle wird es reuen, auf ihn gehört zu haben!«, schrie Prislaw und sah zu Niklots Männern. »Ihr folgt ihm in den Untergang. Schon bald wird man nie wieder von den Abodriten hören.«
»Und du willst mit aller Kraft dazu beitragen, nicht wahr?«, hielt ihm sein Vater völlig ungerührt vor.
Brüsk wandte sich Prislaw ab und ging mit seinen Begleitern zu den Pferden, um sofort aufzubrechen. Ihn hielt hier nichts mehr. Sein Vater hatte den Untergang seines Volkes selbst heraufbeschworen.

Wortlos sahen Niklots Getreue den Abtrünnigen gehen. Als Prislaw außer Hörweite war, sagte der Abodritenfürst zu seinen Söhnen: »Ruft die angesehenen Männer zusammen. Zum Priester gehe ich selbst.«
Beide nickten und liefen los.
Niklot begab sich zum Heiligtum und legte eine Opfergabe in die bereitstehende Schale – einen spiralförmigen silbernen Arm-

reif. Das zweite Stück von diesem Paar hatte er vor Jahren dem Grafen von Holstein geschenkt, zur Erinnerung an ihren Friedensschluss inmitten des Krieges. Jetzt könnte er das Silber gut gebrauchen, um Waffen und Verbündete zu kaufen. Aber wichtiger war es, den Göttern ein angemessenes Opfer zu bringen. Angemessen der Bedrohung, die über seinem Volk schwebte. Und einen Keiler oder Hirsch zu jagen, hatte er jetzt keine Zeit.
Der Priester nahm das Opfer an – zu Niklots Erleichterung. Dann bat er ihn höflich zu ihrer Beratung. Die anderen Männer, seine Söhne eingeschlossen, erwarteten sie schon in seinem Haus.
Niklot gab eine kurze Zusammenfassung des Wortgefechts.
»Ist hier jemand unter euch, der auch ein dänischer Jarl werden möchte?«, fragte er zynisch und erntete Lacher und verächtliches Schnauben.
»Also müssen wir uns auf einen Angriff vorbereiten.«
»Suchen wir uns Verbündete!«, rief Ratibor, einer der älteren, für ihre Weisheit geachteten Männer. »Bitte Jacza von Köpenick um Beistand. Und die Ranen.«
Schmerzlich verzog Niklot das Gesicht.
»Jacza von Köpenick ist nach Polen gegangen, zu den Verwandten seiner Gemahlin, nachdem sein einziger Sohn gestorben ist.«
Der Kaiser hatte den Fünfjährigen als Geisel gefordert. Nach kaum drei Wochen erhielten die Eltern die Nachricht vom Tod des Jungen – und zerbrachen daran.
»Und die Ranen können wir nicht bezahlen«, resümierte Niklot bitter.
Bei diesem kriegerischen Stamm auf Rügen, tüchtigen Seefahrern und gefürchteten Kämpfern, trafen die Priester allein alle Entscheidungen. Und diese hingen von der Größe der Opfergaben für ihr Heiligtum ab. Doch die Abodriten waren in Armut verfallen, seit sie horrende Tributzahlungen an den Löwen und seine Gefolgsleute aufbringen mussten.

»Die Kessiner und Zirzipanen werden eher die Waffen gegen uns richten, als uns bei der Verteidigung unseres Landes zu helfen«, konstatierte der Slawenfürst bitter. »Und die Stämme im Süden sind vertrieben, ausgelöscht oder zum Christenglauben gezwungen. Wir stehen allein.«

Noch einmal sah er in die Runde, wartete ab, ob jemand einen Vorschlag oder einen Einwand hatte. Ob jemand aufrief, die Forderungen des Herzogs und des dänischen Königs zu erfüllen.

Doch niemand sagte ein Wort.

»Gut. Bereiten wir uns auf einen Angriff vor«, verkündete der Fürst der Abodriten schließlich. »Falls wir ihn nicht zurückschlagen können, ziehen wir uns auf die weiter östlich gelegenen Fluchtburgen zurück und unternehmen von dort aus gut vorbereitete Ausfälle. Mögen die Götter uns beistehen.«

Die Heere sammeln sich

Kaiser Friedrich I., Markgraf Dietrich von der Lausitz, die Könige Waldemar von Dänemark und Vladislav von Böhmen; Augsburg, 13. Juni 1158

Gemunkelt wurde, fast zehntausend Ritter hätten sich vor Augsburg am Lech versammelt, dazu ein Mehrfaches an Knappen, Reisigen und Knechten.

Beeindruckt ließ Markgraf Dietrich von der Lausitz seinen Blick über die versammelten Heeresabteilungen schweifen. Er selbst war mit einhundert Rittern und dem dazugehörigen Tross gekommen, um den Kaiser auf seinem Italienfeldzug zu begleiten. Das waren mehr, als er in Eilenburg aufzubringen vermochte, doch die Hälfte der Männer hatte ihm sein Bruder Otto gestellt. Der meinte, es entspreche nicht der Würde und

Bedeutung des Hauses Wettin, nur mit einem Dutzend Schwerter aufzutauchen.

Dietrich gab es rasch auf, die Zahl der Menschen schätzen zu wollen, die beim Aufbau ihrer Lager durcheinanderwuselten und dabei jede Menge Lärm veranstalteten: Geschrei, das Hämmern der Schläge beim Aufbau von Zelten und Koppeln, dazu gesellten sich noch das Wiehern der Pferde und das Brüllen der Ochsen. Das Gras war nach heißen Sommertagen welk, so dass unzählige kleine Staubwirbel aufstiegen und sich mit dem Qualm von hunderten Feuerstellen vermischten.

Der Quartiermeister hatte ihm einen Platz auf der Wiese zugeteilt, zwischen Landgraf Ludwig von Thüringen und zwei Söhnen von Albrecht dem Bären.

Der alte Kämpe selbst war nach der Hochzeit von Adalbert und Adele zusammen mit seiner Gemahlin Sophia zur Pilgerfahrt ins Heilige Land aufgebrochen. Sein Erstgeborener sollte derweil von Anhalt aus und Adalbert von Ballenstedt aus die askanischen Besitzungen hüten.

Adele hatte recht verloren gewirkt, als Dietrich sie nach ihrer Vermählung auf Ballenstedt zurücklassen musste. Aber sie mochte den Ort wegen seiner Ruhe und weil sie dort jeden Tag in der Klosterkirche beten konnte. Für Svens Seelenheil, wie Dietrich vermutete.

Der Quartiermeister riss ihn aus seinen Gedanken, zurück ins Hier und Jetzt.

»Durchlaucht, bitte gebt Euren Männern die Lagerregeln bekannt, die der Kaiser erlassen hat. Jegliche Händel werden bestraft, nach Rang des Übeltäters«, erklärte er. Was wohl bedeutete: Die Ritter hatten ein Bußgeld zu zahlen, die Knechte und Reisigen wurden geschoren oder gebrandmarkt. Wo so viele Männer lagerten, deren Herren noch dazu häufig im Streit miteinander lagen, blieben Raufereien nicht aus.

»Und keine Weiber!«, mahnte der Quartiermeister und hob den Zeigefinger. »Wer mit einer Hure erwischt wird, verliert

Rüstung und Waffen, und der Frau wird die Nase abgeschnitten.«

Einen Moment lang überlegte Dietrich, was wohl für mehr Reibereien sorgen würde: Huren beim Heer zu haben oder *keine* Huren.

Doch dann tat er den Gedanken ab.

Er überließ es seinem Vertrauten Hilbert, den Aufbau des Lagers zu beaufsichtigen, und begab sich zum Kaiser, um Ankunft und Stärke seines Heerbanns zu melden.

Das Zelt Seiner Majestät war nicht zu übersehen: rot und riesig – das sagenumwobene Geschenk des englischen Königs Heinrich Plantagenet und seiner Gemahlin Eleonore von Aquitanien.

Diesmal verhielt sich der Kaiser, als sei nur eine Stunde seit ihrem gemeinsamen Turniersieg vor nunmehr zwanzig Jahren vergangen.

Er umarmte Dietrich sogar, hieß ihn vor allen Anwesenden freudestrahlend als »geliebten Fürsten der Ostmark« willkommen.

Das Haus Wettin befand sich also wieder im Zustand der kaiserlichen Gnade. Dank der einhundert Schwerter für den Italienfeldzug.

»Ich erwarte Euch zum Festmahl«, verkündete Friedrich.

Dietrich bedankte sich und wurde vorerst entlassen. Zwischen hunderten Männern und Zelten hindurch bahnte er sich den Weg zurück zum wettinischen Lager.

Das also ist Waldemar!, dachte Dietrich, als er sich bei Einbruch der Dämmerung an der Tafel des Kaisers einfand, die vor dem großen roten Zelt aufgebaut war.

Der Mann, der meinen Schwager Sven in der Schlacht bezwang und seinen Tod befahl.

Sven war groß gewesen, doch Waldemar wirkte noch größer. Und erstaunlich jung, erst Mitte zwanzig, wie es hieß. Ein entschlossener Mann, den sich Dietrich nicht zum Feind wünschte. Nach dem Tod von Knut und Sven war Waldemar nun der einzige dänische König, und er erweckte ganz den Eindruck, als regierte er das Land trotz seiner Jugend bedachter als Sven.

Natürlich verbot es sich für Dietrich, hier das Schicksal seines unrühmlich erschlagenen Schwagers zu erwähnen. Doch um Adeles Sicherheit willen musste er beiläufig eine Botschaft in die Unterhaltung einstreuen, die klarmachte, dass Adele für Dänemark keine Rolle mehr spielen würde.

Noch hatte sich dazu keine Gelegenheit gefunden; die Gäste des Kaisers waren zu sehr mit den zahllosen Gängen des Mahls beschäftigt und damit, den Kaiser zu umschmeicheln. Aber bald würde der Wein die Zungen lockern, dann kam seine Chance.

Dietrich ließ seine Blicke schweifen, während er speiste.

Noch nie in seinem Leben hatte er sich in einer so illustren Runde befunden: der Kaiser, die Könige von Böhmen und Dänemark, ein halbes Dutzend Herzöge, drei Erzbischöfe, ein Landgraf, dazu Markgrafen, Bischöfe und Pfalzgrafen zu Dutzenden. Sie alle waren sorgfältig nach Rang platziert, und ihr Ansehen ließ sich daran abmessen, wie nah sie beim Kaiser saßen.

Wenn Dietrich auch nicht die Ehre hatte, neben dem Kaiser zu sitzen, so wurde ihm in dieser edlen Gesellschaft deutlich wie nie zuvor bewusst: Ich gehöre jetzt zu den Großen des Reiches, zu den ranghöchsten Fürsten!

Bislang hatte er fast immer nur in Begleitung seines Vaters den kaiserlichen Hof aufgesucht, als Markgrafen*sohn*. Jetzt kam er als Markgraf. Auch wenn das Land, über das er herrschte, nur schwach besiedelt und zu großen Teilen von Wäldern und Sümpfen bedeckt war. Er würde für sein Gedeihen sorgen. Eilenburg hatte er schon ausgebaut und stärker befestigt, als Nächstes plante er dies für Landsberg. Und so wie sein Bru-

der Otto es auch beabsichtigte, würde er Siedler ins Land rufen, die es mit Axt und Pflug erschlossen.
Er prostete seinem Nachbarn zu, dem klugen Bischof Eberhard von Bamberg, ein Vertrauter Friedrichs, und musterte unauffällig die beiden Könige, die links und rechts des Kaisers saßen.
Vladislav von Böhmen, dessen Anblick seinen Vater zur Weißglut getrieben hätte, vergalt dem Kaiser die Erhöhung zum König und das Bautzener Land, indem er sich dem Reich unterstellte und fünfhundert seiner gefürchteten Panzerreiter für diesen Feldzug mitbrachte.
Friedrichs Herrschaft unterstellt hatte sich auch der ungarische König Géza, wenngleich er selbst nicht anwesend war. Der englische König Heinrich Plantagenet hatte sich ebenso unter die Befehlsgewalt des Kaisers begeben. Und Dietrichs polnischer Schwager Bolislaw gleichfalls. Nach dem kürzlichen Tod seines ältesten, ins Exil nach Altenburg getriebenen Bruders war er nun der unangefochtene Herrscher Polens und hatte sich mit Friedrich arrangiert.
Was den König von Frankreich betraf, so fand ihn der Kaiser dem Vernehmen nach so unbedeutend, dass er den Grafen Ulrich von Lenzburg zu Verhandlungen mit ihm schickte, weil Seine Kaiserliche Majestät Wichtigeres zu tun habe.
Friedrich ist wirklich der Herrscher der Welt, dachte Dietrich, während ihm all das durch den Kopf ging.
»Ich hörte, Eure Vasallen murrten, als Ihr sie aufgefordert habt, mir Truppen zu stellen«, sagte der Kaiser gerade mit ironischem Lächeln zu Vladislav. Wenn er diesen Gesichtsausdruck zeigte, so bedeutete das nicht, dass er solch eine Dreistigkeit hinnahm. Offenbar wollte er dem frisch gekrönten böhmischen König Gelegenheit bieten, zum Besten zu geben, wie er seine Mannen dazu gebracht hatte, ihren Standpunkt zu ändern.
So geschah es auch.

Vladislav ließ den Essdorn sinken, auf den er ein Stück Braten gespießt hatte, lächelte zurück und erzählte genüsslich: »Ich sagte ihnen: Wer sich zu Hause auf die Bärenhaut legen will, der soll das von mir aus tun. Aber wer mir und damit Euch folgt, wird reich belohnt und geehrt werden. Und *das* trieb sie allesamt von den Bärenfellen herunter.«

Die Runde honorierte mit fröhlichem Gelächter das Geschick, mit dem der Böhme seine Gefolgsleute angespornt hatte. Die legendären böhmischen Panzerreiter dabeizuhaben, war eine willkommene Verstärkung des kaiserlichen Heeres.

Alle an der Tafel versammelten Fürsten würden mit dem Kaiser nach Italien ziehen. Ausgenommen Heinrich der Löwe, der hier anwesend war, weil sie sich in seinem Herzogtum befanden – Bayern – und weil morgen noch sein Streit mit dem Bischof von Freising geschlichtet werden sollte.

Schon ein Dreivierteljahr war seit Heinrichs Überfall auf die Zollstation in Föhring vergangen. Dass es so lange dauerte, bis sich der Kaiser überhaupt zu dieser Ungeheuerlichkeit äußerte, zeigte mehr als deutlich, wie bedingungslos der Löwe in der Gunst Friedrichs stand.

Dietrich wurde aus seinen Gedanken gerissen, als der Kaiser seinen Namen nannte. Dies war *die* Gelegenheit, die Botschaft an den dänischen König loszuwerden! Friedrich war Diplomat genug, um die Notwendigkeit zu erkennen und ihm das Stichwort zu liefern.

»Ich hörte, Ihr kommt direkt von einer Hochzeit, Fürst Dietrich?«

Genau genommen kam er sogar von zwei Hochzeiten, doch es war klar, dass Friedrich jetzt nichts über die Vermählung der kleinen Gertrud mit einem Schwarzburger hören wollte.

»Fürwahr, mein Kaiser«, beeilte er sich zu sagen und gab sich alle Mühe, eine erfreute Miene aufzusetzen, auch wenn er Zweifel bezüglich Adele und Adalbert hegte.

»Meine Schwester Adele vermählte sich mit dem Grafen von

Ballenstedt, einem Sohn Albrechts des Bären. Ein schönes Paar und ein fröhliches Fest«, berichtete er.
»Richtet ihnen meine besten Wünsche aus«, erklärte der Kaiser mit so viel Nachdruck, dass Waldemar fraglos verstand.
Adele sollte somit sicher sein. Vermutlich nicht glücklich. Aber sicher.

Entscheidung in Augsburg

Friedrich, Beatrix, Heinrich der Löwe, Otto von Freising; Augsburg, 14. Juni 1157

Wieder einmal nahmen der Kaiser und sein Vetter Heinrich der Löwe das Frühmahl gemeinsam ein, bevor sie Seite an Seite zur Fürstenversammlung gingen. Beatrix leistete ihnen in einem ihrer schönsten Gewänder Gesellschaft, tat aber so, als sei sie vollauf mit der Auswahl der Speisen beschäftigt, während sie das Gespräch der beiden aufmerksam verfolgte. Sie kannte noch nicht alle Worte in der Sprache ihres Gemahls, doch oft war leicht zu erraten, was sie bedeuteten.
Diesmal war Rainald von Dassel nicht zugegen.
Ihn und den hünenhaften Pfalzgrafen Otto von Wittelsbach hatte Friedrich mit einer furchteinflößenden Streitmacht vorgeschickt, damit sie die Marschrouten und die Proviantversorgung auf dem Weg nach Italien absprachen. Durchzug und Verpflegung eines so großen Heeres samt tausenden Pferden und Ochsen musste im Vorfeld mit den Amtsträgern der betroffenen Gebiete vereinbart werden. Dies und mehr hatte Friedrich aus dem Scheitern des Zweiten Kreuzzuges gelernt. Und wie er inzwischen durch ein Schreiben Rainalds wusste, verlief die Mission seiner Gesandtschaft – vorsichtig gesagt – reichlich turbulent. Es gab jetzt schon kriegerische Auseinan-

dersetzungen mit den zutiefst untereinander verfeindeten italienischen Städten; auf dem Weg hatten Rainald und der hitzköpfige Wittelsbacher die Burg Rivoli niedergebrannt. Kein gutes Omen für den Feldzug.
Die Marschrouten und alle anderen wichtigen Informationen würde er heute noch seinen Fürsten mitteilen.
Doch zuvor wollte – oder musste – Friedrich über den Gewaltakt seines Vetters gegen die Kirche von Freising entscheiden. Er kam nicht umhin, wenn er das Reich ruhigen Gewissens verlassen wollte. Sein kaiserliches Machtwort würde den Fürsten nicht gefallen. Allein der Umstand, dass er ein Dreivierteljahr dazu geschwiegen hatte, ließ nicht viel Gutes für den sichtlich gealterten und inzwischen auch kränklichen Otto von Freising hoffen. Wegen seines schlechten Gesundheitszustandes war der Geistliche von der Teilnahme am Italienfeldzug befreit. Stattdessen ging Rahewin mit.
Lange Zeit hatte Friedrich gehofft, diese leidige Affäre einfach ignorieren zu können, bis Gras darüber gewachsen wäre und niemand mehr danach fragte. Doch die Stimmung unter seinen Fürsten und insbesondere im Klerus machte einen Urteilsspruch erforderlich.
Dieser gefiel aber Heinrich auch nicht, der jetzt schon wusste, wie es ausgehen würde.
»Du hättest mir ruhig alle Einnahmen lassen können«, murrte der Löwe. »Der Bischof verfügt über keinerlei Beweise, aus denen er irgendein Anrecht herleiten könnte.«
Friedrich verdrehte die Augen, hieb sein Essmesser mit Schwung in die Tischplatte und beugte sich vor.
»Vetter, muss ich es dir wirklich jedes Mal von neuem sagen? Treib es nicht zu weit!«, meinte er ungehalten. »Du hast die Kirche angegriffen, außerdem einen Fürsten des Reiches und Mitglied einer sehr angesehenen Familie! Normalerweise müsste ich dich zu hohem Bußgeld und dem Wiederaufbau von Markt und Brücke in Föhring zwingen. Und der zu

erwartende Unmut der Fürsten über meinen Urteilsspruch führt auch noch dazu, dass du mich nicht mit einem starken Heer nach Italien begleiten kannst. Das ist ein großes Ärgernis für mich.«

Heinrich lenkte ein, um seinen erbosten Vetter zu beschwichtigen.

»Ich muss meine Ländereien gegen Angriffe meiner Feinde schützen. Sobald Mailand bezwungen ist, folge ich dir – mit meinem gesamten Heerbann als Geleit für deine schöne Gemahlin.«

Beatrix lächelte den Männern zu und neigte den Kopf. Friedrich wollte sie erst in Italien haben, wenn die blutigen Kämpfe vorbei waren. Zumal es erneut Anzeichen einer Schwangerschaft gab, und da wollte er seine Kaiserin besonders behütet und geschont wissen.

»Außerdem muss sich ja irgendeiner um die dänischen Vorwürfe kümmern, und das liegt dann wohl bei mir, wem sonst?«

Waldemar hatte sich beim Kaiser ausgiebig über die ständigen Piratenüberfälle der Slawen auf die dänischen Küsten und Handelsschiffe beschwert.

Friedrich verzog missbilligend das Gesicht.

»Ich dachte, du hast die Abodriten unterworfen, diesen Niklot und seine Leute?«, fragte er unzufrieden.

»Ich schickte ihm meine Befehle. Doch offensichtlich hält er sich nicht daran.«

»Dann sorge gefälligst dafür, dass er es tut!«, forderte Friedrich laut und ungehalten. »Ich habe dir gestattet, drei Bistümer im Norden einzurichten. Also mach endlich Schluss mit dem Götzendienst!«

Er zog sein Essmesser aus der Tischplatte, steckte es in die Scheide und stand auf. Zeit zu gehen. Seine Laune war sowieso dahin.

»Sobald ich von diesem Reichstag nach Lüneburg zurückgekehrt bin, sammle ich meine Truppen für eine Strafexpedition gegen Niklot. Wenn du aus Italien zurückkommst, werden die Abodriten kein Problem mehr darstellen«, versicherte Heinrich mit grimmiger Miene, während er dem Kaiser folgte. Eine Frechheit von Niklot, ihn hier als jemanden dastehen zu lassen, dessen Befehle ignoriert wurden! Jetzt wurden neue Saiten aufgezogen.

»Als Kaiser habe ich für Frieden im Reich zu sorgen«, eröffnete Friedrich die Beratung mit seinen Fürsten. »Der Bischof von Freising erhebt schwere Vorwürfe gegen den Herzog von Sachsen und Bayern. Dieser hingegen beklagt, dass die Freisinger Kirche über lange Zeit Zölle auf den Salzhandel erhoben hat, die ihr nicht zustehen.«

Atemlose Stille herrschte; jeder wartete gespannt, zu wessen Gunsten der Kaiser entscheiden würde.

»Nach langer, gewissenhafter Prüfung ist erwiesen: Es gibt keinerlei Urkunde darüber, dass die Einkünfte aus Salzmarkt, Zöllen und Münze der Diözese Freising zustehen. Die Kirche handelte also nur aus Gewohnheitsrecht.«

Friedrich legte eine kurze Pause ein und musterte die Fürsten vor ihm. Bei den meisten konnte er die Reaktion auf diese Antwort auf den Gesichtern erkennen: Ablehnung.

»Wir, Kaiser von Gottes Gnaden, verkünden feierlich Unseren Beschluss«, fuhr er mit harter Stimme fort. »Die Brücke über die Isar bei dem Ort München oder Munichen, die Herzog Heinrich errichten ließ, soll künftig die einzige dort bleiben.«

Jetzt brach ein Raunen aus, doch Friedrich hob die Hand, um Ruhe herbeizuführen.

»Da ich als Kaiser auch Schutzherr der Kirche bin, verfüge ich außerdem: Herzog Heinrich wird dem Bischof von Freising ein Drittel der Zolleinnahmen und Einkünfte aus der Münze als Entschädigung gewähren.«

Wieder legte er eine kleine Pause ein, betrachtete die Gesichter vor sich und erklärte: »Beide Seiten haben sich mit diesem Vergleich einverstanden erklärt. Somit ist diese leidige Angelegenheit aus der Welt, und wir können nun alle Aufmerksamkeit auf den vor uns liegenden Feldzug richten.«

Damit wollte er jegliche Diskussion über seinen Urteilsspruch unterbinden. Die Fürsten vor ihm brannten darauf, auf den Feldzug zu gehen. Das nutzte er aus, indem er abrupt zu diesem Thema überwechselte, das jeden hier im Saal bewegte. Schließlich würden fast alle diese Fürsten hier mit ihm gegen Mailand ziehen; ausgenommen der kranke Bischof von Freising und Heinrich der Löwe, der die Stellung halten und endlich die Abodriten niederzwingen sollte. Die anderen konnten es kaum erwarten, im Krieg ihren Mut und ihr Waffengeschick zu beweisen.

»Mailand hat die Ehre des Reiches angegriffen, indem unsere Befehle verweigert wurden und sogar ein kaiserliches Siegel in den Schmutz geworfen und zertreten wurde. Das können wir nicht hinnehmen. Viele italienische Städte sandten uns Abordnungen, die verzweifelt um Schutz vor Angriffen aus Nachbarstädten baten. Mailand muss bezwungen, der Friede in Oberitalien wiederhergestellt werden.«

Hierin hatte er die lautstarke Zustimmung der Fürsten. Der Streit zwischen dem Freisinger und dem Löwen schien vergessen. Unter der Hand würde er weiter gären, der Bär würde früher oder später erneut gegen den Löwen konspirieren. Doch der war jetzt Friedrichs geringste Sorge.

»Um Proviantmangel vorzubeugen, marschieren wir in vier Kolonnen, die über unterschiedliche Pässe die Alpen überqueren.«

Er ließ die Aufgliederung der Heeresabteilungen durch seinen Vertrauten Graf Ulrich von Lenzburg verlesen.

Markgraf Dietrich vernahm mit großer Befriedigung, dass er und seine Männer den Kaiser begleiten würden.

»Pass gut auf meinen Sohn auf!«, bat der sechste Welf seinen Freund und nur wenige Jahre jüngeren Neffen, den Kaiser, als der Aufbruch des Heeres unmittelbar bevorstand.
»Tat ich das nicht immer?«, gab Friedrich zurück. Er hatte den jungen Verwandten gleich nach seiner Krönung als Knappen zu sich geholt und ihm die denkbar beste Kampfausbildung zuteilwerden lassen. Vor kurzem hatte er dem Achtzehnjährigen die Erhebung in den Ritterstand gewährt.
»Als ich so alt war wie du jetzt, bin ich schon mit deinem Vater in so manche Schlacht gezogen, gegen König Konrad, damit die Welfen nicht um ihr rechtmäßiges Erbe betrogen werden«, erinnerte Friedrich den jungen Ritter mit wehmütigem Lächeln. »Dein Vater und dein Großvater sind große Kämpfer und Heerführer. Du wirst in ihre Fußstapfen treten.«
Während sein Sohn strahlte, hob der sechste Welf vorsichtig seinen linken Arm etwas an, der in einer Schlinge steckte.
»Ich bedaure, dir nicht nach Mailand folgen zu können. Der Chirurg hat mir ja kaum den Ritt hierher gestatten wollen … Doch sollte sich der Streit mit den oberitalienischen Städten länger hinziehen, folge ich dir nach, sobald ich meine volle Kampfkraft zurückerlange. Du hast mein Wort.«
Der Herzog von Spoleto und der Toskana legte den rechten Arm tröstend seiner Gemahlin um die Schultern, der rothaarigen Uta von Calw.
Der siebte Welf war ihr einziger Sohn. Um seiner Sicherheit willen hatte Friedrich ihn nicht mitgenommen, als er vor vier Jahren zu seiner Kaiserkrönung nach Rom zog. Sie mussten mit harten bewaffneten Auseinandersetzungen rechnen, und bei den Kämpfen in Rom war er selbst nur um Haaresbreite lebend entkommen – dank des Eingreifens von Heinrich dem Löwen.
Friedrich hätte es sich nie verziehen, wenn der Erbe des ruhmreichen Hauses Welf in seiner Obhut Schaden genommen hätte. Dem jungen Welf – damals Knappe am kaiserlichen

Hof – fehlte es noch an Kampferfahrung, um in solchen Auseinandersetzungen zu überleben. Römische Marodeure hatten bei dem Blutbad unmittelbar nach der Krönung auch die Knappen nicht verschont.

Der siebte Welf war damals schwer gekränkt gewesen, weil er zu Hause bleiben musste, statt mit seinem Vetter zur Kaiserkrönung zu ziehen. Doch jetzt, nach der Schwertleite, war der junge Mann fest entschlossen, seinem Vater und seinem Haus Ehre zu machen.

»Ich bin stolz darauf, als gesalbter Ritter an Eurer Seite in den Kampf zu ziehen, Majestät«, versicherte er. »Und seid beruhigt, Vater, ich werde in Spoleto und der Toskana Eure Interessen würdig vertreten.«

Der ältere Welf nickte und bedauerte einmal mehr, dass er wegen einer Verletzung nicht auf diesen Feldzug gehen konnte. Schließlich wurde es Zeit, Anspruch auf die ihm vom Kaiser gewährten italienischen Besitzungen zu erheben und seinen Herzogstitel mit Leben zu erfüllen. Besitzungen, über die schon sein Großvater geherrscht hatte.

Wieder betrachtete er seinen Sohn, auf dessen Schultern so viel Hoffnung und Verantwortung lagen.

Der junge Welf hatte das dichte dunkle Haar der Männer in seiner Familie, doch die grünen Augen Utas geerbt.

Auch er sah, dass seine Mutter kurz davor stand, in Tränen auszubrechen, was ihm überaus peinlich war. Er wollte jetzt keine rührenden Szenen!

Und wenn sie morgen nach Mailand aufbrachen, würde er darauf achten, dass er sich von seinen Eltern nicht vor aller Augen verabschiedete, sondern in der Kammer. Endlich durfte er in den Kampf ziehen und sich einen Namen als Ritter verdienen!

Ultimatum

Niklot, Adolf von Holstein;
Mecklenburg, Spätsommer 1158

Am Tor der von starken Palisaden umgebenen slawischen Mecklenburg überließ der Graf von Schauenburg, Holstein und Stormarn sein Pferd einem der Wachposten und begab sich zu Niklots Haus. Den Weg durch die wehrhafte Ansiedlung kannte er gut. Schon oft hatte er den Freund besucht, und von hier aus waren sie zu manch erfolgreicher Jagd aufgebrochen.
Ein paar herumtollende Kinder verharrten jäh im Spiel und betrachteten ihn und seine eindeutig nicht slawischen Kleider; manche argwöhnisch, doch eines lächelte ihm zu, das ihn womöglich erkannt hatte. Die Abodriten wussten, dass er eine Freundschaft mit ihrem Fürsten pflegte, obwohl er ein Christ war.
Niklot kam ihm entgegen und umfasste ihn zur Begrüßung bei den Armen. Um seine Augen bildeten sich Lachfältchen vor Freude über das Wiedersehen, doch sein Gesicht war noch ernster als sonst.
»Ich dachte, als Jungvermählter genießt du die Zeit mit deiner Gemahlin. Gefällt sie dir schon jetzt nicht mehr?«, zog er seinen Gast auf.
Der Graf lächelte. »Sie heißt Mechthild und ist sehr liebenswert«, antwortete er. Lange hatte er von Heirat nichts wissen wollen. Doch es wurde höchste Zeit, einen Erben zu zeugen, damit seine Linie nicht erlosch. Die Ehe mit der jungen Mechthild von Schwarzburg und Käfernburg hatte er aus Vernunftgründen angebahnt. Doch es war ihr gelungen, ihn zu bezaubern. Das Herz ging ihm auf, wenn er nur an sie dachte.
»Ich werde nicht lange bleiben«, fügte der Holsteiner hinzu. »Ich bringe dir eine Nachricht. Genauer gesagt: eine Warnung.«

»Schickt der Löwe diesmal dafür etwa *dich?*«, fragte der Abodritenfürst zynisch. »Er hatte geglaubt, mich zu beeindrucken, indem er jemanden damit beauftragte, der …«
Niklot hielt jäh inne, machte eine wegwerfende Handbewegung und sagte dann: »Inzwischen hat er wohl eingesehen, dass ein Abtrünniger die denkbar schlechteste Wahl war, um mich seinen Wünschen wohlgesinnt zu stimmen.«
»Ich hörte davon«, unterbrach ihn der Graf, der über das Zerwürfnis zwischen Niklot und seinem Erstgeborenen Bescheid wusste. Doch fragte er sich, ob Prislaw nicht recht hatte. Damit, dass die Kultur der Abodriten samt ihren vielen Gottheiten dem Untergang geweiht war.
Im Grunde seines Herzens wusste Niklot das sicher auch. Aber er hatte sich geschworen, das Unvermeidliche aufzuhalten, wenigstens hinauszuzögern. Solange er es vermochte.
»Ich komme als dein Freund und *nicht* im Auftrag des Herzogs«, stellte der Graf klar. »Heinrichs Bote – ein anderer als voriges Mal – wird morgen eintreffen. Da sollte er mich besser nicht mehr hier vorfinden.«
Niklot lud ihn mit einer Geste ins Haus ein, ließ Met, Brot und Salz reichen, und als sein Gast davon gekostet hatte und sie sich niedersetzten, brachte eine ältere Frau – Niklots Schwester – zwei hölzerne Schalen voll Fleisch.
Die Männer aßen wortlos. Doch nachdem er die Hälfte seiner Portion verspeist hatte, stellte der Graf die Schale neben sich ab und starrte den Freund an.
»Was also treibt dich hierher, hinter dem Rücken deines Herzogs? Ach ja, fast hätte ich es vergessen: Er ist ja auch *mein* Herzog«, fragte Niklot mit leichtem Spott in der Stimme.
»Waldemar, der dänische König, hat sich auf dem Hoftag in Augsburg beim Kaiser sehr laut über slawische Piraterie beschwert. Der Kaiser und die Kirche drängen, dass ihr die Überfälle einstellt und euch offen zu Gott dem Allmächtigen bekennt«, berichtete der Holsteiner.

»Das hat mir schon jemand ausgerichtet«, meinte Niklot kühl, doch in seinen Worten schwang unverkennbar der Nachsatz mit: Und es hat mich nicht gekümmert.

Der Holsteiner strich sich müde übers Gesicht und überlegte, wie er dem Freund das Gefährliche an seiner Lage klarmachen konnte.

»Bei dem unheilvollen Wendenkreuzzug vor elf Jahren ging es den Herzögen und Markgrafen weniger um Missionierung, sondern zuallererst um Landgewinn und Silber«, begann er. »Dem Herzog ist es viel lieber, wenn ihr ihm Tribute zahlt statt der Kirche den Zehnten. Dafür hat er ein Auge zugedrückt und darüber hinweggesehen, dass ihr auch nach den Massentaufen weiter euren Göttern huldigt.«

Niklot nickte, und der Holsteiner sah ihm ins Gesicht.

»Die Dinge haben sich seitdem drastisch geändert. Damals hätte das Aufleben der alten Bistümer den Erzbischof von Bremen gestärkt. Doch er und der Löwe sind sich …« Er suchte nach dem slawischen Wort, da half ihm Niklot schon mit schiefem Lächeln aus: »Spinnefeind.«

Der Holsteiner nickte und fuhr fort: »Inzwischen erhielt der Herzog vom Kaiser das Recht, diese verlorengegangenen Bistümer – Oldenburg, Ratzeburg und Schwerin – wiederherzustellen und dort selbst Bischöfe einzusetzen.«

»Auf unserem Land!«, warf Niklot finster ein.

»Und weil es nun zuallererst *ihm* nützt, wird er es diesmal auch tun«, fuhr der Graf fort, ohne auf den Einwurf einzugehen. »Er wird Bischöfe ernennen, die Kirchen bauen lassen, bevorzugt an den Orten, wo jetzt noch eure Heiligtümer stehen, die zerstört werden sollen. Und es werden immer mehr Siedler kommen und sich auf dem Land niederlassen, das jetzt noch euch gehört. Seit der Löwe vom Hoftag in Augsburg zurück ist, sammelt er seine Truppen, um euch anzugreifen.«

Er strich sich durchs Haar und sagte bitter: »Eine Ironie des

Schicksals – das Geld dafür hat er nun auch, weil er mir Lübeck nahm, nachdem seine Löwenstadt scheiterte.«

»Da verspüre ich gleich Lust, Lübeck erneut niederzubrennen«, versicherte der Anführer der Abodriten sarkastisch. »Und es fällt mir viel leichter, wenn ich weiß, dass der Schaden nicht dich trifft!«

»Der Schaden träfe zuallererst die Lübecker«, meinte der Graf verbittert. »Wie oft kann eine Stadt in einem Menschenleben zerstört werden und trotzdem fortbestehen?«

Er starrte in das lodernde Feuer in der Mitte des Hauses, an das sie sich gesetzt hatten.

»Sie meinen es ernst«, wiederholte der Holsteiner nach einem Moment der Stille mit Nachdruck. »Morgen oder vielleicht sogar noch heute Abend wird der Bote der Herzogs kommen und dich ultimativ auffordern, dem Gott der Christen zu huldigen und euer Heiligtum niederzubrennen.«

»Und wenn ich es nicht tue? Du weißt doch, dass ich es nicht tun kann, nicht tun will und nicht tun werde.«

Sein Gast atmete tief durch. Adolf von Holstein war im Kloster erzogen worden und hätte eine geistliche Laufbahn einschlagen sollen – bis sein älterer Bruder starb und er auf einmal alle Verantwortung für den Familienbesitz übernehmen musste. Angesichts seines Lebenswegs sollte er Niklot unbedingt vom allmächtigen Gott der Christenheit überzeugen. Dafür hatte er sogar die Sprache der Abodriten erlernt. Doch er wusste, der Freund bewahrte sich seinen Glauben, so wie er selbst seinen lebte.

Es gab Männer innerhalb des Klerus, die meinten, Missionierung dürfe nur mit Worten und frommem Vorbild erfolgen, nicht mit Feuer und Schwert. Adolf von Holstein teilte diese Meinung. Gern hätte er den Freund und sein Volk gerettet. Doch den einzigen Weg dahin würde Niklot nicht beschreiten.

»Dann sei auf alles vorbereitet. Bete zu deinen Göttern, und ich bete zu meinem.«

»Das werde ich. Und ich danke dir, mein treuer Freund«, meinte der Abodritenfürst mit wehmütigem Lächeln. »Nun geh zu deiner jungen Frau, zeuge einen Sohn und sichere deine verbliebenen Besitzungen, wenn du schon Lübeck herausgeben musstest!«
Das ließ den Grafen mitten in der Bewegung innehalten.
»Er ist mein Herzog«, sagte der Graf düster, den der Verlust Lübecks schwer gekränkt hatte. »Ich habe mitgeholfen, ihn zu erziehen, seit sein Vater starb, ihn all die Jahre beraten. Doch jetzt besitze ich keinerlei Einfluss mehr auf ihn. Wenn du zu ihm beordert wirst, werde ich womöglich neben ihm stehen und kann dir und deinem Volk nicht helfen. Sei auf der Hut!«
Obwohl schon alles zwischen ihnen gesagt war, konnte er nicht anders, als noch einmal zu warnen, ehe er ging.
Nachdenklich starrte der Fürst seinem Gast nach, als der die Burg verließ.
Dann rief er seine Söhne Wertislaw und Pribislaw, die anderen bewährten Kämpfer und die weisen Männer des Stammes zur Beratung in sein Haus.

Der Bote der Herzogs – ein Mann mit einem Gesicht wie aus Holz geschnitzt – kam von einem Dutzend Reisiger begleitet am nächsten Tag bei Einbruch der Dämmerung. Niklot ließ ihn in aller Höflichkeit zu seinem Haus geleiten, bat ihn hinein und hieß ihn mit Brot und Salz und Met willkommen. Seine Begleiter wurden draußen bewirtet und konnten es sich dort bequem machen.
»Was sollt Ihr mir vom Herzog ausrichten?«, fragte Niklot und beugte sich leicht vor, während seine Rechte über den nach Art der Slawen zum Dreieck geformten Bart strich, wie er es unbewusst oft tat.
»Du sollst morgen mit mir nach Lüneburg reiten und öffentlich dein Treuebekenntnis zu dem einzig wahren Gott ablegen, Wende! Und du wirst an einem Ereignis teilnehmen, das

dir die Größe Gottes vor Augen führt«, erklärte der Bote schroff und verächtlich.
»Als Gefangener oder in Waffen?«, erkundigte sich Niklot gelassen.
»Als Ehrengast«, antwortete der Bote grinsend, was Raum für viele Interpretationen bot. »Außerdem befiehlt euch mein Herzog, alle Angriffe auf die Dänen umgehend einzustellen.«
Stattdessen könnte ich ja auf Plünderfahrt nach Lübeck segeln, dachte Niklot zynisch.
»Ich muss mich mit meinen Männern besprechen«, erklärte er und fügte spöttisch an: »Wir Slawenfürsten sind nicht so allmächtig wie Euer Herzog, dass wir nur befehlen und alle gehorchen. Wir müssen uns beraten.«
Zur Überraschung seines Gastes stand Niklot auf.
»Lasst es Euch derweil gut gehen, äußert Eure Wünsche, ruht Euch aus. Niemand soll sagen, Niklot hätte einen Gesandten des Löwen nicht höflich behandelt.«
Dann schritt er hinaus, um seine Söhne, den Priester und die angesehensten Männer des Stammes zusammenzurufen, und ließ er den Boten mit zwei Dienern zurück.
Mit knappen, nüchternen Worten informierte der Fürst seine Männer über die Befehle des Löwen.
»Das ist eine Falle!«, sagte Ratibor, sein engster Vertrauter, sofort, und etliche Männer stimmten ihm zu.
»Ich weiß«, sagte Niklot ohne die geringste Regung in seinem Gesicht. »Deshalb werde ich zwar in Waffen reiten, aber mein kostbares Damaszenerschwert hierlassen. Es soll ihnen nicht in die Hände fallen. Falls mir etwas zustößt, wird Pribislaw es führen.«
Sein ältester verbliebener Sohn starrte ihn fassungslos an, während sich sein jüngerer Bruder Wertislaw entrüstete: »Eine Frechheit, dich einfach von hier wegzuführen. Vielleicht legen sie dir noch Fesseln an!«
Der Fürst verzog keine Miene. »Sie werden angreifen, wenn

ich hierbleibe. Und sie werden angreifen, wenn ich zu ihnen komme und erkläre, dass wir ihrem Gott nicht huldigen.«
Die Männer berieten lange hin und her, doch Niklot setzte seine Meinung durch. Er würde gehen, ganz gleich, was es ihn kostete. Vielleicht konnte er mit Worten etwas bewirken. Einen Aufschub wenigstens, damit sie sich auf den Angriff vorbereiten konnten.
Ratibor wollte ihn begleiten, doch das lehnte Niklot strikt ab. »Ich brauche dich hier, an der Seite meiner Söhne. Schickt mir zwei junge Burschen als Späher hinterher, damit ihr wisst, wohin sie mich bringen und was sie vorhaben. Vielleicht können wir euch eine Nachricht zukommen lassen. Pribislaw wird euch anführen, solange ich fort bin«, ordnete er an. »Lasst euch nicht herausfordern! Greift nicht etwa Lüneburg an, solange der Löwe und ich dort sind. Diesen Kampf könnten wir nicht gewinnen.«
Er sah zweifelnde Blicke auf den vom Feuerschein beleuchteten Gesichtern um sich herum.
»Wenn der Löwe seine Truppen gegen euch in Marsch setzt, zieht euch zurück, verstärkt die östlichen Fluchtburgen! In Demmin haben wir uns schon einmal drei Monate lang gegen sie behauptet und einen Waffenstillstand erzielt.«
»Willst du das wirklich tun?«, fragte Pribislaw seinen Vater, als sich die Versammlung auflöste. »Freiwillig mit diesem Kerl gehen?«
»Hast du einen besseren Vorschlag?«, fragte Niklot bitter. »Soll ich gleich selbst die Fackel an unser Heiligtum halten?«

Herausforderung

Niklot und Heinrich der Löwe; Lüneburg, Sommer 1158

Als Niklot am nächsten Morgen von den Männern des Löwen fortgeführt wurde, hatten sich seine Getreuen links und rechts des Pfades zwischen seinem Haus und dem vorderen Tor versammelt, um stumm von ihm Abschied zu nehmen.

Der Fürst trug seine besten slawischen Kleider und Waffen. Nur das kostbare Damaszenerschwert hatte er wie angekündigt Pribislaw zur Aufbewahrung gegeben – und als Erbstück im Falle seines Todes. Diese Reise nach Lüneburg konnte auf viele Arten enden, doch sicher nicht mit seiner unbeschwerten Rückkehr.

Gefangennahme war wahrscheinlich, sein Tod möglich, sofern er nicht sämtliche Forderungen des Herzogs erfüllte. Was die Zerstörung ihres Heiligtums einschloss, und so weit würde Niklot nie nachgeben.

Der Abodritenfürst hatte vor dem Aufbruch seinen Göttern ein weiteres Opfer und Gebete gewidmet, Befehle für seine Krieger hinterlassen. Mehr konnte er vorerst nicht tun. Er musste abwarten, wie die Dinge sich entwickelten.

Zwei seiner Männer durften ihn begleiten, Bogdan und Jaroslaw. Niklot hatte bei der Auswahl darauf geachtet, dass sie keine Familien hinterließen. Zwei junge Späher würden ihnen in einigem Abstand folgen

Er durfte zwar in Waffen reiten, doch der Bote namens Kilian und sein Dutzend Begleiter ließen ihn nie aus den Augen. Sie schienen ihn trotz ihres überlegenen Gehabes zu fürchten. Oder seine Flucht.

Dabei verhielten sich die Männer des Löwen ausgesprochen unhöflich ihm gegenüber. Sie riefen ihn nur mit »He, Wende!« und sprachen ihn mit Du an.

Das verriet schon jetzt: Er würde in Lüneburg nicht mehr als Fürst behandelt werden, sondern als Unterlegener. Den Männern, die ihn nach Lüneburg schafften, galt als Heide und Wilder, wer kein Christ war.
Niklot und seine Abodriten hatten sich dem Löwen schon vor elf Jahren unterwerfen müssen – als Ergebnis des Wendenkreuzzuges. Doch am Hof des Löwen war er bisher immer als Fürst behandelt worden, solange er seine Vasallenpflichten erfüllte: Tributzahlungen und Gefolgschaft bei Kriegszügen. Dafür hatte der Löwe ihm sogar geholfen, den Aufstand der Kessiner und Zirzipanen niederzuschlagen, die von den Abodriten schon vor vielen Jahren unterworfen worden waren.
Der Slawenfürst und seine beiden Gefolgsleute sprachen während der Reise kaum ein Wort, aber sie beobachteten genau. In der zweiten Nacht nahm Bogdan, der jüngere von ihnen, im Schutz der Dunkelheit Kontakt zu den Spähern auf. Niklot wurde scharf bewacht, doch seine Begleiter weniger streng. Also tat Bogdan, als müsse er sein Wasser abschlagen. Er reckte sich gut sichtbar in die Höhe und hörte es kurz darauf hinter einem Haselnussstrauch rascheln. In vorgetäuschter Gelassenheit schlenderte er dorthin und gab flüsternd Niklots Befehle weiter, ebenso den Ort, wo sie sich in Lüneburg treffen konnten, sollten sie nicht auch gefangen genommen werden.

Nach zweieinhalb Tagen zügigen Reitens erreichte die kleine Gruppe Lüneburg. Die Burg auf dem Kalkberg, seit zweihundert Jahren erst Sitz der Billunger, dann der Welfen, ragte weithin ins Land. Burg und Siedlung verdankten ihr Entstehen und ihren Reichtum den Salinen und dem Handel mit Salz. Der Sage nach sollten Jäger die Salzvorkommen entdeckt haben, als sie eine weiße Wildsau erlegten, deren ungewöhnliche Farbe sich dann als Salzkruste in den Borsten herausstellte. Niklot kannte diese Legende.
Auf der Ebene vor dem Kalkberg waren unzählige Zelte und

Koppeln errichtet, was davon kündete, dass sehr viele Menschen auf die Burg gekommen waren.

Offenbar hatte der Herzog seine Vasallen in einer wichtigen Sache zu sich beordert, und Niklot ahnte schon, dass diese Angelegenheit in besonderem Maße ihn und sein Volk betraf. Doch vor der Burg lagerten nicht nur Männer von Stand, sondern auch viel Kriegsvolk.

Er und seine beiden Begleiter mussten streng bewacht am Tor der Burg warten, bis Kilian zurückkam und in seiner üblichen Schroffheit anwies: »Ihr drei sollt unverzüglich vor dem Herzog erscheinen!«

Dass man ihnen nicht einmal Zeit ließ, sich zu erfrischen und den Staub des Weges aus den Kleidern zu schütteln, war ein weiteres deutliches Zeichen dafür, dass dieser »Besuch« Niklots bei Herzog Heinrich dem Löwen anders verlaufen würde als seine bisherigen.

Als ihm ein Stallknecht sein bestens ausgebildetes Pferd abnahm, fragte er sich, ob er es wohl wiedersehen würde.

Niklot und seine Männer wurden zur Halle geführt, in der bereits eine lebhafte Versammlung im Gange war. Aus dem Augenwinkel sah der Abodritenfürst noch, dass einer seiner Späher den Burghof betrat, ganz selbstverständlich, als gehöre er zu einer der Heeresabteilungen, die vor der Burg lagerten.

Am Eingang der Halle mussten er und seine Begleiter die Waffen abgeben. Nicht nur die Schwerter, wie es üblich gewesen wäre, sondern auch die Essmesser, die Männer wie Frauen ganz selbstverständlich am Gürtel trugen. Ein grober Verstoß gegen die Höflichkeit. Wollten sie ihn erniedrigen? Oder fürchteten sie ihn als Krieger so sehr?

Mit stoischer Miene kam er dem Befehl nach und wurde dann in die Halle gestoßen.

Jemand – wahrscheinlich der Truchsess – kündigte ihn laut an mit: »Nikolaus, Anführer der heidnischen Wenden im Norden«.

Sofort teilte sich die Menge, um eine Gasse zu bilden.
Unter hundert feindseligen Blicken trat Niklot bis auf zehn Schritte an den Löwen heran und ging dann respektvoll auf ein Knie. Seine beiden Begleiter folgten seinem Beispiel in fünf Schritten Abstand.
»Es war dein Wunsch, Herzog, mich zu sehen. Hier bin ich«, erklärte Niklot ruhig.
Schon auf dem kurzen Weg nach vorn hatte er gesehen: Dicht neben dem Herzog stand Adolf von Holstein mit besorgter Miene, auf der anderen Seite des Löwen sein verstoßener Sohn Prislaw. Dem Jarl von Lolland waren Triumph und Häme ins Gesicht geschrieben. Neben diesen beiden hatten sich mehrere Geistliche aufgestellt, deren Kleidung die Zugehörigkeit zu verschiedenen Orden anzeigte. Besonders einer stach heraus, dessen Kutte so zerlumpt war und dessen Haar so wirr und strähnig, dass sich Niklot fragte, wie ein dermaßen heruntergekommener Gottesdiener die Menschen wohl von seinem Glauben und seiner Lebensweise überzeugen wollte. Vermutlich ein Prämonstratenser. Sie verzichteten auf jeglichen Besitz.
Heinrich der Löwe erteilte ihm mit einer Geste die Erlaubnis, sich zu erheben.
»Ein Mann sollte seine Eide aufrecht erfüllen dürfen«, rief er laut in den Saal, als diese Erlaubnis flüsternd diskutiert wurde. »Und so fordere ich dich auf, Wende, dein offenes Bekenntnis zu unserem Glauben und zum allmächtigen Gott abzulegen.«
Niklot neigte den Kopf ein wenig, bevor er sich wieder aufrichtete und ruhig antwortete: »Darauf habe ich dir schon zwei Mal die gleiche Antwort gegeben, mein Fürst, und ich sage es heute und hier zum dritten Mal: Möge der Gott im Himmel dein Gott sein, und sei du unser Gott. So werden wir dich verehren.«
Einen Augenblick lang herrschte Stille im Saal, bis ein vielstimmiges Geschrei losbrach.

Der Löwe gebot mit einer Handbewegung Schweigen.
Als wieder Ruhe eingetreten war, erklärte er mit Schärfe in der Stimme: »Damit hast du selbst dein Schicksal heraufbeschworen. Ich, der Herzog von Sachsen und Bayern, habe die Ehre und Verpflichtung, im Auftrag des Kaisers drei Bistümer in den Gebieten einzurichten, in denen noch heidnischer Aberglaube und Gotteslästerung herrschen. Dem ersten festlichen Akt wirst du jetzt beiwohnen. Vielleicht ändert es deinen Sinn, wenn du begreifst, dass unser Glaube der wahre und nicht aufzuhalten ist.«
Er ließ sich eine Urkunde aus Pergament reichen, die mit großen Siegeln behangen war, und forderte den zerlumpten Geistlichen auf, vorzutreten.
Heinrich erhob sich und erklärte feierlich: »Hiermit setze ich Evermod als ersten Bischof für sein neues Bistum ein, das Bistum Ratzeburg, und statte es mit dreihundert Hufen Land aus. Ich stifte einen prächtigen Dom, der an der höchsten Stelle der Insel auf dem Ratzeburger See stehen soll, und ernenne Heinrich von Badewide zum Grafen von Ratzeburg. Macht Euch das Land zu eigen und kämpft für unseren Glauben!«
Evermod dankte überschwänglich, als er die Urkunde entgegennahm. Er schien förmlich aufzuleben und sich nicht im Geringsten an seinem heruntergekommenen Äußeren zu stören. Der neu ernannte Graf von Ratzeburg ließ keinerlei Regung erkennen, doch er verneigte sich tief.
Applaudierend nahmen die Anwesenden das Geschehen auf.
»Hast du verstanden, Wende, was hier soeben passiert?«, fragte Heinrich den immer noch stehenden Niklot.
»Sehr genau, Durchlaucht«, antwortete der und dachte verbittert: Die Christen werden sich immer weiter ausbreiten, sie werden ihre Dörfer auf unserem Land errichten und uns auch noch das letzte Stück Heimat zum Leben nehmen. Und ich kann sie nicht daran hindern.

»Dann schwöre endlich Treue zu Gott und zu mir, deinem Herrn!«, forderte Heinrich. »Als Zeichen deiner Reue wirst du selbst die Zerstörung eurer heidnischen Götzenbilder befehlen und mir den Vollzug binnen zwölf Tagen melden.«
»Ich bedaure, Durchlaucht, das kann ich nicht tun«, erwiderte Niklot fest. »Ich kann mein Volk und unsere Tradition nicht verraten.«
Der Löwe beugte sich auf seinem Stuhl ein wenig vor.
»Ah. Das hatte ich befürchtet. Dann wirst du als Nächstes dabei zusehen, wie ich das Bistum Schwerin einrichte und ebenfalls mit dreihundert Hufen Land ausstatte, direkt vor deiner Burg, Wende! Ich ernenne den Zisterzienser Berno zum Bischof und übertrage Gunzelin von Hagen die Grafschaft Schwerin. Er wird sicher mit Freuden eure Götzentempel niederbrennen. Bringt dich das zum Einlenken?«
Niklot schwieg und überdachte die Konsequenzen. Würden sich dieser neue Bischof und der für seine Grausamkeit bekannte Gunzelin bis in die Nähe seiner Burg vorwagen, musste er die Mecklenburg aufgeben.
Jetzt ging es an die Existenz der Abodriten. Sie konnten sich nur noch ein Stück ostwärts zurückziehen, aber auch das wäre nicht von Dauer.
»Also nicht«, meinte der Löwe, und jedermann im Saal starrte gespannt auf ihn und den widerspenstigen Slawen.
»Dann wirst du zugegen sein, wenn ich die Verhältnisse in Schwerin ordne. Und damit du auch wirklich zugegen bist …«
Der Löwe lächelte kalt, als er weitersprach: »… wirst du bis dahin in meiner Obhut bleiben.«
Ein Raunen ging durch den Saal, als Heinrich vier Wachen heranrief, damit sie Niklot ins Verlies brachten.
»Was wird aus meinen Männern?«, fragte er.
Der Löwe warf einen kühlen Blick auf die beiden und entschied: »Sie sollen zurückreiten und deinem Volk meine Botschaft überbringen: Wenn sie überleben und ihren Anführer

wiedersehen wollen, sollen sie meine Forderung erfüllen. Vielleicht sind nicht alle so starrsinnig wie du. Vielleicht wollen sie lieber leben. Vielleicht begreifen sie, dass *unser* Gott der Allmächtige ist.«

Niklot drehte sich kurz zu Bogdan und Jaroslaw um und erteilte ihnen mit stummem Blickaustausch seine Befehle.

Zwei der herbeigerufenen Wachen wollten ihn links und rechts am Arm packen und wegführen, doch er riss sich los. »Ich gehe allein«, forderte er und erhielt die höhnische Erwiderung: »Das entscheidest nicht du!«

»Sondern ich«, mischte sich der Löwe ein. »Er ist ein Fürst und soll angemessen behandelt werden … angemessen für einen störrischen Wenden.«

Dann befahl er: »Durchsucht seine Habe nach Götzenbildern!«

Einer der beiden, die Niklot festhalten wollten, zog sein Messer und schnitt ihm den kunstvoll bestickten Beutel vom Gürtel. Er riss ihn auseinander und schüttete den Inhalt auf den Boden: Münzen, Wetzstein, Feuereisen, Zunder … Und dann stürzte er sich mit Triumphgebrüll auf die fingergroßen Bronzestatuetten des Kriegsgottes Daschbog und des dreigesichtigen Triglaw. Er hielt sie hoch, schritt zu einem Fenster und warf sie hinaus.

»Nun landen sie genau dort, wohin sie gehören: im Jauchegraben direkt unter der Heimlichkeit. Und jedermann in dieser Burg wird auf sie pissen«, höhnte er, sehr zur Belustigung der Männer im Saal.

Niklot verzog keine Miene. Es würde sich noch zeigen, wie stark seine Götter waren.

Vier Wachen wollten ihn hinausbringen, doch sie hielten inne, als Prislaw rief: »Ich will sein Pferd! Und sein Damaszenerschwert!«

Niklot war froh, die kostbare Waffe auf der Mecklenburg gelassen zu haben und mit einem normalen Schwert gereist zu

sein. Ein Schwert war immer nur so viel wert wie der Mann, der es führte. Aber Damaszenerschwerter waren nicht nur teuer, sondern auch selten und schwer zu beschaffen.
»Der Jarl von Lolland wird sich gedulden müssen, bis ich darüber entscheide«, rügte der Löwe Prislaw für seine Gier. »Vorerst werden die Besitztümer unseres *Gastes* verwahrt.«

Hochgeborene Gefangene wurden in der Regel nicht in finstere Verliese geworfen, sondern ihrem Rang gemäß untergebracht und beköstigt. Oft durften sie auf Ehrenwort auch mit zur Jagd reiten und bekamen Frauen ins Bett geschickt, bis ihre Familien oder Lehnsherren das Lösegeld zahlten.
Niklot war ein Fürst, jedoch ein slawischer. Und es wurde kein Lösegeld für ihn gefordert, sondern er sollte öffentlich seinen Göttern abschwören.
Sie wollten ihn brechen, ohne direkt Hand an ihn zu legen. Und so wurde er in ein fensterloses Verlies gesteckt, dessen »Einrichtung« aus feuchtem Stroh und einem Bottich für seine Notdurft bestand.
Der Raum war mit einem schweren Riegel von außen zugesperrt, und es gab keine Möglichkeit, diesen von innen zu bewegen.
Einmal am Tag kamen drei Männer; einer hielt ihn mit seinem Schwert in Schach, einer brachte einen Krug Wasser und einen Kerzenstummel, den er beim Hinausgehen daließ, wodurch Niklot wenigstens für eine kurze Zeit in der Finsternis etwas sehen konnte, und der dritte hielt in einer Hand einen Kanten altbackenes Brot, in der anderen eine Schüssel mit verführerisch duftendem gebratenen Fleisch oder Fisch.
Es war eine plumpe Methode, ihn zum Einlenken zu bewegen: gutes Essen und die Aussicht auf Freiheit, wenn er den Bedingungen des Löwen nachkam, trockenes Brot und Verbleib in der finsteren Zelle, wenn er stur blieb.
Und Niklot blieb stur.

Die Zeit arbeitete für ihn, das wusste er. Auch wenn es ihm schier unerträglich war, wochenlang in den gleichen Kleidern zu stecken, sich nicht waschen oder baden zu können und den Gestank des Bottichs zu ertragen.

Wie viele Tage verstrichen waren, konnte er nur daran abzählen, dass ihm an Freitagen Fisch statt Fleisch unter die Nase gehalten wurde.

Irgendwann in der dritten Woche seiner Gefangenschaft begann sich die Laune seiner Wächter deutlich zu verschlechtern. Bald fielen Kerzenstummel und gutes Essen weg, er bekam nur noch Brot und Wasser und musste die ganze Zeit in der Finsternis zubringen. Durch die Tür hörte er einiges von den zunehmend wütenden Gesprächen der Burgbesatzung, das ihn trotz seiner Kerkerhaft zuversichtlich stimmte. Er konnte sich auf seine Männer verlassen.

Irgendwann – er hatte inzwischen kein Gefühl mehr für die Tageszeit – wurde der Riegel geräuschvoll beiseitegeschoben, und der Abodrite blinzelte in das grelle Licht einer Fackel.

»Hoch mit dir, Wende, Seine Durchlaucht will dich sehen!«, schnauzte ihn einer der Wachleute an. Er wandte sich naserümpfend zu seinen Begleitern und beschwerte sich: »Puh, der Kerl stinkt aber!«

»Wie der Graben, in dem seine Götzen schwimmen«, höhnte sein Begleiter und kicherte.

Auf sein Winken brachte ein Knecht einen Bottich Wasser und schüttete ihn über dem Gefangenen aus. Es war nicht die Erfrischung, die Niklot sich gewünscht hätte, aber es tat gut. Er schüttelte sich, dass die Tropfen aus seinem blonden Haar spritzten, und formte seinen Bart, der in der Haft wild gewuchert war, nach slawischer Sitte.

Mit vorgehaltenem Schwert wurde er auf den Gang beordert. Mühsam gewöhnten sich seine Augen nach schier endloser Dunkelheit wieder an das Tageslicht, auch wenn es hier im Gang der Burg gedämpft war.

Dass ihn heute keiner der Männer fragte, ob er willens sei, seinen Göttern zu entsagen, nahm er als gutes Zeichen.
»Du wartest hier, bis ich dich hole!«, befahl der erste Wächter und stapfte los. Drei weitere blieben da, um den Gefangenen mit ihren Waffen in Schach zu halten.
Niklot hätte zwar mit seinem Kampfgeschick alle drei wohl bezwingen können, aber das musste er nicht. Gleich würde er auf ganz andere Art freikommen, wenn er richtig vermutete.

Als Niklot schließlich schwer bewacht vor den Löwen geführt wurde, schickte der mit einer Geste die Männer fort, die ihn festhielten.
Der Herzog beugte sich ein wenig auf seinem Stuhl vor und musterte wortlos seinen Gefangenen, dessen Kleidung und Haar zwar mitgenommen aussahen, dessen Miene jedoch immer noch Stolz und Gelassenheit ausdrückte.
»Ruf deine Söhne zurück, deine Männer!«, forderte er schroff. »Sie fallen in Ratzeburg ein wie ein Rudel hungriger Wölfe, morden und brennen, und niemand wird ihrer Herr.«
Niklot lächelte innerlich. Diese Taktik hatten sie vor seinem unfreiwilligen Aufbruch vereinbart. Solange noch nicht sehr viele Feinde in Ratzeburg waren, konnten Wertislaw und Pribislaw mit ihren Männern gegen die Fremden ankämpfen und erheblichen Schaden anrichten.
»Das vermag ich nicht von hier aus. Als Gefangener habe ich keine Befehlsgewalt über mein Volk«, erwiderte er ruhig.
»Das ist mir klar!«, fauchte ihn der Löwe an. »Ich lasse dich gehen, jetzt sofort, wenn du mir schwörst, dass sich deine Krieger aus Ratzeburg zurückziehen.«
»Ihr habt mein Wort.«
»Gebt ihm sein Schwert und sein Pferd zurück!«, befahl der Herzog seinen Männern.
Das Schwert wurde gebracht, Niklot durfte es sogar gürten.
»Und nun tu, was du soeben geschworen hast!«, befahl der

Löwe wütend. »Ich weiß, wo du zu finden bist. Sollten sämtliche Angriffe eurerseits nicht umgehend eingestellt werden ...«
Der Herzog richtete sich noch ein Stück auf, und seine Stimme war laut und drohend.
»... werde ich euch mit einer Strafexpedition heimsuchen, so schrecklich, dass ihr freiwillig eure Götzenbilder verbrennt!«
»Wir stellen die Angriffe auf Ratzeburg ein«, erklärte Niklot gelassen und durfte gehen.
Auf dem Hof wartete schon jemand mit seinem gesattelten Pferd auf ihn. Niklot saß auf, sog tief und genüsslich die frische Luft ein und ritt los, endlich frei nach wochenlanger Gefangenschaft. Als Erstes ritt er zur Ilmenau, um in den Fluss zu springen und ein Bad zu nehmen, auch wenn das Wetter inzwischen recht kalt war. Doch das kümmerte ihn nicht.
Noch einmal hatte er durch kluges Vorgehen den Untergang seines Volkes und seiner Kultur abwenden können. Noch einmal. Er wusste, es würde nicht ewig gelingen. Der neue Bischof und der Graf würden Mönche und Siedler in großer Zahl nach Ratzeburg rufen. Und bald würden sie auch bis zu den Wällen der Mecklenburg vordringen. Wenn der Löwe den grausamen Gunzelin mit seiner eigenen Streitmacht verstärkte, blieb den Abodriten nur die Flucht auf ihre weiter östlich gelegenen Burgen. Doch auch dorthin würden schon bald neue Siedler vordringen.

ZWEITER TEIL

UNTERWERFUNG

Kapitulationsbedingungen

Friedrich, Rainald von Dassel, Bischof Eberhard von Bamberg; vor Mailand, 1. September 1158

Die Mailänder haben euch also beschwatzt, damit ihr bei mir ein gutes Wort einlegt und ich die Kapitulationsbedingungen mildere«, fasste Friedrich sarkastisch zusammen. Sein Tonfall und seine Mimik verrieten: Der Kaiser war äußerst schlechter Laune.

Seit drei Wochen schon belagerte sein Heer Mailand. Sie hatten die Ausfallversuche der Stadtbewohner hart und blutig zurückgeschlagen, gnadenlos das Umland geplündert und verwüstet, Obstbäume und Weinstöcke umgehauen, Felder und Dörfer niedergebrannt. Längst war Mailand von jeglichem Nachschub abgeschnitten.

Doch Friedrich konnte die wehrhafte Stadt nicht im Sturm nehmen. Das hätte ihn zu viele Kämpfer gekostet. Er konnte sie nicht einmal vollständig umschließen!

Mailand wurde durch gewaltige Mauern, fast einhundert Türme und Wall und Graben geschützt. Zudem waren ihnen die kampfbereiten Mailänder zahlenmäßig bedeutend überlegen; in der Stadt herrschte Wehrpflicht.

Allerdings musste das Ganze bald ein Ende finden, denn seine Männer wurden zunehmend unzufrieden und wollten zurück in ihre eigenen Lande. Sengende Sommerhitze machte das Lagern schier unerträglich. Sich auch noch für den Kampf in Gambeson und Kettenhemd zu kleiden, war eine Schinderei.

Die heutige große Fürstenversammlung hatte der Kaiser in die Templerkirche vor Mailand einberufen. Doch selbst im Däm-

merlicht der Kirche, das von schrägen, flirrenden Lichtbalken zerschnitten wurde, die durch die Fenster hereinfielen, konnte er sehen, wie verschwitzt und staubig die Prunkgewänder seiner ranghöchsten Gefolgsleute nach dem Marsch hierher und der dreiwöchigen Belagerung waren. Manchen standen trotz der Kühle in der Kirche Schweißtropfen auf der Stirn.
Doch auch die Mailänder litten unter der Hitze. Und in der übervölkerten Stadt, in die sich viele Bewohner aus dem Umland geflüchtet hatten, konnte jeden Tag eine verheerende Seuche ausbrechen. Deshalb waren sie bereit zu kapitulieren. Aber Friedrich hatte so harte Bedingungen gestellt, dass sich die Mailänder zwei Fürsprecher unter seinen Getreuen suchten, um wenigstens einige der kaiserlichen Forderungen abzumildern: den Grafen Guido von Biandrate und den Bischof Eberhard von Bamberg.

»Warum sie sich an Euch wenden, Graf, verstehe ich, denn Ihr seid Mailänder«, hielt der missgestimmte Kaiser dem Grafen von Biandrate vor und trommelte nervös mit den Fingern auf der Lehne seines Stuhls. »Ich hatte Euch sogar zum Anführer der mailändischen Miliz ernannt. Ihr wisst hoffentlich Eure Loyalitäten zu ordnen! Aber Ihr, Bischof? Wieso erwarten die Mailänder ausgerechnet von Euch Fürsprache? Halten sie Euch für ein Waschweib, das man leicht beschwatzen kann?«
»Ich spreche ihre Sprache, denn ich studierte an der Universität von Bologna«, erklärte Eberhard von Bamberg ruhig.
Das wusste der Kaiser genau; Eberhard war einer seiner engsten Vertrauten. Nur seinem raschen Eingreifen verdankte Friedrich überhaupt, dass er sich nach dem Tod des alten Königs Konrad anstelle von dessen minderjährigem Sohn zum König wählen lassen konnte. Eine Situation, die schnelles Handeln erfordert und in der sich Eberhard als zuverlässiger Verbündeter erwiesen hatte. Wenn Friedrich ihn hier vor allen rüffelte, bewies das nur seine äußerst schlechte Laune.

Und der listenreiche Rainald hatte den umsichtigen Bamberger in der Gunst des Herrschers verdrängt.
Der Graf von Biandrate trat einen halben Schritt vor und legte eine Hand aufs Herz.
Noch bevor er etwas sagen konnte, mischte sich Kanzler Rainald von Dassel ein, der – von seinen Verhandlungen zurückgekehrt – nun wieder an der Seite des Kaisers stand.
»Die Mailänder haben sich schwer gegen die Ehre des Kaisers vergangen, wieder und wieder! Das macht es unmöglich, dass Seine Kaiserliche Majestät selbst mit ihnen redet«, rief er schroff. »Und es ist undenkbar, dass der Kaiser auch nur einen Fingerbreit von seinen Forderungen abweicht.«
Damit schien für ihn das Thema erschöpfend abgehandelt. Rainald kannte kein Erbarmen, wenn jemand an der Ehre des Kaisers und damit des Reiches kratzte.
Der italienische Graf warf dem mächtigen Kanzler einen finsteren Blick zu, nur einen winzigen, kaum merklichen Moment lang, dann versicherte er dem Kaiser: »Meine Loyalität gehört ganz und gar Euch, Majestät. Der Kanzler hat recht: Meine Landsleute haben in unverzeihlicher Weise Eure Ehre und die des Reiches gekränkt.«
Etliche der Anwesenden – vier Dutzend weltliche und geistliche Fürsten – nickten zustimmend. Da war wirklich einiges zusammengekommen: das zertretene Siegel mit dem Antlitz des Kaisers, das zu Boden geworfene Pergament, die Missachtung der kaiserlichen Befehle, Schmähungen – und die unerbittliche Härte der Kampfhandlungen zwischen den Kaiserlichen und den Mailändern.
Am 8. August war das kaiserliche Heer vor Mailand eingetroffen, dessen starke Mauern aus alter Römerzeit als uneinnehmbar galten. In den letzten zwei Jahren hatten die Stadtbewohner auch noch Wall und Graben gebaut. Die Mailänder begannen schon mit bewaffneten Ausfällen, noch bevor alle Heereskontingente eingetroffen waren. Doch mit der Eroberung des wich-

tigsten Vorwerkes, des Römischen Bogens, erlangte Friedrichs Streitmacht bald einen entscheidenden Vorteil.

»Ich habe den Bürgern Mailands die Hoffnungslosigkeit ihrer Lage in aller Deutlichkeit vor Augen geführt«, beteuerte der Graf von Biandrate. »Die östliche Seite der Stadt ist von unseren Truppen umschlossen, auf der westlichen verhindern berittene Patrouillen, dass jemand hinein- oder herausgelangt. Von ihren Mauern und Türmen aus müssen die Mailänder zusehen, wie das gesamte Umland verwüstet wird«, zählte er auf. »Es ist deshalb heftiger Streit innerhalb der Kommune ausgebrochen. Viele fordern eine rasche Kapitulation.«

Er atmete tief durch und fuhr fort: »Außerdem habe ich den Mailändern eindringlich klargemacht, dass ihnen eine lange Blockade oder der Sturm auf die Stadt droht. Sie können weder Nachschub an Proviant noch Truppen heranführen. Während Ihr Euer Heer aus dem Hinterland versorgt und Verstärkung durch Verbündete unterwegs ist.«

Das stimmte; größere Truppenkontingente aus dem mit Mailand zutiefst verfeindeten Pavia waren im Anmarsch.

»Und angesichts der sengenden Hitze ist es nur noch eine Frage von Tagen, wann innerhalb der Mauern eine Seuche ausbricht«, beendete der Graf seinen Bericht.

Gut so!, dachte Friedrich grimmig. Ich brauche die schnelle Kapitulation Mailands. Doch zuerst müssen die städtischen Konsuln für ihre Unverschämtheiten büßen und sich vor aller Augen demütigen. Wenn sie nicht dazu bereit sind, wird eben die ganze Stadt dafür leiden.

»Bedenkt auch die immer schrecklicher werdenden Gräuel dieses Krieges«, argumentierte Bischof Daniel von Prag, ein erfahrener Diplomat und weiterer Vertrauter des Kaisers. Erschüttert legte er seine rechte Hand über die Augen, als könnte er so die grausigen Bilder vertreiben.

Nach der Hinrichtung gefangener Mailänder vor den Augen der Verteidiger rächten sich diese, indem sie ihre Gefange-

nen – Friedrichs Männer – in Stücke hackten und die Gliedmaßen von der Mauer herabwarfen.
»Als wäre dies nicht schon schlimm genug, beklage ich die Übergriffe meiner Landsleute auf die Bewohner der umliegenden Dörfer«, fuhr der Bischof fort.
Die Böhmen waren nach harten Kämpfen ins Umland ausgeschwärmt, hatten junge Frauen geraubt und in ihr Lager verschleppt. Dagegen schritt unerwartet der Prager Bischof ein, löste die gefangenen Frauen mit eigenem Silber aus und ließ sie sicher in die Stadt geleiten.
Friedrich hatte zwar verfügt, dass sich im Lager keine Frauen aufhalten durften. Aber er hätte womöglich eine Meuterei ausgelöst, wenn er selbst gegen die unverzichtbaren Böhmen vorgegangen wäre. Im Grunde seines Herzens war er froh, dass der Bischof von Prag hier Einhalt geboten hatte.
Doch die Hinrichtung oder gar Zerstückelung von Gefangenen vor den Augen des Gegners war ein übliches Vorgehen bei Belagerungen, um den Feind zu demoralisieren.
So ist eben der Krieg, dachte Friedrich gleichgültig, das ist seine hässliche Fratze. Wer das nicht ertragen kann, soll zu Hause bleiben und sich hinter Weiberröcken verkriechen!
Wieder sah er im Dämmerlicht der Kirche in die Runde der Fürsten.
Wie soll ich nur diesen zermürbten Haufen zusammenhalten?, fragte er sich. Die meisten von ihnen konnten es kaum erwarten, das Lager abzubrechen und in ihre Lande zurückzukehren. Die mörderische Hitze hatte mehr schwer gerüstete Männer umgeworfen als die Pfeilhagel der mailändischen Bogenschützen. Es wurde dringend Zeit, das hier zu beenden. Doch das konnte er nur, wenn seine Ehre vollkommen gewahrt wurde.
»Was also glauben die Mailänder, noch mit mir verhandeln zu können?«, fragte er unwirsch den Grafen von Biandrate, während ihm der Schweiß den Rücken hinabrann.
Graf Guido war sichtlich froh, wieder sprechen zu dürfen.

»Sie werden Euren Forderungen nachkommen. Die zwölf Konsuln werden wie befohlen im Büßergewand vor Euch niederknien, jeder ein Schwert im Nacken. Sie werden die verlangten Strafgelder zahlen und Eure Bedingungen erfüllen, die von Mailand bekriegten Städte betreffend ...«

Mit finsterer Miene hörte der Kaiser diesen Versprechungen zu und hob die Augenbrauen, um seine Skepsis zu zeigen.

»*Was* wollen sie?«, wiederholte er scharf.

Eberhard von Bamberg räusperte sich und übernahm das Wort.

»Sie lassen ergebenst anfragen, ob Ihr ihnen – bei Erfüllung aller anderer Bedingungen – die Schmach erlassen würdet, barfuß vor Euch zu treten.«

Er legte eine winzige Pause ein und fügte an: »Sie sind sogar bereit, Euch dafür eine stattliche Summe zu zahlen.«

Sofort fragte sich jeder der Fürsten, wie hoch diese Summe wohl sein könnte und wie viel ihm davon als Beute zustünde. Auch Friedrich hätte gern gewusst, wie viel die Mailänder Ratsherren zu zahlen bereit wären, wenn sie ihr Schuhwerk anlassen durften. Doch ganz gleich, was sie boten, er würde nicht darauf eingehen.

Ehe an seiner Stelle Rainald antworten konnte, dass die Ehre des Kaisers nicht käuflich sei, sprach er schon selbst.

»Die Konsuln von Mailand dürfen sich glücklich preisen, dass sie vor mir nur niederknien müssen, statt sich zu meinen Füßen gänzlich auf dem Boden auszustrecken!«, blaffte der Kaiser. »Und das werden sie barfuß tun. Dies ist mein letztes Wort.«

Rainald nickte zufrieden. Wogegen mancher der versammelten Fürsten den Verlust einer sicherlich großen Geldzahlung der reichen Stadt bedauerte, die womöglich auch seine Schatulle gefüllt hätte.

Bischof Eberhard von Bamberg und Graf Guido von Biandrate verneigten sich und traten wieder in die Reihen der Fürsten.

Es gab nichts mehr zu sagen.

Mailands Schicksal war besiegelt.

Nach einem Moment bedeutungsschwerer Stille erwartete jeder im Kirchenschiff, dass der Kaiser die Versammlung auflöste. Doch Friedrich wollte noch etwas anderes erledigen.

»Markgraf Dietrich von der Lausitz, tretet vor!«

Dietrich gehorchte verwundert und sank auf ein Knie. Er hatte nicht die geringste Ahnung, was der Kaiser von ihm wollte. Würde er einen besonderen Auftrag an ihn und seine vergleichsweise kleine Streitmacht erteilen?

Doch hatten sich anfangs Mailänder wie Kaiserliche immer wieder zu Einzelgefechten hinreißen lassen, war jetzt die militärische Lage weitgehend geklärt.

»Seid ihr immer noch so gut mit Schwert und Lanze wie bei unserem ersten gemeinsamen Turnier?«

Dietrich lächelte ein wenig.

»Ich will hoffen, dass ich seitdem einiges hinzugelernt habe, Euer Majestät.«

Eine Begebenheit fiel ihm ein, die etwa zwei Wochen zurücklag. Während der Belagerung war ein Mailänder durchs Tor gekommen und hatte zwischen den Linien Reiterkunststückchen vorgeführt, seine Feinde mit unverschämten Worten und Gesten herausgefordert. Bis schließlich Graf Albert von Tirol den Prahlhans mit der Lanze aus dem Sattel stieß. Humpelnd und gedemütigt schlich er von dannen, unter dem höhnischen Gelächter der Tiroler.

Fand gerade eine ähnliche Provokation dort draußen statt? Sollte er, Dietrich, einen Reiter aus dem Sattel werfen?

Friedrich erlaubte dem Wettiner mit einer Handbewegung, sich zu erheben.

Dann ließ er seinen Blick über die versammelte Runde der Großen des Reiches schweifen.

»Mein geliebter Vetter, der Herzog zu Rothenburg …«, begann der Kaiser, und nun fragten sich auch alle anderen, worum es jetzt wohl ging. Was gab es Wichtigeres als die schleunigste und umfassende Kapitulation Mailands?

Einzig Gebhard von Sulzbach, der Oheim des jungen Rothenburgs, fuhr wie alarmiert zusammen und ließ kein Auge mehr vom Kaiser.

»Mein geliebter Vetter hat sich wahrlich als Ritter und Bannerträger des Reiches bewährt«, fuhr Friedrich ungerührt fort, dem die Reaktion des Sulzbachs nicht entgangen war. Er hatte sie erwartet.

»Mit Bravour hielt er dem ersten Ausfall der Mailänder auf das Lager der Schwaben stand, als noch gar nicht all unsere Truppen heran waren. Mit Unterstützung der tapferen Böhmen unter König Vladislav, das will ich nicht vergessen.« Er sandte ein Nicken und ein huldvolles Lächeln zu dem frisch gekrönten Böhmenkönig.

Genauer gesagt, hatten die Böhmen den Angriff auf das schwäbische Lager zurückgeschlagen. Ohne ihren raschen und harten Einsatz wäre schon der erste Tag für die Schwaben übel ausgegangen. Das wusste jeder hier. Friedrich musste es nicht erst aussprechen.

»Die Tapferkeit meines Rothenburger Vetters erfüllt mein Herz mit Stolz und Freude, auch wenn Stolz eine Sünde ist«, verkündete er und sah an den fragenden Blicken, dass die anderen immer noch keine Ahnung hatten, worauf das hier hinauslief.

Feierlich fuhr er fort: »Doch angesichts seiner Jugend, seiner kaum vierzehn Jahre, und weil ich mich durch meine vielen Herrscherpflichten nicht persönlich um seine weitere Ausbildung mit Schwert und Lanze kümmern kann …«

Er legte eine kleine Pause ein und sah mit innerem Triumph in die Runde.

»… wünsche ich, dass ihn die besten Kämpfer des Reiches unterweisen. Ein tüchtiger Ritter hört nie auf, den Umgang mit den Waffen zu üben. Deshalb sollt Ihr, Fürst Dietrich, in den nächsten Wochen meinen geliebten Vetter dabei unterstützen.«

Friedrich sah, dass Gebhard von Sulzbach widersprechen

wollte. Doch Graf Gebhard konnte sich nicht beschweren – außer darüber, dass Friedrich seinen jungen gleichnamigen Neffen demonstrativ weder als Königssohn noch als Herzog von Schwaben titulierte.
Das hatte der Kaiser auch nicht vor. Sobald ihm Beatrix einen Sohn gebar, würde es nur noch *einen* Königssohn geben. Und das Herzogtum Schwaben hatte er nie wirklich aus der Hand gegeben.
Da der Sulzbacher dem Jungen ständig ins Ohr flüsterte, auf seine Titel zu pochen, wollte er ihn dessen Einfluss ein wenig entziehen. Markgraf Dietrich war ein beeindruckender Kämpfer und einnehmender Gefährte, er würde sich als Lehrer gut machen.
Und niemand konnte dem Kaiser vorwerfen, den Jungen als Bannerträger unnötiger Gefahr auszusetzen. Im Gegenteil, er ließ ihn weiter ausbilden.
Außerdem hatte er verkündet: Sollte ihm auf diesem Italienzug etwas zustoßen, seien der Herzog von Rothenburg und Herzog Heinrich der Löwe als seine engsten Verwandten zu seinen Nachfolgern bestimmt. Das mochten die beiden unter sich ausfechten. Er wusste, wer diesen Streit gewinnen würde.
Markgraf Dietrich verneigte sich erneut. »Ich fühle mich geehrt, den jungen Herzog im Umgang mit Lanze und Schwert zu unterweisen.«
»Ich danke Euch, Majestät«, sagte der Vierzehnjährige brav, der weißblondes Haar hatte wie sein Vater. Dann wandte er sich Dietrich zu und rügte ihn scharf: »Ihr solltet mich mit Königssohn ansprechen, Markgraf!«
Der Sulzbacher grinste zufrieden, der Kaiser ärgerte sich. Seine Babenberger Verwandten hatten eindeutig zu viel Einfluss auf den Jungen. Ständig redeten sie ihm ein, auf seinem Titel als Königssohn und Thronanwärter zu beharren.
Wenn der Bursche überlebte und seinen Ruf als Ritter festigte, wuchs in ihm ein nicht zu unterschätzender Rivale heran.

Behaupteten die Babenberger nicht immer noch unter der Hand, er habe dem Jungen den Thron gestohlen?
Wie gut, dass niemand außer ihm und dem Bischof von Bamberg zuletzt am Totenbett des alten Stauferkönigs gestanden hatte. So konnte auch niemand sonst mit Sicherheit sagen, wen der sterbende Konrad wirklich auf dem Thron hatte sehen wollen: seinen damals erst achtjährigen Sohn oder seinen kriegsbewährten Neffen. Sie mussten ihm schon glauben, dass Konrad seinem Neffen und nicht seinem kleinen Sohn Reich und Reichsinsignien übergeben hatte.
Dietrich begriff natürlich, worum es hier wirklich ging. Er musste aufpassen, nicht zwischen zwei Mühlsteine zu geraten: den Kaiser und die mächtige Familie der Babenberger.
Nach dem Rüffel des Königssohns – den er selbstverständlich nie so anreden durfte, wollte er keinen Ärger mit dem Kaiser riskieren – verneigte sich Dietrich vor ihm und versicherte: »Selbstverständlich, Durchlaucht! Es ist mir eine Ehre.«

Bußgang

Friedrich, Stefano di Stella; vor Mailand, 8. September 1158

Durch eine schier endlose schmale Gasse von Schaulustigen schleppten sich die zwölf Mailänder Konsuln, um vor dem Kaiser niederzuknien: im Büßergewand, mit Schwertern um den Hals, die Gesichter voller Staub und Schweiß. Und barfuß. Diesen Punkt hatte Friedrich nicht mit sich verhandeln lassen. Fast sein ganzes Heer stand in der sengenden Sonne versammelt. Die Männer drängelten um die besten Plätze, um so viel wie möglich von der demütigenden Unterwerfung zu sehen. Schließlich waren die Kämpfe um Mailand

sehr verbissen geführt worden, unter widrigen Umständen, mit großer Grausamkeit, Zerstörungswut und beträchtlichem Blutzoll.
Stefano di Stella stand in der Nähe des Kaisers, der vor seinem riesigen roten Zelt thronte, und wartete, dass sich ihnen die Unterlegenen näherten. Heute musste er übersetzen. Wort für Wort, ohne jegliche Regung, geschweige denn die kleinste Änderung. Seine Gefühle verbarg er sorgfältig. Auch wenn ihm der Schweiß den Rücken hinabrann, war sein Inneres zu Eis erstarrt.
Hatte er sich schon die Verachtung der Römer zugezogen – hier in Mailand schlug ihm maßloser Hass von den Stadtbewohnern entgegen.
Das bekam er zu spüren, als seine Italienischkenntnisse benötigt wurden, damit der Prager Bischof Daniel die von den Böhmen geraubten Frauen auslösen und sicher in die belagerte Stadt führen lassen konnte. Manche der Geschundenen schienen dem Wahnsinn nahe und taumelten mit leerem Blick zum Tor, viele schluchzten. Manche sahen ihn hasserfüllt an, mit Blutergüssen im Gesicht und aufgeplatzten Lippen, weil sie versucht hatten, sich zu wehren. Und eine spie ihm vor die Füße und zischte: »Verräter!«
Das Wort hatte sich ihm in die Seele eingebrannt.
Unter dem Johlen der Zuschauer näherten sich die Besiegten. Das Gedrängel der Schaulustigen wurde so groß, dass kaum noch jemand durchkam und auch die Fürsten zusammenrücken mussten, die links und rechts des Kaisers standen.
Angeführt wurde der Zug der Unterlegenen von einer großen Zahl Geistlicher: der Erzbischof von Mailand vorneweg, den die Vermittler Daniel von Prag und Eberhard von Bamberg zum Zelt des Kaisers geleiteten. Symbolisch empfing ihn Friedrich mit einem Friedenskuss.
Schließlich sollte hier ein Friedensschluss gefeiert werden. Doch Stefano hegte ernstliche Zweifel, ob dieses Spektakel zu

dauerhaftem Frieden zwischen Mailand und dem Kaiser führen würde.
Dann folgten die zwölf Konsuln. Barfuß stolperten und humpelten sie über den unebenen Boden, jeder ein blankes Schwert im Nacken zum Zeichen dafür, dass er den Tod verdiente. Unter den Schmährufen der kaiserlichen Truppen bewältigten sie in sengender Hitze die Wegstrecke vom Stadttor bis zu Friedrichs Thron, um dort niederzuknien.
Einer von ihnen trug mit brüchiger Stimme die Bitte um Vergebung vor.
»Wir haben gesündigt. Wir beugen uns Eurer Herrschaft und Euren Schwertern«, übersetzte Stefano. »Die Schwerter, die wir im Nacken tragen, seien Eurer Herrschaft unterworfen. Stellvertretend für all unsere Waffen.«
Triumphierend sah Friedrich auf die Gedemütigten.
Jemand aus seiner Kanzlei trat vor und verlas die lange Liste der Bedingungen, unter denen Mailand und auch Crema wieder der Gnade des Kaisers teilhaftig werden würden: neuntausend Mark Silber als Buße, die Rückübertragung sämtlicher Zoll-, Hafen- und Münzeinkünfte und sonstiger Regalien an den Herrscher, Treueeid aller männlichen Bürger und dreihundert Geiseln als Sicherheit. Kaiserliche Beauftragte sollten sich in der Stadt niederlassen und darauf achten, dass das Recht und die Ehre des Kaisers gewahrt blieben.
»Außerdem müssen die Mailänder dem Kaiser eine Pfalz innerhalb der Stadtgrenzen errichten und dürfen den Wiederaufbau von Como und Lodi nicht behindern. Nur so wird dauerhafter Friede erreicht werden«, rief der rundliche Schreiber mit weit tragender Stimme.
Stefano übersetzte.
Eine winzige Bö kam auf, doch sie brachte keine Erfrischung, sondern wirbelte nur unzählige Sandkörnchen auf, die sich auf den schweißnassen Gesichtern festsetzten, Lider und Nasen verklebten.

Nun trat jeder der gewählten Konsuln einzeln vor und übergab dem Kaiser das Schwert, das er im Nacken trug. Der reichte sie weiter an bereitstehende Bedienstete und verkündete anschließend: »Damit sind Mailand und Crema wieder in die kaiserliche Gunst aufgenommen!«

Die »Vivat!«-Schreie des Heeres waren ohrenbetäubend, weshalb Stefano Mühe hatte, mit seiner Stimme die Konsuln noch zu erreichen. Doch die wussten ohnehin, was Seine Majestät gesagt hatte. Sämtliche Bedingungen waren zuvor bis ins Detail abgesprochen worden.

Friedrich erhob sich, jedermann kniete nieder.

»So habe ich, der Kaiser, Frieden gestiftet. Feiern werden wir dies heute noch mit einer Messe.« Die würde in dem riesigen roten Zelt stattfinden, dem Geschenk des englischen Königs.

Wieder jubelte Friedrichs Heer über den Sieg und den Friedensschluss. So mancher wäre am liebsten gleich losgerannt, um zu packen und zurück in seine Heimat zu reiten.

Doch Stefano schien taub für die begeisterten Schreie. Unter halb gesenkten Lidern beobachtete er die Konsuln.

Sie werden das nicht auf Dauer hinnehmen, dachte er angesichts der hasserfüllten Blicke, die sich auch auf ihn richteten, weil er als Italiener dem Kaiser diente.

Mit diesen harten Bedingungen ist schon die Saat für den nächsten Krieg gelegt, dachte der junge Mann mit dem verstümmelten rechten Arm voller Sorge.

Nach der Messe verkündete Friedrich, dass die Fürsten aus der Heerfolge entlassen seien und mit ihren Männern die Heimreise antreten könnten.

Zu denen, die als Erste aufbrechen wollten, gehörte Markgraf Dietrich von der Lausitz. Er hatte seine Pflicht erfüllt und auch mit dem jungen Rothenburger den Umgang mit der Lanze geübt. Der vorzeitig in den Ritterstand erhobene Königssohn zeigte Talent für das Waffenhandwerk; er würde mit den Jahren zu einem gefürchteten Kämpfer heranreifen.

Selbst der Kaiser wäre am liebsten wieder zurück über die Alpen geritten. Ich vermisse meine süße Beatrix, dachte Friedrich wehmütig, und sein Sieg fühlte sich auf einmal gar nicht mehr so großartig an. Vielleicht sollte ich sie zu mir holen lassen? Die Kämpfe sind vorerst beendet, Mailand ist unterworfen. Und die Ärzte aus Salerno genießen einen hervorragenden Ruf. Vielleicht wissen sie Rat, damit mir meine geliebte Gemahlin einen Sohn schenkt. Die Zeit läuft uns davon! Und es gibt schon Gerede …

Doch er würde noch eine Weile in Oberitalien bleiben müssen. Es gab viele Streitigkeiten zwischen den verfeindeten Städten zu schlichten. Und er musste seinen Sieg über Mailand für alle sichtbar mit einer Festkrönung in Monza feiern. Danach würde er einen Hoftag in Roncaglia halten. Und für diesen hatte ihm Rainald eine große Überraschung angekündigt. Noch viel besser als die Kapitulation Mailands, behauptete er.

»Ich mag keine Überraschungen«, knurrte Friedrich seinen Kanzler an, als der sich zu einem vertraulichen Gespräch melden ließ und ihm dies versicherte.

Rainald lächelte breit und unbeeindruckt von dem harschen Empfang.

»Hatte ich Euch nicht gesagt, dass es sich lohnen würde zu prüfen, welche kaiserlichen Rechte Euch hier eigentlich zustehen?«, begann er. »Ich ließ die bedeutendsten Rechtsgelehrten von Bologna Nachforschungen anstellen. Was sie mir gerade vertraulich berichteten, bietet Grund zu allergrößter Freude.«

Er rieb sich die Hände, dann steckte er sie in die weiten Ärmel seines Gewandes und spöttelte: »Euer Kämmerer wird Freudentänze aufführen.«

Kuno von Minzenberg, ein Reichsministeriale, also ein Dienstmann des Reiches, verwaltete auf den Italienzügen die

kaiserliche Schatulle. Der Mann stand in dem Ruf, dem Kaiser nicht nur äußerst ergeben zu sein, sondern auch alles zu tun, damit die Schatulle jederzeit gut gefüllt war.
Friedrich rang sich ein Lächeln ab. In seinen Gedanken sah er erneut die zwölf unterworfenen Konsuln vor sich knien. Schon die Geldbuße Mailands würde den Kämmerer zu Freudentänzen treiben.
Andererseits: Kriege und Feldzüge, eine prunkvolle Hofhaltung verschlangen viel Geld. Er wollte prächtige Pfalzen bauen, seine Kaiserin mit Geschenken überhäufen. Die Fürsten wollten großzügig entlohnt werden. Wenn Rainald also neue Quellen aufgetan hatte, aus denen Silber in seine Kassen floss …
Jäh richtete er seinen Blick und seine gesamte Aufmerksamkeit auf den diensteifrigen Kanzler.
»Nun erzählt mir endlich genau, was sie herausgefunden haben, Eure Rechtsgelehrten!«
Mit Erlaubnis des Kaisers nahm Rainald Platz, doch ihn hielt es kaum auf dem Stuhl, so aufgekratzt war er.
»Es ist sehr lange kein Herrscher mehr über die Alpen gezogen«, begann er. »Und wie sich zeigte, haben die oberitalienischen Städte das ausgenutzt, um nach und nach immer mehr königliche Rechte an sich zu reißen.«
Neugierig beugte sich Friedrich vor.
»Um Recht und Ordnung wiederherzustellen, bat ich also um genaue Überprüfung, was Euch alles zusteht. Und wie sich zeigte, ist es noch weit mehr, als ich erwartet hatte«, berichtete Rainald triumphierend und in bester Laune.
»Haltet Euch nicht ewig mit Vorreden auf!«, mahnte der ungeduldig werdende Kaiser.
Der Kanzler riss sich zusammen – mit Bedauern – und zählte an den Fingern ab.
»Erstens: Alle Rechtsprechung geht vom Kaiser aus. Zweitens: Wer Gericht halten oder öffentliche Ämter ausüben will, braucht Eure Erlaubnis.«

»Was bedeutet, dass Gebühren fällig werden und Gerichtsabgaben mir zufließen. Da wird der Minzenberger wahrlich Freudentänze aufführen«, meinte Friedrich mit einem schiefen Grinsen.
»Das Beste kommt erst noch«, versicherte Rainald und bog den nächsten Finger um. »Drittens: Die Wahl der städtischen Konsuln bedarf Eurer Zustimmung. Und viertens …«
Er legte eine wirkungsvolle Pause ein, denn jetzt kam das Allerbeste.
»… stehen Euch eine Kopfsteuer und eine allgemeine Grundsteuer zu!«
Vor Stolz und Begeisterung wäre Rainald fast geplatzt.
Friedrich starrte ihn verblüfft an.
»Das sind ungeheure Summen Geldes!«, entfuhr es ihm. Denn die oberitalienischen Städte waren reich, unvorstellbar reich.
»Ich weiß«, meinte Rainald in falscher Bescheidenheit und vor Freude überschäumend. »Dies ist das Ergebnis der juristischen Prüfung. Und im November könnt Ihr es auf dem Hoftag in Roncaglia verkünden lassen.«

Töchter und Söhne I

Hedwig, Adele, Christian; Burgberg in Meißen, September 1158

»Nun komm schon, Liebes, ich fange dich auf!«, ermunterte Adele ihr Töchterchen, ging in die Knie und reckte ihr die Arme entgegen. Die kleine Lucardis, schon über ein Jahr alt, ließ zögernd die Hand der Amme los, wankte bedrohlich – und tapste dann schnurstracks drei Schritte auf ihre Mutter zu, um sich sofort an sie zu klammern.
»Die ersten Schritte! Hast du gesehen?«, fragte Adele ihre

Schwägerin jubelnd. Die Hofdamen in der Kemenate applaudierten begeistert.
Auch Hedwig strahlte und lobte die kleine Nichte ebenso überschwänglich, wie deren Mutter es tat.
Lucardis gluckste vor Freude. Dann setzte sie eine angestrengte Miene auf, und nach einem knatternden Geräusch stieg ein kräftiger Geruch aus der Windel empor.
Die beiden jungen Frauen lachten, und die Amme hob schnurstracks ihren kleinen Zögling auf, um die Windel wechseln zu gehen, das Kind zu stillen und in den Schlaf zu singen.
Wehmütig sah Adele der kleinen Tochter nach.
»Sie erinnert mich so an Sven. Sie ist alles, was mir von ihm blieb.«
»Dir bleiben auch deine Erinnerungen«, widersprach Hedwig mit gedämpfter Stimme.
Gequält drückte sie ihr Kreuz durch und legte die Hände auf den hochgewölbten Leib. Sie stand kurz vor der Niederkunft, und sosehr sie sich auf das Kind freute, machte ihr die Schwangerschaft doch mittlerweile zu schaffen. Zum Glück hatte sie eine Kammerfrau, die ihr die Schuhe zuband – sie selbst könnte das wohl nicht mehr bewältigen, da war ihr Ungetüm von Bauch im Weg.
Auch Adele trug erneut ein Kind unterm Herzen. Ihre Schwangerschaft war schon sichtbar, aber noch nicht so weit fortgeschritten wie Hedwigs. Bald würde sie zurück nach Ballenstedt reisen, zu ihrem Gemahl Graf Adalbert.
»Es war sehr freundlich von meinem Bruder, dass er dir erlaubt hat, für ein paar Wochen hierherzukommen, um mir in meiner schweren Stunde beizustehen«, sagte die Meißner Markgräfin, um ihre Schwägerin von den traurigen Gedanken loszureißen.
Stattdessen wich auch die letzte Spur von Fröhlichkeit aus Adeles Gesicht. Von dem einst lebensfrohen, temperamentvollen Mädchen war nichts mehr an ihr zu erkennen.

»Er meinte, da ich nun sein Kind trage, habe er vorerst *keine Verwendung* für mich in Ballenstedt. Für eine Weile könne er meine Anwesenheit entbehren.«

Hedwig prustete verächtlich. »Ich habe meinen Bruder selten etwas Dümmeres sagen hören!«

Adele schwieg dazu, sie wollte die Schwägerin nicht kränken. Adalbert war nicht gewalttätig gegen seine Gemahlin, nur gleichgültig und taktlos in Worten. Sie bedeutete ihm nichts. Daran hatte sich auch in den gemeinsamen Nächten nichts geändert.

Ich sollte wohl dankbar sein, wenigstens einmal im Leben die Liebe gefunden zu haben, dachte sie. Selbst das ist nur wenigen Frauen vergönnt.

»Kann es sein, dass du dich gegen meinen Bruder verschließt, weil du noch zu sehr um Sven trauerst?«, fragte Hedwig leise, damit die Hofdamen ihre Unterhaltung nicht mitverfolgen konnten, die in der Kemenate stickten. Geflissentlich beugten sie sich über ihre Handarbeiten, um nicht den Eindruck zu erwecken, die beiden Fürstinnen zu belauschen. Auch wenn sie natürlich die Ohren spitzten.

Adele und Hedwig hatten Nadeln, Garn und Stoffe längst achtlos neben sich gelegt, um sich in ihr leises Gespräch zu vertiefen.

»Ich trauere immer noch. Nachts quälen mich furchtbare Träume, in denen wir fliehen und fliehen und fliehen … und dann stehe ich vor seinem zermalmten Leichnam«, gestand Adele zum ersten Mal ein, seit sie auf dem Meißner Burgberg eingetroffen war. »Ich bemühe mich, das vor meinem jetzigen Gemahl nicht zu zeigen und ihm freundlich zu begegnen. Aber er scheint wohl … etwas anderes erwartet zu haben.«

Sie senkte den Kopf und schluckte.

Manchmal fragte sich Adele aber auch, wie wohl Hedwig mit ihrem Bruder Otto als Gemahl zurechtkam, der deutlich schroffer war als Adalbert.

Doch seit Hedwig ein Kind unterm Herzen trug, war Otto geradezu aus dem Häuschen vor Stolz und Freude und überschüttete seine Frau mit Geschenken und anderen Gunstbeweisen.
Ich hoffe für sie, es wird ein Junge, ein Stammhalter, dachte Adele mit Blick auf Hedwigs hochgewölbten Leib.
Als hätte diese Adeles Gedanken erraten – vielleicht hatte sie es ja auch –, sagte die Meißner Markgräfin: »Warte nur ab, bis du Adalbert einen Sohn oder eine Tochter geboren hast! Das wird alles ändern. Sonst rede ich ein ernstes Wort mit meinem Bruder.« Sie lächelte entschlossen.
»Lass uns lieber beten, dass wir beide unseren Männern Söhne schenken«, murmelte Adele. Sie hatte noch gut Svens abweisende Reaktion vor Augen, als er von einer verlorenen Schlacht zurückkehrte und in seiner schlechten Laune sehr ungehalten reagierte, als er erfuhr: Während seiner Abwesenheit hatte ihm seine Gemahlin keinen Sohn geboren, wie er gehofft hatte, sondern eben jene kleine Lucardis.
Doch dass das Neugeborene ein Mädchen war, sicherte Mutter und Kind jetzt das Überleben. Die Dänen hätten gewiss keinen männlichen Nachfahren von Sven am Leben gelassen.
Fast gleichzeitig drückten die beiden schwangeren Frauen die Hände in den Rücken, um das Kreuz zu stützen. Als sie es bemerkten, mussten sie lächeln.
»Ich komme mir vor wie ein Fass. Ein Fass, das jeden Moment bersten könnte«, meinte Hedwig.
Sie ließ den Blick über die Runde ihrer Kammerdamen schweifen, von denen mindestens vier weitere schwanger waren, und dachte dabei: Sind wir wirklich nur Gefäße, um unseren Männern Söhne auszutragen? So wird es gepredigt. Selbst die berühmte Äbtissin von Bingen, Hildegard, ist dieser Meinung. *Kostbare* Gefäße, immerhin. Wir werden umsorgt, während eine Bäuerin auf dem Acker niederkommen und gleich wieder an die Arbeit gehen muss. Adlige Kinder wurden auch des-

halb von Ammen gestillt, damit ihre Mütter bald wieder empfangen konnten. Hedwigs Mutter hatte dreizehn Kinder ausgetragen, Ottos Mutter elf.
So erleichtert Hedwig war, doch noch schwanger geworden zu sein – sollte sie diesmal keinen Sohn gebären, würde auch sie jedes Jahr ein Kind austragen müssen, bis Otto endlich den ersehnten Erben hatte. Ihr graute vor der Niederkunft und der Zeit danach. Im Wochenbett starben noch mehr Frauen als während der Geburt.
Adele entging Hedwigs bedrückte Miene nicht; sie ahnte, was die Schwägerin dachte.
»Wenn du dein Kindchen erst im Arm hältst, ist aller Schmerz vergessen«, versicherte sie. »Glaube mir!«
Hedwigs Blick erhellte sich nicht. Sie legte beide Hände auf ihren Bauch, worauf das Ungeborene mit einer jähen Bewegung reagierte, so dass ein stechender Schmerz sie durchfuhr, und sagte in düsterer Vorahnung: »Ich hätte so gern noch einmal meine erlauchten Eltern besucht. Sie sind jetzt sicher schon im Heiligen Land und sehen all die bedeutenden Pilgerstätten, die fremden Tiere und Pflanzen … Ich konnte mich nicht von ihnen verabschieden. Wie gern wäre ich dafür noch einmal nach Ballenstedt oder Anhalt oder Aschersleben gereist, zu den Orten meiner Kindheit … Ob es ihnen wohl gut geht?«
»Deinem Vater ganz sicher!«, tröstete Adele und lächelte. »Er wird die Leute nach Herzenslust herumkommandieren und seinen Spaß daran haben. Und deiner Mutter werden die vielen neuen Eindrücke wohltun.«
Dann fiel ihr noch etwas ein. »Weißt du, dass dein erlauchter Vater hofft, vom byzantinischen Kaiser empfangen zu werden?«
Nun bekam ihr Gesicht einen sehnsüchtigen Ausdruck. »Die Paläste und Kirchen in Konstantinopel sollen aus purem Gold sein! Das würde ich auch gern einmal sehen.«

»Puh, ich bin schon froh, wenn ich noch die paar Schritte quer über den Burghof bis zum Dom schaffe. Mir ist zumute, als ob ich gleich platze«, stöhnte Hedwig, stand auf und drückte einmal mehr den schmerzenden Rücken durch.
Lautes Geschrei vom Burghof lenkte die Aufmerksamkeit aller dorthin. Mit Hedwigs Erlaubnis liefen die Frauen und Mädchen zu den Fenstern, um hinauszuspähen.
»Der Grauschimmel! Sie führen diese Bestie von einem Grauschimmel zur Koppel!«, rief die Grünbacherin ganz aufgeregt, die natürlich als Erste am Fenster war.
»Komm, lass uns dorthin gehen!«, forderte Hedwig Adele auf. »Mein Gemahl will etwas bekanntgeben. Das wird ein besonderes Spektakel, und er besteht darauf, dass ich dabei bin.«
Skeptisch blickte Adele die Schwägerin an.
»Schaffst du es hinunter bis zu den Koppeln? Das ist recht beschwerlich in deinem Zustand ...« Sie musterte die Freundin genauer und stutzte.
»Du siehst kreidebleich aus und reibst dir schon den halben Tag lang immer wieder den Rücken. Kann es sein, dass das Kind kommen will?«
»Lieber heute als morgen«, meinte Hedwig und drückte erneut das Kreuz durch. »Aber mir tut nur der Rücken weh. Kein Wunder bei der Last!«
Sie deutete auf ihren Bauch.
Adele war nicht überzeugt. »Du solltest dich lieber hinlegen und etwas ruhen.«
»Das mache ich, sobald wir von der Turnierwiese zurück sind. Mein Gemahl wünscht ausdrücklich, dass ich dabei bin und dem Sieger eine silberne Fibel überreiche.«
Sie öffnete ihren Almosenbeutel, um hineinzusehen und zwischen all den Kleinigkeiten herumzukramen, die sie darin aufbewahrte: Schere, Kamm, Ohrlöffelchen und natürlich eine Schale mit Pfennigen für die Armen beim Kirchgang.

»Wo ist die Fibel? Noch in meiner Kammer?«
Sie schickte die kleine Elisabeth los, um den Preis zu holen.
»Und die Wehmutter ist ja hier«, erinnerte sie, um Adeles Bedenken zu zerstreuen.
Otto hatte darauf bestanden, dass die heilkundige Frau aus dem unteren Viertel vorübergehend auf die Burg zog, als die Niederkunft seiner Gemahlin nahte, um sofort zur Stelle zu sein, wenn es sich als nötig erweisen sollte.

Mit winzigen, vorsichtigen Schritten ging Hedwig hinunter zur Turnierwiese. Zu Pferd hätte sie das in ihrem Zustand nie und nimmer mehr bewerkstelligen können.
Ihr Gemahl hatte ein Podest für sich, seine Gemahlin und seine Schwester Adele errichten lassen. Für die Frauen war eine Bank herbeigeschafft worden, damit sich die Fürstin und die Gräfin von Ballenstedt setzen konnten.
Um die mit Balken abgesperrte Koppel hatte sich ein Kreis von aufgeregten und wild diskutierenden Schaulustigen gebildet. Nur ein einziges Pferd befand sich in der Mitte des Kreises: ein wunderschöner, noch junger und sehr unruhiger Grauschimmel, bereits gesattelt.
Adele stieß einen bewundernden Ruf aus.
»Das ist ein Geschenk des böhmischen Königs an meinen Gemahl«, erzählte Hedwig, nachdem sie sich behutsam hingesetzt hatte.
»Ich habe noch nie ein so edles Tier gesehen«, flüsterte Adele andächtig.
»Schön, aber widerspenstig und gefährlich«, gab Hedwig zurück. »Siehst du, wie seine Flanken von Peitschenhieben gezeichnet sind? Offenbar ist ihm übel von Menschenhand mitgespielt worden. Nun duldet er keinen Menschen mehr im Sattel.«
Markgraf Otto hatte sich unterdessen in die Mitte des Podestes gestellt und die Hände in die Hüften gestemmt.
»Dieses edle Ross ist ein Geschenk des Herzogs Vladislav von

Böhmen, der dank der übergroßen Gnade des Kaisers neuerdings König ist«, rief er laut und nicht ohne Sarkasmus. »Nur weiß ich nicht, ob mich der Herzog damit ehren oder umbringen wollte.«

Gelächter flackerte auf.

»Mehrere Stallknechte hat dieser Hengst schon gebissen oder gequetscht, einen zu Tode gestampft. Als der Stallmeister ihm vorhin den Sattel auflegte, hätte das Biest beinahe seinen Arm zermalmt.«

Er legte eine wirkungsvolle Pause ein und fuhr dann fort: »Meine treu liebende Gemahlin, die – so Gott will – mir schon bald einen Sohn schenken wird, bat mich unter Tränen, nicht dieses gefährliche Biest zu reiten, damit unser Kind, *mein Erbe,* nicht womöglich als Halbwaise aufwachsen muss.«

Das stimmte nicht ganz. Hedwig und er hatten gemeinsam diese Begründung ersonnen, weil sie vernünftig war. Wenn sich dieses Pferd nicht zuverlässig reiten ließ, konnte der Markgraf nicht nur um der Eitelkeit willen Leben und Wohlergehen riskieren – sosehr ihn die edle Gestalt des Grauschimmels auch begeisterte. Es wäre ein überwältigendes Bild, darauf durch die Lande zu galoppieren. Doch dieser Hengst war zu unberechenbar. Sie konnten ihn nicht einmal kastrieren, ohne weitere Tote und Verletzte befürchten zu müssen.

»Deshalb setze ich das edle Tier als Preis aus: Wer unter meinen Rittern es schafft, den Hengst zu zähmen, der darf ihn behalten.«

Die meisten Ritter tauschten sich sofort lauthals mit ihren Nachbarn über die Chancen aus, den jungen Grauschimmel zu bändigen.

»Die Bedingung ist: Der Sieger muss überall verkünden, dass ich, der Markgraf von Meißen, solch kostbare Geschenke machen kann.«

Er sah in die Runde der versammelten Schaulustigen und rief: »Wer wagt es als Erster?«

Zwei junge Ritter traten vor und versuchten nacheinander ihr Glück. Der erste schaffte es nicht einmal, in den Sattel zu kommen, stürzte ins Gras und entkam nur mit Not den Hufen des Hengstes, auf den zweiten ging der Grauschimmel wild los, kaum dass er die Koppel betreten hatte. Das Tier trieb ihn gegen die Umzäunung. Schreiend wollte sich der Mann retten, indem er sich unter den Balken hindurchwand, aber der Grauschimmel war schneller. Die aufheulenden Zuschauer hörten Knochen brechen und dann Schmerzensgebrüll.
Der Hengst zog sich in die Mitte des Rundes zurück und beäugte misstrauisch, wie der Bader den Verletzten herauszog, um ihn gleich an Ort und Stelle zu behandeln.
Nach und nach traten noch ein Dutzend Männer an, doch niemand schaffte es in den Sattel, und der Hengst reagierte immer wilder auf jeden, der sich ihm nähern wollte. Er stampfte mit den Hinterbeinen, hatte die Ohren steil nach hinten gelegt, sein Schweif peitschte wild.
Fünf Männer mussten inzwischen mit gebrochenen Knochen dem Bader überlassen werden, mindestens einer von ihnen würde den Tag wohl nicht überstehen.
»Es ist zwecklos. Wir müssen ihn schlachten«, entschied der Markgraf.
»Könnt Ihr ihm nicht das Gnadenbrot gewähren, mein Gemahl?«, bat Hedwig.
»Nicht sein ganzes Leben lang. Er macht mir nur noch die anderen Pferde verrückt«, entgegnete Otto mürrisch.
Sosehr er es bedauerte, dieses wunderschöne Tier dem Fleischhauer überlassen zu müssen, erfüllte es ihn doch mit Zufriedenheit, dass niemand schaffte, was ihm selbst auch nicht gelungen war.
»Willst du es nicht versuchen?«, fragte Raimund seinen Freund Christian. »So ein edles Pferd …«
»Er ist von Menschenhand verdorben, und das kann ich ihn nicht in einer Stunde vergessen machen«, meinte der. »Schau

dir die jungen Narren an, die glauben, es zu schaffen, und dann beim Baderchirurgen oder auf dem Totenacker landen. Ist es dir nicht aufgefallen? Keiner von den Älteren, Erfahrenen riskiert es. Ich bin nicht lebensmüde.«
»In letzter Zeit kommst du mir schon manchmal wie lebensmüde vor«, widersprach Raimund vorwurfsvoll. Seit Luitgards Tod war sein Freund in gefährlicher Stimmung.
Christian warf ihm einen flammenden Blick zu, in dem sich Zorn und Verzweiflung mischten.
Am liebsten hätte Christian den Freund angeschrien: Was weißt du schon? Du bist in eine wohlhabende Adelsfamilie hineingeboren. Mein Vater und meine Mutter starben einen schrecklichen Tod, ich werde als Bastard beschimpft und darf mir keine Frau frei wählen, sondern muss heiraten, wen der Markgraf einmal für mich bestimmt. Wahrscheinlich die abgelegte, geschwängerte Liebschaft eines seiner Ritter. Was hätte ich einer Frau auch zu bieten? Tatenlos musste ich zusehen, wie das Mädchen meines Herzens zur Ehe mit dem schlimmsten Kerl der Mark gezwungen und in den Tod getrieben wurde. Doch nichts davon durfte er aussprechen, auch wenn es ihn fast zerriss.
Sie wurden von einer Gruppe auffallend gut gekleideter Ritter beobachtet, die um den hünenhaften Randolf geschart standen und lebhaft gewettet hatten, ob dieser oder jener wohl Glück haben würde.
Randolf hatte Christian den Kopf schütteln sehen, und das gab den Ausschlag.
Er trat hervor und rief: »Wenn Ihr erlaubt, Durchlaucht, werde ich mein Glück versuchen!«
Otto nickte zustimmend und wartete gespannt. Alle seine Ritter waren gute Reiter, sie lernten von klein auf, mit Pferden umzugehen. Würde Randolf den Grauschimmel zähmen?
Der Hüne griff nach einer schweren Peitsche und ging in die Koppel.

Misstrauisch sah ihn der Grauschimmel an, wieherte und wich zurück. Mit ausgestreckten Armen ging Randolf auf ihn zu, griff nach dem Halfter, stieg in den Sattel, und als der Junghengst panisch versuchte, den Reiter abzuwerfen, hieb Randolf brutal mit einer Reitgerte auf ihn ein. Das Tier stieg und brachte den Reiter zu Fall, der sich hastig zur Seite rollte, um nicht von Hufen zerstampft zu werden. Dann flüchtete es zu einem Stück Zaun, wo keine Zuschauer standen.
Randolf kam wütend auf, ging dorthin und zuckte mit der Peitsche.
Erneut brach der Hengst aus, preschte los und stieg direkt vor dem Podest, bereit, den Zaun zu zertrümmern und zu überwinden. Otto wich instinktiv einen Schritt zur Seite aus, und nun waren Hedwig und Adele in Gefahr, von den Hufen getroffen zu werden.
Christian rannte los, schrie den Grauschimmel an und warf sich zwischen das in Panik geratene Pferd und die zwei schwangeren Frauen. Mit ausgebreiteten Armen und beruhigender Stimme brachte er das Tier dazu, ein paar kleine Schritte rückwärtszugehen.
»Ruhig, mein Schöner, ruhig!«, redete er auf ihn ein. Noch einen Schritt und noch einen, bis sie sich in der Mitte der Koppel befanden. Langsam ging er auf den Junghengst zu, der nun den Kopf senkte und schnaubte, ein Zeichen der Entspannung. Christian nahm ihn beim Halfter und strich ihm wieder und wieder übers Fell, bis sich das Tier beruhigte. Dann schwang er sich in den Sattel.
Der Grauschimmel erstarrte für einen Wimpernschlag, dann fing er an zu bocken und zu steigen. Doch Christian hielt sich im Sattel. Mit einem Mal gab der Hengst nach, und Christian brachte ihn dazu, eine Runde Trab in der Koppel zu laufen.
Jubel und Beifall brandeten auf, was das Tier erneut zum Scheuen brachte. Doch Christian konnte es beruhigen. Vor-

sichtig stieg er ab und führte den Grauschimmel am Zügel bis auf fünf Schritte an das Podest heran.
Auf dem Weg hörte er einen der jungen Pagen schwärmen: »Ihm einmal als Knappe zu dienen, bei ihm Reiten zu lernen – das wäre für mich das Größte auf der Welt!«
Der Junge hieß Lukas, wie sich Christian erinnerte, und seine Altersgefährten stimmten ihm begeistert zu.
Mehr bekam Christian davon nicht mit, denn nun stand er vor dem Fürstenpaar und Gräfin Adele.
Beeindruckt sagte der Markgraf: »Ihr habt es Euch wahrlich durch Euren Mut und Euer Können verdient. Dieses Pferd sei Euer!«
Christian hielt den Stallmeister auf, der den Grauschimmel wegführen wollte. Er musste sich jetzt selbst um den verstörten Hengst kümmern und sein Vertrauen gewinnen, sonst drohte dem Tier doch noch der Schlachter.
Dann verneigte und bedankte er sich. »Durchlaucht, ich ersuche Euch, mich eine Weile von meinen Pflichten freizustellen, damit ich mich dem Grauschimmel widmen kann.«
»Gewährt«, entschied der Markgraf und warf einen fragenden Blick auf seine blass gewordene Gemahlin.
»Ist dir nicht wohl, meine Liebe?«
Hedwig war immer noch starr vor Schreck. So schnell wäre sie mit ihrem schweren Leib nie von der Bank weggekommen. Sie nickte, dankte Christian und überreichte ihm nach Ottos Aufforderung die silberne Fibel.
Erneut brandeten Jubelrufe auf.
Fürst Otto forderte alle auf, nach diesem denkwürdigen Ereignis zurück auf die Burg zu gehen.
Da konnte Hedwig schon nicht mehr aufstehen. Die Wehen, die in den zurückliegenden Stunden zunächst zaghaft eingesetzt hatten, weshalb sie niemandem etwas davon sagte, waren plötzlich so stark, dass sie sich nicht mehr aufrecht halten konnte.

Entsetzt starrte Otto auf seine kreidebleiche, zusammengekrümmte Gemahlin. Nur Adele behielt einen klaren Kopf und rief: »Die Wehmutter, holt sofort die Wehmutter!«
Die weise Frau, die in den hinteren Reihen gestanden hatte, bahnte sich schon den Weg zu Hedwig.
Zu gern hätte Josefa Christian vorgehalten, dass er sein Leben aufs Spiel setzte, als sei es ihm nichts wert. Doch vor aller Augen durfte sie keinen Ritter ohne Aufforderung ansprechen, geschweige denn ihm die Leviten lesen. Außerdem brauchte Hedwig sie jetzt. Sie würde später nach einer Gelegenheit suchen, Christian ins Gewissen zu reden. Das war sie seinen Eltern schuldig.
Josefa stellte der jungen Fürstin ein paar knappe Fragen, dann rief sie zwei kräftige Männer herbei, die die Markgräfin stützten und sicher auf die Burg führten. Alle paar Schritte mussten sie innehalten, weil Hedwig von einer neuen Wehe überrollt wurde.
Ich schaffe es!, dachte sie mit zusammengebissenen Zähnen und Schweiß auf der Stirn. Wenn es nicht noch schlimmer wird, schaffe ich es, ohne hier vor allen loszuschreien.

Gut zwei Stunden später ließ sich nicht mehr genau sagen, ob Hedwig nun laut stöhnte oder schrie.
»Wenn es Euch hilft, dann schreit!«, ermutigte Josefa und tröstete: »Die Geburt schreitet gut voran. Bald haltet Ihr Euer Kindchen im Arm.«
Hedwig glaubte, ihr Körper würde zerreißen. Sie kniff die Augen zusammen und presste und flehte zur Jungfrau Maria, dass sie diese Stunde lebend überstand.
Die Hofdamen, die als Zeuginnen einer fürstlichen Geburt zugegen waren, beteten ebenfalls in dem überhitzten und nach Weihrauch und Schweiß riechenden Raum. Mittlerweile war es draußen bereits dunkel; nur ein paar Kerzen verbreiteten flackerndes Licht in der Gebärkammer.

Adele hielt Hedwigs Hand, obwohl sich die Schwägerin so fest in ihren Arm krallte, dass sich schon blutunterlaufene Flecken auf der Haut zeigten.
»Noch einmal – jetzt!«, rief Josefa, und Hedwig spürte, wie etwas aus ihrem Leib glitt.
»Ein Sohn! Ihr habt einen Sohn, einen markgräflichen Erben!«, jubelte Josefa und ließ sofort den Kaplan rufen, damit der das Kind taufte.
Unendlich erleichtert lauschte Hedwig dem dünnen Säuglingsgeschrei.
Ein Sohn, und er lebt, dachte sie und ließ sich in die Kissen sinken. Der Heiligen Jungfrau sei Dank!
Endlich fiel die furchtbare Seelenlast von ihr ab, sie könnte zur Strafe für ihr Tun womöglich kein Kind bekommen.
»Schickt meinem Gemahl eine Nachricht!«, ächzte sie.
»Wir sind hier noch nicht fertig, Durchlaucht«, wandte Josefa ein, durchtrennte die Nabelschnur und entband die Nachgeburt. »Wir müssen Euch erst herrichten, bevor Euer Gemahl Euch sehen darf.«
»Aber sagt es ihm!«, flehte Hedwig.
Adele lächelte, strich ihr mit kühler Hand über die Stirn und die Wangen. »Ich überbringe meinem Bruder die gute Nachricht selbst.«
Schon war sie fort, und in der Gebärkammer trat große Geschäftigkeit ein. Das Neugeborene wurde gesäubert und gewickelt, die junge Mutter von dem durchgeschwitzten Unterkleid befreit, gewaschen, gekämmt und frisch eingekleidet.
Ich habe einen Sohn!, dachte Hedwig wieder und wieder.
»Gebt ihn mir!«, befahl sie, und mit warmherzigem Lächeln legte ihr die Wehmutter das Neugeborene in den Arm. »Er ist gesund, hat alle Finger und Zehen und schon eine kräftige Stimme«, versicherte Josefa.
»Ist es nicht unglaublich, ein so winziges Wesen?«, fragte Hedwig von Glück durchströmt.

Schon wurde die Tür aufgerissen, und Otto stürmte herein.
»Mein Sohn! Wo ist mein Sohn?«, dröhnte er und kniete mit ungewohnt sanfter Miene an Hedwigs Bett nieder.
»Mein Sohn! Mein Bester!«, murmelte er voller Stolz und konnte sich an dem Kind gar nicht sattsehen. Dann stand er auf, nahm Hedwigs Kopf in beide Hände und küsste seiner Gemahlin die Stirn.
»Läutet die Glocken zur Geburt eines markgräflichen Erben!«, befahl er. »Betet für sein Wohl und das meiner teuren Gemahlin! Meinem Sohn und Erben soll es an nichts mangeln, ihm soll jeder Wunsch von den Augen abgelesen werden.«
Wieder wanderte sein Blick zu Hedwig und ihrem Kind.
Sie wusste, dass Otto seinen neugeborenen Sohn nicht seinem Vater zu Ehren Konrad nennen wollte, wie es Sitte war und wie es Dietrich auch getan hatte. Otto hegte so viel Groll gegen seinen Vater, dass er sogar bei dessen Beisetzung ferngeblieben war.
Sie blickte zu ihrem Mann und sagte in kühnem Entschluss: »Wenn Ihr erlaubt, möchte ich ihn nach *meinem* erlauchten Vater nennen: Albrecht.«

Rivalitäten

Königin Beatrix, Kaiser Friedrich I., die Herzöge Welf VI. und Heinrich der Löwe, Stefano di Stella; Crema, 20. Juli 1159

Der Wind brachte keine Erfrischung für die schier endlose Reiterkolonne und den Tross; er wirbelte nur noch mehr Sand hoch, zusätzlich zu der riesigen Staubwolke, die von tausenden Hufen aufstieg.

Beatrix spürte ein Jucken in der Nase und musste niesen, dann konnte sie endlich wieder frei atmen – einen Moment lang wenigstens. Sie rieb sich den Sand aus den Augenwinkeln, um nichts von ihrer Umgebung zu verpassen. Beatrix war noch nie zuvor südlich der Alpen gewesen und hatte sofort Gefallen an der Landschaft gefunden, dem sonnigen Wetter und der Blütenpracht. Vieles erinnerte sie an Burgund.

Sie reiste auf Wunsch ihres Gemahls hierher. Heute noch würden sie Crema erreichen, den Ort, den Friedrich gerade belagerte. Sie sollte nur eine Nacht dort bleiben und sich dann nach Lodi zurückziehen, das dem Kaiser treu ergeben war.

Beatrix hatte ihren Gemahl nicht mehr gesehen, seit er vor fast zwei Jahren nach Italien aufgebrochen war. Sie fragte sich, warum er sie hierher beorderte, in Kriegsgebiet. Sie wurde zwar durch über tausend Ritter geschützt, aber eine der Burgen war angegriffen worden, als sie unterwegs dort übernachtete.

Vermisste er sie?

Wollte er sie beim nahen Sieg als seine Kaiserin an der Seite haben?

Oder drängte ihn die Zeit, ihr endlich ein Kind in den Leib zu pflanzen, das sie auch austragen konnte? Die hohen Geistlichen von Burgund hatten sogar die berühmte Äbtissin des Klosters Bingen, die weise Hildegard, um Rat gefragt, wie sich Fehlgeburten bei sehr jungen Frauen verhindern ließen. Beatrix war inzwischen fünfzehn Jahre alt, aber immer noch von sehr zierlicher Statur. Bisher hatte sie jedes Kind verloren, noch ehe sich ihr Leib rundete. Es gab schon Gerede darüber, ob sie wohl die richtige Frau an der Seite des Kaisers sei, wenn sie ihm keinen Erben schenken konnte.

Und eine weitere bohrende Frage mischte sich ungewollt in ihre Gedanken, während sich die Kolonne langsam vorwärtsbewegte: Würde Friedrich sehnsüchtig auf sie warten, oder hatte er sich in ihrer Abwesenheit mit Gespielinnen getröstet?

Sie warf einen skeptischen Blick auf den sechsten Welf, der neben ihr ritt. Der Oheim ihres Gemahls und Herzog von Spoleto war bekannt für sein Kampfgeschick, für seine verschwenderische Hofhaltung – und dafür, dass er seine Gemahlin Uta nicht selten betrog, obwohl er sie schätzte.

»Wir sollten eine kurze Rast einlegen, Majestät. Liebste Nichte«, schlug er vor. Er hatte wohl ihren Blick als Bitte um eine Pause missverstanden.

Beatrix willigte ein, denn ihre Kehle war wie ausgedörrt. Und sie wollte die Begegnung mit ihrem Gemahl noch etwas hinauszögern, weil ihre Gefühle durcheinanderwirbelten und ihr Herz vor Aufregung pochte.

Welf hob den Arm und erteilte laut rufend das Signal zum Halten. Er glitt aus dem Sattel und war sofort zur Stelle, um ihr vom Pferd zu helfen, während die Bediensteten ausschwärmten, sich um Pferde, Erfrischungen und ein kleines Mahl kümmerten. Im Schatten einer kunstvoll beschnittenen Pinie breiteten sie Kissen aus, damit die Kaiserin es bequem hatte.

Die Rast bot Beatrix Gelegenheit, mit heimlichem Vergnügen die spitzfindigen Wortrangeleien zwischen dem sechsten Welf und seinem Neffen zu verfolgen, Heinrich dem Löwen. Dankbar ließ sie sich einen Becher verdünnten Wein reichen, auch wenn er lauwarm war, lehnte sich zurück und wartete auf die nächste Stichelei zwischen den Welfenherzögen.

Auf Weisung des Kaisers führten sie alle drei Verstärkung für sein Heer herbei: Beatrix fünfhundert burgundische Ritter, Heinrich fünfhundert aus seinen Herzogtümern, Welf dreihundert aus Ravensburg und Memmingen.

Kurz nachdem diese Bitte ihres Gemahls sie erreicht hatte, war Welf in Besançon eingetroffen und hatte ihr angeboten, sie dabei zu unterstützen, den burgundischen Adel zu den Bannern zu rufen und den Heerbann nach Italien zu führen.

Als Heinrich der Löwe – mit reichlich Verspätung wegen der

weiten Wegstrecke – davon erfuhr, hatte er seinen Oheim und Ratgeber angeraunzt: »Das ist *meine* Aufgabe! Der Kaiser hat *mich* angewiesen, seine Gemahlin über die Alpen zu geleiten!«

Beatrix genoss hohes Ansehen in Burgund und hatte keine Mühe, die Ritter zu den Bannern zu rufen. Doch war sie dankbar, die militärischen Angelegenheiten den beiden kriegserfahrenen Herzögen zu überlassen.

Beide gefürchtete Kämpfer. Beide gefährliche Männer. Obwohl sie eng miteinander und mit dem Kaiser verwandt waren, konnte niemand die Missstimmung zwischen ihnen übersehen.

Heinrich war jünger, ehrgeizig, skrupellos. Es besorgte Beatrix, dass ihr Gemahl ihm alles durchgehen ließ, denn das würde sich früher oder später rächen, so viel schien ihr gewiss. Niemand hatte mehr Einfluss auf den Kaiser – abgesehen von seinem Kanzler, Rainald von Dassel. Der war ihr geradezu unheimlich.

Der sechste Welf hingegen reagierte zumeist spöttisch auf die Überspanntheit seines Neffen Heinrich. Doch natürlich war er nicht bereit, sich von dem Jüngeren herumkommandieren zu lassen.

Und dann waren da noch die Blicke, mit denen beide Männer sie maßen: Welf voller Bewunderung, Heinrich begierig. Sie konnte seine Gedanken förmlich lesen: Ich will auch so eine schöne junge Frau! Ich muss Clementia endlich loswerden!

»Nach der Rast tauschen wir die Plätze: Du übernimmst die Vorhut, ich reite an der Seite der Kaiserin«, verkündete der Löwe plötzlich, während sich sein Oheim genüsslich zur Erfrischung einen Krug Wasser über Gesicht und Hände goss.

Welf hielt inne und verdrehte die Augen.

»Wie du meinst, Neffe«, meinte er mit leichtem Grinsen. Sollte doch Heinrich all den Staub schlucken, den er mit der Vorhut aufwirbelte.

Ein Bote kam und flüsterte dem Marschall etwas ins Ohr.

Der nickte und trat mit einer Verneigung an die Kaiserin heran.
»Majestät, der Kaiser sendet einen Dolmetscher, der Euch zur Seite stehen soll.«
»Ich danke meinem Gemahl für diese Freundlichkeit«, erwiderte sie mit höflichem Lächeln. »Schickt ihn zu mir, dann kann er mich auf dem letzten Stück Wegstrecke schon einige Worte lehren.«
Der Marschall verneigte sich erneut, drehte sich um und winkte einen jungen Mann herbei, der etwas abseits der Herrschergruppe gewartet hatte.
Beatrix erkannte ihn sofort an seinem verstümmelten Arm.
»Tretet näher. Euer Name ist Stefano, nicht wahr?«, fragte sie den erschöpft wirkenden Sprachkundigen.
»Stefano di Stella, Euer Majestät. Euer Gemahl sendet mich mit ergebensten Grüßen, damit ich Euch behilflich bin. Wünscht Ihr, dass ich vom Italienischen ins Deutsche oder ins Lateinische übersetze?«
»Sprecht lieber deutsch, damit ich es noch besser lerne«, meinte sie mit aufmunterndem Lächeln.
»Der Kaiser erwartet Euch sehnsüchtig vor Crema«, versicherte Stefano in der gewünschten Sprache.
Er fragte sich, warum Friedrich es riskierte, seine junge Frau in das Heerlager vor der heftig umkämpften Stadt zu holen, wenn auch nur für eine Nacht. Zwar würde Crema mit den neu hinzukommenden Truppen gänzlich umschlossen sein. Doch dort herrschte ein Krieg, der mit gnadenloser Härte geführt wurde. Nichts für die Augen und Ohren einer so jungen Frau wie Beatrix. Er vermochte es ja selbst kaum zu ertragen. Schlaf fand er nur noch mit ein paar Tropfen von dem Mohnsaft, den er einem Bader abgekauft hatte. Angeblich, weil ihn sein Stumpf so schmerzte, dass er sich kaum auf das Übersetzen konzentrieren konnte.
»Morgen soll ich Euch nach Lodi begleiten«, erzählte Stefano,

um seine Gedanken von Crema fortzulenken. »Dort werdet Ihr sicher und überaus willkommen sein. Die Stadt wurde von den Mailändern zerstört. Doch Euer Gemahl erlaubte den leidgeprüften Menschen, ein neues Lodi aufzubauen, er schützt und fördert es. Dafür werden Euch seine Bewohner auf Händen tragen.«

Stefano lächelte, wenn auch bedrückt, was Beatrix nicht entging.

»Lasst uns aufbrechen, der Kaiser erwartet unsere Truppen dringend!«, rief sie und klatschte in die Hände. Die beiden Welfen erteilten die nötigen Befehle.

Sie vergewisserte sich, dass der Übersetzer auf sein Pferd kam, was nicht leicht war mit nur einer Hand, und befahl ihn zu ihrer Linken – sehr zum Ärger des Löwen.

Ein paar Meilen weiter änderte sich der Anblick dramatisch, den ihnen das Land bot. Sie kamen nun durch zerstörte Dörfer, Obst- und Olivenhaine, in denen alle Bäume umgehauen waren, da und dort lagen verwesende Leichen und verbreiteten furchtbaren Gestank. Beatrix zog sich den Schleier vor die Nase und warf Stefano einen fragenden Blick zu.

Der überlegte krampfhaft, wie er das Geschehen in Worte fassen sollte, ohne die junge Frau zu ängstigen.

In Lodi, Pavia und Cremona wurde Friedrich als Retter gefeiert, andernorts löste sein Name Angst und Schrecken aus. Und die Beschlüsse von Roncaglia, die ihm erhebliche Steuereinnahmen und Macht zubilligten, hatten in vielen Städten für Aufruhr und Verweigerung gesorgt. Das nahm ein Herrscher wie Friedrich nicht kampflos hin.

»Lange schon lodert Streit unter Italiens Städten«, begann er. »Mailand vernichtete Lodi. Crema, das Euer Gemahl gerade belagert, zerstörte Cremona. Und diese Beispiele für erbitterte Feindschaften ließen sich endlos fortsetzen. Die leidgeprüften Städte haben Seine Kaiserliche Majestät um Hilfe und

Schutz gebeten. Er will Frieden schaffen – und diejenigen strafen, die seine Rechte nicht anerkennen.«

»Das muss er tun. Der Kaiser kann eine Verletzung seiner Ehre nicht hinnehmen«, erwiderte Beatrix und schien vorerst mit seiner Erklärung zufrieden, wofür Stefano überaus dankbar war.

Denn hätte er weitersprechen müssen, wäre all das Entsetzen aus ihm herausgesprudelt, das ihn angesichts der Grausamkeit erfüllte, mit der beide Seiten inzwischen diesen Krieg führten. Erst vor ein paar Tagen hatte der erzürnte Kaiser nach einem blutigen Ausfallversuch der Belagerten Gefangene und Geiseln hinrichten lassen. Sie wurden Stück für Stück zerhackt, vor den Augen ihrer Familien und Freunde, die von der Stadtmauer aus zusehen konnten. Crema antwortete, indem es seine Gefangenen – Friedrichs Männer – auf die gleiche Art tötete und ihre zerstückelten Körper von der Mauer warf.

Das war nun Alltag in diesem verbittert geführten, nicht enden wollenden Krieg geworden. Die Schreie gellten Stefano immer noch in den Ohren, und die jäh aufkommende Erinnerung an diese Szene schäumte seinen Mageninhalt hoch. Mit Mühe zwang er sich zu Selbstbeherrschung und konnte es gar nicht erwarten, morgen mit der Kaiserin nach Lodi zu reiten und so dem Grauen zu entgehen.

»In weniger als drei Meilen sind wir am Ziel, Euer Majestät«, kündigte Stefano nach einiger Zeit an und wies nach vorn, von wo eine Gruppe Reiter sich näherte. »Seht, der Kaiser schickt Euch ein Ehrengeleit entgegen.«

Auf das Zeichen der Herzöge hielt die Kolonne an und wartete.

Als der sechste Welf den Anführer der sechzig Mann starken Truppe erkannte, stieß er einen Freudenschrei aus und sprang vom Pferd.

Sein Sohn, der siebte Welf, begrüßte die Kaiserin und seinen

Vetter Heinrich mit höflichen Worten, dann stieg auch er ab und ließ sich von seinem überglücklichen Vater umarmen.

»Junge, wie froh bin ich, dich bei guter Gesundheit zu sehen!«, hieß dieser freudestrahlend seinen einzigen Erben willkommen. Der junge Mann klopfte dem Vater etwas verlegen auf den Rücken.

Ein weiterer kurzer Halt wurde angeordnet, damit sich Beatrix Gewand und Schleier richten lassen konnte, um auch wie eine Kaiserin vor ihren Gemahl zu treten.

»Deine Mutter macht sich solche Sorgen um dich«, gestand der ältere Welf, nachdem er seinen Sohn aufgefordert hatte, sich neben ihn zu setzen.

»Das muss sie nicht, Vater, und jetzt schon gar nicht, wo wir so viel Verstärkung bekommen!«, antwortete der junge Mann begeistert. »Nun werden wir Crema in die Knie zwingen.«

Durstig trank Beatrix aus ihrem Becher. Und während eine Kammerfrau ihr die Zöpfe unter dem Schleier neu flocht, musterte sie die drei Welfenfürsten, deren Familienähnlichkeit nicht zu übersehen war. Alle drei waren sie schwarzhaarig; der siebte Welf sah aus, wie sein Vater in jungen Jahren ausgesehen haben mochte, der Löwe hingegen war etwas kleiner und stämmiger.

Der ältere Welf fing ihren Blick auf. Sie konnte nicht ahnen, was er dachte.

Wenn ich sie so betrachte, bin ich fast geneigt, meinem Neffen zu verzeihen, dass er seine erste Frau verstieß, ging ihm durch den Kopf. Doch Friedrich hatte Beatrix ja noch gar nicht gesehen, als seine Scheidung von Adela für ihn schon beschlossene Sache war. Er hatte Adela von Anfang an nicht gewollt.

Nur das Wissen, dass die erste Gemahlin Friedrichs in ihrer neuen Ehe und ihrem neuen Leben glücklich war, milderte seinen Vorwurf. Dazu hatten er und seine Gemahlin Uta nach Kräften beigetragen.

Um das Thema zu wechseln, forderte er seinen Sohn auf, ihnen von der Lage vor Crema zu berichten.

»Wir haben neuartige Belagerungsmaschinen, Wurfmaschinen und vieles mehr, was ich nie zuvor gesehen hatte«, schwärmte der mit leuchtenden Augen. »Unsere Verbündeten aus Cremona bauten uns einen Turm, so hoch wie acht Männer! Einer der besten italienischen Maschinenbaumeister ist in die Dienste des Kaisers getreten. Mit eurer Verstärkung werden wir die Stadt im Nu einnehmen. Die Bewohner von Cremona können es kaum erwarten, das feindliche Crema bis auf den letzten Stein zu zerstören.«
Niemand bemerkte, dass Stefano bei diesen Worten schon wieder alle Farbe aus dem Gesicht wich.

Wenig später erreichten sie das Heerlager. Zelte in allen Größen standen hier, unzählige Koppeln für die vielen Pferde. Hunderte Männer waren damit beschäftigt, den Wall um die Stadt zuzuschaufeln. Und über alles hinaus ragte der riesige Belagerungsturm, von dem der siebte Welf erzählt hatte. Selbst sein Vater war beeindruckt.
»Vergleichbares habe auch ich noch nie gesehen«, gab er staunend zu. »Sieh, von dort oben kann man eine Brücke auf die Mauerkrone herabsenken, sobald der Turm nahe genug an die Mauer gerückt ist!«
»Deshalb lassen wir ja den Graben zuschütten«, antwortete sein Sohn mit fröhlichem Grinsen.
Beatrix versuchte, gegen die schon flach stehende Sonne zu zählen, wie viele sich nach oben verjüngende Ebenen dieser Turm haben mochte. Nach mehreren Versuchen kam sie auf sechs. Selbst ganz oben konnten immer noch zehn Männer stehen.
Doch dann richtete sie ihren Blick auf das große rote Zelt. Dorthin, wo sie Ihren Gemahl treffen würde. Ihr Herz schlug schneller, ihre Handflächen wurden vor Aufregung feucht. Wie würde ihre Begegnung ausfallen – nach zwei Jahren der Trennung?
Links und rechts ihres Weges hatten sich Männer aufgestellt, die ihr Hochrufe zujubelten und auf ein Knie sanken. War sie

an ihnen vorbei, erhoben sie sich und jubelten der Verstärkung aus Sachsen, Bayern und Schwaben zu. Selbst diejenigen, die mit dem Zuschaufeln des Grabens beschäftigt waren, stießen ihre Werkzeuge in den Boden und kamen näher, um ihre Kaiserin zu begrüßen.

Beatrix nickte ihnen majestätisch zu und lächelte, doch ihr Blick war ganz auf das rote Zelt gerichtet, das am Fluss stand, an einer steilen Stelle des Ufers.

Dort wartete er, ihr Gemahl, und strahlte sie an.

Als sie nahe genug war, ging er ihr mit großen Schritten entgegen. Jemand half ihr aus dem Sattel. Rasch zupfte sie noch einmal Kleid und Schleier zurecht.

Dann trat er auf sie zu, und statt ihr feierlich die Hand zu reichen und sie mit gesetzten Worten zu begrüßen, schloss er sie in seine Arme und presste sie an sich.

»Du bist noch schöner geworden!«, raunte er ihr ins Ohr, dann gab er ihr einen leidenschaftlichen Kuss.

Beatrix fühlte sich unwohl. Bedrängt. Überrollt, noch dazu vor aller Augen. Friedrich war für sie fast ein Fremder geworden in diesen letzten zwei Jahren.

Oder lag es daran, dass sie ihn bisher immer nur auf festlichen Hoftagen erlebt hatte, nie inmitten des Krieges, in einem nach Latrinengräben und verwesenden Leichen stinkenden Heerlager?

Deutlich spürte sie durch mehrere Lagen Stoff, dass er sie am liebsten sofort in sein Bett getragen hätte. Sie atmete den Staub in seinen Kleidern, die Schweißtröpfchen auf seiner Schläfe benetzten ihren Schleier.

Sein Gesicht war gebräunt und mit feinen Sandkörnern bestäubt, doch er wirkte viel älter, als sie ihn in Erinnerung hatte. Über seiner Nasenwurzel hatte sich eine Falte in die Stirn gekerbt.

Scheu löste sie sich von ihm und hauchte: »Wie freue ich mich, Euch zu sehen, mein Gemahl und Kaiser.«

Er hieß sie laut und respektvoll vor allen als seine geliebte Kaiserin willkommen und musterte sie hingerissen.

»Du bist um eine halbe Handspanne gewachsen«, raunte er ihr zu. Das hatte sie auch soeben festgestellt; sie reichte ihm nun bis zur Brust.

»Ein Bad wird Euch umgehend bereitet«, versicherte Friedrich und geleitete sie ins Zelt.

Das war mit verschwenderischer Pracht eingerichtet: reich verzierte Truhen, silberne Leuchter und Becher, mit Edelsteinen besetzte Schalen voller Früchte.

In einer der mit Stoffbahnen abgeteilten Kammern sah sie ein breites Bett, und der Blick ihres Gemahls ließ keinen Zweifel daran, dass er sie am liebsten sofort dorthin geführt hätte. Aber er wusste sich zu beherrschen vor den Augen seiner Untertanen.

Schon kamen mehrere Diener und füllten für sie Wasser in den Badezuber.

Beatrix war nicht überrascht, solche Pracht in einem Heerlager vorzufinden. Ein Kaiser hatte zu repräsentieren, selbst im Krieg. Das war er seinem Titel schuldig. Und hier musste die Dienerschaft das Wasser fürs Bad nur vom Fluss holen und erwärmen, nicht erst aus dem Brunnen hochziehen und die Treppen des Palas hinaufschleppen.

»Als ich hörte, dass ihr auf eurer Reise angegriffen wurdet, habe ich sofort zwei Dutzend Gefangene hinrichten lassen«, erklärte Friedrich energisch und erwartete ihre freudige Zustimmung.

Ehe Beatrix etwas erwidern konnte, hörte sie hinter sich etwas zerschellen und dann einen Schrei des Entsetzens. Intensiver Blumenduft breitete sich im Zelt aus und nahm ihr fast den Atem. Einer von Dietrichs Kammerdienern kam aus dem hinteren Teil des Zeltes und hielt einen Jüngeren am Arm gepackt. Beide fielen vor dem Kaiserpaar auf die Knie.

»Vergebung, Euer Majestät! Dieser unglückselige Narr hat das Krüglein mit dem Duftwasser für das Bad Eurer Gemah-

lin zerbrochen«, wehklagte der Ältere, während sich der Schuldige schluchzend zu Boden warf und die Arme schützend über dem Kopf verschränkte.
»Schlagt ihm die Hand ab! Seinetwegen muss meine Kaiserin …«
Er kam nicht dazu, den Satz zu Ende zu bringen. Beatrix unterbrach ihn – etwas, das seinem Blick nach zu schließen seit Ewigkeiten niemand mehr gewagt hatte. Sie legte ihm eine Hand auf den Arm, lächelte und sagte sanft: »Verschont ihn, mein liebster Gemahl! Das Bad wird mich auch so erfrischen, und ich mochte diesen Duft nie besonders.«
Sie sah ihm in die Augen, bis er nachgab und den beiden Männern mit einer Handbewegung bedeutete, schleunigst aus seinem Blickfeld zu verschwinden.
Beatrix atmete auf.
Sie war gereift in der Zeit, in der sie getrennt von Friedrich lebte. Aber auch ihr Gemahl war nicht mehr der Mann, der er noch vor zwei Jahren gewesen war. Das Schelmische in seinem Blick war verschwunden; er strahlte nun eine Härte aus, die ihr noch deutlicher als die Worte Stefanos und des siebten Welf zeigte, mit welcher Grausamkeit und Härte dieser Krieg um Oberitalien geführt wurde.

Geliebt und gehasst

Beatrix, Friedrich, Stefano; Lodi und Crema, Herbst 1159

Das neue Lodi wurde auf einem Hügel an einem Fluss errichtet und war daher schon von weitem zu sehen. Obwohl die Bauarbeiten erst vor kurzem begonnen hatten, existierten schon etliche Häuser, sogar ein Palas wurde errichtet, in dem Beatrix verweilen sollte und in dem ihr Gemahl sie besuchen würde, sobald es seine Pflichten erlaubten. Seit den Beschlüssen von Roncaglia hatte der Kaiser das Recht, in jeder Stadt eine Pfalz zu besitzen.

Die entstehende Stadt war zum Schutz mit Wall und Graben umgeben, und hier konnte ein Heer lagern – Friedrichs Truppenverstärkung. Über allem hing der Duft von frisch geschlagenem Holz.

Als ihre Kolonne sich näherte, wurde auf dem Hügel ihr zum Willkommen eine Glocke geschlagen. Die Menschen ließen die Arbeit liegen und liefen los, um die Kaiserin zu empfangen.

Kinder und Frauen warfen Wildblumen vor die Hufe ihres Pferdes, Hochrufe erschollen auf sie und ihren Gemahl, so mancher hatte Tränen der Rührung in den Augen. Und immer noch wurde die Glocke zu ihrem Empfang geläutet.

Beatrix war prächtige Begrüßungen gewohnt, doch diese hier bewegte sie tief im Herzen.

Zwölf Ratsherren knieten vor ihr nieder und hießen sie mit euphorischen Worten willkommen, dankten ihr und ihrem Gemahl dafür, dass sie hier nach Jahren schlimmen Leidens und grausiger Verwüstung ihre Stadt neu errichten durften.

»Ich wünsche Euch Gottes Segen. Möge Lodi bald schöner und größer sein als vor der Zerstörung durch Mailand«, sagte sie warmherzig, und Stefano übersetzte.

Diese Menschen hatten monatelang zwischen Ruinen und in Ungewissheit gelebt, wie sie wusste. Dann hatte ihr Gemahl ihnen Hoffnung geschenkt. Einen neuen Platz zum Leben. Dafür liebten sie ihn.

Beatrix und ihr engstes Gefolge wurden zu dem größten Haus geführt, vor dem Tische und Bänke für ein Festmahl aufgestellt waren.

Wein, erst am Morgen aus der Adda gefangener Fisch, köstlicher Schinken, Käse und Oliven wurden aufgetragen. Zwei

Lodesen, der Ähnlichkeit nach vielleicht Brüder, bereiteten ihr zum Zeichen der Ehrerbietung eine Handwaschzeremonie: Einer goss ihr über einer Schale erfrischend kühles Wasser über die Hände, der zweite trocknete ihre Hände mit einem bestickten Tuch.
»Euer Majestät, wir haben alles getan, damit Ihr Euch hier wohlfühlt. Wir werden Euch jeden Wunsch erfüllen, wenn es uns möglich ist«, beteuerte der Wortführer der Konsuln von Lodi, Acerbus Morena.

Für Beatrix blieben zahlreiche Bedienstete und sechs Dutzend Ritter als persönliche Wachmannschaft in Neu-Lodi. Und Stefano. Sie vertrieb sich die Zeit damit, Italienisch zu lernen, die Bitten und Klagen der Lodeser anzuhören, und sie versprach, für den Altar der neuen Kirche ein Tuch mit eigener Hand zu besticken.
Von Ausritten in die Umgebung hatte ihr der Anführer der Wache um ihrer Sicherheit willen abgeraten. Sie könnte auf feindliche Truppen stoßen. So nutzte Beatrix die Zeit, sich von Stefano mehr über die Verhältnisse in Oberitalien und die verbissenen Rivalitäten zwischen den Städten berichten zu lassen. Jeden Tag fragte sie sich voller Unruhe, ob Friedrich sie wohl heute besuchen käme. Crema war nur zehn Meilen entfernt, er könnte schnell hier sein. Wenn er denn wollte und wenn es seine Pflichten zuließen. Doch auf ihnen beiden lastete der Druck, endlich einen Erben zu zeugen.
Und dann plötzlich – als hätte sie ihn mit ihren Gedanken herbeigerufen – wurde seine baldige Ankunft gemeldet.
Rasch strich sie das Kleid glatt, ließ zwei Hofdamen ihr das lange blonde Haar kämmen und den Schleier geraderücken, dann lief sie leichtfüßig zum Eingang des Palastes und griff nach dem bereits gefüllten Willkommenspokal für den Kaiser, um ihren Gemahl zu begrüßen.
»Der Belagerungsring ist geschlossen, bald haben wir eine

Bresche in die Mauer geschlagen!«, rief er ihr entgegen, als er aus dem Sattel stieg und auf sie zulief. »Dann nehmen wir endlich die Stadt! Doch jetzt möchte ich kein Wort mehr davon hören.«
Er schloss sie in die Arme, führte sie in ihre Kammer und befahl, dass niemand sie stören solle.

Die einstige Vertrautheit zwischen ihnen erwachte erneut in diesen Stunden der Zweisamkeit.
Vielleicht habe ich gerade einen Sohn gezeugt, einen Erben, dachte Friedrich. Zärtlich betrachtete er seine Gemahlin, während er eine ihrer blonden Strähnen um den Finger wickelte. Sie hatte den Kopf an seine Schulter geschmiegt. Wen kümmerte es, dass sie am helllichten Tag im Bett lagen? Sie waren das Kaiserpaar!
Beatrix richtete sich ein wenig auf, stützte sich dabei auf einen Ellenbogen und strich zärtlich die Sorgenfalten auf seiner Stirn glatt, als wollte sie sie auslöschen.
Die Welt außerhalb der Kammer schien nicht mehr zu existieren. Oder wenigstens keine Bedeutung mehr zu haben.
Bis jemand an die Tür klopfte und eine ängstliche Stimme von draußen rief: »Majestät, Majestät, verzeiht, vergebt mir! Aber es gab einen blutigen Angriff in Crema … Im Morgengrauen stürmten sie aus dem Ombriano-Tor heraus und steckten eine Wurfmaschine in Brand. Sie wollen unseren Belagerungsturm zerstören!«
Beatrix war zusammengezuckt, Friedrich setzte sich mit einem Ruck auf, fluchte still in sich hinein und stieg in Schuhe und Bliaut. Dann lief er mit großen Schritten hinaus, um sich berichten zu lassen.
Da war Beatrix schon klar, dass Friedrich unverzüglich würde abreisen müssen. Ein Kaiser konnte solche dreisten Herausforderungen nicht unerwidert hinnehmen. Von dem Frieden stiftenden Kaiser, dem Wohltäter, als der er in Lodi gefeiert

wurde, würde in Crema nichts zu erkennen sein. Dort war er der rächende, strafende Herrscher.

Friedrich loderte vor Zorn, als ihm die Boten Einzelheiten berichteten. Die attackierte Wurfmaschine gehörte zum Lager seines Halbbruders Konrad, des Pfalzgrafen bei Rhein.
»Das können wir uns nicht bieten lassen! Kaum entferne ich mich für ein paar Stunden, erdreisten sie sich!«, tobte er. »Unsere Gegner werden uns verspotten. Seit leidigen sechs Monaten belagern wir nun schon Crema – länger als das viel größere Mailand. Wir haben es umschlossen und von der Wasserzufuhr abgeschnitten. Also nehmt die Stadt gefälligst!«
Er befahl Stefano, ihn zu begleiten, und sprach während des gesamten Rittes kein einziges Wort.
Als Friedrich sein Heerlager erreichte, suchte er erst gar nicht sein Zelt auf, sondern ging gleich zum Turm, um den Schaden aus der Nähe zu betrachten.
»Majestät, Ihr begebt Euch in Gefahr!«, warnte sein Marschall, aber der Kaiser brachte ihn mit einem Blick zum Verstummen.
An mehreren Stellen flackerten noch Brände, doch Pfalzgraf Konrads Wurfmaschine war nur mäßig beschädigt und wurde bereits ausgebessert. Der Angriff hatte beide Seiten Blutzoll gekostet. Gefangene waren gemacht und zumeist gleich hingerichtet worden. Der hastige Rückzug der Miliz von Crema durch das enge, verstopfte Tor brachte den Verteidigern weitere Tote ein.
Fragend deutete der Kaiser auf den Wall um Crema, wo an einem Galgen vier Tote hingen, die am Vortag noch nicht da gewesen waren.
»Wir hatten auf Euren Befehl sieben Gefangene hingerichtet. Dies ist die Antwort darauf«, berichtete der Löwe.
Zwar waren nun, bei Friedrichs Rückkehr, die Kämpfe fast beendet, doch sah er, dass auf der Mauer Katapulte beladen

und gespannt wurden, um den Belagerungsturm erneut mit Felsbrocken zu beschießen und zu zertrümmern.
Brandpfeile konnten dem Turm wenig anhaben, denn er war auf der stadtzugewandten Seite mit rohen Tierhäuten bespannt. Doch die Steine hatten schon einigen Schaden angerichtet.
»Weicht zurück, Majestät!«, schrie ihm jemand ins Ohr, als eines der Geschosse auf sie zukam. Es prallte gegen das Gerüst, zerbarst, und die Bruchstücke rissen mehrere Männer vom Turm. Schreiend stürzten sie zu Boden, während eine Lawine von Staub und Splittern auf den Kaiser niederging.
Friedrich erstarrte zu Stein.
»Genug!«, schrie er, und nun verzerrten sich seine sonst so ebenmäßigen Gesichtszüge vor Zorn und Hass. »Es wird keine Gnade und Schonung mehr gewährt!«
Er sah sich kurz um, winkte Stefano zu sich und befahl seinen Männern: »Nehmt zwanzig Gefangene von Rang, steckt sie in Körbe und hängt die Körbe an den Turm! Gebt ihnen brennende Kerzen in die Hand, damit die Belagerer auch ja nicht vergessen, dass sie auf ihre eigenen Leute schießen, wenn sie den Turm angreifen!«
Manche der Geiseln haben noch nicht einmal Mannesalter erreicht, wollte der entsetzte Stefano einwenden. Aber da fuhr der Kaiser schon zu ihm herum.
»*Ihr* erklärt denen dort oben auf der Mauer laut und vernehmlich, dass sie ihre eigenen Söhne, Brüder und Väter töten, wenn sie meinen Belagerungsturm aufhalten wollen! Und ich will alles erfahren, was Ihr von den Wortwechseln auf der Mauer versteht.«
Dies mit anzusehen, war für Stefano fast so schlimm, wie damals seine Hand zu verlieren. Und es dauerte die ganze Nacht.
Als die Bewohner Cremas auf Wall und Mauer sahen, wie ihre Nächsten gebracht und in Körben als menschlicher Schutz-

wall am Turm festgebunden wurden, hätte er sich am liebsten Augen und Ohren zugehalten.
»Rückt den Turm näher an die Mauer!«, befahl der Kaiser. Dafür hatten seine Männer in den letzten Wochen mit ganzen Wagenladungen voller Erde und Steinen einen Teil des Grabens zugeschüttet.
Von der Mauerkrone herab konnten die Stadtbewohner sehen, wie der Turm Zoll um Zoll vorrückte. Bald würde seine Sturmbrücke auf die Mauer herabgesenkt werden, und die Angreifer konnten die Stadt fluten.
Die Schreie der Cremasken auf der Mauer und die verzweifelten Hilferufe der Gefangenen in den Körben zerrissen Stefano schier das Herz. Er konnte es nicht ertragen. Doch der Hass war so groß geworden, dass jegliche Bitte um Gnade zurückgewiesen worden wäre. Der Kaiser hatte es befohlen: kein Erbarmen.
Was soll ich nur tun?, dachte er entsetzt. Fliehen? Doch wohin? Der Krieg wird mich immer finden.
Die Verteidiger Cremas schossen auf die eigenen Leute, um den Turm aufzuhalten, der ihrer Mauer bedrohlich nahe kam, Zoll um Zoll. Sie ließen sich nicht einmal von deren Flehen aufhalten. Stefano hörte Frauen auf der Mauer schreien und wehklagen, dann ging alles in Getöse unter, als Stein gegen Holz krachte und beides zerbarst.
Zwei Männer stürzten von der fünften Ebene des Turms, und ein Gefangener sank mit zermalmtem Oberkörper schreiend zusammen.
»Pietro!«, gellte eine verzweifelte Frauenstimme von oben. Doch der Getroffene war schon verstummt. Seine leblose Hand ragte schlaff aus dem Geflecht des Korbes heraus, Blut tröpfelte herab auf die breitere Ebene darunter.
Stefano wandte sich ab und fiel auf die Knie, um sich zu übergeben. Als er sich wieder dem Kaiser zuwandte, sah der ihn voller Verachtung an und schickte ihn mit ausgestrecktem Arm fort, ohne ein Wort.

Kampfgebrüll und Schmerzensschreie gellten durch die Nacht, und so weit Stefano auch lief, er konnte dem Grauen nicht entgehen. Die halbe Nacht lang hockte er gegen einen Baum gelehnt und hielt sich die Ohren zu. Doch die Bilder ließen sich nicht aus seinem Kopf verbannen. Im Gegenteil, seine Fantasie gaukelte ihm immer schlimmere Szenen vor … Ganz nah an den verzweifelten Gesichtern, den zerschmetterten Körpern.

Ich werde verrückt, dachte er, ich verliere den Verstand!

Irgendwann stemmte er sich hoch, wankte in sein Zelt und holte aus einer kleinen Truhe die Phiole mit dem Mohnsaft.

Mit den Zähnen zog er den Korken heraus, der das schmale Gefäß verschloss. Er spie den Korken aus und nahm einen großen Schluck von dem Gebräu.

Er wollte nur schlafen, vergessen. Und nicht darüber nachdenken, was erst alles noch geschehen würde, wenn der Kaiser den Sturm auf die Stadt befahl. Es kümmerte ihn nicht, ob er morgen wieder aufwachte.

Und falls nicht … Dann war es kein Selbstmord, sondern ein Versehen!, rief er in Gedanken dem Allmächtigen zu.

Doch er, der Krüppel, konnte nicht einmal mehr die Hände falten, um zu ihm zu beten.

Zwiegespräche

Albrecht der Bär, Hedwig, Otto, Dietrich, Adele; Ballenstedt, Ende März 1160

Hedwig erschrak, als sie ihren Vater sah, und das Herz zerriss ihr fast bei diesem Anblick. So hatte sie ihn noch nie erlebt. Schlimmer noch: Sie konnte sich nicht vorstellen, dass ihn überhaupt schon einmal jemand so erlebt hatte.

Von Kindheit an kannte sie ihn als unbeschwerten, vor Kraft strotzenden Haudrauf, der sich vor nichts fürchtete und der trotz seiner inzwischen sechzig Jahre immer noch mit der Saufeder Wildschweine jagen ging, der auf Feldzügen als Erster das Schwert zog. Dessen grimmige Zornesausbrüche gefürchtet waren und dessen Humor ansteckte.
Doch nun schien er um zwanzig Jahre gealtert. Tränen liefen ihm über das schmal und aschgrau gewordene Gesicht, schlaff und apathisch saß er und stützte den Kopf mit den Händen.
»Es ging ihr doch so gut auf unserer Pilgerfahrt!«, wehklagte der Bär. »Wie glücklich sie war, all die heiligen Stätten zu sehen! Und jetzt ist sie einfach entschlafen, ohne mir vorher etwas davon zu sagen …«
Bedrückt sah die junge Frau auf den Vater, den der Tod seiner geliebten Sophia völlig aus der Bahn geworfen hatte. Auch sie trauerte um ihre Mutter. Sophia von Winzenburg hatte fünfunddreißig Jahre an der Seite dieses in seiner Impulsivität unberechenbaren Fürsten gelebt, seine Niederlagen ertragen, ihm eine große Schar Kinder geschenkt. Doch mit den Jahren war Sophia einfach müde geworden von all der Last.
Sacht strich Hedwig dem Vater über die Wange.
Er sah zu ihr hoch und meinte mit brüchiger Stimme: »Wenn ich dich anschaue, Kind, sehe ich sie vor mir. Weißt du, wie ähnlich du ihr bist?«
Wenn ich ihm doch nur helfen könnte!, dachte Hedwig bedrückt.
Der Bär, der sonst immer Wert darauf legte, als Fürst und Krieger aufzutreten, schien seit der Ankunft im Kloster Ballenstedt, wo seine Gemahlin zur letzten Ruhe gebettet werden sollte, die Kleider nicht gewechselt zu haben. Die gesamte Dienerschaft hatte er fortgescheucht, vielleicht nicht einmal etwas gegessen, nur getrunken.
Mit Worten konnte sie ihren Vater nicht trösten, das wusste Hedwig. Jetzt musste sie ihn dazu bringen, die Beisetzung

durchzustehen, ohne schwach und gebrochen zu wirken. Denn das würden seine Gegner sofort ausnutzen. Und davon gab es genug in nächster Nähe: all die Gefolgsleute seines größten Feindes, Heinrichs des Löwen, die immer dichter an seine Ländereien heranrückten.

Statt etwas zu sagen, zog sie einen beinernen Kamm aus ihrem Almosenbeutel und kämmte dem Vater das zerzauste Haar, griff dann nach ihrer kleinen Schere und stutzte ihm den Bart, damit er ordentlich wirkte.

Das wäre die Arbeit eines Dieners oder Baders gewesen. Doch Hedwig tat es selbst, um ihrem Vater durch ihre Fürsorge und die sanften Berührungen Trost zu schenken.

»Tragt Euer schönstes Gewand zur Totenmesse«, sagte sie leise. »Um Mutter zu ehren. Sie wird es vom Himmel aus sehen.«

Wortlos nickte der Bär, dann begann er wieder zu schluchzen und bedeckte sein Gesicht mit den Händen.

»Sie hat mich allein gelassen!«

»Ihr seid nicht allein!«, widersprach Hedwig lebhaft. »Mutter schenkte Euch viele Söhne und Töchter, und nun habt Ihr sogar schon eine Schar Enkel. Wir alle sind gekommen, um ihr Andenken zu ehren und für ihr Seelenheil zu beten.«

Auf diese tiefe Trauer ihres Vaters war sie nicht vorbereitet. Zumal sie selbst gern Zeit für sich gehabt hätte, um ihrer Mutter zu gedenken. Doch Sophia würde sich wünschen, dass ihre Tochter sich nun um den frisch Verwitweten kümmerte.

Zum Glück machte niemand der Anwesenden den Vorschlag, Albrecht könnte sich eine neue Frau suchen. Das würde nur zu einem unberechenbaren Ausbruch des Markgrafen führen. Ihr Vater würde bis ans Ende seiner Tage Sophia nachtrauern. Die große Zahl seiner Kinder und Enkel erforderte auch keine Neuvermählung aus dynastischen Gründen mehr.

Die Kammer war voll von nächsten Anverwandten, die morgen bei der Totenmesse Abschied von Markgräfin Sophia nehmen

wollten und jetzt in stiller Übereinkunft alles Reden und Handeln Hedwig überließen. Sie war immer der Liebling ihres Vaters gewesen. Ihren Trost würde er noch am ehesten annehmen.
Ratlos schaute Hedwig auf ihre Brüder. Der älteste, Otto von Brandenburg, war mit seiner polnischen Gemahlin Judith gekommen, einer Schwester Dobroniegas, und beiden Söhnen.
Sie selbst hatte ihren Gemahl Otto nicht lange überreden müssen, umgehend packen zu lassen und nach Ballenstedt zu reiten, als die Nachricht vom Tod ihrer Mutter eintraf. Die Markgräfin war auf der Brandenburg gestorben, und ihr Leichnam wurde nach Ballenstedt überführt, um in der Familiengrabstätte beigesetzt zu werden.
Hedwig und Otto waren über Eilenburg gereist, wo sich Dietrich ihnen anschloss, der mit Albrechts Schwiegertochter Judith verschwägert war. Es gab vielfältige Familienbande zwischen Askaniern und Wettinern.
Ihren eigenen Sohn Albrecht, der inzwischen anderthalb Jahre zählte, hatte Hedwig zur Freude ihres Vaters auch mitgebracht. Jetzt war er der Obhut der Kinderfrauen überlassen. Doch ihr Vater hatte ihn gesehen und als »prächtigen Burschen« gelobt.
Albrecht der Bär gab sich einen Ruck und stand auf.
»Ich gehe in die Kirche, um zu beten«, sagte er schroff. »Allein.«
Seine Kinder warfen sich sorgenvolle Blicke zu. Doch sie mussten seinen Willen respektieren.
Hedwig und Adele, nun Gräfin von Ballenstedt, verständigten sich wortlos, dann verkündete Hedwig: »Wir werden uns inzwischen um Vaters Gewand für morgen, um die Speisenfolge für das Totenmahl und alles andere kümmern, das erledigt werden muss.«
Die jungen Frauen gingen hinaus und überließen die Männer ihren eigenen Angelegenheiten. Sollten sie Schach spielen oder trinken und mit ihren Taten und Plänen prahlen.

»Mir scheint, Du hast dich mit meinem Bruder ausgesöhnt«, meinte Hedwig zu Adele, als sie endlich allein miteinander reden konnten. Adalbert war bei seinem Vater geblieben, nachdem er und seine Gemahlin dem Bären ihr Mitgefühl ausgesprochen hatten.

Adele brachte ein schiefes Lächeln zustande. »Wir werden gewiss nicht plötzlich in inniger Liebe zueinander entbrennen. Aber er hat begriffen, dass ich für ihn doch nicht so entbehrlich bin, wie er einst sagte.«

Fragend hob Hedwig die Augenbrauen.

»Adalbert tut getreulich, was sein Vater befiehlt«, berichtete Adele. »Doch als deine Eltern ins Heilige Land pilgerten, stand er ratlos da. Im Grunde genommen treffe ich fast alle Entscheidungen – für die Hofhaltung und auch für Ballenstedt. Er wird es zwar nie zugeben, aber er ist froh darüber.«

»Das bereitet dir Freude, nicht wahr?«, meinte Hedwig. Adalbert, der fünftgeborene Sohn, hatte nie aus dem Schatten seines Vaters und seiner älteren Brüder heraustreten können.

»Natürlich freut es mich nicht, dass mein Gemahl so zaudert; er trägt die Verantwortung für viele Leben«, stellte Adele klar. »Aber ich bin froh, etwas bewirken zu können. Natürlich muss ich jeden Vorschlag so aussehen lassen, als sei er von ihm gekommen.«

Nun huschte ein schelmisches Lächeln über Adeles Gesicht. »Ungefähr so, wie du es auch mit meinem Bruder Otto tust.«

Als hätte sie das nicht bemerkt!

»An Tatkraft mangelt es Otto gewiss nicht«, widersprach Hedwig. »Nur braucht er jemanden, der seinen Tatendrang in die richtige Richtung lenkt.«

Nun lächelten sie beide.

Nach einem Moment stiller Besinnung und einem Gebet für Sophia beschlossen die jungen Frauen, nach ihren Kindern zu sehen. Adele hatte außer der kleinen Lucardis, deren Vater

Sven war, schon ein erstes Kind mit Adalbert, eine Tochter namens Adelheid.
Zuerst suchten sie nach Hedwigs Erstgeborenem.
Der kleine Albrecht ließ sich von der Kinderfrau mit Honigküchlein füttern. »Mehr, mehr!«, rief er nach dem letzten Stück ungeduldig und lautstark. Die Kinderfrau wischte sich den Schweiß von der Stirn und sah sich nach einer Magd um.
»Gleich, junger Herr! Gleich, Euer Durchlaucht!«
»Der junge Markgraf wünscht mehr davon, hast du nicht gehört?«, rügte sie das Mädchen. Das knickste und stürzte sofort los, während Albrecht ununterbrochen »Mehr! Mehr! Mehr!« brüllte und mit Armen und Beinen strampelte.
»Gleich, mein Prinz«, versuchte ihn die Kinderfrau zu beruhigen.
Hedwig beugte sich über ihren bockigen Sohn. »Du bist doch längst satt, Kleiner! Es wird Zeit fürs Bett.«
Die Kinderfrau sah sie verunsichert an, während sie den strampelnden Knaben zu bändigen versuchte.
»Euer Gemahl hat befohlen, dass jeder Wunsch seines Erstgeborenen umgehend erfüllt wird«, erinnerte sie kleinlaut.
»Mein Sohn zählt noch nicht einmal zwei Jahre!«, widersprach Hedwig. »Er hat den ganzen Tag lang schon Honigküchlein genascht. Jetzt soll er nur noch etwas trinken und dann schlafen gelegt werden.«
Ängstlich sah die Kinderfrau nach links und rechts, als könnte wie aus dem Nichts Markgraf Otto auftauchen und sie bestrafen, wenn sie dem Jungen nicht jede Forderung erfüllte.
»Beruf dich vor meinem Gemahl auf mich«, riet Hedwig. »Ich will nicht, dass mein Sohn Bauchweh bekommt, weil er zu viel in sich hineingestopft hat.«
Die Kinderfrau stand auf, knickste und ging mit ihrem Zögling, um ihn weisungsgemäß zu Bett zu bringen.
»Ich weiß nicht, ob es gut ist, einem so kleinen Kind jeden Willen zu lassen«, sprach Hedwig aus, was sie schon länger

beschäftigte. »Aber hierin lässt dein Bruder nicht mit sich reden. Für seinen Erstgeborenen nur das Beste!«
Sie strich sich müde über die Stirn.
»Ich hoffe, mein nächstes Kind wird ebenfalls ein Junge – sosehr ich mir ein Töchterchen wünsche. Sobald Otto noch einen Sohn hat, lastet auf uns allen weniger Druck. Auch auf dem kleinen Albrecht.«

Die Trauerfeierlichkeiten für Markgräfin Sophia dauerten drei Tage, an denen die Söhne und Schwiegersöhne dem Bären beim Trinken tatkräftig Gesellschaft leisteten. So erwachte Markgraf Otto am dritten Morgen mit schlimmem Kopfschmerz und entsprechend schlecht gelaunt. Wortlos reichte ihm Hedwig einen Becher, dann rieb sie ihm sacht Stirn und Schläfen, um die Schmerzen zu vertreiben. Einen Heiltrank hätte er in dieser Stimmung empört zurückgewiesen. Und schon schob er unwirsch ihre Hände weg.
Doch sie brauchte ihn jetzt aufmerksam und bedacht. Denn sie hatte ihm etwas mitzuteilen, was sie schon seit Tagen beschäftigte und was keinen anderen Zuhörer vertrug.
»Otto, mein Lieber«, begann sie und setzte sich an seiner Seite aufs Bett. »Mir geht etwas nicht aus dem Kopf, das ich zufällig erfahren habe, als wir auf dem Weg hierher in deinem Familienkloster auf dem Petersberg übernachteten.«
Mit mürrischer Miene wandte er ihr das Gesicht zu.
»Was denn?« Sein Tonfall ließ erkennen, dass er nichts Bedeutendes erwartete, nur Weibergrillen.
Hedwig wartete noch einen Moment, um seine volle Aufmerksamkeit zu haben, dann platzte sie heraus: »Weißt du, dass das Vogteirecht für das Kloster im Falle deines Ablebens *nicht* auf unseren Sohn übergeht?«
Verblüfft fuhr Otto auf. Das Augustinerstift auf dem Petersberg war von seinem Oheim gegründet und von seinem Vater fertiggestellt worden. Markgraf Konrad hatte es zur letzten

Ruhestätte seiner Familie auserkoren. Dort waren Ottos Eltern, sein Oheim und seine Tante Mathilde beigesetzt, Konrads Schwester.

»Wieso nicht?«, fragte Hedwigs Gemahl verständnislos und barsch. »Nur weil ich nicht zur Beerdigung meines Vaters kam, können sie mir nicht meine Rechte abspenstig machen!«

Sein Vater und er hatten in bösem Streit über die Verteilung des Erbes gelegen. Otto verübelte ihm, dass er nicht beide Markgrafschaften bekommen hatte und der Kaiser sogar das reiche Bautzen den Wettinern nahm und den Böhmen gab – zur Strafe für eine Verschwörung gegen den Kaiser, an der allerdings nicht nur Markgraf Konrad beteiligt war, sondern auch sein ältester Sohn Otto. Demonstrativ war dieser der Beisetzung ferngeblieben, allen Vermittlungsversuchen Hedwigs zum Trotz.

Sie schüttelte den Kopf.

»Offenbar steht festgeschrieben, dass immer der Älteste aus dem Hause Wettin Vogt des Klosters wird. Solltest du also sterben, wäre dein Bruder Dietrich der nächste Vogt. Wenn du und alle deine Brüder einmal dahingeschieden sind, ginge das Amt mit sämtlichen Einnahmen und Rechten auf Dietrichs Sohn Konrad über, weil er vor unserem Albrecht geboren wurde.«

Otto kniff die Lider ein wenig zusammen. Das grelle Sonnenlicht, das durch die Fenster in die Kammer fiel, tat seinem schmerzgeplagten Kopf gar nicht gut. Und jetzt brachte seine Gemahlin auch noch am frühen Morgen eine solche Ungeheuerlichkeit zur Sprache.

»Bist du ganz sicher?«

»Der Abt hat es gesagt.«

Prompt geriet der Markgraf von Meißen in Rage. Er stand auf, stellte seinen Becher krachend ab und hieb mit der Faust gegen die Wand.

»Wofür geben wir den Mönchen so viel Silber, wenn ich meinem Sohn nicht einmal das Vogteirecht sichern kann? Unglaublich, was mir Vater selbst im Tode noch einbrockt!

Und dafür soll ich mich dereinst neben ihm zur letzten Ruhe betten lassen.«

»Nun ...«, begann Hedwig beschwichtigend, die sich dieses Gespräch schon seit Tagen ausgemalt und eine Lösung gesucht hatte. »Natürlich sollst du als getreuer Sohn den letzten Willen deines Vaters respektieren. Das heißt aber nicht, dass du nicht auch selbst ein Kloster gründen kannst, näher an Meißen gelegen – für dein Seelenheil. Du willst Siedler ins Land holen, um es zu erschließen. Die Zisterzienser sind für ihr Rodungswerk bekannt. Wenn du den Ordensbrüdern ein Stück Land zuweist, können sie es urbar machen und in den dichten Wäldern ein Kloster errichten. Dann werden dorthin auch bald weitere Siedler kommen und noch mehr Dörfer gründen.«

Ihr Vorschlag fiel bei Otto sofort auf fruchtbaren Boden; viel schneller, als sie gehofft hatte.

»Was für eine großartige Idee!«, rief er begeistert und beschloss sogleich, zu handeln. »Willst du nicht noch ein paar Tage länger hier in Ballenstedt bleiben, meine Liebe, um deinem Vater zur Seite zu stehen? Dann reite ich gleich nach der Morgenandacht und dem Frühmahl zu meinem Vetter Wichmann nach Magdeburg und bitte ihn um Vermittlung.«

Nach all dem Gejammer seines Schwiegervaters und der trübseligen Stimmung in einem Trauerhaus war Otto froh, endlich wieder etwas unternehmen zu können.

Kriegsberichte und Friedenspläne

Hedwig, Dietrich, Otto; Ballenstedt, Ende März 1160

Als die vielen Trauergäste endlich abgereist waren, fühlte sich Hedwig nicht nur niedergeschlagen, sondern zutiefst erschöpft.

Zu ihrer Erleichterung war ihr Vater endlich mit etwas beschäftigt, das ihn vorübergehend aus seiner Lethargie riss. Er hatte den besten Siegelmacher weit und breit kommen lassen, denn er wollte Münzen schlagen lassen, in die sein und Sophias Antlitz geprägt waren. Eine ganz besondere Würdigung für seine geliebte Gemahlin.

Otto würde vermutlich erst morgen aus Magdeburg zurückkehren. Also hatte Hedwig endlich etwas Zeit für sich.

Am liebsten würde sie sich im Bett verkriechen und ein oder zwei Stunden schlafen. Doch sie befürchtete, sie würde dann womöglich nie mehr aufstehen. Außerdem rechnete sie damit, dass ihr Vater sie bald wieder zu sich rief, damit sie die Entwürfe für die Münzen begutachtete.

Deshalb ging sie in die Halle, nachdem sie in der Kirche eine Kerze für das Seelenheil ihrer Mutter entzündet hatte.

Sie scheuchte alle fort und setzte sich in den breiten Stuhl am Feuer, um sich durchzuwärmen. Dieser Frühling zeigte sich erst verhalten, und die Mauern trugen die Kälte des Winters in sich. Noch einmal rappelte sie sich kurz hoch und zog einen Schemel heran, um die Füße daraufzulegen.

Das tat gut! Wenigstens für den Moment einmal von allen Pflichten befreit zu sein, die müden und geschwollenen Füße hochzunehmen, die Ruhe und das prasselnde Feuer zu genießen. Sie rieb sich die Stirn, dann verschränkte sie die Hände im Schoß und schloss die Augen.

Endlich konnte sie sich ganz den Erinnerungen an ihre Mutter hingeben. Von der sie gelernt hatte, ihren Gemahl mit Sanftmut und Klugheit zu lenken. Und die ein großes Wagnis auf sich genommen hatte, um ihrer Tochter den frühen Tod im Kindbett zu ersparen. Sophia hatte ihr Seelenheil dafür riskiert – aus Sorge um das Leben ihrer Tochter. Wenn ans Licht gekommen wäre, dass zwei weise Frauen Hedwig auf Sophias Geheiß Ratschläge gegeben hatten, wie sie verhindern konnte, mit dreizehn oder vierzehn schwanger zu werden … Die

Mutter wäre von der Kirche aufs härteste bestraft worden. Diese Gefahr hatte sie auf sich genommen, um ihrer Tochter ein zweites Mal das Leben zu schenken. Für sich selbst hätte Sophia diese Mittel nie benutzt; sie gebar ihrem Gemahl jedes Jahr ein Kind. Nur war sie bei ihrer Verheiratung auch nicht erst dreizehn gewesen.

Voller Dankbarkeit gedachte Hedwig ihrer Mutter und bedauerte, sie nicht noch einmal gesprochen zu haben. So vieles hätte sie ihr gern noch sagen wollen …

Doch die friedliche Ungestörtheit hielt nicht lange an.

Ihr Schwager Dietrich kam in die Halle. Seiner Miene nach hatte er gerade für Gunda in der Kapelle gebetet. Er wirkte nicht so, als hätte er Trost im Gebet gefunden.

»Störe ich?«, fragte er und deutete sofortige Bereitschaft an, sich zurückzuziehen. Hastig nahm sie die Füße vom Schemel, um aufrecht und sittsam zu sitzen.

»Nein, bleibt nur, ich bitte darum. Macht es Euch am Feuer bequem. Ich wollte Euch ohnehin etwas fragen, bevor wir abreisen.«

Er zog einen zweiten Stuhl in die Nähe des Feuers. Die Hohe Tafel war bereits abgeräumt, aber die Diener hatten Wein und Becher für die Tochter der verstorbenen Markgräfin gebracht. Dietrich schenkte zwei davon voll und reichte ihr einen, bevor er sich selbst setzte.

»Ihr wirkt einsam und verloren«, sagte sie leise und bereute es sofort. Wenn es möglich wäre, hätte sie die Worte mit einem Haken eingefangen und zurückgeholt.

Dietrich fing ihren Blick auf und erwiderte: »Nicht so einsam wie Ihr.«

Diese Worte trafen Hedwig mitten ins Herz. Sofort stiegen Tränen in ihr auf. Sie konnte doch jetzt nicht losheulen!

Doch ihr Schwager hatte recht. Sie fühlte eine tiefe Leere in sich, die sie nicht beschreiben konnte. Die Trauer darüber, dass sie wohl nie eine solche Liebe erleben durfte wie Gunda

mit Dietrich. Dass sie nie so geliebt werden würde wie ihre Mutter.
Sie war Otto zur Gemahlin gegeben, und das Beste, was man von ihrer Ehe sagen konnte, war: Sie hatten sich aneinander gewöhnt. Und sie hatten gemeinsam ein Kind.
Hedwig fragte sich gar nicht erst, ob Otto nach ihrem Tod um sie trauern würde wie ihr Vater um seine Sophia. Ihr Gemahl schätzte sie und ihren Rat, und er war dankbar, dass sie ihm einen Erben geboren hatte. Doch falls sie bei der nächsten oder einer späteren Niederkunft starb, würde Otto für ihr Begräbnis sorgen und danach sofort erneut auf Brautschau gehen.
»Verzeiht mir, liebste Hedwig. Ich wollte nicht an Euren Kummer rühren«, sagte Dietrich sanft. »Ihr habt die Mutter verloren, müsst Euren Vater trösten … Und bei der Vielzahl der Gäste seid ihr wahrscheinlich kaum zum Durchatmen gekommen. Ruht Euch hier ein wenig am Feuer aus, Ihr habt es redlich verdient. Fröstelt Euch?«
Ohne ihre Antwort abzuwarten, nahm er seinen Umhang ab und legte ihn über ihre Beine. Sie dankte ihm mit einem Lächeln und setzte sich etwas bequemer. Der Umhang trug noch Dietrichs Körperwärme in sich.
»Ihr wolltet mich etwas fragen?«, ermutigte er seine Schwägerin.
Hedwig konnte sich kaum erinnern, wann sie je mit Dietrich allein gesprochen hatte. Eine Gelegenheit wie diese kam vielleicht nicht so bald wieder. Trotz ihrer nahen Verwandtschaft redete Hedwig den Schwager vor anderen immer noch mit dem höflichen »Ihr« an, also tat er es meistens auch. Außer sie waren in der Familie unter sich.
Geduldig wartete der Markgraf der Lausitz, bis seine Schwägerin ihre Gedanken gesammelt hatte und in Worte fasste.
»Der Kaiser ist nun schon so lange in Italien«, begann sie schließlich und riss ihren Blick von den Flammen los. »Wir

hören nur von Unruhen, von nicht enden wollenden Belagerungen und weiteren angeforderten Truppen.«
Nun sah sie Dietrich in die Augen und ging doch zur vertraulichen Anrede über: »Muss Otto bald auch Folge leisten und mit dem Kaiser in den Krieg ziehen? Und du erneut? Du warst in Italien. Was geht dort vor sich?«
Sofort flogen Dietrichs Gedanken zurück nach Mailand, zu den Grausamkeiten, Zerstörungen, den harten Kapitulationsbedingungen.
»Ja, ich glaube, dass der Kaiser bald zu einer neuen Heerfahrt ruft«, sagte er nach einem tiefen Atemzug. »Und diesmal müssen wir ihm alle drei folgen, die wir Reichslehen halten: Otto, Dedo und ich.«
Hedwigs Gesicht verdüsterte sich.
»Die italienischen Städte sind untereinander zutiefst verfeindet«, begann Dietrich zu erklären. »Ich weiß nicht, wie der Kaiser dort Frieden schaffen will. Es wird Jahre dauern, vielleicht Jahrzehnte. Nun haben die Rechtsgelehrten dem Kaiser in Roncaglia auch noch jede Menge weiterer Rechte zuerkannt. Dabei geht es um sehr viel Geld und Macht.«
Er trommelte mit den schlanken Fingern gegen das Mauerwerk. »Natürlich wollen die reichen italienischen Städte diese Steuern nicht zahlen und sich auch nicht in die Wahl ihrer Konsuln hineinreden lassen. Ausgenommen die, die dem Schutz des Kaisers ihr Fortbestehen verdanken – wie Lodi und Cremona, die von Mailand schwer heimgesucht worden waren.«
Dietrich sah der Schwägerin ins Gesicht und meinte: »Der Kaiser kann solche Widersetzlichkeit nicht hinnehmen. Ich denke sogar, dass schon diesen Sommer eine neue Heerfahrt beschlossen wird. Und unser Haus wird sich dem Ruf nicht entziehen können.«
Beide schwiegen, starrten ins Feuer und hielten ihre Becher, ohne daraus zu trinken.

Hedwig versuchte sich vorzustellen, wie sie allein regieren müsste, falls Otto in den Krieg zog. Wie leicht ihm und seinen Brüdern in den Kämpfen etwas zustoßen konnte. Vielleicht blieb sie als Witwe zurück.
Würde die Mark Meißen dann einfach auf den kleinen Albrecht übergehen? Vermutlich wäre Dietrich sein Vormund, und sie beide mussten versuchen, ihm das Land seiner Vorväter bis zu seiner Volljährigkeit zu bewahren.
Aber auch Dietrich könnte sterben. Eine Vorstellung, die sie tief ängstigte. Sie schätzte ihn sehr.
Und der dicke Dedo, der in letzter Zeit gar nicht mehr so dick war? Er achtete neuerdings mehr auf sein Äußeres – seiner jungen Frau zuliebe, Mathilde von Heinsberg, der Schwester des Domdekans von Köln. Eine echte Frohnatur vom Rhein, schlagfertig und scharfzüngig. Sie erinnerte Hedwig an die verstorbene Schwester ihres Schwiegervaters, die ebenfalls Mathilde geheißen hatte.
»Die Gesetze von Roncaglia könnte dir mein Groitzscher Bruder besser erklären, er ist bemerkenswert bewandert in der Rechtskunde«, meinte Dietrich, als hätte er ihre Gedanken erraten.
Er stand auf und trat mit dem Becher in der Hand zum Kamin. »Was die künftigen Kriege in Italien angeht … Ich will dir keine Alpträume bereiten«, sagte er leise und starrte in die Flammen. »Doch für Städte wie Mailand oder Crema, die den Zorn des Kaisers auf sich gezogen haben, wird es künftig keinerlei Gnade mehr geben.«
Dann wandte er sich Hedwig zu, und vor den züngelnden Flammen wirkte sein Umriss dunkel.
»Ein Freund schilderte mir in einem Brief, wie Crema im Januar genommen wurde, nach monatelanger Belagerung. Sämtliche Bewohner – es waren Tausende – mussten die Stadt verlassen, ohne Waffen und nur mit so viel an Besitz, wie sie tragen konnten. Zur Demonstration ihrer vollkommenen

Niederlage ließ der Kaiser sie nicht durch ein Tor hinausgehen, sondern durch die schmale Bresche klettern, die seine Männer in die Stadtmauer geschlagen hatten. Sie dürfen Crema nicht wieder aufbauen, sondern müssen sich irgendwo im Land eine neue Bleibe suchen. Und nachdem die Stadt verlassen und geplündert war, kamen die Bewohner von Cremona und Lodi und zerstörten Crema mit größtem Eifer. Was die Flammen nicht zerstört hatten, rissen sie nieder. Nicht nur die Mauern, sondern auch Kirchen.«

Dietrich verstummte, nahm einen Schluck und starrte wieder in die Flammen. Er hoffte, dass Hedwig nie erleben müsste, was er im Krieg gesehen und gehört hatte: die Schreie der Sterbenden und der geschändeten Frauen, wenn eine Stadt genommen wurde, verkohlte Leichname und Ascheflocken, die durch die Luft wirbelten wie ein Schneegestöber …

Er räusperte sich.

»Der Krieg scheint eine neue Stufe des Schreckens erreicht zu haben. Mit neuartigen, enorm zerstörerischen Belagerungsmaschinen und der Erbarmungslosigkeit von Crema. Bislang konnten die Städte bei Kapitulation nach Unterwerfung und Bußzahlungen wieder in die kaiserliche Gnade aufgenommen werden – sogar Mailand. Für Crema war der Kaiser nicht dazu bereit. Und ich fürchte, auch Mailand, das sich trotz seiner Unterwerfung gegen die Ronkalischen Beschlüsse wehrt, wird es beim nächsten Mal viel härter treffen.«

Hedwig zog fröstelnd Dietrichs Umhang höher.

Während der Schwager zur Tür lief und einem Knecht befahl, mehr Holz für das Kaminfeuer zu bringen, rief sich Hedwig den Tag in Erinnerung, als sie den jungen Friedrich nach seiner Krönung in Aachen aus der Kirche treten sah. Ein strahlender Held, dem alle zujubelten und auf Frieden und Gerechtigkeit im Reich hofften.

Das lag acht Jahre zurück, fast auf den Tag genau. Und nun versuchte sie, ihn sich vorzustellen, wie er in blutbefleckter

Rüstung vor den Mauern einer eroberten Stadt stand und befahl, die Stadt zu nehmen und dann bis auf den letzten Stein niederzureißen.

Am nächsten Vormittag kam Otto aus Magdeburg zurück, schlecht gelaunt und mit gequälter Miene.

»Ich kann seit einer Woche nicht scheißen und hab mir den Hintern wundgeritten!«, waren seine ersten Worte, als er aus dem Sattel stieg.

Hedwig, die zu seiner Begrüßung auf dem Hof erschienen war, räusperte sich übertrieben laut und mit strafendem Blick, ehe sie mit hoher Stimme antwortete: »Meine Freude über unser Wiedersehen, liebster Gemahl, ist genauso groß wie die Eure.«

Otto stutzte und begriff. Er musste sogar grinsen über das Geschick, mit dem sie seine rüden Worte beanstandet hatte, ohne ihn zu blamieren.

»Verzeiht, meine Liebe«, erwiderte er mäßig zerknirscht. »Vielleicht kann ich meine mangelnde Höflichkeit mit einem Geschenk wiedergutmachen. Ihr da, Christian, bringt mir das Geschenk für die Markgräfin!«, rief er seinem Ritter zu, der gerade von dem wunderschönen Grauschimmel stieg. Christian verneigte sich vor dem Markgrafenpaar und brachte ein Kästchen aus Holz mit prächtig gearbeiteten Bronzebeschlägen. Der Bronzeguss wurde in Magdeburg in hoher Kunstfertigkeit betrieben.

Hedwig nahm das Geschenk von Otto entgegen und bedankte sich.

»Ihr könnt Euren Schmuck hineinlegen«, schlug er vor. »Doch öffnet es erst oben; es ist noch eine Überraschung darin.«

Er lächelte geheimnisvoll und fragte, während sie in ihre Kammer gingen: »Ist Dietrich ausgeritten oder zufällig auch gerade hier?«

»Er kann nicht weit sein; vielleicht bei meinem Vater«, mutmaßte Hedwig.

Christian wurde beauftragt, sich auf die Suche nach dem Markgrafen der Lausitz zu begeben und ihn umgehend zu seinem Bruder zu schicken.

In der Kammer setzte sich Otto so vorsichtig hin, dass Hedwig sofort beschloss, heute noch für ihn bei der Kräuterfrau um ein Heilmittel zu bitten. Sie würde ihn schon dazu bringen, es anzunehmen.

Unter den erwartungsvollen Augen ihres Gemahls öffnete sie das Geschenk und fand eine wunderschöne Fibel darin, aus Silber und mit kleinen Edelsteinen besetzt.

»Ich werde sie beim nächsten feierlichen Anlass tragen«, versicherte sie, nachdem sie sich bedankt hatte.

»Dann leg sie gleich an!«, meinte Otto. »Sobald mein Bruder hier ist, wird hier und heute Geschichte geschrieben.«

Hedwig winkte eine Kammerfrau herbei, die ihr die neue Fibel so durch den Stoff zog, dass sie gerade saß. Derweil brachten Diener Krüge mit Wein und kühlem Quellwasser und Platten mit Schinken und Käse.

Dietrich ließ nicht lange auf sich warten. Er war darauf eingerichtet, gleich nach Ottos Rückkehr aus Magdeburg mit ihm zusammen die Heimreise anzutreten. Doch das hier sah nicht danach aus.

»Ich dachte, wir reiten heute heimwärts?«, fragte er, und Otto verzog sofort qualvoll das Gesicht, als er sich vorstellte, wieder in den Sattel zu steigen.

»Werden wir, Bruderherz, werden wir. Aber vorher will ich etwas mit dir besprechen. Vielleicht weißt du einen Rat für mich. Und dabei kann ich keine Lauscher brauchen – weder unterwegs noch in Eilenburg oder Meißen. Wer weiß, wer da alles für gutes Geld die Ohren aufsperrt.«

»Hm.« Dietrich fragte sich, was sein Bruder wohl aushecken mochte.

»Übrigens: Es ist unglaublich, was unser Vetter Wichmann in

Magdeburg an Reichtümern anhäuft und wie prunkvoll er dort Hof hält!«, empörte sich Otto, bevor er zum eigentlichen Thema überging. »Dagegen fühlte ich mich wie ein armer Mann.«

»Ganz so schlimm wird es schon nicht stehen, Bruder«, beschwichtigte Dietrich lächelnd. »Magdeburg ist eben eine große und reiche Stadt.«

»Während wir nur über mehr oder weniger große Ansiedlungen herrschen«, murrte Otto. »Wir müssen unbedingt Städte gründen. Ich sollte Leipzig das Stadtrecht geben. Dazu muss ich zwar die Rechte des Merseburger Bischofs ignorieren, aber hat nicht der Löwe in Freising Ähnliches getan? Und wir reden immer nur davon, Siedler zu werben, die in den dichten Wäldern roden und Dörfer gründen. Ständig kommt etwas dazwischen.«

Das war nichts Neues, also schwiegen Dietrich und Hedwig, damit Otto zur Sache kam. Was der dann auch mit dem nächsten Satz tat.

»Ich will ein Kloster stiften, nahe Meißen«, platzte er heraus.

»Gut fürs Seelenheil. Irgendwann werde ich das sicher auch tun. Und Dedo ebenfalls«, meinte sein Bruder gelassen. »Wir sind es unserem Stand schuldig, auch so Gottes Werk zu fördern.«

»Hm«, meinte jetzt Otto.

»Du erwartest meinen Rat. Also: Was ist der Haken an der Sache?«, fragte Dietrich ganz direkt. »Abgesehen davon, dass wir Vater geschworen haben, am Petersberg festzuhalten.«

Gäbe es keinen weiteren Haken, würde dieses Gespräch nicht stattfinden.

»Ich will den Zisterziensern ein Stück Land im Dunklen Wald überlassen, damit sie es urbar machen. Wie mir Wichmann versicherte, wäre das Kloster Pforta bei Naumburg bald groß genug, um mir welche zu schicken.«

Sobald die Zahl der Zisterziensermönche in einem ihrer Klöster sechzig überschritt, brachen zwölf Mönche und ein Abt auf, um ein neues Kloster zu gründen.

»Ich habe mehr als genug Land, das sie erschließen können, gutes, fruchtbares Land, mit Bächen für Mühlen und viel Wald für die Holzgewinnung«, fuhr Otto fort. »Ein Zisterzienserkloster würde auch mehr Siedler in meine Ländereien locken.«

»Gewiss«, bestätigte Dietrich und furchte die Stirn. »Doch Vetter Wichmann als Erzbischof hat dich sicher auf die Unmöglichkeit dieses Vorhabens hingewiesen?«

Nun fragte sich Hedwig, was an ihrer Idee so schlecht sein könnte.

»Ich gebe dir recht, dass die Zisterzienser am besten für die Landerschließung geeignet wären. Aber es spricht ein gewichtiges Argument dagegen«, erklärte Dietrich. »Das Schisma! Seit Papst Hadrian im September starb, haben wir zwei Päpste. Einer ist Rolando Bandinelli, der sich jetzt Alexander nennt. Zwischen dem Kaiser und ihm herrscht unversöhnliche Feindschaft, spätestens seit dem Zwischenfall in Besançon. Aber Rainald von Dassel, auf den diese Feindschaft zurückgeht, hatte vorher klug die kaisertreuen Kräfte im Vatikan gestärkt, so dass unter reichlich Tumult ein zweiter Papst gewählt wurde: Viktor.«

Ottos Miene sagte: Na und?

»Du musst die Erlaubnis des Kaisers einholen, wenn du Land weitergeben willst, mit dem er dich belehnt hat. Sogar wenn es für einen frommen Zweck gedacht ist«, erinnerte Dietrich streng.

»Das weiß ich und bin bereit, dafür auch nach Italien zu reiten, sollte der Kaiser nicht bald heimkehren«, meinte Otto ungeduldig. »Ich plane sogar schon, von dort ein paar fähige Baumeister mitzubringen.«

»Du übersiehst ein wesentliches Detail«, ermahnte Dietrich seinen Bruder. »Der Zisterzienserorden hat sich für Papst Alexander entschieden. Der Kaiser wird dein Vorhaben nur

befürworten, wenn du einen Orden wählst, der auf Seiten *seines* Papstes steht: Viktor. Also halte dich lieber an die Benediktiner.«
»Bei allen Heiligen!«, stöhnte Otto und rutschte auf seinem Stuhl hin und her. »Das hat mir Wichmann auch gesagt«, gestand er unwirsch ein. »Dafür hätte ich dich nicht zu fragen brauchen, Bruder! Ich dachte, du findest vielleicht einen Kniff, wie ich dieses Übel umgehen kann. Ich kann ja durchaus behaupten, ich will mir Benediktiner holen. Der Kaiser wird nie so weit nach Osten reiten, um das zu überprüfen.«
»Mein liebster Gemahl!«, mischte sich Hedwig besorgt ein. »Dein erlauchter Vater ist vom Kaiser streng bestraft worden, weil er sich gegen ihn verschworen hat. Willst du wegen einer offensichtlichen Lüge Ähnliches riskieren?«
Otto gefiel ganz und gar nicht, in welche Richtung dieses Gespräch lief.
»Vielleicht bringt die Zeit eine Lösung«, meinte er unbestimmt. »Reiten wir erst einmal nach Hause.«
Während jeder von ihnen loslief, um die nötigen Vorbereitungen zu veranlassen, dachte Otto grimmig: Von wegen Benediktiner! Für die Landerschließung sind die Zisterzienser am besten geeignet. Und die werde ich mir holen. Der Kaiser ist weit fort, in Italien, und dort sehr beschäftigt. Der wird nicht Jahre später überprüfen, welcher Orden in der Schenkungsurkunde steht. Mönche sind Mönche, und Kloster ist Kloster.
Schon sein Vater Konrad hatte nach dem Motto gehandelt: Das Reich ist groß und der Kaiser fern. Otto grollte ihm zwar, weil er seiner Ansicht nach durch diese waghalsige Politik Konrads um einen Teil des Erbes gebracht worden war. Aber auf einmal verstand er ihn viel besser.

Herausforderungen

Kanzler Rainald von Dassel, Markgräfin Hedwig von Meißen, Gräfin Mathilde von Groitzsch; Hoftag in Erfurt, 25. Juli 1160

»Die Mailänder haben uns mit Steinen beworfen, *uns* – eine Gesandtschaft des Kaisers!«, tobte vor den versammelten Fürsten des Reiches Rainald von Dassel, Kanzler, engster Vertrauter des Kaisers und auf dessen Wunsch seit kurzem auch noch Erzbischof von Köln.

»Das ist ein Angriff auf den Kaiser selbst! Jeder hier, der einen solchen Angriff auf die Ehre des Kaisers und des Reiches unerwidert lassen will, hat selbst keine Ehre! Seine kaiserliche Majestät ruft Euch zur Reichsheerfahrt gegen Mailand.«

Rainald von Dassel war fraglos ein zu fürchtender Mann. Zwar belesen, überaus gebildet und von tadellosem Benehmen, wenn es seinen Zielen diente. Aber der Zorn über die schimpfliche Behandlung der kaiserlichen Gesandtschaft in Mailand hatte ihn vollends übermannt.

Um die Forderung des Kaisers an seine Fürsten auch eindringlich genug zu übermitteln, standen im Saal des alten Erfurter Königshofes in einer Front mit dem schier allmächtigen Rainald die engsten Verwandten und Berater des Kaisers: seine Vettern Herzog Heinrich der Löwe und Herzog Friedrich von Rothenburg, sein Schwager Landgraf Ludwig von Thüringen, sein Oheim Pfalzgraf Otto von Wittelsbach, sein Halbbruder Pfalzgraf Konrad und Bischof Eberhard von Bamberg. Nur der sechste Welf fehlte.

Vor sich sahen sie eine große Zahl von Fürsten des Reiches mit finsteren Mienen. Man konnte rätseln, ob diese finsteren Mienen nun der schmählichen Behandlung der kaiserlichen Abordnung durch die Mailänder galten oder der Einsicht, dass sie nicht umhinkamen, dem Kaiser erneut erhebliche Truppenverstärkung nach Italien zu schicken, damit er Mailand und die anderen feindlichen norditalienischen Städten in die Knie zwingen konnte.

Oben auf der Galerie standen als stille Beobachterinnen Markgräfin Hedwig von Meißen und ihre nur wenig jüngere Schwägerin Mathilde von Heinsberg, seit dem Vorjahr Gemahlin von Ottos Bruder Dedo. Angespannt verfolgten sie das Geschehen im Erfurter Königshof.

Denn auch Otto, Dietrich und Dedo standen dort unten und hatten – mehr oder weniger freiwillig – entschieden, sich dem Kampf gegen Mailand anzuschließen.

»Es fehlt nicht viel, und dem Kanzler steht Schaum vorm Mund ob seiner Demütigung«, flüsterte Mathilde Hedwig ins Ohr.

Hedwig warf der belustigten Mathilde wegen dieser respektlosen Äußerung einen erschrockenen Blick zu. Doch die schlagfertige Gräfin von Groitzsch lächelte nur schief.

»Er tut ja alles für die Ehre des Kaisers, aber seine eigene verletzte Ehre scheint ihm heute noch wichtiger zu sein. Mailand wird jeden auf sein Quartier geworfenen Stein noch bitter bereuen.«

Mathilde von Heinsberg – mit hellbraunem Haar, grünen Augen und spöttischer Zunge – hatte ihrem Gemahl Dedo pünktlich neun Monate nach der Hochzeit einen Sohn geschenkt und war schon wieder schwanger. Sie war lebhaft und fröhlich. So wie einst Adele, bevor Svens dramatische Fehlentscheidungen sie mit Schwermut erfüllten. Doch Mathilde war auch sehr gut informiert über die Vorgänge im Kaiserreich und ebenso scharfsinnig wie spitzzüngig.

»Siehst du den dünnen Kleriker hinter Rainald?«, wisperte sie und deutete mit dem Kinn nach unten. »Das ist mein Bruder Philipp von Heinsberg, Domdekan von Köln und rechte Hand Rainalds. Ihm wird noch eine große kirchliche Laufbahn vorausgesagt.«

Hedwig entdeckte ihn sofort, richtete dann aber ihren suchenden Blick lieber wieder auf ihren Gemahl und seine Brüder. Otto sah sich zur Reichsheerfahrt genötigt, weil er vom Kaiser unbedingt die Erlaubnis für seine geplante Klosterstiftung brauchte, Dietrich und Dedo wiederum, um die Ergebenheit des Hauses Wettin unter Beweis zu stellen.

Nun mussten sie zusehen, wie die einzelnen Fürsten ihre Teilnahme mit großen Kontingenten ankündigten: Rainald und Landgraf Ludwig je fünfhundert Ritter, die böhmischen Herzöge jeweils dreihundert.

»Ludwig von Thüringen ist ein stattlicher Mann«, raunte Mathilde anerkennend. »Und es heißt, er habe auf der Wartburg mit dem Bau eines Palas begonnen, dessen Pracht einmal alles in den Schatten stellen soll.«

»Es heißt auch, dass er in voller Rüstung schläft«, wisperte Hedwig zurück. »Vermagst du dir das vorzustellen?«

Mathilde prustete leise und kicherte. »Wie will er da so viele Kinder mit seiner Gemahlin Jutta Claricia gezeugt haben? In Kettenhemd und Gambeson?«

Doch Hedwig verging das Lächeln abrupt. Denn nun traten Otto, Dietrich und Dedo gemeinsam vor und versprachen, dass das Haus Wettin ebenfalls fünfhundert Schwerter aufbieten werde.

Vor Schreck schlug sie sich die Hand vor den Mund, um nicht aufzustöhnen. Ihr Gemahl und ihre Schwäger hatten gestern Abend noch über die mögliche Stärke ihres Heerbanns gestritten. So viele Kämpfer konnten sie nicht stellen, ohne ihre Ländereien gefährlich zu entblößen und ihre Schatullen zu leeren. Aber Otto entschied, sein Haus dürfe hierin nicht hinter den anderen Großen zurückstehen.

Nun war es also verkündet und damit unwiderruflich.

»Ich kann nicht länger stehen«, raunte Mathilde ihrer Schwägerin zu und legte beide Hände stützend unter ihren Leib. »Das Entscheidende ist ohnehin gesagt. Suchen wir uns ein ruhiges Plätzchen. Doch zuallererst muss ich ganz dringend auf die Heimlichkeit. Dieses Kind hier treibt mich jede halbe Stunde dorthin. War das bei dir auch so, als du mit Albrecht schwanger gingst?«

»O ja, und das wird nicht besser«, erinnerte sich Hedwig lächelnd.

Sie nahm die liebgewonnene Schwägerin bei der Hand. Gemeinsam gingen sie mit leisen Schritten hinaus.

»Wollen wir nicht lieber euer Quartier aufsuchen?«, schlug Hedwig vor. »Dort kannst du dich ein wenig ausruhen. Und die Heimlichkeit hier ist so morsch, dass man Angst hat, durch den Boden zu brechen.«

»Unsere Männer werden uns schon finden, um mit ihren künftigen Heldentaten zu prahlen«, meinte Mathilde mit funkelndem Blick. »Du hast recht, wir sollten uns an einen Ort zurückziehen, wo wir vertraulich miteinander reden können. Hier gibt es eindeutig zu viele aufgesperrte Ohren.«

Sie befahl zweien ihrer Edeldamen, den wettinischen Herren nach Ende der Beratung auszurichten, wo sie zu finden seien.

In der Kammer ließ sich Mathilde vorsichtig auf einer mit Fellen bedeckten Bank nieder, drückte seufzend die Hände ins Hohlkreuz und legte die Füße hoch.

Hedwig machte es sich ihr gegenüber bequem.

»Bringt mir etwas Salziges! Und etwas Süßes! Mich gelüstet danach!«, rief Mathilde ihren Damen zu und klatschte auffordernd in die Hände. »Aber ja nichts mit Kümmel! Schon von dem Geruch muss ich mich übergeben.«

Die Damen und Dienerinnen liefen davon, um ihrer Herrin alle Wünsche zu erfüllen, und Mathilde zwinkerte Hedwig zu.

»Das Gute an einer Schwangerschaft ist, dass ich jetzt jederzeit nach allen Köstlichkeiten rufen kann, die mir in den Sinn kommen, und niemand wird mich dafür gierig oder unbeherrscht schelten. Mein Gemahl hat Befehl erteilt, dass mir all diese Wünsche sofort erfüllt werden, unabhängig von der Tages- oder Nachtzeit. Was soll ich für dich bringen lassen?«

»Verdünnten Wein und in Honig eingelegte Früchte.«

Sobald alles auf dem Tisch stand, scheuchte Mathilde die Helferschar hinaus. Sie und Hedwig hatten Vertrauliches zu bereden.

»Da glaubten wir, der ursprüngliche Anlass für diesen Hoftag – der Erzbischof von Mainz erschlagen, man denke nur! – sei an Ungeheuerlichkeit nicht zu überbieten«, resümierte die Meißnerin nachdenklich, als sie mit Mathilde allein war. »Doch dann wurde das so schnell abgehandelt, und die Reichsheerfahrt war plötzlich viel wichtiger …«

In Mainz hatte eine zusammengerottete Menschenmenge den Erzbischof Arnold von Selenhofen erschlagen. Als König hatte Friedrich ihn in dieses Amt gebracht, doch die Mainzer wussten viel gegen ihren neuen Patriarchen einzuwenden: seine strenge Herrschaft, seine ständigen Forderungen zur Unterstützung des Kaisers in Italien und dass er dem Ministerialenstand angehörte. Es herrschte regelrecht Krieg in Mainz, und am Johannistag hatte die aufgebrachte Menge ihn und seinen Bruder erschlagen und die Klosterkirche in Brand gesteckt.

Harte Strafmaßnahmen waren deshalb an diesem Vormittag beschlossen worden: Die Wortführer unter den Aufrührern wurden verbannt, Mainz exkommuniziert, Rechte und Freiheiten entzogen, die Stadtmauer geschleift …

Doch das schien trotz aller Ungeheuerlichkeit in dem Moment vergessen, als Rainald seine Brandrede gegen Mailand begann. Mathilde lehnte sich zurück, nachdem sie einen kleinen Schluck aus dem Becher genommen hatte, griff nach einem salzigen Hering, dann nach einem Stück Honigkuchen, kaute genüsslich und schloss dabei halb die Lider.

»Die von den Mailändern geworfenen Steine haben etwas ins Rollen gebracht, das wir nicht aufhalten können«, meinte sie und wackelte mit den Zehen, um die Füße zu entspannen. »Es wird keinen Frieden mehr zwischen den oberitalienischen Städten und dem Kaiser geben. Fehlt nur noch, dass sich die aufständischen Lombarden mit Papst Alexander zusammentun.«

»Das sagt Dietrich auch. Doch wie kannst *du* dir so sicher sein?«, fragte Hedwig.

Mathilde zog die Augenbrauen hoch.

»Mein Bruder Philipp ist die linke Hand Rainalds, mein Bruder Goswin wird mit dem Heer nach Italien ziehen, und mein Gemahl interessiert sich mehr für die Juristerei als für die Jagd. Was wohl auch damit zusammenhängt, dass es für ihn bei seiner Körperfülle mühsam ist, aufs Pferd zu klettern«, meinte sie mit schelmischem Lächeln, das jedoch rasch verflog. Mathilde schien ihren Dedo wirklich zu mögen.

»Sie erzählen mir eine Menge, und ich höre gut zu. Die oberitalienischen Städte wollen sich den Ronkalischen Beschlüssen nicht beugen und haben sich zu einem Bund gegen den Kaiser zusammengeschlossen. Und Mailand weigert sich besonders strikt. Denn die neuerlichen Forderungen des Kaisers gehen weit über das hinaus, was bei der Kapitulation vereinbart war. Der Kaiser wird in nichts nachgeben. Dafür sorgt schon sein Freund Rainald.«

Hedwig rieb sich die Stirn, um den dräuenden Kopfschmerz zu vertreiben.

»Unsere Männer wollen fünfhundert Ritter stellen! Ich weiß nicht, woher sie die nehmen wollen.«

Spottlust zeigte sich auf Mathildes Gesicht.

»Kannst du mir in die Augen sehen, meine Liebe, und mir versichern, dass dein Otto nicht jetzt schon eine Ausrede parat hält, warum es weniger sind, wenn er erst mit seinem Heerbann in Italien vor dem Kaiser steht?«

Da hat Mathilde wohl recht, gestand sich Hedwig ein. Otto will Eindruck schinden, um die Erlaubnis des Kaisers für die Klosterstiftung zu erhalten.

»Dann kommen harte Zeiten auf uns zu.«
»Unausweichlich«, meinte ihre Schwägerin. »Männer, die uns Frauen für zu dumm zum Denken halten, lassen uns allein zurück, ohne Geld und mit nur wenigen Bewaffneten. Sie nehmen die Pferde und Ochsengespanne mit, den Schmied, fuderweise Proviant ... Und wir müssen nicht nur mit dem zurechtkommen, was sie uns gnädigerweise übrig lassen. Sie erwarten auch, alles in bester Ordnung vorzufinden, wenn sie zurückkehren. Das Vieh vermehrt, die Felder wohlbestellt, Silber in den Truhen ... Beten wir dafür, dass die nächste Ernte gut ausfällt!«
Hedwig versank in Grübeleien.
»Bisher war Otto nie so lange auf Feldzügen. Und wenn doch, war meistens Dietrich da und übernahm die Herrschaft für beide Markgrafschaften. Jetzt muss ich allein mit allem fertigwerden.«
»Immerhin brauchst du dir keine Sorgen um die Verteidigung des Burgberges machen. Dafür ist der Burggraf zuständig«, warf Mathilde ein.
»Aber ich trage die Verantwortung für all die Menschen! Für die Handwerker, Bauern, Winzer ...«
»Seit ich weiß, wie dieser Hoftag ausgehen wird, grüble ich darüber nach, wie ich Groitzsch und Rochlitz durch diese Zeiten bringe«, gestand Mathilde bedrückt.
»Was wirst du tun?«, fragte Hedwig.
Die Schwägerin zählte an den Fingern ab.
»Alle Dorfschulzen in meiner Grafschaft müssen mir berichten, ob sie nach dem Aufbruch des Heerbanns noch ein Ochsengespann fürs Pflügen haben und genug Männer, um es zu führen. Sonst schicke ich ein paar Knechte dorthin, ob es denen passt oder nicht. Mein Gemahl soll für die Zeit seiner Abwesenheit erlauben, dass die Bauern Niederwild jagen und in den Flüssen fischen dürfen. Und er soll bestimmen, welche der verbliebenen Ritter auf die Jagd gehen. Wir müssen die

Speisekammern füllen. Eine geräucherte Wildschweinkeule lässt sich gut gegen etwas eintauschen, das wir nötiger brauchen. Korn zum Beispiel, wenn die nächste Ernte schlecht ausfällt.«

»Mir graut davor, wie ich all die Männer zu Gehorsam zwingen soll, die in Meißen zurückbleiben«, gestand Hedwig und malte sich mit Schrecken aus, dass Otto womöglich Randolf und dessen Kumpane in Meißen lassen könnte. »Und all die tratschenden Weiber«, ergänzte sie und dachte an die Grünbacherin.

»Du bist jetzt nicht mehr so blutjung wie damals, als du nach Meißen kamst. Und du hast dem Markgrafen einen Erben geschenkt; damit hast du einen besseren Stand«, tröstete Mathilde und griff nach dem nächsten salzigen Fisch. »Vielleicht zeugt ja dein Gemahl vor seiner Abreise einen weiteren Sohn.«

»Das fehlte noch – dass ich all diese Dinge hochschwanger oder aus dem Wochenbett regeln muss!«, stöhnte Hedwig und ließ den Kopf gegen die Wand sinken. »Dein Kind wird schon geboren sein, wenn Dedo aufbricht. Das macht es leichter.«

Mathilde sah auf ihren gewölbten Bauch und schwieg nachdenklich.

»Als Rainald von Dassel das Zerwürfnis mit dem alten Papst Hadrian heraufbeschwor und nach dessen Tod umgehend dafür sorgte, dass als Gegenstück zu seinem Feind Rolando ein zweiter, kaisertreuer Papst gewählt wurde … Damit hat er dem Reich und auch dem Kaiser einen Bärendienst erwiesen«, sagte sie leise, aber bestimmt. »Denn mit dem Streit, welcher nun der wahre Papst sei, goss er noch Öl ins Feuer der ganzen unruhigen Verhältnisse in Oberitalien.«

»Ich kann gar nicht aufhören, mich zu wundern, was du alles weißt«, bekannte Hedwig erstaunt. »So viel habe ich noch nie von meinem Gemahl erfahren.«

»Na, vielleicht besitzt der auch nicht so gut informierte Quel-

len wie ich«, meinte die Heinsbergerin mit einem geheimnisvollen Lächeln.
Doch jäh wurde sie wieder ernst.
»Seit Wochen zerbreche ich mir den Kopf, wie ich Groitzsch durch die kommende Zeit bringe und die Zügel in der Hand behalte«, gab sie zu. »Ich muss alle auf meine Seite ziehen, damit sie gehorchen, wenn Dedo fort ist. Und es gibt da ein paar unter den Bewaffneten, die sich nichts von mir befehlen lassen werden, weil ich ja nur ein Weib bin.«
Jetzt war es an Hedwig, zu lächeln.
»Oh, da weiß ich Rat!«, meinte sie strahlend. »Du weißt, wer der heimliche Aufrührer unter diesen Kerlen ist?«
Mathilde nickte und seufzte.
»Den musst du von den anderen fernhalten«, riet Hedwig. »Schick ihn fort, mit *allerwichtigsten* Botenaufträgen! Das schmeichelt ihm und schafft ihn dir für eine Weile vom Hals.«
»So viele wichtige Botengänge sind in Groitzsch nicht zu erledigen«, meinte Mathilde und zuckte mit den Schultern.
Nun lächelte Hedwig schelmisch.
»Schick ihn mit Briefen zu mir nach Meißen!«, schlug sie vor. »Mal mit einem Psalm für das Wohlergehen unserer Männer, mal mit der Bitte um Trost, weil dein geliebter Gemahl schon so lange fort ist … Frag nach dem Kräutersud der weisen Frau von Meißen gegen einen Hautausschlag, bitte mich um eine Zeichnung von dem Stickmuster, das du an meinem Kleid gesehen hast … Oder um guten Erfurter oder Gothaer Färberwaid für das Gewand, mit dem du deinen Gemahl bei seiner Rückkehr überraschen willst.«
Nun breitete sich auch auf Mathildes Zügen ein strahlendes Lächeln aus.
»Großartig! Da fallen mir gleich noch mehr Gründe ein!«, rief sie begeistert. »Er wird zwei Tage von Groitzsch nach Meißen brauchen. Und du wirst ihn natürlich bitten, noch ein, zwei Tage zu verweilen, bis die Antwort vorliegt oder du das

Gewünschte beschafft hast. Dann bin ich den Kerl für eine Woche los und kann mir in der Zeit schon die nächste Beschäftigung für ihn ausdenken.«

Erleichtert prosteten sich die beiden jungen Frauen zu.

Plötzlich zog Hedwig die Stirn in Falten und mahnte: »Aber lass die Briefe deinen Kaplan schreiben, damit dir niemand unterstellen kann, irgendetwas Verwerfliches zu tun!«

Sie beide gehörten zu den wenigen Frauen außerhalb der Klöster, die Lesen und Schreiben beherrschten. Das wurde mit viel Misstrauen beäugt.

»Natürlich«, versicherte Mathilde. »Und sollte jemand in Meißen *deine* Stellung untergraben wollen, so schick ihn liebend gern als Boten zu mir.«

Ein zaghaftes Pochen an der Tür riss die beiden jungen Frauen aus ihren Gedanken.

»Markgräfin, Gräfin, Ihr werdet gebeten, Euch fürs Festmahl umzukleiden!«, rief jemand von draußen.

»Schickt mir meine Damen!«, rief Mathilde, ohne sich aus ihrer bequemen Position zu rühren. Hedwig hingegen stand auf und umarmte die Schwägerin, bevor sie sich eine Treppe hinaufbegab, wo das meißnische Markgrafenpaar seine Kammer hatte.

Das abendliche Mahl nach den Beratungen zu Erfurt geriet schnell zu einem hemmungslosen Trinkgelage. Der Kaiser war nicht da, vor dem sich jeder gezügelt hätte. Wer von den Fürsten bereits in Italien gewesen war, prahlte mit seinen dort vollbrachten Heldentaten, und wer erst dorthin reiten würde, prahlte, wie sie Mailand in die Knie zwingen würden.

Durch Essensgerüche, die vielen Kerzen und die große Zahl der Teilnehmer war die Luft fast zum Schneiden.

Gerade verbreitete sich ein weinseliger Graf aus Schwaben darüber, wie gründlich er mit seinen Männern die Umgebung von Mailand verwüstet hatte. »Und in Crema haben wir Geiseln in Käfige gesteckt und an den Turm gehängt, damit die Belagerten auf ihre eigenen Leute schießen mussten, wenn sie uns aufhalten wollten. Ha!«, lallte er. »Mindestens fünf waren schon tot, bei zweien waren die Glieder zerschmettert, als der Kaiser befahl, die übrigen aus den Käfigen zu holen.«

Hedwig schloss die Augen und schauderte.

Urplötzlich sehnte sie sich nach Meißen, wollte sich am liebsten sofort vergewissern, dass es dem kleinen Albrecht gut ging.

»Bringt mich hier heraus! Ich kann das nicht ertragen«, raunte sie Otto zu.

»Die Tafel ist noch nicht aufgehoben. So lange darf niemand gehen«, erinnerte Otto streng, der selbst dem Wein nur in Maßen zugesprochen hatte.

»Ist es höflicher, den versammelten hohen Herren den Inhalt meines Magens vor die Füße zu speien?«, insistierte sie leise.

Otto verdrehte die Augen und besprach sich kurz mit seinem Bruder Dedo, der diesmal – als künftiger Teilnehmer der Reichsheerfahrt – an der Tafel der Markgrafen sitzen durfte, obwohl er nur Graf war. Auch Mathilde wirkte kreidebleich und angewidert.

Otto winkte einen Knappen herbei und schickte ihn mit der Botschaft zur Hohen Tafel: »Meine Groitzscher Schwägerin fühlt sich nicht wohl, eine Folge ihrer Schwangerschaft … Gestattet der Kanzler, dass sie die Tafel verlässt? Meine Gemahlin wird sie in ihre Kammer geleiten und ihr beistehen.«

Die Erlaubnis wurde gnädig erteilt, und beide Frauen durften sich zurückziehen.

Im Gehen hörte Hedwig noch, wie der Landgraf von Thüringen mit reichlich sarkastischem Unterton fragte: »Wieso reitet Ihr eigentlich nicht mit einem mächtigen Heerbann zurück zum Kaiser nach Italien, Herzog Heinrich?«

Darauf die kühle Antwort des Löwen: »Der Kaiser hat andere

Aufgaben für mich. Ich soll zunächst dem schändlichen Treiben der heidnischen Slawen ein Ende bereiten. Der Abodriten.«

Letzte Zuflucht

Niklot, Heinrich der Löwe;
Burg Werle, Spätsommer 1160

Besorgt ließ Niklot seine Blicke über die vielen Menschen schweifen, die sich hier mit ihm in der Burg Werle nahe der Warnow verschanzt hatten. Die Burg war schwer einzunehmen, doch überfüllt von Geflüchteten, und die Vorräte würden nicht ewig für so viele hungrige Mäuler reichen.
Ein paar Frauen kochten Suppe in großen Kesseln, andere versorgten Verwundete, die jungen Burschen übten sich unter Anleitung der Männer im Bogenschießen, die Mädchen und die Älteren befiederten Pfeile, und der Schmied hämmerte von früh bis abends Messer und Schwerter, solange er noch Eisen hatte.
Diesmal meinte der Löwe es ernst mit der Vernichtung der Abodriten, das war dem Slawenfürsten bitter bewusst.
Heinrich hatte als nächstes Bistum Schwerin eingerichtet, direkt vor Niklots Mecklenburg, und dafür gesorgt, dass die Reichsacht über die Abodriten verhängt wurde.
Das machte sie vollkommen rechtlos. Jedermann durfte sie erschlagen, ohne Konsequenzen fürchten zu müssen. Und die Reichsacht bot dem Löwen die Rechtsgrundlage dafür, gemeinsam mit dem Dänenkönig Waldemar einen Kriegszug gegen die widerspenstigen Slawen zu führen – eine Strafexpedition wegen der anhaltenden Piraterie, bei der sie das Abodritenland mit Feuer und Schwert verwüsteten.

Das feindliche Heer war so groß, dass sich Niklot mit den Seinen immer weiter nach Osten zurückziehen musste. Sie hatten schon die Mecklenburg aufgeben müssen, die Burgen Ilow, Schwerin und Dobin.
Und Adolf von Holstein, der vielleicht hätte vermitteln können, war nicht da. Er weilte mit seinem Heerbann beim Kaiser in Italien.
Sämtliche aufgegebenen Burgen hatte Niklot niederbrennen lassen. Sie würden nicht dorthin zurückkehren. Diese Gebiete waren an treue Gefolgsleute des Löwen gegangen, die miteinander wetteiferten, um möglichst viel Land einzuheimsen.
»Wofür kämpfen wir noch?«, hatte ihn einer der zornigen jungen Männer an diesem Morgen gefragt. »Wofür kämpfen wir noch, wenn uns unser Land gestohlen wird und wir immer weiter nach Osten gedrängt werden?«
»Für gute Kapitulationsbedingungen«, hatte Niklot scharf geantwortet. »Damit uns wenigstens die östlichen Gebiete bleiben. Für unser Fortbestehen als Abodriten.«
Er musste die Stimmung unter seinen Leuten aufrechterhalten, ihre Zuversicht schüren. Doch immer öfter fragte er sich, ob es wirklich noch Hoffnung gab.
Nun, das würden sie bald herausfinden. Wenn Heinrich und Waldemar entschlossen waren, sie auszulöschen, konnten *und* würden sie ihnen zeigen, dass dies nicht so leicht und nur unter beträchtlichen Opfern auf deren Seite gelingen würde.
Doch Kapitulations*bedingungen* konnte nur stellen, wer noch nicht gänzlich besiegt war.

»Mein Fürst, unsere Späher haben eine gegnerische Proviantkolonne gesichtet. Und sie ist nicht sehr stark gesichert: nur zwei Männer mit Schwertern, der Rest sind Knechte«, meldete ihm ganz aufgeregt einer seiner jungen Krieger.
Ein vages Lächeln zog über Niklots sonnengebräunte Züge.

Sie hatten solche Lieferungen schon mehrfach aus dem Hinterhalt angegriffen und erbeutet.
Er folgte dem Burschen und betrachtete von der Ferne das Ochsengespann, das einen mit Fässern und großen Körben beladenen Karren zog.
»Die Gelegenheit sollten wir uns nicht entgehen lassen«, entschied er. »Unsere Vorräte schrumpfen und werden nicht endlos reichen. Ich selbst führe den Überfall an. Es wird Zeit, wieder einmal das Schwert zu schwingen! Wer kommt mit mir? Nur Freiwillige!«
»Es könnte eine Falle sein«, warnte Ratibor, sein engster Vertrauter.
Niklot sah ihn an und zuckte mit den Schultern. Ich passe schon auf, sollte das heißen. Und noch dringender als Korn und Rüben brauchen die Menschen hier ein Zeichen der Hoffnung.
Er musste es nicht aussprechen; Ratibor verstand.
»Pribislaw und Wertislaw haben das Kommando, während ich fort bin«, entschied Niklot.
Wenig später versammelten sich mit ihm ein paar gut gerüstete Männer; zumeist Jüngere, aber auch Ratibor war darunter.
Von der höchsten Stelle der Burg aus beobachteten sie die gegnerische Kolonne noch einmal, dann holten sie ihre Pferde, führten sie still zum Tor und saßen auf.
Mit gezogenem Schwert, seiner guten Damaszenerklinge, gab Niklot das Zeichen für den Ausfall.
Und so ritt ihr zwölf Mann starker Trupp auf den Karren und seine Begleitmannschaft zu. Niklot fühlte sich mit einem Mal dreißig Jahre jünger und trieb sein Pferd zum Galopp an. Sie durften den Bewaffneten keine Zeit lassen, sich erst zu besinnen.
»Bleibt zusammen!«, schrie Ratibor, als sich sein Fürst schon so weit vorgewagt hatte, dass die anderen den Anschluss verloren.

»Niklot, ein Hinterhalt!«, brüllte er entsetzt, denn aus den Fässern und abgedeckten Körben auf dem Karren stiegen plötzlich voll gerüstete Männer. Und sie alle richteten ihre Aufmerksamkeit sofort auf den Anführer der Slawen.
Mehrere Pfeile brachten Niklots Pferd zu Fall, er rollte rasch zur Seite und stand sofort wieder, um den ersten Angreifer mit einem Oberhau zu Fall zu bringen. Dem zweiten brach er den Arm, verschaffte sich etwas Platz zum Ausholen mit der Klinge. Seine Krieger mussten gleich hier sein.
Da traf ihn ein Pfeil unterhalb des Schlüsselbeins; er sackte in die Knie, und seine Männer schrien auf. Niklot stützte sich auf sein Schwert und wollte sich unter unsäglichen Schmerzen aufrichten, denn schon stürmte wieder jemand mit dem Schwert auf ihn zu.
Da traf ihn der zweite Pfeil in die Brust und ein dritter mitten ins Herz. Tot fiel Niklot zu Boden.
Seine inzwischen auf ein halbes Dutzend geschrumpften Krieger erstarrten – nicht nur vor Entsetzen, sondern weil nun zwanzig bewaffnete Männer mit erhobenen Schwertern oder gespannten Bogen vor ihnen standen und sie auf Abstand hielten.
Einer der vermeintlichen Fuhrleute sprang vom Wagen, ging mit großen Schritten auf den von Pfeilen durchbohrten Körper Niklots zu, zog den Kopf am blonden Haar ein Stück empor und frohlockte: »Wir haben den Richtigen erwischt, ihren Anführer! Der Jarl von Lolland wird sehr zufrieden sein. Und ebenso König Waldemar.«
Mit einem Hieb schlug er dem Toten den Kopf ab und hielt ihn an den Haaren hoch. Niklots blonder Bart war blutverkrustet, seine Augen weit aufgerissen.
»Seht genau her, ihr Heidenpack!«, schrie der Fremde. »Nun erzählt es allen in dem Fuchsbau, in dem ihr euch verkrochen habt: Euer Anführer ist tot!«
Ratibor hielt mit Mühe die jungen Männer neben ihm davon

ab, sich blindlings in einen Angriff zu stürzen. Sie hatten genug zu betrauern.
»Dürfen wir die sterblichen Überreste unseres Fürsten mitnehmen, damit wir ihn nach unseren Sitten und Gebräuchen bestatten können?«, fragte er mit rauer Stimme.
Der falsche Fuhrmann stopfte den blutigen Kopf in einen Sack und befahl zweien seiner Männer, den kopflosen Leichnam auf den Karren zu werfen.
Dann ergriff er das kostbare Schwert des Toten und sah Ratibor voller Häme an.
»Du reitest zurück und überbringst meine Nachricht. Die anderen sind meine Gefangenen und werden wegen Wegelagerei aufgehängt.«

»Ich habe ein großartiges Geschenk für Euch, Durchlaucht!«, berichtete der falsche Fuhrmann vor Selbstzufriedenheit strotzend, als er vor Heinrich dem Löwen stand.
Der Mann, der Niklots Kopf abgeschlagen hatte, war ein Freund von dessen verstoßenem Sohn Prislaw. Gemeinsam hatten sie den Plan ausgeheckt und gehofft, dass ihnen Niklot persönlich in die Falle gehen würde. Gern hätte Prislaw den tödlichen Streich geführt. Aber ein Jarl von Lolland versteckte sich nicht in Rübenkörben.
Jetzt stand sein Freund Olaf nicht weit von Herzog Heinrich und strahlte vor Freude.
»Nun ziert Euch nicht wie eine Jungfrau, berichtet!«, rügte der Löwe den wichtigtuerischen Auftritt. Was konnte der Kerl da schon für ein Geschenk bringen?
Olaf griff in seine Tasche, zog den Kopf des Abodritenfürsten an den Haaren heraus, schwenkte ihn im Halbkreis, damit ihn auch jeder sah, und warf ihn dem Herzog zu Füßen.
»Der Anführer der Götzenanbeter ist tot«, verkündete er überflüssigerweise und hoffte auf eine große Belohnung.
Nach einem kurzen entsetzten Raunen trat verhängnisvolle

Stille ein. Lange Stille. Und der Löwe sah nicht so erfreut aus, wie es Olaf erwartet hatte. Warum nur?
Der Herzog hatte das Kinn in eine Hand gestützt und betrachtete Niklots im Tod verzerrte Züge.
»Ihr Narr!«, blaffte er schließlich Olaf an. »Ich habe nicht befohlen, ihn zu töten! Als Gefangener wäre er mir viel nützlicher gewesen.«
Doch noch aus anderem Grund bedauerte er den Tod des Abodritenfürsten. Schließlich war der jahrelang ein zuverlässiger Gefolgsmann gewesen, sah man von der Piraterie in dänischen Gefilden ab. Er hatte ihm Truppen für Kriegszüge gestellt, Tribut gezahlt, und er hielt die Abodriten zusammen. Niklot war ein Mann von Ehre. Was man von seinem verstoßenen Sohn nicht sagen konnte, der sicher die Ermordung seines Vaters angeregt hatte.
Doch hier ging es um Politik, nicht um Familienstreitigkeiten. Heinrich überlegte und verwarf mehrere Möglichkeiten, dann entschied er: »Als Zeichen guten Willens senden wir die sterblichen Überreste des Abodritenfürsten Niklot an seine Söhne auf Burg Werle. Dort können sie ihn nach ihren Bräuchen bestatten.« Soweit Heinrich wusste, verbrannten die Slawen ihre Toten, doch das war ihm gleichgültig. Es ging hier nicht um *sein* Seelenheil.
»Niklots Söhnen Pribislaw und Wertislaw sind freies Geleit und freier Abzug zugesichert, wenn sie sich bei mir einfinden und mir Treue schwören. Dann dürfen die Abodriten Burg Werle und das Land darum behalten.«
Er sah sich kurz um und entschied: »Heinrich von Weida, Ihr werdet dorthin reiten und meine Worte vortragen.«
Der zum Emissär Ernannte verbeugte sich.
»Durchlaucht, ich erhebe Anspruch auf das Schwert meines Vaters!«, meldete sich lautstark der Jarl von Lolland zu Wort.
Der Löwe maß ihn mit strafendem Blick.
»Soweit ich weiß, habt Ihr Euch von ihm losgesagt und könnt

also auch keinen Anspruch auf ein Erbe erheben. Das Schwert geht nach Werle zu Niklots Söhnen.«

Prislaw wollte aufbrausen, verkniff es sich dann aber lieber. Was der Löwe mit geheimer Genugtuung sah. Wie hieß es doch gleich? Man liebt den Verrat, aber nicht den Verräter.

»Statthalter für das eroberte Gebiet samt Schwerin und Ilow wird Gunzelin von Hagen«, gab er als Nächstes bekannt. »Für das Gebiet am Plauer See setze ich Vogt Ludolf aus Braunschweig ein. Malchow geht an Ludolf von Peine, Mecklenburg an den Grafen von Schlaten.«

Die Genannten – sofern anwesend – verneigten sich angemessen dankbar.

Nun wandte sich der Herzog wieder diesem Narren Olaf zu. »Ihr solltet dafür beten, dass Niklots Söhne nach diesem Vorfall noch hier erscheinen, statt einen Rachefeldzug auszurufen!«

Aufruhr im Heerlager

Kaiser Friedrich I., Kanzler Rainald von Dassel, Landgraf Ludwig II. von Thüringen, Pfalzgraf Konrad bei Rhein; kaiserliches Heerlager von Mailand, 8. August 1161

Der Kaiser war äußerst übel gelaunt, und das bekamen von den in seinem Zelt versammelten Ratgebern besonders die beiden italienischen Kriegsmaschinenbauer zu spüren, die er in seine Dienste genommen hatte: Meister Marchese, der in Crema zu ihm übergelaufen war, und Baumeister Tinto Mussa de Gatto aus Cremona. Sie mochten einander nicht, aber sie waren beide geniale Konstrukteure und Erfinder gänzlich neuartiger Kriegsmaschinen.

»Seit einem halben Jahr belagere ich Mailand und mache mich dabei lächerlich vor der Welt!«, wütete Friedrich. »Sie haben hinter den Mauern und Türmen nichts zu essen, kaum Wasser, es gab sogar einen Brand in der Stadt! Wir haben ihr gesamtes Umland verwüstet und jedem die Hand abgeschlagen, der vor den Mauern Holz sammelte oder Nahrung suchte. *Wieso* ergibt sich Mailand nicht?«
Er wischte sich mit dem Handrücken den Schweiß von der Stirn – im Zelt war es noch heißer als draußen in der sengenden Sommerhitze – und pochte mit dem Finger auf die Konstruktionsskizzen, die auf dem Tisch lagen.
»Baut diese Maschinen, holt euch alle dafür nötigen Männer, und lasst Euch etwas einfallen, damit ich die Stadt endlich nehmen und für ihren Hochmut bestrafen kann!«
Die beiden Kriegstechniker nickten betreten und wollten sich mit Blicken verständigen, wer zuerst etwas sagen sollte, doch dazu kam es nicht.
Ein völlig aufgelöster Rainald von Dassel stürzte unter Verzicht auf sämtliche protokollarischen Gepflogenheiten ins Zelt, rief: »Rettet mich vor diesen Wahnsinnigen!«, und suchte hinter dem Kaiser Schutz.
Von draußen waren Waffengeklirr und laute Wortwechsel zu hören.
Aufgebracht trat Friedrich vor sein Zelt, um zu sehen, was zu Rainalds ungewöhnlichem Verhalten geführt hatte. So hatte er seinen engsten Vertrauten noch nie erlebt!
Direkt vor dem Eingang standen seine Leibwachen mit gezogenen Schwertern.
»Legt Eure Waffen nieder; Ihr befindet Euch vor dem Zelt Seiner Majestät des Kaisers!«, brüllte der Anführer der Wachen. Dabei war ihm sichtlich mulmig zumute – nicht wegen einer möglichen Gefährdung des Herrschers, sondern weil er zwei Herzöge, einen Landgrafen und einen Pfalzgrafen anschrie, noch dazu allesamt Verwandte des Kaisers.

Doch für Bedenken war keine Zeit. Landgraf Ludwig von Thüringen, Friedrichs jüngerer Halbbruder Konrad von Schwaben und zwei böhmische Herzöge standen bebend vor Zorn vorm Zelt, zwar erstarrt, aber ohne die Schwerter zu senken.
»Was ist hier los?«, begehrte Friedrich mit lauter Stimme zu wissen. Wie konnten sie es wagen?
»Gib uns deinen Kanzler heraus! Er hat einen ungeheuerlichen Wortbruch begangen und unsere Ehre in den Dreck gezogen!«, tobte Ludwig von Thüringen, Friedrichs Schwager.
»Ich weiß nicht, wovon sie reden«, rief Rainald aus dem Inneren des Zeltes. Obwohl auch er eigentlich ein erfahrener Krieger und Heerführer war, ließ er sich jetzt lieber nicht vor den vier wütenden Fürsten blicken, die ihre Schwerter gegen ihn gezogen hatten.
»Gib uns den Kanzler heraus. Er verdient den Tod für seinen unerhörten Wortbruch!«, forderte der Thüringer Landgraf noch einmal unnachgiebig.
»Ich weiß *wirklich* nicht, wovon sie reden«, klang es erneut und etwas wehleidig aus dem Inneren des Zeltes.
»Legt die Waffen nieder! Und du, Ludwig, erzähl mir, worum um alles in der Welt es hier geht!«, verlangte Friedrich beschwichtigend, aber streng von seinem thüringischen Schwager und Freund.
Von den vier aufgebrachten Fürsten stand ihm Ludwig am nächsten; vielleicht ließ sich dieses unerhörte Vorkommnis mit Worten aus der Welt schaffen.
Ludwig jedoch forderte mit einem harten Blick den Sohn des böhmischen Königs zum Sprechen auf, mit dem er ebenfalls verschwägert war.
»Die Mailänder haben sich gestern an uns gewandt, um Verhandlungen zur Übergabe der Stadt anzubieten«, berichtete Theobald von Böhmen voller Zorn und ziemlich atemlos.

»Wir sollten als ihre Fürsprecher vor Euch auftreten, mit wahrlich weitreichenden Versprechungen von Mailänder Seite, und deshalb haben wir den Konsuln der Stadt für heute freies Geleit und freien Abzug zugesichert«, berichtete der Böhme schroff, bevor ihm Ludwig ins Wort fiel.

»Doch dein geliebter Kanzler hat uns zu Eidbrüchigen gemacht!«, brüllte der Landgraf. »Seine Männer nahmen die Konsuln gefangen, entgegen unserer Zusage freien Geleits! Und jetzt sind Kämpfe vor dem kölnischen Lager entbrannt, weil die wütenden Mailänder einen Ausfall machten, um ihre Ratsleute zu befreien! Der da« – er wies mit dem Finger ins Zelt – »hat uns unserer Ehre beraubt. Das soll er mit seinem Blut sühnen!«

Ludwigs Begleiter – die zwei Böhmenherzöge und Friedrichs Halbbruder Konrad – ließen in Haltung und Miene keinen Zweifel daran, dass sie das ebenso sahen.

Friedrich erstarrte und sah die vier Männer ungläubig an.

»Willst du mir damit etwa sagen, dass gerade jetzt im kölnischen Heerlager blutig gefochten wird? Dass die Kölner von einem Haufen wutentbrannter Mailänder angegriffen werden?«

»Ja, Ritter und Fußvolk. Eine halbe Meile südlich der Stadt. Die Konsuln sind befreit, aber die Kämpfe noch nicht beendet, weil sich die Mailänder betrogen fühlen. Zu Recht! Und jeder Tropfen Blut, der dort gerade vergossen wird, geht zu Lasten dieses verräterischen Hurensohns!«, tobte Ludwig.

»Genug!«, schrie nun auch Friedrich.

Streit unter den Truppen gab es immer wieder, und dagegen ließ er hart durchgreifen. Doch dass seine Fürsten, noch dazu seine engsten Berater und Verwandten, mit dem Schwert aufeinander losgingen, war eine Ungeheuerlichkeit, die er nicht einfach hinnehmen konnte. Ganz zu schweigen davon, dass offenbar immer noch gekämpft wurde und die Kölner dringend Verstärkung gegen die zornentbrannten Mailänder brauchten.

»Steckt Eure Schwerter in die Scheiden! Und Ihr, Rainald, kommt heraus, um diese unglaubliche Anschuldigung aufzuklären!«, befahl er.

Rainald von Dassel, Kanzler und Erzbischof von Köln, hatte inzwischen nach und nach seine Fassung wiedergefunden und trat heraus, blieb aber sicherheitshalber einen halben Schritt hinter dem Kaiser. Neben ihn stellte sich Friedrichs nun siebzehnjähriger Vetter, der Herzog von Rothenburg, der an der Beratung mit den Kriegsmaschinenbauern teilgenommen hatte, damit er etwas über Belagerungstechnik lernte. Ebenso wie der siebte Welf.

Friedrich sah seinen Kanzler scharf an.

»Ich wusste nichts von derartigen Absprachen und auch nichts von der Gefangennahme der Konsuln«, behauptete dieser.

»Seit wann seid Ihr so schlecht informiert, Erzbischof?«, höhnte Ludwig. »Oder habt Ihr die Befehlsgewalt über Euren Heerbann verloren?«

»Ihr habt unser Wort gebrochen und damit unsere Ehre in den Dreck gezogen«, beschwerte sich nun auch der Pfalzgraf bei Rhein, Friedrichs Halbbruder Konrad, und trat einen halben Schritt vor.

Der Kaiser gab dem Hauptmann der Wachen mit einem knappen Nicken ein Zeichen. Der drängte daraufhin die Protestierenden ein Stück zurück, hielt sie auf Abstand.

Friedrich wähnte sich in einem Alptraum. Seine engsten Vertrauten und Verwandten lagen in derart heftigem Streit.

Besonders hart traf ihn Ludwigs Rebellion. Sie waren nicht nur Schwäger, sondern auch Freunde. Er hatte neben dem Thüringer gesessen, als dieser Hochzeit mit Friedrichs Schwester Judith feierte, und Ludwig war zu seiner Hochzeit mit Beatrix geladen gewesen.

Und die Böhmen waren wichtige Verbündete, gefürchtete Kämpfer, die er nicht entbehren konnte.

»Was hatten die Mailänder denn als Kapitulationsbedingungen angeboten?«, fragte er, damit sich beide Parteien erst einmal beruhigten. Er musste dies hier klären, doch die Zeit drängte. Womöglich steckten die Männer im Kölner Lager in großer Bedrängnis.

»Sie sind bereit, einen Teil des Grabens und die Mauer auf vierzig Ellen Breite zu zerstören, damit dein Heer einmarschieren kann«, begann der Landgraf aufzuzählen. »Sie zerstören ihren größten Turm und dreißig weitere, stellen dreihundert Geiseln deiner Wahl, zahlen zehntausend Mark Silber und einen jährlichen Tribut.«

Bevor Friedrich über dieses Angebot nachdenken konnte, schrie Rainald schon: »Keine Verhandlungen mit Mailand! Keine Gnade für Mailand! Sie haben die Gesandtschaft des Kaisers mit Steinen beworfen! Das ist ein Angriff auf die Person des Kaisers selbst und auf die Ehre des Reiches!«

»Die Steine müssen Euch wirklich arg getroffen haben, Kanzler«, spöttelte Ludwig, um dann wieder in aller Härte zu sagen: »Und deshalb habt Ihr unsere Ehre beschmutzt, unser Wort gebrochen, nur damit *Eure* Ehre wiederhergestellt wird? Ihr habt die Gelegenheit vertan, diese nun schon viel zu lang währende Belagerung zu beenden – unter großen Zugeständnissen der Mailänder!«

Nun wandte er sich an seinen Schwager.

»Willst du dem hier nicht auch ein Ende setzen, Friedrich? Das viele Silber einstreichen, der Welt den Sieg über Mailand verkünden, die müden Truppen nach Hause schicken, zu deiner Beatrix reiten?«

O ja, das wollte Friedrich. Vor allem zu Beatrix, die er nach Pavia geschickt hatte. Sie in den Arm nehmen und endlich einen Sohn zeugen.

»Der einzig wahre Sieg über Mailand kann nur darin bestehen, dass die Stadt restlos zerstört wird«, widersprach Rainald scharf.

»Ihr seid ein Kriegstreiber einzig aus der Kränkung heraus, die Euch widerfahren ist«, mischte sich nun Pfalzgraf Konrad erneut ein. »Ihr vertretet nicht die Interessen meines Bruders, des Kaisers, sondern nur Eure eigenen.«

»Und dafür habt Ihr auch noch die Ehre von vier Fürsten beschmutzt«, ergänzte Theobald von Böhmen und spie dem Kanzler vor die Füße.

Friedrich hätte sie am liebsten alle davongeprügelt. Doch das würde das Problem nicht lösen.

»Habt Ihr allesamt den Verstand verloren?«, rief er. »Ihr steht hier und streitet wie die Waschweiber, während im Kölner Lager blutig gefochten wird. Fünfhundert Ritter können sich nicht halten gegen tausende aufgebrachte Mailänder! Los, ruft eure Männer, eilen wir zu Hilfe!«

Niemand reagierte. War das denn zu fassen?

»Knappen, bringt mir meine Rüstung, meine Waffen, mein Pferd! Einhundertfünfzig Ritter sollen mit mir reiten. Und auch du kommst mit, Vetter«, befahl Friedrich dem jungen Rothenburger. Der nickte. Es wäre nicht sein erstes Gefecht.

»Wieso steht ihr hier noch herum?«, fuhr er die vier Fürsten an, die mit ihrem wütenden Protest zu ihm gekommen waren. Landgraf Ludwig rührte sich nicht.

»Ich hatte den Konsuln bei meiner Ehre freies Geleit und freien Abzug zugesichert«, wiederholte er leidenschaftlich. »Wenn jetzt Kämpfe entbrannt sind, weil die Mailänder ihre Konsuln befreien mussten, die entgegen meinem Eid gefangen genommen wurden, hast du das diesem Wortverdreher Rainald zu verdanken! Und ich werde keinen Finger rühren, den eidbrüchigen Kölnern zu Hilfe zu eilen.«

Pfalzgraf Konrad und die beiden Böhmenherzöge verschränkten die Arme vor der Brust und blickten starr geradeaus, ohne sich zu rühren.

Das ist Befehlsverweigerung, das ist offene Rebellion!, dachte Friedrich entgeistert. Doch ich kann sie nicht zum Mitkämp-

fen zwingen, nachdem mir Rainald diesen Bärendienst erwiesen hat. Irgendwie fällt es mir schwer zu glauben, dass er nichts von der Absprache wusste. Rainald weiß immer von allem.
Die zweiflerische Saat, die Ludwig mit seinen Worten gelegt hatte, begann in Friedrich schon zu keimen.
Wäre nicht doch eine schnelle Einigung zu den angebotenen Bedingungen besser, ein baldiges Ende dieser schier endlosen Belagerung, die beide Seiten gleichermaßen erschöpft hatte? Er würde die Demütigung Mailands genießen, das Silber einstreichen, Mailand wieder in die kaiserliche Gnade aufnehmen und als großmütiger Sieger vom Platz gehen. Und glücklich zu seiner Beatrix eilen.
War es tatsächlich vor allem Rainalds persönliche Kränkung, die den Kanzler auf der völligen Vernichtung Mailands bestehen ließ? Doch in all den Jahren hatte ihn Rainald immer wieder gut beraten, für jedes Problem eine Lösung gefunden.

Friedrichs Knappen brachten ihm und dem Rothenburger Rüstung und Waffen, kleideten sie ein, führten die Pferde heran, während sich ihre Männer zum Kampf sammelten.
Ein vorwurfsvoller Blick auf die vier Ankläger sagte ihm, sie würden ihre Meinung nicht ändern. Sie würden ihm nicht folgen.
»Wenn ich wiederkomme, wenn ich von diesem Gefecht zurückkehre, will ich euch drei für den Rest des Tages nicht mehr sehen. Und du, Ludwig, erwartest hier meine Befehle«, wies der Kaiser an, wütend und verbittert zugleich.
Die Antwort hörte er schon nicht mehr, denn ein Knappe schnallte ihm den Helm fest. Friedrich gürtete das Schwert, stieg in den Sattel, ließ sich die Lanze reichen und gab der Reiterschar das Zeichen zum Aufbruch Richtung Süden, wo der Kölner Heerbann sein Lager hatte.
Bevor er dem Hengst die Sporen in die Seiten drückte, über-

legte er einen Moment lang, ob er seinen Rothenburger Vetter diesmal wirklich mit dem kaiserlichen Banner reiten lassen sollte. Sie zogen in ein unberechenbares Gefecht, das wohl eher ein blutiges Handgemenge war. Und das Banner würde den Jungen zur bevorzugten Zielscheibe für die wütenden Mailänder machen. Aber er war ein Ritter und wurde als Bannerträger hinreichend von anderen Rittern geschützt.

Das blutige Gefecht zwischen Rainalds Rittern und den wutentbrannten Mailändern zog sich bis zum Abend hin.
Friedrich hatte befohlen, den Gegner von drei Seiten anzugreifen, focht wie besessen und tobte dabei seinen Zorn aus – nicht nur über die lange Belagerung, bei der sich beide Seiten mit immer neuen Grausamkeiten überboten. Sondern auch über die Revolte der vier Fürsten und seine Zweifel an Rainalds Motiven. Er schrie seine Wut heraus, schweißgebadet und staubbedeckt, die Rüstung über und über mit Blut bespritzt. Sein Pferd wurde von einer Lanze durchbohrt, hastig rappelte er sich wieder hoch und kämpfte zu Fuß, bis ihm ein anderes Pferd gebracht wurde.
Es war schon dunkel, als die Mailänder aufgaben und zurück Richtung Tor und Graben rannten.
Friedrich verschaffte sich einen Überblick über das Schlachtfeld, versuchte, die Verluste abzuschätzen … Doch letztlich war es ihm gleichgültig. Viel schlimmer traf ihn die Szene, die er vorhin vor seinem Zelt erlebt hatte.
Zusammen mit seiner Leibgarde ritt er zurück zu seinem Lager, den Rothenburger Vetter an der Seite, der sich tapfer geschlagen hatte, und nahm den Jubel seiner Männer entgegen.
Vor dem roten Zelt ließ er sich nur Helm, Kettenhaube und Kettenhandschuhe abnehmen. Die Rüstung vollständig abzulegen, war jetzt nicht vordringlich. Erst hatte er etwas zu klären.
Mit Sandstaub, Schweiß, Blut und Rost verschmiert, stellte

sich der Kaiser vor seinem thüringischen Freund und Schwager auf, dem Mann seiner Schwester, der nun auf ein Knie sank und den Kopf neigte.

»Da wir auf Dauer in diesem verwüsteten Gebiet nicht mehr so viele Männer und Pferde ernähren können, werde ich einzelne Truppenkontingente aus ihrer Pflicht entlassen und nach Hause schicken«, erklärte Friedrich so eisig, wie er es nach dem hitzigen Gefecht noch zustande brachte. »Ihr, Landgraf, seid entlassen und werdet mit Euren Männern als Erster abziehen. Ihr dürft Euch wohlbehalten in Eure Heimat zurückbegeben.«

Er konnte keine Truppen um sich herum dulden, deren Anführer sich dem Kampf verweigerten.

Und den sechsten Welf würde er als Nächsten fortschicken; der widersprach zu oft. Kaum zu glauben, dass wir damals auf dem Kreuzzug so enge Kampfgefährten waren, wie Brüder!, dachte Friedrich.

Ludwig von Thüringen verzog keine Miene, als er antwortete: »Wie Ihr befehlt, mein Kaiser. Ich werde alle Vorbereitungen für unseren baldigen Abmarsch treffen.«

Mit Erlaubnis des Kaisers durfte er sich erheben und den Platz verlassen.

Ludwig würde nach Eisenach reiten, seine Frau Jutta Claricia in die Arme schließen, den Ausbau des Palas auf der Wartburg vorantreiben und ein waches Auge darauf haben, dass sich der Löwe nicht an seinen Ländereien vergriff.

Doch wirkliche Freude über die lang ersehnte Heimkehr wollte bei ihm nicht aufkommen. Den Kampf um die Gunst des Kaisers hatten er und seine drei Mitstreiter verloren. Von nun an würde niemand mehr gegen den Einfluss Rainalds von Dassel ankommen. Weder mit Logik noch mit Vernunft, und auch nicht mit dem Appell an Freundschaft und verwandtschaftliche Bande. Nicht einmal mit dem Appell an die Ehre. Die doch angeblich Rainald und Friedrich so wichtig war.

Rainald von Dassel hatte in Besançon den Streit mit dem Hei-

ligen Stuhl vom Zaun gebrochen und mit den Ronkalischen Gesetzen den unlösbaren Konflikt verursacht, wer über Rom bestimmte: Papst oder Kaiser. Auch die italienischen Städte würden so gravierende Beschneidungen ihrer Rechte nicht hinnehmen. Und nun war es Friedrich sogar gleich, wenn die Ehre seiner engsten Verwandten und treuesten Mitstreiter beschmutzt wurde.
Rainald ist schlau genug, um die Größe seines heutigen Sieges zu genießen, dachte Ludwig von Thüringen verbittert. Niemand kann ihn nun noch aufhalten, wenn er weiter sein Gift in das Ohr des Kaisers träufelt.

Verlust der Gnade

Beatrix, Friedrich, Rainald von Dassel;
Lodi, Anfang März 1161

Beatrix wollte sich eine Ruhestunde gönnen, bevor sie an der Seite ihres Gemahls am Festmahl anlässlich der Unterwerfung Mailands teilnehmen musste, das sicher bis tief in die Nacht gehen würde. Der Tag war ereignisreich gewesen, und sie fühlte sich erschöpft.
So lag sie auf dem Bett in ihrem Gemach im nun fertiggestellten Kaiserpalast von Lodi und sank in einen leichten Schlummer, als sie etwas vom Fenster her klicken hörte. Und gleich noch einmal.
Erschrocken fuhr sie hoch.
»Wachen!«
Die Leibwächter stürmten umgehend in die Kammer, blickten sich hektisch um, doch sie konnten keinen Attentäter sehen.
Und dann erklang wieder dieses Klicken, nun vielfach, und wurde zu einem Prasseln.

Werfen die Mailänder auch nach mir mit Steinen?, dachte Beatrix bestürzt. Ihr Gemahl hatte sich in Italien viele Feinde gemacht; angeblich waren schon zwei Versuche verhindert worden, ihn heimtückisch zu ermorden. In Erwartung möglicher Anschläge auch auf ihr Leben hatte Friedrich ihre Wachen verdoppelt.

Eine der Hofdamen ging zum Fenster und bückte sich, um etwas vom Boden aufzulesen. Beatrix wollte sie zur Vorsicht ermahnen, doch die Kehle war ihr wie zugeschnürt.

Die Hofdame, eine junge Burgunderin namens Marie Claire, richtete sich wieder auf, kam auf sie zu und hielt etwas in der Hand. Nun erkannte Beatrix es auch. Ein Kreuz. So wie die Mailänder es heute um den Hals getragen hatten, als sie an die Barmherzigkeit des Kaisers appellierten.

»Euer Majestät, auf diese Art flehen sie Euch an, damit Ihr Euch bei Eurem Gemahl für sie einsetzt und Gnade erwirkt«, sagte Marie Claire. »Es sind Dutzende Kreuze, die sie durch die Fensteröffnungen warfen, weil sie Euch in ihrer Verzweiflung nicht anders erreichen können.«

Sie schaute zurück zum Fenster, durch das vereinzelt immer noch Kreuze flogen.

»Ihr könnt gehen, es besteht keine Gefahr«, wies Beatrix die Leibwachen an, die daraufhin wieder Posten vor der Tür bezogen.

Sie nahm ihrer Hofdame das Kreuz ab und betrachtete es, auf der Bettkante sitzend, die Füße auf dem Boden.

»Alle bis auf Marie Claire sollen gehen«, befahl die junge Kaiserin.

Sie musste nachdenken.

Während sie das Kreuz betrachtete, das aus Holz geschnitzt und an einem schmalen Lederriemen befestigt war, sammelte die junge Hofdame noch weitere Glaubenssymbole unter dem Fenster auf und legte sie in eine silberne Schale. Darin hatte Friedrich Beatrix byzantinische Süßspeisen gebracht, um sie

zu erfreuen. Die Leckereien waren längst aufgegessen, und statt süßem Backwerk enthielt das mit verschlungenen Mustern verzierte Gefäß nun die Zeichen der Bitterkeit der Unterlegenen.
Vor Beatrix' Augen stiegen noch einmal die Bilder auf, die diese letzten Tage geprägt hatten.
Seit sechs Tagen schon traten immer wieder aufs Neue Konsuln und Ritter Mailands vor ihren Gemahl, um sich mit immer dramatischeren Gesten zu unterwerfen. Sie hatten den langen Weg nach Lodi auf sich genommen und trugen blanke Schwerter über dem Nacken, um zu zeigen, dass sie den Tod verdient hätten. Sie erklärten sich des Hochverrats schuldig, schworen völlige Unterwerfung und Gehorsam und warfen sich ausgestreckt vor ihm auf den Boden. Sie übergaben die Schlüssel und sämtliche Insignien der Stadt, legten die Banner der Ritterschaft nieder, versprachen Tribut und Geiseln nach den Wünsche ihres Gemahls …
Vollständiger und demütigender konnte eine Stadt kaum kapitulieren.
Doch Friedrich hatte sich noch in keiner Weise erklärt, wie er mit der nach einjähriger Belagerung unterworfenen Stadt verfahren wollte.
Heute hatte Beatrix reglos an seiner Seite gestanden, als auch noch tausend Mann Fußvolk aus Mailand kamen, um ihren *Carrocio* zu übergeben, ein riesiges Gefährt aus Holz und Eisen, das etliche Kämpfer aufnehmen konnte und in dessen Mitte ein riesiger Mast aufragte, an dem unter einem goldenen Kreuz ein Bildnis des Heiligen Ambrosius hing, des Schutzpatrons von Mailand.
Jedermann auf dem Platz hielt den Atem an, als der Mast vor dem Kaiser langsam gesenkt wurde und ihr Gemahl das Banner mit dem Heiligenbild davon löste.
Als er zu ihr zurückkam, sah sie an seinem Gesicht: Dies war sein größter Triumph.

Tausende Mailänder waren unter Tränen vor ihm auf die Knie gefallen, hatten ihre Kreuze hochgereckt und um Erbarmen im Namen Gottes gefleht.

Beatrix war zu Tränen gerührt, und auch viele der Mitstreiter ihres Gemahls zeigten sich tief bewegt. Sie alle hofften, der Kaiser würde Milde walten lassen.

Alle bis auf einen: Rainald.

Doch Friedrichs Gesicht blieb kalt und verschlossen.

Das hatte auch sein Gefolgsmann und Freund Graf Guido von Biandrate erkannt, der schon lange für Mailand zu vermitteln suchte. Als der Kaiser keinerlei Regung zeigte, geschweige denn ein tröstendes oder wenigstens beruhigendes Wort von sich gab, sank Graf Guido vor ihm auf ein Knie und flehte um Gnade für Mailand, zusammen mit den hoffnungslosen Städtern.

Beatrix fühlte sich hin- und hergerissen. Der Kaiser konnte keine Verletzung seiner Ehre hinnehmen, und derer hatten ihm die Mailänder viele zugefügt. Angefangen mit dem zertretenen kaiserlichen Siegel.

Doch wie sie jetzt vor ihm knieten … Sie hatten sich doch schon bedingungslos unterworfen! Bemaß sich die Größe eines Kaisers nicht auch in Milde und Verzeihen? Schließlich konnte er doch nicht das riesige Mailand dem Erdboden gleichmachen, wie er es einst für Crema bestimmt hatte.

Wenn mein Gemahl jetzt Großmut zeigt, wäre das für ihn letztlich ein größerer Sieg, als die Stadt zu vernichten, dachte die Kaiserin.

Sollte sie etwas sagen?

Friedrich würde nicht dulden, dass sie sich öffentlich einmischte. Gewiss, er liebte sie, er hatte ihr zuliebe sogar Troubadoure an seinen Hof geholt und überhäufte sie mit Geschenken. Doch solange sie ihm keinen Sohn geboren hatte, blieb ihr Einfluss gering und ihre Position ungewiss.

Der Moment war verflogen.

Rainald Dassel trat vor und rief: »Ihr habt euch bedingungslos ergeben! *Bedingungslos!* Also schweigt und bereut euren Hochmut!«

Beatrix sah schlagartig alle Hoffnung auf den tränenverschmierten Gesichtern schwinden.

Es war unter den Mailändern eine regelrechte Revolte ausgebrochen, die Belagerung zu beenden, sich zu ergeben und auf Milde zu hoffen. Neben Versorgungsnöten mochte ein grausamer Befehl Friedrichs letztlich den Ausschlag gegeben haben. Er hatte sechs ranghohe Geiseln blenden lassen und sie zurück nach Mailand geschickt. Und damit die sechs Blinden den Weg auch fanden, hatte er einem siebten Gefangenen nur ein Auge ausstechen und dafür die Nase abschneiden lassen.

Beatrix war froh, diese schaurige Szene nicht gesehen zu haben. Friedrich hätte ihr nur gesagt, es gehöre zur Kriegsführung, den Feind zu demoralisieren.

»Ich werde Erbarmen zeigen, wann und wie es mir gelegen ist«, verkündete ihr Gemahl, wandte sich um und ging in den Palas.

Seitdem beriet er sich dort nun schon viele Stunden lang mit seinen Fürsten.

Und jetzt hatten sich die Mailänder in ihrer Not an sie gewandt, an Beatrix, die junge und schöne Kaiserin … Ohne ein Wort, denn man hätte sie nicht zu ihr vorgelassen, nur mit den Kreuzen, den Symbolen der Christenheit, und in der Hoffnung, sie würde schon verstehen und Herz zeigen – im Gegensatz zu ihrem Gemahl.

Die Kaiserin stand auf und ging zur Tür.

»Richtet meinem Gemahl aus, dass ich ihn sehr zu sehen wünsche, sobald es seine Zeit erlaubt«, wies sie eine der Wachen an.

Doch der Mann kam nicht einmal mehr dazu, den Befehl zu bestätigen, als sie Friedrich auch schon mit großen Schritten zu ihrer Kammer hasten sah.

Er drängte sich an den Wachen vorbei, schob sie in den Raum und umfasste ihr Gesicht mit beiden Händen.
»Geht es dir gut? Ich hörte, es gab einen Zwischenfall?«
Beatrix löst sanft seine Hände von ihrem Gesicht und lächelte.
»Sei ohne Sorge, mein Gemahl, mir ist nichts geschehen …«
Dann nahm sie ihn an der Hand und führte ihn zu dem Tischchen, auf dem die silberne Schale stand.
Sie fuhr mit der Hand durch die hölzernen Kreuze und ließ sie durch ihre Finger gleiten, wieder und wieder.
»Mailand bittet um meine Fürsprache bei Euch. Um Gnade.«
Aufmerksam betrachtete sie sein Gesicht. Von den nächsten Augenblicken hing alles ab.
»Rainald sagt, es darf keine Gnade für Mailand geben«, entgegnete er sofort. »Auch um den Städten Gerechtigkeit widerfahren zu lassen, die von Mailand zerstört oder geschädigt wurden: Lodi, Cremona, Pavia, Como und noch so viele. Sonst werde ich nie der wahre Herrscher Italiens sein.«
Rainald.
Beatrix' Herz zog sich zusammen. Dieser unheimliche Mann gewann immer mehr Einfluss auf ihren Gemahl; seine Stimme galt Friedrich mehr als die all seiner anderen Ratgeber. Und ihre Stimme würde dagegen gar kein Gewicht haben.
»In diesem Moment … als ich das Banner vom Mast löste und in den Staub warf«, sagte Friedrich mit leuchtenden Augen zu ihr, »da war ich mir endlich wieder sicher, der mächtigste Herrscher der Welt zu sein. Zu lange haben mir diese Lombarden übel mitgespielt. Sie haben mein Siegel zertreten, mich verhöhnt! Doch jetzt wird mich die Welt wieder fürchten.«
Er reckte sich wohlig und strahlte sie an. »Heute werde ich mit dir ein Kind zeugen, Liebste.«
Alle wurden hinausgeschickt, und bald glaubte sogar Beatrix daran, dass er recht haben könnte. Dass er ihr heute ein Kind in den Leib gepflanzt hatte. Sie hofften schon so lange darauf. Seit fast sechs Jahren.

Länger schon fürchtete Beatrix, Friedrich würde sich ihrer entledigen, wenn sie ihm nicht bald einen Erben gebar. So wie er es mit seiner ersten Gemahlin getan hatte, Adela von Vohburg. Gewiss, er liebte sie, während ihm die Vohburgerin gleichgültig gewesen war, nach allem, was sie gehört hatte. Aber wie lange würde er den Einflüsterungen Rainalds und des Löwen noch widerstehen?

In Gedanken richtete sie inbrünstige Gebete an die Gottesmutter.

Wie befohlen traten die Mailänder auch am nächsten Tag wieder vor den Palas von Lodi und baten erneut um Gnade.

»Ich schenke euch das Leben. Das ist Barmherzigkeit genug!«, erklärte der Kaiser eisig und erhob weitere Forderungen, genau nach Rainalds Vorschlägen: mehrere hundert ranghohe Geiseln, Zerstörung von Mauern und Gräben, Übergabe aller auswärtigen Festungen …

Doch über Mailands Fortbestehen war immer noch nicht endgültig entschieden. Seit Wochen schon stritt er mit seinen Fürsten darüber. Sein Bruder Konrad, Graf Guido, Graf Ulrich von Lenzburg, Bischof Eberhard von Bamberg und die wettinischen Brüder Dietrich und Dedo gehörten zu denen, die für das Fortbestehen Mailands plädierten. Otto von Meißen hingegen hielt sich zurück; der hatte erst vor ein paar Tagen hier in Lodi überglücklich die kaiserliche Erlaubnis erhalten, ein Kloster zu gründen und mit achthundert Hufen Land auszustatten. Der würde ihm jetzt nicht widersprechen.

Bevor eine endgültige Entscheidung getroffen war, zog das Kaiserpaar samt seinen Fürsten und deren Truppen und den meisten Geiseln nach Pavia. Dort beriet sich Friedrich mit den italienischen Verbündeten, die noch weniger Gnade für Mailand als Rainald gewähren wollten. Mailand müsse aufhören zu existieren, verlangten sie.

Am lautesten forderten die Vertreter Lodis und Comos, Mai-

land zerstören zu dürfen – aus Vergeltung für die Zerstörung ihrer Städte.
So erging am 19. März von Pavia aus der kaiserliche Befehl, dass alle Mailänder binnen acht Tagen ihre Häuser zu räumen hätten.
Unter den durch einjährige Belagerung leidgeprüften Stadtbewohnern brach Verzweiflung aus. Doch niemand wagte es, in der Stadt zu bleiben. Nicht einmal die Kranken, Alten und Schwachen.

Nun war das Verhängnis nicht mehr aufzuhalten. Der Kaiser teilte jedem der Heerzüge ein Stadtviertel zu, das sie einnehmen konnten. Jubelnd zogen die Männer los. Bald brachen Feuer aus, Häuser gingen in Flammen auf. Die fast hundert Türme und Teile der Mauern wurden niedergerissen.
Eine Wolke aus Rauch und Asche verhüllte die sterbende Stadt und nahm jedem den Atem, der sich dort bewegte.
Nun standen nur noch einige Kirchen.
Zwischen den Trümmern der anderen wühlten Männer nach Schätzen – unter dem wachenden Auge Rainalds. Der Kaiser hatte befohlen, sämtliche Reliquien auszuliefern. Und dabei suchte Rainald nach etwas ganz Besonderem. Er hatte viel gelesen, in allen verfügbaren Quellen nachgeforscht und war sich seiner Sache sicher. Die Hiesigen hatten ja gar keine Ahnung gehabt, welchen Schatz sie im Dom zu Mailand besaßen! Wer die drei Magier wirklich waren, deren Gebeine hier aufbewahrt wurden.
Er würde sie nach Köln überführen und seine Stadt zum größten Wallfahrtsort im Kaiserreich machen.

Den Palmsonntag feierte Friedrich mit seinem Heer vor den Trümmern Mailands. Dann erteilte er den Befehl, den Glockenturm der großen Kathedrale zu vernichten.
Gespannt sahen tausende Männer zu, wie mit viel Aufwand

eines der letzten Katapulte auf der Mauerkrone gedreht wurde und seine zerstörerische Kraft auf den Kirchturm richtete. Die ersten beiden Schüsse gingen fehl, so als wollte Gott Seine schützende Hand über Sein Haus halten. Doch die dritte Ladung traf. Krachend zerbarst der obere Teil des Glockenturms. Steine, Schutt und Balken stürzten auf das Gotteshaus, und mit einem dumpfen Wehklang fiel die bronzene Glocke und zertrümmerte große Teile des Doms.

Als unter lautem Krachen eine weitere Wolke aus Staub und Geröll aufstieg, da wusste jeder, der es sah: Dies war das Ende einer Stadt – einst so groß und reich wie keine nördlich der Alpen.

Markgraf Dietrich stand neben seinen Brüdern in der Nähe des Kaisers. Wollten wir nicht die Welt zu einem besseren Ort machen?, dachte er in Erinnerung an die Nacht, in der er mit Friedrich und Sven als sechzehnjähriger junger Ritter ihren gemeinsamen Turniersieg gefeiert hatte. Tatenlos sah ich zu, wie Sven alles verdarb und alles verlor, auf schmählichste Weise. Und Friedrich? Denkt er noch an unseren Traum? Ich muss versuchen, mehr Einfluss auf den Kaiser zu gewinnen.

Allein gelassen I

Hedwig, Christian, Raimund;
Meißner Burgberg, Sommer 1162

Beim ersten Anfall morgendlicher Übelkeit hatte Hedwig noch gehofft, er wäre bedeutungslos. Beim zweiten redete sie sich selbst zu: Ich bin *nicht* schwanger! Es darf einfach nicht sein. Wie soll ich sonst meinen Aufgaben gerecht werden, der drückenden Last der Verantwortung, da Otto so weit fort ist und die meisten seiner Männer mitgenommen hat? Wie soll ich das nur schaffen? Etwa vom Wochenbett aus herrschen?

Beim dritten Erbrechen – ihre Hofdamen tuschelten längst darüber, und nur der finstere, abweisende Ausdruck auf dem Gesicht der Markgräfin hinderte sie daran, in Gratulationen zu schwelgen – brach stumme Verzweiflung über Hedwig herein.

Sie zog sich für einen Tag in die markgräfliche Kammer zurück und ließ Josefa holen, die weise Frau aus dem unteren Viertel. Die alte Wehmutter verstand sofort, warum die Markgräfin über diese Schwangerschaft nicht sehr glücklich war.

»Ich werde Euch einen Kräutersud gegen die Übelkeit zubereiten«, versprach sie. »Schont Euch, so gut Ihr könnt, esst nur, was und wann Ihr wollt. Und lasst mich sofort holen, wenn Ihr das Gefühl habt, etwas sei nicht in Ordnung. Oder wenn Ihr anderweitig meine Hilfe braucht.«

Hedwig wusste nicht, ob diese Worte sie beruhigen sollten oder eher beunruhigten.

Sie überstand die Wochen der Übelkeit mehr schlecht als recht und überließ die Nähstube der Aufsicht der Grünbacherin, um sich ganz um die Erträge der Ernte, die Klagen und Bittgesuche zu kümmern. Je länger Otto fort war, desto mehr Bittsteller kamen nach Meißen. Und ihr Gemahl war viel zu weit entfernt, um ihm einen Boten mit der Nachricht zu senden, dass er unmittelbar vor seinem Aufbruch noch ein Kind gezeugt hatte. Er würde wohl erst bei seiner Heimkehr von der Geburt des Kindes erfahren.

Heute – es war ein regnerischer Spätsommertag und Hedwigs Schwangerschaft inzwischen weit fortgeschritten – wartete eine Abordnung von Bittstellern aus mehreren entlegenen Dörfern nahe des Böhmischen Steiges auf sie, vom östlichen Rand des Dunklen Waldes. Dort hatte Ottos Vater Konrad versucht, Siedler sesshaft zu machen, die für ihn Land erschlossen. Doch nur wenige der Rodungsdörfer überstanden den ersten Winter. Viele waren wieder aufgegeben worden und nun Wüstungen.

Die Markgräfin saß neben Ottos prächtigem Stuhl in der Halle, der demonstrativ leer blieb. Der Fürst war fort.

Hinter ihr standen der alte Truchsess Edwin und Raimund von Muldental, der Vater des gleichnamigen Freundes von Christian. Ihn hatte Otto als Anführer der verbliebenen Mannschaft im markgräflichen Bezirk des Burgberges zurückgelassen, und er war außer dem Waffenmeister Arnulf der Einzige unter den angesehenen älteren Rittern, dem Hedwig vertraute.

Zu ihrer großen Erleichterung waren Randolf und seine Kumpane mit ihrem Gemahl nach Italien gezogen. Doch weilten noch genug Ritter in Meißen, die ihr Handeln hinter ihrem Rücken in Frage stellten.

So wie sie schon mehrfach Boten von Mathilde mit nichtigen Anliegen empfangen hatte, musste sie selbst auch gelegentlich einige der Wortführer unter erdachten Vorwänden zu Dedos Gemahlin nach Groitzsch und zu Adele nach Ballenstedt schicken, um Herrin der Lage zu bleiben.

Hedwigs Vater, der alte Bär, war selbst nicht mit dem Kaiser nach Italien geritten, hatte aber seinen Sohn Adalbert dorthin gesandt. Vielleicht auch deshalb, weil er Ballenstedt bei Adele in guten Händen wusste. Und unter den strengen Blicken des alten Markgrafen wagte niemand Widerworte gegen die einstige dänische Königin, selbst wenn der Bär auf der Brandenburg weilte.

Als die Bittsteller in triefend nassen, zerlumpten Kleidern und mit verzweifelten Mienen vor Hedwig in der Halle niederknieten, wappnete sie sich gegen schlechte Nachrichten. Wenn diese Menschen von so weit her gekommen waren und selbst im Regen nirgendwo Schutz gesucht hatten, musste etwas Schlimmes geschehen sein.

Sie versuchte das Sodbrennen zu ignorieren, das sie in dieser

Schwangerschaft heftig heimsuchte, und legte beide Hände über die Wölbung ihres Leibes, was das Ungeborene mit einem Tritt beantwortete, der Hedwig das Gefühl bescherte, sofort auf die Heimlichkeit rennen zu müssen. Wenn sie denn hätte rennen können.

Längst hatte sie sich an den Gedanken gewöhnt, bald wieder ein Kind zur Welt zu bringen. Längst liebte sie das kleine Wesen in sich, das sich schon rege bemerkbar machte. Doch ihr graute vor der Niederkunft und dem Wochenbett noch mehr als bei ihrer ersten Entbindung. Denn diesmal durfte sie sich nicht schonen, sondern musste vom Kindbett aus die Mark Meißen regieren, solange Otto mit dem Kaiser in Italien weilte. Hastig schob sie die düsteren Gedanken beiseite und wandte sich dem unglückseligen Häuflein Bittsteller zu.

»Was führt euch zu mir, auf diesen weiten und mühsamen Weg?«

Ein junger, dürrer Geistlicher in zerschlissener Kutte und mit vorstehenden Zähnen stemmte sich hoch und neigte demütig den Kopf, ehe er ihr ins Gesicht sah.

»Die größte Not, ehrwürdigste Fürstin, und die flehentliche Bitte um Beistand.«

Hedwig bedeutete ihm mit einem freundlichen Nicken und einer Handbewegung, weiterzusprechen.

»Die drei Dörfer in meinem Sprengel, klein und abgelegen am Böhmischen Steig, sind schutzlos zurückgeblieben, seit unser Herr mit Fürst Otto nach Italien ritt. Seit zwei Wochen werden wir von einer Gruppe bewaffneter Männer furchtbar heimgesucht«, klagte er und rang die Hände. »Es gibt Tote und Verletzte, Felder wurden niedergebrannt, Vieh geraubt und Frauen geschändet. Sie kommen am helllichten Tag, und wir können uns ihrer nicht erwehren. Hohe Frau, wir flehen Euch um Beistand an. Lasst uns nicht allein in unserer Not!«

Nun sank er wieder auf die Knie, und unzählige Augenpaare richteten sich auf die erblassende Fürstin. Die Halle war voll von Bittstellern und Neugierigen, die sehen wollten, wie die Markgräfin in Abwesenheit ihres Gemahls auf solcherlei Hiobsbotschaften reagierte.

»Wisst ihr, woher diese Angreifer kommen und wer sie geschickt hat?«, fragte sie.

Der Böhmische Steig war ein schmaler, mühsam zu bewältigender Pfad. Doch in der Nähe verliefen wichtige Handelswege. Die Räuber und Mörder konnten von überall her kommen und schnell wieder verschwinden.

Nun erhob sich ein älterer Mann, in dessen Wange ein tiefer, blutverkrusteter Schnitt klaffte und der von dem Priester als Dorfschulze eines der überfallenen Orte vorgestellt wurde. Seine Wunde war geschwollen und nässte. Wahrscheinlich eiterte sie unter dem Schorf.

»Sie führen kein Banner. Wir kennen sie nicht«, berichtete der Mann verzweifelt. Seine geschwollene Wange machte ihm das Sprechen schwer, seine Worte waren kaum zu verstehen.

»Vier tragen Rüstung und Schwert wie Ritter, die anderen kommen mit Spießen, Äxten, Dolchen. Insgesamt mehr als ein Dutzend. Und wir sind vollkommen machtlos gegen sie. Sie haben sich im Oberdorf eingenistet, im Wohnsitz unseres abwesenden Herrn. In meinem Dorf, dem Unterdorf, erschlugen sie drei Bauern, die sich gegen sie wehren wollten. Sie raubten unsere Vorräte, und sie haben mehrere Frauen entführt. Meine Tochter und meine Enkelin sind darunter. Die Kleine ist erst zehn!«

Nun schluchzte er. »Nur Gott weiß, was sie alles erdulden müssen und ob sie überhaupt noch leben.«

Er wischte sich die Tränen mit dem Ärmel ab, griff nach einem Beutel an dem Seil, das er als Gürtel trug, und öffnete ihn mit zittrigen Händen.

»Das … haben sie uns beim zweiten Überfall vor die Füße geworfen und gedroht, noch mehr zu schicken, falls wir uns wehren.«

Nun zog er aus dem Beutel zwei Paar Zöpfe, eines braun, eines fein und hell.
Ein entsetztes Raunen ging durch die Halle.
Hedwig schluckte. Dann erhob sie sich und drückte ihr schmerzendes Kreuz durch. Die Menschen in der Halle knieten nieder.
»Jeder Mann und jede Frau in der Mark Meißen hat Anspruch auf den Schutz des Fürsten«, verkündete sie. »Ich werde Ritter in eure Dörfer schicken, damit sie diesen Raubzügen ein Ende setzen und eure Frauen zurückholen.«
In ihrer Stimme gab es kein Zagen. Sie wusste, sie wurde von Freund und Feind auf dieser Burg daran gemessen, wie energisch sie gegen solche Überfälle einschritt.
Der Pater stammelte Dankesworte. Doch die Markgräfin sah Furcht und Zweifel in den Gesichtern seiner Begleiter.
»Geht und lasst euch etwas zu essen geben. Und ich schicke nach unserer Heilerin, damit sie sich um deine Wunde kümmert«, versprach sie dem entstellten Dorfschulzen.
Hedwig reckte sich ein wenig und blickte den Ritter an, der die Waffenausbildung der Knappen leitete. Ein Kämpfer von nicht zu unterschätzender Erfahrung. Vielleicht der beste derzeit auf der Burg, sah man von Raimund dem Älteren ab, den sie aber in Meißen brauchte.
»Arnulf!«
Der Waffenmeister trat vor und sank vor ihr auf ein Knie.
»Stellt nach eigenem Ermessen eine Gruppe von sechs Rittern und einem Dutzend Reisigen zusammen und führt sie zum Dunklen Wald. Befreit die Frauen und bereitet dem Übel ein Ende!«
Sechs Ritter und zwölf Reitknechte waren womöglich nicht genug, aber mehr Männer konnte sie nicht entbehren. Hedwig vertraute auf Arnulfs Kampfgeschick. Und darauf, dass die Übeltäter nicht mit Gegenwehr rechneten. Das verschaffte ihren Männern einen unschätzbaren Vorteil. Außerdem würde Arnulf auch die Reisigen sorgfältig auswählen.

»Ich kann es kaum erwarten, diesem Gesindel in den Arm zu fallen«, entgegnete er grimmig. »Soll ein anderer derweil den begriffsstutzigen Knappen zeigen, wie man ein Schwert hält.«
Er drehte sich um und wandte sich an einen Ritter, der von allen nur »der alte Fuchs« genannt wurde. Was verwirren konnte, weil er noch gar nicht alt war. Bis zum kürzlichen Tod seines gleichnamigen Vaters hatte er »der junge Fuchs« geheißen. Und diesen Namen würde sicher einmal sein erstgeborener Sohn Lukas übernehmen, der jetzt noch als Page auf dem Burgberg diente.
»Reitet Ihr mit mir?«
»Mit größter Freude«, knurrte der.
»Von den jungen Rittern nehme ich Christian, Raimund und die Zwillinge mit, Gero und Richard«, verkündete Arnulf grimmig. »Die scheinen mir noch die Besten unter all den Burschen hier.«
Die Genannten sahen einander zufrieden an, dann traten sie vor und knieten an der Seite des Waffenmeisters nieder. Christian glaubte, das Klopfen seines Herzens müsste in der ganzen Halle zu hören sein.
»Arnulf, Ihr brecht noch heute mit Eurem Streittrupp auf«, befahl Hedwig. »Die Dörfler werden Euch führen und unterwegs alles berichten, was Euch nützen kann. Wo diese Übeltäter hausen, woher und wann sie kommen …«
»Natürlich, Euer Durchlaucht«, sagte der Waffenmeister.
»Eines müsst Ihr noch wissen«, rief Hedwig den Rittern hinterher, die schon aufbrechen wollten und nun noch einmal verharrten.
Sie wog ab, wie sie das Problem in Worte fassen sollte.
»In Abwesenheit meines Gemahls darf ich hier kein Blutgericht verhängen«, sagte sie schließlich bedeutungsschwer.
»Macht Euch darüber keine Sorgen, Durchlaucht!«, antwortete der alte Fuchs grimmig, der sofort verstand: keine Gefan-

genen, sofern sie nicht herausfanden, wer diese Kerle geschickt hatte.

»Jetzt ernten wir Ruhm und Glorie, weil wir die Schwachen verteidigten«, meinte Raimund grinsend, als er und seine Freunde sich für den Aufbruch bereitmachten.

»Es wird wohl ein ziemliches Gemetzel werden«, prophezeite Christian, während er dem Grauschimmel den Sattel auflegte. »Und schlimm anzusehen, wie dieses Gesindel in den Dörfern gehaust hat.«

Trotzdem war er froh, zu dieser Aufgabe ausgesandt zu werden. Endlich konnte er einmal die Schwachen beschützen!

»Warst du beim Schmied? Und in der Kapelle?«, fragte er seinen Knappen Matthes streng, einen achtzehnjährigen Burschen mit dunklem Haar und erstem Bartflaum. Der bejahte.

Raimunds gleichnamiger Vater trat zu ihnen, um sich von seinem Sohn zu verabschieden.

»Ihr seid womöglich in der Unterzahl«, meinte der ältere Raimund nicht ohne Sorge. Jeder der sechs Ritter nahm zwar seinen Knappen mit, doch diese würden sich nicht an den Kämpfen beteiligen. Aber mit zwölf kampferfahrenen Reisigen, von Arnulf persönlich ausgesucht, standen ihre Aussichten gut, das Räubernest auszuräuchern, wenn sie die Übeltäter überrumpeln konnten.

»Sie rechnen nicht mit Gegenwehr und sind Feiglinge, die wehrlose Bauern, Frauen und Kinder angreifen. Das ist euer Vorteil. Der alte Fuchs und Arnulf sind erfahrene Kämpfer. Und dann noch Christian, unser strahlender Turniersieger …« Er lächelte aufmunternd.

»Ja, Vater, wir werden uns größte Mühe geben, in dieser Heldentruppe zu bestehen«, meinte sein Sohn mit schiefem Lächeln und deutete auf sich und die Zwillinge.

Christian warf noch einmal einen Blick über den Hof, ehe er aufsaß, und sah, dass die jungen Mädchen neugierig und ernst

aus den Fenstern auf ihren Trupp blickten. Hinter ihnen stand die Markgräfin und schaute nicht minder ernst.
»Gott schütze euch!«, sagte der ältere Raimund, forderte die jungen Männer auf, niederzuknien, und erteilte ihnen seinen Segen. Dann ritten sie los.

Allein gelassen II

Christian und Raimund; Mark Meißen, Spätsommer 1162

Kurz bevor sich der von Hedwig ausgesandte Reitertrupp dem ersten der überfallenen Dörfer näherte, gab Arnulf das Zeichen zum Halten. Sie lauschten, ob irgendein alarmierendes Geräusch zu hören war: Hilferufe, Waffengeklirr, Hufgetrappel. Doch nichts regte sich. Kein Rauch stieg von einer Kochstelle auf, kein Wort erklang, es gackerte kein Huhn. Nicht einmal ein Hund bellte. Das Rauschen des Baches am Wegesrand und das Rascheln der Blätter im Wind ließen die Stille noch unheimlicher wirken.
Die Ritter besprachen sich leise und beschlossen, den Priester vorauszuschicken, um zu erfahren, ob es einen neuerlichen Überfall gegeben hatte.
Christian und Raimund wollten das übernehmen, doch Arnulf und auch der alte Fuchs wiesen ihren Vorschlag schroff zurück.
»Es gibt ein Riesengeschrei, wenn urplötzlich noch mehr Bewaffnete im Dorf aufkreuzen. Was diejenigen aufschrecken könnte, die wir jagen. Zuerst müssen wir wissen, wie viele es sind und wo sie sich jetzt aufhalten. Lasst den Gottesmann gehen. Er soll die Dörfler beruhigen und unser Kommen ankündigen«, entschied Arnulf.

»Falls jedoch ein paar von diesen Hurensöhnen gerade dort sein sollten, kann er sein vorübergehendes Fehlen erklären«, ergänzte der alte Fuchs. »Schließlich muss er sich in allen drei Dörfern um das Seelenheil seiner Herde kümmern.«

Die von Hedwig ausgeschickten Ritter trugen Gambesons und Waffen, um auf einen Kampf vorbereitet zu sein, doch noch keine Kettenrüstung. Die ließen sie sich nun von ihren Knappen anlegen.

Der dürre Priester hinkte derweil entschlossen Richtung Dorf, nachdem er flehentliche Gebete an die Gottesmutter und den Heiligen Georg gerichtet hatte.

Jeder der Männer nutzte das Warten auf seine Weise; einige spähten aufmerksam um sich, andere gingen zum Bach, um Wasser zu schöpfen oder Wasser zu lassen. Oder die Pferde zu tränken.

Der Dorfschulze, dessen Wunde Josefa gesäubert und verbunden hatte, wankte zu dem Rinnsal, um sein Gesicht mit eiskaltem Wasser zu kühlen. Seine Wange war inzwischen so dick angeschwollen, dass er sich den Verband herunterriss. Was sehr schmerzhaft war, weil Eiter die Leinenstreifen mit der Haut verklebt hatte. Der Verletzte keuchte auf. Seine Augen und die unverletzte Gesichtshälfte glühten im Fieber.

Kraftlos ließ er sich neben der Böschung fallen, und wer ihn ansah, wusste, dass er die nächste Nacht wohl nicht überleben würde. Die Wunde war trotz Josefas Mühe brandig geworden.

Raimund und die Zwillinge Gero und Richard standen beieinander und warteten, bis Christian seinen Grauschimmel versorgt hatte. Das wäre eigentlich die Aufgabe seines Knappen gewesen, doch Christian hatte Matthes strikt verboten, sich dem Hengst zu nähern. Immer noch ließ Drago keinen Menschen außer ihn an sich heran.

»Ich komme mir wirklich fast wie in alten Knappenzeiten vor«, raunte Raimund seinen Freunden grinsend zu.

»Weil ich wieder nur noch *Bastard* gerufen werde?«, fragte

Christian verstimmt. Ironie des Schicksals: Er hatte dem Vater des alten Fuchses einst als Knappe gedient und sich in dieser Zeit unzählige Beschimpfungen gefallen lassen müssen. Er *war* kein Bastard. Doch da er Namen und Herkunft seines Vaters nicht enthüllen durfte, konnte er den Schimpfnamen nicht zurückweisen.

Aber auch sonst hatten Arnulf und der alte Fuchs auf dem Weg hierher nicht mit abfälligen Sprüchen über die jungen Ritter gegeizt. Ihre Knappen mussten sich sogar noch derber beschimpfen lassen. Nach Arnulfs Worten waren sie allesamt unfähig, irgendwann einmal ein Schwert auch nur richtig zu halten.

Doch hinter der Strenge des alten Waffenmeisters steckte seine Sorge um die Überlebenschancen der ihm anvertrauten Burschen. Um als Ritter zu bestehen, mussten sie sicher im Umgang mit Lanze, Schwert und Schild, Dolch und anderen Waffen sein, besser als ihre Gegner, und sich auf ihr Pferd verlassen können.

Allmählich wurden Arnulf und der alte Fuchs ungeduldig, weil der Pater nicht zurückkam. Gerade wollte der Waffenmeister alle in die Sättel befehlen, um ins Dorf zu stürmen, als sie den Geistlichen erblickten, wie er eilig zurück zu ihnen gehumpelt kam.

»Ihr seid willkommen, es ist niemand von den Angreifern da«, japste er, bekreuzigte sich und ließ sich atemlos auf den Laubboden sinken.

Die Männer – Ritter, Knappen und Reisige – saßen auf und ritten an. Der dürre Priester rappelte sich eilig wieder auf und lief voran, hinter ihm wankte der fiebernde Dorfschulze.

Je näher sie dem Unteren Dorf kamen, umso mehr Anzeichen kündeten von dessen schlimmem Schicksal.

Keine neugierigen Kinder oder aufgeregte Hunde kamen ihnen entgegengerannt. Nicht weit vom vordersten Haus befanden sich drei Gräber, auf denen sich frisch ausgehobenes

Erdreich häufte. Von einer Kate waren nur noch verkohlte Balken übrig. Und immer noch schwebte eine unheimliche Stille über allem.
Als die Kämpfer hinter dem Priester ins Dorf einritten, ließ sich niemand sehen.
»Kommt alle heraus, die Markgräfin schickt uns diese Ritter zu unserem Schutz! Heißt sie willkommen!«, rief der Geistliche.
Zögernd traten einige Männer und kleine Kinder aus den Häusern und näherten sich ihnen. Keine einzige Frau war darunter. Christian sah aber, dass sich einige versteckt hielten und sie misstrauisch und furchtsam beobachteten.
Schließlich trat eine alte Frau aus einem der Häuser heraus und schrie auf, als sie den Dorfschulzen erblickte.
»Jesus und Maria, steht uns bei!«, stöhnte sie und schlug beide Hände vors Gesicht. Doch nur kurz, dann hob sie den Kopf und wehklagte: »Ein frischer Kuhfladen würde helfen, Mann, der zieht alles Gift aus der Wunde. Aber« – nun wandte sie sich an Arnulf – »verzeiht, edler Herr. Und Ihr Herren alle, die Ihr Euch unser erbarmen wollt, der edlen Fürstin sei Dank. Diese Räuber und Mörder haben uns die einzige Kuh weggenommen.«
Suchend sah sie um sich, bis ihr Blick auf den Haufen fiel, den einer der Reittiere gerade hinterlassen hatte.
Sie lief hin, holte einen Pferdeapfel und packte ihn ohne viel Federlesen ihrem Ehemann auf die brandige Wunde. Dann zerrte sie ihn am Arm ins Haus. »Leg dich hin, Mann! Das hast du nun davon, dich widersetzt zu haben …«
Weinend und schniefend kam sie gleich wieder zur offenen Tür heraus.
»Unsere Fürstin in ihrer Güte hat uns einen Sack Hirse für das Dorf mitgegeben. Kümmere dich darum!«, wies der Geistliche sie an. »Und auch darum, dass die Ritter und ihre Begleiter etwas von dem letzten Bier bekommen, das du gebraut hast.«

Die alte Frau verneigte sich vielfach vor den meißnischen Kämpfern und verschwand erneut in ihrer Hütte.

Ein Sack Hirse wird nicht lange reichen, dachte Christian. Aber noch ist Sommer. Die Dorfbewohner können Pilze und Beeren sammeln, sobald sie sich wieder in den Wald wagen dürfen. Doch im Winter müssen sie wohl bitteres Eichelmehl kochen.

»Wir halten uns hier nicht lange auf, bis unsere Arbeit getan ist«, erklärte Arnulf den Dörflern. »Wo stecken diese Kerle jetzt? Und wie viele eurer Frauen und Mädchen haben sie in ihrer Gewalt?«

Zögernd trat einer der Bauern vor, noch jung, mit Sommersprossen und rötlichen Haaren.

»Es sind zwanzig Männer, alle zu Pferd«, berichtete er. »Sie zogen von hier aus weiter ins Mitteldorf und haben dort ebenfalls gemordet, geplündert und geraubt. Jetzt sind sie im Oberdorf. Dort haben sie sich im Herrenhaus breitgemacht … und zehn junge Frauen und Mädchen im ersten Haus rechts vom Dorfeingang eingesperrt. Sie bewachen es. Aber sie trinken auch recht viel.«

Wie sich durch Nachfragen herausstellte, hatte der Rotschopf den Angreifern vorsichtig nachspioniert, weil er auf eine Gelegenheit hoffte, seine Frau und vielleicht auch ihre Leidensgefährtinnen zu befreien.

»Wir sind machtlos gegen sie … nur mit Knüppeln gegen Schwerter«, meinte er niedergeschlagen.

»Das ist unsere Aufgabe, deshalb sind wir hier«, knurrte der alte Fuchs. »Kannst du uns hinführen? Am besten so, dass wir uns ungesehen dem Oberdorf nähern?«

Der Mann nickte, ohne zu zögern, und ein Anflug von Hoffnung zog über sein Gesicht.

Arnulf sammelte seine Männer um sich.

»Die Knappen bleiben hier!«, befahl er, auch wenn er um deren Enttäuschung wusste. Knappen wurden nicht in den Kampf geschickt. Sie hatten sich um Pferd, Rüstung und Waffen ihres Ritters zu kümmern und die Fertigkeiten zu erlernen, die von einem Ritter verlangt wurden.

»Doch wehe euch, wenn ihr es euch zu gemütlich macht!«, ermahnte der Waffenmeister grimmig. »Ihr haltet Wache für den Fall, dass jemand von dem Mordgesindel hier noch einmal aufkreuzt. Ist das klar?«, blaffte er.

Ein sechsstimmiges, wenig begeistertes »Ja, Herr« ertönte. Die Burschen hatten alle schon mehrere Jahre Waffenübungen hinter sich und waren begierig darauf, sich zu beweisen. Die Aussicht, dabei möglicherweise zu sterben, weil ihre Gegner rücksichtslos und kampferfahren waren, zog offenbar keiner von ihnen in Betracht. Genau deshalb ließ Arnulf sie hier.

»Esst den armen Leuten hier nichts weg, verpflegt euch aus unseren eigenen Vorräten!«, befahl er außerdem. »Doch vergesst nicht: Sollten einer oder mehrere von diesen Kerlen wider Erwarten hier auftauchen, ist es an euch, die Dorfbewohner zu verteidigen. Also teilt auch für die Nacht Wachen ein.«

Er nahm den Knappen das Gelöbnis ab, sich an seine Befehle zu halten, dann versammelte er die Ritter und Reisigen zum Aufbruch. Noch herrschte genügend Tageslicht, um die Bande aufzuspüren.

Der Rotschopf namens Karl führte sie rasch und leise zur nächsten kleinen Ansiedlung, die völlig entvölkert war, weil die überlebenden Bewohner in das Untere Dorf geflüchtet waren. Das Oberdorf hatten die Angreifer zu ihrem Sitz gemacht. Sie mussten sich sehr sicher fühlen, wenn sie sich dort einnisteten. Doch die drei kleinen Siedlungen lagen am Rande des Dunklen Waldes, und es kam kaum jemand dorthin außer Zeidlern auf der Suche nach Waldbienen oder Schmugglern.

Es mochten gut zwei Meilen bis zum Oberen Dorf sein, und Christian schien es, als müssten sie nur der Spur des Grauens folgen.

Verkohlte Hausreste im Mitteldorf, verwesende Hundekadaver ... und bald sahen sie den ersten Toten, den niemand bestattet hatte und dessen Körper von Fliegen und Maden bedeckt war.

Kalte Wut stieg in ihm auf. Und nicht nur in ihm. Die Stimmung in der Gruppe schlug von Wachsamkeit in Rachedurst um.

Die Männer hielten eine Viertelmeile vom Oberdorf entfernt und führten ihre Pferde ein paar Schritte in den Wald. Sie vergewisserten sich, dass außerhalb des Dorfes keine Wachen aufgestellt waren. Dann befahl Arnulf Christian und Raimund, mit ihm die Lage im Dorf auszuspähen. Leise und zu Fuß folgten sie Karl zu dem Geflecht aus Weidenrohr, mit dem die Ansiedlung umgeben war. Die Sonne stand nun schon tief.

Nebeneinander kauerten sie hinter dem Weidenzaun, die blanken Schwerter gezogen, um herauszufinden, wo ihre Gegner steckten.

Einer der Mordgesellen saß auf einem Schemel vor dem großen Haus in der Mitte der Siedlung; sicher die Wohnstatt des Dorfherrn. Offenbar sollte er Wache halten. Doch seine Kumpane schienen keinen Angriff zu fürchten, denn ihr einziger Wachposten hielt einen großen Krug Bier in beiden Händen und starrte träge vor sich hin.

Zehn Schritte entfernt von ihm knetete eine Frau in mittleren Jahren Brotteig. Sie war mit einem Strick um den Fuß festgebunden, ihr Gesicht von Schlägen geschwollen, und ihr kurzes Haar verriet, dass sie wohl die Tochter des Dorfschulzen sein musste. Die Frau hieb auf den zu knetenden Teig so heftig ein, als sei es einer ihrer Marterer.

Vom Herrensitz her drangen grölender Singsang und Prahlereien nach draußen. Plötzlich ging die Tür auf, was den Wächter aus dem Halbschlaf riss, und drei Männer traten heraus.

»Wir sind in Stimmung, uns wieder mal ein wenig zu amüsieren. Kommst du mit?«, fragte einer mit strohblondem Haar seinen müden Kumpan.

Die Frau mit dem Brotteig zuckte zusammen, und ihr Gesicht sprach Bände. Sie fürchtete um ihre kleine Tochter.

»Geh, hol die anderen!«, flüsterte Arnulf Karl zu, der sofort loslief, dabei aber sorgfältig darauf achtete, dass ihn niemand sehen konnte.

»Später«, meinte der Mann auf dem Schemel und lehnte sich wieder gegen die Lehmwand, die Augen halb geschlossen.

»Schlappschwanz!«, verhöhnte ihn der Strohblonde, und seine Spießgesellen lachten.

»Mach die Tür zu!« brüllte jemand von drinnen. »Die Mücken und das Bremsengeschmeiß fressen uns sonst noch auf!«

Mit einem Tritt warf der Letzte der drei die Tür zu, und die Geräusche im Haus wurden etwas leiser.

Christian kauerte hinter dem Zaun ganz in der Nähe des Hauses, in dem die Mädchen und Frauen gefangen gehalten wurden. Karl, der rothaarige junge Mann, hatte es ihm gezeigt.

Genau darauf liefen die drei nun zu. Christian hörte ängstliche Schreie und Wimmern, als der Strohblonde die Tür aufriss und mit seinen Kumpanen eintrat.

Was diese zu den geschundenen Gefangenen sagten, bekam Christian schon nicht mehr mit. Er hob sein blankes Schwert und wollte losstürmen. Doch Arnulf hielt ihn mit eisernem Griff zurück.

»Wir müssen auf die anderen warten! Wir schnappen sie uns, wenn sie rauskommen, siegestrunken und benommen«, befahl er.

Christian starrte ihn wütend an. »Sollen wir tatenlos zuhören, wie sie sich an den Frauen vergehen? Es sind Kinder dort drin!«, fauchte er leise.

»Wir beide könnten diese drei Mistkerle wohl niedermachen, aber ehe wir das geschafft haben, schneiden sie den Frauen die Kehle durch!«, fuhr ihn Arnulf an. »Willst du das? Und mit denen im Herrenhaus können wir uns erst anlegen, sobald die anderen hier sind.«

Arnulfs Miene verdunkelte sich. »Die Frauen mussten das in den letzten Tagen schon oft durchleiden ... Sie werden es noch einmal überstehen müssen, so wenig mir das gefällt. Nicht weniger als dir, das kannst du mir glauben!«

Jetzt drangen verzweifelte Hilferufe aus der Kate, Schmerzensschreie, Poltern und das Geräusch von Schlägen.

Christian biss die Zähne zusammen und sann auf Rache.

Die drei Männer brauchten nicht lange für ihr übles Werk, dann kamen sie nacheinander aus der Kate und waren damit beschäftigt, ihre Gürtel wieder anzulegen.

Doch das sollten sie nicht mehr schaffen. Inzwischen waren die meißnischen Ritter und Reisigen eingetroffen, und Arnulf teilte seine Männer mit ein paar Handzeichen ein.

Auf sein Nicken sprangen Christian, Raimund und Richard aus ihrer Deckung und hieben die drei Schandtäter mit ihren Schwertern nieder, während Arnulf und der alte Fuchs zu dem Wachposten rannten und ihn durchbohrten.

Die Tür flog auf, und sofort entbrannte ein blutiges Gefecht zwischen Arnulfs kleinem Heerbann und den Fremden. Einige waren betrunken, doch sie fochten gut. Sie wussten, sie kämpften um ihr Leben.

Arnulf verpasste dem Ersten, der aus dem Haus kam, einen solchen Schlag, dass er über die kleine Stufe stürzte und reglos zu Boden fiel. Dann waren auch die jungen Ritter und die Reisigen bei ihm und teilten tödliche Hiebe aus, während der alte Fuchs einem Kerl hinterherrannte, der über den flachen Weidenzaun flüchten wollte. Er kam nicht einmal bis dahin.

Es dauerte nicht lange, bis der Kampf vorüber war.

Mehr als die Hälfte der Übeltäter war tot oder lag verblutend am Boden, fünf knieten mit gebundenen Händen vor Arnulfs Mannschaft.

»Wer ist euer Herr?«, fragte der alte Waffenmeister denjenigen unter den Gefangenen, der nach Kleidung und Bewaffnung ihr Anführer sein musste.

Der spie auf den Boden. »Unser Herr ist weit fort, mit dem Kaiser in Italien. Und von einem Weib als Burgherrin lasse ich mir nichts befehlen.«

Damit war für Arnulf und den alten Fuchs die Angelegenheit erledigt.

Die Reisigen wurden losgeschickt, in den Katen nach Seilen zu suchen.

»Ich bin ein Ritter, ich erhebe Anspruch auf den Tod durch das Schwert«, verlangte der Anführer der Bande.

»Du bist ein Dieb und Mörder, und du wirst sterben wie ein Dieb und Mörder«, entgegnete Arnulf verächtlich.

Dann wurden die Männer nacheinander an den Bäumen vor dem Oberdorf aufgeknüpft.

»Diebe, Mörder, Frauenschänder!«, knurrte Arnulf, bevor er den Hackklotz wegtrat, auf dem der Anführer stand, die Schlinge um den Hals.

Den meisten Männern war kein schneller Tod durch Genickbruch vergönnt, sie zuckten und kämpften qualvoll um Atem, bis das Leben sie endlich verließ.

Als der Letzte tot war, gingen die Männer zu dem Haus, in dem die Frauen gefangen waren. Sie schickten Karl vor, damit sich keine fürchtete.

Einzeln traten die Frauen und kleinen Mädchen heraus, jede ein Bild des Jammers, mit zerrissenem Kleid, mit Spuren von Schlägen, ausgeschlagenen Zähnen, weinend, schluchzend, zitternd. Am kurzgeschnittenen Haar erkannte Christian nun auch die Enkelin des Dorfschulzen und fühlte sich mitschuldig an ihrem Elend. Das Mädchen konnte kaum zehn Jahre zählen. Ihre Mutter, inzwischen von der Fußfessel befreit, rannte zu ihr und umarmte sie mit mehlbestäubten Händen.

Nun standen alle Frauen dicht gedrängt, hielten sich umschlungen, die Köpfe aneinandergelehnt, um ihr Leid zu beweinen.

»Kommt her und seht! Sie sind alle tot, die euch geschunden haben. Seht euch genau um!«, forderte Arnulf sie auf.

Das taten sie. Manche voller Hass, manche unter Tränen. Zwei der Frauen starrten so abwesend vor sich hin, dass Christian sich fragte, ob sie über ihrem Elend den Verstand verloren hatten. Auch fiel ihm auf, dass Karl vorerst Abstand von seiner Frau hielt – oder sie von ihm.

»Es wird bald dunkel. Wollt ihr heute hier schlafen und mit uns morgen ins Unterdorf ziehen?«, fragte Arnulf rücksichtsvoll.

Die Tochter des Dorfschulzen sah zu den Frauen, von einer zur anderen.

»Keinen Augenblick länger bleiben wir hier!«, sagte sie entschieden. »Lieber breche ich mir den Hals, weil ich in der Dunkelheit über eine Wurzel stolpere, als nur noch einen Atemzug länger als nötig hier zu verweilen.«

Keine der Frauen und Mädchen widersprach.

Jemand verband die klaffende Beinwunde bei einem der Reisigen, dann setzten sie sich in Marsch, holten ihre Pferde und näherten sich noch vor Sonnenuntergang dem Unterdorf.

Unterwegs ließ sich der alte Fuchs ein Stück zurückfallen, um neben Christian zu reiten.

»Ihr seid zwar ein Bastard, aber Ihr kämpft gut!«, sagte er zu dessen Überraschung. »Ihr hattet zwei starke Gegner gleichzeitig und konntet sie beide bezwingen.«

Christian zuckte mit den Schultern. Musste er sich für dieses halbgare Lob bedanken? Der alte Fuchs wäre der Letzte, der einem Honig um den Bart schmierte, noch dazu einem Jüngeren, den er nur Bastard schimpfte.

»Mein Erstgeborener, Lukas, liegt mir in den Ohren, dass er von Euch als Knappe angenommen werden will, seit Ihr diesen wunderbaren Grauschimmel bezwungen habt«, gestand der alte Fuchs. »Davon hielt ich bislang gar nichts, weil Ihr ein Bastard seid. Und mein Sohn ist der Erbe großer Ländereien. Doch Euch im Kampf zu sehen, hat meine Meinung geändert. Immerhin, schließlich habt Ihr meinem Vater als Knappe gedient und das Waffenhandwerk von ihm gelernt. Vielleicht sollte ich über meinen Schatten springen und den Burschen zu Euch geben, sobald er das nötige Alter erreicht hat.«

»Euch bleiben ja noch zwei oder drei Jahre Zeit, darüber nachzudenken«, entgegnete Christian ziemlich unwirsch eingedenk der vielen Demütigungen, die er von dieser Familie hinnehmen musste. Dass der Alte jetzt diese Bitte an ihn richtete ... Dann musste er, Christian, es wirklich weit gebracht haben.

Mit einer gewissen Häme in der Stimme fügte er noch an: »Vielleicht schafft Ihr es bis dahin, Eure Skrupel zu überwinden.«

Als sie das Unterdorf erreichten, stand ein großer Kessel mit Hirse neben der Feuerstelle, zubereitet und aufgehoben für die Kämpfer nach ihrer Rückkehr.

Arnulf und der alte Fuchs berichteten, sie setzten sich ums Feuer, es wurden ein paar Schüsseln geholt. Einen Löffel trug jeder am Gürtel.

Zu Christians Verwunderung setzten sich die befreiten Frauen nicht zu ihnen, sondern etwas abseits hinter das Haus. Und nur eine von ihnen war endlich von ihrem Mann – dem rothaarigen Karl – mit einer Umarmung getröstet worden.

Er hatte erwartet, dass die geschundenen Frauen von ihren Verwandten und Nachbarn mitfühlend aufgenommen würden. Doch nichts dergleichen geschah. Als gehörten sie nicht mehr zur Dorfgemeinschaft.

»Die Frauen sollen sich zu uns setzen und mit uns essen«, schlug er mit lauter Stimme vor, denn die anderen Dorfbewohner taten sich an der Hirse gütlich.

»Wir müssen erst noch über ihr Schicksal entscheiden«, sagte ein dunkelhaariger Mann, dem Aussehen nach womöglich der Sohn des Dorfschulzen.

»Sie sind geschändet worden. Gott hat sie für Evas Sünden bestraft. Nehmt sie mit nach Meißen, sie können jetzt nur noch ins Hurenhaus«, schlug ein anderer vor.

»Wir brauchen sie auf dem Feld und fürs Kochen«, gab ein Dritter zu bedenken.

Christian war sprachlos.

Noch ehe er etwas sagen konnte, war die Tochter des Dorfältesten ans Feuer gekommen und wandte sich wütend an den Dunkelhaarigen, der offenbar tatsächlich ihr Mann war.

»Schande über dich mit meiner Schande!«, schrie sie ihn an. »Hast vier Mal tatenlos zugeschaut, wie sie mich bestiegen. Dein Vater wollte mir helfen, und dafür ist er nun tot, hat gerade seinen letzten Atemzug getan. Und du …«

Der Mann zuckte zusammen und blickte um sich, dann senkte er den Kopf und ließ die Schultern hängen.

»Es wird sich rasch herumsprechen, wenn die Ritter erst nach Meißen zurückkehren«, sagte er und stocherte mit einem Stock in der Glut herum. »Wir werden das Dorf der geschändeten Frauen sein. Wir werden unsere Tochter nie verheiraten können. Sie ist entehrt. Ihr schlechter Ruf wird ihr ewig anhängen. Und wer weiß, wie viele Bastarde ihr Weiber uns nächsten Frühling ins Nest setzt.«

Jetzt stemmte seine Frau die Hände in die Seiten, ihr Gesicht färbte sich rot vor Zorn, was die Spuren der Schläge noch hervorhob.

»Denkst du, sie hat das gewollt, deine kleine Tochter? Sie ist fast wahnsinnig vor Schmerz und Scham und Angst! Und den anderen ergeht es kaum besser. Während ihr« – nun sah sie wütend in die Runde der männlichen Dorfbewohner – »uns wie Aussätzige behandelt! Meint, über uns richten zu müssen, statt uns zu bedauern!«

Sie schüttelte sich, weil ihr die Worte fehlten.

Der Geistliche sah sich verpflichtet, etwas zu dieser Debatte beizutragen. »Das Weib ist von Natur aus sündig und wollüstig«, begann er in monotonem Tonfall. Aber die aufgebrachte Mutter in ihrer Rage schnitt ihm das Wort ab.

»Glaubt Ihr wirklich, Pater, wir seien diesen Kerlen aus Wol-

lust gefolgt? Glaubt Ihr, auch nur eine von uns empfand Freude, als sie uns gewaltsam nahmen? Seht Euch das an!«
Sie wies auf ihr angeschwollenes Auge, zwang einer Leidensgefährtin den Mund auf und enthüllte, dass der zwei Zähne ausgeschlagen worden waren, deutete auf aufgeplatzte Lippen und Augenbrauen. Dann zog sie ihre Tochter zu sich heran, die schluchzte und am ganzen Leib zitterte.
»So seid Ihr blind, Pater! Und wenn der Herr im Himmel keine Nachsicht für uns kennt, ist er es auch.«
Der junge Geistliche zuckte zurück, als habe er einen Peitschenhieb erhalten. »Du lästerst Gott den Allmächtigen?«, fragte er scharf und anklagend.
»Ich werde beten, dass er Euch zu Einsicht verhilft. Und auch all den Kerlen hier, die meinen, *uns* die Schuld an dem Leid geben zu müssen.«
Sie wandte sich kurz ab, um ihre Tränen abzuwischen. Dann ging sie zu Arnulf und kniete vor ihm nieder.
»Edler Herr, bitte nehmt mich mit nach Meißen. Und meine Tochter Susanne auch. Nicht ins Hurenhaus. Vielleicht können wir uns auf der Burg beim Gesinde verdingen. Hier sind wir nicht mehr gelitten.«

Töchter und Söhne II

Hedwig, Mathilde, Beatrix und Friedrich; Meißen, Spätsommer 1162, und Pavia, Dezember 1162

Auf dem Rückweg der von Hedwig ausgesandten Kämpfer verblutete einer der Reisigen an seiner Beinwunde. Die Markgräfin ließ nachforschen, ob er Familie hatte, und schickte seinen Eltern eine Pfennigschale voll Silber.
Es kam ihr vor wie Blutgeld. Sie hatte ihn mit den anderen

Männern in den Kampf geschickt. Und sie fragte sich, wie ihr Gemahl wohl damit fertigwurde, wenn unter seinem Kommando Männer in Schlachten oder bei Belagerungen fielen. Wie viele würde er zurückbringen von all denen, die mit ihm nach Italien gezogen waren? Wie viele der Frauen, die hier auf ihre Rückkehr warteten, waren schon längst Witwen oder hatten die Söhne verloren, ohne es zu wissen?
Arnulf und der alte Fuchs hatten nach ihrer Rückkehr ausführlich berichtet und dabei auch erklärt, dass der junge Reisige seinen Tod durch Unvorsichtigkeit mitverschuldet hatte. Doch letztlich waren die Frevler schuld, die die Dörfer überfallen hatten. Das musste sich Hedwig immer wieder in Erinnerung rufen.
Die zwei geschändeten Frauen, die nicht in ihren Dörfern bleiben durften, hatte sie als Gehilfinnen in der Küche untergebracht. Die kleine Susanne, die schon so Schlimmes hatte durchleiden müssen, nahm sie als Dienerin bei sich auf. Hier würde es ihr besser gehen als bei ihrem hartherzigen Vater. Vielleicht ließen die vielen neuen Eindrücke am Fürstenhof mit der Zeit die schrecklichen Ereignisse auch für sie verblassen.
Doch sobald Hedwig die Zurückkehrenden willkommen geheißen und ihren Bericht angehört hatte, ließ sie sich zu ihrer Kammer begleiten und schickte jemanden los, der Josefa holen sollte, so schnell es nur ging.
Mathilde aus Groitzsch und Adele aus Ballenstedt waren nach Meißen gekommen, um Hedwig angesichts der nahenden Niederkunft zur Seite zu stehen – und weil bei einer hochherrschaftlichen Geburt angesehene Zeugen erforderlich waren. Die drei Schwägerinnen, allesamt schwanger in unterschiedlichen Stadien, mochten einander und nutzten die Gelegenheit, um sich ganz ohne Mithörer so manches von der Seele zu reden.
Doch Hedwigs neueste Befehle schreckten die beiden Besucherinnen auf.

»Ist etwas nicht in Ordnung? Oder hast du schon Wehen?«, fragte Adele aufgeregt.
»Es ist eher ein beunruhigendes Gefühl …«, erklärte Hedwig zögernd. »Anders als damals, als ich Albrecht unterm Herzen trug. Und ich hoffe inständig, dass unsere weise Frau nicht gerade bei einer langwierigen Geburt außerhalb Meißens weilt.«
Adele und Mathilde begleiteten sie von der Halle in die Kemenate und versuchten nach Kräften, sich ihre jähe Sorge um die Schwägerin nicht anmerken zu lassen.
»Du hast Otto schon einen gesunden, kräftigen Sohn geschenkt. Also sei zuversichtlich und vertrau auf Gott!«, tröstete Adele und drückte Hedwigs Hand.
Albrecht, der inzwischen drei Jahre zählte, rannte gerade mit einem Holzschwert über den Hof und tyrannisierte die Kinderfrauen. Sein Geschrei konnten sie bis hoch in die Kemenate hören.
Hedwig wollte widersprechen, doch sie bemerkte an Adeles Gesichtsausdruck, dass diese ihr etwas verschwieg.
Fragend zog sie die Stirn kraus und sah die Schwägerin an.
»Hast du es nicht gehört?«, meinte die einstige Königin. »Heinrich der Löwe wird sich im November von seiner Gemahlin Clementia von Zähringen scheiden lassen, weil sie ihm keinen Erben schenkte.«
Adele hatte ihrem Adalbert bisher auch nur eine Tochter geboren, während Mathilde und Dedo schon einen gemeinsamen Sohn hatten.
»Die Scheidung – natürlich wegen zu naher Verwandtschaft … – ist vom Papst genehmigt und soll in Konstanz ausgesprochen werden«, wusste die stets erstaunlich gut informierte Groitzscherin beizusteuern.
Vorsichtshalber ließ Mathilde unerwähnt, dass Otto von Meißen an diesem Hoftag teilnehmen würde. Sie hoffte sehr, ihr Schwager käme dadurch nicht auf falsche Gedanken. Aber Albrechts Geburt sollte Hedwig davor bewahren. Und wenn

sie jetzt noch ein Kind gebar, gab es für Otto wahrlich keinen Grund zur Beschwerde.
»Hatte sich seinerzeit in Konstanz nicht auch der Kaiser aus gleichen Gründen von seiner ersten Gemahlin scheiden lassen, Adela von Vohburg?«, fragte Hedwig, während ihr ein stechender Schmerz durch den Rücken fuhr.
»Diese Ähnlichkeiten verraten deutlich, wer der Befürworter dieser Idee war«, meinte Mathilde schnippisch. »Der Kaiser hat die Zähringer noch nie leiden können.«
»Mit Sven war ich mehrmals bei Clementia zu Gast, und sie nahm mich bei sich auf, als Sven und der Löwe gemeinsam in den Krieg zogen«, erinnerte sich Adele bedrückt. »Sie ist eine kluge Frau.«
Doch dann stieg die Entrüstung in ihr auf.
»Clementia und Heinrich *hatten* einen Sohn! Das erzählte sie mir einmal. Der Knabe war noch kein Jahr alt, als er beim Wickeln vom Tisch stürzte und starb. Und jetzt soll sie einfach abgeschoben werden?«
»Da Friedrich nun eine wunderschöne junge Frau mit großer Mitgift sein nennt, will Heinrich dies auch«, meinte Mathilde kühl.
»Eine wunderschöne junge Frau, die ihm in sechs Jahren noch keinen Erben geschenkt hat«, erinnerte Hedwig zwischen zwei schweren Atemzügen, die Hände um den prallen Bauch gespannt.
»Lasst uns beten, dass Beatrix ihr Kind diesmal austragen kann und es ein Junge wird«, sagte Mathilde. »Es heißt ja, der Kaiser liebt seine Gemahlin. Doch braucht er nichts dringender als einen Erben. Ausgenommen vielleicht die Aufhebung des Schismas. Aber da hat Rainald von Dassel seine Hände im Spiel, und der wird keine Aussöhnung mit Papst Alexander zulassen.«
Hedwig atmete tief durch und sagte dann: »Sobald ihr bei der Gottesmutter ein gutes Wort für die Kaiserin eingelegt habt, betet für mich. Ich glaube, ich zerplatze gleich.«

Es klopfte, und Josefa durfte hereinkommen. Sie hatte nicht nur ihren Korb mit allem, was sie brauchte, bei sich. Hinter ihr trat einer der älteren Pagen ein und stellte den Gebärstuhl ab, bevor er sich nach einer tiefen Verneigung eiligst wieder verzog.
»Habt Ihr schon Wehen, Euer Durchlaucht?«, fragte die weise alte Frau, trat näher und bat mit einem Blick um Erlaubnis, den Leib der Hochschwangeren untersuchen zu dürfen.
»Rückenschmerzen«, sagte Hedwig. »Aber das Kind bewegt sich nicht mehr, schon seit gestern nicht.«
»Das muss nicht unbedingt etwas bedeuten«, versuchte Josefa zu beruhigen. Ihre besorgte Miene allerdings sagte etwas anderes. »Bevor sie herauskommen, werden die Kleinen ruhiger und sammeln Kraft für die Anstrengung, sich ans Licht der Welt durchzukämpfen.«
Sie lächelte und hieß Hedwig, sich aufs Bett zu legen, befühlte sorgfältig den hochgewölbten Leib, drückte da und dort, um das Ungeborene zu einer Reaktion zu verleiten. »Das Kind hat sich bereits vor Wochen gesenkt, es kann nun jeden Tag so weit sein. Und Rückenschmerzen können auch Wehen sein. Kommen sie in regelmäßigen Abständen?«
»Jetzt … gerade«, stöhnte Hedwig.
Sie ließ den Kopf erschöpft aufs Kissen sinken, als die Welle des Schmerzes abebbte, hob ihn aber gleich wieder etwas an, um Josefa aufmerksam ins Gesicht zu blicken. Die weise Frau wollte ihre Besorgnis verbergen. Doch sie *war* besorgt, das spürte Hedwig genau. Oder übertrug sie nur ihre eigene Angst auf andere?
Wieder und wieder befühlte Josefa den Bauch der Markgräfin. »Das Kind hat sich bewegt. Es lebt«, sagte sie schließlich zu Hedwigs großer Erleichterung. »Aber womöglich rennt uns die Zeit davon. Wir müssen die Wehen beschleunigen.«
Josefa bat um einen Becher mit verdünntem Wein und mischte eine winzige Menge dunkles Pulver hinein. Gering dosiert,

trieb es die Wehen voran. Ein Gran zu viel, und sie würde das Kind töten, vielleicht sogar die Mutter dazu.

Josefa bat alle anwesenden Damen und Dienerinnen, Gebete für die Markgräfin und ihr Kind zu sprechen.

Und dann wartete sie, ungeduldig, besorgt. Etwas war nicht in Ordnung bei dieser Geburt, das spürte sie. Ihre Erfahrung sagte ihr, dass sich die Nabelschnur um den Hals des Ungeborenen gewickelt haben könnte, aber sie sprach es nicht aus. Das Kind musste aus dem Leib der Mutter! Doch sie konnte es jetzt noch nicht herausziehen, ohne es zu töten. Die Wehen mussten erst den Kopf heraustreiben.

Den Gebärstuhl ließ Josefa diesmal in der Ecke stehen; die Markgräfin sollte liegen, damit sie sofort eingreifen konnte.

Die Unruhe und Besorgnis der beiden Frauen – der werdenden Mutter und der weisen Frau – hatten sich längst auf die anderen in der Kammer übertragen, von denen die meisten selbst schon eine oder mehrere Geburten hinter sich hatten.

»Jetzt presst!«, rief Josefa der Fürstin erleichtert zu. Sie kniete auf dem Bett zwischen Hedwigs angewinkelten Beinen. »Ich sehe den Kopf! Tief durchatmen … und noch einmal pressen!«

Nun, da der Kopf aus dem Leib ausgetreten war, sah die Heilkundige ihre Ahnung bestätigt. Rasch fuhr sie mit zwei Fingern zwischen Nabelschnur und den Hals des Kindes, um es vor dem Ersticken zu bewahren – wenn es nicht schon zu spät war.

»Noch einmal, so stark Ihr könnt!«

Hedwig nahm ihre letzte Kraft zusammen und presste erneut. Josefa versuchte immer noch, die Nabelschnur zu lockern. Dann kamen die Schultern des Kindes heraus, und sie konnte es endlich aus dem Leib der Mutter ziehen.

Entsetzte Stille herrschte unter den Zeuginnen der Geburt angesichts des bläulich verfärbten kleinen Körpers.

»Warum schreit es nicht? Warum weint es nicht?«, rief Hedwig ängstlich.

Josefa antwortete nicht, sondern säuberte Mund und Nase des Neugeborenen von Schleim und blies ihm Atem ein, wieder und wieder.
»Ist es tot? Ist mein Kind tot?«, schluchzte Hedwig, die die Stille im Raum nicht anders deuten konnte.
Endlich richtete sich Josefa auf, weil sie spürte, dass sich der kleine Brustkorb endlich hob und senkte. Und dann kam der lang ersehnte erste Schrei des Neugeborenen.
»Meinen Glückwunsch, Durchlaucht, Ihr habt einen Sohn!«, verkündete Josefa freudestrahlend und nahm das Kind auf ihren Arm, um es der Mutter zu zeigen.
Mit dem Handrücken wischte sie sich den Schweiß von der Stirn. Eine Stunde später hätte sie nicht kommen dürfen, da wäre das Ungeborene vielleicht schon im Mutterleib erstickt. Erdrosselt von der Nabelschnur.
Hedwig schluchzte vor Erleichterung und im Nachhall ihrer Ängste und Sorgen; sie glaubte, nie wieder aufhören können zu weinen.
Adele und Mathilde traten mit tränenfeuchten Augen heran, um sie zu umarmen. Doch Hedwig wollte ihr Kind im Arm halten. Ihren Sohn. Ihren Zweitgeborenen, den sie fast verloren hätte.
Otto würde überglücklich sein, wenn er aus Italien zurückkam.

Beatrix war froh über jeden einzelnen Tag, den sie ihr ungeborenes Kind in sich trug. So weit fortgeschritten wie diese war noch keine ihrer bisherigen Schwangerschaften gewesen. Sie hatte die Ungeborenen bisher immer verloren, noch ehe sich ihr Leib richtig rundete. Friedrich und sie waren todtraurig darüber, jedes Mal. Ihr Gemahl hatte Gelehrte aus der berühmten Medizinschule von Salerno kommen lassen, die als die besten ihres Faches galten, viele Kerzen gestiftet und die weise Hildegard um Rat gefragt, die Äbtissin des Klosters Bingen.

Niemand konnte mit Sicherheit sagen, was den Ausschlag gegeben hatte, aber diesmal würde Beatrix ihr Kind austragen. Ihr Leibesumfang kam ihr riesig vor, und Friedrich bestand darauf, dass sie sich schonte und viel ruhte.
In glücklichen gemeinsamen Momenten hatten sie schon die Bewegungen des Ungeborenen gespürt. Friedrich konnte gar nicht genug davon bekommen.
»Mein Sohn! Mein Sohn und Erbe. Du wirst uns sehr willkommen sein, kleiner Prinz«, sagte er lächelnd und streichelte zärtlich Beatrix' Leib. Natürlich würde sein Erstgeborener in alter Tradition den Namen des Vaters erhalten. Und er würde ihn zum König wählen lassen, wenn er erst drei oder vier Jahre alt wäre.
Seit der Nacht verspürte Beatrix Wehen; erst schwach, doch nun immer stärker. Zwei Gelehrte aus Salerno waren zugegen und ließen sie nicht aus den Augen, außerdem zwei erfahrene Wehmütter.
»Ich möchte noch ein Gebet sprechen gehen!«, erklärte Beatrix und kämpfte sich umständlich von ihrem Lager hoch. Den Beistand der Heiligen Jungfrau Maria würde sie brauchen, wie jede Gebärende. Doch sie war kaum aufgestanden, als ihr auch schon eine warme Flüssigkeit an den Beinen herablief.
Erschrocken hielt sie in der Bewegung inne.
»Dies ist das Zeichen, dass die Geburt nun einsetzt«, rief die jüngere der beiden Wehmütter beruhigend. »Vertraut uns, Ihr und Euer Kind seid bei uns in den besten Händen. Es werden sich genug Menschen finden, die für Euch beten.«
Ich bekomme mein Kind!, dachte Beatrix überglücklich und zutiefst verängstigt zugleich. Bald halte ich es im Arm. Sofern die Jungfrau mir gnädig ist.
»*Ich* werde für dich und unseren Sohn beten, Liebste!«, versicherte Friedrich, küsste ihre Stirn und griff nach ihrer eiskalten Hand.
Schon durchfuhr eine weitere Wehe ihren Körper.

»Euer Majestät, wir müssen Euch jetzt hinausbitten«, wandte sich einer der Gelehrten leise an den Kaiser.
»Meldet mir sofort, wenn mein Sohn geboren ist, mein Erbe und Thronfolger!«, forderte der. »Ich bin in der Kapelle.«
Friedrich ließ seine Gemahlin kaum aus den Augen, bis die Tür hinter ihm geschlossen wurde. Dann endlich konnte sich Beatrix ganz ihren Schmerzen hingeben.
Sie hatte Glück. Wie die Glockenschläge verrieten, lag sie nur drei Stunden in den Wehen, dann kam das Kind gesund und wohlgestaltet zur Welt.
Als es gewickelt und Beatrix gewaschen, gekämmt und in frische Kleider gehüllt war, wurden Boten zum Kaplan und zum Kaiser gesandt. Friedrich hatte tatsächlich die ganze Zeit in der Kapelle zugebracht, statt auf die Jagd zu gehen oder ein Trinkgelage mit Freunden zu veranstalten, wie es andere Männer in seiner Lage getan hätten.
»Wo ist meine Kaiserin? Wo ist mein Sohn?«, rief er, als er mit eiligen Schritten die Gebärkammer betrat.
Doch statt von einer überglücklichen Gemahlin willkommen geheißen zu werden, wandte diese das Gesicht ab. Beatrix weinte. Sie schluchzte herzerweichend.
Er stürzte zu ihr und ergriff ihre Hand.
»Das Kind … unser Sohn … ist er …?«, fragte er verzweifelt.
So viele Kinder starben bei der Geburt. Und er und Beatrix hatten schon mehrfach Kinder verloren, ehe sie lebensfähig waren.
Eine der Wehmütter trat einen halben Schritt näher, verneigte sich und hielt ihm ein Bündel entgegen.
Mit nun ebenfalls tränenverschleiertem Blick sah Friedrich hoch.
»Euer Hoheit, Ihr habt eine Tochter, gesund und wunderschön«, sagte die weise Frau.
»Eine … Tochter?«, stammelte er irritiert und richtete den Blick auf das winzige Gesicht, das aus den Lagen feinsten Lei-

nens herausschaute. Die Augen zusammengekniffen, die zarten Fäuste geballt, mit feinem Flaum auf dem Kopf.
»Eine Tochter ...«, wiederholte er, um die Neuigkeit zu verdauen.
Beatrix schluchzte nun noch lauter.
»Verzeih mir, mein Gemahl ... Ich habe versagt ... Es ist ein Mädchen ...«
Kein Erbe.
Friedrich gab sich alle Mühe, sich seine Enttäuschung nicht anmerken zu lassen. In gespielter Munterkeit sagte er: »Du hast mir heute ein gesundes Kind zur Welt gebracht, dann kannst du mir noch viele Söhne und Töchter schenken! Und dein Töchterchen nennen wir nach seiner Mutter: Beatrix.«
Er sagt: *dein* Töchterchen, dachte Beatrix ängstlich. Nicht seines, nicht unseres. Ich kann ihm keine Söhne schenken. Wird er mich bald verstoßen wie seine frühere Frau? Es gibt genug Männer unter seinen Ratgebern, die ihn dazu drängen.
Und mir bleibt nichts übrig, als schnell wieder schwanger zu werden, sobald ich das Wochenbett verlassen habe. Dann werden ihm die Ärzte erneut raten, mein Lager zu meiden, wenn ich gesegneten Leibes bin, und er wird sich wieder andere Frauen nehmen. Marie Claire und jede andere vermählte junge Frau aus meinem Hofstaat, damit ihm niemand einen Bastard nachsagen kann. Und irgendwann wird ihm eine mehr bedeuten als ich.
Der Kaiser schmiedete derweil ganz andere Pläne.
»Sie wird garantiert bildschön, so schön wie ihre Mutter«, versicherte er und küsste Beatrix' schmale Hand. »Wir verloben sie mit einem Sohn des englischen Königs. So ziehen wir ihn auf unsere Seite, weg von dem falschen Papst ...«
Das Thema Thronfolger hatte Friedrich scheinbar für heute beiseitegeschoben. Auch mit einer Tochter konnte er seine Herrschaft festigen, durch kluge Ehebündnisse. Und nun, da

Beatrix ihr erstes Kind gesund ausgetragen hatte, würde sie ihm auch bald einen Sohn schenken. Viele Söhne.
Doch als er die Gebärkammer verließ, weil die Wöchnerin ruhen musste, stieg die ganze Bitterkeit in Friedrich hoch, die er bis eben noch mühsam unterdrückt hatte.
Wütend hieb er mit der Faust gegen die Wand.
Sechs Jahre nach seiner Vermählung besaß er immer noch keinen Sohn und Erben.

DRITTER TEIL

SCHICKSALSWENDEN

Gute und schlechte Neuigkeiten

Friedrich, Rainald von Dassel; Pavia, Ende April 1164

Der Kaiser langweilte sich über alle Maßen.

Seit Stunden schon hörte er sich die Anliegen der Bittsteller an. Nicht eines davon interessierte ihn auch nur ansatzweise. Doch da es zu seiner kaiserlichen Autorität gehörte, Streitfälle zu schlichten, um im Reich Frieden zu stiften, und jeder der Bittsteller nicht nur stunden- oder tagelang gewartet hatte, bis er vor ihn treten und sein Problem schildern durfte, sondern dafür auch beträchtliche Summen an diverse Türhüter gezahlt hatte, sollte er sich wohl aufraffen, der leidigen Pflicht nachzukommen. Zumal die von ihm verhängten Geldstrafen seine Schatulle füllten, und Friedrich brauchte Geld. Nicht nur für eine angemessen prunkvolle Hofhaltung und Kriegszüge, sondern auch, um prächtige Pfalzen und Paläste zu bauen, von Hagenau bis hier in Pavia.

Missmutig rutschte er auf seinem Stuhl von einer Seite zur anderen und bemühte sich, Interesse am Streit zweier pavesischer Adliger vorzutäuschen, die sich nicht über ihre gemeinsame Grundstücksgrenze einigen konnten. Schon aus Verdruss wollte er sie so kräftig zur Kasse bitten, dass sie sich danach wünschen würden, das umstrittene Landstück lieber brachliegen zu lassen, als seine Zeit zu stehlen.

Stefano di Stella übersetzte, und mit feinem Gespür für die Stimmung des Kaisers bemühte er sich, den Wortschwall der Bittsteller auf das Notwendige einzudämmen, was ihm wiederum deren vorwurfsvolle Blicke eintrug.

Ein leidiges Problem beim Dolmetschen: Die Übertragung

wird deutlich kürzer, wenn die vielen »Äh«s und »Hm«s, die Wiederholungen und Füllworte wegfallen, und dann gerät der Sprachkundige in Verdacht, nicht alles gesagt zu haben.
Urplötzlich kam Unruhe an der Tür auf, was Friedrichs Aufmerksamkeit und Blicke sofort dorthin lenkte.
Herein stürmte zu aller Überraschung Rainald von Dassel, den der Kaiser noch auf Reisen wähnte.
Freude über die Ablenkung flammte in Friedrich auf. Wenn Rainald so großtuerisch und noch dazu unerwartet kam, dann geschah immer irgendetwas Spannendes, etwas Interessantes. Und das Gesicht des Kanzlers verhieß heute eindeutig: Er brachte gute Neuigkeiten.
Doch selbst wenn Rainald schlechte Neuigkeiten brachte, wusste er stets sofort einen Ausweg, um sogar daraus noch einen Vorteil für seinen Kaiser zu schlagen.
Ein Blickwechsel mit dem überaus zufrieden wirkenden Kanzler und Erzbischof von Köln veranlasste Friedrich, die Audienz abrupt zu beenden.
Die Bittsteller wurden hinausgeschickt, ihre Namen und die Reihenfolge notiert, damit sie am nächsten Tag zu gegebener Stunde erneut vorsprechen konnten. Den beiden Landbesitzern legte er in aller Strenge ans Herz, sich gütlich miteinander zu einigen, sonst würden sie es morgen bereuen.
Stefano trug er auf, der Kaiserin Gesellschaft zu leisten und sie zu erheitern. Beatrix war zu aller Freude erneut schwanger und würde im Juli niederkommen – dann vielleicht endlich mit einem Sohn, dem lang ersehnten Erben. Die Ärzte gaben sich zuversichtlich. Doch ihre Tochter, die vor zwei Jahren geborene kleine Beatrix, war gestorben, und die junge Mutter trauerte.
Sobald sich der Saal weitgehend geleert hatte und nun nur noch einige von Friedrichs Ratgebern, mehrere Kanzleischreiber und die Dienerschaft zugegen waren, verneigte sich Rainald und setzte vorübergehend eine betrübte Miene auf.

Friedrich kannte niemanden sonst, der seinen Gesichtsausdruck so schnell und dabei überzeugend wechseln konnte. Rainald von Dassel war ein kluger Kopf, vielleicht der klügste im ganzen Kaiserreich, von vorbildlichem Lebenswandel für einen Geistlichen und ihm, dem Kaiser, absolut treu ergeben. Doch seine Eitelkeit konnte er nicht verbergen, und jetzt strotzte er geradezu vor Selbstzufriedenheit.

Gespannt beugte sich Friedrich ein wenig vor, um zu erfahren, was sein mit allen Wassern gewaschener Kanzler wohl diesmal ausgeheckt hatte.

»Euer Majestät, der Papst ist tot.«

Schlagartig herrschte Stille im Saal.

»Welcher Papst?«, fragte Friedrich nach einem tiefen Atemzug, denn schließlich gab es zwei: seinen Feind Alexander, den einstigen päpstlichen Kanzler Rolando Bandinelli, der ihn gebannt hatte, und Viktor. Wenn Rainald so frohlockte – waren sie endlich diesen unverschämten Rolando los?

»Es gibt nur *einen* wahren Papst: Viktor«, korrigierte Rainald schneidend scharf. »Jener Rolando, der sich Papst Alexander nennt, maßt sich den Titel nur an.«

Mit größter Gelassenheit fuhr er fort: »Seine Heiligkeit, Papst Viktor IV., ist zu seinem obersten Dienstherrn im Himmel berufen worden«, und bekreuzigte sich feierlich.

Noch ehe Friedrich ihn anherrschen konnte, was daran erfreulich sei, sagte Rainald von Dassel schon: »Der Allmächtige fügte es in weiser Voraussicht, dass ich in der Nähe Luccas weilte, als Seine Heiligkeit dort den letzten Atemzug tat. So konnte ich dafür sorgen, dass schon zwei Tage später ein neuer Papst gewählt wurde, der Euch wohlgesinnt ist, mein Kaiser, und zuverlässig Eure Interessen wahren wird: Guido von Crema, der sich als Papst nun Paschalis nennt.«

Friedrich runzelte Stirn.

»Das heißt, es gibt *schon wieder* zwei Päpste?«, vergewisserte er sich ungläubig.

»Von denen einer – Alexander – sich den Titel nur anmaßt«, wiederholte Rainald stur. »Der wahre Papst heißt nun Paschalis.«
Der Kaiser schwieg eine bedrohlich lange Weile und mit eisiger Miene. Dann befahl er alle außer seinem Kanzler hinaus.
Rainald zeigte jedoch nicht die geringste Furcht vor dem jetzt zu erwartenden Rüffel. Sein Gesicht drückte immer noch ungetrübte Zufriedenheit aus, auch wenn er sich innerlich vielleicht für eine Kontroverse wappnete.
»Viktors Tod wäre eine Gelegenheit gewesen, das Schisma zu beenden, das die Christenheit spaltet«, redete sich der Kaiser in Rage, denn er fühlte sich dreist übergangen. »Ohne meine Meinung einzuholen, habt Ihr einfach Tatsachen geschaffen, die uns noch jahrelang Ärger bereiten werden? Etliche Bischöfe und Erzbischöfe liegen mir wegen des Schismas in den Ohren, ganz besonders der neue Erzbischof von Mainz. Wir hätten das jetzt beilegen können.«
»Der neue Erzbischof von Mainz? Konrad von Wittelsbach?«, fragte Rainald scharf zurück. »Ein naher Verwandter des Mannes, der Rolando Bandinelli, dem *selbsternannten* Papst Alexander, beim Hoftag in Besançon sein Schwert an die Kehle hielt?«
Er schnaubte verächtlich. »Meint Ihr, Rolando würde uns das je vergessen? Diesen ganzen Zwischenfall von Besançon? Die Durchsuchung seines Quartiers, die Ausweisung aus Burgund … und zuvor den Streich, den ihr in Sutri seinem Vorgänger Hadrian gespielt habt?«
Rainald atmete tief durch, dann hob er die Stimme und sagte lauter, als man einem Kaiser gegenüber sein durfte: »Es *kann* keinen Frieden mit Rolando geben! Eine Aussöhnung ist unmöglich. Die Spaltung der Christenheit kann erst aufgehoben werden, wenn er sich das höchste weltliche Amt nicht mehr anmaßt. Oder er uns den Gefallen tut und stirbt.«

Friedrich starrte auf seinen Kanzler, für den die Sache völlig klar schien. War es tatsächlich so einfach?
Es stimmte, nach dem Eklat von Besançon hatte es keine weitere Begegnung zwischen ihm, Friedrich, und Rolando gegeben, die eine Aussöhnung ermöglicht hätte. Und nun, nach Rainalds eigenmächtigem Eingreifen, würde es dazu auch nicht mehr kommen.
Friedrich fühlte sich überrumpelt. Und das war etwas, das er nicht duldete. Nicht dulden *durfte.* Bemaß er seinem eifrigen Kanzler zu viel Macht zu, zu viel Einfluss? Vor ein paar Tagen erst hatte er sich mit dem sechsten Welf ernsthaft zerstritten, der einmal sein Freund gewesen war – wegen Rainalds übergroßem Einfluss. Und auch an dem Zerwürfnis mit seinem Freund Ludwig von Thüringen und seinem jüngeren Halbbruder Konrad vor Mailand trug Rainald die Schuld. Der Zwist war immer noch nicht beigelegt, ebenso wenig der mit den böhmischen Herzögen, die er dringend als Kriegsverbündete brauchte.
Doch hatte ihm Rainald nicht stets zuverlässige Dienste erwiesen, ihm und dem Reich?
Friedrich verharrte schweigend, dann schickte er von Dassel mit einer Handbewegung hinaus und trat an ein Fenster. Er musste nachdenken.
Ehe der Kanzler durch die Tür schritt, hüstelte er bedeutungsschwer und brachte den Kaiser so dazu, sich noch einmal umzudrehen.
»Papst Paschalis der Dritte wird sich nicht nur wohlwollend Eurer Sache annehmen. Er ist auch bereit, Euch einen langgehegten Wunsch zu erfüllen: die Heiligsprechung Karls des Großen.«
Hätte Rainald hier einen Geist heraufbeschworen, die Wirkung hätte nicht größer sein können.
Friedrich bewunderte Karl den Großen nicht nur, er stand auch in dessen Nachfolge. Die Königskrone hatte er auf dem

Thron in Aachen empfangen, auf dem auch Karl der Große gekrönt worden war. Der vielleicht schon bald heiliggesprochen werden würde. Was auch Friedrichs Glanz und Ruhm mehren würde.
Rainald hatte wieder einmal gewonnen.

Es gibt immer Hoffnung

Beatrix, Stefano di Stella; Pavia, Ende April 1164

Euer Gemahl sendet Euch seine ergebensten Grüße und versichert Euch seiner Liebe«, richtete Stefano aus, als er die Kammer der Kaiserin betreten durfte.
Beatrix nickte ihm freundlich zu, dann blitzte Schalk in ihren blauen Augen auf.
»Hat er wieder den ganzen Tag Bittsteller empfangen?«, erkundigte sie sich nur scheinbar mitfühlend. Sie wusste, dass Friedrich diese Pflicht zumeist als lästig erachtete. Aber es ging dabei ja nicht nur darum, Streitigkeiten zu schlichten, sondern auch zu zeigen, wer das Sagen hatte – nämlich der Kaiser.
Ihr armer Frederic! Er würde sich tödlich langweilen. Aber immerhin dachte er an sie und würde die wohlhabenderen Klagenden zu einer üppigen Zahlung auch an sie, die Kaiserin, verurteilen.
Beatrix ruhte vollständig gewandet auf dem Bett. Feuchte Leinentücher vor den Fensteröffnungen sollten die Hitze des Tages und das grelle Sonnenlicht fernhalten.
Deutlich sichtbar wölbte sich der Leib der Kaiserin, in dem – wie alle hofften – der lang ersehnte Sohn und Erbe des Kaisers heranwuchs. Die Ärzte aus Salerno hatten darauf gedrungen, dass Beatrix diese Schwangerschaft im Bett verbrachte, da sie zu Fehl- und Frühgeburten neigte.

So war Friedrich nicht der Einzige, der sich heute langweilte. Beatrix langweilte sich Tag um Tag, und bis zur Niederkunft würde noch fast ein Vierteljahr verstreichen, wenn alles gut verlief. Das Geplapper ihrer Hofdamen konnte sie kaum noch ertragen, ihren Troubadouren schienen keine Lieder mehr einzufallen, die sie nicht schon unzählige Male gespielt hatten, und ein Spaziergang draußen, wo alles blühte, oder gar ein Ausritt blieben ihr verwehrt. Absoluten Vorrang hatte, dass dem Erben des Kaisers in ihrem Leib nichts geschah.

Also fügte sie sich den Anweisungen der Ärzte.

Was hätte sie sonst auch tun können? Sie betrauerte immer noch den frühen Tod ihrer kleinen Beatrix und konnte es auch deshalb kaum erwarten, bald wieder ein Kind im Arm zu halten.

So war es eine doppelt erfreuliche Abwechslung, dass ihr Gemahl Stefano zu ihr geschickt hatte. Der sprachkundige und belesene Römer mit dem verstümmelten Arm konnte auf faszinierende Weise römische Geschichten und Legenden erzählen; sein Vorrat daran schien unerschöpflich, und die Damen ihres Gefolges hingen schmachtend an seinen Lippen, was dem gutaussehenden jungen Mann völlig zu entgehen schien.

Seit seiner Verletzung hatte er sich aufgegeben, erkannte die kluge Beatrix und hatte einen Plan ersonnen, Stefano zu einer Liebesnacht oder gar mehr zu verhelfen. Bislang ahnte noch niemand etwas davon außer ihrer engsten Vertrauten. Stefano am allerwenigsten.

»Sind denn schon alle Bittsteller fort?«, fragte sie ihn auf Deutsch, das sie inzwischen dank seiner Hilfe recht gut beherrschte. Vielleicht würde Frederic sie ja bald aufsuchen?

»Seine Majestät hat heute viele Streitfragen geschlichtet«, berichtete der Übersetzer in derselben Sprache. »Dann kam der Kanzler überraschend von seiner Reise zurück, und Euer Gemahl schickte alle anderen hinaus.«

Beatrix musste sich bemühen, damit ihr Gesichtsausdruck unverändert freundlich blieb.

Gegenüber Rainald empfand sie größtes Misstrauen – nicht nur, weil ihr Gemahl niemandem so traute wie ihm, selbst ihr nicht. Rainald hatte zu viel Macht und Einfluss auf den Kaiser, und niemand konnte das riesige Spinnennetz von Intrigen durchdringen, das er über fast ganz Europa ausgeworfen hatte.

So durfte sie nur äußerst vorsichtig Einfluss auf ihren Gemahl nehmen, wenn es um den Kanzler und Erzbischof von Köln ging. Und sobald Rainald erst die Gebeine der Heiligen Drei Könige nach Köln gebracht hatte, der Weisen aus dem Morgenland, die ihm der Kaiser nach dem Sturz Mailands zum Lohn für seine treuen Dienste von der Kriegsbeute überlassen hatte, würde das sein Ansehen und seine Position noch mehr stärken.

Jeglichen Zweifel, ob es sich bei den Knochen aus Mailand wirklich um die sterblichen Überreste der Weisen aus dem Morgenland handelte, die kostbarsten Reliquien, würde Rainald rigoros auslöschen. Er würde die Gebeine schon bald in einem Triumphzug nach Köln überführen und damit so gewaltige Pilgerströme anlocken, dass er im Geld schwimmen und einen riesigen neuen Dom in Köln bauen lassen konnte. Was ihn nur noch mächtiger machte.

Beatrix schüttelte sich leicht, um diese Gedanken zu verdrängen, und wandte sich ihrem Besucher zu.

»Bringt Ihr eine neue Geschichte, um uns zu zerstreuen, Stefano?«, fragte sie hoffnungsfroh, denn er hielt eine Sammlung von Schriftstücken unter den rechten Arm geklemmt. Vielleicht etwas auf Latein, das sie lesen konnte? Bücher waren seltene Kostbarkeiten.

Der junge Römer lächelte, nickte und wollte die Schriften mit der Linken emporziehen, doch durch eine zu schnelle Bewegung rauschten die Blätter einzeln zu Boden. Stefano errötete, murmelte verlegen eine Entschuldigung für das Missgeschick und bückte sich, um die Seiten aufzuklauben.

Beatrix gab ihrer bevorzugten Hofdame Marie Claire ein Zeichen, ihm dabei zu helfen. Anmutig ließ sich die zarte junge Frau neben ihm nieder und sammelte die Bogen auf, klopfte den Stapel auf einem Tisch zurecht und reichte ihn Stefano mit einem Lächeln, das ihm noch mehr Blut in die Wangen trieb.

Bevor er etwas sagen konnte, hielt ihn Beatrix mit einer Geste auf. Beschämt verharrte er mit dem Bündel Pergamente in der Hand.

»Habt ihr schon einmal daran gedacht, etwas gegen Euer Missgeschick zu unternehmen?«, fragte sie gespielt nachdenklich und deutete auf den Armstumpf. Heute würde sie die Dinge in Bewegung setzen. Sie freute sich schon darauf. Der junge Mann war in Diensten ihres Gemahls verstümmelt worden und verdiente etwas Glück.

Missgeschick?, dachte Stefano unterdessen voller Bitterkeit, die er auch von seinem Gesicht nicht fernhalten konnte. Mir wurde die rechte Hand *abgeschlagen*, von Marodeuren während des Blutbades nach Friedrichs Kaiserkrönung in Rom. Ich bin ein Krüppel, der selbst den Huren zuwider ist, und werde niemals eine Familie gründen dürfen, weil ich sie nicht ernähren kann. Glaubt die Kaiserin etwa, meine Hand würde eines Tages wieder nachwachsen?

Er riss sich zusammen, um höflich zu antworten, doch seine Worte klangen hölzern.

»Was sollte ich dagegen tun können, Majestät?«, fragte er und zuckte kaum sichtbar mit den Schultern.

Beatrix ließ sich von seiner Skepsis nicht beeindrucken.

»Ihr wart doch auch Schreiber, bevor Ihr die Hand verlort, nicht wahr?«

»Ja, Euer Majestät.«

Hoffnung wollte keine in ihm aufkommen; eher fürchtete er

Spott, denn die Hofdamen starrten alle abwechselnd auf ihn und die Kaiserin.

»Nun, mein Gemahl hat die besten Maschinenbauer Italiens in seinen Diensten«, erklärte Beatrix stolz. »Sie konstruieren normalerweise große Kriegsgeräte, Belagerungstürme und Wurfmaschinen. Doch warum sollte einer dieser klugen Köpfe nicht eine kleine Apparatur erfinden und bauen, die Euch hilft, die fehlende Hand zu ersetzen?«

Beatrix' beiläufig angebrachter Vorschlag, der ihr schon einige Zeit im Kopf herumging, sorgte für einen Moment faszinierter Stille, ehe die Hofdamen in begeisterte Rufe ausbrachen. Die meisten von denen, die aus Burgund stammten, hatten inzwischen genug Deutsch gelernt, um zu verstehen, worum es in diesem Gespräch ging.

»Ihr meint … eine künstliche Hand?«, fragte Stefano ungläubig.

»Ich weiß nicht, ob sie eine Hand mit beweglichen Fingern zu konstruieren vermögen«, räumte Beatrix ein. Sie stützte sich auf einen Ellenbogen und richtete sich ein wenig auf, was in ihrem Leib eine heftige Bewegung des Ungeborenen auslöste. »Aber vielleicht baut er eine Hand aus Metall, die ihr über den Stumpf schieben könnt und in die sich eine Schreibfeder klemmen lässt. Ich halte es für möglich, dass Ihr dann mit einiger Übung wieder schreiben könntet.«

Stefano starrte sie verblüfft an, ehe er die Augen senkte und sich für die Einfühlsamkeit der Kaiserin bedankte.

»Ich denke, Ihr solltet gleich zu Meister Marchese gehen und es mit ihm besprechen«, entschied Beatrix. Er war ein fähiger und geachteter Kriegstechniker aus Crema, der schon vor einigen Jahren in die Dienste ihres Gemahls getreten war.

»Marie Claire wird Euch begleiten und dem Meister ausrichten, dass ich ausdrücklich um seine Hilfe in dieser Sache und einen erneuten Beweis seiner Kunstfertigkeit bitte.«

Die bevorzugte Hofdame und Jugendfreundin der Kaiserin lächelte, knickste tief und wandte sich dann Stefano zu.

Der musste sich bei Beatrix bedanken, das noch nicht geheftete Buch – einige Heiligengeschichten auf Latein – überreichen, sich bei den Hofdamen mit einer Verbeugung verabschieden …
Und plötzlich fand er sich in Gesellschaft der hübschen Marie Claire wieder, die ihn sicher und geschickt durch die Gänge des Palastes führte. Dem berühmten Erfinder war zwar ein eigenes Haus in Pavia zugewiesen worden, aber der Kaiser hatte ihm hier eine Kammer als Werkstatt einrichten lassen, weil sie oft über neue Kriegsmaschinen sprachen und er die Entwürfe des Meisters von der Entstehung an verfolgen wollte. Nicht selten fanden sie auch gemeinsam Lösungen für nützliche Details an rollenden Türmen oder die Berechnung der Wurfbahn von Geschossen.
Vor der Kammer des Erfinders standen zwei Wachen, die wohl verhindern sollten, dass jemand das Genie ausspionierte oder gar entführte. Der Kaiser hatte viele Feinde in Italien, und neue, schlagkräftige Kriegstechnik konnte eine Belagerung schnell beenden.
»Ihre Majestät die Kaiserin ersucht Meister Marchese um einen Dienst«, kündigte Marie Claire den beiden Wachen an, die sie verdutzt anstarrten.
Nach kurzem Zögern bequemte sich einer, hineinzugehen und die Nachricht auszurichten. Sogleich kam er wieder heraus und ließ die beiden Besucher ein.
Der Meister kam ihnen entgegen und begrüßte sie höflich und neugierig. Er war ein kleiner, aber muskulöser Mann mit grauem Haar und sonnenverbrannter Haut auf Gesicht und Händen. Offenbar überwachte er gründlich, wenn seine Modelle draußen in die richtige Größe übertragen wurden. Dass er Säge und Beil zu gebrauchen wusste, verrieten seine kräftigen Arme und Schultern. Stefano hatte mehrfach Gespräche des Kaisers mit dem Maschinenbaumeister übersetzt und war jedes Mal vom Ideenreichtum Marcheses faszi-

niert gewesen, aber ebenso von Friedrichs militärischem Wissen.
Das Quartier des hochgeschätzten Erfinders war zweigeteilt. Hinten lagerten Werkzeuge, Seile, Brettchen und Stäbe aus Holz und Metall, mit denen der Meister seine Modelle bauen konnte. Im vorderen Teil dominierte ein großer Tisch voller Pergamente den Raum, der über und über mit Skizzen und Berechnungen gefüllt war. Nur das oberste Pergament war noch vollkommen leer; darauf lag ein Bimsstein. Es sollte wohl noch aufgeraut werden, damit die Tinte auf der glatten Oberfläche hielt.
Marie Claire übermittelte die Bitte – beziehungsweise den Auftrag – der Königin, und Marchese zog interessiert die Augenbrauen hoch.
»Hm … Eine neue Hand für den Übersetzer … Bitte schiebt doch Euren Ärmel hoch, junger Mann.«
Schon griff er nach einem Werkzeug und vermaß Stefanos Stumpf und seine linke Hand.
Der verging fast vor Scham darüber, dass er sich vor der hübschen Marie Claire diese Blöße geben musste. Würde auch sie sich von dem schrecklichen Anblick angewidert abwenden?
»Vielleicht sollte ich wirklich so etwas wie Finger formen, um die Schreibfeder dazwischenzuklemmen«, überlegte Marchese laut. »Und mit einem Rädchen oder Keil könnten wir ihr festen Halt geben … Hm … Lasst mich etwas ausprobieren. Aber lauft nicht weg! Vielleicht haben wir schon in einer Stunde einen Entwurf, den ich dann in Ruhe verfeinern kann.«
Er schickte die beiden Wachen wieder nach draußen, bot der jungen Hofdame der Kaiserin und dem Dolmetscher des Kaisers Platz in den Sitznischen am Fenster an und füllte ihnen persönlich Becher mit burgundischem Wein. Das betonte er, denn Marie Claire stammte wie Beatrix aus Burgund und war zusammen mit ihr aufgewachsen.
Dann zog sich der Erfinder in den hinteren Teil des Raumes

zurück. Von Selbstgesprächen untermalt, begann er, Metallstücke zuzuschneiden und zurechtzuklopfen, und vergaß sich ganz über seiner Arbeit.

So saßen sich nun Marie Claire und Stefano gegenüber, und zum ersten Mal nahm er wahr, welch schönes Kleid sie trug, wie faszinierend ihre braunen Augen mit einem Schimmer Gold darin waren, wie glänzend ihr dunkles Haar unter dem Schleier hervorlugte, den sie als verheiratete Frau zu tragen hatte.

Nach allem, was Stefano wusste – und vom Klatsch bei Hofe wusste er erstaunlich wenig für einen Mann in seinem Beruf –, war sie mit einem uralten, sehr reichen, doch inzwischen recht kranken burgundischen Adligen vermählt.

Und Gerüchte besagten, dass sie die Favoritin des Kaisers war, solange jener seiner Gemahlin während ihrer Schwangerschaft auf Anraten der Ärzte nicht beiliegen durfte.

»Wird es keine üble Nachrede geben, wenn wir hier ohne Zeugen einander gegenübersitzen?«, fragte Stefano besorgt. Das Letzte, was er brauchen könnte, wäre ein eifersüchtiger Kaiser. Und er wollte auch keine Schande über die junge Schönheit bringen.

Marie Claire schien sich darüber keine Gedanken zu machen. »Meister Marchese ist doch bei uns, und wir sind hier auf Befehl der Kaiserin«, meinte sie achselzuckend und lächelte Stefano an. Sie sprach deutsch mit starkem, aber sehr liebenswürdigem Akzent. Inzwischen beherrschte Stefano durch die vielen Gespräche mit der Kaiserin auch das Französische recht gut; er war dreisprachig aufgewachsen und hatte keine Probleme, eine vierte zu erlernen. Doch auf Weisung von Beatrix sollte er mit ihr und ihren burgundischen Damen deutsch sprechen, damit sie es lernten.

Rasch senkte er den Blick und suchte nach einem harmlosen Thema für eine Konversation, während sie warteten. Aus dem hinteren Raum erklang weiteres Scharren und Scheppern, dann wurde auf Metall gehämmert.

Schließlich rang sich Stefano dazu durch, etwas zu sagen, damit das Schweigen nicht peinlich wurde.

»Es heißt, Ihr seid von Kindheit an mit der Kaiserin befreundet …«

»Ja«, sagte Marie Claire und lächelte. »Mein Vater starb früh, und mein Oheim gab mich an den burgundischen Hof, damit ich dort erzogen wurde. Wir wuchsen zusammen auf. Ich bin drei Jahre älter, und sie ist für mich wie eine Schwester. Sobald die Verlobung von Beatrice und Frederic abgesprochen war, vermählte mein Vormund mich mit einem burgundischen Adligen.«

Das Lächeln erstarb, denn nun versank Marie Claire in düsteren Erinnerungen. Ihr Oheim war hoch verschuldet und gab sie ohne die geringsten Skrupel einem reichen, gebrechlichen Greis von damals schon mehr als siebzig Jahren. Doch er hoffte nicht nur auf ein baldiges Erbe – bislang vergeblich, denn der Alte hing zäh an seinem Leben, auch wenn er nun schon Blut spie.

Von Anfang an verfolgte ihr Oheim viel ehrgeizigere Pläne, um noch mehr Macht und Einfluss zu erringen. Es war hinlänglich bekannt, auch wenn niemand darüber je ein Wort verlor, dass Friedrich nur hübsche verheiratete Frauen in sein Bett holte, wenn er seiner Gemahlin nicht beiliegen durfte, damit ihm niemand einen Bastard anhängen konnte. Wie von ihrem Oheim geplant und raffiniert eingefädelt, hatte es auch nicht lange gedauert, bis ein Kammerdiener ihr diskret, aber verbindlich mitteilte, der Kaiser erwarte ihr Erscheinen in dieser Nacht.

Friedrich war ein erfahrener, zärtlicher, aber auch ungeduldiger Liebhaber. Das pure Gegenstück zu ihrem widerwärtigen Gemahl, der sie auch noch schlug, wenn er den Akt nicht vollziehen konnte, was ihm kaum je noch gelang.

Wegen Friedrichs Interesse an der hübschen jungen Frau musste der alte Kahlkopf von ihr ablassen, wofür sie Gott dankte. Aber nun war sie eine Ehebrecherin, wenn auch mit ausdrücklichem Einverständnis ihres Beichtvaters. Und konnte sie nicht froh sein, so ihrem Mann zu entgehen, dessen Anblick ihr schon Schauer über den Rücken jagte?

Doch noch mehr bedrückte sie der Kummer, den sie Beatrix mit jedem dieser nächtlichen Treffen antat. Diese wusste davon, und sie konnte es nicht verhindern.

Einmal hatte die Kaiserin leise eingestanden: »Besser du, Liebes, als wenn er mich durch Huren oder Mägde erniedrigt. Wenn er dich gut behandelt …«

Marie Claire hatte damals nur genickt, unfähig, etwas zu sagen vor lauter Scham.

Jetzt schob sie diese Gedanken beiseite und fragte Stefano mit ihrem hinreißenden Akzent: »Warum schaut Ihr stets so traurig? Die Hofdamen himmeln Euch an vor Bewunderung.«

Brüsk hob er seinen Stumpf.

»Ihr wollt mich trösten, schöne Marie Claire, doch diese Worte kann ich Euch kaum glauben. Ihr müsst nicht für mich lügen. Ich will kein Mitleid.«

»Ihr seid jung, gut aussehend, klug«, widersprach sie und legte sacht eine Hand an seine Wange. Nur für einen winzigen Moment, die Berührung war kaum mehr als ein Lufthauch.

Stefanos Körper geriet sofort in Aufruhr, und er war froh, dass sie saßen. Wie lange hatte er keine Frau mehr gehabt?

»Wenn die Jungfrau mir gnädig ist, ruft Gott bald meinen Gemahl zu sich, dessen Lebenskraft von Tag zu Tag schwindet und der nur noch unter Qualen atmet«, sagte sie und dachte: So grausam kann Gott nicht sein, dass ich noch länger diesem Widerling ausgeliefert bleibe.

»Womöglich bin ich bald eine junge Witwe. Ich weiß, es ziemt sich nicht, so etwas zu sagen … Aber ich würde mich glücklich schätzen, wenn Ihr dann um mich freit.«

Fassungslos starrte Stefano sie an. Scherzte sie, spielte sie ihm einen böser Streich? Würden nachher alle Hofdamen über ihn lachen?
Aber selbst wenn nicht …
Solange der Kaiser Marie Claire begehrte, durfte kein anderer Mann sie berühren. Doch gemunkelt wurde, der Kaiser habe Enthaltsamkeit geschworen, bis sein Sohn gesund und kräftig geboren war. Danach würde er mit Begeisterung wieder in Beatrix' Bett zurückkehren, die er liebte. Und wenn die Kaiserin erneut schwanger war, würde längst eine andere Schönheit sein Interesse geweckt haben.
Sie zuckten zusammen, wie ertappt bei etwas Verbotenem, als Meister Marchese geschäftig und mit vollen Händen zu ihnen kam. Er legte alles geräuschvoll auf dem Tisch mit den Pergamenten ab, wobei er sich bemühte, keine der Zeichnungen zu bedecken. Dann zog er einen kupfernen Kegelstumpf hervor, den er Stefano über den Unterarm schob.
»Drückt das? Vielleicht sollte ich es innen mit Leder oder Wolle polstern«, sinnierte er, stützte das Kinn mit der Faust, trat einen Schritt zurück und begutachtete seinen Entwurf.
»Ja, ich werde Finger daran anbringen und eine kleine Konstruktion, mit der ihr etwas fixieren könnt. Junger Mann, Ihr bringt mich wirklich auf gute Ideen«, meinte der Erfinder selbstzufrieden. »Ich habe die Maße, nun gewährt mir noch ein, zwei Tage, um ein paar Dinge auszuprobieren.«
Er verneigte sich vor Marie Claire und sagte: »Edle Dame, berichtet Ihrer Majestät, dass ich eine Lösung gefunden habe und ihren Wunsch schon sehr bald erfüllen werde.«
»Das wird die Kaiserin erfreuen«, versicherte Marie Claire mit melodiöser Stimme. Stefano übersetzte.
Dann erhoben sich die beiden Besucher und verabschiedeten sich mit Knicks und Verbeugung.
Natürlich mussten sie gemeinsam zurückgehen, um Beatrix zu berichten. Als sie durch einen leeren Gang liefen, wandte sich

Marie Claire zu Stefano um und griff ganz sacht nach seiner linken Hand.

»Ihr würdet mich sehr glücklich machen«, flüsterte sie und sah ihm in die Augen. »Auch mit einer Hand. Mein Oheim wird mich sicher schnell wieder vermählen wollen, sobald ich Witwe bin … Doch er darf sich dem Wunsch der Kaiserin nicht widersetzen, wenn sie Euch zu meinem nächsten Gemahl bestimmt. Und das würde sie tun. Sofern Ihr mich wollt.«

Sie senkte die Lider, drehte sich um und lief rasch weiter.

Wohin soll das führen?, dachte Stefano. Das muss ein Traum sein. Ein Fiebertraum. Oder ein böser Streich auf seine Kosten. Doch er hatte Marie Claire nie gehässig erlebt. Sie war schön, klug, und sie liebte Bücher und Geschichten.

Warten oder kämpfen?

Pribislaw; Abodritenburg Werle, Frühjahr 1164

Es herrschte gedrückte Stimmung in der hoffnungslos übervölkerten Slawenburg Werle. Dabei wirkte das Bild – abgesehen von der drückenden Enge – für den nichteingeweihten Betrachter friedlich: Viele Häuser schienen neu, wenn auch reichlich provisorisch, die Fischer und Handwerker gingen ihrer Arbeit nach, und es vielerorts duftete es nach frisch geschlagenem Holz. Doch in den Gesichtern der Menschen stand keine Hoffnung mehr.

Diese Burg war ihre letzte Zuflucht und fast alles, was den Abodriten nach der blutigen Niederschlagung ihres Aufstandes vom Vorjahr noch geblieben war. Der Löwe kam nicht nur mit der üblichen Entschlossenheit, sie zu besiegen, und zahlreichen Verbündeten. Diesmal führte er auch neuartige, furchtbare Kriegsmaschinen bei sich, wie er sie in Italien gese-

hen haben mochte, die aber noch kein Abodrite je zuvor erblickt hatte.
Und sofort bekamen sie deren schreckliche Wirkung zu spüren. Eine gewaltige überdachte Ramme schlug Breschen in die Palisaden, und von einem mehrstöckigen Turm aus versandten die Sachsen Pfeil um Pfeil, bis sich kein Verteidiger mehr aus der Deckung wagte.
Werle, ihre östlichste Zuflucht, musste kapitulieren.
Das Schlimmste aber: Sein Bruder Wertislaw und etliche weitere angesehene Krieger waren gefangen genommen und in Ketten abgeführt worden. Seit über einem Jahr schon schmachteten sie in Braunschweig im Kerker.
Und zu allem Überfluss hatte Heinrich auch noch einen wenig geachteten Bruder des vor vier Jahren gefallenen Niklot zum Verwalter des verbliebenen Abodritenlandes eingesetzt, den alten Lubemar. Des Kämpfens müde und nicht imstande, den Groll der Jüngeren zu besänftigen, geschweige denn, Männer in einen Kampf zu führen.
Pribislaw führte monatelange Verhandlungen um die Freilassung der Gefangenen, doch ohne Ergebnis. Nur wer sich ihm völlig unterwerfe, dessen Leben bleibe verschont, ließ der Löwe ausrichten. Und die Gefangenen seien seine Geiseln, für deren Überleben die Slawen selbst durch Wohlverhalten beitragen könnten.
Also hielt Pribislaw zähneknirschend Waffenruhe.
Bis heute, bis zu diesem verregneten Tag, an dem zwei Boten aus entgegengesetzten Richtungen eintrafen. Deren Berichte veranlassten ihn, die angesehensten Kämpfer und die weisen Männer in sein Haus zu bitten.
Zum ersten Mal gesellte sich auch sein Sohn Borwin zu ihnen, seit kurzem ein Krieger.
Dort saßen sie nun schon eine ganze Weile um das Feuer herum und stritten, während Dampf aus ihren regenfeuchten Kleidern aufstieg.

»Ich war mir sicher, dass wir durch Einstellung sämtlicher Angriffe die Freilassung unserer Krieger bewirken, einen Gefangenenaustausch«, begann Prisbislaw. »Doch ich habe mich geirrt. Furchtbar geirrt.«
Bitterkeit lag auf seinen Zügen, die von flackerndem Feuer beleuchtet wurden.
»Wir sind um das Erbe unserer Väter und Vorväter bestohlen, wir sind um unser Land und unsere Zukunft als Abodriten bestohlen! Viele von unseren Brüdern und Schwestern flohen bereits nach Pommern, weil sie gewaltsam aus ihrem angestammten Land vertrieben wurden. Und immer mehr und mehr Christen strömen hierher, um es sich auf *unserem* Grund und Boden gemütlich zu machen, das nun plötzlich dem Löwen gehört. Flamen, Sachsen, Westfalen, Fremde von noch weiter her. Jedermann darf nun auf unserem Land siedeln – nur wir nicht!«
Die Männer stimmten ihm lautstark zu, doch er brachte sie zum Schweigen.
»Wie ihr vielleicht gesehen habt«, fuhr Pribislaw fort, »sind heute zwei Boten eingetroffen, einer aus Ost, einer aus West.«
Er legte eine kurze Pause ein.
»Die Herzöge von Pommern sind bereit, uns mit Truppen zu unterstützen, wenn wir uns gegen den Löwen erheben, um uns unser Land zurückzuholen.«
Plötzlich war da wieder Hoffnung, wollten die Ersten schon aufspringen und zu den Waffen rufen.
Doch sofort erhob Ratibor, der Freund des verstorbenen Niklot, seine Stimme. »Wir können sie nicht besiegen«, warnte er. »Es sind zu viele. Zumal der Löwe jetzt diese neuartigen Waffen besitzt.«
»Sollen wir uns weiter mit gesenkten Köpfen von ihm ausbluten lassen? Dann wird der Name unseres stolzen Volkes aus der Erinnerung der Menschen verschwinden, als hätte es uns nie gegeben!«, hielt ein grauhaariger Mann aufgebracht dagegen.

»Hört erst an, wer der zweite Bote war und was er zu sagen hat!«, mahnte Pribislaw.
Fragende Blicke richteten sich auf ihn.
»Diesen Boten sandte mein Bruder Wertislaw aus dem Kerker.«
Er gab einem abgemagerten Mann mit eingefallenen Wangen das Zeichen, zu sprechen.
»Ich bin Wende wie ihr, doch seit langem Gefangener des Löwen. So befolge ich seinen Befehl, ihm als Bote und Übersetzer zu dienen.«
Mit eisigen Mienen nahmen die Versammelten seine Worte auf.
»Unter großen Gefahren konnte ich heimlich Kontakt zu Fürst Wertislaw aufnehmen. Er befahl mir, zu fliehen und euch die folgenden Worte zu überbringen. Ich schwöre bei Daschbog, dem Kriegsgott, und beim dreigesichtigen Gott Triglaw: Ich spreche die Wahrheit! Mögen die Götter mich auf der Stelle vernichten, wenn ich lüge!«
Feierlich zog er eine kleine Götterstatuette hervor, die er an einem fasrigen Strick um den Hals unter seinem Kittel verborgen trug.
»Welche Botschaft hat Niklots Sohn für uns?«, fragte ungeduldig einer von Pribislaws Freunden.
Der dürre Bote räusperte sich, und es war, als klinge seine Stimme nun viel tiefer, als wollte er die Worte wirklich so wiedergeben, wie sie ihm der gefangene Abodritenfürst aufgetragen hatte.
Er reckte sich und rief: »Wieso hältst du still, Pribislaw, mein älterer Bruder, während ich hier in Ketten schmachte? Wacht auf, steht auf wie ein Mann, Abodriten, und erzwingt mit Waffen, was ihr mit Worten nicht bewirken könnt! Als unser Vater Niklot zu Lüneburg gefangen gehalten wurde, da haben ihm nicht Worte die Freiheit gebracht. Ihr habt sie erkämpft, indem ihr mutig die Waffen gegen die erhobt, die uns unser

Land stehlen, unsere Heimat. Also kämpft auch jetzt! Und ich werde frei sein, und unser Volk wird weiterleben, so wie es unsere Väter und Vorväter taten.«

Auf diese Worte folgte ein Augenblick erschütterten Schweigens, dann brach ein Tumult aus.

»Ja, kämpft!«, riefen die einen und reckten ihre Fäuste in die Höhe.

»Das ist eine Falle. Der Löwe schickt ihn, damit wir sehenden Auges in unseren Untergang rennen«, hielten andere entgegen.

Pribislaw ließ sie ihre Argumente äußern, hörte sich ihre Meinungen an. Doch dann bewegte er die Hand zum Zeichen dafür, dass Ruhe eintreten sollte.

»Ich kenne meinen Bruder. Diese Worte klingen ganz nach ihm. Also vertraue ich dem Boten«, erklärte er.

Dann erhob er seine Stimme.

»Wir haben lange stillgehalten und unser geknechtetes Dasein ertragen, ein ganzes Jahr lang. Es ist genug! Jeder Eid, den wir dem Löwen schwören mussten, war ihm schon bald nicht mehr gut genug, jeder Tribut, den wir zahlen mussten, hat ihm schon bald nicht mehr gereicht. Verbünden wir uns mit den Pommern! Und gemeinsam mit ihnen tun wir dann das, was wir auch zur Befreiung unseres Fürsten Niklot taten. Überfallen wir die neuen, christlichen Siedlungen auf unseren Ländereien! Holen wir uns die Mecklenburg, Malchow, Quetzin und all unsere anderen Burgen zurück, die wir aufgeben mussten. Niemand kennt so gut wie wir ihre geheimen Zugänge und Schwachstellen. Und diesmal wird es nicht unser Blut sein, das vergossen wird, sondern das der Fremden, die uns unser Land rauben!«

Pribislaw hatte mit seinen Worten alle mitgerissen und viele Bedenken zerstreut. Die Abodriten würden den Kampf wieder aufnehmen, statt noch länger in Knechtschaft zu leben. Und sie würden sich Wertislaw und seine Männer zurückholen. Seine Krieger waren von neuem Mut beseelt.

Ein Löwe für den Löwen

Heinrich der Löwe, Adolf von Holstein; Braunschweig, Mai 1164

Heinrich der Löwe, Herzog von Sachsen und Bayern, war rundum zufrieden damit, wie sich die Dinge für ihn entwickelten. Die Bauarbeiten an seiner neuen, überaus prachtvollen Burg in Braunschweig schritten schneller voran, als er zu hoffen wagte. Doch er hatte es auch ziemlich eilig damit. Sein Vetter Friedrich, der Kaiser, wollte unbedingt eine Doppelhochzeit von seinem in Kürze erwarteten Erstgeborenen und seinem Braunschweiger Vetter mit Töchtern des englischen Königspaares anbahnen, und zwar bald. Denn König Heinrich von England hatte sich mit dem Erzbischof von Canterbury, Thomas Becket, unwiderruflich zerstritten. Eine bessere Gelegenheit, ihn von Papst Alexander wegzulocken und auf die Seite von Paschalis zu holen, würde es nicht geben.

Ganz abgesehen davon, fieberte Heinrich dem Tag entgegen, an dem er eine englische Königstochter heiraten durfte.

Eine Königstochter!

Höher hinaus konnte er kaum gelangen. Es sei denn, er strebte eines Tages selbst nach der Krone.

Nun, man würde sehen … Schließlich war sein Großvater ein Kaiser gewesen: Lothar von Süpplingenburg.

Jedenfalls bekam er eine Königstochter als Braut, noch dazu ein blutjunges Ding. Welch willkommene Abwechslung nach der schnell gealterten Clementia, die inzwischen mit irgendeinem frömmlerischen Grafen weit fort von hier wiedervermählt worden war. Es interessierte ihn so wenig, dass er den Namen des Mannes schon wieder vergessen hatte.

Rainald von Dassel würde die Verhandlungen mit dem englischen Königspaar führen, und es gab keinen Zweifel daran,

dass der gewiefte Diplomat das Projekt einer doppelten Verlobung erfolgreich anbahnen würde.
Natürlich konnte die kaiserliche Hochzeit nicht so bald stattfinden, Friedrichs Sohn war ja noch nicht einmal geboren. Doch für ihn, Heinrich, war Mathilde von England auserwählt, die schon acht Jahre zählte, soweit er wusste. Spätestens in vier Jahren konnte er sie ehelichen. Bis dahin musste Dankwarderode fertig sein, und zwar in allergrößter Pracht. Er würde sich doch nicht blamieren vor einem englischen König!
Durch die Einnahmen aus Lübeck, Goslar, München und vielen anderen einträglichen Besitztümern konnte er es sich leisten, bei dem Bau seiner Pfalz mit nichts zu sparen.
Außerdem musste die Stadt mit Wall und Graben umgeben werden, und ein neues Stadtviertel, den Hagen, ließ er auch erschließen.
Doch er hatte noch ein besonders großartiges Vorhaben. Etwas, das er in Italien gesehen hatte, wo es enormen Eindruck bei ihm hinterließ. Und das es in deutschen Landen noch nicht gab. Die Wirkung würde spektakulär sein!
Ein Standbild, ein *Bronze*standbild, sollte auf dem Hof vor Dankwarderode seinen Platz finden. Nicht etwa von ihm … Aber in gewisser Weise doch.
Ein Löwe, überlebensgroß und vergoldet.
Wobei Heinrich noch nie einen echten Löwen gesehen hatte. Doch er würde ihn auf einem Sockel vor seiner neuen Burg aufstellen, majestätisch den Kopf nach Osten ausgerichtet, das Maul geöffnet, die Zähne zeigend.
Das musste nun jeder verstehen!
Voller Schadenfreude stellte er sich den Zorn des Bären vor. Vielleicht traf den vor Wut der Herzschlag, und er wäre den alten Polterkopf los.
Gerade beriet er mit einem Glockengießer und einem Goldschmied über den Fortgang der Arbeiten. Vergolden lassen

wollte er das einzigartige Stück natürlich auch, um seine Feinde so richtig zu ärgern. Um zu zeigen, dass er es sich leisten konnte. Und um einer Königstochter einen angemessenen Blick aus dem Fenster zu bieten. Er wäre jede Wette eingegangen, dass es so etwas am englischen Hof nicht gab.

Heinrich deutete auf ein paar Zeichnungen, die er in Italien eigens für diesen seinen Plan hatte anfertigen lassen: von der römischen Wölfin, die Remus und Romulus gesäugt hatte, und vom Markuslöwen in Venedig. Denn woher sollte ein Braunschweiger Handwerker wissen, wie ein echter Löwe aussah? Wenn nicht einmal er, Heinrich, bislang ein lebendes Exemplar zu Gesicht bekommen hatte!

»Wir sprechen hier von fast zwanzig Zentnern Kupfer, Euer Durchlaucht, wenn Ihr bei den gewünschten Maßen von Höhe und Länge bleiben wollt«, wandte der Glockengießer ein, der schließlich noch kein solches Werk gefertigt hatte.

»Mannshoch! Auf keinen Fall kleiner!«, gebot der Herzog sofort.

»Wie viel Gold wird für eine so große Skulptur benötigt?«, erkundigte er sich bei dem besten Braunschweiger Goldschmied.

»Weniger, als Ihr vermutet, Durchlaucht«, versicherte der. »Wir schlagen es hauchdünn, nur so lässt es sich auch gut auftragen.«

Die beiden Meister vertieften sich wieder in die Zeichnungen, als plötzlich ein sichtlich beunruhigter Heinrich von Weida eintrat und einen Boten mit Nachrichten von größter Wichtigkeit ankündigte.

Sofort verhagelte es Heinrich die Stimmung. Das hier bereitete ihm gerade so viel Freude – Vorfreude und auch Schadenfreude, wenn er an die Gesichter seiner Rivalen dachte. Immer kam etwas dazwischen!

Er schickte die beiden Handwerker fort, die sich unter vielen Verbeugungen verabschiedeten.

»Ihr wisst, was ihr zu tun habt!«, gab er ihnen zum Abschied mit auf den Weg.
Dann sah er sich um, ob er noch jemanden hinausschicken musste. Aber da waren nur Adolf von Holstein, Gunzelin von Hagen und Ludolf von Peine. Denen konnte er vertrauen.
Er scheuchte die ganze Dienerschaft hinfort und ließ den Boten eintreten.
Der zog seine Kappe vom Haar, sank auf beide Knie und bekam kaum Luft vor lauter Aufregung. Vielleicht war er auch die Treppenstufen hinaufgerannt.
»Durchlaucht!«, begann er verzweifelt und schnappte nach Luft. »Durchlaucht!«
Er schien einfach nicht zu Atem zu kommen.
»Ja, das ist bekanntermaßen mein Titel«, blaffte der Löwe ihn an. »Kriege ich heute noch zu hören, was sich angeblich so Wichtiges ereignet hat? Oder muss ich es erst aus dir herausprügeln?«
Immerhin hatte der Kerl da seine Besprechungen über den goldenen Löwen gestört.
Dem Boten wich alle Farbe aus dem Gesicht. Er nahm seinen ganzen Mut zusammen und brachte dann endlich heraus: »Die Wenden! Sie greifen an!«
Einen Moment lang herrschte Stille.
Dann fragte der Löwe barsch: »Wo? Wie viele?«
»Wie es scheint, fast alle waffenfähigen Männer. Und sie bekommen Unterstützung aus Pommern. Die Mecklenburg, Quetzin und Malchow haben sie bereits zurückerobert und dabei ein furchtbares Blutbad unter den Burgbesatzungen und flämischen Siedlern angerichtet.«
Der Bote senkte den Kopf in Erwartung irgendeiner üblen Bestrafung, doch der Herzog verschwendete keinen Blick mehr an ihn und ließ ihn einfach dort knien.
»Wenn sie glauben, uns herausfordern zu können, werden sie

dafür teuer bezahlen«, meinte er eiskalt und verächtlich und zuckte lässig mit den Schultern.

»Ruft Eure Truppen zusammen!«, forderte er Gunzelin von Hagen und Ludolf von Peine zuerst auf, die am liebsten gleich losgelaufen wären. Schließlich waren sie für die Verwaltung einstmals slawischer Gebiete zuständig.

»Ihr, Heinrich von Weida, reist zu König Waldemar von Dänemark und ladet ihn ein, sich an unserer Unternehmung zu beteiligen. Ich denke, der junge und kämpferische König der Dänen wird mit Freuden daran mitwirken, die Wenden endlich vernichtend zu schlagen. Zuallererst soll er verhindern, dass sich die Ranen auf Rügen den Aufständischen anschließen.«

Heinrich von Weida quittierte den Befehl mit einem Nicken.

»Eure Streitmacht, Graf von Holstein, erwarte ich entschlossen, vollständig und schnell an meiner Seite«, sagte der Löwe streng. »Auch wenn Ihr ihnen nachtrauert – die Zeiten sind lange vorbei, in denen wir Freundschaft mit den Wenden schließen konnten. Soeben habt Ihr gehört, was dabei herauskommt.«

Wäre das geschehen, wenn Niklot noch lebte?, fragte sich Adolf von Holstein bedrückt. Und was wurde jetzt aus Niklots gefangenem Sohn Wertislaw? Er kannte ihn von klein auf, war unzählige Male in ihrem Haus zu Gast gewesen, war als Freund empfangen worden …

Als hätte der Herzog seine Gedanken gelesen, erteilte der Löwe noch einen weiteren Befehl: »Sobald die Heere versammelt sind, rücken wir gegen die Wendenburgen aus. Niklots Sohn und die anderen Gefangenen von Stand nehmen wir gut bewacht mit. Für die habe ich eine besondere Verwendung.«

Sein zynisches Lächeln ließ den Holsteiner Schlimmstes befürchten.

Vor der Schlacht

Heinrich der Löwe, Adolf von Holstein,
die Abodritenfürsten Pribislaw und Wertislaw;
Slawenburg Malchin, 5. Juli 1164

Unaufhörlich und bedrohlich rückte das feindliche Heer näher, stapfend und von Staub umhüllt.

Noch konnte Pribislaw kaum Einzelheiten erkennen, als er auf dem höchsten Turm der von ihm zurückeroberten Burg Malchin Ausschau hielt. Nur dass es sehr viele waren, sah er. Tausende. Zu viele.

Und dabei waren das noch nicht einmal alle. Die Mecklenburg, Malchin und Quetzin hatte Pribislaw im Sturm zurückerobert. Die Einnahme von Ilow hingegen scheiterte, weil dort der gnadenlose Gunzelin von Hagen genug Männer zusammengerufen hatte, um sie abzuwehren. Sicher würden auch sie bald hier auftauchen.

Pribislaws Spionen zufolge hatte der Löwe auch noch die Dänen gewonnen, sich an der endgültigen Vernichtung der Abodriten zu beteiligen. Davon hatte er Waldemar sicher nicht lange überzeugen müssen. Sie würden ihnen die Seewege blockieren, Wolgast und Usedom erobern und dann wahrscheinlich ebenfalls bald hier eintreffen. Und sie würden verhindern, dass sich die kriegerischen Ranen den Abodriten anschlossen.

Also waren Pribislaws Kämpfer gar nicht erst weiter gen Westen oder an die Küste gezogen, sondern sammelten sich auf dem Weg nach Osten, immer einen Fluchtweg vor Augen.

Pribislaw hatte eine Hand auf den Knauf des Damaszener schwertes gelegt, das zurückerhaltene Erbe seines Vaters. Mit der anderen schirmte er die Augen gegen das grelle Sonnenlicht ab, um zu erspähen, ob der Löwe etwa diese neuen durchschlagskräftigen Belagerungsmaschinen mit sich führte oder hier erst bauen lassen wollte.

Doch als ein jäher Windstoß auf dem flachen, sandigen Land den Staub fortwirbelte, der die vorderen Reihen der Gegner umhüllte, traute er seinen Augen kaum.

Natürlich wehte allen voran das Löwenbanner der Herzogs. Doch dicht daneben konnte er einen roten Bären auf weißem Banner flattern sehen – das Wappen Markgraf Albrechts!

Trotz seiner eigenen intensiven Überlegungen, von denen letztlich das Überleben seines Volkes abhing, verzog er verächtlich die Mundwinkel.

Der Bär und der Löwe waren inbrünstige Feinde und bekriegten sich bei jeder sich bietenden Gelegenheit. Aber wenn es gegen die Slawen ging, konnten sie wundersamerweise ihren Hass aufeinander zurückstellen – und sich auf die Jagd nach Land und Beute machen.

Wie schon damals beim Wendenkreuzzug 1147.

Der lag nun fast zwanzig Jahre zurück. Eine Zeitspanne, in der ein Neugeborener zum Krieger heranreifen konnte. Wie Wertislaws eigener Sohn Borwin, der nun neben ihm stand, auf den Gegner starrte und ungeduldig wartete, was sein Vater wohl entscheiden mochte. Die Rückeroberung von Malchin war sein erster richtiger Einsatz als Kämpfer gewesen. Er hatte dabei eine Wunde am rechten Arm davongetragen, die schlecht verheilte. Doch er hoffte inbrünstig, sich bei den nächsten Kämpfen beweisen zu dürfen.

Beim Wendenkreuzzug sind wir mit einer Scheintaufe und enormen Tributzahlungen davongekommen, dachte Pribislaw verbittert. Aber unsere jungen Leute durften nie erfahren, wie ein freies Leben aussieht. Der Stamm ist verarmt, wir können die horrenden Summen nicht mehr aufbringen, die der Löwe und seine unzähligen Getreuen immer wieder willkürlich erhöhen. Und auf den meisten unserer einstigen Ländereien, in den fruchtbarsten Gebieten, haben sich Christen breitgemacht.

Viel mehr als die Flucht noch weiter östlich nach Demmin, wo jetzt die Pommern herrschten, war ihnen nicht geblieben, bis sie endlich diese Burg hier zurückerobert hatten.

Das Heer des Löwen hielt in etwas mehr als Pfeilschussweite vor der Burg. Dort befahl der Herzog seinen Männern den Halt. Die stiegen von den Pferden, tranken begierig das warme Gesöff, das noch in ihren Lederschläuchen gluckerte – und kochten vor Wut und Blutdurst.

Auf dem ganzen Weg hierher hatten sie unzählige Dörfer gesehen, die von den Wenden niedergebrannt worden waren, viele neue auch dabei, Neugründungen von Siedlern auf einstigem Slawenland. Der unerbittliche Gunzelin reagierte darauf, indem er rund um Schwerin und Ilow alle Slawen hängen ließ, die er sah.

Und der Spur der Kämpfe konnten die Männer des Löwen schon anhand der Brandstellen und der unbestatteten, verwesenden Toten folgen.

Seine Kämpfer schrien so laut nach Rache, dass Heinrich dafür sorgen musste, dass niemand seine Geiseln aus reiner Blutgier erschlug. Er hatte andere Pläne mit ihnen.

Als alle von den Pferden waren und diese an einem Bachlauf getränkt hatten, befahl der Löwe, den Wagen mit den Gefangenen ein Stück näher an die Burg zu schieben. Es war ein schäbiger Ochsenkarren, doch seitlich und oben mit solide angebrachten Gittern umschlossen.

Die Gefangenen, die seit einem Jahr nicht aus ihren Kleidern herausgekommen waren, wirkten abgemagert, zerlumpt und verdreckt und waren kaum noch zu erkennen. Doch Pribislaw *würde* sie erkennen, dessen war sich der Löwe sicher.

Nun war einer der Momente in diesem Krieg gekommen, dem er schon lange entgegenfieberte.

Die Stunde der Rache.

Pribislaw beobachtete genau, wie der Karren mit seinem Bruder und den anderen Gefangenen näher an die Burg geschoben wurde. Von hier aus konnte er auch sehen, dass sie eiserne Ketten trugen.

Ihm brach fast das Herz, denn er ahnte, was nun geschehen würde. Woizlawa, seine Frau, trat neben ihn und ergriff wortlos seine Hand.

Ein dürrer Mann, der Gefangene Heinrichs, der unlängst auch die Botschaft des Herzogs überbracht hatte und umgehend zurückgeschickt worden war, ehe er noch irgendetwas ausspionieren konnte, humpelte auf das Tor zu und rief: »Seine Durchlaucht hat entschieden, diese Gefangenen hinzurichten, damit jeder hier sieht, wohin euer Widerstand führt – nämlich zu mehr und noch mehr Toten auf eurer Seite.«

Die Ansprache war vorgetragen, der Gefangene schlurfte mit hängenden Schultern zurück. Wahrscheinlich hatte der Marschall ihn ausgewählt, weil es für die Sachsen kein Verlust war, hätten die Slawen ihn getötet.

»Versammelt die Krieger und schickt die Frauen ins Innere der Burg!«, befahl Pribislaw sofort den Männern, die neben ihm standen.

Er sah Woizlawa an, die verstand. Die Frauen sollten nicht mit ansehen müssen, wie ihre Männer starben. Also scharte sie sofort die Frauen und Kinder um sich und ging mit ihnen in die Mitte der Burg.

»Du gehst auch!«, befahl er seinem Sohn Borwin und unterdrückte jeden Widerspruch mit einer Geste. Wertislaw war Borwins Oheim, und der Junge bewunderte ihn sehr. Das hier sollte er nicht sehen müssen.

Der alte Lubemar und Niklots weiser Freund Ratibor traten links und rechts neben ihn. Die Bogenschützen legten Pfeile in die Sehnen, doch Pribislaw gab ihnen das Zeichen, die Waffen vorerst zu senken.

Da der Löwe nicht einmal Kapitulationsbedingungen genannt

oder einen Gefangenenaustausch angeboten hatte, war das Schicksal der Gefangenen besiegelt, so schwer er es auch akzeptieren konnte.
Innerlich zerrissen stellte er sich darauf ein, nun zuschauen zu müssen, wie sein Bruder und seine Gefährten enthauptet wurden. Rasch sprach er ein Gebet zu Daschbog, dem Gott des Krieges. Aber vielleicht konnte auch der dreigesichtige Gott Triglaw Rettung bewirken?
Und dann sah er etwas – und glaubte, der Boden müsste sich unter seinen Füßen auftun und alles verschlingen.

Mehrere im Umgang mit Äxten erfahrene Männer des Löwen hatten unterdessen auf einem Hügel etwas mehr als eine Pfeilschussweite von der Slawenburg entfernt ein schlichtes Balkengerüst errichtet. Doch kein Belagerungsgerät, sondern einen Galgen.
»Wir sind Edelleute und haben ein Anrecht auf den Tod durchs Schwert!«, forderte Wertislaw mit so viel Würde, wie es jemandem möglich war, dessen Arme gefesselt waren. Er hatte längst mit seinem Leben abgeschlossen. Doch auf diese schändliche Art zu sterben …
Heinrich der Löwe baute sich vor ihm auf, stemmte die Hände in die Seiten und sagte voller Hass: »Ihr seid Mörder und Eidbrüchige und bekommt genau die Strafe, die ihr verdient. Und du wirst als Letzter gehenkt werden, weil *dein Bruder* den Frieden brach. Du darfst also mit ansehen, wie alle deine Freunde elendig sterben, einer nach dem anderen, und dich schon mit deinem ehrlosen Tod vertraut machen.«
Wertislaw schwieg und verzog keine Miene.
Er war der Anführer, und so wollte er auch diese Last auf sich nehmen. Sollte der Jüngste von ihnen als Erster gehen, damit er nicht erst sah, was ihn erwartete: das qualvolle Zucken, die groteske Verfärbung des aufgedunsenen Gesichts, die erniedrigende Entleerung im Moment des Todes.

Und damit er nicht jedes Mal mit den anderen im Geiste mitsterben musste.
Nach einer bedeutungsschweren Pause starrte ihm der Löwe noch einmal ins Gesicht und ergänzte: »Es sei denn, du bringst deinen Bruder und all das Pack da drüben dazu, bedingungslos zu kapitulieren!«
»Niemals!«, versicherte Wertislaw und spie aus, auch wenn er vollkommen ausgedörrt war.

Als der Galgen fertig war, für alle gut sichtbar auf der sanften Bodenwelle zwischen Heer und Burg, instruierte der Herzog einen Parlamentär mit weißem Wimpel. Doch bevor dieser in den Sattel stieg, wandte sich der Löwe suchend nach dem Grafen Holstein um und beorderte ihn umgehend zu sich.
»Ihr werdet mit dem Parlamentär reiten und dolmetschen«, befahl er und höhnte: »Damit wir endlich wissen, wozu es gut war, dass Ihr diese Barbarensprache gelernt habt!«
»Ich tat es, um ihnen das Wort Gottes näherzubringen«, verteidigte sich der Holsteiner.
»Mit bemerkenswert wenig Erfolg in all den Jahren«, verspottete ihn der Löwe.
Dann zog er vielversprechend die dunklen Augenbrauen hoch. »Sollte es Euch natürlich heute noch gelingen … Welche Freude für unseren Schöpfer und für die Priester! Beinahe wäret Ihr ja ein Pfaffe geworden. Also, Graf, versucht Euer Glück! Wer weiß, vielleicht bewirkt ja Euer Auftreten etwas. Die Wenden erhoffen sich gewiss Fürsprache von Euch. Sie kennen Euch als ihren Freund. Macht ihnen klar, und zwar *ohne jeden Zweifel,* dass sie von mir keine Gnade zu erwarten haben. So wie sie unseren Männern auf der Mecklenburg keine Gnade erwiesen, denn sie haben sie alle niedergemetzelt! Also gebt nicht mir die Schuld, wenn das sture Wendenpack mein huldvolles Angebot zurückweist.«

Da der Holsteiner nichts antwortete und seine Miene so fest verschloss, dass daraus seine Gedanken nun schon wieder ganz leicht zu lesen waren, wandte sich der Löwe ab, ließ sich einen Becher reichen und machte es sich bequem, um das Geschehen vor dem Burgtor zu genießen, auch wenn er wegen der Entfernung nichts verstehen konnte.

Wortlos und im Herzen wund stieg der Graf von Schauenburg, Holstein und Stormarn auf seinen Fuchshengst.

Er wusste, dass es in dieser Stimmung keinen Sinn hatte, den Herzog um Gnade zu bitten. Doch wenn er die Gefangenen – allesamt slawische Edelleute – schon hinrichten ließ, dann sollte er ihnen wenigstens den Tod auf standesgemäße Art zugestehen.

Jahrzehntelang habe ich mich bemüht, dass einigermaßen Frieden herrscht zwischen Christen und Slawen, dachte er verzweifelt. Das hier wird wohl das Ende bedeuten. Wenn der Herzog die Gefangenen vor den Augen ihres eigenen Volkes aufknüpft wie Diebe und Mörder, kann aus reinster Wut binnen einer halben Stunde hier ein Blutbad beginnen, wie es lange keines gab.

Während er neben dem Parlamentär Richtung Burgtor ritt, versuchte er abzuschätzen, wie viele Krieger Pribislaw in der Burg hatte. Bei weitem nicht genug … wenn die Verstärkung der Pommernfürsten Kazimir und Bogumir mit ihren Heeren nicht schon ganz nah war. Aber ihre Späher hatten bislang nicht die geringste Spur von ihnen ausmachen können.

Die Brücke war hochgezogen, das Tor verschlossen, und der Parlamentär musste den Kopf in den Nacken legen, um die Botschaft seines Fürsten auszurichten, die der Holsteiner übersetzte.

»Es sind Edelleute, sie haben Anspruch auf den Tod durch das Schwert!«, forderte Pribislaw laut.

Der Graf dolmetschte, ebenso die Antwort des Boten. Doch

dessen umfängliche Beleidigungen unterschlug er und sagte stattdessen in slawischer Sprache: »Ich kann euch nicht helfen, so gern ich es täte, mein Freund! Vielleicht wollt ihr Zeit gewinnen, weil ihr auf Verbündete hofft. Aber es ist noch dänische Verstärkung für den Löwen unterwegs. Und hofft nicht auf die Ranen; sie werden euch nicht zu Hilfe eilen.«

Der Bote sah ihn misstrauisch an, weil Graf Adolf so lange sprach.

»Ich soll versuchen, sie zu bekehren! Das erspart euch allen eine Schlacht bei dieser Hitze«, sagte er ihm schroff und von oben herab, um Nachfragen zu unterbinden.

Dann sah wieder zum Wehrgang hinauf und beschwor Pribislaw: »Ihr könnt diese Burg nicht lange halten, dazu habt ihr zu viele Frauen und Kinder bei euch und zu wenig Vorräte. Ihr könnt das Heer des Herzogs auch nicht in der Schlacht schlagen! Wollt ihr wirklich alle sterben? Soll sich nie wieder jemand auch nur an den Namen deines Volkes erinnern?«

Um den Boten zu täuschen, hängte er noch ein lautes Paternoster und ein »Amen« dran.

»Ihr seid nicht mein Feind, Graf«, antwortete der Sohn seines Freundes Niklot. »Vielleicht reitet auch Ihr in den Tod in dieser Schlacht. Ich würde das sehr bedauern.«

Der Graf schloss die Augen, betete stumm und flehte darum, dass das große Blutvergießen ausblieb. Wie gern wäre er jetzt nicht hier, sondern bei seiner jungen Frau Mechthild, einer thüringischen Schönheit, und bei seinem vierjährigen Sohn, der seinen Namen trug. Würde er sie je wiedersehen?

»Sie lehnen ab«, übersetzte er kurz und bündig.

Also wendete der Parlamentär sein Pferd, um zurückzureiten.

»Ich will doch hoffen, dass uns dieses Pack von Götzenanbetern nicht noch hinterrücks abschießt!«, murrte er.

»Ihr könnt Euch sicher fühlen«, erwiderte der Graf missmutig. Sein Begleiter schien beruhigt und rief, während sie zum

Galopp übergingen: »Wie der Herzog sagte: Es sind Wegelagerer, Diebe, Mörder. Und sie bekommen, was sie verdienen.«

Kurz nach der Rückkehr des Holsteiners begann der Herzog mit den Hinrichtungen, und etliche seiner Männer stritten sich darum. Jeder wollte einen heidnischen Wenden am Strick baumeln lassen.

Es passten immer zwei Delinquenten nebeneinander, aber da nur die wenigstens rasch und gnädig durch Genickbruch starben, zog sich die Prozedur hin.

Mehr als eine oder zwei Stunden mochten vergangen sein – oder kam es ihnen nur so vor? –, bis Wertislaw als Letzter an der Reihe war.

Keiner der Verurteilten hatte noch ein Wort gesagt, keiner hatte eine Miene verzogen. Nicht einmal, als sie ihre Gefährten qualvoll sterben sahen, zuckend, um den kleinsten Atemzug ringend, das Gesicht verfärbt ... Während sich ihre Peiniger köstlich amüsierten und lautstark Wetten abschlossen, wer von jeweils zweien länger durchhielt.

Graf Adolf ließ kaum den Blick von Wertislaw, doch der ignorierte ihn. Ob aus Verachtung oder weil er ihn nicht in Schwierigkeiten bringen wollte, fand er nicht heraus, obwohl er ein guter Menschenkenner war. Vermutlich war Wertislaw vollauf damit beschäftigt, bei seinen Göttern gute Aufnahme zu erflehen.

Ein letztes Mal versuchte Graf Adolf zu vermitteln.

»Wollt Ihr nicht wenigstens *ihm* den Tod durch das Schwert zugestehen, Durchlaucht? Er ist Fürst Niklots Sohn!«, beschwor er den Herzog.

»Gehört seinem älteren Bruder nicht Niklots Damaszenerschwert? Und wenn ja, ist es hier, in Malchow?«, fragte der Löwe neugierig.

»Ich vermute es.«

Der Herzog überlegte, trommelte dabei mit den Fingern der rechten Hand auf seinen Schwertknauf.

»Es wäre eine interessante Idee, Niklots berühmtes Schwert gegen einen ehrenhaften Tod seines Sohnes einzutauschen. Und dann diesen Wertislaw vor allen seinen Leuten mit dem Schwert seines Vaters zu köpfen.«

Der Gedanke gefiel ihm.

Doch aus einer Laune heraus verwarf er ihn wieder.

»Wer weiß, welche heidnische Flüche auf so einer Waffe liegen. Vielleicht sind sogar Götzenbilder in den Knauf geätzt.«

Mit einer knappen Kopfbewegung befahl er die Hinrichtung des Slawenfürsten.

Von mordlustigen Bewachern vorwärtsgestoßen, musste Wertislaw über die Leichen seiner Freunde steigen.

Sein Gesicht war erstarrt. Doch plötzlich wandte er den Kopf direkt zum Holsteiner, der sich verpflichtet fühlte, dem Sohn seines Freundes in dieser Stunde beizustehen, auch wenn er sich lieber sonst wo verkrochen hätte.

»Erinnere dich!«, sagte er in seiner Sprache zu dem Grafen.

Dann trat jemand gegen den Holzklotz, und der Todeskampf begann.

»Was hat er gesagt?«, wollte der Herzog wissen.

»Ein Totengebet.«

Und in gewisser Weise war es das auch.

In dieser Nacht würde Adolf von Schauenburg, Holstein und Stormarn keine Ruhe finden. Zumal er wusste: Das große Schlachten stand morgen erst noch bevor.

Tod am Kummerower See

Heinrich der Löwe, Adolf von Holstein, Pribislaw; Verchen, 6. Juli 1164

Über den Hinrichtungen war der Tag so weit fortgeschritten, dass bald die Abenddämmerung hereinbrechen würde.

Pribislaw, der jetzt den Schmerz um seinen Bruder und dessen Schicksalsgefährten hintanstellen musste, wenn sie den morgigen Tag überleben wollten, beobachtete von den Wehrgängen aus, wie die Männer des Löwen ihr Lager für die Nacht errichteten.

Doch nicht alle. Wie ihm Späher berichteten, und seine Augen bestätigten das wenig später, sollten einige Heereskontingente noch ein Stück voraus Richtung Demmin ziehen, zu dem Ort Verchen am nordöstlichen Zipfel des Kummerower Sees. Verchen lag auf halbem Weg zwischen Malchin und Demmin, der östlichsten Zuflucht der Abodriten, wo sie Verstärkung durch die Pommern erwarteten.

Pribislaw begriff sofort den Plan des Löwen, ihnen den Weg dorthin abzuschneiden. Er ging hinunter auf den Burghof und rief alle zusammen, die hierher geflüchtet waren.

Zugute kam ihm, dass seine Gegner die Burg nicht vollständig umschließen konnten; das Gebiet war von Sümpfen und Mooren durchzogen, in denen sich ein Fremder leicht verirren mochte und dann von Sumpfgeistern in tödlicher Umarmung in die Tiefe gezogen wurde.

»Es sind zu viele, wir können die Burg nicht halten«, sprach der alte Lubemar aus, was alle wussten, die nun fragend, ängstlich oder entschlossen zu Pribislaw aufsahen. Manche Frauen hatten geweint, das sah er an ihren verquollenen Augen, andere strahlten wilde Entschlossenheit aus, ihre Kinder zu schützen. Die Männer schmiedeten Rachepläne.

»Wir dürfen uns jetzt noch nicht zum Angriff hinreißen lassen!«, mahnte Niklots Sohn. »Hört meinen Plan! Der Sachsenherzog schickt eine Vorhut nach Verchen, um uns den Weg nach Demmin zu versperren und uns zu vernichten. Sie können nur an der östlichen Seite des Sees entlangziehen, die westliche ist Sumpfland. Doch wir müssen schneller sein als die Vorhut – und leiser, damit euch niemand hören kann, versteht ihr?«
Dann wandte er sich an seinen Sohn.
»Borwin, du führst die Frauen und Kinder durch den geheimen Gang hinaus und so schnell ihr könnt nach Demmin. Jetzt gleich und durch die Nacht. Ihr müsst schneller sein als die Männer des Löwen, die noch ihren Aufbruch vorbereiten. In Demmin findet ihr Schutz. Geht zu Fuß, damit euch keine Geräusche verraten, nehmt nur das Nötigste mit, sorgt dafür, dass die Kinder still sind, entzündet kein Licht! Es ist Halbmond, ihr seht genug.«
Er erkannte Widerstand auf dem Gesicht seines Sohnes, der nicht weggeschickt werden wollte, sprach aber weiter, ohne darauf einzugehen.
»Zehn Krieger sollen euch begleiten und schützen, falls ihr auf Späher und Vorposten trefft.«
Er würde junge Männer dafür aussuchen, damit sein Volk fortbestand. Denn von denen, die blieben, damit die übrigen fliehen konnten, würde womöglich keiner überleben.
»Jetzt gleich schicke ich unsere schnellsten Reiter voraus, um Bogislaw und Kazimir mit ihren Kämpfern herbeizurufen. Dem Heer des Löwen können wir uns nicht allein stellen. Es wird schon schwierig, die Vorhut aufzuhalten. Wir brauchen Verstärkung, wir brauchen die Hilfe der Pommern.«
Er sah in die Gesichter vor sich und eröffnete den letzten Teil seines Planes, der den kampferfahrenen Männern längst klar sein musste.
»Alle Krieger, die entschlossen sind, die Toten zu rächen und den Fluchtweg unserer Frauen und Kinder für die Feinde zu

versperren – kommt mit mir! Wir müssen vor den Gegnern in Verchen sein und erwarten sie dort, Schild an Schild. Wenn der Löwe morgen diese Burg stürmt, wird er sie leer vorfinden.«

»Vater, ich will bleiben und mit euch kämpfen!«, erklärte sein Sohn entschlossen.

»Du kannst mit deinem wunden Arm weder ein Schwert schwingen noch den Bogen spannen, sondern würdest dich nur unnütz opfern«, hielt ihm Pribislaw vor. »Begleite und beschütze die Frauen und Kinder! Das ist wichtiger.«

Er zog seinen Sohn an sich und presste ihm dabei fast den Atem aus der Brust. »Die Götter mögen dir beistehen. Dir und uns allen!«

Wenn Borwin heute Nacht schnell und wachsam war, hatte er deutlich bessere Chancen zu überleben als sein Vater.

»Und mich fragst du gar nicht erst nach meiner Meinung?« protestierte der alte Lubemar, der sich übergangen fühlte. Immerhin hatte der Herzog *ihn* als Nachfolger für seinen Bruder Niklot eingesetzt.

Pribislaw sah seinen Verwandten finster an. »Du gehst mit, Oheim, das ist wichtig! Falls wir in Verchen scheitern, musst du verhandeln und Zeit herausschinden, bis die pommerschen Herzöge ihre Truppen aufstellen.«

Rasch und leise formierten sich die verschiedenen Gruppen zum Aufbruch.

Adolf von Holstein war beinahe froh, der Gegenwart des Löwen zu entkommen, da er zur Vorhut abkommandiert war; zusammen mit dem grimmigen Gunzelin von Hagen, Graf Christian von Oldenburg und Reinold von Dithmarschen, einem älteren Ministerialen des Herzogs.

Er wollte weg von den Leichen der Gehenkten, von den prahlerischen Reden eines zunehmend betrunkenen Heeres und weg von dem, was wohl morgen mit dieser überfüllten Sla-

wenburg geschehen würde. Wenn die berauschten Söldner überhaupt noch so lange warteten, bis sie alles niederbrannten. Doch sie wollten Beute machen, und das ließ sich bei Tageslicht besser bewerkstelligen.
Da der Tross sie aufhielt und es überhaupt erst einmal seine Zeit dauerte, bis alle abmarschbereit waren, benötigte die Vorhut an die fünf Stunden, bis sie den Ort Verchen erreichten, an der nordöstlichen Spitze des Kummerower Sees gelegen. Der Himmel war wolkenlos, die Nacht sternenklar, der Halbmond beleuchtete das flache Land.
Immer wieder mussten sie ein paar Ortskundige vorschicken, um die Wege zu prüfen, damit sie nicht in einen Sumpf gerieten. Der Holsteiner wusste nicht, ob auch auf der östlichen Seite des Sees damit zu rechnen war.
Eine merkwürdige Stille fiel ihm auf, als sie loszogen. Kein Vogel sang, keine Grille zirpte, nur die Mücken fielen in Heerscharen über sie her, sobald die Dämmerung kam.
Aber vielleicht irrte er sich auch, vielleicht rührte dieser Eindruck von seiner gedrückten Stimmung.
Denn sie selbst erfüllten die Nacht mit vielerlei Geräuschen: das Schnauben der Pferde, die Flüche und Prahlereien der Männer, das Rumpeln der Karren ergaben ein vielstimmiges Durcheinander.
Endlich und ohne größere Zwischenfälle erreichten sie den kleinen Ort Verchen und bauten dort ihr Lager auf. Die Männer murrten über diese Umstände mitten in der Nacht. Demmin war von hier aus höchstens zweieinhalb Wegstunden entfernt. Aber sie sollten den Slawen den Fluchtweg versperren. Was morgen in Malchin vonstattengehen würde, wollte sich Adolf von Holstein lieber nicht ausmalen. Hastig schlug er ein Kreuz.
Die Schlacht schien unausweichlich. Die Schlacht, mit der die Abodriten endgültig vernichtet wurden.
Er zog sich in sein Zelt zurück, sobald die Knappen es errich-

tet hatten, kniete vor einem kleinem Hausaltar nieder und ging in sich.
Als er später wieder aus dem Zelt heraustrat, leuchteten unzählige Sterne am Himmel über ihm. Graf Christian von Oldenburg stand ganz in der Nähe, vielleicht in ähnliche Betrachtungen versunken, und kam langsam näher.
»Darf ich mich zu Euch gesellen? Man möchte kaum schlafen, so schön ist dieser Anblick.«
Wenn ich heute Nacht nicht schlafen kann, dann liegt das nicht am schönen Sternenhimmel, sondern am Grauen dieses Tages, dachte der Holsteiner bitter, ohne es auszusprechen.
Sie wechselten noch einige Sätze, vergewisserten sich, dass ausreichend Wachposten aufgestellt waren.
»Mein Sohn Moritz hatte gerade seine Schwertleite«, erzählte der Oldenburger mit Wehmut. »Er wäre zu gern hier dabei.«
»Vielleicht ist es besser, wenn seine erste Schlacht eine wird, in der nach ritterlichen Regeln gekämpft wird«, wandte der Holsteiner ein. Denn gegen die Slawen würde es ein Gemetzel werden.
»Ja, man führt Verhandlungen und verabredet sich für den nächsten Tag bei Sonnenaufgang zur Schlacht; Fußvolk, Reiterei und Bogenschützen stellen sich geordnet auf«, sinnierte Graf Christian.
»Und manchmal wird der Kampf auch nur zwischen den beiden Anführern entschieden«, warf Reinold von Dithmarschen ein, der sich – ebenfalls ruhelos – zu ihnen gesellte.
Der Holsteiner sah ihn skeptisch von der Seite an.
»Das scheint mir etwas aus der Mode gekommen. Der letzte solche Zweikampf ist mehr als ein halbes Jahrhundert her … Als Hoyer von Mansfeld im Jahr 1112 in der Schlacht am Welfesholz gegen Wiprecht von Groitzsch antrat.«
»Ja, die alten Recken«, meinte der Oldenburger versonnen und zitierte den Anfang des Hildebrandsliedes: »Zwischen beiden Heeren …«

»Ich habe einmal zwischen beiden Heeren mit Fürst Niklot verhandelt«, erinnerte sich Graf Adolf. »Seine Männer waren eindeutig in der Überzahl, doch ich durfte unbeschadet passieren, und wir sind friedlich auseinandergegangen. Das war zu Beginn des Wendenkreuzzuges.«

»Lange hat der Frieden ja nicht gehalten«, beanstandete Graf Reinold von Dithmarschen sarkastisch, der diese Kämpfe miterlebt hatte. »Und jetzt will der Herzog dem Ganzen wohl ein Ende bereiten.«

Sie schwiegen alle drei.

Bis der Oldenburger riet: »Gönnt Euch noch etwas Ruhe! Wir werden morgen sicher nicht kämpfen, sondern hier auf das Hauptheer und die Dänen warten und dann alle gemeinsam gegen Demmin vorrücken.«

Graf Adolf behielt seine Bedenken für sich.

Langsam kam bei Sonnenaufgang Leben in das Lager der Vorhut. Männer taumelten sich müde räkelnd aus ihren Zelten, die von der Sonne schon unerträglich aufgeheizt waren, und scheuchten ihre Knappen los, um Wasser zu holen.

Plötzlich gellte ein durchdringender Schrei, gleich darauf ein zweiter, alle fuhren mehr oder weniger hellwach von ihren Schlafplätzen hoch und griffen nach den Waffen, ohne überhaupt zu wissen, was los war. Zwei Knappen standen auf einem Hügel, schrien, winkten hektisch ihre Ritter herbei und zeigten nach unten.

Dort, bislang verborgen hinter einer Bodenerhöhung, stand nun ein abodritisches Heer in exakter Kampfformation. Ein Wall aus runden Schilden, dahinter in der zweiten Reihe Männer mit Speeren, dahinter in einigem Abstand die Bogenschützen in Reih und Glied.

Zum Glück für die Vorhut war die slawische Kavallerie nicht sehr stark. Entweder lauerte die Reiterei noch irgendwo in der Nähe, war nach Demmin ausgeschickt, um die Pommern zu holen, oder es waren wirklich nur so wenige. Der Holsteiner wusste, dass die einst für ihre Pferdezucht berühmten Slawen viele Tiere durch eine Seuche verloren hatten oder als Tributzahlungen an die Gefolgsleute des Löwen abtreten mussten.

Die Slawen schrien und klopften mit ihren Schwertern auf die Rundschilde, um ihre Gegner zu reizen und herauszufordern.

Warum kommen sie nicht auf uns zugerannt, jetzt, wo wir noch nicht vollständig gerüstet sind?, fragte sich der Holsteiner, während er rasch in seinen Gambeson fuhr, nach Schwert und Schild griff. Es blieb keine Zeit, die komplette Rüstung anzulegen.

Plötzlich verstand er: Sie versperren uns den Weg nach Demmin, weil die Ihren schon auf dem Weg dorthin sind. Sie haben uns gestern überlistet.

Im Lager rannte alles hin und her, wurde wild durcheinandergebrüllt.

»Schickt Boten zum Herzog, wir brauchen die Hauptarmee hier!«, schrie der Oldenburger und achtete darauf, dass auch mehrere Reiter losgaloppierten.

»Flieht, flieht!«, riefen andere und suchten das Weite, bis jemand sie aufhielt und anbrüllte, sich gefälligst dem Gegner zu stellen.

Während die Mehrzahl der Ritter und Reisigen noch rüsteten, mancher auch erst noch den Schlaf und die Folgen des Trinkens abschütteln musste, rannten einige schon los, um den Angriff aufzuhalten.

Denn nun setzte sich der Schildwall der Slawen in Bewegung, und die Bogenschützen versandten Salven von Pfeilen.

Reinold von Dithmarschen – ebenso wie der Holsteiner nur im Gambeson, ansonsten ungerüstet – schrie seine Männer zusammen, und dann jagten sie mit blanken Schwertern auf die erste Angriffswelle der Slawen zu.

Ein Stechen und Hauen begann, Blut floss in Strömen, Männer schrien im Kampfrausch, vor Wut oder Schmerz.
Beim ersten Überraschungsangriff waren die Slawen in der Überzahl, doch bald wendete sich das Blatt. Immer mehr Kämpfer kamen aus den Zelten, mehr oder weniger gerüstet, nachdem ihre Anführer sie angebrüllt hatten, sie sollten sich nicht feige verkriechen.
Plötzlich schien sich alles zu verdunkeln, das Geschrei und Hufgetrappel vervielfachte sich noch. Die Pommern kamen. Ihre Herzöge hatten Verstärkung geschickt. Und nun griff vereint mit ihnen die slawische Reiterei an.
Adolf von Holstein trieb mit aller Kraft ein paar Dutzend Ritter zusammen und stieg auf sein eigenes, vom Knappen gesatteltes Pferd, um mit den anderen eine Angriffslinie zu bilden und Knie an Knie auf die Gegner loszustürmen.
Staub und Schweiß rannen ihm beißend in die Augen, so dass er kaum sehen konnte.
Er hörte slawische Schlachtrufe, die irgendeine Ecke seines Verstandes noch übersetzte: »Rache für Niklot!«
Und: »Schießt auf die Anführer!«
Er hatte den Satz noch gar nicht wirklich verstanden, als sich sein Pferd, von mehreren Pfeilen getroffen, überschlug und er mit halb zermalmtem Leib unter dem sterbenden Tier lag. Sein Gesichtsfeld war eingeschränkt, ein Arm gebrochen, seine Beine spürte er nicht mehr. Mit der noch beweglichen Hand tastete er nach seinem Schwert im welken Gras, bekam es zu fassen und hieb einem Mann mit Rundschild gegen die Knöchel, ohne ihn zu treffen. Der versetzte ihm dann den Todesstoß.

Als die Hauptarmee anrückte, änderte sich die Lage schlagartig. Die Reiterei des Löwen trieb die Abodriten und Pommern Richtung Demmin, ohne sie vorerst zu verfolgen.
Zunächst sollten die Verluste erfasst, die Verwundeten ver-

bunden, die herrenlos herumirrenden Pferde eingefangen und die verletzten Tiere geschlachtet werden.
Der Herzog ließ das Schlachtfeld abschreiten, um nach bestimmten Gesichtern zu suchen. Seine Männer wateten durch einen Sumpf von Blut, doch das schien sie nicht zu stören. Da und dort bückte sich einer, um einem Sterbenden die Kehle durchzuschneiden, seine Waffe an sich zu nehmen oder metallenen Schmuck, der sich einschmelzen und verkaufen ließ.

Gunzelin von Hagen hatte mehrere Meldungen entgegengenommen und trat nun zu seinem Herzog. Seine Kleider waren über und über mit Blut bespritzt.
»Mit Erlaubnis, Durchlaucht: Nach unseren Schätzungen liegt die Zahl der toten Wenden bei zweitausendfünfhundert.«
Der Herzog starrte ihn an.
»Eigene Verluste?«
»Deutlich weniger, unter fünfhundert Mann und hundert Pferde. Aber …«
Er zögerte, völlig untypisch für diesen harten Mann.
»Aber?«
Drohend runzelte der Löwe die Augenbrauen.
»Graf Reinold von Dithmarschen ist gefallen, als er sich kaum gerüstet der zweiten Angriffswelle stellte. Ebenso der Graf von Holstein.«
Der Herzog fuhr zusammen und wollte es nicht glauben. Das durfte nicht wahr sein!
»Ist das sicher?«, fragte er mit spröder Stimme.
»Ich kann Euch zu der Stelle geleiten, Durchlaucht. Es ist nicht weit von hier, und wir bitten um Eure Entscheidung, wie mit dem Leichnam verfahren werden soll.«
Knechte hoben bereits Gräber für die eigenen Gefallenen aus, und die Knochen der Wenden konnten die Bauern unterpflügen, wenn sie hier zu ackern begannen, hatte der Herzog verfügt.

Es waren kaum fünfzig Schritte bis zum zerstückelten Leichnam des Grafen von Schauenburg, Holstein und Stormarn.
»Der Graf soll in der Familiengruft in Minden feierlich beigesetzt werden, an der Seite seines Vaters«, brachte der Herzog mühsam heraus.
Er ließ sich auf die erstbeste Sitzgelegenheit sinken – ein totes Pferd, was er gar nicht bemerkte – und fühlte sich einen seltenen Moment lang von Trauer und Ehrfurcht ergriffen.
»Bei dieser Hitze?«, fragte Gunzelin skeptisch. »Das ist ein weiter Weg bis dahin.«
Aber der Herzog schien es gar nicht zu hören.
Seine Gedanken schwirrten zwanghaft um jenen grauenhaften Tag des Jahres 1139 in Quedlinburg … Da war er zehn, wurde geweckt und erfuhr, dass sein Vater urplötzlich und aus unerklärlichen Gründen in der Nacht gestorben war. Seine Großmutter Richenza hatte sofort dafür gesorgt, dass die Titel auf ihn übergingen, der sechste Welf als Vormund eingesetzt wurde und ihm Ratgeber zur Seite gestellt wurden, von denen der Holsteiner der erste war. Von jener Stunde an hatte Graf Adolf ihn unterstützt, gelenkt, war immer für ihn da gewesen, ein weiser Berater und Mittler, auch für die Slawen.
Statt ihm dies zu danken, hatte er ihn oft schroff behandelt und ihm Lübeck weggenommen.
»Bei der Hitze?«, fragte Gunzelin erneut.
Heinrich der Löwe stand auf, auch wenn er sich plötzlich unendlich müde fühlte.
»Er war ein großer Mann! Wir werden ihn nicht hier in ein Massengrab werfen. Er verdient eine feierliche Beisetzung zur letzten Ruhe. Eine deutsche Balsamierung.«
Als sein Statthalter für Mecklenburg ihn fragend ansah, erklärte er ihm die Einzelheiten: den Toten in Stücke hacken – das war er beinahe schon – und das Fleisch von den Gebeinen kochen, in Essig balsamieren und beides überführen.

Als er den Widerwillen auf dem Gesicht des sonst so gefühlskalten Grafen sah, fuhr er ihn an: »So ist schon ein Kaiser bestattet worden – mein Großvater Lothar von Süpplingenburg! Er starb in Tirol, und seine Gebeine mussten bis nach Königslutter überführt werden, wo sie feierlich beigesetzt wurden. Daneben sind seine Gemahlin und mein Vater zur letzten Ruhe gebettet, meine Großmutter Richenza und Herzog Heinrich der Stolze. Also kein Wort mehr. Geht ans Werk!«

Er wandte sich ab und ließ den Grafen mit vielen unbeantworteten Fragen zurück, wenn auch mit klaren Anweisungen. Er würde eine Abordnung mit den Gebeinen zur jungen Gräfin Mechthild schicken und ihrem kampferprobten Bruder Heinrich von Schwarzburg die Vormundschaft für ihren minderjährigen Sohn übertragen. Das war das Beste, was er tun konnte, um seinen weisen Ratgeber zu ehren und sich die holsteinischen Truppen zu bewahren.

Und jetzt würde er nach Demmin reiten, die Pommern vertreiben und die Slawen vernichten.

Heinrich der Löwe hatte klare Befehle erteilt: »Wir folgen ihnen in einer Stunde, und dann wird Demmin brennen.«

Aber auch da sollte er zu spät kommen. Alle Abodriten, die sich hatten retten können, waren tiefer nach Pommern hinein geflüchtet. Und sie hatten Burg Demmin selbst in Brand gesteckt. Das ganze Land war verheert.

Auch gut. Endlich war er das Heidenpack los. Das würde auch die Bischöfe freuen, und er hatte seinen Landbesitz erheblich vergrößert. Alles bis an die pommerische Grenze gehörte jetzt ihm!

Ein großer Tag. Der würde in die Geschichte eingehen und seinen Ruhm mehren.

Nun musste er nur noch zum Kloster Stolpe reiten und sich dort mit dem Dänenkönig treffen, um die Beute aufzuteilen.

Ängste und Zweifel

Hedwig, Otto, Josefa und Christian;
Meißen, Sommer 1164

Entsetzt schrie Hedwig auf. »Stirbt er? Tut doch etwas!« Tränen der Verzweiflung schossen ihr in die Augen, sie schlug sich die Hand vor den Mund und schluchzte hemmungslos.

Schon den zweiten Tag glühte ihr jüngster Sohn im Fieber. Sie hatte Josefa holen lassen, die die ganze Nacht am Kinderbett wachte, dem kleinen Dietrich kalte Beinwickel anlegte, ihm zerstoßenen Galgant in Honigwasser einflößte und seine Brust mit kräftig riechender Thymiansalbe einrieb.

Doch plötzlich verdrehte der kaum Zweijährige die Augen, sein ganzer Körper begann auf beängstigende Art zu zucken, und dann floss Urin aus seinem kleinen Glied.

Das war für Hedwig das Furchteinflößendste in diesem Augenblick. Sie hatte schon genug Menschen sterben sehen, um zu wissen, dass sie sich im Tod entleerten.

Josefa ließ sofort die nassen Tücher fallen, die sie gerade auswrang, griff nach dem Kind, das nur ein Kittelchen trug, und tauchte es bis zur Brust in den Zuber mit kaltem Wasser.

Quälende Momente verstrichen, bis der Junge aufhörte zu krampfen.

»Lebt er?«, flüsterte Hedwig mit rauer Stimme angesichts des reglosen kleinen Körpers.

»Ja«, antwortete Josefa. Doch sie wusste, es war nur die größte Gefahr gebannt. Erst wenn das Fieber brach, konnten sie sicher sein. Bis zum nächsten Anfall.

Sie zog dem Kind den nassen Kittel vom Leib und hüllte es in saubere, weiche Tücher.

»Jetzt muss er warm gehalten werden, aber nicht zu sehr!«,

sagte sie und wiegte den kleinen Dietrich im Arm, ohne ihn aus den Augen zu lassen.
Er rührte sich kaum und atmete rasselnd. Doch die beängstigende Röte war verschwunden, und rasch fielen dem Kleinen, der in den letzten zwei Tagen kaum geschlafen und gegessen hatte, müde die Augen zu.
Hedwig bekreuzigte sich, dankte der Gottesmutter für ihre Gnade und fragte unter Tränen: »Was war das?«
»So etwas geschieht manchmal, wenn Kinder schnell und hoch fiebern«, gab die weise Frau Auskunft.
»Wird es wieder passieren?«
Josefa seufzte. »Das ist möglich. Gott hat es in seiner Weisheit so gefügt, dass ich gerade hier war, als der Anfall kam. Weil Euren Sohn das Fieber so oft heimsucht, werde ich Euch Vorräte von verschiedenen Salben und Tinkturen zubereiten, damit Ihr sie gleich zur Hand habt, wenn ich nicht schnell genug hier sein kann.«
Sie wollte den Jungen in seine Wiege legen, doch Hedwig bestand darauf, ihn eine Weile im Arm zu halten. Immer noch rannen ihr Tränen übers Gesicht; nur langsam beruhigte sie sich wieder.
Ihr Sohn wirkte nun blass, aber friedlich. War die Krise überstanden?
Mit dem Kind auf dem Arm setzte sie sich auf einen Stuhl und schien sich geradewegs in seine Züge zu versenken.
Erinnerungen stiegen in ihr auf: wie sie die Schwangerschaft in Ottos Abwesenheit durchstehen musste, wie ihr Adele und Mathilde in den schweren Stunden Trost gespendet hatten …
Und dann dieser furchtbare Moment, als das Neugeborene keinen Ton von sich gab, nicht atmete, weil sich die Nabelschnur um seinen Hals geschlungen hatte. Damals schüttelte sie die Angst, ein totes Kind geboren zu haben.
Josefa hatte dem kleinen Dietrich Atem gespendet und ihm das Leben gerettet.

Und als ihr Gemahl endlich aus Italien zurückkam, konnte ihm seine Gemahlin zwei Söhne präsentieren. Otto war aus allen Wolken gefallen, als ihn die Nachricht auf der Heimreise erreichte, und er zeigte sich überglücklich.

Nur nicht über den Namen: Dietrich nach seinem Lausitzer Bruder.

»Ihr habt keine Anweisungen gegeben für diesen Fall!«, hielt Hedwig ihm nach seinem Protest entgegen. »Und Ihr habt schließlich keinen Zweifel daran gelassen, dass Ihr keinen Eurer Söhne nach Eurem Vater nennen wollt.«

Leise fügte sie hinzu: »Wäre es ein Mädchen geworden, hätte ich es Sophia genannt, zum Andenken an meine erlauchte Mutter. Aber da Ihr nun wieder in Meißen weilt, könnt Ihr über die Namen der Kinder entscheiden, die ich Euch noch gebären werde.«

Das trieb Otto zu Milde; hingerissen betrachtete er seinen Zweitgeborenen. Nun hatte er schon zwei Söhne! Und er würde sicher auch noch Töchter bekommen.

Leider erwies sich der kleine Dietrich als kränklich, er fieberte oft. Doch so etwas Furchteinflößendes wie eben hatte Hedwig noch nicht erlebt. Sacht strich sie ihrem schlafenden Kind über die Wange, und langsam beruhigte sie sich selbst etwas.

Zögernd gab sie den Jungen der Amme, die ihn in sein Bettchen legte.

»Deck ihn nur leicht zu«, riet Josefa der Amme und versicherte Hedwig: »Wir werden beide an seiner Seite wachen, die Amme und ich. Geht und ruht Euch aus, Durchlaucht. Ihr hattet wenig Schlaf vorige Nacht. Ich denke, das Schlimmste ist überstanden.«

Vielleicht rettete die weise Frau heute durch ihr beherztes Handeln meinem Sohn zum zweiten Mal das Leben, dachte Hedwig. Nach den Worten der Wehmutter waren diese Krämpfe umso gefährlicher, je länger sie andauerten. Deshalb

hatte sie auch der Amme und den Kammerfrauen Anweisungen gegeben, sollte ein erneuter Anfall auftreten.
Hedwig nickte, warf noch einmal einen Blick auf ihren schlafenden Sohn und ging zu Otto, um zu berichten.

»Das sehe ich mir nicht länger tatenlos an!«, erklärte der Markgraf energisch. »Mein Sohn braucht einen Arzt! Nicht diesen Quacksalber von einem Bader und auch kein simples Kräuterweib. Ich bin ein Fürst! Deshalb werde ich einen Gelehrten von der Medizinschule in Salerno für meinen Sohn nach Meißen holen.«
Er wirkte ungewohnt beeindruckt, ja ehrfürchtig, als er sagte: »Du ahnst gar nicht, meine Liebe, wie weit fortgeschritten die Medizin in Italien ist. Ich sah die Gelehrten am Hof des Kaisers ganz Erstaunliches bewirken.«
Nun straffte er sich. »Lass mich nachdenken, an wen in Italien ich mich wenden kann, um solch einen Gelehrten in meine Markgrafschaft zu locken. Vielleicht an den Grafen von Biandrate? Ein Fürstensohn muss die beste Pflege haben. Wenn Dietrich erst richtig kuriert ist, wird so etwas nicht wieder passieren.«
Hedwig erwiderte nichts darauf. Sie wusste nicht, welche Wunder die Heilkundigen aus Salerno bewirken konnten, aber eines war sicher: So bald würde hier keiner eintreffen. Und sie war sehr zufrieden mit der weisen Frau, die ihr kundig bei zwei Entbindungen beigestanden, die Dietrich heute gerettet hatte und deren Mittel gegen Ottos Beschwerden – Gicht und ständige Verstopfung – deutlich mehr bewirkten als die Aderlässe des Baders.
Vorerst jedenfalls war der Gelehrte aus Italien noch ein Hirngespinst, und solange er nicht hier war, besaß Josefa ihr volles Vertrauen.
Trotz ihrer Erschöpfung ging Hedwig noch einmal zu ihren Kindern. Albrecht schlief tief und fest in der Kammer neben

dem Krankenzimmer. Und auch Dietrich schien nun auf dem Weg der Besserung.
Josefa sagte, so heftige Fieberattacken wären bei Kindern oft nach dem dritten Tag vorbei, wenn sie richtig behandelt wurden.
»Geh du nun auch und schlaf dich aus!«, gestattete sie Josefa.
Die lächelte. »Vielleicht erwartet mich noch eine Kreißende … Ich weiß nicht, warum, aber der Allmächtige hat es so eingerichtet, dass die meisten Kinder nachts geboren werden.«
Hedwig gab Weisung, dass jemand die Heilerin zu ihrem Haus begleitete. Nachts waren die Tore verschlossen, und kein ehrlicher Mensch trieb sich ohne wichtigen Grund in den dunklen Straßen herum. Auch ordnete sie an, Josefa gut zu bezahlen und ihr außerdem noch ein gebratenes Huhn und ein Brot aus der Küche zu holen.
Ein offensichtlich aus dem Schlaf gerissener junger Bursche wartete vor dem Palas, um die Heilerin ins untere Viertel zu begleiten.
Doch wie aus dem Nichts tauchte plötzlich Christian auf und sagte seinem Knappen Matthes: »Leg dich wieder schlafen, ich gehe selbst mit. Die weise Frau soll mir noch eine besondere Salbe für meinen Grauschimmel mischen.«
Matthes wunderte sich, denn zu solch einem Auftrag wurde normalerweise kein Ritter ausgeschickt. Doch einerseits war er hundemüde nach einem Tag mit harten Schwertkampfübungen, und andererseits galten sowieso besondere Regeln, wenn es um den Grauschimmel seines Herrn ging. Also dachte er nicht länger darüber nach, sondern verneigte sich höflich und erleichtert und ging mit großen Schritten wieder in die Kammer, die er sich mit mehreren anderen Knappen teilte, in Gedanken schon wieder auf seinem Strohsack und von süßen Träumen heimgesucht.
Josefa musterte Christian von der Seite, sagte aber kein Wort. Sie und Christian hatten seit seiner Schwertleite kaum eine

Gelegenheit gehabt, ein paar Worte zu wechseln, weil es aufgefallen wäre und einen Verdacht erwecken könnte, der letztlich Christians Herkunft verriet.
Natürlich hatten sie da und dort einen Blick und auch ein verstohlenes Lächeln gewechselt. Aber nicht mehr.
Josefa war eine mütterliche Freundin von Christians Eltern gewesen, sie hatte den Jungen auf die Welt geholt und seinen Lebensweg auch verfolgt, nachdem er als Siebenjähriger auf den Burgberg beordert worden war, um zum Ritter ausgebildet zu werden.
Damit wollte ihn der alte Markgraf Konrad für den grausamen Tod von Christians Vater entschädigen, der als Spion in Konrads Diensten verraten und aufs Rad geflochten worden war. Und am Tod von Christians Mutter gab sich Josefa einen Teil der Schuld. Hanka konnte den Tod ihres geliebten Mannes nicht verwinden, und als sie dann auch noch ihren Sohn weggeben musste, verlor sie jeden Lebensmut.
Viele Erinnerungen überkamen Josefa, als sie im Schein einer Fackel von Christian an den Wachen vorbei zu ihrer Kate geführt wurde. Nur wenige Schritte von dem Haus entfernt, in dem Christian aufgewachsen war.
Ein Nachtwächter mit Laterne kam ihnen entgegen und war deutlich erleichtert, zwei Passanten mit markgräflichem Auftrag anstelle von Dieben zu treffen. Sonst sahen sie nur da und dort einen mageren Hund durch die Gasse streunen, einmal huschte eine Katze quer vor ihnen über die Straße.
Christians Blick hakte sich am Haus seiner Eltern fest, als sie sich Josefas Heimstatt näherten.
Wohlbehalten in ihrer eigenen Kate angekommen, entzündete die weise Frau eine Kerze und stellte den Korb mit Tinkturen, Salben und ihrem Lohn ab. Ächzend ließ sie sich auf eine Bank sinken und rieb sich mit der Hand übers Gesicht, als könnte sie damit die Müdigkeit vertreiben.
Doch dann war sie plötzlich hellwach.

»Was ist los?«, fragte sie Christian ohne jegliche Vorrede. Er musste stundenlang gewartet haben, bis der Befehl an einen Knappen erging und er diesen fortschicken konnte, um sie selbst zu begleiten.

Christian setzte sich auf den Schemel ihr gegenüber und suchte nach Worten, die er sich schon längst hätte zurechtlegen können.

Josefa wartete geduldig.

»Ich vermisse meine Eltern!«, platzte er dann heraus. »Mit Mühe kann ich mich noch an das Gesicht meiner Mutter erinnern ... Aber Vater? Sie entgleiten mir. Obwohl ich jede Woche für sie bete und im Dom eine Kerze für sie entzünde.«

Josefa seufzte, stemmte sich hoch und schenkte Christian einen Becher Bier ein.

Dann ging sie zu einer schlichten Truhe und klappte den Deckel hoch.

»Gott weiß, dass die beiden für mich wie eigene Kinder waren«, sagte sie mit bewegter Stimme. »Ich habe mitgeholfen, dass sie heiraten konnten, weil sie sich liebten. Sie waren glücklich miteinander. Wie oft sieht man schon ein Ehepaar, das sich von ganzem Herzen zugeneigt ist? Und du warst ihr größtes Glück. Mir kommen immer noch die Tränen, wenn ich an sie denke«, meinte sie und wischte sich die Augenwinkel.

Dann holte sie ein kleines, flaches Bündel aus der Truhe. Naturfarbenes Leinen, in das eine leuchtend bunte Stickerei eingeschlagen war. Ein unvollendetes Motiv mit Vögeln und Blumenranken.

»Die letzte Arbeit deiner Mutter«, sagte Josefa schniefend. »Niemand hätte sie fertigstellen können – so fein waren Hankas Stiche.«

Sie legte die Stickerei auf den Tisch vor Christian und bückte sich ächzend, um etwas aus den Tiefen der Truhe herauszuholen.

»Die Spielmannskleider deines Vaters und seine selbstgeschnitzte Flöte«, erklärte sie und legte beides neben die Stickerei.

»Er hätte sie verbrennen sollen, denn als unehrlich Geborener hätte er deine Mutter niemals heiraten dürfen – ein Mädchen aus einer ehrbaren Handwerkerfamilie, die Tochter eines Bortenwebers. Er gab sein Spielmannsleben auf und wurde mit Hilfe des alten Markgrafen Konrad zu Ansbert, dem Schreiber. Und dann schickte ihn der Markgraf noch einmal mit einem besonders wichtigen Auftrag fort ... Der wurde sein Verhängnis.«

Josefa ließ sich wieder auf ihre Bank sinken und schob Christian die Erinnerungsstücke zu.

»Kannst du sie nun wieder sehen?«

Der junge Ritter antwortete zögernd.

»Mutter trug oft ein krapprotes Kleid. Mein Vater hat mir Lesen und Schreiben beigebracht ... Und mit sieben gaben sie mich zu Meister Goswin in die Lehre, damit ich das Schmieden lerne ...«

Er atmete tief durch und sprach wie im Traum.

»Mir ist, als lebte ich das falsche Leben. Ich gehöre nicht dorthin.« Er deutete mit dem Kopf Richtung Burgberg. »Wäre ich bei Meister Goswin geblieben, würde Mutter vielleicht noch leben.«

»Fang nicht an, mit dem Schicksal zu hadern, das dir bestimmt ist!«, rügte Josefa streng.

»Ist es mir denn bestimmt?«, widersprach der junge Ritter. »Ich gelte als Bastard, ich habe nichts, und als Unfreier muss ich einmal eine Frau heiraten, die der Fürst mir bestimmt. Wenn ich überhaupt jemals heiraten kann.«

»Weht daher der Wind?«, fragte Josefa sofort. »Bist du verliebt?«

Christian schüttelte den Kopf. »Raimund sagt, dass mich viele Mädchen und Frauen heimlich anstarren. Aber es ist keine dabei, die ich heiraten *dürfte.* Und vor allem keine, die ich so lieben könnte, wie meine Eltern sich geliebt haben.«

»Du wirst sie finden«, sagte Josefa bestimmt. »Auch wenn du jetzt noch nicht weißt, wann und wo.«

»Kannst du etwa die Zukunft vorhersehen, alte Muhme?«, fragte er in bitterem Spott.

»Mach dich nicht lustig über mich, Bursche!«, wies sie ihn zurecht. »Und hör auf, mir vorzujammern, dass du nichts besitzt. Du bist ein geachteter Ritter …«

»Als Bastard beschimpft«, warf er ein.

»… ein geachteter Ritter mit einem guten Schwert und einem kostbaren Pferd!«, beharrte Josefa. »Du hast geschworen, die Schwachen zu schützen. Und ist das nicht besser, als die Waffen nur zu schmieden?«

»Es waren bislang nur herzlich wenige, die ich wirklich schützen konnte«, antwortete Christian verbittert.

»Junge!«, ermahnte ihn Josefa streng. »Wenn ich eines weiß, dann dies: Es wird nie Mangel an Menschen geben, die Schutz brauchen. Die *deinen* Schutz brauchen. Und vergiss nicht, ehe du ganz in Selbstmitleid versinkst: Du hast Freunde! Freunde, die ebenfalls das Schwert zu führen wissen. Wenn Gottes Wille dich von der Schmiede weg auf den Burgberg geführt hat, dann heißt das: Er hat noch etwas mit dir vor. Auf dich wartet eine besondere Aufgabe, *Ritter* Christian! Und nun geh, ehe sie dich auf der Burg vermissen. Sieh zu, dass du noch etwas Schlaf bekommst.«

Sie stemmte sich hoch und sagte müde: »Den brauche ich auch. Vielleicht hämmert in einer halben Stunde jemand an meine Tür, weil eine Frau niederkommt. Oder erst übermorgen? Wir wissen nicht, was uns erwartet. Jeder Tag hat seine eigene Plage. Also sammeln wir Kraft, um unser Bestes zu geben, wenn Gott uns prüft.«

Sicherheiten

Friedrich, Beatrix; Pavia, 16. Juli 1164

»Es ist ein Sohn!«

Der Medicus schrie es fast heraus vor lauter Freude, und dem Kaiser war zumute, als würde eine zentnerschwere Last von seinen Schultern fallen.

Mit angehaltenem Atem und halb geöffnetem Mund starrte er den Heilkundigen an, der die lang ersehnte Nachricht aus der Gebärkammer brachte. Fast fürchtete er, er könnte sich verhört haben … oder dass gleich ein weiterer Bote käme, der berichtete, das Kind sei nicht lebensfähig und soeben gestorben.

Doch nichts dergleichen geschah. Friedrich fiel auch nicht auf, dass die üblichen Versicherungen fehlten, der Knabe sei kräftig und gesund.

Denn dem Medicus kam der Knabe durchaus zu klein und kränklich vor; womöglich starb er bald. Doch das verschwieg er tunlichst. Vielleicht irrte er sich ja?

Der Kaiser schwelgte im Glück. Zwölf Jahre nach seiner Krönung zum König, acht Jahre nach seiner Vermählung mit Beatrix hatte er endlich einen Erben!

Die Thronfolge war gesichert.

»Und die Kaiserin?«, fragte er, nachdem er den Moment der Sprachlosigkeit aus Freude überwunden hatte.

»Ist wohlauf. Sie entbietet Euch ihre innigsten Grüße und kann es kaum erwarten, Euch Euren Sohn zu präsentieren«, meinte der Medicus strahlend und beeilte sich, seine Glückwünsche anzufügen. »Ihr könnt sie schon bald aufsuchen und Euren Erben begrüßen.«

Erst mussten die Spuren der Entbindung beseitigt werden, blutiges Leinen und verschmierte Schüsseln, und Wöchnerin und Kind präsentabel hergerichtet werden.

Der Kaiser sicherte dem Medicus und den Wehfrauen großzügige Entlohnung zu. Der Arzt verneigte sich und entfernte sich mit Erlaubnis des Herrschers, um wieder nach Mutter und Neugeborenem zu schauen.

Die Zeugen des Vorfalls knieten nieder, irgendjemand – Friedrich bekam vor lauter Aufregung gar nicht mit, wer es war – brachte Hochrufe auf das Kaiserpaar und den jungen Stammhalter aus, und alle Anwesenden stimmten ein.

Übers ganze Gesicht strahlend nahm der Kaiser die Glückwünsche entgegen.

»Lasst alle Glocken zur Geburt eines Königssohns läuten, schickt Boten mit der frohen Nachricht in alle Lande!«, befahl er.

Die im Raum weilenden Kanzleischreiber ergriffen Pergamente, Federn, Tintenfässer und was sie sonst noch benötigten, und wollten in ihre Schreibstube eilen.

Doch Friedrich rief sie noch einmal zurück und wies streng an: »Ab sofort wird mein Rothenburger Vetter in allen Dokumenten nur noch als *Herzog von Rothenburg* bezeichnet. Ausnahmslos. Nicht mehr als Herzog von Schwaben und nicht mehr als Königssohn!«

Denn jetzt gab es nur noch einen Königssohn: seinen. Und dem würde er nicht nur die Krone hinterlassen, sondern auch Schwaben, über das schon sein eigener Vater und sein Großvater geherrscht hatten.

Die Schreiber begriffen sofort, versicherten, den Befehl beflissen auszuführen, und zogen sich mit ihren Utensilien beladen eilig in die Kanzlei zurück.

Nach kurzer Überlegung schickte Friedrich auch alle anderen Anwesenden hinaus.

Am liebsten hätte er vor lauter Freude die ganze Welt umarmt. Doch von den Freunden, mit denen er sein Glück teilen wollte, war keiner da. Rainald überführte die Gebeine der Heiligen Drei Könige mit einer festlichen Prozession nach

Köln, Heinrich der Löwe schlug sich mit dem Aufstand der Abodriten herum, und mit den meisten anderen hatte er sich zerstritten oder sie hielten Distanz vom Hofe, nicht zuletzt auch wegen der Probleme, die aus dem erneuten Schisma resultierten.

Und auf die Heucheleien der Schmeichler konnte er getrost verzichten.

Da genoss er lieber diesen Moment ganz für sich, ehe er zu seiner geliebten Beatrix ging. Und zu seinem Sohn, der natürlich seinen Namen tragen würde, Friedrich.

Friedrich V. von Schwaben.

Es wäre wohl angemessen, in die Kirche zu gehen, vor dem Altar niederzuknien und ein Dankgebet zu sprechen. Das würde er nachher tun, ein neues Altarkreuz stiften, eine festliche Messe ausrichten lassen und dergleichen. Ein inniges Stoßgebet an den Allmächtigen hatte er schon zum Himmel gesandt.

Jetzt musste er seine Gedanken ordnen.

Aus Italien blieb ihm vorerst nur ein schmählicher Rückzug. Die meisten Städte widersetzten sich den Ronkalischen Beschlüssen, nicht zuletzt auch wegen der Maßlosigkeit seiner Beauftragten. Der Plan, mit Hilfe der Seestädte Pisa und Genua gegen Sizilien zu ziehen, war zerronnen. Viele mächtige Städte hatten sich gegen ihn zum Bund zusammengeschlossen und hielten nicht nur zu diesem unsäglichen Papst Alexander, sie schlossen auch Allianzen mit den Normannen und den Byzantinern. Er vermochte nicht einmal durchzusetzen, dass der sechste Welf seine italienischen Ländereien in Besitz nahm, Spoleto und die Toscana.

Feinde über Feinde, wohin er blickte.

Und jenseits der Alpen gärte es ebenso.

Albrecht der Bär schien sich über den Tod seiner Gemahlin hinwegzutrösten, indem er erneut Gebiete des Löwen angriff, seines Lieblingsfeindes. In Tübingen tobte eine Fehde zwischen dem dortigen Pfalzgrafen und dem sechsten Welf. Die Erzbischöfe von Mainz, Trier und Magdeburg und die gesamte hohe Geistlichkeit von Salzburg haderten mit dem Schisma … Doch jetzt war ihm ein Sohn geboren, und diese Nachricht würde alles andere überlagern. Er kehrte mit einem Sohn und Erben zurück und würde schon deshalb gefeiert werden. Denn wohin er auch kam, um eine Dankesmesse feiern zu lassen, würden unter das jubelnde Volk Silbermünzen geworfen werden.

Für einen Moment wanderten seine Gedanken zurück.

Wie verzweifelt waren sie über jedes Kind gewesen, das Beatrix verlor, wie sehnsüchtig hatten sie diesen Tag erwartet! Acht Jahre lang gebangt. So viele Gebete gesprochen.

Doch vielleicht war es Teil des göttlichen Plans, diesen glücklichen Tag so lange hinauszuschieben. Denn jetzt war Friedrich das Kind doppelt willkommen. Es sicherte nicht nur die Thronfolge, wenn es überlebte, sondern lenkte erst einmal von den in Italien erlittenen Misserfolgen und dem Schisma ab.

Als hätte er nur gewartet, bis der Kaiser diesen Gedanken zu Ende gebracht hatte, bat ein Kammerdiener um Einlass und vermeldete, die Kaiserin sei nun bereit, ihm seinen Sohn zu präsentieren.

Flüchtig sah Friedrich an sich herab, doch an seinem Gewand war nichts auszusetzen, und so lief er mit großen Schritten in Beatrix' Kammer.

Sie sah erschöpft aus, ihr Gesicht vor Anstrengung noch gerötet, doch als sie ihn erblickte, leuchteten ihre Augen.

Wortlos trat er zu ihr, griff nach ihrer Hand und drückte sie innig. Dann sagte er aus vollem Herzen: »Du machst mich zum glücklichsten Menschen der Welt.«

Seine Finger strichen immer noch über ihre Handfläche, bis auf Beatrix' Zeichen die jüngere der beiden Wehmütter vor-

trat und der Kaiserin das Neugeborene in den freien Arm legte.
»Dein Sohn«, hauchte Beatrix. Mehr musste sie gar nicht sagen.
»Gott schütze dich, kleiner Friedrich«, sagte der stolze Vater, küsste dem winzigen Jungen die Stirn und versprach ihm: »Der künftige Herzog von Schwaben. Und wenn du drei oder vier Jahre alt bist, lasse ich dich zum König wählen. Mit einer Königstochter werde ich dich vermählen …«
Nun löste er schweren Herzens den Blick von dem Neugeborenen und richtete ihn auf seine geliebte Beatrix.
»Eine englische Prinzessin. Wenn die Mädchen einmal solche Schönheiten werden wie ihre berühmte Mutter Eleonore von Aquitanien … Wir werden König Heinrich Plantagenet eine doppelte Verlobung anbieten: eine seiner jüngsten Töchter für meinen Sohn, eine ältere für meinen Vetter Heinrich. Das sind die besten Partien, die wir haben. Und besser, *wir* binden ihn an uns, als dass ihn die Normannen und dieser Alexander auf ihre Seite ziehen.«
Beatrix musste lächeln.
»Das zeichnet einen wahren Kaiser aus«, neckte sie. »Sein Sohn ist noch keine Stunde aus dem Mutterleib, da hat er ihn schon in seine Herrschaftspläne eingebunden.«
Friedrich zuckte grinsend mit den Schultern. So bin ich eben – sehr vorausschauend und pragmatisch. Ich wäre ein schlechter Herrscher ohne diese Eigenschaften, dachte er.
»Ich könnte die ganze Zeit nur auf sein kleines Gesichtchen starren«, gestand Beatrix und tat das auch sofort wieder.
»Ich sehe mehr das große Ganze, auch wenn es noch nicht sehr groß ist«, gab Friedrich zurück, wie sie zu Scherzen aufgelegt vor lauter Glück.
Dann sah er seinen Sohn an und sagte feierlich: »Wir sorgen schon dafür, dass du ein ganz Großer wirst, kleiner Friedrich.«
Das Neugeborene zuckte und begann mit dünner Stimme zu

schreien. Auf ein Zeichen von Beatrix huschte die Amme herbei und nahm sich seiner an.

Friedrich setzte sich neben das Bett und betrachtete seine Frau liebevoll. Sie sah müde und erschöpft aus, doch sehr glücklich. »Meine Geliebte, du hast mir heute die größte Freude meines Lebens bereitet. Dafür werde ich dir jeden Wunsch erfüllen, so ich kann. Ich schwöre es bei Gott dem Allmächtigen und beim Leben meines Sohnes«, sagte er feierlich. »Mit Geschmeide und schönen Gewändern werde ich dich überhäufen, dir jeden Wunsch von den Augen ablesen. Sag, womit kann ich dir sonst noch eine Freude bereiten?«

»Du bereitest mit schon Freude mit deiner Gegenwart, mit deiner Freude darüber, dass uns endlich ein Sohn vergönnt ist«, begann sie diplomatisch.

Das tat er mit einer Handbewegung als selbstverständlich ab. »Brokate? Die müsste ich aus Sizilien oder Byzanz schmuggeln lassen, weil ich im Streit mit König Roger und Kaiser Manuel liege. Aber für dich tue ich alles. Du sollst die schönsten Gewänder tragen …«

»Ich habe schöne Kleider, und bis ich wieder eingesegnet bin und am Festgottesdienst für unseren Sohn teilnehmen darf, werden meine Damen mir sicher weitere fertigen. Es liegen noch prächtige Seidenbrokate in den Truhen …«

»Soll ich mehr Troubadoure kommen lassen? Es muss doch etwas geben …«, drängte er verwundert.

Beatrix zögerte, und als er ihr durch eine hochgezogene Augenbraue bedeutete, es auszusprechen, hielt sie den Moment für gekommen.

Mit einer Handbewegung scheuchte sie alle Anwesenden vor die Tür, sogar die Amme mit dem Kind. Weit würden sie sich nicht entfernen. Doch dies hier wollte sie ohne lästige Augenzeugen, um Klatsch und Tratsch zu vermeiden.

Friedrich wirkte erstaunt, doch er sagte nichts. Was er schwor,

würde er auch ohne Eideszeugen halten. Schließlich war er ein Mann von Ehre.
Beatrix sah ihm in die Augen.
»Du weißt, dass Marie Claire, meine liebste Hofdame und Freundin aus Burgund, seit kurzem verwitwet ist?«
Der Kaiser ging innerlich sofort in Abwehrstellung. Kamen jetzt Vorwürfe, dass er sich die hübsche junge Frau ins Bett geholt hatte, während Beatrix seinen Sohn austrug? Hatte sie deshalb alle hinausgeschickt?
Aber sie sollte doch aus den Erfahrungen früherer Schwangerschaften wissen: Sobald sie erholt und wieder eingesegnet war, würde er sofort in ihr Bett zurückkehren und ihr auch treu bleiben ... Bis sie wieder ein Kind empfangen hatte.
Nachträglich fiel ihm auf, dass bis eben noch etliche Hofdamen als Zeuginnen der Geburt zugegen gewesen waren, aber nicht Marie Claire ... Das war dann wohl kein Zufall. Wollte sie die Schöne von ihm fernhalten?
Wegen seines Gelübdes hatte er die hübsche Burgunderin schon seit Wochen nicht mehr zu sich rufen lassen. Und da nun sein sehnlichster Wunsch erfüllt war, er einen Sohn besaß, musste er natürlich seinen Eid halten und enthaltsam leben, bis ihn Beatrix wieder in ihre Arme schließen konnte.
Voller Skepsis wartete er auf die nächsten Worte. Immerhin hatte er seiner Gemahlin versprochen, ihr jeden Wunsch zu erfüllen.
Beatrix konnte an seinem Gesicht sein Gedankenspiel ablesen. Ruhig fuhr sie fort: »Sie ist jung und muss wieder vermählt werden. Es würde mir gefallen, wenn wir sie deinem Dolmetscher zur Frau geben, diesem Stefano. Und vielleicht können wir die beiden mit etwas Land ausstatten?«
Sofort überfiel ihn die Eifersucht.
»Willst du sie bestrafen, indem du sie einem Krüppel gibst? Und noch dazu vom Hof verbannst? Nur damit sie mir aus den Augen ist?«, fragte er ungewollt schroff.

»Würdest du sie denn gern in deiner Nähe behalten?«, konterte Beatrix schnippisch. Wenn hier jemand ein Anrecht auf Eifersucht hatte, dann wohl sie! Doch von einem Kaiser durfte man nicht erwarten, dass er auf die Freuden des Bettes verzichtete, wenn seine Gemahlin dafür nicht zur Verfügung stand.

Friedrich seufzte und wollte zu Erklärungen ausholen, aber Beatrix fiel ihm ins Wort.

»Ich sähe sie gern miteinander vermählt, weil Marie Claire diesen jungen Mann wirklich liebt. Und Stefano di Stella wurde bei einem Gemetzel verstümmelt, als er während der Kämpfe um Rom nach *deiner* Krönung zu *dir* befohlen war. Also in *deinen* Diensten stand«, sagte sie energisch. »Das hat sein Leben zerstört. Wir sollten als Wiedergutmachung dafür sorgen, dass er es wenigstens in Teilen zurückerhält.«

»Habe ich nicht nach ihm suchen lassen, ihn wieder in meine Dienste genommen und großzügig bezahlt? Er kann sich sogar einen Diener leisten, der ihm beim Ankleiden und bei anderen Dingen hilft!«, hielt Friedrich dagegen.

Denn ihm stand ein Bild vor Augen, das er nicht verdrängen konnte. Die Reize der jungen Frau hatte er nur zu genau studieren können und sehr genossen. Sie war wirklich eine Schönheit und sehr gelehrig in Liebesdingen, seit er sie von diesem alten Lustgreis weggeholt hatte. Doch jetzt sah er im Geist nur Marie Claire mit seinem verstümmelten Dolmetscher im Bett vor sich.

Wie konnte sie *den* wollen, nachdem sie einem *Kaiser* beiliegen durfte? Oder log ihm Beatrix etwas vor? Wollte sie die Nebenbuhlerin loswerden?

Aber er hatte geschworen, ihren Wunsch zu erfüllen …

Und letztlich konnte es ihm gleichgültig sein, was aus seiner zeitweiligen Gespielin wurde. Besser als mit dem uralten Grafen würde es sie bei dem jungen Stefano sicher haben. Vielleicht war er gar keine schlechte Wahl angesichts dessen, an wen ihr machtgieriger Oheim sie als Nächstes verschachern würde, wenn es ihm nur nützte.

»So sei es«, stimmte er zu.

Beatrix lächelte tapfer, bedankte sich und versicherte, die beiden würden sicher glücklich miteinander werden.

Doch sein Zögern hatte ihr gesagt, was sie wissen wollte. Was sie wissen *musste.* Auch wenn Friedrich sie jetzt noch – bildlich gesprochen – auf Händen trug und ihr treu war, solange er in ihr Bett durfte ... Irgendwann würde ihn eine andere mehr begeistern. Seine Gefühle für sie würden erkalten. Und dann würde Rainald von Dassel mit Leichtigkeit den gleichen Vorwand finden, sie abzuschieben, mit dem sich Friedrich seiner ersten Gemahlin entledigt hatte, auf eine sehr herzlose Weise. Also musste sie ihm ein weiteres Versprechen abringen.

»Es ist ja eigentlich für uns auch keine Angelegenheit von großer Bedeutung«, versuchte er gerade, sein Zögern herunterzuspielen. »Das war ein Wunsch für eine andere. Jetzt wünsche dir etwas für dich ganz persönlich, Liebste! Ich möchte dich erfreuen.«

Beatrix tat, als ob sie überlegte. Dann setzte sie sich ein wenig auf, auch wenn ihr noch alles von der Entbindung wehtat.

»Lass mich zur Kaiserin krönen!«, forderte sie.

Friedrich legte zwar Wert darauf, dass sie als Kaiserin tituliert wurde, aber gekrönt worden war sie nur zur Königin, kurz vor ihrer Hochzeit in Würzburg.

Ihr Gemahl hatte seiner ersten Frau den Titel einer Königin verweigert, um sie als Herzogin leichter loszuwerden. Jetzt war er Kaiser, und zur Kaiserin gekrönt zu sein, sollte sie absichern. Irgendwann würde Friedrichs Liebe, vielleicht sogar sein Interesse an ihr erlöschen. Dagegen halfen nur viele Kinder. Doch ihre Schwangerschaften würden immer wieder andere schöne Frauen in sein Bett treiben. Und irgendwann kam fraglos eine, die ihn mehr zu fesseln wusste als sie.

»Das steht dir zu«, bekräftigte er zu ihrer Überraschung, ohne zu zögern.
Das Zögern folgte jedoch sogleich.
»Dafür muss ich Rom einnehmen und einen Papst dorthin bringen, der dich krönt ... Das ist jetzt gerade nicht zu bewirken, wie gehen in ein paar Wochen zurück über die Alpen. Es wird vielleicht ein, zwei Jahre dauern, bis ich dort wieder Ordnung geschaffen habe und genug Streitkräfte aufstellen kann, um Rom zu erobern.«
Er holte tief Luft und sagte dann entschlossen: »Aber ich habe es dir geschworen, und den Schwur werde ich halten, beim Leben unseres Sohnes. Ich lasse dich zur Kaiserin krönen, Liebste.«
Erleichtert ließ sich Beatrix wieder in ihre Kissen sinken und schloss kurz die Lider.
»Du bist müde, Liebste, und erschöpft«, sagte Friedrich rücksichtsvoll und hauchte ihr einen Kuss auf die Stirn. »Ich schicke die Dienerschaft wieder herein. Ruh dich aus, du hast es dir verdient. Wir haben einen Sohn!«
Den letzten Satz sagte er jubilierend. Dann ging er, und Beatrix atmete auf. Sohn und Kaiserkrönung würden ihr Sicherheit bieten in dieser unsicheren Welt.

Eine Brücke für Dresden

Otto, Hedwig, Burggraf Heinrich von Dohna; Meißen, Spätsommer 1164

Als die Kunde von der Geburt des Kaisersohnes die Mark Meißen erreichte, beschloss Markgraf Otto, aus diesem Anlass ein Fest auszurichten – verbunden mit der Erhebung einiger Edelknappen in den Ritterstand und einem Turnier.

Damit der Kaiser auch ja von dieser Huldigung erfuhr, lud Otto nicht nur seine umfangreiche Verwandtschaft und ihre besten Ritter ein, sondern auch den Burggrafen von Dohna. Der war ein kaiserlicher Ministeriale mit einer Burggrafschaft reichlich zwanzig Meilen südöstlich von Meißen, deren rasches Wachstum Otto mit Argwohn erfüllte. Entstand da ein neues Machtzentrum ganz in seiner Nähe?

Es war an der Zeit, dem Mann einmal auf den Zahn zu fühlen, natürlich ganz freundschaftlich und stets in dem Bewusstsein, dass dieser Burggraf Dohna im Auftrag des Kaisers verwaltete.

Doch Otto verbarg noch ganz andere Absichten hinter dem geplanten glanzvollen Fest.

Heinrich von Dohna würde erst am Nachmittag eintreffen, und so konnte er die Zeit bis dahin nutzen, mit seinen Brüdern und Schwägern Vertrauliches zu besprechen. Gerade saßen die Männer mit grimmigen Gesichtern in seiner Kammer, und der Grund ihres Grolls ließ sich schon an der Zusammensetzung der Runde erraten. Die stellte mehr oder weniger eine Ansammlung der Feinde Heinrichs des Löwen dar, wenn auch keine vollständige.

Otto war mit der Tochter des Bären vermählt, seine Schwester Adele mit Albrechts Sohn Adalbert, Dedo mit Mathilde von Heinsberg, und auch seine jüngsten Brüder, Heinrich und Friedrich, waren unlängst taktische Ehebündnisse mit Welfenfeinden eingegangen: Heinrich mit einer Tochter des Pfalzgrafen von Sommerschenburg, Friedrich mit Hedwig von Böhmen.

So saßen sie nun und wetterten wieder einmal darüber, dass der Löwe immer mächtiger und dreister wurde. Nach der Niederschlagung des Abodritenaufstandes konnte er im einst slawischen Gebiet nach Lust und Laune herrschen, Lübeck gehörte nun ihm und erblühte, der Salzhandel, das Goslarer Silber und das reiche Bayern samt der Zollstation in München füllten seine Truhen. Und im ganzen Kaiserreich wurde Unglaubliches von der Größe und Pracht der Burg erzählt, die er in Braunschweig errichten ließ.

»Wir Wettiner und Askanier, die Böhmen und Sommerschenburg müssen zusammenstehen«, beschwor Otto seine Brüder und Schwäger. »Und mein Vetter Wichmann wird sich uns anschließen, wenn er von seiner Pilgerfahrt ins Heilige Land wiederkommt und hören muss, dass der Löwe von Haldensleben aus immer wieder Angriffe auf das Gebiet um Magdeburg führen lässt! Außerdem bin ich mir sicher, dass wir auch den Landgrafen von Thüringen für ein Bündnis gegen den Welfen gewinnen können. Ludwig ist immer noch zerstritten mit dem Kaiser wegen des Vorfalls vor Mailand.«

Die Kunde vom Aufruhr der vier Fürsten im kaiserlichen Heerlager hatte sich schnell im Reich herumgesprochen, so ungeheuerlich war der Vorfall.

»Hegt jemand von uns Hoffnung, dass der Kaiser nach seiner Rückkehr aus Italien den Löwen strenger an die Kandare nimmt?«, fragte Adalbert in die Runde, der Graf von Ballenstedt und Gemahl Adeles.

»Ich würde nicht darauf bauen«, meinte der dicke Dedo von Groitzsch, der durch seine längeren Aufenthalte am Hof des Kaisers und seine gut informierte Gemahlin Mathilde Friedrichs mögliches Vorgehen besser einschätzen konnte als sämtliche anderen hier Versammelten – ausgenommen Dietrich, der von ihnen allen dem Kaiser am nächsten stand. Genau deshalb saß er jetzt auch nicht in dieser Runde, sondern würde erst am Abend eintreffen, *nach* dem Burggrafen von Dohna.

Sollte je der Verdacht aufkommen, an diesen Tagen fänden in Meißen noch andere Dinge statt als das große Fest zur Geburt des Kaisersohnes mit Schwertleite und Turnier, konnte Dietrich ehrlichen Herzens seine Beteiligung an potenziellen Verschwörungen verneinen.

»Dann muss Dietrich tun, was er nur vermag«, sagte Otto deshalb sofort.
Der Markgraf von Meißen war zwar äußerst gereizt wegen der Machtfülle des Löwen, die auch eine Gefahr für seine Mark darstellte. Aber er wollte nicht abgestraft werden wie sein Vater, weil er sich gegen den Löwen verschworen hatte. Wenn es einen Weg gab, den machtgierigen Welfen in seine Schranken zu weisen, ohne gegen ihn Krieg zu führen, sollte es ihm recht sein. Allerdings schätzte er die Chancen dafür nicht sehr hoch ein.
»Der Kaiser hat dem Löwen bisher alles durchgehen lassen, sogar den Schurkenstreich gegen den Bischof von Freising«, murrte er. Und dann wurde er lauter, richtiggehend wütend. »Unsere Häuser haben den Staufern stets die Treue gehalten! Mein Vater und mein Schwiegervater halfen sogar, einen Staufer auf den Thron zu bringen. Sie sind mit König Konrad gegen die Welfen in den Krieg gezogen! Ich fühle mich betrogen in meiner Treue für die Staufer, wenn jetzt dieser Kaiser ausgerechnet einen Welfen mit mehr und noch mehr Macht ausstattet!«
Nun ließ er – wie so oft im Zorn – seine Hand auf die Tischplatte krachen, dann leerte er seinen Becher auf einen Zug.

»Da hocken sie wieder beieinander und schmieden Verschwörerpläne«, spottete die Gräfin von Groitzsch leise und deutete mit dem Kopf Richtung Palas.
Das große Fest hatte auch ein fröhliches Wiedersehen zwischen den Schwägerinnen und Freundinnen Hedwig, Adele und Mathilde ermöglicht. Nachdem die wichtigsten Familiennachrichten ausgetauscht waren – dem kleinen Dietrich ging es zu Hedwigs Erleichterung wieder gut, auch die Kinder ihrer Schwägerinnen gediehen, und Mathilde erwartete nach zwei Söhnen ihr drittes Kind –, suchten die drei jungen Frauen nach einer Stelle auf dem Burgberg, von der aus sie das farben-

frohe Gewimmel auf den Wiesen nah der Elbe beobachten konnten. Unzählige Zelte, große und kleine wurden dort aufgebaut, denn nur die bedeutendsten Gäste bekamen Quartier in der Burg. Auf der Turnierwiese errichteten Zimmerleute Umzäunungen und ein Podest mit einem Baldachin für die ranghöchsten Zuschauer.

»Das müssen hunderte Ritter sein!«, staunte Adele.

»Und jeder einzelne ein Welfenfeind – solange der Burggraf von Dohna noch nicht hier ist«, witzelte Mathilde und drückte ihr schmerzendes Kreuz durch.

»Weiß dein Bruder etwas darüber, ob sich uns auch westliche Fürsten anschließen würden? Womöglich sogar der Kanzler und Erzbischof von Köln?«, fragte Hedwig leise.

So notwendig es war, sich des unersättlichen Löwen zu erwehren – die Bestrafung ihres Schwiegervaters stand ihr immer noch drohend vor Augen. Und die Härte gegen sich selbst, mit der Konrad von Wettin sein Schicksal hinnahm, der weltlichen Macht entsagte und in ein Kloster ging, um seinen Söhnen Land und Titel zu bewahren.

Es gab keinen Zweifel daran, dass ihr Vater Albrecht der Bär der Anführer der Rebellion sein würde. Er hatte schon voriges Jahr erneut Angriffe auf welfisches Gebiet unternommen. Zu Hedwigs großer Sorge war er in seiner Hitzigkeit oft schrecklich unbesonnen, seit dem Tod ihrer Mutter mehr denn je.

»Wenn wir den Kanzler auf unsere Seite ziehen könnten, wäre das von allergrößter Bedeutung«, antwortete Mathilde ebenso leise. »Wenn wir ihm klarmachen, dass sich der Löwe in Abwesenheit des Kaisers aufführt wie ein König oder Kaiser, dann dürfte das Höchstwürden sehr entrüsten. Rainald von Dassel tut alles, damit die Ehre seines Kaisers gewahrt und gemehrt wird.«

Vielleicht konnte ihr Bruder Philipp da vermitteln; er war immerhin die rechte Hand Rainalds in Köln. Außerdem gab es ständig Streit zwischen der Erzdiözese Köln und dem Löwen, vor allem dort, wo ihre Gebiete aneinandergrenzten. Sie sah sich vorsichtig um und befand, dass die meißnischen Hofdamen hinter ihnen zu sehr die Ohren spitzten.

»Ja, der Kanzler … Mein Bruder Philipp, der Domdekan von Köln, schrieb mir, welch großartige Wirkung die Reliquien haben, die Erzbischof Rainald aus Mailand mitbrachte«, erzählte sie nun lauter und tat dabei überaus begeistert. »Ganz Köln ist aus dem Häuschen, und von überall her strömen Menschen dorthin! Jeder will die Heiligen Drei Könige sehen. Schon die Überführung der Gebeine wurde eine so feierliche Prozession, wie man sie sich kaum vorzustellen vermag.«

»Vielleicht beschließt mein Gemahl ja eines Tages eine Wallfahrt dorthin«, meinte Hedwig sehnsüchtig.

»Dann wartet damit noch, bis der goldene Schrein fertig ist, den Höchstwürden Rainald für die Reliquien anfertigen lässt!«, empfahl Mathilde laut. »Er wird mit Sicherheit von allergrößter Pracht sein.«

Angestrengt schaute sie zum Himmel und blinzelte in die Sonne. Der Sommertag hatte schön begonnen, weil ein kurzer Regenguss etwas Abkühlung brachte, doch inzwischen gleißte die Sonne unerbittlich.

»Mir wird es zu heiß hier draußen. Liebste Schwägerin, lass uns in die Kemenate gehen und die Kühle dort genießen!«

»Wenn morgen beim Turnier auch solch sengende Hitze herrscht, wird so mancher gerüstete Mann umfallen, noch ehe er auf seinen Kontrahenten getroffen ist«, meinte Adele besorgt.

Um zum Palas zu gelangen, mussten die drei jungen Frauen und ihr Gefolge den Burghof überqueren. Dort wimmelte es nur so vor Menschen. Nicht nur von weit her angereiste Gäste bevölkerten den Platz, sondern auch Bewohner der Stadt, die Federvieh, Schweine, Eier und unzählige andere Dinge brachten, die für das Festmahl und die Beköstigung so vieler Gäste nötig waren. Gaukler zeigten Proben ihres Könnens, und gerade schoben zwei jüdische Händler einen vollbeladenen Karren auf den Hof.

»Oh, lasst uns erst noch dort hinübergehen und schauen, was sie Schönes bringen!«, rief Hedwig. Sie winkte eine der Wachen zu sich und forderte: »Schaff uns Platz, damit wir dorthin gelangen können!«

Der Mann nickte und kam dem Befehl sofort nach. Selbst im dichtesten Gewimmel gelangten die drei Frauen, gefolgt von ihren Damen, sicher zu dem Karren und ließen sich Stoffe und kunstvoll gearbeitete kupferne Fibeln zeigen.

»Leg davon zehn Ellen für mich beiseite«, entschied Hedwig nach einigem Kramen und zeigte auf einen Ballen mit gutem Tuch in kräftigem Grün, wie es nur durch sehr aufwendiges, mehrmaliges Färben erzielt werden konnte. Daraus würde sie einen prächtigen Bliaut für ihren Gemahl nähen lassen.

Vor lauter Freude über das Wiedersehen beschloss sie, ihren Schwägerinnen ein Geschenk zu machen. Mathilde und Adele durften sich jede eine Fibel aussuchen, auch Hedwig wählte eine, die ihr besonders gefiel, und dann noch zwei für ihre neuen Schwägerinnen, Sophie von Sommerschenburg und Hedwig von Böhmen. Die Ehefrauen von Ottos jüngsten Brüdern hatten sich zurückgezogen, um nach den Anstrengungen der Reise zu ruhen.

»Mein Gemahl wird jemanden schicken, der all das bezahlt«, versicherte sie dem Händler, der die zehn Ellen vom Tuch abmaß und sich höflich bedankte. Sie kannte ihn, er kam oft mit Waren, die auch aus entfernteren Gegenden stammten.

»Bist du sicher, dass Otto das bezahlen wird?«, fragte Mathilde mit hochgezogenen Augenbrauen.

Hedwig lächelte nur. Sie würde ihren Gemahl schon dazu bringen.

Ein paar Schritte entfernt erkannte die Markgräfin eine Bortenwirkerin, die Witwe eines Mannes aus dem Handwerkerviertel, die sehr schöne Muster webte. Nach einigem Feilschen entschied sie sich für vier Ellen einer daumenbreiten Borte in Gelb und Rot, mit der sie Halsausschnitt und Ärmel des Gewandes aus dem eben gekauften grünen Tuch für ihren Gemahl verzieren wollte.

»Sieh nur, sieh!«, rief Adele und zeigte nach links.

Dort jonglierte ein Gaukler geschickt mit vier Bällen, die aus bunten Stofffetzen gemacht waren. Doch kaum standen die drei Edeldamen vor ihm, fing er alle Bälle auf und verbeugte sich tief mit weit ausholendem Arm.

»Edle Damen, ich hoffe, Euch erfreut zu haben. Und dass ich Euch mehr von meinem Können heute Abend in der Halle zeigen darf«, sagte er keck.

»Ich werde bei meinem Gemahl ein gutes Wort für dich einlegen«, versicherte Hedwig.

»Ob wir wohl bei diesem Gewimmel heute noch in die Kemenate gelangen werden?«, sagte sie zu Mathilde und zuckte entschuldigend mit den Schultern.

Nun begann rechter Hand von ihnen eine Gruppe Spielleute einen lärmenden Gesang, begleitet vom Scheppern eines Schellenkranzes.

Überreizt hielt sich Hedwig die Ohren zu und hatte es plötzlich sehr eilig, in den Palas zu kommen. Doch sie hatte kaum zehn Schritte in diese Richtung getan, als Hornsignale und Rufe die Ankunft des Burggrafen von Dohna ankündigten.

»Entschuldigt, ich muss ihn begrüßen. Wenn ihr wollt, könnt ihr schon in die Kemenate gehen«, erklärte sie Adele und Mathilde.

Dann schickte sie schnell jemanden aus, der den Kellermeister mit dem Willkommenspokal holte.

Ein Burggraf stand im Rang unter einem Markgrafen. Doch war Heinrich von Dohna ein Beauftragter des Kaisers. Also hatte Otto etwas ausgeklügelt, weil er nicht bereit war, den Dohnaer persönlich schon auf dem Burghof zu empfangen. Der hatte sich gefälligst zu ihm zu begeben! Aber um ihn

nicht zu brüskieren, sollte ihn Hedwig als Markgräfin mit einem Willkommenstrunk auf dem Hof begrüßen.
Ein Bannerträger ritt voran, das doninische Wappen leuchtete flatternd auf: zwei gekreuzte Geweihstangen eines Hirsches, weiß auf blauem Grund.
Der Burggraf hatte zwei Dutzend Mann als Begleitung mitgebracht, und inzwischen wurde es schwierig, die auch noch auf dem vollen Burghof unterzubringen. Doch den Pferden machte jeder Platz.
Der Stallmeister und die Pferdeknechte standen bereit, den Neuankömmlingen die Reittiere unverzüglich abzunehmen. Aber zunächst begrüßte Hedwig den kaiserlichen Beauftragten und reichte ihm den Willkommenspokal.
»Es ist ein Bad für Euch gerichtet, Burggraf, und mein Gemahl erwartet Euch mit Freuden in der Halle.«
Burggraf Heinrich, ein stattlicher Mann mit hellbraunem, schulterlangem Haar, trug auch als Gewand die Farbe seines Hauses. Seiner Miene war nicht anzusehen, ob er sich durch dieses Begrüßungsritual geehrt oder verletzt fühlte. Er bedankte sich bei der Markgräfin und leerte den Pokal auf einen Zug. Seiner selbst ganz sicher, ließ er sich dann in die für ihn vorbereitete Kammer führen.
Hedwig sah ihm nach, dann lächelte sie Mathilde an.
»Jetzt sollten wir es endlich in die Kemenate schaffen, um die Füße ein wenig auszuruhen.«

»Verneige dich vor der Markgräfin!«, ermahnte Christian seinen Knappen, als Fürstin und Burggraf an ihnen vorübergingen. Matthes hatte die beiden nicht gesehen, denn er war in Gedanken ganz bei seiner morgigen Schwertleite.
Rasch kam er der Aufforderung nach und verbeugte sich ebenso wie Christian.
Doch als Hedwig weit genug von ihnen entfernt war, wandte sich Matthes wieder an seinen Ritter.

»Habt Ihr irgendwelche letzten Ratschläge für mich?«
Den ganzen Tag schon fastete er, wie es Brauch war, und die Nacht würde er betend im Dom verbringen. Doch sosehr er sich auch auf den großen Tag freute – hoffentlich versagte er nicht!
Matthes war ehrgeizig und sah in Christian sein Vorbild, auch wenn er das nie laut in Worte fassen würde. Was, wenn er vorm Altar einschlief? Was, wenn er morgen bei der Hitze durch das Fasten einfach umkippte?
Christian legte ihm beruhigend eine Hand auf die Schulter.
»Sorge dich nicht. Du hast dich jahrelang auf diesen Tag vorbereitet und hart geübt. Ich mach mir weniger Sorgen um dich als um *mich,* weil mir ab morgen dieser blonde Fuchswelpe als Knappe dient, der nur Flausen im Kopf hat«, meinte Christian übertrieben gequält. Dann lächelte er aufmunternd.
»Mach mich stolz! Auch wenn Stolz eine Sünde ist.«
»Ich geb mein Bestes, Herr«, versicherte Matthes mit trockener Kehle.
»Genau das ist es, was ich von dir erwarte. Das ist es, was nun dein ganzes Leben lang von dir erwartet wird«, sagte Christian feierlich.
Das half Matthes auch nicht gerade dabei, gelassener zu werden.

Für das abendliche Festmahl vor Schwertleite und Turnier am nächsten Tag hatte Markgraf Otto den Burggrafen an die Hohe Tafel geladen, was eine Ehre darstellte. Immerhin waren noch ein weiterer Markgraf – der inzwischen eingetroffene Dietrich von der Lausitz – und etliche Grafen zugegen.
Die Halle war voll von edlen Gästen, und auch auf dem Burghof hatte Otto Tische und Bänke aufstellen lassen, um die zum Turnier angereisten Ritter zu bewirten. So viele waren gekommen, dass seine Halle nicht alle fasste.
Nach dem Tischgebet und den höflichen Worten des Mark-

grafen wurden die Speisen hereingetragen. Als Erstes, lautstark vom Truchsess angekündigt, die Schaustücke des Festmahls: die gebackenen Wappen der Häuser Wettin und Askanien, mit Löwe und Bär.

Das doninische Wappen ebenfalls herstellen zu lassen, schien Otto dann doch zu viel der Höflichkeit. Er hatte es nicht nötig, dem Mann zu schmeicheln. Schließlich durfte der schon mit an der Hohen Tafel sitzen.

Bei den von langer Reise bei sengender Hitze erschöpften Männern zeigte der Wein rasch Wirkung, die noch verstärkt wurde durch das schwere Essen mit Bergen von Wild, Geflügel und Fisch.

Die Gespräche wurden lauter und zwangloser, und sobald alle satt waren, würden Gaukler und Spielleute für Zerstreuung sorgen – und für jede Menge weiteren Lärm.

Doch wie sich rasch herausstellte, beabsichtigte nicht nur Markgraf Otto, das Zusammentreffen mit dem Burggrafen für seine Zwecke zu nutzen. Heinrich von Dohna aß nur mäßig und winkte dann zwei Knappen herbei, damit er seine fettigen Hände in eine Schale mit Rosenwasser tauchen und abtrocknen lassen konnte.

»Euer Küchenmeister versteht sich vorzüglich auf die Zubereitung von Wild«, lobte er seinen Gastgeber, um sogleich im Plauderton zu gewichtigen Themen überzugehen.

»Ich hörte, Markgraf, Ihr habt italienische Bauleute für den Bau Eures Klosters in Cella angeworben.«

»O ja«, bestätigte Otto vorsichtig.

Er fragte sich sofort, ob das nur eine Floskel war, um ein Gespräch zu eröffnen, ein respektvolles Lob für den Gastgeber, oder ob mehr dahintersteckte. Hatte der Dohnaer Wind davon bekommen, dass die kaiserliche Urkunde für Benediktiner ausgestellt war, Mariazell aber von Zisterziensern errichtet wurde?

Da Otto ein äußerst argwöhnischer Mensch war, spannte er

sich schon an. Niemand außer Hedwig bemerkte es, die ihren Gemahl zu ihrer Linken und den Burggrafen zu ihrer Rechten abwechselnd im Blick behielt.

»Sie sind wirklich außergewöhnlich kunstfertig und bringen einen ganz neuen Baustil hierher. Dieses Kloster wird aus Backstein errichtet«, erzählte der Markgraf stolz, weil er damit sicher kein Geheimnis verriet. Doch worauf wollte Burggraf Heinrich hinaus? Das erfuhr Otto sogleich und hätte verblüffter nicht sein können.

»Der Kaiser wünscht, dass zur Erschließung der östlichen Lande eine steinerne Brücke über die Elbe gebaut wird«, eröffnete der Burggraf seinem Gastgeber.

»Wo?«, fragte Otto sofort scharf.

Eine Brücke zu haben, würde sich schon wegen der Zolleinnahmen lohnen. Doch eine Brücke *bauen* zu lassen, noch dazu aus Stein, war ein so kostspieliges Unterfangen, dass es auch einen reicheren Mann als ihn in den Ruin treiben konnte. Es sei denn, der Kaiser zahlte für seine Brücke.

»Ich ließ böhmische Fachleute nach einer geeigneten Stelle suchen. Der bevorzugte Ort ist *Drežd'any*«, berichtete der Burggraf.

»Ah, Dresden«, meinte Otto, der mit slawischen Namen seine Mühe hatte. Das war ein rechtselbisch gelegenes Fischerdorf und gehörte zur Burggrafschaft Dohna. Dort gab es eine Furt und eine Fähre. Eine Brücke an dieser Stelle würde Franken und Bautzen viel besser miteinander verbinden und reichlich Zolleinnahmen bringen.

»Dort ist die Elbe aber *sehr* breit«, wandte er säuerlich ein.

Der Burggraf breitete die Arme aus und zuckte mit den Schultern. »Der Kaiser will es. Und er will diese Brücke aus Stein. Doch solange die steinerne Brücke in Prag noch nicht fertig ist, muss ich wohl wie Ihr, Durchlaucht, dafür Bauleute aus Italien kommen lassen.«

Nun verlor seine Stimme das Beiläufige.

»Seine Kaiserliche Majestät wird den Bau der Brücke unterstützen. Aber letztlich ist das Vorhaben so gewaltig, dass wir zwei es gemeinsam in Angriff nehmen sollten, Markgraf, zumal ihr auch Hoheitsrechte dort innehabt.«

Jetzt war Ottos Laune gänzlich dahin.

»Die Stiftung meines Klosters verschlingt so viel Geld, dass ich selbst die lang geplante Werbung von Siedlern noch einmal zurückstellen musste«, beschied er dem Dohnaer rigoros. »Solange in meiner Markgrafschaft nicht Gold, Silber oder Edelsteine gefunden werden, was ein echtes Wunder wäre, kann ich keine Brücke bei Dresden bezahlen.«

Das Turnier

Christian, Randolf, Lukas, Otto und Hedwig; Meißen, Spätsommer 1164

Komm her, Bastard, und ich zeige dir, wo dein Platz ist – im Staub zu meinen Füßen!«, brüllte Randolf, das Schwert zum Schlag weit ausholend über den Kopf erhoben. Christian, sein Kontrahent im letzten, finalen Zweikampf dieses Turniers, fing die Klinge mit seiner ab und ließ Randolfs Schwert daran herabgleiten. Er beherrschte ein schnelles Manöver, um den Kontakt der beiden Schwerter zu beenden, doch ehe er es einsetzen konnte, hatte Randolf einen Schritt seitwärts gemacht, sein Schwert aus der Bindung gelöst, in der Rückzugsbewegung umgedreht und holte nun aus, um seinen Rivalen mit einem wuchtigen Oberhau am Kopf zu treffen.

Sie trugen weder Helm noch Schild, sondern nur Kettenhemd sowie Beinlinge, Haube und Handschuhe aus Kettengeflecht. Christian blieb nichts übrig, als sein Schwert in beide Hände

zu nehmen und über den Kopf zu halten, um den Hieb abzufangen. Die Schwerter glitten aneinander herab und verhakten sich an den Parierstangen. Damit hatte Randolf gerechnet und versuchte nun, mit einer ruckartigen Bewegung seines Schwertes Christian aus dem Gleichgewicht zu bringen, um ihm dann mit einem Stoß des Knaufes das Gesicht zu zerschmettern.
Christian sah dies kommen und wich blitzschnell zur Seite. Der Hieb ging ins Leere, und sein gereizter Gegner holte erneut mit dem Knauf voran aus.
Hunderte von Zuschauern, die sich trotz der sengenden Sonne dieses Spektakel nicht entgehen lassen wollten, schrien erschrocken auf.
»Haltet ein!«, brüllte da der Markgraf und erhob sich auf dem Podest, das für die Gäste von Rang errichtet worden war, wodurch ihn niemand übersehen konnte.
Christian trat rasch noch einen Schritt von seinem Kontrahenten fort und sank gehorsam auf ein Knie, das Schwert vor sich wie ein Kreuz in den Boden gestoßen.
Aus dem Augenwinkel sah er, dass Randolf noch stand, das Schwert nun richtig herum hielt und mit beiden Händen weit ausholte.
Dies wäre eine günstige Gelegenheit, mir den Kopf abzuschlagen, dachte Christian. Irgendeine Ausrede wird Randolf schon einfallen; der Markgraf sieht ihm ohnehin alles nach.
In diesem Moment war ihm das beinahe gleichgültig.
Doch jeder unter den Zuschauern hielt den Atem an.
Der letzte Zweikampf der Turniers war mit größter Spannung erwartet worden – nicht nur, weil hier die beiden besten Schwertkämpfer der Mark Meißen gegeneinander antraten, sondern auch, weil die bekanntermaßen zwischen ihnen herrschende verbissene Feindschaft dem Duell zusätzliche Würze verlieh.
Und jetzt sah es auch noch ganz so aus, als würde gleich Blut fließen, was Markgraf Otto strikt verboten hatte. Als Sieger

galt, wer den anderen entwaffnet oder zu Boden geworfen hatte.
Der Turniervogt – ein fetter Mann mit weit tragender Stimme – hatte schon zwei Helfer zu Randolf geschickt, damit sie ihn bändigten, der Markgraf schrie zum zweiten Mal donnernd seinen Befehl ... Und aus der Starre erwachend, sank nun auch der weißblonde Hüne verspätet vor ihm auf ein Knie.
Hedwig, die neben ihrem Gemahl unter einem schattenspendenden Baldachin auf dem Podest saß, hatte die Hand um die neue Fibel gekrampft und wagte kaum zu atmen.
Plötzlich stand ihr wieder ihr erster Tag in Meißen vor Augen, damals, als sie dreizehnjährig auf dem Burgberg ankam, um bald mit Otto vermählt zu werden. An jenem Tag hatte sie auf dem Burghof zwei Knappen im Zweikampf beobachtet, die sich ohne jeden Zweifel inbrünstig hassten. Inzwischen waren die beiden – Randolf und Christian – längst Ritter, und ihre Feindschaft war noch gewachsen. Eine Tote stand nun zwischen ihnen: Luitgard, Randolfs zu Tode geschundene Gemahlin und die große Liebe Christians.
Jäh wurde der junge Page neben ihr ins Kreuz gestoßen: ihr Neffe Konrad, der siebenjährige Sohn ihres Schwagers Dietrich von der Lausitz, der ab heute in Meißen zum Pagen, Knappen und später Ritter ausgebildet werden sollte. Er hatte die ganze Zeit schon still mit einem kleinen Krug in der Hand neben ihr gestanden und sich regelmäßig erboten, ihr nachzuschenken.
Der Stoß in seinen Rücken bewirkte, dass ein Teil des Weins aus dem Krug und auf Hedwigs Schuhe schwappte. Konrad schien untröstlich, schon stiegen ihm Tränen in die Augen. Er wollte doch alles richtig machen an seinem ersten Tag hier und seinem Vater keine Schande bereiten!
»Verzeiht mir, liebe Tante«, brachte er heraus und fragte sich im nächsten Moment, ob er jetzt nicht besser »edle Fürstin« sagen sollte.

»Es ist nicht deine Schuld«, versicherte ihm Hedwig und trank einen Schluck, nur um ihren Neffen zu beruhigen.
Ab heute würde sie ihm und den anderen Pagen, die im Alter von sieben Jahren ihre Ausbildung auf dem Burgberg begannen, die Mutter ersetzen müssen. Wobei Konrad seine Mutter gar nicht kannte, geschweige denn je Mutterliebe erleben durfte. Dietrichs Gemahlin Dobroniega hatte sich gleich nach seiner Geburt auf eigenen Wunsch an einen entlegenen Ort zurückgezogen, um dort den Rest ihres Lebens zu verbringen. Ein wenig Nestwärme konnte der Kleine bisher allenfalls von den Ammen und Kinderfrauen erfahren haben. Doch nun war er sieben Jahre alt, somit war seine Kindheit vorbei, und Hedwig wusste, dass ihr Neffe sich nichts sehnlicher wünschte, als den Erwartungen seines Vaters gerecht zu werden.
Ihr Gemahl hatte sich inzwischen wieder gesetzt und musterte seine beiden Ritter schweigend und mit wütendem Blick. In der ersten Reihe der Zuschauer stand Lukas, seit heute Christians Knappe. Gerade vierzehn Jahre alt, blond gelockt und voller Eifer, seine Nützlichkeit zu beweisen.
Er war schweißgebadet, denn er hatte die kraftzehrende Aufgabe gehabt, die Rüstung seines Ritters hinunter zur Turnierwiese zu schaffen. Das war unter normalen Umständen schon eine üble Schlepperei – allein, was Kettenhemd und Kettenbeinlinge wogen, dazu der klobige Gambeson! –, und erst recht bei dieser Hitze.
Doch dann hatte Matthes, sein Vorgänger, der heute Vormittag im Dom feierlich in den Ritterstand erhoben worden war, darauf beharrt, höchstpersönlich Christian beim Rüsten fürs Turnier zu helfen. Sein Oheim hatte ihm bei der feierlichen Zeremonie vor aller Augen das Schwert gegürtet, Christian die Sporen angelegt. Die heute in den Ritterstand erhobenen jungen Männer durften auf Befehl des Markgrafen nicht zum Turnier antreten.

»Ich will nicht, dass die Jungsporne umfallen wie die Fliegen und dann vom Boden aufgekratzt werden müssen«, so Ottos Worte.
Seine Vorsicht hatte einen guten Grund: Die Betreffenden hatten einen Tag lang gefastet und die Nacht im Gebet zugebracht, wie es Brauch war. Dies und die Aufregung der feierlichen Zeremonie waren bereits anstrengend genug. Und aus der Kühle des Doms in die sengende Hitze dieses Sommertages zu treten war, als pralle man gegen eine Wand.
»Scher dich von dannen!«, befahl also Matthes grinsend seinem Nachfolger Lukas.
Der junge Fuchs lächelte schief. Während der gesamten Knappenzeit hatte Matthes – wie jeder andere Knappe auch – den Hohn und die Schikane der Ritter ertragen müssen. Von heute an durfte *er* die Knappen scheuchen und wollte das wohl gleich einmal auskosten.
»Bleib hier, sieh zu und lerne!«, hatte Christian den Befehl widerrufen.
So starrte Lukas nun auf seinen Herrn und diesen Hünen Randolf, und ein ganz übles Gefühl sagte ihm, dass gleich etwas sehr Unschönes geschehen würde.
Lukas hatte sich im Stillen schon darüber entrüstet, dass der Markgraf Christian verboten hatte, mit seinem Grauschimmel am Buhurt teilzunehmen, dem Reitergefecht. Vorgeblich, weil das Tier zu kostbar und zu unberechenbar war. Was für eine Ungerechtigkeit in seinen Augen! Und nicht nur in seinen. Viele Zuschauer waren gespannt darauf gewesen, das vielgerühmte Pferd im Turnier zu sehen.
Doch man hatte Christian einen minderwertigen Braunen zugewiesen, der nervös vor den auf ihn zustürmenden Pferden und Reitern scheute und auf die Hinterbeine ging, so dass Christian früh aus dem Buhurt ausschied. Den Sieg holte sich sein Freund Raimund.
In den Zweikämpfen hingegen hatte sein neuer Herr so oft

gewonnen, dass der Wettstreit um die Siegestrophäe jetzt nur noch zwischen ihm und Randolf ausgetragen wurde.

Immer noch hielt Lukas den Atem an. Jemand legte ihm von hinten die Hände auf die Schultern und krallte ihm die Finger ins Fleisch. Matthes, wie er an dem Gemurmel erkannte.

»Der Heilige Georg steh Christian bei!«

Eben noch war da eine tiefe Kluft zwischen ihnen gewesen, Knappe und Jungritter, doch plötzlich einte sie die Sorge um ihren Lehrmeister.

»Fahrt fort mit dem Kampf! Und denkt daran: Ich will kein Blut sehen, sonst gnade Euch Gott!«, befahl Markgraf Otto.

Hedwig, so erschöpft sie von der Hitze und den vielen Gästen auch war, ließ kein Auge von den beiden Rittern. Denn auch sie argwöhnte Schlimmes.

Auf Ottos Zeichen, mit dem Kampf fortzufahren, stellten sich Christian und Randolf wieder gegenüber auf, jeder das Schwert erhoben.

Beide waren schweißgebadet; was von den Gesichtern unter der Kettenhaube hervorschaute, war verschmiert von Schweiß, Staub, Rost und Öl.

Zunächst versuchte jeder einen Oberhau, der jedoch ins Leere ging, weil der Gegner mit einem Manöver konterte.

Doch Christian war letztlich schneller und vorausschauender. Nur die erfahrenen Schwertkämpfer unter den Zuschauern verstanden, wie er es schaffte, nach Randolfs Waffe zu greifen und plötzlich beide Schwerter in den Händen zu halten. Er schleuderte sie beiseite, setzte vor und warf Randolf mit einem Ringergriff zu Boden.

Die Zuschauer jubelten, etliche von denen, die auf dem Podest unter dem Baldachin saßen, sprangen auf und applaudierten.

Christian trat vor, verneigte sich und sank dann vor dem Markgrafenpaar auf ein Knie, während Randolf sich noch aufrappelte.

Doch bevor der Turniervogt die Entscheidung verkünden konnte, wurde er zu Otto befohlen.
Christian sah, mit welchem Erstaunen Vogt und Gäste Ottos Worte aufnahmen.
Hedwig zog die Augenbrauen hoch und sagte etwas, wurde aber von ihrem Gemahl laut genug gerügt, dass es sogar Christian verstand.
»Widersprich mir hier nicht vor aller Augen, Weib!«, hatte er geknurrt.
Auch das verhieß nichts Gutes. Die Markgräfin widersprach ihrem Gemahl nie öffentlich, wenn gleich sicher öfter in ihrer Kammer. Und so schroff hatte er sie auch noch nie vor anderen angefahren.
Der Turniervogt verbeugte sich und tippelte in das von Balken umrandete Geviert für die Kämpfe.
»Höret, höret!«, rief er laut schallend in die Runde. »Im Namen des Markgrafen zu Meißen sei folgender Urteilsspruch kund und zu wissen getan.«
Er legte eine Pause ein, und das Publikum begann sich zu fragen, was hier vor sich ging, denn Christians Sieg war eindeutig: Er hatte seinen Gegner entwaffnet *und* zu Boden geworfen, und nur eines davon hätte schon genügt, ihn zum Sieger zu küren.
»Da beide Waffen gleichzeitig zu Boden geworfen wurden, gibt es keinen eindeutigen Sieger«, rief der Fette. »Die Ritter Christian und Randolf werden sich den Sieg teilen, jeder erhält zur Belohnung eine halbe Mark Silber.«
Statt aufbrausenden Beifalls war lautes Raunen zu hören.
Völlig unbeeindruckt davon winkte Otto seinen Kämmerer heran, damit dieser seiner Gemahlin zwei Beutel mit je einem Viertelpfund Silber aushändigte – eine beträchtliche Menge Geld. Doch der Siegertitel wäre jedem lieber gewesen.
Leise zischte Hedwig ihm zu: »Soll ich etwa auch noch gute Miene zum bösen Spiel machen und an dieser Posse mitwirken?«

»Wenn ich einen von beiden hier zum Sieger erkläre, ist einer von beiden am nächsten Tag tot. Ich brauche jeden Ritter. Und Randolf ganz besonders, weil er mir eine Menge Männer für den nächsten Kriegszug stellen kann«, zischte Otto zurück.

»So gewinnst du niemandes Ergebenheit und Treue«, wisperte sie mahnend.

Otto warf ihr einen finsteren Blick zu.

Da das Raunen des Publikums inzwischen zu einem lauten Getöse angeschwollen war, stand er auf, befahl mit einer Handbewegung Schweigen und übergab den beiden Rittern selbst die angekündigte Summe statt eines Preises.

Nur langsam löste sich die Ansammlung auf.

Die Meißner schlenderten zum Markt, wo Bier auf Kosten des Fürsten ausgeschenkt wurde, die Gäste und Ritter begaben sich hinauf zur Burg. Dort erwartete sie ein Festmahl.

Matthes und Lukas halfen Christian gemeinsam, sich in einem der Zelte neben den Turnierschranken aus der Rüstung zu schälen. Nebenan hörten sie das Stöhnen der Verwundeten, die beim Buhurt durch einen Sturz oder Stoß Brüche und Prellungen erlitten hatten. Gestorben war zum Glück keiner – vorerst.

»Das ist so ungerecht!«, entrüsteten sich beide jungen Männer im Chor, bis Christian ihren Protest unterband. Schließlich hatte er es selbst satt.

»Recht haben und Recht bekommen sind zweierlei Paar Schuh. Merkt euch das für den Rest eures Lebens!«, ermahnte er sie.

In einer Schüssel fand er genug lauwarmes Wasser, um Gesicht und Hände vom gröbsten Schmutz zu befreien; er würde sich erst oben auf der Burg waschen und umkleiden müssen, ehe er zum Festmahl ging, auch wenn er dort am liebsten gar nicht erscheinen wollte. Doch das war natürlich undenkbar.

Das Gute daran, dass er hier im Zelt vor den Blicken anderer verborgen blieb: Es ersparte ihm eine Unzahl entrüsteter oder tröstender Kommentare. Von denen hatte er wahrlich genug.

Christian ließ das Festmahl mit steinerner Miene über sich ergehen, und sobald es möglich war, ohne die höfischen Regeln zu verletzen, zog er sich zurück.
Raimund, Gero und Richard folgten ihm, wobei die Zwillinge den Schankmägden rasch noch einen großen Krug Wein abgeschwatzt hatten, den sie sich nun teilten, während sie ihrer Empörung freien Lauf ließen.
Bis Christian sie zu schweigen bat. Er konnte es nicht länger ertragen.
»Eines steht fest: Meißen wird nun nicht mehr groß genug für dich und den Muldensteiner sein«, verkündete Raimund düster. »Du hast keine eigenen Ländereien, auf die du dich zurückziehen kannst. Aber du könntest als Ritter in die Dienste meines Vaters treten und auf unsere Güter an der Mulde gehen«, schlug er vor.
»Nein, das kann ich nicht«, widersprach Christian. »Ich bin ein markgräflicher Ministeriale, darf mich also keinen Schritt vom Burgberg wegbewegen, sofern es Otto nicht erlaubt.«
»Nur, wie soll das nun weitergehen mit dir und dem Muldensteiner?«, fragte Gero und versuchte vorsichtig, seine Schulter kreisen zu lassen, die im Turnier einen derben Hieb abbekommen hatte.
Christian trank und brütete eine Weile vor sich hin, bis er endlich zu sprechen anfing. Seine Freunde lauschten stumm und betroffen.
»Ich bin es leid, immer nur Bastard gerufen und zurückgesetzt zu werden, nur weil ich kein eigenes Land besitze und dem Fürsten keine Truppen stellen kann.«
Er trank einen weiteren Schluck und sagte dann, den Blick auf

einen unbestimmten Punkt in der Ferne gerichtet: »Sobald der Markgraf endlich Werber ausschickt, um Siedler in sein Land zu holen, werde ich mich dafür melden. Nach Franken oder Flandern reiten, ganz gleich, wohin er mich schickt. Bauern überzeugen, für ein besseres Leben hier Land urbar zu machen. Ein Dorf errichten und die Menschen dort beschützen, so gut ich kann.«

»Das ist hart …«, murmelte Gero. »Nur mit ein paar Dutzend Bauern im Dunklen Wald …«

»Und willst du wirklich deinen Grauschimmel vor den Pflug spannen?«, fragte Richard zweifelnd.

»Ich habe ja noch mein Packpferd«, erinnerte Christian mit schiefem Lächeln. »Ja, es wird hart. Und deshalb glaube ich auch, dass Otto es erlaubt, denn er wird vielleicht nicht viele finden, die das auf sich nehmen.«

Er stellte seinen Becher ab und sah in die Runde seiner Freunde.

»Ist es nicht viel besser, etwas aufzubauen, als immer nur niederzubrennen und zu töten, wie es im Krieg von uns erwartet wird?«

Das schönste Geschenk

Stefano und Marie Claire; Pavia, September 1164

Selbst als sie schon vor der Kirchentür standen, der Geistliche ihnen das Gelübde abgenommen hatte und nach ihren Händen griff, um sie übereinanderzulegen, rechnete Stefano im tiefsten Inneren immer noch damit, dass jemand laut Einhalt gebieten würde und alle Zeugen in Gelächter ausbrachen. Dass dies alles nur ein übler Scherz sei.

Meister Marchese hatte ihm noch eine zweite metallene Hand

angefertigt – ohne sperrige Rädchen und Metallstifte, um damit eine Feder oder einen Löffel zu befestigen, sondern glatt und geschlossen, einer richtigen Hand ähnlich. Diese Konstruktion trug er nun, und als Marie Claire ihre Finger darum schloss, empfand er die Kühle des Metalls zwischen den warmen Frauenhänden als entsetzlich. Aber die in ein wunderschönes Seidengewand gekleidete Braut schien sich nicht daran zu stören. Der Priester schlug ein Kreuz über ihren Händen und sprach einen Segen – und damit waren sie vor Gott und den Menschen vermählt.

Stefano konnte es gar nicht glauben.

Zutiefst bewegt hob er den Blick und sah seiner jungen Frau in die Augen. Und sie strahlte ihn warmherzig an.

Die Menschen um sie herum brachen in Jubel und Glückwünsche aus – schließlich fand diese Hochzeit auf Wunsch des Kaiserpaares statt.

Das hatte den Brautleuten auch noch eine Truhe voller Geschenke für den gemeinsamen Hausstand geschickt und eine Festtafel für die Gäste decken lassen.

Es hatte einige Zeit gedauert, dem jungen Sprachkundigen klarzumachen, dass er tatsächlich die schöne junge Witwe aus Burgund heiraten sollte und dass dies nicht nur Wunsch der Kaiserin war, sondern auch der von Marie Claire selbst.

»Ich möchte Euch gern mit warmen Händen liebkosen, und das kann ich nicht«, hatte er als letzten Einwand bei einem ihrer wenigen Zwiegespräche hervorgebracht, schüchtern und auf Französisch, was sie in ihrer Aufregung gar nicht bemerkte. Sie hatte seine Linke ergriffen, gelächelt und gesagt: »Ihr habt *diese* Hand, und ihr könnt mich auch mit Worten liebkosen. Ich habe mich in Euch verliebt, während ich Euren Geschichten lauschte.«

Beim Hochzeitsmahl wagte der Bräutigam kaum, einen Bissen zu sich zu nehmen; er wollte nur seine linke Hand benutzen, nicht die metallene. Doch auf leeren Bauch so viel Wein

zu trinken, wie Trinksprüche ausgebracht wurden, würde seine Lage keineswegs verbessern.
Als das Paar unter derben Scherzen und fröhlichen Rufen ins Brautgemach geführt wurde, dachte Stefano nur: Ich kann ihr nicht einmal ihr Kleid ausziehen mit nur einer Hand.
Doch Marie Claire sorgte dafür, jegliche Bloßstellung von ihm fernzuhalten.
Lächelnd verschloss sie die Tür vor allen, die das Brautpaar entkleidet im Bett sehen wollten, und hatte auch einen Scherz bei der Hand, damit niemand ernsthaften Protest einlegte.
Als sie allein waren, wandte sie sich Stefano zu und löste den Gurt, mit dem seine künstliche Hand am Stumpf festgeschnallt war.
»Das ist von nun an meine Aufgabe«, erklärte sie.
Und immer noch wollte er sein Glück kaum glauben. Sollte er sie küssen? Aber vielleicht würde sie zurückschrecken? Vielleicht wollte sie nur eine Scheinehe, um einer weiteren Vermählung mit einem grässlichen Mann zu entkommen? Vielleicht war ihr sogar eine Scheinehe befohlen worden, während sie sich weiter dem Kaiser zur Verfügung halten sollte?
Wie ein Stein stand er da, von diesen Gedanken wie betäubt.
Inzwischen hatte Marie Claire Schleier und Schapel abgelegt und sich bis auf das Unterkleid ausgezogen. Dann wandte sie sich wieder ihm zu, ganz unbefangen, wie es Stefano vorkam angesichts der heiklen Lage, und nahm ihm seine Gewänder und Schuhe ab.
Nun konnte er nicht mehr verbergen, wie sehr er sie begehrte.
Doch er wagte immer noch nicht, sie zu berühren.
Da legte Marie Claire ihre Arme um seinen Hals und küsste ihn erst sanft, dann innig. Und schon zog es sie beide auf die Laken.
»Du bist so wunderschön, so warmherzig und großzügig … Das schönste Geschenk meines Lebens«, flüsterte er, sobald er nach dem Liebesakt wieder zu Atem kam.

Sanft liebkoste er mit seiner Linken ihre Wange, ihr Haar, küsste ihre Brüste und legte sich ein wenig zurück, um sie zu betrachten und den Anblick zu genießen.
Marie Claire lag auf der Seite, den Kopf in die Hand gestützt, betrachtete auch ihn zärtlich und strich über seine Schultern.
Dann legte sie sich auf den Rücken, nahm seine linke Hand und begann zu erzählen. Auf Französisch, und sie schien sich nicht darüber im Klaren zu sein, wie viel davon er verstand, nämlich alles.
Von ihrem machtgierigen Oheim, der sie als blutjunges Mädchen an einen Siebzigjährigen verkauft hatte, von ihrem ersten Ehemann, der sich in der Hochzeitsnacht ächzend auf sie gewälzt hatte und sie ritt, während Speichel aus seinem Mundwinkel auf ihr Gesicht tropfte und seine fauligen Zähne stanken.
Vom Kaiser sprach sie nicht.
Auch nicht darüber, dass Friedrich zwar ihre Vermählung genehmigt und sie reich beschenkt hatte, es jedoch ablehnte, seinen Dolmetscher aus dem Dienst zu entlassen und mit ihr auf ein Landgut in Burgund zu schicken. Er könne den sprachgewandten jungen Mann nicht entbehren.
Sie würden am Hof bleiben müssen. Und ob der Kaiser nach Marie Claire verlangen würde, sobald Beatrix erneut ein Kind unterm Herzen trug, war ungewiss.
Den Gedanken daran schob Stefano rigoros beiseite und strich seiner Frau übers Haar, während sie sagte: »Ich habe mich Stück für Stück in dich verliebt, mit jeder Stunde Sprachunterricht, die du der Kaiserin erteilt hast, mit jeder Geschichte, die du uns erzählt hast. Du warst so traurig. Und das sollst du nicht sein, du verdienst etwas Glück!«
Sie drehten sich zueinander, sahen sich in die Augen und liebten sich noch einmal, nun ganz ohne Scheu und Furcht vor dem, was kommen mochte.

Fehde um Tübingen

Friedrich I., Welf VI., seine Gemahlin Uta von Calw; Ulm, November 1164

»Tretet ein, macht es euch bequem«, forderte Friedrich seinen Freund und Oheim Welf und dessen Frau Uta von Calw auf, um beim nächsten Atemzug wütend herauszuplatzen: »Und jetzt erklärt mir, wie um alles auf der Welt euer Sohn es fertiggebracht hat, gegen den Pfalzgrafen von Tübingen eine Schlacht zu verlieren, obwohl er doppelt so viele Kämpfer wie sein Gegner hatte! *Euer Sohn,* den ich *höchstselbst* in militärischen Dingen ausgebildet habe, als er mein Knappe war. Welche Blamage! Nicht nur für ihn und euch, sondern auch für mich!«

Er lehnte sich zurück und strich sich energisch eine Locke aus der Stirn.

Uta seufzte. Ihr Neffe hielt sich wirklich nicht mit Vorreden auf. Zum Glück hatte er alle bis auf einen tauben Diener hinausgeschickt, also konnte sie ihn hier sanft zurechtweisen, ohne ihn vor anderen zu brüskieren.

»Gott zum Gruß, lieber Neffe! Es freut uns auch, dich zu sehen. Und danke der Nachfrage, es geht uns gut«, sagte sie mit leichtem Spott in der Stimme und einem besänftigenden Lächeln. Nichts dergleichen hatte Friedrich gefragt. »Was wir auch von dir hoffen. Und von der Kaiserin. Wie schade, dass sie nicht hier weilt. Ich habe ein Geschenk für sie mitgebracht.«

»Sie ist …« Friedrich furchte die Stirn, um zu überlegen, wo Beatrix abgeblieben war, dann endlich fiel es ihm wieder ein. »Sie ist nicht wohl.«

»Möge die Heilige Jungfrau dafür sorgen, dass es ihr bald wieder besser geht«, erwiderte Uta freundlich.

Sie war überzeugt davon, dass Beatrix' »Unwohlsein« seinen

Grund darin hatte, dass die Kaiserin Uta nicht sehen wollte, weil sie beide einander nicht besonders mochten.
Beatrix wusste zweifellos durch den Klatsch bei Hofe, dass Uta sich einst sehr darüber entrüstet hatte, wie Friedrich mit seiner ersten Gemahlin umgesprungen war, Adela von Vohburg. Er hatte sie nach der Hochzeitsnacht nie wieder berührt, sie auf eine seiner Burgen geschickt und sofort nach seiner Krönung die Scheidung von ihr in die Wege geleitet – wegen Verwandtschaft siebten Grades, was sein schlauer Kanzler Rainald von Dassel nach langer und gründlicher Suche herausgefunden hatte.
Um der Gerechtigkeit willen musste Uta einräumen, dass Friedrich bei seiner Scheidung Beatrix noch nicht gekannt hatte, sie also keinen Anteil an Adelas Verstoßung haben konnte. Ihr Neffe wollte einfach eine schönere, jüngere und vor allem ranghöhere Frau als die Markgrafentochter Adela. Deren Hochzeitsgüter er übrigens eingezogen hatte.
Nur die Gewissheit, dass Adela in ihrer zweiten Ehe endlich das Glück gefunden hatte, das sie verdiente, söhnte die Gemahlin des Welfen einigermaßen mit dieser beschämenden Geschichte aus. Sie selbst hatte dazu beigetragen, die demütigende Lage Adelas in etwas Gutes zu verwandeln.
Doch heute plagten sie ganz andere Sorgen.
Ihr Gemahl, der Herzog von Spoleto, griff nach einem Becher, ohne daraus zu trinken, lehnte sich zurück und verdrehte die Augen.
»Ich war nicht begeistert, als ich es erfuhr, das kannst du dir denken. Aber unser Sohn ist eben jung und will sich beweisen«, versuchte er, den Neffen zu beschwichtigen. »So wie du damals. Erinnerst du dich nicht mehr, wie du einst als ganz junger Ritter den Grafen von Wolfratshausen bei einem Turnier einfach zu deinem Gefangenen erklärt und von ihm Lösegeld gefordert hast?«
»Ja, ich erinnere mich«, erklärte Friedrich gallig. »Und wie du

eben richtig angemerkt hast: Damals war ich *noch* jünger als dein Sohn heute. *Und* ich habe gewonnen. Vermagst du den Unterschied zu erkennen?«

Der alte Welf seufzte.

»Ja, mein Sohn ist jetzt fünfundzwanzig. Aber er will dir nacheifern, seinem leuchtenden Vorbild …« Nun trank er doch einen Schluck.

»Also erzähl endlich, was da los war«, forderte Friedrich. »Ich bin gerade erst aus Italien zurück und höre von allen Seiten Klagen über die Zustände, die während meiner Abwesenheit hier herrschten. Kaum ist die Katze aus dem Haus, tanzen die Mäuse auf dem Tisch! Ist das denn zu fassen?«

»Der Ursprung dieser Geschichte liegt schon fast zwei Jahre zurück«, begann der Herzog, dessen schwarzes Haar an den Schläfen zu ergrauen begann, wie Friedrich erst jetzt auffiel. »Pfalzgraf Hugo von Tübingen hat, wie du weißt, eine meiner Nichten geheiratet und fing nachträglich Streit an, weil ihm die Mitgift nicht üppig genug schien. Weil sich sein Schwiegervater auf keine Debatten darüber einließ, lebte Hugo seine schlechte Laune aus, als er ein paar Ministeriale beim Straßenraub auf einem Landstück ertappte, das er von mir als Lehen bekommen hatte. Er ließ sie hängen und zerstörte ihre – also *meine* – Burg Möhringen, woher sie kamen. Ein dreister Eingriff in meine Rechte. Also forderte ich Genugtuung von ihm.« Er rieb sich mit der Hand über die Stirn, als könnte er so die Falten auslöschen, die sich dort eingegraben hatten.

»Ich konnte die Sache dann nicht weiter verfolgen. Schließlich musste ich ein Heer aufstellen und zu dir nach Italien führen. Doch mein Sohn – heißblütig, wie die Jugend nun mal ist – wollte das nicht auf sich beruhen lassen, sondern die Ehre unseres Hauses verteidigen, und forderte nun seinerseits Genugtuung von Hugo. Mehrfach! Aber der tat nichts dergleichen. Also sammelte der Junge Verbündete. Die Sache war schließlich juristisch klar.«

»Und ich muss ihm zugutehalten: das mit dem Sammeln der Verbündeten hat er wirklich gut gemacht. Fast der gesamte schwäbische Adel stand zu ihm«, warf Friedrich ein und zählte auf: »Drei Bischöfe, zwei Markgrafen, ein Dutzend Grafen … alles in allem zweitausendzweihundert Mann unter Waffen, doppelt so viele wie Hugo. Das stimmt doch?«

Wieder seufzte Welf und strich sich die Haare zurück.

»Ja. Am fünften September rückten sie auf Burg Tübingen vor, wo der Pfalzgraf mit seinen Leuten steckte. Weil der nächste Tag ein Sonntag war, sollte da selbstverständlich Waffenruhe herrschen. Doch einige unserer Verbündeten begannen Händel mit Hugos Männern. Eines führte zum anderen, und schließlich stürmten sie ohne Plan und Absprache die Burg. Und du weißt selbst, Neffe, dass Burgen kaum einzunehmen sind, wenn man sie nicht aushungern kann oder einem ein Verräter das Tor öffnet. Es mündete in ein zweistündiges Gefecht, das die Unsrigen verloren und bei dem neunhundert Mann in Gefangenschaft gerieten. Mein Sohn entkam mit Mühe und Not.«

Friedrich stöhnte. »Der Junge hat jeden Fehler begangen, den man als Heerführer begehen kann. Er hat das Kommando über seine Truppen völlig verloren. Und dann solche Verluste!«

»Und dieser Hugo lacht sich ins Fäustchen«, gab der sechste Welf ihm recht. »Friedrich, ich ersuche dich dringend um Beistand beim Regeln dieser Angelegenheit. Hugo muss sich unterwerfen, weil er ohne Fehdebrief gegen mich stritt. Und er muss die Gefangenen freilassen. Du kannst ihm so etwas nicht durchgehen lassen!«

»Sag mir nicht, was ich kann und was ich nicht kann!«, fuhr der Kaiser den Älteren an. »Natürlich werde ich den Pfalzgrafen zur Rechenschaft ziehen. Derlei Benehmen dulde ich nicht in meinem Kaiserreich. Aber wie konntet ihr nur solche Schande über uns bringen?«

Uta, die die ganze Zeit still gesessen und zugehört hatte, mischte sich nun ein.
»Lieber Neffe, bedenke bitte auch: Allein wäre Hugo nie so weit gegangen, gegen den Heerbann unseres Sohnes anzutreten, dem sich fast der gesamte schwäbische Adel angeschlossen hatte, übrigens auch die Grafen von Calw, meine Brüder. Doch weißt du, wer fast sein einziger und alles entscheidender Verbündeter war, wer ihm über tausend Ritter stellte?«
Nun verflog jedes Lächeln, jede Freundlichkeit aus Utas Gesicht. »Dein Rothenburger Vetter. Der Sohn des alten Königs Konrad. Und Gebhard von Sulzbach steht wie immer hinter ihm, flüstert ihm ins Ohr und stachelt ihn auf.«
»Was erlaubt sich dieser undankbare …«, begann Friedrich, ohne den Satz zu Ende zu bringen.
Denn jeder von ihnen dachte jetzt ähnlich: Man kann von dem Jungen wohl schlecht Dank dafür erwarten, dass er um den Thron gebracht wurde. Seine Ernennung zum Herzog nach König Konrads Tod war nur Ablenkung, zum schönen Schein, solange er minderjährig war.
Doch nun, da Friedrich einen eigenen Sohn und Erben hatte, verweigerte er seinem Rothenburger Vetter nicht nur den Titel Herzog von Schwaben, er ließ ihn in den kaiserlichen Urkunden auch nicht mehr Königssohn nennen.
Verständlich, dass dies Konrads Erben alarmierte, der inzwischen volljährig war und sich zu einer ernstzunehmenden Bedrohung für Friedrich entwickeln konnte, denn er vermochte eine große und einflussreiche Verwandtschaft zu mobilisieren, bis hin zum Kaiser von Byzanz.
Dennoch, das gibt ihm nicht das Recht, meinen Sohn anzugreifen!, dachte Uta zornig. Meinen einzigen Sohn und Welfs Erben!
Friedrich war vorübergehend in Gedanken versunken, finstere Gedanken. Dann nahm er sich zusammen und gab dem

taubstummen Diener das Zeichen, den siebten Welf hereinzuholen, der draußen wartete.
Seine Eltern hatten erst die Wogen ein wenig glätten wollen, bis sich der größte Zorn des Kaisers über die peinliche Schlappe gelegt hatte.
Verlegen vor Scham trat der siebte Welf ein und ging vor Friedrich auf ein Knie. Das bot ihm Gelegenheit, den Kopf zu senken, denn er mochte jetzt weder dem Kaiser noch seinen Eltern in die Augen sehen.
Friedrich gab einen leisen Ton des Unwillens von sich, dann sagte er: »Nun steh schon auf, oder willst du hier Wurzeln schlagen?«
Erleichtert und flink kam der Fünfundzwanzigjährige hoch.
Und mit gewisser Rührung musste Friedrich beim Anblick des schlanken jungen Mannes denken: Er sieht aus wie sein Vater in diesem Alter. Das gleiche schwarze Haar, das ebenmäßige Gesicht, die Statur …
Mit dem sechsten Welf hatte er einst gegen die Staufer gekämpft, die Drangsale des Zweiten Kreuzzuges durchlitten und nach dem Gemetzel von Doryläum die Überreste des deutschen Heeres zusammengesucht.
Später war ihr Verhältnis etwas abgekühlt; sehr zugunsten des Löwen, der nun nach Rainald von Dassel den größten Einfluss auf den Kaiser hatte.
Doch jetzt galt es, zusammenstehen. Seine Familie war angegriffen worden durch diesen Hugo von Tübingen. So etwas ließ er sich nicht bieten.
»Du hast ein Heer aufgestellt, um die Ehre deines Hauses zu wahren«, begann Friedrich. »Das ist löblich.«
Der junge Welf wollte schon aufatmen, doch dazu ließ es der Kaiser nicht kommen.
»Hat dir dein Vater erklärt, was du dabei alles falsch gemacht hast?«, fragte er streng.
»Ja, Euer Majestät«, antwortete der siebte Welf leise.

»Hast du bei mir nicht genug gelernt übers Kämpfen? Als Heerführer reicht es nicht, das Schwert zu schwingen. Du musst auch deine Männer klug und weise in den Kampf führen – oder eben vom Kampf abhalten, wenn die sonntägliche Waffenruhe gilt. Bei allen Heiligen!«
Krachend hieb er mit der flachen Hand auf die Lehne seines Stuhls.
»Ja, Euer Majestät«, flüsterte der siebte Welf nun, der vor Scham fast verging.
»Wie? Ich habe nichts gehört!«, fuhr der Kaiser ihn an, während seine Eltern auch noch zusahen. Der junge Welf wusste in dem Moment nicht zu sagen, was davon er schlimmer fand.
»Ja, Euer Majestät«, sagte er nun laut und klar.
Zum Sitzen wurde er nicht aufgefordert.
»Höre gut zu!«, ermahnte der Kaiser den jungen Herzogssohn. »Dein Vater wird mit dir ausführlich noch einmal durchsprechen, was du falsch gemacht hast und wie du es nächstes Mal besser machst.«
Beklommen nickte der junge Welf.
»Diesen unverschämten Pfalzgrafen verpflichte ich nachher vor der Fürstenversammlung zur Herausgabe aller Gefangenen und zu einjähriger Waffenruhe. Damit müsste die Angelegenheit aus der Welt sein.«
Der siebte Welf nickte erleichtert, doch jäh stand eine Frage auf seinem Gesicht.
»Ja, der Rothenburger, ich weiß«, sagte Friedrich sofort. »Der hat den Pfalzgrafen aufgestachelt. Ohne ihn hätte dieser Hugo nie gewagt, sich mit dir anzulegen.«
Nach einer kurzen Pause sagte er: »Mit dem Herzog von Rothenburg befasse ich mich später. Er wird dafür büßen, indem er mich auf den nächsten Italienzug begleitet. Nehmen wir erst einmal den dreisten Pfalzgrafen an die Kandare.«
»Ja, Euer Majestät«, brachte der siebte Welf heraus.
»Und dann wird es langsam Zeit, dass wir eine hübsche Braut

für dich auswählen. Gibt es schon eine, die dir gefällt?«, fragte Friedrich den jungen Mann. »Oder habt ihr schon diesbezüglich Pläne? Wird es nicht Zeit für einen Stammhalter?«, wandte er sich an dessen Eltern.

»Es eilt doch nicht, oder?«, fragte der sechste Welf und sah zu Uta. Die würde es wohl sein, die derlei Pläne schmiedete.

Ihrem Sohn hingegen schoss schon wieder leichte Röte ins Gesicht. Er brachte nur ein Stammeln heraus und war überaus erleichtert, als er hinausgeschickt wurde.

Er hatte keine Mühe, die schönsten Mädchen ins Bett zu bekommen. Doch eine arrangierte Ehe mit irgendeiner Unbekannten würde die Sache komplizieren. Ihm entging nicht, wie sehr es seine Mutter kränkte, wenn Vater sie betrog. Auch wenn sie versuchte, sich nichts davon anmerken zu lassen.

Doch immerhin, der kaiserliche Rüffel hätte deutlich schlimmer ausfallen können. Schließlich hatte er die Familie blamiert. Niemand ging deshalb strenger mit ihm ins Gericht als er selbst. Sobald der Kaiser den Pfalzgrafen vor versammeltem Hof wegen seines Rechtsbruchs bestraft hatte, war damit auch die Peinlichkeit der Niederlage in Tübingen abgewaschen. Wenigstens zum Teil.

Dann konnte er nach neuen Gelegenheiten suchen, Ruhm und Ehre zu erringen. Die waren nicht schwer zu finden. Dieser Italienzug war alles andere als erfolgreich gewesen, deshalb würde der Kaiser gewiss bald wieder mit einem Heer über die Alpen gehen. Vielleicht sogar nach Rom. Er, der siebte Welf, würde dabei sein.

Stilles Zwiegespräch

Beatrix und Friedrich;
Nimwegen, November 1165

Und wieder läuteten die Glocken zur Geburt eines Kaisersohnes, auch hier in Nimwegen, wo die Kaiserin am Morgen niedergekommen war, während der Kaiser gerade einen Hoftag eröffnete. Der Knabe war sogleich auf den Namen Heinrich getauft worden – nach seinen Vorfahren, den Salierkönigen, und auch nach seinem Oheim, dem Löwen.

Friedrich hatte Sohn und Kaiserin einen kurzen Besuch abgestattet, sobald er in die Gebärkammer durfte, und musste dann zu seinen wartenden Fürsten zurück. Er nahm ihre Glückwünsche und Geschenke entgegen, doch die für diesen Tag vorgesehenen Beratungen erklärte er schon bald darauf für beendet. Man werde sich über alles andere noch in den nächsten Tagen einigen. Jetzt wolle er zu seiner Gemahlin und seinem neugeborenen Sohn.

Dafür wurde ihm natürlich volles Verständnis zuteil. Die Fürsten versammelten sich sogleich, um kräftig auf den zweiten Stammhalter des Kaisers anzustoßen.

Mit großen Schritten lief Friedrich zur Gebärkammer, hatte Essen und Trinken völlig vergessen.

Dort erwartete ihn schon einer der beiden Ärzte von der Universität Salerno, die er in seine Dienste genommen hatte, zusätzlich zu den Wehmüttern.

»Wenn Ihr jetzt Eure Gemahlin aufsuchen wollt, Euer Majestät … Sie hat viel Blut verloren.«

»Es ist doch nichts Besorgniserregendes?«, fragte er sofort und zog die Stirn in Falten.

»Vorerst nicht«, besänftigte ihn der Arzt, ein hochgewachsener Italiener mit erstaunlicherweise blondem Haar. »Doch es wäre gut, wenn Ihr sie noch eine Weile wach haltet. Sie sollte jetzt nicht einschlafen. Ich warte vor der Tür und bin sofort da, wenn Ihr mich braucht.«

Aufgewühlt von dieser Instruktion trat er ein und sah Beatrix ruhend in ihrem Bett. Müde wandte sie den Kopf und lächelte ihm zu.

Friedrich scheuchte alle Bediensteten mit einer Handbewegung hinaus, setzte sich auf den Stuhl neben dem Bett und nahm ihre linke Hand in seine beiden. Die kam ihm eiskalt vor, obwohl ein Kohlebecken in der Kammer intensive Wärme ausstrahlte.

»Frierst du, Geliebte? Ist dir nicht wohl? Kann ich irgendetwas tun?«

Er hielt Ausschau nach einem Fell und legte es sachte über sie. Beatrix dankte ihm mit einem matten Lächeln.

»Du machst mich zum glücklichsten Menschen!«, sagte er und strahlte sie an, vollkommen durchdrungen von überschwänglichen Gefühlen. »Und ich werde mein Versprechen halten. Nächstes Jahr ziehen wir erneut über die Alpen. Dann erobere ich Rom, bringe den Papst in die Stadt und lasse dich zur Kaiserin krönen, Liebste.«

Beatrix, noch ganz wund von der Geburt und völlig erschöpft von den Wehen, konnte diesen ehrgeizigen Plänen im Moment nichts abgewinnen. Und schon gar nichts der Vorstellung, bald wieder in den Sattel steigen zu müssen.

Die Wehen hatten diesmal eingesetzt, noch bevor sie Nimwegen erreichten. Fast hätte sie auf dem Weg gebären müssen wie eine Bäuerin, und das inmitten eines hässlichen Graupelschauers, der die kaiserliche Kolonne heimsuchte.

Boten waren zur Burg vorausgeschickt worden, dem Valkhof östlich der Stadt zu einem Arm des Rheins hin gelegen, damit dort eiligst alle Vorbereitungen für die kaiserliche Geburt getroffen wurden. Mit der Hilfe ihrer Hofdamen und der Wehmütter hatte sie es gerade noch in die Kammer geschafft, als auch schon die Presswehen einsetzten.

Kein Wunder, dass sie so viele Kinder verloren hatte, noch bevor sie lebensfähig waren, wenn sie die meiste Zeit nur im Sattel saß und mit dem Kaiser von einem Ort zum anderen reiste! In den letzten Monaten war sie nur umhergezogen.
Beatrix sehnte sich nach ihren Kinderjahren in Burgund. Dort hatte sie ein *Zuhause* gehabt. Der Kaiser hatte keines, er ritt von einem Ort zum anderen. Auch wenn er immer mehr prächtige Pfalzen bauen ließ, nicht zuletzt für sie. Doch zumeist übernachteten sie in dem roten Zelt des englischen Kaisers oder in düsteren Burgen oder Klöstern.
Um ihretwillen hatte Friedrich sogar Troubadoure an seinen Hof geholt – und sie wusste, dass ihm das Musizieren zuwider war. Mehr noch, er hatte sogar seinen verblüfften Rittern erklärt, dass die Minne von nun an zu den ritterlichen Tugenden zählte, die sie zu erlernen hätten. Was zu teilweise grotesken Resultaten führte.
Soviel Mühe er sich auch ihretwegen gab – sie vermisste Burgund, schon wegen des milden Klimas und der Blütenpracht. Beides gab es zumeist immerhin in Italien. Aber zu häufig durchquerten sie dort vom Krieg verwüstete Landschaften; ein Anblick, der ihr zu Herzen ging. Dafür gab es in Italien wunderschöne, lichtdurchflutete Paläste, während die deutschen Burgen zumeist kalt und düster waren.
Und jetzt war sie einfach nur müde und wollte schlafen.
Doch Friedrich redete und redete … und nun auch noch davon, wohin sie als Nächstes reiten würden!
»Dieses Jahr war sehr hart, voller Ärgernisse«, sagte er, und sie wusste, damit meinte er die Streitigkeiten um das Schisma. Friedrich hatte seinen Fürsten Pfingsten in Würzburg einen Eid abverlangt, niemals diesen »Schismatiker Roland« als Papst anzuerkennen, sondern einzig Paschalis. Und dazu waren nicht alle uneingeschränkt bereit gewesen.
»Doch jetzt kommen bessere Zeiten«, versicherte er gerade freudestrahlend. »Wir haben nun einen zweiten Sohn, den

kleinen Heinrich. Weihnachten verbringen wir in Aachen und erleben die Heiligsprechung von Karl dem Großen.«
Sie wusste, das war ihm sehr wichtig, weil er Karl den Großen zutiefst bewunderte. Und mit dieser Erhebung hatte er als Herrscher einen Heiligen unter seinen Vorgängern aufzuweisen. Eigentlich zwei, denn auch Kaiser Heinrich II. war heiliggesprochen worden.
»Ich werde der Krönungskirche in Aachen einen riesigen Radleuchter stiften, achteckig wie die Kirche ... gewidmet der Heiligen Jungfrau, die uns nun schon zwei Söhne schenkte, und im Angedenken an Karl den Großen!«
Begeistert verlor er sich in Beschreibungen, in Plänen, die er schon mit Architekten und Goldschmieden austüftelte.
Und er erzählte nicht zum ersten Mal von seiner Verwunderung darüber, dass die Gebeine Karls erst nach intensiver Suche aufgespürt werden konnten.
»Solch ein großer Herrscher ... Und dann sind seine Gebeine jahrhundertelang verschollen! Kannst du dir das vorstellen, Liebste?«, fragte er, sah, dass Beatrix beinahe die Augen zufielen, und erinnerte sich erschrocken an die Worte des Arztes.
»Fühlst du dich nicht gut, Liebes?«, fragte er erneut.
»Ich bin nur müde und erschöpft. Aber sehr glücklich über die Geburt unseres zweiten Sohnes«, versicherte Beatrix mit einem matten Lächeln.
Ja, sollte sie etwa nicht glücklich sein, dass sie einen gesunden Sohn geboren hatte? Nachdem ihr erstes Kind, die kleine Beatrix, gestorben war und der kleine Friedrich kränkelte? Sollte sie nicht stolz darauf sein, diese ihre Aufgabe erfüllt zu haben, dem Kaiser Erben zu schenken?
Was ging nur gerade in ihr vor? Sie war Kaiserin, sie wurde umsorgt und gepflegt, trug die schönsten Kleider, hatte einen gutaussehenden Mann. Aber er würde von nun an jedes Jahr ein Kind von ihr erwarten. Und kam nicht einmal auf die Idee,

sie zu schonen, ihr einen Teil der kräftezehrenden Reisen zu ersparen. Jedermann würde darauf bestehen, dass sie an die Seite des ihr anvertrauten Mannes gehörte.
Sie blinzelte eine Träne weg und zwang sich, zuzuhören, wie ihr Gemahl weiter Pläne schmiedete.
»In einem Jahr spätestens reiten wir erneut über die Alpen. Dann bringe ich den Papst nach Rom, den *einzig wahren Papst,* und er wird dich zur Kaiserin krönen. Wie ich es dir versprach.«
Schon wieder im Sattel über die Alpen!, dachte Beatrix wie betäubt. Und vielleicht bin ich dann gerade erneut schwanger.
»Alles für dich, Geliebte!«, versicherte er und versank selbst in dem Gedankenstrudel, der ihn seit Monaten beherrschte.
Natürlich musste er auch nach Rom, um das Schisma endlich zu beenden. Dieser selbsternannte Papst Alexander – Rolando Bandinelli – hatte sich sogar erdreistet, den Bann über ihn zu verhängen. Das konnte er nicht hinnehmen!
Der Eid, den er Pfingsten seinen Fürsten abverlangt hatte, nämlich nie Rolando oder einen von seinen Freunden als gewählten Nachfolger des Papstes anzuerkennen, war eine außergewöhnliche Maßnahme gewesen. Und sie hatte die Spreu vom Weizen getrennt. Der Erzbischof von Trier und die Vertreter der Salzburger Kirche waren trotz Ladung gar nicht erst erschienen. Noch deutlicher fiel auf, dass der Erzbischof von Mainz und der Rothenburger die Versammlung vor dem Eid verließen. Nun, der Mainzer war die längste Zeit Erzbischof gewesen, den würde er bald durch einen zuverlässigen Mann ersetzen. Und was den Rothenburger betraf, so hatte der sich nun selbst in die Nesseln gesetzt.
Was niemanden überraschen konnte.
Mit Sorge erfüllt hatten ihn allerdings die Einwände des Erzbischofs von Magdeburg. Ein kluger Mann und immer auf Friedensstiftung und Ausgleich bedacht, der wichtigste Kleriker im Osten des Reiches. Doch Wichmann kam gerade von einer Wallfahrt aus dem Heiligen Land zurück, bei der er in

Gefangenschaft geraten war und ein Gelübde abgelegt hatte: nämlich Alexander die Treue zu halten, wenn er freikäme.
Was die Wirkung solcher Wallfahrten doch in Frage stellte, dachte Friedrich zynisch.
Am Ende hatte wie stets Rainald alles mehr oder weniger gerichtet. Aber der Streit zog sich über das ganze Jahr und den ganzen Kontinent hin.
Vor dreizehn Jahren wurde ich zum Herrscher gekrönt und habe die ganze Zeit gekämpft, um Frieden zu stiften, habe unzählige Streitigkeiten geschlichtet, das Fehdewesen vermindert, die Straßen sicherer gemacht … Doch bei den Schwierigkeiten in Italien und mit der Kirchenspaltung komme ich einfach nicht voran. Werde ich alt?, fragte er sich.
Er zählt jetzt fast fünfundvierzig Jahre.
Werde ich müde?
Dieser Gedanke schreckte ihn auf; er sollte doch darauf achten, dass seine Gemahlin nicht einschlief, und nun hatte er das über seinen eigenen Grübeleien fast vergessen. Beatrix lag still und kreidebleich mit geschlossenen Augen da, so dass er ängstlich ihre Hand fester drückte. Sie zuckte zusammen und schreckte aus dem Schlaf hoch.
»Liebste, verzeih mir! Du musst wirklich sehr erschöpft sein, und ich rede und rede Bald brechen wir zu großen Taten auf, du wirst sehen. Doch jetzt erhole dich, ich schicke den Medicus wieder herein. Ja?«
Beatrix nickte mit mühsamem Lächeln.
Friedrich gab ihr einen sanften Kuss auf die Stirn, dann ging er und befahl dem vor der Tür wartenden Arzt, sich wieder um die Kaiserin zu kümmern.

Allianz gegen den Löwen

Heinrich der Löwe; Braunschweig, Herbst 1166

Der Herzog von Sachsen und Bayern saß mit seinen engsten Beratern zusammen, als »ein Bote aus Richtung Osten« gemeldet wurde.

Das war ein Schlüsselwort, welches dem Löwen verriet, wer dieser Bote war: sein Spion am Hof des Erzbischofs von Magdeburg. Der illegitime Sohn eines Domherrn, der immer noch über die Art und Weise grollte, wie Wichmann Erzbischof wurde, nämlich durch eine Entscheidung des Kaisers statt eine Wahl. Er fand, der Titel eines Erzbischofs hätte ihm zugestanden. Der Mann rächte sich dafür, übergangen worden zu sein, indem er seinen Bastard regelmäßig mit brisanten Informationen zu dem Herzog schickte, der mit dem Erzbischof mehr oder weniger im Krieg stand.

Neugierig betrachtete der Löwe den Burschen, der eigentlich als Spion nicht unauffällig genug war.

Er hatte eine mehrfach gebrochene Nase und das Gesicht voller Pockennarben. Andererseits traf das auf viele Menschen zu.

Beflissen trat er ein, hielt in gebührendem Abstand inne, kniete nieder und sagte: »Durchlaucht, ich bringe wichtige und besorgniserregende Nachrichten für Euch.«

Er hatte den Satz kaum ausgesprochen, als er kräftig niesen musste. Energisch wischte sich der Bote die triefende Nase am Ärmel ab.

»Sprecht!«, ermunterte Heinrich ihn und machte eine auffordernde Handbewegung. Er ahnte schon, was er gleich zu hören bekommen würde. Und ob das bei ihm Besorgnis erregte? Man würde sehen …

»Euer Durchlaucht, Eure Feinde rotten sich zusammen, weil sie sich durch Eure große Macht bedroht sehen. Und sie wollen gemeinsam gegen Euch vorgehen, sobald der Kaiser bei seinem nächsten Italienzug die Alpen überquert hat.«

»Also im November?«, hakte der Löwe nach.

»Ja.«

»Lasst mich raten, wer dabei ist!«, wandte er sich an die Runde seiner Vertrauten und zählte gleich auf.

»Wieder die altbekannten Neider: Wichmann von Magdeburg und der alte Bär zuerst. Nach langem Zögern wird sich ihnen Otto von Meißen anschließen, dazu noch ein paar Grafen aus den askanischen und wettinischen Familien ...«

Er zuckte mit den Schultern. »Die fühlen sich seit Jahr und Tag durch mich bedroht. Und nicht zu Unrecht.«

Einige seiner Ratgeber lachten.

»Mehr als da und dort einen Überfall im Grenzgebiet haben sie bisher nicht fertiggebracht. Den alten Bären schlug einst schon mein Vater vernichtend. Aber er gibt einfach keine Ruhe. Dabei holt er sich jedes Mal eine blutige Nase«, meinte Heinrich herablassend. »Wie viele seiner Burgen haben wir in den letzten zwanzig Jahren schon niedergebrannt? Oder andersherum gefragt: Besitzt er überhaupt eine Burg, die wir noch nicht niedergebrannt haben?«

Sein Spott sorgte für weitere Belustigung unter seinen Gefolgsleuten.

Der Spion wagte schniefend einzuwerfen: »Verzeiht, Euer Durchlaucht, es sind diesmal noch mehr edle Herren dabei. Landgraf Ludwig von Thüringen ...«

»Der seinen Streit mit dem Kaiser vor Mailand immer noch nicht beigelegt hat«, fiel ihm der Löwe ins Wort. »Ludwig sollte also lieber seinen Kopf nicht so weit vorstrecken. Und Wichmann steht derzeit bei meinem kaiserlichen Vetter auch nicht gerade in höchster Gunst, seit er sich beim Würzburger Eid zierte wie eine Jungfrau vorm Brautbett.«

»Und Christian von Oldenburg«, beeilte sich der Spion noch

anzufügen, bevor ihn ein weiteres kräftiges Niesen durchschüttelte.

»Was eine Frechheit ist, weil der mir Treue geschworen hat. Nun, er wird schon sehen, was er davon hat. Unter all denen ist niemand, der mir derzeit wirklich Sorge bereitet«, meinte der Löwe gelassen. »Dafür muss ich nicht einmal bayerische Truppen mobilisieren; es genügen die hiesigen. Und ich bin noch nicht überzeugt, ob sich die Verschwörer wirklich aus ihren Löchern herauswagen.«

»Wir beginnen sofort damit, die Burgen und Städte zu befestigen und auf eine Belagerung vorzubereiten«, versicherte Gunzelin von Schwerin und wirkte schon wie im Aufbruch, um dazu die ersten Befehle zu erteilen.

Noch einmal meldete sich ängstlich der pockennarbige Bote zu Wort und rief: »Sie wollen im Dezember Haldensleben belagern!«

Was aus Sicht des Boten eine Schreckensnachricht sein sollte, ließ den Löwen in Gelächter ausbrechen.

»Wenn sie unbedingt den Winter in einem Torfmoor vor einer uneinnehmbaren Burg zwischen zwei Flussläufen verbringen wollen? Ich wette, diese Idee stammt von Wichmann.«

Das lag auf der Hand: Die Besatzung von Heinrichs Burg Haldensleben beging immer wieder Überfälle im Gebiet um Magdeburg.

»Wenn den Belagerern dort kalt wird, zünden wir ihnen das Torfmoor unter den Füßen an«, spottete Gunzelin.

Heinrich befahl, den Spion gut zu entlohnen und nach einer kräftigen Mahlzeit fortzuschicken.

»Die Idee mit Haldensleben soll Wichmann bald bereuen«, entschied der Löwe. »Wir schicken Nachricht an den Burgkommandanten.« Der hieß Bernhard von Lippe und war ein gefürchteter Kämpfer und Befehlshaber.

»Bis das Belagerungsheer anrückt – sofern es überhaupt dazu kommt, darauf würde ich nicht wetten –, soll er die gesamte

Umgebung Magdeburgs kahl plündern. Alles an Vorräten und Vieh. Nicht nur, damit er und seine Männer gut versorgt sind, sondern auch, damit Wichmanns Heer dort kein einziges Korn mehr findet. Und dann wollen wir mal sehen, wie lange sie es vor Haldensleben aushalten. Also: Ruft die Truppen zu den Bannern und sichert die Burgen und Städte!«

Wichmann, Ludwig von Thüringen, die Wettiner und Askanier und ihre Verbündeten begannen am zwanzigsten Dezember mit der Belagerung von Haldensleben. Da war der Kaiser nun schon weit jenseits der Alpen. Doch sie konnten Burg und Stadt nicht einnehmen. Als Heinrich ein mächtiges Heer gegen sie schickte, bliesen sie hastig zum Rückzug. Eine offene Schlacht gegen Heinrich den Löwen wagte niemand, nicht einmal Landgraf Ludwig der Eiserne. Erneut wurde alles Land vor Magdeburg verwüstet.

Doch plötzlich schlug der Herzog einen Waffenstillstand vor. Damit hatte niemand unter den Askaniern und Wettinern gerechnet.

Die Lage im Norden hatte sich jäh verändert. Der Graf von Oldenburg bescherte dem Löwen gewaltige Probleme, indem er Bremen einnahm und von den Bewohnern der Stadt jubelnd empfangen wurde.

Das veranlasste Heinrich, seinen Kriegsrat einzuberufen.

»Feinde im Süden, Feinde im Norden, Feinde im Westen und im Osten«, fasste der Herzog die Lage zusammen und deutete auf ein Pergament mit einer gezeichneten Karte.

»Ich habe zwar das größere Heer und auch genug Silber, um mir Söldner zu kaufen. Aber ich muss wenigstens an einer Front Frieden schaffen, damit nicht auch noch die vertriebenen Abodriten und die Pommern über mich herfallen.«

Er legte eine kurze Pause ein und sagte dann: »Es gibt nur eine Möglichkeit.«

Als er seinen Plan erläuterte, stand Fassungslosigkeit auf den Gesichtern seiner Berater. Vor allem Gunzelin von Mecklenburg und Ludolf von Peine brachten lautstark Einwände vor. Mehr als zwei Stunden lang redeten sie sich die Köpfe heiß. Schließlich hatte der Löwe es satt.

»Ich habe entschieden, und so wird es gemacht!«, rief er und schlug mit der Faust so fest auf den Tisch, dass eine Kerze umfiel und beinahe alles in Flammen aufgegangen wäre. Mit einem raschen Griff rettete Gunzelin die Karte, während er mit der anderen Hand den Inhalt seines Weinbechers über die Flamme goss.

»Ihr bleibt Statthalter von Mecklenburg und dem Raum um Schwerin«, versicherte der Herzog seinem gefürchteten Gefolgsmann.

Dann wandte er sich an Heinrich von Weida.

»Ihr werdet nach Pommern reiten und dort mein Angebot überbringen.«

Und damit war die Debatte beendet.

Was es wert ist

Pribislaw, Woizlawa, Heinrich von Weida; Demmin, Anfang 1167

Heinrich von Weida musste sich durch verschneite Landschaften kämpfen, ehe er Demmin erreichte, den Sitz des pommerschen Herzogs Kazimir. Dagegen schienen ihm die Belagerer von Haldensleben noch fast im Vorteil, denn sie mussten nicht unzählige Meilen bewältigen und konnten in den Zelten Kohlebecken aufstellen.

Gestern hatte ihn ein Schneegestöber – eine Seltenheit so nah am Meer – zum Halt in einer Schankwirtschaft gezwungen.

Heute Morgen waren die Wege zugeweht. Aber es ging kein Wind, und die Sonne schien auf den verharschten Schnee und brachte ihn zum Glitzern.
Nach einem halben Tagesritt konnte Heinrich die Türme von Demmin sehen und war froh, seinem Ziel endlich nahe zu sein. Was Pribislaw wohl zu der Botschaft sagen würde, die er überbringen sollte? Würden ihn dessen Wachen überhaupt vorlassen oder ihm gleich den Dolch in die Rippen stoßen, aus Rache für den Mord an ihrem Fürsten Niklot und dessen Sohn Wertislaw? Die Abodriten konnten heiß und inbrünstig hassen; sie vergaßen keine Kränkung und kein Unrecht. Da sie keine Schriftsprache besaßen, legten sie großen Wert darauf, wichtige Begebenheiten mündlich von Generation zu Generation weiterzugeben.
Der Ratgeber des Löwen tastete nach dem Griff seines Dolches und ritt zum Haus von Herzog Kazimir, wo er höflich nach dem Quartier des Abodritenfürsten fragte.
Das wurde mit derart finsteren Mienen aufgenommen, dass ihn Sorge befiel, ob es wohl für ihn eine Rückreise gäbe.
Eine der Wachen wurde vorgeschickt und kam nach einiger Zeit zurück. Er forderte den Gast auf, ihm das Schwert zur Aufbewahrung zu überlassen – zum Zeichen dafür, dass dieser den Frieden der Halle wahren würde.
Heinrich übergab ohne Zögern Schwert und Dolch.
Dann führte ihn der Mann überraschenderweise in die Kemenate. Weder einer der pommerischen Herzöge noch der Abodritenfürst waren dort anwesend, sondern Woizlawa, Pribislaws Gemahlin, mit ihren Gesellschafterinnen.
Die Berichte über ihre Schönheit sind nicht übertrieben, dachte der Gesandte. Zarte Statur, weizenblondes Haar, ein Kleid aus schönem blauen Tuch nach dem Zuschnitt christlicher Gewänder, jedoch üppig mit slawischen Mustern bestickt.
»Der Herzog und mein Gemahl sind auf der Jagd«, eröffnete sie höflich, aber kühl das Gespräch. »Ich muss Euch ersuchen,

auf ihre Rückkehr zu warten. Wenn Ihr wünscht, lasse ich Euch ein Bad bereiten.«

Mit einem Blick dirigierte sie ein junges Mädchen herbei, das ein Brett trug, auf dem ein Becher Wein, Brot und Salz standen.

»Ich heiße Euch willkommen, sofern Euch friedliche Absichten hierherführen.« Woizlawa neigte den Kopf ein wenig und sah ihn skeptisch von der Seite an.

»Kommt Ihr in friedlicher Absicht?«

»Das tue ich, edle Fürstin«, versicherte Heinrich. »Ich bin sicher, meine Botschaft wird Euren Gemahl erfreuen. Und auch Euch.«

Auf die einladende Geste Woizlawas brach er ein Stück von dem runden Brot, stippte es in das Salz, das die Mulde in der Mitte des Brotes füllte, und spülte den Bissen mit Würzwein hinunter. Damit stand er als Gast unter Schutz. Vielleicht gab es ja doch eine Heimreise für ihn.

»Lasst Euch in eine Kammer geleiten, erfrischt und stärkt Euch. Ihr werdet gerufen, sobald der Herzog und mein Gemahl zurück sind.«

Damit war der Gesandte einstweilen entlassen. Die Vorstellung, ein warmes Bad zu nehmen, übte großen Reiz auf ihn aus. Doch als die Bademägde endlich genug warmes Wasser gebracht hatten, blieb er nur kurz im Zuber, so wohltuend das Bad auch war. Er wartete dringend auf die Rückkehr Pribislaws und wollte dann vollständig gewandet sein.

Das Bad, eine warme Mahlzeit und die Hitze des Kohlenbeckens bewirkten, dass ihm bald die Augen zufielen, auch wenn er das gar nicht wollte. Es musste sich doch auf das Gelingen der Mission konzentrieren!

Doch so fuhr er in seinem Stuhl aus unbequemer Haltung hoch, als jemand an die Tür klopfte und rief: »Der Fürst erwartet Euch.«

Heinrich rieb sich rasch die Augen, zog sein Gewand zurecht und folgte dem Diener.

Diesmal ging es nicht in die Kemenate, sondern in ein größeres Zimmer, an dessen Rückwand Pribislaw und Woizlawa auf hohen Stühlen saßen. Links und rechts von ihnen standen die ranghöchsten abodritischen Krieger.
Der Graf verneigte sich höflich und erklärte: »Der Herzog von Sachsen und Bayern sendet Euch seine Grüße.«
Pribislaw verzog keine Miene.
»Ich dachte, er sendet mir endlich die Gebeine meines Bruders, damit ich sie angemessen bestatten kann«, sagte er in kühlem Ton.
Es könnte kaum schlimmer beginnen, dachte der Weidaer resigniert. Er überging diese Bemerkung und fuhr fort: »Und er sendet Euch ein Angebot.«
»Gibt er uns etwa unser Land zurück?«, höhnte Pribislaw.
»Ja.«

Wäre ein Blitz mitten in der Halle eingeschlagen, hätte das nicht mehr Erstaunen und Aufmerksamkeit hervorrufen können.
Nur Pribislaw zeigte keinerlei Regung. Abgesehen davon, dass er einen Mundwinkel verbittert nach unten zog.
»Warum sollte er das tun?«, fragte der Slawenfürst kühl. »Er hat sich unser Land genommen.«
Und Heinrich von Weida begann zu erklären. Von der Allianz gegen den Löwen und dessen Sorge, es könnten nun auch noch die Abodriten und Pommern diese Lage ausnützen und gegen ihn Krieg führen. Dass die Wenden gefährliche Krieger waren, hatte er mehrfach erleben müssen.
»Der Herzog möchte Frieden im Abodritenland schaffen. Wenn Ihr Euch mit ihm aussöhnt, könnt Ihr als Fürst Euer Volk wieder in seine angestammten Gebiete führen und dort ein neues Leben beginnen. Ihr erhaltet das Land unmittelbar vom Löwen. Ihr seid zur Heerfolge im Kriegsfall verpflichtet, müsst aber keinen Tribut zahlen. Geht mit Eurem Volk zurück

nach Werle, baut die zerstörten Burgen und Dörfer wieder auf, lebt in Eurer angestammten Heimat! Der Herzog wird die flämischen Siedler zurückrufen.« Das Land war sowieso größtenteils verwüstet.
Nach einem Moment der Stille ergänzte der Graf mit vorsichtigem Bedauern: »Ausgenommen von diesem Angebot sind die Mecklenburg und das Land um Schwerin, über die regiert weiterhin Graf Gunzelin.«
Gunzelin von Mecklenburg war den Abodriten durch die Grausamkeit, mit der er gegen sie vorgegangen war, zutiefst verhasst. Aber der Herzog musste seinen härtesten Kämpfer bei Laune halten.
Als letzten Teil des Angebotes ergänzte der Graf noch: »Zum Zeichen des Friedens, für ein neu geschmiedetes Bündnis, schlägt der Herzog eine Vermählung seiner Tochter Mathilde mit Eurem Sohn Borwin vor.«
Die Fürstin sah ihn skeptisch an. »Seine *Bastard*tochter, das stimmt doch?«
»Ja, aber eben eine seiner Töchter. Er mag das Mädchen, und sie ist eine Schönheit.«
»Welche Bedingungen sind an dieses umfassende Angebot geknüpft?«, fragte Pribislaw mit Eis in der Stimme. »Abgesehen davon, dass wir den Frieden wahren und dem Herzog im Kriegsfall Truppen stellen.«
»Die Taufe«, sagte Heinrich von Weida. Was jedermann erwartet hatte.
»Ihr werdet verstehen, dass ich mich dazu mit meinen ranghöchsten Kriegern beraten muss«, erklärte Pribislaw, an dessen Miene sich nicht im Geringsten ablesen ließ, ob er annehmen oder ablehnen würde.
Der Unterhändler verstand, dass die Audienz damit beendet war, und zog sich zurück. Sie würden ihn schon rufen, wenn die Entscheidung gefallen war.

Sobald Heinrich von Weida den Raum verlassen hatte, platzte jeder der Verbliebenen damit heraus, was er von dieser unerwarteten Neuigkeit hielt.

War es ein Sieg oder eine List? War es am Ende ein Vorwand, sie aus Pommern herauszulocken und endgültig niederzumachen?

Mit lauter Stimme rief Pribislaw seine Gefolgsleute zur Ruhe, damit einer nach dem anderen sprechen konnte.

Es gab viel Argwohn, zu verführerisch klangen die Worte.

Und eine große Sehnsucht, zurück in die angestammten Lande zu gehen, statt in Pommern mehr schlecht als recht gelitten zu sein.

Letztlich überwogen die Stimmen der Befürworter – unter der Bedingung, dass der Bote des Löwen einen heiligen Eid darauf schwor, dass keinerlei unlautere Absichten dahintersteckten.

»Und unser Glaube?«, fragte Pribislaw hart in die Runde. »Wollt ihr den einfach so aufgeben?«

»Die alten Götter haben uns nicht geholfen. Der Gott der Christen muss also stärker sein«, sagte Wertislaws Sohn bitter.

»Ihr Älteren, die den Wendenkreuzzug vor zwanzig Jahren miterlebt haben – ruft euch den Tag unserer Niederlage ins Gedächtnis!«, mahnte Pribislaw. »Damals sagte mein Vater angesichts der erzwungenen Taufe zu uns allen: ›Heute ist ein guter Tag, ein Bad im See zu nehmen.‹ Doch das kann man von diesen Wintertagen nicht sagen.«

»Dein Vater und viele mit ihm haben sich damals taufen lassen, damit sie auf ihrem Land weiterleben konnten«, erinnerte die Gemahlin des Fürsten. Sie legte sacht ihre Hand auf seinen Arm und sah ihm in die Augen.

»Wir bekommen unsere Heimat zurück. Wir werden die Dörfer neu errichten, neue Felder ablegen, ein neues Leben beginnen. Das ist es doch wert.«

Beschworen in Magdeburg

Wichmann, Albrecht der Bär, Otto von Meißen, Dedo von Groitzsch, Hedwig, Adele, Mathilde von Heinsberg; Magdeburg, 12. Juli 1167

Es fehlte nicht viel daran, dass Albrecht dem Bären die Tränen in die Augen stiegen. Wie viele Jahre hatte er auf diesen Moment hingearbeitet? Wie viele Gefechte in den letzten Monaten in den östlichen Teilen des Kaiserreiches geführt, ohne dass sie ihr Ziel erreicht hätten?

Doch mit dem heutigen Tag würde sich alles wenden.

Heute beschwor ihre Allianz von Gegnern des Löwen ein Bündnis, um gemeinsam Krieg gegen den übermächtigen Welfen zu führen. Und heute bekamen sie als neuen Verbündeten den einzigen Mann auf ihre Seite, der – abgesehen vom Kaiser – noch mächtiger und einflussreicher war als der Löwe: Rainald von Dassel, Kanzler, Erzbischof von Köln und wichtigster Ratgeber des Kaisers.

Zwar war Rainald gegenwärtig mit dem Kaiser in Italien, um den Papst nach Rom zu bringen und Beatrix zur Kaiserin krönen zu lassen. Und mit ihm auch Mathildes Bruder und Rainalds rechte Hand, Philipp von Heinsberg. Doch sie hatten alle Verhandlungen schriftlich geführt, und vier Gesandte aus Köln waren erschienen, um stellvertretend für den Kanzler den Eid zu leisten.

Hier in Magdeburg fanden sich hohe Herren aus fast dem gesamten Reich zusammen, vereint im Kampf gegen den Löwen unter Erzbischof Wichmanns Führung: natürlich der Bär mit seinen Söhnen und Schwiegersöhnen, Landgraf Ludwig von Thüringen, Otto von Meißen und Dedo von Groitzsch, die Kölner Gesandten … Und etliche würden sich noch in den nächsten Tagen anschließen, edle Herren vom Rhein bis an die Elbe, bis hoch nach Oldenburg.

Begierig sog der Bär jedes Wort auf, das Erzbischof Wichmann in diesem festlichen Gewölbe deklamierte.

»... beschwören wir einen Krieg gegen den Herzog von Braunschweig, den wir nicht mehr als Herzog von Sachsen anerkennen ... Verpflichten uns zu gegenseitigem Beistand, sollte einer von uns angegriffen werden ...«

Am liebsten wäre er in Jubel ausgebrochen. Doch das passte wohl nicht zu der feierlichen Stimmung im Saal.

Jetzt, da auch Rainald auf ihrer Seite stand, auf dessen Rat der Kaiser in fast allen Dingen hörte ... *Er* würde Friedrich schon klarmachen, dass ihm der Löwe zur Gefahr werden konnte. Dass er sich hier aufführte wie ein König, was doch eindeutig die Ehre des Kaisers verletzte.

Nun würde es gelingen. Die Tage des Löwen als Herrscher über zwei reiche Herzogtümer waren gezählt. Wenn der Welfe großes Glück hatte und der Kaiser gnädig mit seinem hochfahrenden Vetter umging, würde er ihm vielleicht noch Lüneburg und Braunschweig lassen. Oder nur Lüneburg?

Welch eine Frechheit, in Braunschweig einen überlebensgroßen Löwen aufstellen zu lassen, noch dazu vergoldet, der zu ihnen nach Osten blickte und sein Maul aufsperrte, seine Zähne zeigte?

Na warte, du Welpe!, dachte Markgraf Albrecht triumphierend. Hochmut kommt vor dem Fall.

Hochmütig bist du immer gewesen. Und bald wirst du fallen.

»Ich habe gehört, dass sie sogar auf eine *Reliquie* schwören«, wisperte Hedwig. Sie hatte sich mit Mathilde in eine Fensternische im Magdeburger Bischofspalast gesetzt.

Aus der Näh- und Stickrunde von Gemahlinnen der versammelten Fürsten hatten sie sich unter einem Vorwand davongestohlen, um unter vier Augen ganz offen reden zu können. Schließlich wussten sie nicht nur Bescheid darüber, was ganz in ihrer Nähe gerade Bedeutungsvolles stattfand – Mathilde hatte über ihren Bruder auch ganz erheblich dazu beigetragen, dass sich die Kölner dem Bündnis anschlossen.

»Jetzt gibt es kein Zurück mehr«, sagte Hedwig nachdenklich und starrte auf Mathildes Fibel; es war die, die sie ihr in Meißen vor dem Turnier geschenkt hatte.

»Das wurde ja auch einmal Zeit!«, monierte Mathilde. »Seit Jahren beschweren sie sich ständig lautstark über den Löwen. Aber wenn es gilt, gegen ihn anzutreten, holen sie sich blutige Nasen oder nehmen Reißaus. *Sie haben Angst vor ihm!* Weil er in seinen zwei Herzogtümern viel mehr Truppen zusammenrufen kann. Und überaus reich ist er auch noch durch das Goslarer Silber, das Lüneburger Salz, die vielen Zollstationen und Handelsplätze.«

»Sie haben allen Grund, sich zu fürchten«, meinte Hedwig leise. »Mein Vater ist von König Konrad schwer abgestraft worden, weil er gegen den Löwen antrat. Und mein Schwiegervater durch den Kaiser noch viel härter: Er verlor Bautzen, musste Titel und Ländereien entsagen. Und es hätte noch schlimmer kommen können! Die beiden und auch Otto waren vor einigen Jahren nach Worms befohlen worden, um mit anzusehen, wie sogar hochadlige Herren dort bestraft wurden, weil sie gegen den Landfrieden verstoßen hatten!«

»Wie denn?«, erkundigte sich Mathilde neugierig und nahm eines der süßen Gebäckstücke, die ihnen ein Diener gebracht hatte.

»Ihnen wurde ein Hund an den Hals gekettet, und den mussten sie eine Meile weit barfuß im Schnee tragen«, sagte Hedwig mit leichtem Entsetzen. »Das Volk sah johlend zu und bewarf sie mit Unrat.«

Wegen des ungläubigen Gesichtsausdrucks von Mathilde ergänzte sie noch: »Das Hundetragen soll in jener Gegend eine beliebte Strafe sein.«

»Beliebt bei den Zuschauern, würde ich eingrenzen«, ergänzte

Mathilde mit keckem Grinsen. »Warum weiß ich nichts davon? Wann ist das geschehen?«

Hedwig rechnete zurück. »Vor zwölf Jahren, glaube ich …«

»Nun, da wurde ich noch streng im Kloster erzogen und erfuhr nichts von den Dingen, die in der Welt draußen vor sich gehen«, meinte die Gräfin von Groitzsch. »Da war Friedrich noch nicht einmal zum Kaiser gekrönt, war gerade mal drei Jahre lang König – und griff schon so hart durch. Sieh an! Nun verstehe ich, warum dein Otto nicht so begeistert bei der Sache ist wie dein Vater. Aber jetzt kommt er nicht mehr aus der Angelegenheit heraus. Sie werden wohl gerade auf die Reliquie schwören, danach kann er nicht mehr kneifen …«

»Weißt du, was für eine Reliquie das ist?«, wollte Hedwig wissen.

»Nein, aber ich frage nachher meinen Dedo, der erzählt mir alles.«

Mathilde schmunzelte, setzte sich siegessicher zurecht, dann beugte sich ein wenig vor, um noch leiser zu flüstern.

»Weißt du, wie der Kaiser voriges Jahr auf einem Hoftag in Ulm den Pfalzgrafen von Tübingen bestrafte, weil der den befohlenen Waffenstillstand nicht eingehalten hat und wiederholt mit Waffen gegen den sechsten und den siebten Welf zog?«

Hedwig schüttelte den Kopf und hauchte: »Wie?«

Warum flüstere ich eigentlich?, fragte sich Mathilde. Der Kaiser wünscht doch sicher eine erzieherische Wirkung, wenn er so drastisch durchgreift.

»Pfalzgraf Hugo musste sich drei Mal vor dem versammelten Hof zu Boden werfen. Drei Mal! Selbst seine ranghöchsten Verbündeten, der König von Böhmen und Herzog Friedrich von Rothenburg, konnten ihm nicht helfen. Und dann wurde er in Ketten abgeführt, kam in Haft auf eine welfische Burg«, sagte sie mit normaler Stimme. »Ich weiß nicht, ob er da immer noch sitzt. Aber dass ein Adliger vor aller Augen in

Fesseln gelegt wird, das hat es vorher noch nie gegeben, soweit ich weiß.«

Dabei wusste Mathilde viel durch ihren Bruder und weil Dedo sie in politische und juristische Streitfragen einweihte und ihre Meinung zu wissen begehrte.

Hedwig wurde blass. Das erklärte, warum ihr Gemahl so lange gezögert hatte, sich offen der Rebellion gegen den übermächtigen Vetter des Kaisers anzuschließen.

Mathilde las aus Hedwigs Gesicht, was der Schwägerin durch den Kopf ging.

»Mach dir keine Sorgen!«, tröstete sie, nun wieder leise. »Diesmal wird alles anders, diesmal ist der Kanzler auf unserer Seite. Und außerdem … Ihr habt doch noch Dietrich! Es ist kein Zufall, dass er heute nicht hier ist. Falls alle Stricke reißen, muss er es eben richten.«

Sie lächelte die Schwägerin an und erhob sich von der kalten Fensterbank.

»Komm, lass uns nachsehen, ob die Herren schon fertig sind mit ihrer Geheimniskrämerei.«

Im Gehen wandte sie sich zu ihrer Schwägerin um und sagte heiter: »Ich bin ja so froh, dass das Gerücht nicht stimmt, die Sarazenen hätten unserem Vetter Wichmann auf seiner Wallfahrt ein Ohr abgeschnitten! Gleich beim ersten Willkommen musste ich nachschauen. Aber Höchstwürden besitzt noch beide Ohren.«

Hedwig nahm das nur beiläufig auf, denn sie dachte gerade: Gott steh uns allen bei! Und schenke Rainald von Dassel ein langes Leben.

Unterwegs

Christian und Lukas; Franken, 1166

Seit Wochen waren Christian und Lukas nun schon unterwegs, um auf Weisung Markgraf Ottos Siedler anzuwerben. Ein Mönch namens Benno begleitete sie, um das Misstrauen der Dorfbewohner gegenüber Fremden zu mildern. Er kam aus dem künftigen Kloster Marienzell, das die Zisterzienser im Dunklen Wald errichteten, nachdem nun der Markgraf in Lodi die Erlaubnis des Kaisers eingeholt hatte, ein Kloster zu stiften – wenn auch Friedrich sie in dem Glauben erteilte, die Benediktiner würden die Nutznießer der Stiftung sein.

Christian hatte den alten Fuchs gefragt, ob es ihm recht sei, wenn er dessen Sohn als seinen Knappen zu dieser Mission mitnahm. Doch der hatte nur geknurrt: »Dafür habe ich Euch den Burschen ja gegeben, damit er alles lernt! Und wochenlang durch dichtes Waldgebiet mit nur einem Schwert als Gesellschaft zu reiten, wird ihm eine gute Lehre sein. Hält ihn auch davon fern, in den Hurenhäusern sein Geld zu verschwenden ...«

Nun zogen sie durch Franken, mit Erlaubnis des Würzburger Bischofs, um den Menschen in den ärmsten Dörfern einen Ausweg aus ihrer Not anzubieten.

Christian war froh, nach all den blutigen Kämpfen der zurückliegenden Monate einmal auf eine friedliche Mission zu gehen, Hoffnung zu stiften statt Leid. Dafür hatte er auch gleichmütig Randolfs Sprüche über sich ergehen lassen, dass sich der Bastard nur feige vor einem Kriegszug drücken wolle. Eine Beschimpfung, die der Markgraf sogar energisch untersagt hatte, als sie ihm zu Ohren kam. Otto *wollte,* dass Siedler in seine Markgrafschaft geholt wurden, und war froh über jeden seiner Ministerialen, der diese Mühsal auf sich nahm. Ein hal-

bes Dutzend Männer hatte sich wie Christian dafür gemeldet, und sie waren alle etwa zur gleichen Zeit, doch bald in unterschiedliche Richtungen aufgebrochen.
Oft übernachteten Christian und sein Knappe im Wald. Wirtshäuser waren rar, und die wenigen, an denen sie hielten, um den Pferden und dem Maulesel von Bruder Benno Futter zu besorgen, wirkten wenig vertrauenerweckend.
Im Wald hielten Christian und Lukas nachts abwechselnd Wache. Wilde Tiere würden vermutlich lieber einen Bogen um sie machen. Zumal es jetzt, im Sommer, für Bären und Wölfe genug zu fressen gab. Doch die Bachen führten Frischlinge, das machte sie unberechenbar.
Nach Christians Ansicht allerdings drohte ihnen bei weitem mehr Gefahr durch Banden von Gesetzlosen, die in den Wäldern hausten.
Tagsüber legten sie Pausen ein, damit die Pferde gefüttert werden und die Männer etwas Schlaf nachholen konnten. Lukas hatte binnen kürzester Zeit die Kunst erlernt, im Nu in Schlaf zu sinken, sobald er die Tiere versorgt und seine sonstigen Pflichten erfüllt hatte. Eine wahre Erholung für Christian und Bruder Benno, denn Lukas war ein Schelm und redete gern, sofern ihn sein Ritter nicht zum Schweigen ermahnte.
In dieser Nacht übernahm Christian die zweite Wache und gab sich dabei wie so oft seinen Grübeleien hin.
Als die Morgendämmerung heraufzog, wurden die Pferde plötzlich unruhig. Sie witterten etwas.
Christian erhob sich leise und musterte die Umgebung aufmerksam. Das leichte Knacken eines Astes lenkte seinen Blick nach oben.
Ein glühendes Augenpaar starrte ihn an. Ein Luchs, der leise fauchte und zu überlegen schien, ob er angreifen oder sich zurückziehen sollte.
Zu Christians Pech glomm das Feuer nur noch; er konnte kein

brennendes Scheit herausziehen, um das Raubtier damit zu verjagen.

Er stieß Lukas vorsichtig mit einem Fuß an und sagte mit ruhiger Stimme und fast geschlossenem Mund: »Steh auf, aber ganz langsam! Zieh deinen Dolch und stell dich neben mich.«

Lukas – sofort hellwach – tat dies, ohne zu fragen oder zu zögern. Er folgte Christians Blickrichtung und sah das Tier. Die typischen schwarzen Haarpinsel an den Ohren ließen keinen Zweifel daran, dass es sich *nicht* um eine Wildkatze handelte.

Dass dieses Menschenwesen nun plötzlich doppelt so groß vor ihm stand und fremd riechendes Metall in den Händen hatte, ließ den Luchs zögern.

Von weiter weg ertönte ein Schrei, fast wie der eines Kindes – das Weibchen, das nach seinem Partner rief. Der fauchte noch einmal die beiden Menschen an, sprang dann mit zwei Sätzen vom Baum und verschwand im Dickicht.

Lukas hatte die Luft angehalten und atmete nun verblüfft aus. »Der war ziemlich groß, was? Ich habe noch nie einen lebenden Luchs gesehen«, staunte er.

»Es gibt nicht mehr viele, und sie sind scheu«, erwiderte Christian. »Und das war wirklich ein ziemlich großes Exemplar. Fast zwei Drittel Zentner schwer, schätze ich. Wenn er einen von uns angesprungen hätte, dann hätte er ihn umgerissen. Aber vereint schienen wir als Gegner wohl zu groß und daher zu gefährlich.«

Inzwischen war auch Bruder Benno wach geworden, ließ sich fassungslos berichten, was passiert war, und sandte ein Dankgebet zum Himmel.

»Wird er wiederkommen?«, fragte er ängstlich.

»Das glaube ich nicht. Zumal wir uns aus seinem Revier entfernen. Das nächste Dorf kann nicht mehr weit sein.«

Lukas hatte inzwischen Wasser vom nahen Bach geholt und tränkte die Pferde, dann hängte er ihnen Futtersäcke um.

Es hatte fast zwei Jahre gedauert, aber inzwischen standen er und Drago, der Grauschimmel, in gutem Einvernehmen. Das erfüllte Lukas mit Stolz. Sichtlich hatte er auf dem Burgberg die Bewunderung der anderen Knappen genossen, wenn er dieses wunderbare Tier satteln oder am Zaum führen durfte.

Bruder Benno – ein Mönch von etwa vierzig Jahren mit Händen, die von der Arbeit rau und rissig waren – hatte angekündigt, sich selbst um seinen Maulesel zu kümmern. Einem Bruder seines Ordens stehe es nicht an, ein edles Pferd zu reiten, erklärte er.

Christian sah sich noch ein wenig nach Luchsspuren um, während Lukas das Feuer wieder zum Lodern brachte und den Brei aufwärmte, der von gestern Abend übrig war.

Der Junge entwickelt sich gut, dachte Christian zufrieden. Denn auch Feuermachen, Fürsorge für die Pferde oder erbeutetes Niederwild auszunehmen und zuzubereiten, musste ein angehender Ritter beherrschen. Sobald sie abends ihr Lager eingerichtet hatten, unterrichtete er den Jungen im Schwertkampf.

Klaglos ertrug Lukas die blauen Flecken, die er sich einhandelte, wenn er zu langsam war und Christians Schwert auf seinem Gambeson landete. Er gab sich größte Mühe, sich nichts von seinen Schmerzen anmerken zu lassen, auch wenn dies Christian natürlich nicht entging. In seiner Ausbildung war er damals nicht minder hart herangenommen worden. Vom Geschick eines Ritters im Umgang mit den Waffen hing sein Leben ab.

Nach dem Morgengebet und dem Frühmahl mussten sie weniger als eine Stunde durch den Wald reiten, bis Lichtungen und kleine Felder die Nähe eines Dorfes ankündigten.

Nach einer Biegung konnten sie auch schon das erste Haus erkennen, eine windschiefe Kate, die in deutlichem Abstand von den anderen Heimstätten stand.

»Welches Geheimnis mag wohl dahinterstecken?«, rätselte Lukas laut. Die Nähe der Häuser in einem Ort bot ihren Bewohnern Schutz.

»Vielleicht sind dort Lepröse untergebracht«, mutmaßte Bruder Benno und bekreuzigte sich hastig. Diese Krankheit war schwer ansteckend und führte fast immer zum Tod. In großen Städten wie Würzburg gab es Hospitäler für Lepröse. Aber in den Dörfern wurden Leprakranke in Hütten außerhalb des Ortes geschickt; im besten Fall stellte man ihnen Essen vor die Tür. Sobald sie gestorben waren, wurde die Hütte samt Leichen verbrannt. Die Menschen fürchteten zu sehr, die gefährliche Krankheit könnte ihr ganzes Dorf hinwegraffen oder sogar Landstriche veröden lassen.

»Vielleicht ist es das örtliche Hurenhaus?«, frohlockte Lukas angesichts des kleinen Hauses und malte sich schon aus, endlich wieder ein Mädchen im Arm zu halten. Obwohl es in diesem kleinen Ort vermutlich keine Schönheiten gab, sondern nur zahnlose alte Weiber.

»Finden wir es heraus!«, meinte Christian, der seine eigenen Vermutungen hatte, und dirigierte den Grauschimmel zu dem Zaun aus Weidengeflecht, der die windschiefe Kate umgab.

Im Gärtchen hinter dem Haus waren nicht wie üblich Kohl oder Rüben angepflanzt, sondern jede Menge Kräuter. Solche, wie auch Josefa sie hinter ihrem Haus zog.

Dort kniete eine alte Frau, zupfte Blätter und grub nach Wurzeln. Sie warf einen Blick auf die Neuankömmlinge, stand auf und ging rasch zur Tür, die schief in den ledernen Angeln hing. Christian, der voranritt, hörte sie leise ins Haus hineinrufen: »Lass dich nicht draußen blicken!«

Vielleicht ihre Tochter, die sie vor den Fremden in Sicherheit bringen wollte, so gut es ging?

Die alte Frau wandte sich ihm zu, verbeugte sich tief und sagte: »Gott zum Gruß, edle Herren, und auch Euch, Bruder! Kann ich Euch irgendwie behilflich sein?«

Christian sah, dass ihre Fingerspitzen grün waren wie Josefas, wenn sie Kräuter schnitt.
»Du bist die weise Frau des Dorfes?«, fragte er.
»Das bin ich, Herr. Serafine ist mein Name. Ich koche Salben und Tinkturen gegen verschiedene Leiden aus den Kräutern, die Gott wachsen lässt. Und ich werde gerufen, wenn eine Frauen in die Wehen kommt.«
»Ist dieses Dorf hier groß?«, erkundigte er sich.
Serafine wiegte den Kopf. »Wie man's nimmt, edler Ritter. Wenige Felder, viele Mäuler, die zu stopfen sind. Der Herr dieses und der umliegenden Dörfer heißt Wulfhart. Ihr findet ihn eine Viertelmeile von hier auf einem Hügel; folgt nur dem Weg hier.«
»Danke für die Auskünfte, Heilerin. Hast du einen Tiegel mit Beinwellsalbe vorrätig?«, fragte Christian und dachte an Lukas' blaue Flecke.
Serafine riss die Augen auf und lächelte.
»Ein Ritter, der sich mit Kräutermedizin auskennt, wie ungewöhnlich! Ihr habt Glück, ich habe gerade einen für den Burgherrn angerührt.«
Sie trat ins Haus, wobei sie die Tür nur einen Spaltbreit öffnete. Erneut fragte sich Christian, wer sich wohl dahinter verbergen mochte. Doch das ging ihn nichts an.
»Ich werde dem Burgherrn gleich eine neue Salbe mischen. Bei der Wärme muss man sie frisch zubereiten, sonst wird das Schmalz ranzig.«
Sie reichte Christian das Töpfchen, der es wortlos an Lukas weitergab, und verneigte sich erneut. Dann schaute sie argwöhnisch hoch. Würde der fremde Ritter zahlen?
»Ich kann dir zwei Pfennige dafür geben«, stellte er in Aussicht.
»O Herr, was soll ich hier mit Pfennigen? Niemand in diesem Dorf hat welche, niemand im Umkreis von Meilen, und ich kann Eure Pfennige nicht essen«, meinte sie mit bedauerndem Schulterzucken.
»Wäre dir ein Töpfchen Honig lieber?«, bot er an.

Serafines Augen glänzten vor Freude.
»Von Herzen gern, mein Herr!«
Christian nickte Lukas zu, der stieg ab und ging zum Packpferd, wo er aus ihren Vorräten das Gefäß mit dem Honig herausholte und es der weisen Frau brachte.
Sie bedankte sich wieder und wieder, dann ritten die drei Reisenden an.
Christian spitzte die Ohren, als Serafine wieder in die Kate ging. Und seine Vermutung bestätigte sich, als er eine helle Mädchenstimme leise sagen hörte: »Ein Ritter, ein Knappe und ein Mönch? Was wollen die ausgerechnet hier, in diesem entlegenen Dorf?«
»Sch!«, machte die Heilerin. »Das werden wir schon noch erfahren.«

Mut der Verzweiflung

Christian, Lukas, Wulfhart; Franken, Sommer 1166

Christian und seine Begleiter waren schon durch mehrere Dörfer gekommen, die diesem Wulfhart gehörten, und dieses hier bestätigte den heruntergekommenen Eindruck, den die gesamte Gegend machte. Die Wege waren nicht instand gehalten, die Häuser und Höfe klein, aber eng bewohnt.
Vielerorts in Franken waren die Höfe mittlerweile so klein, dass sie beim Tod des Bauern nicht mehr unter dessen Söhnen aufgeteilt werden konnten. Der Älteste erbte alles, und seine Brüder mussten sich bei ihm als Knechte verdingen. Trotzdem schienen die Erträge aus Ernte und Vieh nicht zu reichen. Christian sah Hungerbäuche, hohlwangige Kinder, vor der Zeit gealterte Frauen, die sich sogar hochschwanger noch auf

den Feldern abrackerten. Die Ernte war schon eingebracht, aber der Boden auf den meisten Feldern noch nicht umgepflügt. Nur da und dort sahen sie jemanden, der sich in Ermangelung von Pferden oder Ochsen selbst vor den hölzernen Pflug gespannt hatte.
An diese Menschen richtete sich der Lockruf des Markgrafen. Wer bereit war, in die Mark Meißen zu ziehen und dort Land urbar zu machen, konnte sich seinen eigenen Hof einrichten und musste in den ersten Jahren keinen Zehnten zahlen. Ottos Werben bot den Menschen die Hoffnung auf ein besseres Leben, auch wenn sie es sich hart erarbeiten mussten. Doch würden sie es wagen, alle Brücken hinter sich abzubrechen und in die Fremde zu ziehen?

Als die drei Meißner das Dorf erreichten, wurden sie mit ängstlichen Blicken beäugt. Eine Bäuerin hatte bei ihrem Erscheinen sofort die Kinder ins Haus gejagt und die Tür fest verschlossen. Eine magere Alte rannte los und fing ihre zwei Hühner ein, um sie rasch wegzusperren.
Unheimlich still und menschenleer wirkte das Dorf, während Christian, Lukas und der Mönch Benno es in gemächlichem Tempo durchquerten – zum Zeichen ihrer friedlichen Absichten. Doch Christian wusste, dass sie von unzähligen Augenpaaren aus Verstecken heraus beobachtet wurden.
Die Burg, obwohl klein und heruntergekommen, war nicht zu verfehlen, und auf dem Hof wimmelte es von Menschen.
Warum dies so war, konnten sie erkennen, solange sie noch in den Sätteln saßen. Am Schandpfahl hing ein Mann mit entblößtem Rücken, und offensichtlich sollte er gleich ausgepeitscht werden. Etliche Dorfbewohner hatten sich als Augenzeugen der Bestrafung eingefunden – vielleicht freiwillig, wahrscheinlich aber auf Befehl dieses Wulfhart, um vor Augen geführt zu bekommen, was ihnen blühte, wenn sie nicht gehorchten.

Einen so ärmlichen und verwahrlosten Eindruck wie das Dorf hinterließ auch die kleine Burg dieses Wulfhart, ein nur von morschen Palisaden umgebenes Gehöft.
Neben dem Brunnen lagen verwitterte Steine, die aus der Umrandung gebrochen waren. Riesige Misthaufen türmten sich neben dem Pferdestall, doch auch die schienen da schon länger zu liegen …
Zwei übel gelaunte Wachen, ein junger Dünner und ein stämmiger Älterer, kamen den meißnischen Reisenden entgegen, sobald sie sich dem Tor näherten.
»Melde mich deinem Herrn! Ich bringe eine Botschaft des Markgrafen von Meißen, in dessen Diensten ich als Ritter stehe«, forderte Christian.
»Meißen – nie gehört«, höhnte eine der Wachen. »Der Burgherr ist gerade *sehr* beschäftigt. Und was sollte wohl jemand aus Meißen von ihm wollen?«
Nun mischte sich Bruder Benno ein.
»Meint ihr nicht, dass euer Herr das lieber gern selbst in Erfahrung bringen möchte? Lasst uns ein!«
Die beiden Wachen flüsterten kurz miteinander, der Ältere warf immer wieder misstrauische Blicke auf Christians Grauschimmel und kam wohl zu dem Schluss, dass jemand, der ein so kostbares Pferd ritt, vielleicht doch eine wichtige Nachricht für ihren Herrn haben mochte. Nach heftigem Getuschel kündigte der Jüngere dann missgelaunt an, den Verwalter zu holen. Sollte der entscheiden.
Die drei Meißnischen saßen immer noch im Sattel, da nicht klar war, ob sie hier überhaupt empfangen würden.
Dadurch hatten sie beste Sicht auf das Geschehen am Schandpfahl.
Ein grobschlächtiger Reitknecht trat vor, was sofort entsetztes Gemurmel bei den Dorfbewohnern auslöste, und begann dem Gefesselten mit einem schweren Ochsenziemer den nackten Rücken blutig zu schlagen.

Jemand in besseren Kleidern – vermutlich der Burgherr – hatte ihm den Befehl erteilt, mit der Bestrafung zu beginnen, und zählte laut und genüsslich die Zahl der Hiebe mit.
Schon beim ersten platzte die Haut des Bestraften quer über den ganzen Rücken auf, flogen Blutstropfen umher. Beide, Burgherr und Folterknecht, genossen es sichtlich, wie der Rücken des Bauern in Fetzen gepeitscht wurde, während Familie und Nachbarn des Delinquenten bei jedem Schlag aufstöhnten und weinend die Hände rangen.
Protestschreie würden hier offensichtlich mit Strafen geahndet, aber dem Geschundenen nicht helfen.
Bruder Benno auf seinem Maulesel faltete die Hände und sandte stumme Gebete zum Himmel. Lukas knirschte mit den Zähnen, und Christian sagte leise und frustriert zu seinem Knappen: »Es steht uns nicht zu, uns hier einzumischen. Wir wissen ja nicht einmal, worin das Vergehen des Verurteilten besteht.«

Ein Mann näherte sich ihnen, hochfahrend, mit vom Trinken aufgedunsenem Gesicht und in einem Gewand aus einstmals gutem Stoff, nun aber verschlissen und mit Essensresten besudelt.
»Ihr kommt eigens aus Meißen, um unseren Burgherrn aufzusuchen? Weshalb?«, fragte der Verwalter. »Er ist beschäftigt.« Mit einem Kinnrucken wies er auf den Schandpfahl.
»Das Bauernpack zahlt seine Abgaben nicht. Der da schuldet uns noch Korn und Eier, tut aber so, als könnte er seine Abgaben nicht aufbringen.«
Inzwischen hatte Wulfhart laut und begeistert »Sechzig!« gebrüllt. Nach dem letzten Hieb sackte der Verurteilte in die Knie, nur noch von den Fesseln um die Handgelenke gehalten, und verlor das Bewusstsein. Sicher musste er so noch einen halben Tag oder gar die Nacht hier zubringen. Niemand wusste, ob er es überstehen würde.
»Lasst euch das eine Lehre sein!«, schrie Wulfhart den leise

und ängstlich wehklagenden Bauern zu. »Und nun schert euch fort, faules Pack!«
Der Verwalter trat zum Burgherrn und berichtete von den Neuankömmlingen. Wulfhart war nicht in Stimmung für Höflichkeiten und Besucher.
Doch auch ihn führte der Anblick des Grauschimmels zu der Überlegung, dass kein gewöhnlicher Ritter ein solch edles Pferd besitzen konnte. Also gab er Order, den fremden Ritter und den Mönch in seine Halle zu führen.
Die Meißner stiegen aus den Sätteln. Christian wies Lukas an, den Hengst am Zügel zu nehmen und ihren ganzen Besitz im Auge zu behalten.
In diesen Stall wollte er ihre Reittiere nicht stellen; sie würden dort womöglich von feuchtem Stroh noch die Huffäule bekommen.
Bruder Benno ging mit ihm über den schlammigen Burghof, hinein ins Haupthaus. Es war nicht sehr groß, aber mochte wohl ausreichen, um zwei Dutzend Bewaffnete zu instruieren oder Gäste zu bewirten.

In der Halle setzte sich Wulfhart, ein Mann von sicher schon mehr als sechzig Jahren, auf den größten Stuhl an der Front und schrie nach mehr Wein. Sofort war ein Bediensteter zur Stelle und schenkte ihm nach.
Christian und Bruder Benno, die vor ihm standen, bekamen weder einen Stuhl noch einen Begrüßungstrank angeboten, wie es Sitte gewesen wäre.
»Wo ist mein Weib, das nutzlose Ding?«, brüllte der Burgherr. Sein Verwalter schlurfte eilig los, um Wulfharts Gemahlin zu holen.
Der grinste hämisch.
»Ich will Euch doch den Anblick meiner schönen Irmhild nicht vorenthalten. Meine fünfte Ehefrau und von allen die nutzloseste. Vielleicht, Pfaffe, könnt Ihr einmal bei Eurem

obersten Dienstherrn im Himmel ein Wort für sie einlegen, damit sie mir endlich einen Erben gebiert und nicht immer nur Missgeburten weit vor der Zeit zur Welt bringt!«
Benno verneigte sich und versprach, dies zu tun.
Irmhild hatte den Wutschrei wohl schon gehört, huschte ängstlich herbei, knickste vor ihrem viel älteren Mann und stellte sich neben ihn.
Sie konnte kaum vierzehn sein, trug die Spuren von Schlägen im Gesicht und war es offenbar gewohnt, demütig neben ihrem Gemahl stehen zu müssen, während der sitzend Gäste empfing oder Recht sprach.
Wulfhart klatschte ihr wollüstig aufs Hinterteil. Irmhild zuckte ängstlich und beschämt und senkte die Lider.
Das schien ihren Gemahl noch zu ermutigen.
Begierig kniff er sie ins Fleisch.
»Der Pfaffe will für dich beten, also ist heute die beste Gelegenheit, dir endlich einen Sohn in den Bauch zu pflanzen, Weib!«, frohlockte er und weidete sich an der Angst seiner jungen Frau.
Dann wandte er sich endlich seinen Gästen zu.
»Ihr kommt aus Meißen? Was wollt Ihr? Sprecht endlich!«
Christian verneigte sich höflich trotz seiner starken Abneigung gegen diesen Mann.
»Markgraf Otto von Meißen hat mit Erlaubnis des Kaisers ein Kloster gegründet, dem auch Bruder Benno angehört. Er will Siedler werben, die in sein Land ziehen und es urbar machen. Sofern Ihr es erlaubt, möchte ich Euren Untertanen dieses Angebot unterbreiten. Vielleicht sind einige bereit, im kommenden Frühjahr mit uns ostwärts zu ziehen und dort Land zu bewirtschaften.«
»Land erschließen? Dann haust ihr dort im Osten also doch noch mitten im Urwald?«, höhnte Wulfhart. »Am Ende gibt es bei euch noch Ure, Werwölfe und Lindwürmer?«
Christian blieb ruhig und ließ die Häme an sich abperlen.

»Tatsächlich werden gelegentlich Auerochsen in der benachbarten Mark Lausitz gesichtet, deren Fürst der Bruder unseres Herrschers ist. Dort gibt es viel Sumpfland, und Markgraf Dietrich will vor allem Flamen für den Landausbau gewinnen, wie es auch andere Fürsten im Norden und in der Mark Brandenburg tun. In der Mark Meißen jedoch sind große Teile noch von Urwald bedeckt. Dort muss gerodet werden. Aber es ist fruchtbares Land. Ich bitte Euch im Namen meines Fürsten um die Erlaubnis, dafür in Euren Dörfern zu werben. Wie mir scheint, sind hier die Höfe zu klein geworden für die vielen Menschen, die sie ernähren sollen.«

»Dieses Urteil steht Euch nicht zu!«, blaffte Wulfhart, trank seinen Becher auf einen Zug leer und hielt ihn einem Diener hin, der sofort nachschenkte.

»Aber Ihr habt recht. Zu viele unnütze Fresser. Rammeln wie die Hasen und jammern mir dann vor, dass sie ihre Abgaben nicht zahlen können. Wie der da draußen …«

Träge deutete er mit dem Kopf in Richtung Hof und Schandpfahl.

»Wenn Ihr mir ein paar Dutzend von den unnützen Fressern abnehmt – meinetwegen.«

Er befahl seinem Verwalter, den Pfarrer zu holen, der kurz darauf humpelnd erschien. Ein dürrer Mann in verschlissener Kutte, der sich als Pater Johannes vorstellte und von Wulfhart über Christians Auftrag informiert wurde.

»Versammelt Eure Schäfchen in der Kirche, und dann darf der Meißner dort seine wilden Pläne vortragen«, befahl er dem Pater. »Diese Dummköpfe! Als könnte es ihnen anderswo besser ergehen als hier. Aber wenn sie so leichtgläubig sind … Die Schlaueren bleiben hier, die werden dann hier auch satt *und* können ihre Abgaben zahlen! Berichtet mir morgen, Ritter, wie viele Ihr beschwatzen konntet. Ach ja, fast hätte ich es vergessen«, fügte er hämisch grinsend hinzu. »Als Abgesandter eines Markgrafen seid Ihr natürlich heute Nacht mein Gast. Erwartet nur nicht zu viel Bequemlichkeit!«

Wulfharts junge Frau stand immer noch neben ihm, mit ängstlicher Miene und wie zur Salzsäule erstarrt.

Christian und Bruder Benno waren geradezu erleichtert, diesen niederschmetternden Ort und seinen erbarmungslosen Herrn verlassen zu können. Auf dem Hof wartete Lukas mit ihren Pferden und Bruder Bennos Maulesel.

Der Ausgepeitschte hing bewusstlos in seinen Fesseln. Doch niemand durfte mehr bei ihm stehen.

»Ich denke, hier werden wir einige Freiwillige finden, die lieber ins Ungewisse ziehen, als diesem Wulfhart ausgeliefert zu bleiben«, sagte Christian leise zu Lukas, der ihn mit fragenden Blicken ansah.

Pater Johannes führte sie zu der kleinen hölzernen Kirche und ließ das Eisen läuten. Für eine Glocke – und sei sie noch so winzig – hatten seine Einnahmen nicht gereicht.

Nach und nach fanden sich die Dorfbewohner ein, mit fragenden Mienen, voller Angst und Argwohn.

Die Kirche war immerhin groß genug, um alle Dorfbewohner aufzunehmen, auch wenn sie dicht gedrängt standen.

Der Pater stellte die Reisenden aus der fernen Markgrafschaft vor. Dann erklärte und unterbreitete Christian das Angebot seines Fürsten und lud die Dörfler ein, Fragen zu stellen.

Lange herrschte betretene Stille, bis endlich ein älterer Mann mit einem Kropf es wagte, sich an den fremden Ritter zu wenden.

»Wie weit von hier entfernt ist das denn?«

»Wir werden mehrere Wochen unterwegs sein und müssen im kommenden Frühjahr aufbrechen, sobald die Wege halbwegs frei sind, damit ihr im Sommer noch roden und säen könnt«, antwortete Christian.

»Keiner von uns war je weiter fort als zwei Tagesmärsche von hier!«, rief eine hagere Frau entsetzt. »Wer weiß denn überhaupt, ob die Welt so groß ist, dass man sie wochenlang durchwandern kann!«
»Und wir würden unsere Familien nie wiedersehen«, beklagte eine andere.
»Ihr seid ein feiner Herr, Ritter, und Eure Worte klingen verlockend. Doch können wir Euch glauben? Sollen wir einfach auf ein paar vage Versprechungen hin unser Leben hier aufgeben? Wer weiß, was uns dort erwartet, wohin Ihr uns locken wollt?«
Mit diesen Einwänden hatte Christian gerechnet, und er verstand sie.
Ihm ins Ungewisse zu folgen, würde viel Mut erfordern. Oder Verzweiflung, weil die Bewohner des Dorfes das Leben unter Wulfhart nicht länger ertragen konnten.
Christian bat Bruder Benno, den Menschen hier vom Bau seines Klosters zu erzählen, davon, wie sie gemeinsam gerodet hatten und sich Stück für Stück Ackerland eroberten.
»Es war hart. Doch leicht ist es nirgendwo«, meinte der Zisterzienser. »Der Segen des Herrn ruht auf unserer Arbeit, und Wälder und Bäche liefern uns, was wir zum Leben brauchen. Das Land ist reich an Bächen und Flüssen, gut für Mühlen, der Boden fruchtbar …«
»Werden sich Eure Brüder um unser Seelenheil kümmern? Wie weit entfernt steht Euer Kloster von dem Stück Land, wo wir ein Dorf errichten sollen?«
»Ein Mönch aus dem Kloster Chemnitz, der die Priesterweihe empfangen hat, wird in unser Dorf ziehen«, gab Christian Auskunft.
»Und Ihr werdet dann der Herr dieses neuen Dorfes sein?«, fragte eine ältere Frau, klein, aber mit wachem Blick.
»Ja. Ich schwöre euch hier in diesem Gotteshaus und bei allem, was mir heilig ist, dass ich euch ein gerechter Herr sein

werde, euch schützen und vor Unheil bewahren werde, so gut ich es vermag. Die ersten Jahre werden uns allen harte Arbeit abverlangen. Aber Markgraf Otto hat Unterstützung zugesichert, falls die Erträge anfangs noch zu gering sind. Jede Familie bekommt eine eigene Hufe Land, die sie bewirtschaften kann. Auf dem eigenen Hof.«

Die alte Frau trat einen Schritt vor.

»Ich glaube Euch. Herr. Ihr werdet dort jemanden brauchen, der Euch das Haus führt und die Felder beackert. Ich bin eine ehrbare Witwe, Grete heiße ich. Würdet Ihr mich und meine Söhne in Eure Dienste nehmen?«

»Das würde ich, Grete«, antwortete Christian. »Doch für dich und alle anderen gilt: Überlegt gründlich, ob ihr das Wagnis eingehen wollt, mit mir in das Meißner Land zu ziehen. Bittet Gott um Rat und überschlaft die Idee erst einmal. Ich kann nur entschlossene Leute brauchen. Sonst werden wir alle scheitern.«

Ein junger Mann mit einer Lederschürze, vermutlich ein Schmiedegehilfe, der neben einem hübschen Mädchen stand, tauschte einen Blick mit ihr, drückte ihre Hand, dann trat er vor.

»Ich bin Jonas, der Sohn des Schmiedes. Ich will mit Euch ziehen, Ritter! Soll mein jüngerer Bruder einmal die Schmiede unseres Vaters erben ... Genug Werkzeug wird mein Vater mir mitgeben.«

An der Art, wie sich Jonas und das Mädchen ansahen, erkannte Christian sofort den Grund, warum sie beide hier fortwollten: Sie liebten einander und wollten das Mädchen dem Zugriff Wulfharts entziehen.

Doch einen Schmied in der Gemeinschaft zu haben, war ein außergewöhnlicher Glücksfall. Christian wusste sich vor Freude und Erleichterung kaum zu fassen.

»Du bist sehr willkommen, Jonas, und wirst uns eine große Stütze sein«, sagte er. »Ich bleibe noch einige Tage hier in der Gegend, werde auch in den Nachbardörfern das Angebot meines Fürsten unterbreiten. Stellt alle eure Fragen, entscheidet euch mit Bedacht – und dann nutzt den Winter, um euch auf die Reise vorzubereiten. Sammelt, was ihr mitnehmen könnt, und vielleicht könnt ihr noch diese oder jene Fähigkeit erlernen, die uns allen von Nutzen sein wird.«

Er hielt Ausschau nach der alten Kräuterfrau, Serafine, und entdeckte sie in der hintersten Reihe. Doch das Mädchen, das sie offenbar versteckt hielt, war nicht dabei.

Er sollte zufrieden sein. Die Saat war gesät, und in den nächsten Wochen würde er noch manche Bedenken ausräumen und diejenigen ermutigen können, die sich entschlossen, mit ihm zu ziehen.

»Für den Anfang lief das doch gut«, meinte Lukas fröhlich, als er sich am Abend einen Haufen Stroh am Fußende von Christians Schlafstatt in Wulfharts schäbiger Burg aufschüttete. »Wie lange bleiben wir noch hier?«

»Zwei, drei Wochen, bis wir auch in den umliegenden Dörfern genügend Willige gewonnen haben. Einige werden wohl über den Winter noch abspringen. Oder sterben. Doch ehe der Schnee fällt, müssen wir zurück in der Mark Meißen sein, einen guten Platz für das künftige Dorf im Dunklen Wald finden und dort die Hufen für die einzelnen Familien abstecken.«

Lukas hielt mitten in der Bewegung inne, von Spelzen bestäubt, und fragte: »Bruder Benno erzählte, zuerst wird alles gemeinsam gerodet, und erst dann werden die Hufen unter den Siedlern ausgelost. Stimmt das?«

»Ja. Bruder Benno wird dir bestätigen können, dass sich Roden nur in gemeinsamer Arbeit bewältigen lässt. Das Mühseligste ist es, die Wurzeln herauszuziehen. Wenn wir die Hufen erst danach verlosen, gibt es keinen Streit.«

»Dann bin ich gespannt, wer sich uns außer dem jungen Schmied Jonas, seiner Braut, der alten Grete und ihren Söhnen noch anschließen wird«, meinte Lukas.

Das fragte sich Christian auch. Aber bis zum tatsächlichen

Aufbruch des Siedlerzuges würde noch mehr als ein halbes Jahr vergehen.
Und vorher stand noch ein Fest an: Sein Freund Raimund hatte sich in das Mädchen Elisabeth verliebt, das unter Hedwigs Augen am Hof erzogen wurde – und sie sich in ihn. Beider Väter stimmten einer Verbindung zu, und Christian musste sich mit der Rückreise sputen, um bei der Vermählung dabei zu sein. Ein seltenes Lächeln zog über sein Gesicht, als er sich an die glücklichen Mienen des jungen Paares erinnerte.

Am Ziel: Krönung in Rom

Friedrich und Beatrix; Rom, 1. August 1167

Reglos und mit feierlichen Mienen knieten Friedrich und Beatrix Seite an Seite in der Peterskirche in Rom, während Papst Paschalis sie nacheinander mit edelsteinverzierten goldenen Reifen krönte.
Während liturgische Gesänge erschollen und den großen Sakralbau mit feierlichem Widerhall erfüllten, spähte Friedrich aus den Augenwinkeln zu seiner Gemahlin. Vorsichtig, ohne den Kopf zu bewegen, denn es durfte nicht passieren, dass die Kronen verrutschten. Dazu musste man das Haupt sehr gerade halten, und Beatrix meisterte es mit umwerfender Grazie.
Da kniete sie mit ihrer zierlichen Gestalt, ganz und gar eine Kaiserin – bildschön, andächtig und würdevoll, in einem Gewand aus herrlichstem Brokat, selbst der Saum ihres Schleiers war noch mit Perlen bestickt.
Sie war der Sonnenstrahl in seinem Herzen, die Frau, um die er von aller Welt beneidet wurde. Zumal sie ihm im Mai einen dritten Sohn geschenkt hatte: Konrad.

Durfte er sich nicht glücklich preisen, eine so wunderbare Gefährtin an seiner Seite zu haben?
Und überhaupt: War der Moment nicht perfekt, weil mit den Ereignissen dieser Tage zumindest die dringendsten Probleme gelöst schienen? Er hatte den Papst – *seinen* Papst! – nach Rom geführt, wo Paschalis endlich inthronisiert werden konnte, er verhandelte ein akzeptables Abkommen mit den rebellischen Stadtrömern, und seine geliebte Beatrix war nun auch offiziell zur Kaiserin gekrönt, obwohl er sie bereits seit ihrer Vermählung als Kaiserin ansprechen ließ.
Und Rolando Bandinelli war geflohen, Gerüchten zufolge nach Benevent. Um den würde er sich später kümmern.
Während ein Choral nahtlos in den nächsten überging, nur von lateinischen Psalmen durchbrochen, stand Friedrich lebhaft der Tag vor zwölf Jahren vor Augen, als er genau hier in St. Peter von dem alten Papst Hadrian die Kaiserkrone aufgesetzt bekam. Damals hatte er jenen großen, lang ersehnten Moment überhaupt nicht genießen können; er konnte nur mit halbem Ohr auf die lateinischen Worte und Gesänge lauschen, weil er jeden Moment erwartete, von draußen Kampflärm zu hören, der besagte, dass sich die Römer mit Waffen gegen ihn erhoben. Denn die wollten ihn und sein Heer schon am Betreten der Leostadt hindern, dem Gebiet um die große Kirche St. Peter. Sie hatten damals zu einer Täuschung greifen müssen und die Krönung heimlich um einen Tag vorverlegt, um überhaupt in den vatikanischen Bezirk gelangen zu können. In der Nacht zum Samstag half ihnen ein Kardinal, die Engelsbrücke und die Engelsburg zu besetzen: Octavian, der heute als Papst Paschalis III. vor ihm stand.
Er war dem Mann wirklich zu Dank verpflichtet.
Deshalb hatte Friedrich ihm auch ohne jedes Zögern alle vorgegebenen Ehrbezeugungen erwiesen: sein Pferd am Zügel geführt, ihm den Steigbügel gehalten, die Füße geküsst und dann den Friedenskuss empfangen.

Und er war ruhig und freundlich geblieben, sooft Paschalis auch darauf drängte, endlich mit Hilfe von Friedrichs Heer und Autorität in Rom Einzug halten zu können, wo bis eben noch sein Konkurrent Alexander gehockt hatte.

Ob sich der einstige Kardinal Octavian jetzt auch an diese Stunden vor zwölf Jahren erinnerte, als er Friedrichs Vorhut im Morgengrauen in die Engelsburg geführt hatte?

Tatsächlich griff der Aufruhr damals schon um sich. Es sprach sich schnell wie der Wind herum, dass der ungeliebte Friedrich Rotbart in St. Peter gerade zum Kaiser gekrönt wurde. Friedrich und seine Männer mussten sich nach der feierlichen Zeremonie aus der Leostadt herauskämpfen, in der es vor wütenden Menschenmengen nur so brodelte, aufgebrachtes Volk und die städtischen bewaffneten Truppen.

Ohne die Hilfe seines Vetters Heinrich dem Löwen und dessen starken Truppen wäre er nicht lebend entkommen. Das würde er Heinrich nie vergessen. Sollten die anderen Fürsten auch neidvoll über seine *angebliche* Bevorzugung des Welfen wettern – und er wusste, dass sie es taten. Die hatten ihm nicht das Leben gerettet! Die stellten ihm im Kriegsfall auch nicht so viele bewaffnete Männer!

Allmählich schmerzten Friedrich die Knie und der Kopf, die schwere Krone drückte. Und von den lateinischen Gesängen und Sprechchören verstand er nach wie vor kein Wort.

Also folgte er weiter den Gedankengängen, die ihn beschäftigten, während er mit der Übung langer Jahre eine aufmerksame und ergriffene Miene zur Schau stellte.

Heute nämlich mussten sie sich nicht aus der Leostadt *heraus*kämpfen.

Sie hatten sich bereits siegreich *hinein*gekämpft.

Der Weg nach Rom war voller Hindernisse gewesen; durch die Feindseligkeiten unter den italienischen Städten, den verbissenen Widerstand der Anhänger Rolandos und die heftige Abneigung gegen die von Friedrich geforderten Steuern.

Doch sie hatten sich durchgeschlagen, unter blutigen Opfern auf beiden Seiten. Viele Orte waren zerstört worden, Dörfer und Städte, Weinberge und Olivenhaine.
Nach und nach kam auch Verstärkung für sein Heer hinzu: der siebte Welf, der Rothenburger mit dem geforderten großen Heerbann und die Brabanzonen, gefürchtete Söldner vom Niederrhein, dessen ungezügelte Brutalität und Beutegier Friedrich abstieß. Diese verrohten Männer würden früher oder später auf niemandes Befehl mehr hören und alles totschlagen, was ihnen über den Weg lief. Vielleicht sollte er sich mit den Königen Europas einigen, dass keiner von ihnen künftig diesen Abschaum gegen den anderen einsetzte.
Während er, Friedrich, Ancona belagerte, gelang es Rainald von Dassel, dessen Dekan Philipp von Heinsberg und dem neuen Erzbischof von Mainz, Christian von Buch, nach blutigen Kämpfen gegen eine römische Übermacht, Tusculum zu erobern, eine reiche Stadt südöstlich von Rom in den Albaner Bergen. In früherer Zeit hatten dort deutsche Heere Quartier genommen. Nun war Tusculum zerstört.
Unwillkürlich suchte Friedrich unter den Geistlichen in St. Peter nach den beiden Erzbischöfen und dachte: Rainald und Wichmann von Magdeburg haben eindeutig Konkurrenz bekommen, wer unter den Kirchenfürsten die prächtigsten Gewänder trägt! Christian von Buch, ein Mann aus einer angesehenen thüringischen Familie, schien deren modische Verstiegenheiten noch überbieten zu wollen. Es hieß, er habe bei Bologna mit einem *vergoldeten* Helm gekämpft!
Hatte man so etwas schon einmal gehört? Ob das wohl stimmte? Wenn ja, so sollte er diesen Helm lieber gut verstecken, solange er die Brabanzonen anführte.
In Gegenwart seines Kaisers verkniff sich der Mainzer Erzbischof solche Extravaganzen. Und ein Erzbischof sollte eine Kirche schließlich nicht mit einem Helm, sondern mit einer Mitra auf dem Kopf betreten. Doch auch da wetteiferten der

Kölner und der Mainzer um die aufwendigsten Goldstickereien und größten Edelsteine.

Durch ein gequältes Husten irgendwo links von ihm aufgeschreckt, fragte sich Friedrich: Wieso strömen meine Gedanken ausgerechnet jetzt in alle möglichen Richtungen, statt den erhabenen Moment zu genießen?

Doch er kannte die Antwort.

Es lag nicht daran, dass ihn die Liturgie langweilte, weil er sie nicht verstand. Die Lobpreisung Gottes und seiner Person als Kaiser sollte er reinen Herzens geben und empfangen.

Nein, ihn beschäftigte das hemmungslose Wüten, mit dem seine Truppen in die Leostadt gelangt waren, nachdem ihnen der Weg über die Engelsbrücke versperrt blieb. Sie hatten in einer uralten Kirche im Vorhof von St. Peter Feuer gelegt, St. Maria in Turri. Und das drohende Übergreifen der Flammen auf St. Peter hatte die Anhänger Alexanders schließlich zum Rückzug gezwungen.

Der Platz vor dem mächtigen Bauwerk war noch voller Schutt, als sie zur Inthronisation von Paschalis dorthin mehr klettern als schreiten mussten.

Das meiste davon war zwar inzwischen fortgeräumt. Aber die verkohlten Überreste von St. Maria in Turri ließen ihn nicht los. Dort hatte er vor Papst Hadrian gekniet und ihm Schutz geschworen. Und diese Kirche war nicht nur alt, sondern auch sehr reich geschmückt gewesen. Mit goldglänzenden Mosaiken an den Wänden, die Jesus als Weltenrichter zeigten, bronzenen Säulen und Statuen, darunter eine des Apostels Petrus. Alles zerstört. Und was dem Feuer standhielt, wurde von seinen Truppen mutwillig geschändet und geraubt.

Sein Übersetzer Stefano, der schließlich aus Rom stammte, hatte ihm erzählt, dass in der Stadt gewispert wurde, der Herzog von Rothenburg und die Erzbischöfe von Köln und Mainz hätten sich dabei besonders unrühmlich hervorgetan.

Nun gut, der Rothenburger hatte schlechte Laune, weil er ihn

zu diesem Kriegszug zwangsverpflichtet hatte. Aber Rainald und Christian von Buch? Würden zwei Erzbischöfe einen Altar mit Blut entweihen?
Ehrlich gesagt, wollte Friedrich die Antwort gar nicht wissen. War Christian von Buch die Befehlsgewalt über die Brabanzonen schon entglitten? Oder kümmerte ihn nicht, was sie anrichteten?
Und an dieser Stelle fragte sich Friedrich erneut, warum er die ganze Zeit hier kniete und grübelte, statt sich über seinen Triumph zu freuen.
Endlich! Sie durften aufstehen!
Gnädig ließ das Kaiserpaar die Gunstbeweise und Jubelrufe über sich ergehen, dann wurde es in feierlicher Prozession hinausgeleitet, und dort riss die Turbulenz des Geschehens es mit sich. Die »Vivat«-Schreie, die Segenswünsche, der Jubel, als sie Silbermünzen in die Menge der Zuschauer werfen ließen, die die traurigen Überreste von St. Maria verbarg.

In dieser Nacht liebte Friedrich seine Gemahlin inbrünstig und zärtlich, gab ihr Kosenamen und fragte immer wieder, ob sie glücklich sei.
Im Morgengrauen, als allmählich Leben in das Lager kam, wurden sie gemeinsam wach, ließen sich ankleiden, und Hand in Hand führte Friedrich seine Kaiserin an eine Stelle auf dem Monte Mario, einem Hügel nordwestlich von Rom, von der aus sie eine atemberaubende Aussicht auf die riesige Stadt, den Vatikan und den Tiber hatten.
Auf Stefanos Rat hin hatten sie das kaiserliche Lager hier oben errichten lassen. Denn Tusculum war zerstört, und von den Neronischen Feldern, wo der Großteil des Heeres lagerte, hatte Stefano di Stella eindringlich abgeraten.
»Meidet die Nähe der Pontinischen Sümpfe im Süden Roms, unterhalb der Albaner Berge! Nicht umsonst ließen die antiken Baumeister die sonst schnurgerade Via Appia dort einen

Bogen schlagen. Dann und wann, besonders nach Gewittern, die um diese Jahreszeit verbreitet sind, steigen von dort riesige Insektenschwärme und üble Dünste auf und verbreiten Krankheit und Tod.«

Friedrich hatte den Hinweis mit einem knappen Nicken aufgegriffen und entsprechende Anweisungen erteilt. Die Vorstellung, dass der einarmige Dolmetscher nun mit seiner zeitweiligen Geliebten Marie Claire verheiratet war und die beiden sogar ein Töchterchen hatten, störte ihn kaum noch.

Er hatte ja seine Beatrix nun wieder.

Immer noch hielt er ihre Hand.

Sie waren in Rom, der Papst war in Rom, und Beatrix war nun offiziell gekrönt als seine Kaiserin. Alles war so, wie es sein sollte.

Ruf aus der Vergangenheit

Adele, König Waldemar, Königin Sophia; Roskilde, 9. August 1167

»Ich fürchte mich zu Tode! Lass uns umkehren!«, bedrängte Adele ihren Gemahl, als sich ihr Schiff der dänischen Küste näherte. Sie flehte geradezu in ihrer Verzweiflung, und das nicht zum ersten Mal. Schon in Ballenstedt hatte sie ihn inständig gebeten, dieser Einladung König Waldemars nicht zu folgen.

Auf den Tag genau zehn Jahre nach dem Blutfest in Roskilde sollte sie in genau jener Stadt erscheinen, um an einem Gedenkgottesdienst für König Knut Magnusson und die anderen Ermordeten teilzunehmen.

Auf den Tag zehn Jahre nach dem Massaker, das ihr damaliger Gemahl Sven Estridsson befohlen hatte. Zwar hatte nicht er selbst seinen Vetter und Mitkönig Knut getötet, das war sein furchteinflößender Gefolgsmann Fenris gewesen. Doch der Plan, sich seiner Verwandten und Mitregenten zu entledigen, indem er aus einem Friedensfest ein Massaker machte, stammte von Sven. Adele hatte nichts davon gewusst, nicht einmal etwas geahnt. Sie hatte gemeinsam mit Knut und Waldemar an der Hohen Tafel gesessen, bis Sven sie hinausführte – und bei seiner Rückkehr das Gemetzel begann.

Und jetzt sollte sie, die Witwe des Mörders und Verräters, vor König Waldemar treten? Der nur knapp dem Mordanschlag entgangen war, Sven zur Entscheidungsschlacht auf der Grather Heide gestellt und vielleicht sogar zugesehen hatte, wie wütende Bauern ihren Gemahl erschlugen?

Dabei wäre das noch die glimpflichste Version von allem, was geschehen mochte, wenn sie an Land ging: dass sie vor Waldemar erscheinen und an dem Gottesdienst teilnehmen würde, auch wenn das wieder all die furchtbaren Erinnerungen aufwühlte, die sie so gern begraben wüsste.

Vielleicht ließ Waldemar sie auch festnehmen und hinrichten, um späte Rache für die Ermordung Knuts zu nehmen?

Doch Graf Adalbert, der Sohn der Bären, reagierte äußerst unwirsch auf ihre Ängste und Bedenken.

»Solch eine Einladung ist eine Ehre, wir dürfen sie nicht ablehnen. Und beim Kampf gegen die Wenden bei Demmin habe ich König Waldemar als einen sehr ehrenhaften Mann kennengelernt, kriegstüchtig und bedacht«, widersprach er in einem Tonfall, der bedeutete, dieses Gespräch sei beendet. Denn er hatte Mühe, rasch genug einen Ort zu erreichen, wo er auch noch den letzten Inhalt seines Magens herauswürgen konnte.

Während ihrer Ehe mit Sven hatte es Adele nichts ausgemacht, die See in einem Schiff zu überqueren. Doch diesmal fühlte auch sie sich kurz vorm Erbrechen.

Am Meer konnte es nicht liegen, das war heute vergleichsweise ruhig. War sie etwa schon wieder schwanger? Aber

nichts deutete darauf hin außer der Übelkeit. Die rührte wohl eher von ihrer panischen Angst und den wieder aufwallenden Erinnerungen an die Blutnacht in Roskilde.
Sie atmete durch, vertiefte sich in das Rauschen der Wellen, den salzigen Geruch des Meeres, die Rufe der Möwen, um sich zu beruhigen.
Als sie in den Fjord einfuhren, der zum Hafen von Roskilde führte, winkte sie eine Kammerdame herbei, um jede Strähne ihres auffälligen, schwarzgelockten Haares festzustecken und unter ihrem Schleier zu verbergen.
Selbst wenn Waldemar und seine Gemahlin, König Sophia, die Schwester Knuts, ihr verziehen – die Dänen würden es wohl kaum tun. Was, wenn jemand sie erkannte und dazu aufrief, sie totzuschlagen?
Während die junge Kammerfrau ihr das Haar fest flocht, fragte sich Adele, ob wohl Janne, ihre dänische Dienerin, überlebt und ihren Mann Aksel gefunden hatte.
Mit viel Geschrei und hektischer Geschäftigkeit manövrierte die Mannschaft das Schiff in den Hafen von Roskilde.
Adele sammelte sich, betete stumm und trat an die Reling, um Ausschau zu halten, ob wohl schon ein Trupp Bewaffneter im Hafen stand, der sie gefangen nehmen sollte, sobald sie das Schiff verließ. Würde der Kapitän sie verstecken? Sicher nicht einmal für Geld; er war Däne und somit ein Untertan Waldemars.
An Land empfingen ein Dutzend Berittene in Waffen den Grafen und die Gräfin von Ballenstedt.
Doch statt sie zu verhaften, verneigte sich ihr Anführer, als die askanischen Gäste vor ihm standen, und erklärte auf Dänisch: »Der König lässt Grüße ausrichten und erwartet Euch. Ich soll Euch zu ihm führen, sobald Ihr Euch im Quartier erfrischt habt.«
Adele übersetzte für ihren Gemahl und bedankte sich für Ehrengeleit und Grüße, während hinter ihnen die Pferde aus dem

Bauch des Schiffes an Land geführt wurden. Dabei wunderte sie sich, wie leicht ihr das Dänische wieder von der Zunge ging. Aber ihre Ängste wollten einfach nicht schwinden.
Nun konnte sie es kaum erwarten, vor den König und seine Gemahlin zu treten. Nach wochenlanger, genau genommen jahrelanger Ungewissheit und Furcht wollte sie Klarheit. Würde sie heute noch sterben? Dann sollte es eben so sein. Oder war es ihr bestimmt weiterzuleben, weiterzuleben mit Svens Schuld?

Eine Stunde nach ihrer Ankunft wurden sie und Adalbert, in frische Gewänder gehüllt, und der Graf, nun mit deutlich gesünderer Gesichtsfarbe als auf See, von bewaffneten Männern zum Königspaar geleitet.
Waldemar und seine Gemahlin Sophia von Minsk thronten in dem Palast neben dem Dom, wo das Gemetzel stattgefunden hatte. Sie saßen zu Adeles Entsetzen genau dort, wo damals die Hohe Tafel gestanden hatte, reglos wie Statuen aus Marmor.
Sie musste die Augen ganz strikt geradeaus richten, um nicht nach Blutflecken auf den Wänden aus hellem Stein zu suchen.
Waldemar war auch im Sitzen eine überaus stattliche Erscheinung; groß, stark, wahrhaft königlich. Und Sophia, mit der Adele an jenem Tag vor zehn Jahren noch freundlich geplaudert hatte, war inzwischen eine Frau Mitte zwanzig in der Blüte ihrer Schönheit.
Adele hatte ihre Hand lose auf die ihres Gemahls gelegt, während sie nach vorn schritten. Ihre Finger waren eiskalt und begannen zu zittern, was Adalbert nicht zu bemerken schien. Was hätte er auch dagegen tun können, hier vor aller Augen? Die Halle war voll von Kriegern, Höflingen, Dienerschaft, und jedermann starrte auf sie. Sie wartete nur darauf, dass irgendwer mit dem Finger auf sie zeigte und schrie: »Schlagt sie tot!«

Ehrerbietig knieten Adele und Adalbert vor dem Königspaar nieder.
»Seid willkommen in meinem Königreich. Ich hoffe, Ihr hattet eine gute Überfahrt«, begrüßte Waldemar sie auf Deutsch. Er weilte oft am Hof des Kaisers, dem er sich unterstellt hatte, er hatte mehrfach zusammen mit Heinrich dem Löwen Krieg gegen die Abodriten geführt und dabei auch ihren Gemahl kennengelernt. Ihr Schwiegervater, der Bär, hatte es für unter seiner Würde gehalten, zusammen mit dem Löwen auf einen Feldzug zu gehen, aber einen seiner Söhne entsandt – Adalbert. Um aufzupassen, dass sich der Löwe nicht noch Gebiete weit im Osten unter den Nagel riss, die eigentlich den Askaniern zustanden.
Der Graf erwiderte die Grüße und sagte ein paar höfliche Worte, die an Adele vorüberrauschten.
Waldemar gab ihnen die Erlaubnis, sich zu erheben, und winkte dann Adele einen halben Schritt näher zu sich.
»Euer Bruder Dietrich von der Lausitz versichert mir jedes Mal, wenn ich ihn am Hof des Kaisers treffe, dass Ihr sehr glücklich seid in Eurer zweiten Ehe, Adele von Wettin«, sagte er dann auf Dänisch, damit Adalbert von diesem Gespräch ausgeschlossen war.
Gott segne Dietrich dafür, dachte Adele – bis Waldemar sagte: »Ein bisschen *zu* oft und *zu* eindringlich.«
Ein schiefes Lächeln huschte über sein Gesicht, verflog wieder, dann musterte er sie mit strengem Blick.
»Fürchtet Ihr mich, *Gräfin* Adele?«
Gräfin – nicht mehr Königin Adele. Die einzige Königin von Dänemark war nun die wunderschöne Sophia, die aufmerksam die Szene beobachtete, ohne durch ihre Mimik irgendetwas von dem zu verraten, was hier gleich passieren oder nicht passieren würde.
Adele bekam kaum Luft, ihre Knie zitterten. Doch sie nahm allen Mut zusammen und gestand leise mit gesenkten Lidern auf Dänisch: »Ja, ich fürchte Euch, Euer Majestät.«

Dann schaute sie auf. »Habe ich nicht allen Grund, mich vor Euch zu fürchten?«
Waldemar musterte sie aufmerksam und schwieg einen Moment, der ihr wie eine Ewigkeit vorkam.
Dann sah er sie sehr ernst an und sagte: »Ich glaube Euch, dass Ihr nichts von dem ahntet, was der Verräter plante, dessen Name in dieser Halle nie mehr genannt werden soll. Und meine Gemahlin glaubt Euch ebenso. Auch glaube ich, dass Euch die grausigen Geschehnisse immer noch Alpträume bereiten. Deshalb bat ich Euch heute hierher. Lasst uns nachher im Dom gemeinsam für das Seelenheil der Toten beten. Und vielleicht findet Ihr dann Ruhe.«
Adele stiegen die Tränen in die Augen.
Sie würde nicht vergessen können. Und ein Teil von ihr sehnte sich auch immer noch nach Sven, nach dem Sven, in den sie sich verliebt hatte, nicht nach dem Verwandtenmörder und Verräter. Sven hatte seine Wahl getroffen und dafür mit ewiger Verdammnis bezahlt.
Nein, sie würde nicht vergessen können. Doch hatte Waldemar mit seinen Worten die Schuld von ihr genommen.
Sie dankte ihm mit feuchten Augen und kniete erneut nieder, ohne dazu aufgefordert zu sein. Ihr war, als könnte sie kein Wort herausbringen. Doch dann sagte sie mit brüchiger Stimme auf Dänisch: »Ich danke Euch, König Waldemar, und auch Euch, Königin Sophia.«
Sie blinzelte die Tränen fort und erblickte aus dem Augenwinkel ein bekanntes Gesicht: Janne, die ihr zulächelte.
Adele konnte weder Frieden mit Sven schließen noch mit seiner Untat. Doch sie hatte Frieden mit Waldemar geschlossen. Dies nahm ihr eine unendliche Last von den Schultern. Und vielleicht würde sie nachher beim Gedenkgottesdienst im Dom auch Frieden mit sich selbst schließen können.

Der unsichtbare Feind

Friedrich I., Philipp von Heinsberg; Rom, August 1167

Hätte er es wissen müssen? Zumindest ahnen?
Hatte er Gottes Zorn hervorgerufen, indem seine Söldner einen heiligen Ort schändeten? Das Mosaikbild mit dem Gottessohn zerstörten, den Altar mit Blut befleckten, die Statue des Heiligen Petrus zum Schmelzen brachten?
Am Morgen noch hatte der Kaiser vor seinem roten Zelt auf dem Monte Mario in größter Zufriedenheit weitere Treueeide der Römer entgegengenommen. Der Tag begann freundlich, helle Wolken milderten die Hitze ab.
Doch irgendwann schien sich die Welt zu verdunkeln, und jäh kam Wind auf. Jedermann richtete unabhängig von seiner Beschäftigung den Blick nach oben und erstarrte vor Sorge: Der Himmel hatte sich bedrohlich verfinstert. Schon zuckten vielfach verästelte Blitze über ihnen, dann krachte Donner in dichter Folge. Wolkenbruchartig stürzte der Regen auf Rom und die umliegenden Felder herab, auf denen Friedrichs Heer lagerte.
Hier oben auf dem Berg fielen die Naturgewalten weniger heftig aus, dennoch gaben Friedrichs Vertraute sofort Befehl, die kostbaren Dokumente in wasserdichtes Tuch einzuschlagen, die Spannseile des kaiserlichen Zeltes straffer zu ziehen, die Pferde zu beruhigen …
»Meine Familie, meine Familie!«, rief er in einem Anflug von Panik. Da kam Beatrix schon auf ihn zugelaufen, versicherte, ihre Söhne seien in Sicherheit, legte ihm kurz tröstend die Hand auf die Schulter, schlug ein Kreuz und lief dann zurück, um bei ihren Kindern zu sein.
Jäh ging Friedrich auf, was ihre Geste zu bedeuten hatte, und ihm lief ein kalter Schauer über den Rücken.
Vor zwanzig Jahren, fast auf den Tag genau, hatte er schon

einmal eine so gewaltige Naturerscheinung gesehen. Niemals würde er das vergessen können: Es war 1147 in Doryläum in Anatolien, während des Kreuzzuges. Als binnen weniger Stunden fast das gesamte deutsche Kreuzfahrerheer von seldschukischen Bogenschützen niedergemetzelt wurde. Auf dem Höhepunkt der Katastrophe schob sich auch noch der Mond vor die Sonne und verdeckte sie vollständig. Finsternis und Kälte herrschten. Das Entsetzen unter den Kreuzfahrern war maßlos. Sie sahen darin den Verlust der Gnade Gottes.

Neun Zehntel des Heeres starben an diesem Tag oder während der nun folgenden, heillosen Flucht. Friedrich – damals Herzog von Schwaben, Neffe des Königs und junger Heerführer von fünfundzwanzig Jahren – konnte entkommen. Er gehörte zu den wenigen, die sich sofort auf dem einzig noch freien Weg durchschlugen, um den König in Sicherheit zu bringen, zurück nach Nicea. Doch was die Nachzügler berichteten, war noch schauriger. Welf und er und der Graf von Lenzburg hatten es damals übernommen, aus den Überresten des Heeres wieder eine Truppe zu schmieden, doch mit wenig Erfolg.

Sein Oheim, Otto von Freising, damals noch ein junger Bischof, sollte auf einem anderen Weg zwanzigtausend arme Pilger sicher geleiten, doch auch die wurden fast restlos niedergemacht. Was hätte ihnen der friedliebende Otto, der leidenschaftliche Chronist, auch entgegensetzen können?

Während die Wassermassen unter Blitz und Donner auf Rom und die Landschaft vor ihm niederrauschten, kam Friedrich zum ersten Mal der reumütige Gedanke, er hätte seinem Oheim in späteren Jahren etwas freundlicher begegnen sollen. Otto trug keine Schuld an der Misere – er war an ihr zerbrochen. Dann hatte er sich wieder auf die Geschichtsschreibung gestürzt, die seinem Herzen Freude und wohl auch Frieden schenkte.

Und er, Friedrich, hatte dem Oheim nicht einmal persönlich dafür gedankt, eine Chronik über die ruhmreichen »Taten

Friedrichs« verfasst zu haben. Nein, Ottos Schreiber Rahewin musste sie demütig an Rainald übergeben. Und dann die Sache mit der Zollstation an der Isar … Nur ein paar Monate später war Otto gestorben. Das erlittene Unrecht hatte ihm wohl endgültig das Herz gebrochen.

Jetzt kam die Reue zu spät, dem Geistlichen noch etwas Gutes antun zu wollen. Er konnte nur eine Kerze für ihn anzünden, wenn er wieder eine Kirche besuchte.

Jemand trat neben ihn, ebenso triefend nass wie er: Ulrich von Lenzburg, sein langjähriger Vertrauter schon aus der Zeit am Hofe König Konrads.

»Erinnert mich beunruhigend an Doryläum«, sagte er zu Friedrichs Überraschung.

Spätestens da hätte Friedrich verstehen müssen.

»Zum Glück sind *wir* auf dem Hügel und keine seldschukischen Bogenschützen«, sagte er stattdessen. »Die Wolken reißen schon auf, es müsste bald vorbei sein.«

Der Lenzburger nickte, und geduldig warteten sie, dass sich Friedrichs hoffnungsvolle Worte erfüllten.

Wohl eine halbe Stunde später schien wieder die Sonne, und ihre Strahlen brachten Regentropfen auf Blättern und Halmen zum Glitzern. Bald war keine einzige Wolke mehr zu sehen, und die Sonne brannte mit sengender Kraft.

»Es hat keinen Sinn, jetzt hinunterzureiten, der Boden wird noch ein einziger Morast sein. Doch wenn die Sonne weiter so glüht, ist in ein paar Stunden jede Wasserlache getrocknet. Ansonsten müssen wir das Lager verlegen«, entschied Friedrich und ging zurück zu seinem Zelt, um die nassen Gewänder gegen trockene zu tauschen und nach Frau und Söhnen zu schauen.

Das erschrockene Gesicht des Lenzburgers, der einige Zeit später ohne Anmeldung ins Zelt gestürzt kam, ließ in Friedrich sofort ein ungutes Gefühl aufflackern.

»Da unten ... in den Heerlagern ... sie sterben zu Dutzenden ... binnen Stunden!«, rief Ulrich.
»Woran? Vergiftetes Wasser?«
»Nein, nein! Aus den Sümpfen und nassen Wiesen und jeder einzelnen Pfütze im Lager sind Unmengen von Insekten aufgestiegen und fallen über die Männer her. Es ist wie die Rote Ruhr, sie scheißen Blut und erbrechen sich ... und nach ein paar Stunden sind sie tot. Aber ich habe noch nie gesehen oder auch nur gehört, dass die Rote Ruhr so schnell jemanden umbringt.«
Ulrich schien fassungslos.
Friedrich trat vor sein Zelt, und bald geschah, was er befürchtete. Aus immer mehr Lagerbereichen trafen Boten mit neuen Schreckensmeldungen ein.
»Wir wollten zur Morgenandacht rufen, doch niemand kam aus den Zelten ... Sie waren alle tot – alle, bis auf den letzten Mann!«
»Es stinkt ganz fürchterlich nach Kot, Gedärm und verwesenden Leichen! Was sollen wir tun?«
»Auch Rom ist betroffen, da werfen sie die Leichen schon auf die Straßen ...«
Inzwischen war der Leibarzt zu Friedrich getreten und hatte mit Marschallsstimme und ungefragt angewiesen, dass von nun an jedermann, der aus den Lagern am Fuße des Berges kam, zwanzig Schritt Abstand vom Kaiser zu halten habe, wegen der Ansteckungsgefahr.
»Ich habe Eure Gemahlin und Eure Söhne samt Kammerfrauen und Ammen in ein Zelt führen lassen, zu dem niemand sonst Zutritt hat. Bitte stellt bewaffnete Wachen dort auf!«, sagte der Leibarzt leise zu ihm.
»Habt Dank für diese Umsicht«, sagte er dem Heilkundigen, erleichtert und zugleich besorgt über diese radikale Maßnahme, die ihm etwas darüber aussagte, wie ernst der Arzt die Lage einschätzte. Tödlich ernst offenbar.

»Und Euch danke ich für den Rat, auf einem Berg zu lagern!«, würdigte er Stefano, der neben den Arzt getreten war. »Sind Eure Gemahlin und Eure Tochter im Zelt bei der Kaiserin? In Sicherheit?« Stefano nickte.

»Dann seid Ihr vorerst von Übersetzerdiensten entbunden«, befahl der Kaiser zu Stefanos großer Erleichterung. »Geht zu den Frauen und kümmert Euch um sie!«

Wenn der junge Römer hier weiter dolmetschte, bestand zu große Gefahr, dass er die tödliche Seuche zu den Frauen trug. Die Römer hatten jetzt ohnehin erst einmal andere Sorgen, als mit ihm zu verhandeln.

Der Kölner Domdekan Philipp von Heinsberg trat zu ihm, ein Vertrauter Rainalds, welcher jedoch auf den Neronischen Feldern kampierte.

»Wenn Ihr erlaubt, Majestät, werde ich eine Messe vorbereiten. Ich bitte Euch zu erwägen, Rom mit Eurer Familie und Euren engsten Beratern sofort zu verlassen.«

Friedrich nickte, ohne einen Gedanken fassen zu können.

»Und ich bitte Euch zu bedenken, dass die Anhänger des Schismatikers Rolando darin ein Zeichen Gottes sehen werden.«

Nun war es also ausgesprochen, was schon lange in seinem Kopf wisperte.

Mit leiser Stimme versprach Philipp von Heinsberg: »Ich werde meine Predigt darauf ausrichten, diesen Irrtum zu widerlegen.«

Friedrich hatte gebetet. Und mit ihm alle auf dem Monte Mario, die abkömmlich waren. Inbrünstig. Lange.

Nun wartete er. Wartete auf ein Wunder.

Stattdessen kam eine Hiobsbotschaft nach der anderen.

Ganze Mannschaften, die es binnen weniger Stunden dahingerafft hatte.

Pferde und Ochsen, die so matt waren, dass von einer Verlegung des Lagers keine Rede sein konnte.

Ein Zeltlager von hundert Männern, das am Morgen aufbrechen sollte – doch niemand kam aus den Zelten. Stattdessen hing der Gestank des Todes in der Luft, an den Kleidern und Zeltplanen. Und immer neue Todesfälle. Der Schnitter machte vor niemandem halt, er machte keine Unterschiede, ob alt oder jung, ob Ritter, Graf oder Knecht.
Die Zahlen summierten sich.
Hunderte. Tausend. Zweitausend Ritter, allesamt elendig krepiert.
Das ist die Blüte der deutschen Ritterschaft!, dachte Friedrich entsetzt.
Dann kamen die bekannten Namen.
Friedrich erriet schon an den Gesichtern der Unglücksboten, wer so jäh und qualvoll dem Leben entrissen war.
»Bischof Daniel von Prag.«
Ein kluger Mann, gebildet, sprachgewandt, mit großem Verhandlungsgeschick. Und so wichtig für eine gute Beziehung zum Böhmenkönig Vladislav. Was für ein Verlust!
Bald ergab es sich, dass Philipp von Heinsberg derjenige wurde, den jeder vorschickte, wenn der Tod eines Bischofs zu betrauern war.
Konrad von Augsburg.
Alexander von Lüttich.
Gottfried von Speyer.
Eberhard von Regensburg.
Hermann von Verden.
Nicht nur die Blüte der Ritterschaft, sondern auch etliche der klügsten Köpfe im Klerus.

Als Philipp beim nächsten Mal eintrat, zögerte er, den Namen zu nennen.
Hart sah ihm der Kaiser ins Gesicht.
Doch Mathildes Bruder war nicht der Mann, der sich vor etwas drückte, so schlimm es auch sein mochte.

»Herzog Friedrich von Rothenburg.«
Ohne ein weiteres Wort zog sich der Kölner Domdekan zurück und überließ den Kaiser seinen Gedanken.
Ja, ein lästiger Rivale war gestorben – aber doch nicht so! Und ich habe ihm befohlen, an diesem Kriegszug teilzunehmen. Ich habe ihn in den Tod geschickt, dachte Friedrich.
Zwei Tage später, als die kaiserliche Familie schon auf der Flucht nach Norden war und die Frage stand, welche Städte sie überhaupt noch unangefochten durchqueren konnten, ließ sich Philipp von Heinsberg erneut melden. Doch es schien, als müsse er erst allen Mut zusammennehmen, um den nächsten Namen auszusprechen.
»Wer?«, fragte Friedrich dumpf, den Kopf auf den Arm gestützt.
Philipp atmete tief durch, schloss die Augen für einen Moment und sagte dann: »Der junge Herzog von Spoleto. Der siebte Welf.«
Nun schloss auch Friedrich verzweifelt die Augen und legte eine Hand davor. Wie soll ich das nur seinem Vater beibringen?, dachte er. Und seiner Mutter!
Das Haus Welf erlischt, wenn mein Oheim stirbt …
Und wie viele Häuser noch? Das würde er wohl erst mit der Zeit herausfinden, wenn er jenseits der Alpen angekommen war.
Er wusste nichts, um seinen Schmerz zu betäuben, seinen Schmerz um diesen vielversprechenden jungen Mann, seinen Verwandten, den er von klein auf kannte und zum Ritter erzogen hatte.
Er wäre jetzt gern aufgestanden, um nach seiner Kaiserin und seinen Söhnen zu sehen. Um sich zu vergewissern, dass sie noch lebten. Doch ihm fehlte die Kraft dazu.
Und als würde erst noch ein einhundertster Axthieb gebraucht, um den Baum zu fällen, trat Philipp beim nächsten Mal mit Tränen in den Augen ein und sagte gar nichts.

Das konnte nur eines bedeuten.
»Rainald?«, fragte Friedrich leise, obwohl es eigentlich keiner Bestätigung bedurfte.
Philipp nickte und brachte leise und unter Tränen hervor: »Erzbischof Rainald von Dassel ist gestorben. Euer Kanzler.« Dann bekreuzigte er sich mit zitternder Hand.
Friedrich schloss die Augen, ließ Kopf und Arme hängen.
Rainald war tot. Und so viele andere auch.
Was sollte nun werden?

Epilog

Meißen, 1167

Auf dem Meißner Burgberg wimmelte es nur so von Menschen, er erweckte den Eindruck eines Heerlagers im Aufbruch. Doch durch den Lärm erscholl eine laute Stimme: »Ruft den Truchsess, gebt dem Markgrafen Bescheid! Christian ist zurück und hat Siedler in die Mark Meißen gebracht.«

Nachwort und Dank

Noch ein weiteres Mal muss ich Sie, liebe Leser, vertrösten: Fortsetzung folgt.

Gerade haben Sie mit der Lektüre des vierten Bandes von *Schwert und Krone* nicht weniger als zehn turbulente Jahre deutscher und europäischer Geschichte durchschritten. Wie abenteuerlich Friedrich und Beatrix der tödlichen Seuche entkommen, wohin der Streit zwischen Heinrich dem Löwen und seinen immer zahlreicher werdenden Feinden nach dem Tod ihres einflussreichsten Verbündeten Rainald von Dassel führt, wie die Siedler unter Christians Führung in die Mark Meißen kommen und auf ein besseres Leben hoffen – das alles werden Sie im großen Finale der Reihe erfahren, im fünften Band.

Doch jetzt konnten Sie erst einmal über mehrere hundert Seiten miterleben, welche dramatischen Wendungen das Schicksal meiner Romanfiguren in den Jahren von 1157 bis 1167 nimmt, von denen fast alle historisch verbürgt sind. Das dürfte wohl ungewöhnlich für einen Roman sein, der im zwölften Jahrhundert spielt. Und deshalb auch das Nachwort – um Sie wissen zu lassen, was sich wirklich so oder ähnlich zugetragen hat und was von mir erfunden ist.

In jenem Jahrzehnt gab es so viele Umbrüche und Auseinandersetzungen, dass ich mich auf die entscheidenden Momente konzentrieren musste. Allein für die Italienfeldzüge bräuchte man mehrere dicke Sachbücher, um alles Überlieferte zu erfassen – und das möchte kein Romanleser. Auch das Schicksal der Abodriten, wie die Heiligen Drei Könige nach Köln kamen, das Auf und Ab in Lübecks früher Geschichte und das

Werden Münchens nach der Zerstörung der Zollstation des Bischofs von Freising würden genug Stoff für einen eigenen Roman bieten.

Doch ich wollte das Gesamtbild zeigen, so gut es in einem Roman möglich ist, und habe deshalb alles miteinander verwoben. Auch wenn ich dafür – insbesondere bei den Italienfeldzügen und dem Schisma – mitunter verkürzen und straffen musste. Wer es ganz genau wissen will, findet die exakten Abläufe in der Zeittafel am Ende dieses Buches.

Da dies ein Roman ist, entschied ich mich, die Geschehnisse nicht überbordend in den Abläufen zu schildern, sondern stets zu fragen: Was bewirken sie bei meinen Figuren?

Dabei folge ich wie in allen meinen Romanen den historischen Ereignissen, so gut es geht. Ich möchte ein Stück unserer Geschichte erzählen, die spannender ist, als man es erfinden könnte. Zumal es meiner Ansicht nach beim Lesen ein besonderer Reiz ist, im Hinterkopf zu haben: Das hat sich tatsächlich so oder ähnlich zugetragen …

Wir sollten wissen, wie unsere Vorfahren lebten. Und Geschichte ist nicht nur ein Teil unseres Erbes, sie lässt uns auch die Gegenwart mit anderen Augen sehen.

Viele Ereignisse in diesem Buch sind belegt, wie beispielsweise der »Streik« der vier Fürsten vor Mailand, die unglaubliche Härte der Kämpfe um Crema und Mailand, das von Rainald inszenierte Zerwürfnis mit dem Papst aufgrund einer sehr freien Übersetzung, der dreiste – und ungestrafte – Handstreich des Löwen, der zur Stadtwerdung Münchens führte, oder die Episode mit den Kreuzen, die durchs Fenster in Beatrix' Gemach geworfen wurden.

Diese Begebenheit gehört zu dem Wenigen, was wir über die Fürstinnen jener Zeit wissen, Kaiserin Beatrix eingeschlossen. Ich habe versucht, aus diesen spärlichen Anhaltspunkten Charaktere zu formen, die den historischen Vorbildern möglichst gerecht werden. Nur bei Dedos Gemahlin Mathilde habe ich meiner Fantasie freien Lauf gelassen. Und bei Adele. Wir wissen, dass sie mit dem dänischen König Sven vermählt war und wie dieser Königtum und Leben verspielte. Ob Adele von Wettin beim Blutfest in Roskilde zugegen war, wissen wir nicht. Aber es ist anzunehmen. Ihr Fehlen hätte Verdacht erregt. Das führte mich unter anderem zu dem logistischen Problem: Wie kommt eine Frau, die zu jener Zeit nicht allein und ohne männlichen Vormund reisen darf, von einer Insel fort? Ich denke, meine Lösung ist schlüssig und nicht unwahrscheinlich. Aus der Zeit nach Svens Tod wissen wir von Adele nur, dass sie mit einem der Söhne von Albrecht dem Bären vermählt wurde, Adalbert von Ballenstedt, dem sie mehrere Kinder gebar. Doch nach dem starken Auftritt dieser Figur zu Beginn des Buches wollte ich sie nicht einfach im Nebel verschwinden lassen. Da kam mir entgegen, dass sich just zu der Zeit, in der dieses Buch endet, das Blutfest von Roskilde zum zehnten Mal jährte. Ein Geschenk der Historie, mit dem ich Adele zum Schluss noch einmal in einer hoffentlich bewegenden Szene zeigen konnte.

Dass Hedwig, die Markgräfin von Meißen, eine kluge Frau war, verraten uns hingegen mehrere Hinweise, auf die ich an anderer Stelle schon mehrfach eingegangen bin.

Das Blutfest, die Italienfeldzüge und die Strafexpeditionen gegen die Abodriten beschwören Bilder von Krieg und Zerstörung.

Als Kontrast dazu habe ich bewusst einen Erzählstrang über Menschen eingefügt, die lieber etwas aufbauen als zerstören wollen: Christian und seine Siedler.

Wie es mit ihnen weitergeht, können Sie übrigens schon erfahren, ohne erst noch ein Jahr warten zu müssen. Die letzte Szene auf dem Meißner Burghof leitet nahtlos zum Roman *Das Geheimnis der Hebamme* über, dem Auftakt einer fünfteiligen Romanreihe über die Siedlerzüge in den Osten und die ersten Silberfunde im Erzgebirge, die genau dort einsetzt,

wo *Schwert und Krone – Herz aus Stein* endet. Bei all jenen, die diese Serie noch nicht kennen, habe ich vielleicht etwas Neugier geweckt. Das würde mich freuen. Und für die vielen Fans von Marthe und Christian sind in dem Buch, das Sie jetzt in den Händen halten, sehr viele Anspielungen enthalten, wird die Vorgeschichte erzählt. Und wer aufmerksam gelesen hat, der erkennt: Marthe ist schon da, man sieht sie nur noch nicht.
Diese Verknüpfung der beiden Romanreihen ist auch ein Dankeschön an die Leser, die der »Hebammen-Reihe« die Treue halten und sie so erfolgreich gemacht haben.

Damit wären wir bei der Danksagung angelangt. Und wie jedes Mal an dieser Stelle gestehe ich: Es fällt mir immer recht schwer, sie zu schreiben – nicht, weil es mir an Dankbarkeit mangelt, ganz im Gegenteil. So viele Menschen haben Anteil daran, dass aus einer Textdatei ein Buch wird, und ich bin jedes Mal in Sorge, nicht alle genannt zu haben.
Sprechen wir zunächst von den Menschen, die zum Entstehen des Textes beigetragen haben.
Dabei geht mein Dank an die Historiker Dr. Michael Lindner (Berlin) und Stefan Auert-Watzik (Zörbig), die mich zielstrebig durch die Unmengen von Fachliteratur geleitet und mir Antworten auf viele Fragen gegeben haben, sich auch geduldig meine Schlussfolgerungen anhörten und sie als Anregung empfanden. Dr. Lindner danke ich außerdem für die Durchsicht des Manuskripts. Möglicherweise noch enthaltene sachliche Fehler gehen allein auf mich zurück.
Von Stefan Auert-Watzik stammen auch die genealogischen Tafeln am Ende des Buches, die – wie ich weiß – bei vielen Lesern auf großes Interesse stoßen, ebenso die Karten im Vor- und Nachsatz.
Die Karten wurden von Andreas Kowanda, Professor für Kartografie an der Hochschule für Technik und Wirtschaft in Dres-

den, und Thomas Zimmermann (Hof) erstellt. Das Angebot, Karten zu meinen Romanen zu entwickeln, unterbreitete mir Professor Kowanda nach der Lektüre meiner Romane über die Völkerschlacht bei Leipzig, wofür ich ihm sehr dankbar bin.
So ist jeder Band der Reihe *Schwert und Krone* zusätzlich zu Glossar, Zeittafel und genealogischen Tafeln mit Karten ausgestattet, die eigens für diese Romane von Kartografen und Historikern entwickelt wurden. Inzwischen wird mit diesen Karten sogar an einigen Universitäten gelehrt – natürlich in der sachlichen Darstellung, ohne den »Pergament-Effekt«, den die Grafiker des Verlags noch hinzugefügt haben, da dies ein Roman und kein Sachbuch ist.
Dass neues wissenschaftliches Material wie die Karte zum Wendenkreuzzug 1147 als Beiwerk zu einem historischen Roman entsteht, ist etwas Besonderes. Und ich gebe zu, ich bin auch stolz darauf, selbst wenn es nicht mein Verdienst ist, sondern das von Professor Kowanda, Thomas Zimmermann, Dr. Lindner und Stefan Auert-Watzik. Sie erklärten sich aus Wertschätzung für meine Bücher dazu bereit, und dafür kann ich mich gar nicht oft genug bedanken.

Treue Leser wissen, dass ich einen Teil meiner Inspiration – neben der Fachliteratur und den Gesprächen mit Historikern – dem Reenactment verdanke. In der Interessengemeinschaft »Mark Meißen 1200«, der ich seit zwölf Jahren angehöre, habe ich gute Freunde gefunden. Bei unseren Treffen lerne ich sehr viel, was Details zu mittelalterlichen Waffen, Kampftechniken, Gewändern, Tafelzeremoniell und anderes betrifft. All das gelegentlich an einem Mittelalterwochenende erörtern, praktizieren und miterleben zu dürfen, ist für mich jedes Mal ein Gewinn und eine große Freude. Besonderer Dank geht diesmal an Ralf Gommlich, der mich bei den Kampfszenen zwischen Christian und Randolf beriet, und an Dr. Tino Gottschall für die kritische Lektüre des Manuskripts.

Bei »Pferdefrau« Lena Schweder bedanke ich mich für gute Hinweise bezüglich des Grauschimmels.

Also hätten wir nun die Textdatei samt Bonusmaterial. Und damit ich die auch termingerecht und als spannende, mitreißende Geschichte an den Verlag liefern kann, ist immer wieder mal Ermutigung nötig, denn für das Schreiben mit derart umfangreichem historisch verbürgtem Hintergrund benötige ich Ruhe und Abgeschiedenheit. Es wird niemanden wundern, dass es dabei ein stetes Auf und Ab gibt, Phasen, in denen Szenen ganz plötzlich vor meinen Augen stehen, und solche, in denen man über den Quellen fast verzweifelt.

Für Ermutigung, wann immer sie nötig war, danke ich meinem Literaturagenten Roman Hocke von der AVA International und Christine Steffen-Reimann im Verlag Droemer Knaur. Beide rissen mir die Kapitel quasi aus den Händen, kaum dass ein neuer Abschnitt in Rohfassung stand. Danke für euren Enthusiasmus, eure moralische und jegliche sonstige Unterstützung!

Nun muss und möchte ich der gesamten Verlagsmannschaft danken, die dafür sorgt, dass aus der Textdatei ein Buch wird und dieses auch zu den Lesern gelangt. Stellvertretend für alle sei hier Verlegerin und Geschäftsführerin Dr. Doris Janhsen genannt. Und in dem Zusammenhang gleich noch Dank an die Agentur ZERO für das großartige Cover und an Silvia Kuttny-Walser für ihre Begeisterung und ihr sorgfältiges und jedes Mal wieder inspirierendes Lektorat.

Ich bedanke mich bei allen Buchhändlern, die in den vergangenen Jahren meine Romane an ihre Kunden weiterempfohlen haben, und hoffe, dass sie es auch bei diesem Buch tun werden.

Und zum Schluss, aber nicht als Letztes, geht mein Dank an Sie, liebe Leser. Ihre Begeisterung hat vor dreizehn Jahren mein Romandebüt *Das Geheimnis der Hebamme* zum Überraschungserfolg gemacht. Was folgte, hätte ich mir damals in meinen kühnsten Träumen nicht vorstellen können: Jedes neue Buch ein Bestseller – und ich hoffe sehr, die Serie reißt jetzt, wo das Dutzend voll wird, nicht ab: ein Film, eine Bühnenfassung, Übersetzungen in mehrere Sprachen, Millionen Leser …

Sie ahnen gar nicht, wie groß die Ermutigung ist, die ich durch Ihre wunderbare Gemeinschaft erfahre!

Nun lege ich dieses Buch vertrauensvoll in Ihre Hände und hoffe, Sie finden es so spannend wie ich die Arbeit daran. Ich habe mein Bestes gegeben.

Sabine Ebert
Dresden, im August 2019

ANHANG

Die Staufer
Stammtafel (1079 – 1250)

[Auert-Watzik 2019 nach Seibert/Dendorfer 2005, Schneidmüller 2010, Engels [9]2010, Görich [3]2011 und Stürner 2018]

2.1
Friedrich II. (um 1090 – 1147)
∞ 1120/1133
1. Judith v. Bayern (um 1100-1130/31)
2. Agnes v. Saarbrücken
(um 1115 – nach 1147)
Hz. v. Schwaben 1105 – 1147

3.1 **aus 1. Ehe**
Friedrich I. Barbarossa
(1122 – 1190)
∞ 1147/1156
1. Adela v. Vohburg
(vor 1127 – nach 1187) [Scheidung 1153]
2. Beatrix v. Burgund
(um 1140 – 1184)
Hz. v. Schwaben 1147–1152
Röm.-Deutscher Kg. 1152 – 1190
Ks. 1155 – 1190
Kg. v. Burgund 1178 – 1190

3.2
Bertha (Judith)
(um 1123 – 1194/95)
∞ 1139
Matthäus I.
(um 1110 – 1176)
Hz. v. Lothringen 1139 – 1176

3.3 **aus 2. Ehe**
Judith (Jutta)
(um 1131 – 1191)
∞ 1150
Ludwig II. »der Eiserne«
(1128 – 1172)
Lgf. v. Thüringen 1140 – 1172

4.12 **ungesicher**
Friedrich
(gest. vor 1189)

Sämtliche Nachkommen aus 2. Ehe

4.1
Beatrix
(1162/63 – ca. 1174)

4.2
Friedrich V.
(um 1163 – 1170)
Hz. v. Schwaben
1167–1170

4.3
Heinrich VI. (1165 – 1197)
∞ 1186
Konstanze v. Sizilien
(1154 – 1198)
Röm.-Deutscher Kg.
1169 – 1197
Ks. 1190 – 1197
Kg. v. Sizilien 1194 – 1197

4.4
(Konrad)
Friedrich V.
(1167 – 1191)
Hz. v. Schwaben
1170–1191

4.5
Gisela
(1168 – 1184)
∞ 1184
Richard I. Löwenherz
(1157 – 1199)
Kg. v. England
1189–1199

5.1
Friedrich II.
(1194 – 1250)
Kg. v. Sizilien
1198 – 1250
Röm.-Deutscher Kg.
1212 – 1250
Ks. 1220–1250

5.2
Johanna
(gest. 1205/06)
Erbtochter v. Burgund
1200–1205/06

Margarethe v. Blois übt 1200 – 1205 die Regentschaft für ihre Töchter aus.

Verwendete Abkürzungen

Äbtn.	Äbtissin	Kg.	König
Bf.	Bischof	Kgn.	Königin
Ebf.	Erzbischof	Ks.	Kaiser
Gf.	Graf	Ksn.	Kaiserin
Gfn.	Gräfin	Lgf.	Landgraf
Gft.	Grafschaft	Lgfn.	Landgräfin
Hz.	Herzog	Mgf.	Markgraf
Hzn.	Herzogin	Mgfn.	Markgräfin
Kf.	Kurfürst	Pfgf.	Pfalzgraf
Kfn.	Kurfürstin	Pfgfn.	Pfalzgräfin

1.0
Friedrich I. (um 1050 – 1105)
∞ 1086/87
Agnes v. Waiblingen
(um 1072/73 – 1143)
Hz. v. Schwaben 1079 – 1105

2.2
Konrad III. (um 1093 – 1152)
∞ vor 1134
Gertrud v. Sulzbach (um 1110 – 1146)
Hz. v. Franken 1116 – 1120
Röm.-Deutscher Gegenkg. 1125 – 1135
Röm.-Deutscher Kg. 1138 – 1152

2.3
Fides (Gertrud)
(um 1136 – bezeugt 1182)
∞
Hermann v. Stahleck
(gest. 1156)
Pfgf. bei Rhein 1142/43 – 1156

3.4
Konrad
(um 1134/35 – 1195)
∞
Irmgard v. Henneberg
(gest. 1197)
Pfgf. bei Rhein 1156 – 1195

3.5
Liutgard
(gest. nach 1155)

3.6
Heinrich-Berengar (Heinrich VI.)
(1137 – 1150)
Mitkg. 1147 – 1150

3.7
Friedrich IV.
(1144/45 – 1167)
∞ 1166
Gertrud v. Sachsen u. Bayern
(um 1154 – 1197)
Hz. v. Schwaben (1152) 1157 – 1167
Hz. v. Rothenburg 1164 – 1167
Herr des Egerlandes

4.13
Agnes (um 1176 – 1204)
∞ 1195
Heinrich (V.), der Ältere (um 1173/74 – 1227)
Pfgf. bei Rhein 1195 – 1212/13 (1227)
Gf. v. Stade u. Dithmarschen 1202 – 1227

4.6
Otto I.
(1170 – 1200)
∞ 1190
Margarethe v. Blois
(um 1170 – 1230)
Pfgf. v. Burgund 1189 – 1200

4.7
Konrad II.
(1172 – 1196)
Hz. v. Rothenburg 1189 – 1191
Hz. v. Schwaben 1191 – 1196

4.8
Rainald
(gest. 1173)

4.9
Wilhelm
(gest. 1176)

4.10
Philipp
(1177 – ermordet 1208)
∞ 1197
Irene v. Byzanz
(1177/80 – 1208)
Röm.-Deutscher Kg. 1198 – 1208

4.11
Agnes
(gest. 1184)

5.3
Beatrix (gest. 1231)
∞ 1208
Otto VII. v. Andechs
(gest. 1234)
Hz. v. Meranien 1205 – 1234
Pfgf. v. Burgund 1211 – 1234
Mgf. v. Istrien 1228/30

5.4
Beatrix (1198 – 1212)
∞ 1212
Otto IV. v. Braunschweig
(1175/76 – 1218)
Hz. v. Aquitanien 1196 – 1198
Röm.-Deutscher Kg. 1198 – 1218 (unangefochten 1208 – 1211)
Ks. 1209 – 1218

5.5
Kunigunde
(1200 – 1248)
∞ 1224
Wenzel I.
(um 1205 – 1253)
Kg. v. Böhmen 1230 – 1253

5.6
Marie
(1196/1201 – 1235)
∞ 1215
Heinrich II.
(um 1207 – 1248)
Hz. v. Brabant u. Niederlothringen 1235 – 1248

5.7
Beatrix (die Jüngere)
(1205 – 1235)
∞ 1219
Ferdinand III.
(1199 – 1252)
Kg. v. Kastilien u. Leon 1217/30 – 1252

Die Welfen

Stammtafel (1070 – 1252)

[Auert-Watzik 2019 nach Feldmann 1971, Jordan 1979, Luckhardt/ Niehoff 1995, Ehlers 1997/2008 und Schneidmüller ²2014]

2.1
Welf V. (um 1073 – 1120)
∞ 1089 [getrennt ab 1095]
Mathilde v. Tuszien (um 1046 – 1115)
Hz. v. Bayern 1101 – 1120
Hz. v. Tuszien 1089 – 1095 (1120)
Herr v. Canossa

3.1
Heinrich X. »der Stolze«
(um 1102/08 – 1139)
∞ 1127
Gertrud v. Süpplingenburg
(1115 – 1143)
Hz. v. Bayern 1126 – 1138
Hz. v. Sachsen 1137/38
Mgf. v. Tuszien (Toskana) 1136 – 1139

3.2
Konrad
(um 1105 – 1154)
Mönch in Clairvaux

3.3
Judith (um 1100 – 1130/31)
∞ 1119/20
Friedrich II. (um 1090 – 1147)
Hz. v. Schwaben 1105 – 1147

Staufer

ungesichert

4.1
Heinrich der Löwe (um 1132/33 – 1195)
∞ 1147 [geschieden 1162]/1168
1. Clementia v. Zähringen (gest. 1167)
2. Mathilde v. England (1156 – 1189)
Hz. v. Sachsen 1142 – 1180 / Hz. v. Bayern 1156 – 1180
Gf. v. Stade 1145 – 1180/1189 – 1195
Herr v. Braunschweig, Lüneburg u. Haldensleben 1180 – 1195
Exil in England u. d. Normandie 1182 – 1185/1189

4.2
Kunigunde (gest. 1140/47)
∞
Gottfried I. (gest. 1168/72)
Gf. v. Ronsberg

aus 1. Ehe

5.1
Heinrich
(gest. beim Sturz v. Wickeltisch)

5.2
Richenza
(gest. um 1168)

5.3
Gertrud
(um 1154 – 1197)
∞ 1166/1177
1. Friedrich IV. v. Rothenburg
(1144/45 – 1167)
2. Knut VI. v. Dänemark
(um 1162 – 1202)

Könige v. Dänemark (Haus Estridsson)

5.4
Richenza (Mathilde)
(1172 – 1209/10)
∞ 1189/1204
1. Gottfried II. v. Perche
(gest. 1202)
2. Enguerrand III. de Coucy (1182 – um 1242)

aus 2. Ehe

5.5
Heinrich (V.), der Ältere
(um 1173/74 – 1227)
∞ 1195/1211
1. Agnes v. Staufen (um 1176 – 1204)
2. Agnes v. Landsberg (1192/93 – 1266)
Pfgf. bei Rhein 1195 – 1212/13 (1227)
Gf. v. Stade u. Dithmarschen 1202 – 1227

6.1
Heinrich II.
(um 1196 – 1214)
∞ 1212
Mathilde v. Brabant
(1200 – 1267)
Pfgf. bei Rhein 1212 – 1214

6.2
Irmengard (um 1200 – 1259)
∞ um 1217
Hermann V. (gest. 1243)
Mgf. v. Baden 1190 – 1243

Markgrafen v. Baden

1.0
Welf IV. (um 1030/40–1101)
∞ um 1070 (2.)
1. Ethelinde v. Northeim
(um 1050 – nach 1075)
2. Judith v. Flandern
(um 1030–1094)
Hz. v. Bayern 1070–1077/1096–1101

aus 2. Ehe

2.2
Heinrich IX. »der Schwarze«
(um 1074–1126)
∞
Wulfhild Billung v. Sachsen
(gest. 1126)
Hz. v. Bayern 1120–1126

2.3
Kunizza
(gest. 1120)
∞
Friedrich Rocho
Gf. v. Diessen

3.4
Sophie
∞
Berthold III.
(um 1090–1122)
Hz. v. Zähringen
1111–1122

Zähringer

3.5
Mathilde (gest. 1183)
∞ 1129
1. Diepold IV. v. Vohburg
(gest. um 1128)
2. Gebhard III.
v. Sulzbach
(um 1114–1188)

3.6
Welf VI. (1115–1191)
∞ vor 1133
Uta v. Calw
(1115/20–1197)
Mgf. v. Tuszien (Toskana) 1152–1173
Hz. v. Spoleto 1152–1173 (?)
Herr v. Sardinien

3.7
Wulfhild
(gest. nach 1160)
∞
Rudolf
Gf. v. Bregenz

4.3
Elisabeth
(um 1130/35–1164/80)
∞ 1150
Rudolf v. Pfullendorf
(um 1100/10–1181)

4.4
Welf VII.
(um 1140–1167)
Gf. v. Altdorf

5.6
Otto IV. v. Braunschweig
(1175/76–1218)
∞ 1212/1214
1. Beatrix v. Schwaben (1198–1212)
2. Maria v. Brabant (1190–1260)
Hz. v. Aquitanien 1196–1198
Röm.-Deutscher Kg. 1198–1218
(unangefochten 1208–1211)
Ks. 1209–1218

5.7
Lothar
(um 1174/75–1190)

5.8
Wilhelm
(1184–1213)
∞ 1202
Helena v. Dänemark
(um 1180–1233)
Hz. v. Lüneburg 1202–1213

unehelich

5.9
Mathilde
(vor 1164 – vor 1219)
∞ 1178
Heinrich Borwin I.
(gest. 1227)
Fürst v. Mecklenburg
1178–1219/27

6.3
Agnes (um 1201–1267)
∞ 1222
Otto II. (1206–1253)
Pfgf. bei Rhein 1214/38–1253
Hz. v. Bayern 1231–1253

Herzöge v. Bayern
Pfalzgrafen bei Rhein

6.4
Otto »das Kind« (1204–1252)
∞ 1228
Mechthild v. Brandenburg
(um 1210–1261)
Hz. v. Braunschweig-Lüneburg
1235–1252

Herzöge v.
Braunschweig-Lüneburg

Herzöge v. Mecklenburg

Verwendete Abkürzungen

Äbtn.	Äbtissin	Kg.	König
Bf.	Bischof	Kgn.	Königin
Ebf.	Erzbischof	Ks.	Kaiser
Gf.	Graf	Ksn.	Kaiserin
Gfn.	Gräfin	Lgf.	Landgraf
Gft.	Grafschaft	Lgfn.	Landgräfin
Hz.	Herzog	Mgf.	Markgraf
Hzn.	Herzogin	Mgfn.	Markgräfin
Kf.	Kurfürst	Pfgf.	Pfalzgraf
Kfn.	Kurfürstin	Pfgfn.	Pfalzgräfin

Das Haus Anjou-Plantagenêt – Die Könige von England
Stammtafel (1028–1216)

[Auert-Watzik 2019 nach Berg 2003/2007, Aurell 2004, Favier 2004 und Turner 2012]

Verwendete Abkürzungen

Äbtn.	Äbtissin	Kg.	König
Bf.	Bischof	Kgn.	Königin
Ebf.	Erzbischof	Ks.	Kaiser
Gf.	Graf	Ksn.	Kaiserin
Gfn.	Gräfin	Lgf.	Landgraf
Gft.	Grafschaft	Lgfn.	Landgräfin
Hz.	Herzog	Mgf.	Markgraf
Hzn.	Herzogin	Mgfn.	Markgräfin
Kf.	Kurfürst	Pfgf.	Pfalzgraf
Kfn.	Kurfürstin	Pfgfn.	Pfalzgräfin

1.0
Gottfried II. Ferréol
(gest. 1042/45)
∞ um 1035
Ermengarde v. Anjou
(um 1018–1076)
Gf. v. Gâtinais 1028/30–1042/45

2.1
Gottfried III. »der Bärtige«
(1040–1097)
Gf. v. Gâtinais 1042/45–1068
Gf. v. Anjou u. Tours 1060–1068

2.2
Fulko IV. »der Zänker« (1043–1109)
∞ (5.) 1089
1. Hildegard de Beaugency
(gest. vor 1070)
2. Ermengarde de Bourbon
3. Ermengarde v. Châtelaillon
4. N.N.
5. Bertrada v. Montfort
(um 1060–1115/16)
Gf. v. Anjou u. Tours 1068–1109
Gf. v. Gâtinais 1068

3.1
Ermengarde (1068–1146)
∞ 1089/93
1. Wilhelm IX. v. Aquitanien
(1071–1126)
2. Alain IV. Fergant v. Bretagne
(vor 1072–1119)

aus 5. Ehe

3.2
Gottfried IV. (um 1073–1106)
Gf. v. Anjou

4.1
Isabelle
(1110–1154)

aus 1. Ehe

4.2
Gottfried V. »der Schöne« (1113–1151)
∞ 1128
Mathilde (Matilda) v. England
(um 1102–1167)
Hz. der Normandie 1144–1150
Gf. v. Anjou u. Maine 1129–1151

5.1
Heinrich II. »Kurzmantel«
(1133–1189)
∞ 1152
Eleonore v. Aquitanien
(um 1122–1204)
Kg. v. England 1154–1189
Hz. der Normandie 1150–1189
Hz. v. Aquitanien 1152–1172
Gf. v. Anjou 1151–1189

5.2
Gottfried VI.
(1134–1158)
Gf. v. Anjou, Maine u. Nantes

5.3
Wilhelm Langschwert
(1136–1164)

5.4 ff.
mehrere uneheliche Kinder

6.1
Wilhelm v. Poitiers
(1153–1156)

6.2
Heinrich der Jüngere (1153–1183)
∞ 1160
Margarethe v. Frankreich
(um 1158–1197)
Mitkg. v. England 1170–1183

6.3
Mathilde
(1156–1189)
∞ 1168
Heinrich der Löwe
(um 1132/33–1195)

Welfen

6.4
Richard I. »Löwenherz«
(1157–1199)
Kg. v. England 1189–1199
Hz. der Normandie 1189–1199
Hz. v. Aquitanien 1172–1196/99
Gf. v. Anjou 1189–1199
Gf. v. Poitou 1169–1199

1161/65	Heiratsprojekt Friedrich I. Barbarossas unter Vermittlung Rainald v. Dassels: Die Töchter Eleonore und Mathilde sollten Friedrich V. (um 1163 – 1170) bzw. Heinrich den Löwen heiraten.
1168	Heinrich der Löwe, Philipp I. v. Heinsberg, Ebf. v. Köln, und Christian v. Buch, Reichskanzler, bieten Heinrich II. Waffenhilfe gegen den französischen Kg. an. Im Gegenzug sollte der staufische Gegenpapst Paschalis III. anerkannt werden.
1182 – 1185/89	Exil Heinrichs des Löwen in England u. d. Normandie nach seiner Verbannung
1190 – 1192	Dritter Kreuzzug
1191	Eroberung von Zypern durch Richard I. »Löwenherz« Kapitulation v. Akkon
1192	Waffenstillstand mit Saladin Gefangennahme Richards I. durch Hz. Leopold V. v. Österreich (1157–1194), Aufenthalte u. a. auf der Burg Trifels
1193	Würzburger Vertrag – Richard I. verpflichtet sich zur Zahlung von 100 000 Mark Silber (ca. 24 Tonnen Silber) Lösegeld an Ks. Heinrich VI.; England als Lehen des deutschen Kaisers
1194	Freilassung und Rückkehr nach England

2.3
Hildegard (um 1050–um 1120)
∞ 1068/69
Wilhelm v. Aquitanien
(um 1025–1086)

Herzöge v. Aquitanien
Herzöge v. Gascogne
Grafen v. Poitou

3.3
Fulko V. »der Jüngere« (1092–1143)
∞ 1109/1129
1. Erembuge de La Flèche (gest. 1126)
2. Melisende (1105–1161)
Kg. v. Jerusalem 1131–1143
Gf. v. Anjou 1109–1129

4.3
Sybille (1112/16–1165)
∞ 1123/1139
1. Wilhelm Clito
(1102–1128)
2. Dietrich v. Elsass
(um 1099–1168)

Grafen v. Flandern

4.4
Elias II.
(gest. 1151)

aus 2. Ehe

4.5
Balduin III.
(1131–1162)
Kg. v. Jerusalem
1143–1162

4.6
Almarich I. (1136–1174)
∞ 1158/1167
1. Agnes v. Edessa (vor 1149–1184)
2. Maria Komnena (1154–vor 1217)
Kg. v. Jerusalem 1162–1174

Könige v. Jerusalem

6.5
Gottfried (1158–1186)
∞ 1181
Konstanze v. Bretagne
(1161–1201)
Hz. v. Bretagne 1181–1186

Herzöge v. Bretagne

6.6
Eleonore (1162–1214)
∞ 1176
Alfons VIII. v. Kastilien
(1155–1214)
Kgn. v. Kastilien 1176–1214

Könige v. Kastilien

6.7
Johanna (1164–1199)
∞ 1177
Wilhelm II. v. Sizilien
(um 1153–1189)
Kgn. v. Sizilien 1177–1189

Könige v. Sizilien

6.8
Johann Ohneland
(1167–1216)
∞ 1189/1200
1. Isabel v. Gloucester
(um 1160–1217)
2. Isabella v. Angoulême
(um 1188–1246)
Kg. v. England 1199–1216
Lord v. Irland 1199–1216
Hz. v. Aquitanien 1199–1216
Hz. d. Normandie 1199–1204
Gf. v. Anjou 1199–1204
Gf. v. Poitou 1199–1216

Könige v. England

Das Haus Estridsson – Die Könige von Dänemark

Stammtafel (1014 – 1241)

[Auert-Watzik 2019]

1.0
Harald II.
(um 995 – 1018)
Kg. v. Dänemark 1014 – 1018

sämtliche Kinder sind illegitim

3.1
Harald III. Hen
(1041 – 1080)
Kg. v. Dänemark 1076 – 1080

3.2
Knut IV. der Heilige
(um 1043 – erschlagen 1086)
∞
Adela v. Flandern
(um 1064 – 1115)
Kg. v. Dänemark 1080 – 1086

4.1
Ragnhild

4.2
Erik II. Emune (um 1100 – 1137)
∞ 1132
Malfrieda v. Nowgorod
(gest. 1137)
Kg. v. Dänemark 1134 – 1137

5.1
Erik III. Lam
(um 1100/05 – 1146)
∞ um 1145
Liutgard v. Stade
Kg. v. Dänemark 1137 – 1146
(abgedankt)

5.2 **vmtl. illegitim**
Sven III. »Grathe«
(vor 1120 – 1157)
∞ 1152
Adela v. Meißen (gest. 1181)
Jarl v. Schonen 1157
(Mit-)Kg. v. Dänemark (1146 –)
1152 – 1157

6.1
Liutgard
∞
Berthold III. (um 1110/15 – 1188)
Gf. v. Andechs 1151 – 1188
Mgf. v. Istrien u. Krain 1173 – 1188

6.2 – 6.3
weitere zwei Kinder
(darunter ein früh verstorbener Sohn)

6.6
Sophia (um 1159 – 1208)
∞ 1181
Siegfried III. v. Weimar-Orlamünde (um 1155 – 1206)
Gf. v. Weimar-Orlamünde
1176 – 1206

6.7
Knut VI. (um 1162 – 1202)
∞ 1177
Gertrud v. Sachsen u. Bayern
(um 1154 – 1197)
Kg. v. Dänemark 1182 – 1202

6.8
Waldemar II. (1170 – 1241)
Hz. v. Schleswig 1182 – 1202
Kg. v. Dänemark 1202 – 1241

Verwendete Abkürzungen

Äbtn.	Äbtissin	Kg.	König
Bf.	Bischof	Kgn.	Königin
Ebf.	Erzbischof	Ks.	Kaiser
Gf.	Graf	Ksn.	Kaiserin
Gfn.	Gräfin	Lgf.	Landgraf
Gft.	Grafschaft	Lgfn.	Landgräfin
Hz.	Herzog	Mgf.	Markgraf
Hzn.	Herzogin	Mgfn.	Markgräfin
Kf.	Kurfürst	Pfgf.	Pfalzgraf
Kfn.	Kurfürstin	Pfgfn.	Pfalzgräfin

1.1
Knut der Große (um 995 – 1035)
∞
Aelfiga v. Northampton
(um 995 – 1040)
Kg. v. Dänemark 1018 – 1035
Kg. v. England 1016 – 1035

1.2
Estrid
∞ 1015
Ulf Jarl
(gest. 1026)

2.1
Sven II. Estridsson
(um 1020 – 1076)
Kg. v. Dänemark 1047 – 1076

3.3
Olaf I. Hunger (1050 – 1095)
∞
Ingegerd v. Norwegen
(gest. um 1120)
Jarl v. Jütland 1080 – 1095
Kg. v. Dänemark 1086 – 1095

3.4
Erik I. Ejegod (1056 – 1103)
∞
Bodil Thrugotsdottir
(1065 – 1103)
Jarl v. Seeland 1080 – 1095
Kg. v. Dänemark 1095 – 1103

3.5
Niels Svensson
(um 1064 – 1134)
∞
Margarethe v. Schweden
(um 1080 – 1117/30)
Kg. v. Dänemark 1103 – 1134

3.6 – 3.20
weitere
15 Kinder

4.3
Knud Lavard (1096 – ermordet 1131)
∞
Ingeborg v. Kiew
Jarl v. Schleswig 1119 – 1130
Samtherrscher der Abodriten 1129 – 1131

4.4
Magnus der Starke (1107 – 1134)
∞
Rikissa v. Polen
(1116 – nach 1156)
Kg. v. Schweden 1125 – 1130

5.3
Kristin

5.4
Katharina
∞
Pribislav (Prislav)
(um 1115 – 1164/75)
Fürst der Abodriten (verstoßen)
Jarl v. Lolland

5.5
Waldemar I. der Große
(1131 – 1182)
∞ 1157
Sophia v. Minsk (um 1141 – 1198)
Präfekt v. Schleswig 1146 – 1153
Jarl v. Jütland 1157
(Mit-)Kg. v. Dänemark 1146 – 1152
Kg. v. Dänemark 1157 – 1182

5.6
Knut V. Magnusson
(vor 1130 – ermordet 1157)
∞
Helena Svensdotter
(1130 – nach 1158)
Jarl v. Seeland 1152 – 1154
(Mit-)Kg. v. Dänemark (1146 –)
1154 – 1157

6.4
Kanut
(gest. 1183)
Jarl v. Lolland

6.5
Waldemar
(gest. 1184)
Mönch in Paris

6.9 – 6.10
Margaretha
Maria
Nonnen in Roskilde

6.11
Ingeborg (gest. 1237/38)
∞ 1193
Philippe Auguste (1165 – 1223)
Kg. v. Frankreich 1180 – 1223

6.12
Helena (gest. 1233)
∞ 1202
Wilhelm (1184 – 1213)
Hz. v. Lüneburg 1202 – 1213

6.13
Rikissa (1174 – 1220)
∞ 1210
Erik X. (1180 – 1216)
Kg. v. Schweden 1208 – 1216

Die Wettiner – Die Markgrafen von Meißen

Stammtafel (um 1034–1221)

[Auert-Watzik 2019 nach Posse 1897, Pätzold 1997, Marquis 1998 und Schlenker 2007]

2.1
Dedo IV. (um 1096–1124)
∞
Bertha v. Groitzsch (gest. 1144)
Gf. v. Wettin-Brehna 1104–1124

3.1
Heinrich
(jung verstorben)

3.2
Otto der Reiche
(nach 1125–1190)
∞ 1147
Hedwig v. Ballenstedt
(gest. 1203)
Mgf. v. Meißen 1156–1190

3.3
Oda
(gest. um 1190)
Äbtn. v. Gerbstedt (urk. 1137)

3.4
Bertha
Äbtn. v. Gerbstedt (urk. 1190)

3.5
Dietrich (II.)
(um 1118/vor 1142–1185)
∞ 1142 (?)
Dobroniega v. Polen
(um 1128/29–um 1160)
[**Kunigunde v. Plötzkau**
= außereheliche Beziehung]
Mgf. der sächs. Ostmark 1156–1185
Gründung des Klosters Dobrilugk 1165

4.1
Albrecht der Stolze (1158–1195)
∞ 1186
Sophia v. Böhmen (gest. 1195)
Mgf. v. Meißen 1190–1195

4.2
Dietrich der Bedrängte (1162–1221)
∞
Jutta v. Thüringen (1184–1235)
Mgf. v. Meißen 1198–1221
Mgf. der sächs. Ostmark 1210–1221

Markgrafen v. Meißen

4.3
Konrad
(vor 1161–1175)
Tod im Turnier

Markgrafen der sächs. Ostmark
(erloschen 1185 – übertragen an die Gf. v. Groitzsch 1185–1210)

4.4
Gertrud
Nonne in Gerbstedt

3.7
Adelheid (Adela) (gest. 1181)
∞ 1152
1. Sven III. »Grathe«
(vor 1120–1157)
2. Adalbert v. Ballenstedt
(gest. um 1171)

3.8
Heinrich I.
(vor 1141–1181)
∞ um 1182
Sophia v. Sommerschenburg
(gest. 1217)
Gf. v. Wettin 1156–1181

Grafen v. Wettin
(erloschen 1217)

3.9
Dedo V. (III.)
(um 1121/vor 1142–1190)
∞ vor 1159
Mechthild v. Heinsberg (gest. 1189)
Gf. v. Groitzsch, Herr v. Rochlitz 1156–1190
Mgf. der sächs. Ostmark 1185–1190
Gründung des Klosters Zschillen (Wechselburg) 1168

»Dedoniden«
Markgrafen der sächs. Ostmark
(erloschen 1210)

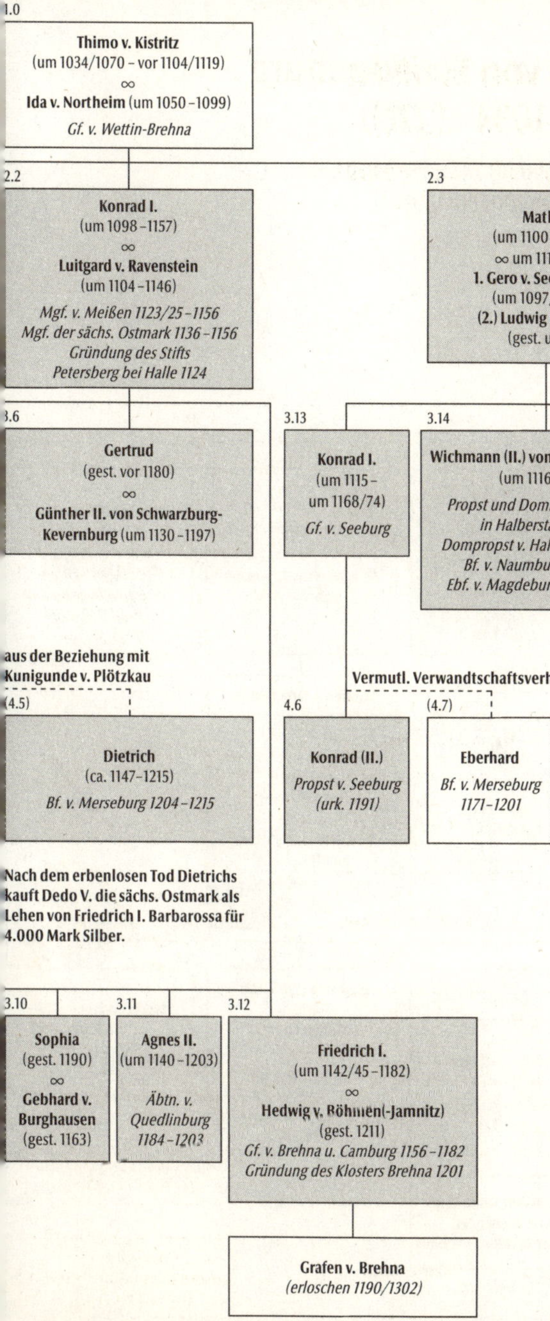

Verwendete Abkürzungen

Äbtn.	Äbtissin	Kg.	König
Bf.	Bischof	Kgn.	Königin
Ebf.	Erzbischof	Ks.	Kaiser
Gf.	Graf	Ksn.	Kaiserin
Gfn.	Gräfin	Lgf.	Landgraf
Gft.	Grafschaft	Lgfn.	Landgräfin
Hz.	Herzog	Mgf.	Markgraf
Hzn.	Herzogin	Mgfn.	Markgräfin
Kf.	Kurfürst	Pfgf.	Pfalzgraf
Kfn.	Kurfürstin	Pfgfn.	Pfalzgräfin

Die Askanier – Die Markgrafen von Brandenburg

Stammtafel (um 1080 – 1267)

[Auert-Watzik 2019 nach Schmidt 1973, Heinrich 1985, Partenheimer ²2003 und Partenheimer 2007]

3.1
Gertrud
∞ 1153
Diepolt I. (gest. 1167)
Hz. v. Böhmen(-Jamnitz)
1147 – 1167

3.2
Otto I.
(um 1130 – 1184)
∞ 1148/vor 1176
1. Judith v. Polen
(um 1132 – 1172/74)
2. Ada v. Holland
Mgf. v. Brandenburg
1170 – 1184

3.3
Hermann I.
(um 1130 – 1176)
Gf. v. Weimar-Orlamünde
1167/70 – 1176
→ **Grafen v. Orlamünde**

3.4
Siegfried I.
(um 1132 – 1184)
Bf. v. Brandenburg
1173 – 1179
Ebf. v. Hamburg-Bremen
(1168) 1179 – 1184

aus 1. Ehe

4.1
Otto II.
(nach 1147 – 1205)
∞
Ada v. Holland
Mgf. v. Brandenburg
1184 – 1205

4.2
Heinrich
(gest. 1196)
Gf. v. Gardelegen
1186 – 1196

4.3
Albrecht II.
(vor 1177 – 1220)
∞ 1205
Mechthild v. Landsberg
(um 1190 – 1255)
Mgf. v. Brandenburg
1205 – 1220

5.1
Johann I. (um 1203 – 1266)
∞ 1230/1255
1. Sophia v. Dänemark
(1217 – 1247)
2. Jutta v. Sachsen
(gest. 1266)
Mgf. v. Brandenburg
1220 – 1266
→ **Ältere bzw. Johanneische Linie (Stendal) Grablege im Kloster Chorin (1258)**

5.2
Otto III.
(um 1205 – 1267)
∞ 1243
Beatrix v. Böhmen
(gest. 1286)
Mgf. v. Brandenburg
1220 – 1267
→ **Jüngere bzw. ottonische Linie (Salzwedel) Grablege im Kloster Lehnin**

5.3
Elisabeth (1207 – 1231)
∞ 1228
Heinrich Raspe IV.
(1204 – 1247)
Lgf. v. Thüringen
1227 – 1239/41 – 1247
Röm.-Deutscher Gegenkönig
1246/47

5.4
Mechthild (gest. 1261)
∞ 1228
Otto »das Kind«
(1204 – 1252)
Hz. v. Braunschweig-Lüneburg 1235 – 1252

Verwendete Abkürzungen

Äbtn.	Äbtissin	Kg.	König
Bf.	Bischof	Kgn.	Königin
Ebf.	Erzbischof	Ks.	Kaiser
Gf.	Graf	Ksn.	Kaiserin
Gfn.	Gräfin	Lgf.	Landgraf
Gft.	Grafschaft	Lgfn.	Landgräfin
Hz.	Herzog	Mgf.	Markgraf
Hzn.	Herzogin	Mgfn.	Markgräfin
Kf.	Kurfürst	Pfgf.	Pfalzgraf
Kfn.	Kurfürstin	Pfgfn.	Pfalzgräfin

.0
Otto v. Ballenstedt (um 1070 – 1123)
∞ 1094
Eilika Billung v. Sachsen
(um 1080 – 1142/43)
Gf. v. Ballenstedt 1080 (1106) – 1123
Hz. v. Sachsen 1112

2.1
Albrecht der Bär (um 1100 – 1170)
∞
Sophia v. Winzenburg (1105 – 1160)
Gf. v. Ballenstedt 1123
Mgf. der Ostmark 1123/25 – 1131
Mgf. der Nordmark 1134
Hz. v. Sachsen 1138 – 1142
Gf. v. Weimar-Orlamünde 1140 – 1170
Mgf. v. Brandenburg (1150) 1157 – 1170

2.2
Adelheid (um 1100 – nach 1139)
∞
1. **Heinrich IV.** (um 1102 – um 1128)
Gf. v. Stade
Mgf. der Nordmark 1115 – 1128

3.5
Adalbert III. (um 1136 – 1171)
∞ 1158 (?)
Adela v. Meißen (gest. 1181)
Gf. v. Aschersleben 1155 – 1171

3.6
Hedwig
(um 1140 – 1203)
∞ 1147
Otto der Reiche
(1125 – 1190)
Mgf. v. Meißen
1156 – 1190

3.7
Dietrich
(gest. 1183)
Gf. v. Werben
1170 – 1183

3.8
Bernhard III.
(um 1140 – 1212)
∞ vor 1175
Judith v. Polen
(um 1154 – 1201/02)
Gf. v. Ballenstedt 1171 – 1212
Gf. v. Plötzkau 1173 – 1212
Hz. v. Sachsen 1180/81 – 1212
Gf. v. Werben 1183 – 1212

3.9 – 3.10
weitere zwei Kinder

4.4
Heinrich I.
(um 1170 – 1252)
Fürst v. Anhalt 1212 – 1252

4.5
Albrecht I.
(um 1175 – 1260/61)
Hz. v. Sachsen 1212 – 1260/61

4.6
Sophia
(gest. 1244)
Äbtn. v. Gernrode
1220 – 1244

4.7 – 4.9
weitere drei Kinder

Fürsten v. Anhalt

Herzöge v. Sachsen-Lauenburg
Herzöge v. Sachsen-Wittenberg
(= Kf. v. Sachsen)

Die Ludowinger – Die Landgrafen von Thüringen
Stammtafel (1131–1247)

[Auert-Watzik 2019 nach Patze 1973 f., Schwarz 1993, Warsitzka 2004 und Raßloff/Gebhardt 2017]

Verwendete Abkürzungen

Äbtn.	Äbtissin	Kg.	König
Bf.	Bischof	Kgn.	Königin
Ebf.	Erzbischof	Ks.	Kaiser
Gf.	Graf	Ksn.	Kaiserin
Gfn.	Gräfin	Lgf.	Landgraf
Gft.	Grafschaft	Lgfn.	Landgräfin
Hz.	Herzog	Mgf.	Markgraf
Hzn.	Herzogin	Mgfn.	Markgräfin
Kf.	Kurfürst	Pfgf.	Pfalzgraf
Kfn.	Kurfürstin	Pfgfn.	Pfalzgräfin

1.0
Ludwig der Bärtige (gest. 1056/80)
∞ 1039
Cäcilie v. Sangerhausen

2.1
Ludwig der Salier (»der Springer«)
(1042–1123)
∞ 1088
Adelheid v. Stade (um 1060–1110)
Gf. in Thüringen
Erbauer der Wartburg (um 1067)
Erbauer der Neuenburg (um 1090)
Gründer des Klosters Reinhardsbrunn 1085

3.1
Hermann
(um 1089–1114/16)

3.2
Ludwig I. (gest. 1140)
∞
Hedwig v. Gudensberg
(1098–1148)
Lgf. v. Thüringen 1131–1140
Gf. v. Gudensberg u. Bilstein (Hessen) 1137/40–1140

4.1
Ludwig II. »der Eiserne« (1128–1172)
∞ 1150
Jutta v. Schwaben (um 1131–1191)
Lgf. v. Thüringen 1140–1172

5.1
Ludwig III. »der Milde«
(1151/52–1190)
∞
1. **Margarethe v. Kleve**
2. **Sophia v. Minsk**
(um 1141–1198)
Lgf. v. Thüringen 1172–1190

5.2
Heinrich Raspe III.
(um 1155–1180)
Gf. v. Gudensberg 1172–1180

5.3
Friedrich (um 1155–1229)
∞ 1185
Lukardis v. Ziegenhain
(um 1160–nach 1207)
Gf. v. Wildungen u. Ziegenhain 1185/86–1229
Domvogt v. Fulda 1229

5.4
Hermann I. (um 1155–1217)
∞ 1182/1196
1. **Sophia v. Sommerschenburg**
(gest. 1189/90)
2. **Sophia v. Bayern** (1170–1238)
Pfgf. v. Sachsen 1181–1217
Lgf. v. Thüringen 1190–1217

6.1 **aus 1. Ehe**
Jutta
(vor 1190–um 1208)
∞
Dietrich
(vor 1190–1207)
Gf. v. Sommerschenburg u. Groitzsch

6.2 **aus 1. Ehe**
Jutta (um 1182–1235)
∞ 1195/97
1. **Dietrich der Bedrängte**
(1162–1221)
2. **Poppo XIII. v. Henneberg**
(1185/90–1245)

Markgrafen v. Meißen

6.3
Hedwig (gest. 1247)
∞ um 1211
Albrecht
(nach 1182–vor 1245)
Gf. v. Weimar-Orlamünde 1215–1245

6.4
Irmgard
(1196–1244)
∞ 1211
Heinrich I.
(um 1170–1252)
Fürst v. Anhalt 1212–1252

Fürsten v. Anhalt

6.5
Hermann
(vor 1200–121

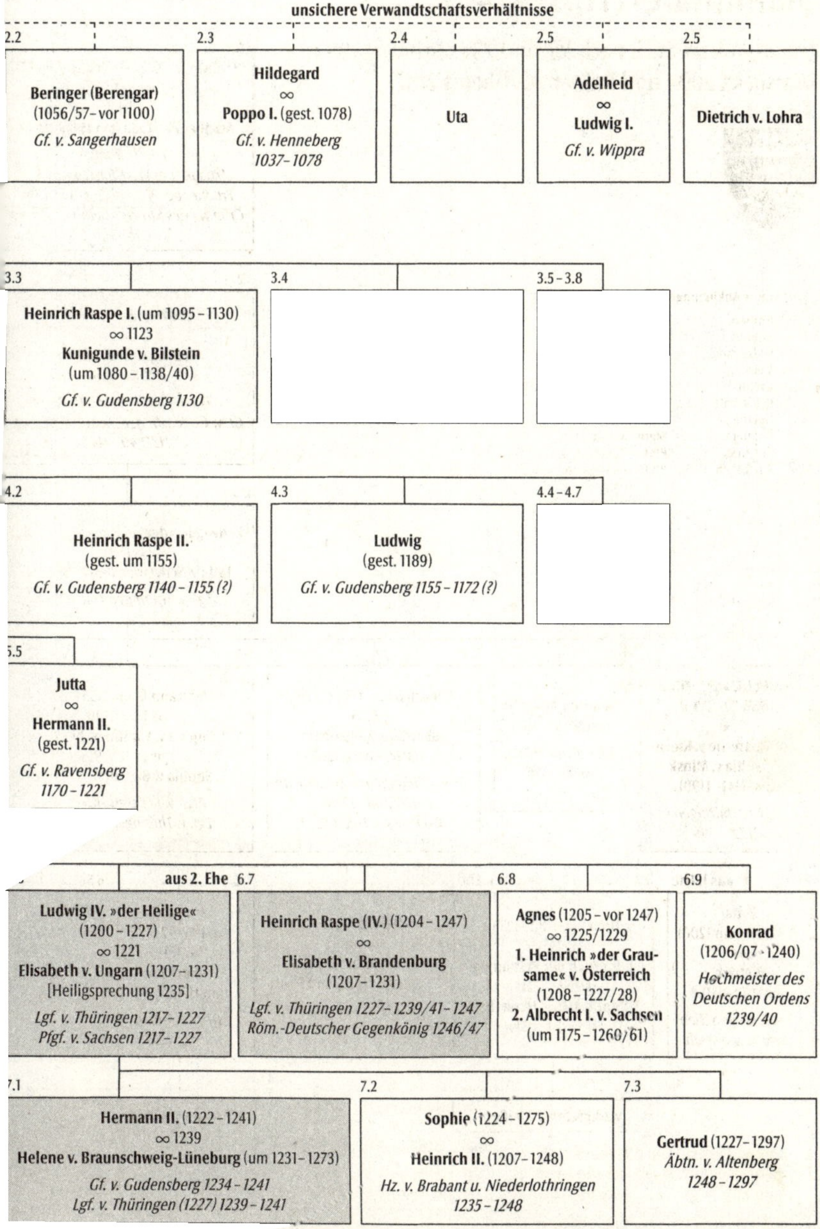
unsichere Verwandtschaftsverhältnisse
2.2
Beringer (Berengar)
(1056/57–vor 1100)
Gf. v. Sangerhausen
2.3
Hildegard
∞
Poppo I. (gest. 1078)
Gf. v. Henneberg
1037–1078
2.4
Uta
2.5
Adelheid
∞
Ludwig I.
Gf. v. Wippra
2.5
Dietrich v. Lohra
3.3
Heinrich Raspe I. (um 1095–1130)
∞ 1123
Kunigunde v. Bilstein
(um 1080–1138/40)
Gf. v. Gudensberg 1130
3.4
3.5–3.8
4.2
Heinrich Raspe II.
(gest. um 1155)
Gf. v. Gudensberg 1140–1155 (?)
4.3
Ludwig
(gest. 1189)
Gf. v. Gudensberg 1155–1172 (?)
4.4–4.7
5.5
Jutta
∞
Hermann II.
(gest. 1221)
Gf. v. Ravensberg
1170–1221
aus 2. Ehe
Ludwig IV. »der Heilige«
(1200–1227)
∞ 1221
Elisabeth v. Ungarn (1207–1231)
[Heiligsprechung 1235]
Lgf. v. Thüringen 1217–1227
Pfgf. v. Sachsen 1217–1227
6.7
Heinrich Raspe (IV.) (1204–1247)
∞
Elisabeth v. Brandenburg
(1207–1231)
Lgf. v. Thüringen 1227–1239/41–1247
Röm.-Deutscher Gegenkönig 1246/47
6.8
Agnes (1205–vor 1247)
∞ 1225/1229
1. Heinrich »der Grausame« v. Österreich
(1208–1227/28)
2. Albrecht I. v. Sachsen
(um 1175–1260/61)
6.9
Konrad
(1206/07–1240)
Hochmeister des
Deutschen Ordens
1239/40
7.1
Hermann II. (1222–1241)
∞ 1239
Helene v. Braunschweig-Lüneburg (um 1231–1273)
Gf. v. Gudensberg 1234–1241
Lgf. v. Thüringen (1227) 1239–1241
7.2
Sophie (1224–1275)
∞
Heinrich II. (1207–1248)
Hz. v. Brabant u. Niederlothringen
1235–1248
7.3
Gertrud (1227–1297)
Äbtn. v. Altenberg
1248–1297

Die Schauenburger – Die Grafen von Holstein
Stammtafel (1110 –1261)

[Auert-Watzik 2019 nach Meyer 1911, Bork 1951, bei der Wieden ²1999, Bock 2012/2015 und Auge/Kraack 2015]

1.0

Magnus Billung (um 1045 - 1106)
∞
Sophia v. Ungarn (um 1050 - 1095)
Hz. v. Sachsen 1072 - 1106

2.1

Wulfhild Billung (gest. 1126)
∞
Heinrich IX. »der Schwarze«
(1075 - 1126)
Hz. v. Bayern 1120 - 1126

Herzöge v. Bayern
Herzöge v. Sachsen

2.1

Hartung
(gest. 1126)

2.2

Mechthild (geb. um 1126)
∞
Ludolf I. v. Dassel
(um 1115 - nach 1166)
Gf. v. Dassel 1153 - 1166

Verwendete Abkürzungen

Äbtn.	Äbtissin	Kg.	König
Bf.	Bischof	Kgn.	Königin
Ebf.	Erzbischof	Ks.	Kaiser
Gf.	Graf	Ksn.	Kaiserin
Gfn.	Gräfin	Lgf.	Landgraf
Gft.	Grafschaft	Lgfn.	Landgräfin
Hz.	Herzog	Mgf.	Markgraf
Hzn.	Herzogin	Mgfn.	Markgräfin
Kf.	Kurfürst	Pfgf.	Pfalzgraf
Kfn.	Kurfürstin	Pfgfn.	Pfalzgräfin

1203 - 1227 König Waldemar II. v. Dänemark im Besitz der Gft. Holstein

4.1

aus 2. Ehe 4.2

4.3

4.4

Mechthild
(gest. um 1264)

5.1

5.2

Johann I. (um 1229 - 1263)
Gf. v. Holstein-Kiel
(1239) 1261 - 1263

Abel v. Dänemark übt v. 1238/39 - 1261 die Vormundschaft über Johann I. und Gerhard I. aus.

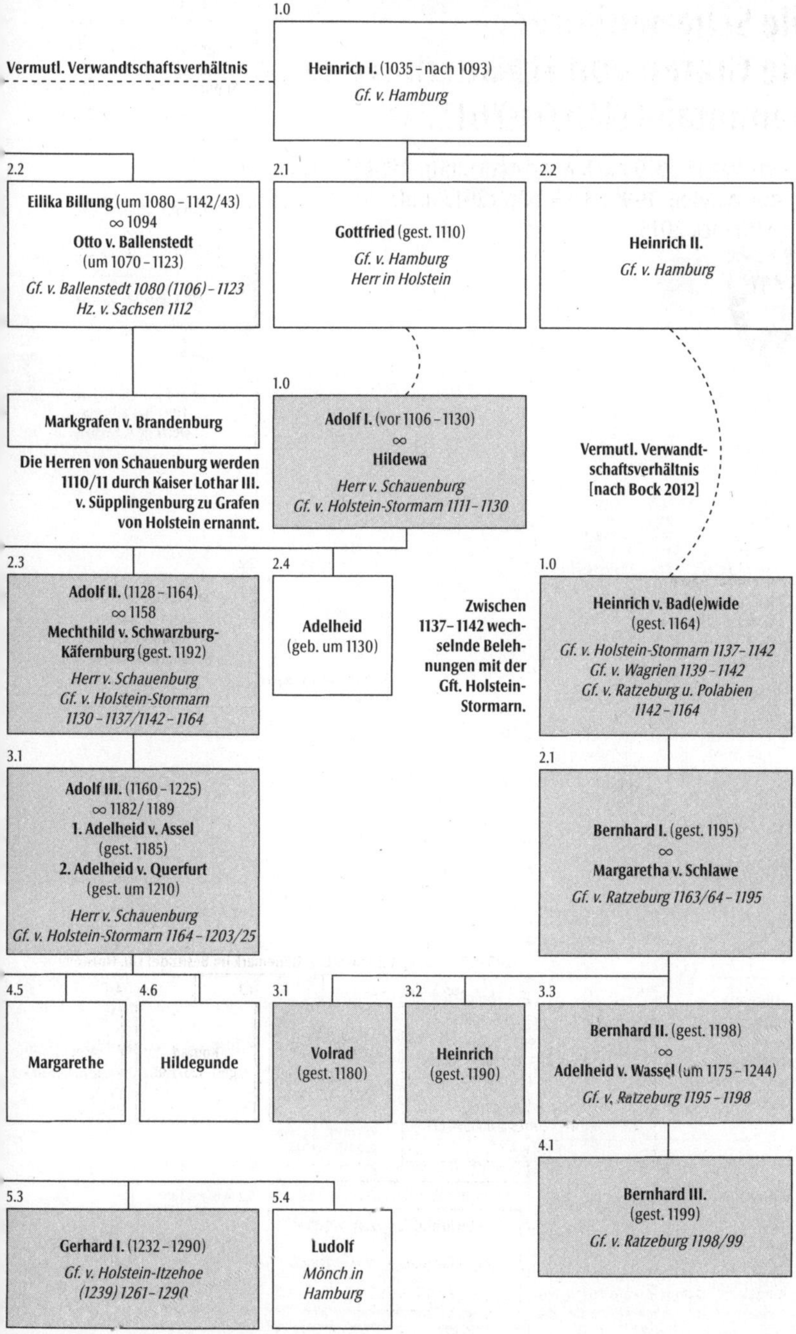
1.0
Vermutl. Verwandtschaftsverhältnis
Heinrich I. (1035 – nach 1093)
Gf. v. Hamburg
2.2
Eilika Billung (um 1080 – 1142/43)
∞ 1094
Otto v. Ballenstedt
(um 1070 – 1123)
Gf. v. Ballenstedt 1080 (1106) – 1123
Hz. v. Sachsen 1112
2.1
Gottfried (gest. 1110)
Gf. v. Hamburg
Herr in Holstein
2.2
Heinrich II.
Gf. v. Hamburg
Markgrafen v. Brandenburg
Die Herren von Schauenburg werden 1110/11 durch Kaiser Lothar III. v. Süpplingenburg zu Grafen von Holstein ernannt.
1.0
Adolf I. (vor 1106 – 1130)
∞
Hildewa
Herr v. Schauenburg
Gf. v. Holstein-Stormarn 1111 – 1130
Vermutl. Verwandtschaftsverhältnis [nach Bock 2012]
2.3
Adolf II. (1128 – 1164)
∞ 1158
Mechthild v. Schwarzburg-Käfernburg (gest. 1192)
Herr v. Schauenburg
Gf. v. Holstein-Stormarn
1130 – 1137/1142 – 1164
2.4
Adelheid
(geb. um 1130)
Zwischen 1137 – 1142 wechselnde Belehnungen mit der Gft. Holstein-Stormarn.
1.0
Heinrich v. Bad(e)wide
(gest. 1164)
Gf. v. Holstein-Stormarn 1137 – 1142
Gf. v. Wagrien 1139 – 1142
Gf. v. Ratzeburg u. Polabien
1142 – 1164
3.1
Adolf III. (1160 – 1225)
∞ 1182/ 1189
1. Adelheid v. Assel
(gest. 1185)
2. Adelheid v. Querfurt
(gest. um 1210)
Herr v. Schauenburg
Gf. v. Holstein-Stormarn 1164 – 1203/25
2.1
Bernhard I. (gest. 1195)
∞
Margaretha v. Schlawe
Gf. v. Ratzeburg 1163/64 – 1195
4.5
Margarethe
4.6
Hildegunde
3.1
Volrad
(gest. 1180)
3.2
Heinrich
(gest. 1190)
3.3
Bernhard II. (gest. 1198)
∞
Adelheid v. Wassel (um 1175 – 1244)
Gf. v. Ratzeburg 1195 – 1198
4.1
Bernhard III.
(gest. 1199)
Gf. v. Ratzeburg 1198/99
5.3
Gerhard I. (1232 – 1290)
Gf. v. Holstein-Itzehoe
(1239) 1261 – 1290
5.4
Ludolf
Mönch in Hamburg

Die Sizzonen – Die Grafen von Schwarzburg-Kevernburg
Stammtafel (um 949–1275)

[Auert-Watzik 2019 nach Apfelstedt 1890, Patze/Schlesinger 1967, Unbehaun et al. 1995, Wittmann 1997/2000/2009 und Hahnemann ³2014]

Verwendete Abkürzungen

Ábtn.	Äbtissin	Kg.	König
Bf.	Bischof	Kgn.	Königin
Ebf.	Erzbischof	Ks.	Kaiser
Gf.	Graf	Ksn.	Kaiserin
Gfn.	Gräfin	Lgf.	Landgraf
Gft.	Grafschaft	Lgfn.	Landgräfin
Hz.	Herzog	Mgf.	Markgraf
Hzn.	Herzogin	Mgfn.	Markgräfin
Kf.	Kurfürst	Pfgf.	Pfalzgraf
Kfn.	Kurfürstin	Pfgfn.	Pfalzgräfin

3.1
Sizzo II. (gest. um 1075)

4.1
Günther I. (um 1060–um 1109)
∞ (?)
Mechthild v. Kiew
(gest. nach 1087)

5.1
Sizzo III. (um 1093–1160)
∞ 1120
Gisela v. Berg
Gf. v. Schwarzburg 1123–1160
Gf. v. Kevernburg 1141–1160
Stiftung des Klosters Altenbergen 1143
(Georgenthal 1152)

Vermutl. Verwandtschaftsverhältnis

6.1
Friederike/Gisela (um 1118–1147)
∞ nach 1126
Friedrich V. v. Putelendorf
(vor 1114–1179)

6.2
Heinrich I. (um 1130–1184)
∞ 1170 (?)
N. N. (1149–1204)
Gf. v. Schwarzburg 1160–1184
Tod beim »Erfurter Latrinensturz« 1184

Vermutl. Verwandtschaftsverhältnis

aus 1. Ehe

7.1
Elisabeth
(gest. 1260)
∞ um 1189
Burchard I. v. Mansfeld
(gest. 1229)

7.2
Luitgard

7.3
Heinrich II. (um 1150/55–1236)
∞
Irmgard v. Weimar-Orlamünde
(gest. um 1222)
Gf. v. Schwarzburg-Blankenburg
1197–1236

7.4
Günther III. (um 1150–1221/22)
∞
Dietburg v. Anhalt (um 1169–1228)
Gf. v. Kevernburg Ilmenau u. Arnstadt
1197–1221/22

Vermutl. Verwandtschaftsverhältnis

8.1
Albrecht II.
(gest. 1278)
Propst v. Bibra/
Domherr zu
Magdeburg

8.2
Heinrich III.
(gest. 1259)
Gf. v. Schwarzburg-Leutenberg

8.3
Günther VII. (1217/27–1274/75)
∞
Sophie
Gf. v. Schwarzburg-Blankenburg
1236–1274

(8.4–8.6)
drei weitere Töchter
Nonnen im
Kloster
Paulinzella

Grafen v. Schwarzburg

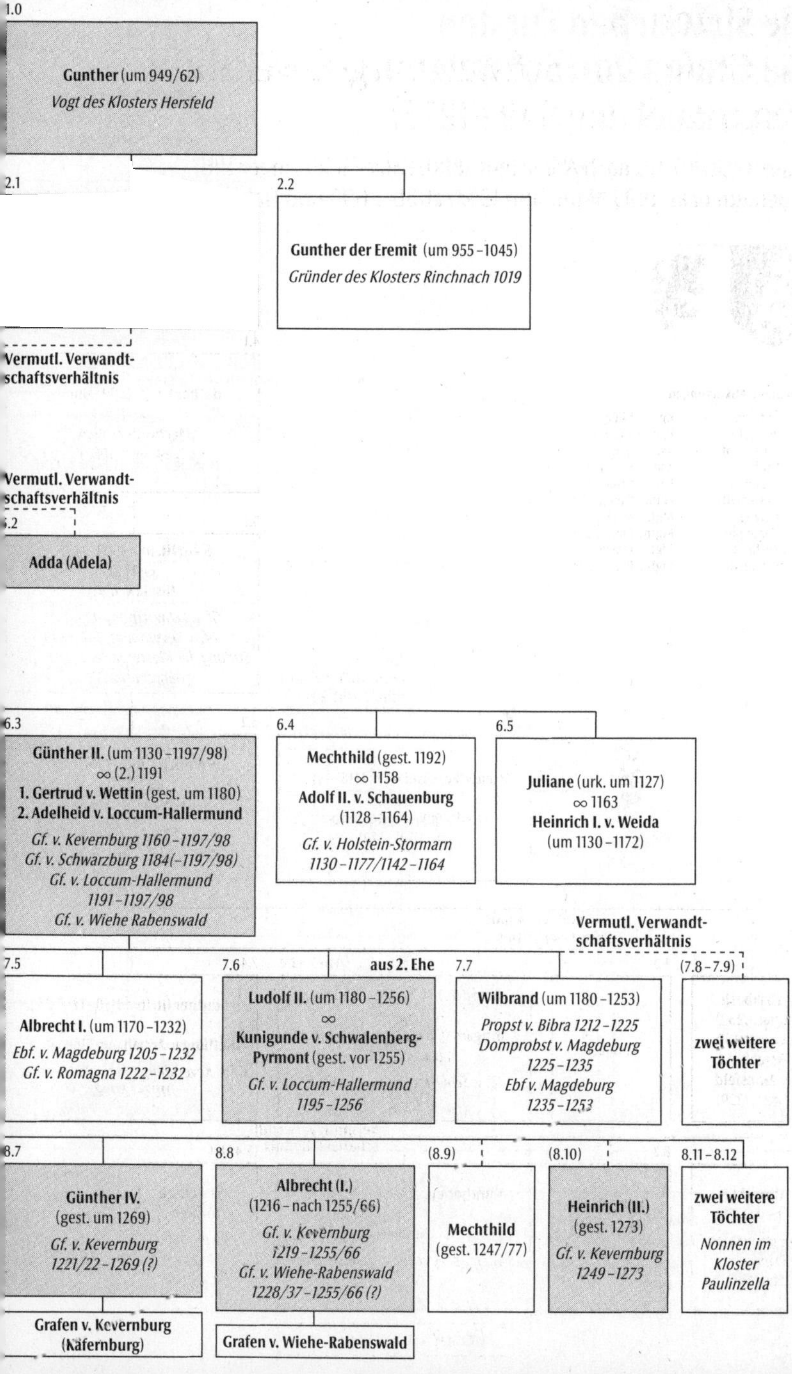
1.0
Gunther (um 949/62)
Vogt des Klosters Hersfeld
2.1
2.2
Gunther der Eremit (um 955–1045)
Gründer des Klosters Rinchnach 1019
Vermutl. Verwandtschaftsverhältnis
Vermutl. Verwandtschaftsverhältnis
.2
Adda (Adela)
6.3
Günther II. (um 1130–1197/98)
∞ (2.) 1191
1. Gertrud v. Wettin (gest. um 1180)
2. Adelheid v. Loccum-Hallermund
Gf. v. Kevernburg 1160–1197/98
Gf. v. Schwarzburg 1184(–1197/98)
Gf. v. Loccum-Hallermund 1191–1197/98
Gf. v. Wiehe Rabenswald
6.4
Mechthild (gest. 1192)
∞ 1158
Adolf II. v. Schauenburg
(1128–1164)
Gf. v. Holstein-Stormarn
1130–1177/1142–1164
6.5
Juliane (urk. um 1127)
∞ 1163
Heinrich I. v. Weida
(um 1130–1172)
Vermutl. Verwandtschaftsverhältnis
7.5
Albrecht I. (um 1170–1232)
Ebf. v. Magdeburg 1205–1232
Gf. v. Romagna 1222–1232
7.6
aus 2. Ehe
Ludolf II. (um 1180–1256)
∞
Kunigunde v. Schwalenberg-Pyrmont (gest. vor 1255)
Gf. v. Loccum-Hallermund
1195–1256
7.7
Wilbrand (um 1180–1253)
Propst v. Bibra 1212–1225
Domprobst v. Magdeburg
1225–1235
Ebf v. Magdeburg
1235–1253
(7.8–7.9)
zwei weitere Töchter
8.7
Günther IV.
(gest. um 1269)
Gf. v. Kevernburg
1221/22–1269 (?)
Grafen v. Kevernburg (Käfernburg)
8.8
Albrecht (I.)
(1216–nach 1255/66)
Gf. v. Kevernburg
1219–1255/66
Gf. v. Wiehe-Rabenswald
1228/37–1255/66 (?)
Grafen v. Wiehe-Rabenswald
(8.9)
Mechthild
(gest. 1247/77)
(8.10)
Heinrich (II.)
(gest. 1273)
Gf. v. Kevernburg
1249–1273
8.11–8.12
zwei weitere Töchter
Nonnen im Kloster Paulinzella

Die slawischen Fürsten zwischen Elbe und Oder
Stammtafel (955 – 1227)

[Auert-Watzik/Lindner 2019 nach Kahl 1964, Hermann [2]1985 und Lindner 2012/2014]

1.0
Stoignew (gest. 995)
Samtherrscher (mitregierender Großfürst) der Abodriten

2.1
Mistislaw (gest. um 1018)
Samtherrscher (Großfürst) der Abodriten
Herr der Wagrier u. Polaben
Herr der Mecklenburg

Vermutl. Verwandtschaftsverhältnis

(3.1)
Ratibor (gest. 1043)
Samtherrscher (Großfürst) der Abodriten
Herr v. Polabien
Gründer v. Ratzeburg (?)

3.2
Pribignew (Udo) (gest. 1028)
Samtherrscher (Großfürst) der Abodriten 1018 – 1028

(4.1)
Kruto (erschlagen 1090)
∞
Slawinia
Fürst der Abodriten
Herr v. Wagrien u. d. Burgen Oldenburg (Starigrad) und Plön

4.2
Gottschalk der Wende
(um 1000 – ermordet 1066)
∞
Sigrid Estridsson
Samtherrscher (Großfürst) der Abodriten

1.0
Lubemar

1.1
Niklot (um 1100 – 1160)
Fürst (»König«) der Abodriten, Kessiner u. Zirzipanen 1132 – 1160
Herr v. Werle und Dobin

5.1
Budivoj
(erschlagen 1071/73 auf der Burg Plön)
Samtherrscher (Großfürst) der Abodriten

2.1
Pribislav (Prislaw)
(um 1115 – 1164/75)
∞
Katharina Lavard
Fürst der Abodriten (verstoßen)
Jarl v. Lolland

2.2
Wertislaw
(gest. 1164)

2.3
Pribislaw
(gest. 1178)
Fürst der Abodriten
Fürst v. Mecklenburg und Kessin

6.1
Pribislaw von Alt-Lübeck
(gest. nach 1156)
Fürst der Abodriten
Herr v. Wagrien u. Polabien

Titelkauf bei Kaiser Lothar III. 1128/29

3.1
Knut
(gest. 1183)
Jarl v. Lolland

3.2
Waldemar
(gest. 1184)
Mönch in Paris

3.3
Nikolaus I.
(vor 1164 – 1200)
Fürst v. Mecklenburg 1178 – 1200

3.4
Heinrich Borwin I.
(gest. 1227)
Fürst v. Mecklenburg 1178 – 1227

Vermutl. Verwandtschaftsverhältnis

1.1

Nakon (vor 955–965/67)
Samtherrscher (regierender Großfürst) der Abodriten

1.2

Mistiwoj (965/67–990/95)
Samtherrscher (Großfürst) der Abodriten
Anführer im Slawenaufstand 983

Hodica (geb. um 974)
Äbtn. eines Nonnenklosters auf der Burg Mecklenburg

Verwendete Abkürzungen

Äbtn.	Äbtissin	Kg.	König
Bf.	Bischof	Kgn.	Königin
Ebf.	Erzbischof	Ks.	Kaiser
Gf.	Graf	Ksn.	Kaiserin
Gfn.	Gräfin	Lgf.	Landgraf
Gft.	Grafschaft	Lgfn.	Landgräfin
Hz.	Herzog	Mgf.	Markgraf
Hzn.	Herzogin	Mgfn.	Markgräfin
Kf.	Kurfürst	Pfgf.	Pfalzgraf
Kfn.	Kurfürstin	Pfgfn.	Pfalzgräfin

3.3

unbekannte Schwester

Vermutl. Verwandtschaftsverhältnis

5.2

Heinrich von Alt-Lübeck
(vor 1066–ermordet 1127)
∞
Slawinia
Samtherrscher (Großfürst) der Abodriten
»König« der Slawen

1.0

Meinfried
(ermordet 1127)
Fürst v. Brandenburg

1.1

Pribislaw (Heinrich)
(um 1075–1150)
∞
Petrissa
Fürst v. Brandenburg

Vermutl. Verwandtschaftsverhältnis

6.2–6.4

Waldemar (ermordet 1123)
Mistiwoj (gest. 1127)
Knut (ermordet 1128)

6.5

Swentipolk
(ermordet 1128)
Herr in Wagrien

1.0

Jacza von Köpenick
(um 1125/30–1176)
∞
Agatha Wlast (um 1135–nach 1203)
Fürst v. Köpenick

7.0

Knud Lavard (1096–ermordet 1131)
Jarl v. Schleswig 1119–1130
Fürst der Abodriten, Wagrier und Polaben 1129–1131
Erbauer der Siegesburg bei Segeberg (um 1130)

7.1

Swinike
(gest. 1129)

2.1

Sohn (N. N)
(gest. 1157)

2.2

Anna (?)

2.3

Veronika (?)

Glossar

Aquamanile
Gefäß für die Handwaschung, oft in Gestalt eines Tieres oder Reiters, von großer ritueller Bedeutung

Bliaut
Übergewand, vom 11. bis zum 13. Jahrhundert von adligen Männern und Frauen getragen

Brabanzonen
Für ihre Grausamkeit berüchtigte Söldner, ursprünglich vom Niederrhein stammend, bald auch bunt gemischt. Ihr Auftreten war so verheerend, dass die europäischen Könige bald beschlossen, sie nicht gegeneinander einzusetzen.

Bruche
eine Art Unterhose, an der die Beinlinge befestigt wurden

Buhurt (gelegentlich auch *Buhurd* geschrieben)
Massenkampf bei einem Turnier, bei dem zwei »gegnerische« Parteien gegeneinander antreten

Bundhaube
schlichte Kopfbedeckung, die von Männern wie Frauen getragen wurde, auch um das Haar vor Staub und Läusen zu schützen

Burgwart
alte Befestigungen im Abstand von Tagesreisen, zumeist noch aus der Zeit, als die Mark Meißen nur dünn besiedelt war. Ihre Bedeutung erlosch im 12. Jahrhundert nach und nach.

Carraccio
von Ochsen gezogener Triumphwagen italienischer Städte mit städtischen Bannern und Altar

Fibel (auch *Fürspan*)
Schmuckstück, Gewandschließe

Gambeson
gepolstertes Kleidungsstück, das unter dem Kettenhemd getragen wurde

Gugel
kapuzenähnliches Kleidungsstück

Hälfling
(auch *Hälbling*) halber Pfennig

Harnescharre
die demütigende Strafe des »Hundetragens« zur Bestrafung von Missetaten Adeliger; damals vor allem am Rhein sehr verbreitet und 1155 exemplarisch von Friedrich Barbarossa in Worms über Adlige wegen Landfriedensbruchs verhängt und vollzogen

Heimlichkeit
Abtritt auf einer mittelalterlichen Burg

Hufe
mittelalterliches Flächenmaß; beschrieb etwa so viel Land, wie eine Familie für den Lebensunterhalt brauchte. Die Größe war von Region zu Region verschieden und umfasste in der Mark Meißen etwas mehr als zwanzig Hektar.

knes
slawisch für Fürst

Konsul
Ratsherr italienischer Städte

Kukulle
Übergewand mit Kapuze, Teil des Habits einiger Mönchsorden

Landding
vom Markgrafen in Stellvertretung des Königs einberufene große Versammlung, bei der Rechtsstreitigkeiten verhandelt und landespolitische Fragen erörtert wurden.

Leibgedinge
lebenslängliches Nutzungsrecht an Objekten und Gütern für adlige Frauen, das ihrer Absicherung in der Ehe diente

Lutizenaufstand
Aufstand der Slawen östlich der Elbe im Jahr 983. Unter Führung der Lutizen, die die Bischofssitze Brandenburg und Havelberg zerstörten, eroberten sie noch einmal ihre Unabhängigkeit für rund hundertfünfzig Jahre zurück.

Mark Silber
im Mittelalter keine Wert-, sondern eine Gewichtsangabe; in Meißen wog eine Mark Silber etwa 233 Gramm.

Ministeriale
unfreier Dienstmann eines edelfreien Herrn; als Ritter oder für Verwaltungsaufgaben eingesetzt, teilweise auch in bedeutenden Positionen

Ohrlöffelchen
Hygieneartikel; wurde von Damen manchmal sogar als Kettenanhänger getragen

Palas
Wohn- und Saalbau einer Burg oder Pfalz

Pfalz
mittelalterliche Bezeichnung für die Burgen, in denen der reisende kaiserliche oder königliche Hofstaat zusammentrat, aber auch Regierungsstätte beispielsweise eines Grafen oder Herzogs

Pfennigschale
Behältnis zur Aufbewahrung von Münzen. Zu der im Roman geschilderten Zeit waren u.a. sogenannte Hohlpfennige in Umlauf; verschiedene Motive wurden mit einem Stempel in kleine Silberscheiben geprägt. Diese Münzen waren so dünn, dass sie bei loser Aufbewahrung schnell zerbröselt wären.

Reisige
bewaffnete Reitknechte

Schapel
Reif, mit dem der Schleier befestigt wurde

Schisma
Kirchenspaltung; oft Ergebnis einer zwiespältigen Papstwahl, wonach es dann zwei rivalisierende Päpste (Papst und Gegenpapst) gab, die sich jeder als der einzig wahre betrachtete

Schwertleite
feierliche Aufnahme in den Ritterstand, für lange Zeit die deutsche Form des Ritterschlags

Sergent
berittener Kämpfer, der nicht dem Ritterstand angehört

Skapulier
Überwurf über der Kutte, Teil des Habits vieler Ordensgemeinschaften

Tjost
Zweikampf im Turnierkampf, zu Pferd oder zu Fuß mit Lanze und Schwert

Truchsess
oberster Hofbeamter

Wenden
damals übliche Bezeichnung für die Slawen im deutschsprachigen Raum

Wergeld
Sühnegeld nach altem germanischen und auch mittelalterlichem Recht

Zeidler
Imker; im Mittelalter sammelten die Zeidler Honig und Waben von Bienenvölkern im Wald.

Weiterführende Fachliteratur für Interessierte (kleine Auswahl)

Knut Görich: Friedrich Barbarossa. Eine Biographie. München, Verlag C. H. Beck 2011

Bernd Schneidmüller, Stefan Weinfurter (Hrsg.): Die deutschen Herrscher des Mittelalters. Historische Portraits von Heinrich I. bis Maximilian I. (919–1519). München, Verlag C. H. Beck 2003

Joachim Ehlers: Heinrich der Löwe. Eine Biographie. München, Siedler Verlag 2008

Bernd Schneidmüller: Die Welfen. Herrschaft und Erinnerung (819–1252). Stuttgart, Kohlhammer Verlag 2000

Christian Uebach: Die Ratgeber Friedrich Barbarossas (1152–1167). Baden-Baden, Tectum Verlag 2008

Stefan Pätzold: Die frühen Wettiner. Adelsfamilie und Hausüberlieferung bis 1221. Köln, Böhlau Verlag 1997 (Wiederauflage 2014)

Lutz Partenheimer: Albrecht der Bär. Gründer der Mark Brandenburg und des Fürstentums Anhalt. Köln, Böhlau Verlag 2001

Konstantin Hermann, André Thieme: Sächsische Geschichte im Überblick. Leipzig, Edition Leipzig 2013

Die Slawen in Deutschland. Ein Handbuch, herausgegeben von Joachim Herrmann. Berlin, Akademie Verlag 1985

Gerd Althoff: Die Macht der Rituale. Symbolik und Herrschaft im Mittelalter. Darmstadt, Primus Verlag 2003

Matthias Puhle (Hrsg.): Erzbischof Wichmann (1152–1192) und Magdeburg im hohen Mittelalter. Magdeburg, Magdeburger Museen 1992

Im Zentrum der Macht: Meißner Burgberg und Wettiner im Mittelalter, herausgegeben von Staatliche Schlösser, Burgen und Gärten. Dresden, Sandstein Verlag 2011

Zeittafel

9. März 1152
Im Dom zu Aachen (damals noch Marienkirche) wird Friedrich zum römisch-deutschen König gesalbt und gekrönt und regiert von nun an als Friedrich I.

3. Juni 1154
Friedrich räumt Heinrich dem Löwen das Privileg ein, die Bischöfe von Oldenburg, Mecklenburg und Ratzeburg selbst einzusetzen sowie dort Kirchen und Bistümer zu gründen.

18. Juni 1155
Friedrich wird in Rom von Papst Hadrian IV. zum Kaiser gekrönt. Den Zugang zur Stadt müssen sie sich mit einer List und militärischer Absicherung erkämpfen. Kurz darauf kommt es zu blutigen Auseinandersetzungen zwischen den römischen Stadtbewohnern und Friedrichs Heer.

13. Oktober 1155
Auf einem Hoftag in Regensburg ernennt Friedrich Heinrich den Löwen, der bereits Herzog von Sachsen ist, auch noch zum Herzog von Bayern und lässt die Adligen des Herzogtums dem Löwen Treue und Gefolgschaft schwören.

10. bis 17. Juni 1156
Friedrich vermählt sich in Würzburg mit Beatrix von Burgund. Zuvor wurde sie durch Erzbischof Hillin von Trier zur Königin gekrönt. Auf diesem Hoftag verspricht Friedrich

Herzog Vladislav von Böhmen für seinen Seitenwechsel die Erhebung zum König sowie das Land Bautzen, das bis dahin die Wettiner innehatten.

9. August 1157
In Roskilde soll der Friedensschluss zwischen Sven, Knut und Waldemar gefeiert werden, die das Königreich untereinander aufteilen und nebeneinander herrschen wollten. Sven versucht stattdessen, dort seine Rivalen zu töten. Knut wird ermordet, Waldemar entkommt mit einer Verletzung am Bein. Der Tag geht als »Blutfest von Roskilde« in die dänische Geschichte ein.

23. Oktober 1157
Bei der anschließenden Verfolgungsjagd unterliegt Sven nahe Viborg seinem Rivalen Waldemar. Er flieht und wird auf der Grather Heide von Bauern erschlagen. Das trägt ihm posthum den Namen Sven Grathe ein.

Ende Oktober 1157
Auf dem Hoftag von Besançon inszeniert Rainald von Dassel das Zerwürfnis von Kaiser und Papst.

Herbst 1157
Große Teile Lübecks gehen in Flammen auf. Heinrich der Löwe befiehlt, in einiger Entfernung eine »Löwenstadt« zu errichten. Diese scheitert rasch an der ungünstigen Lage, so dass schließlich Lübeck am alten Ort ein weiteres Mal neu gegründet wird – diesmal als Besitz des Herzogs und großzügig von ihm gefördert.

Herbst 1157
Heinrich der Löwe lässt Brücke und Zollstation des Bischofs von Freising bei Föhring an der Isar zerstören, um einige Meilen entfernt bei Munichen (München) eine eigene zu errichten.

Anfang 1158
Markgraf Otto wird offiziell mit der Mark Meißen belehnt. Leisnig und Colditz werden Reichsterritorien. Vereint mit Altenburg sind sie der Grundstock für das Reichsterritorium Pleißenland.

Sommer 1158
Markgraf Albrecht der Bär bricht mit großem Gefolge zu einer Pilgerfahrt ins Heilige Land auf.

14. Juni 1158
Auf einem Hoftag in Augsburg – unmittelbar vor seinem Aufbruch zum Zweiten Italienzug – entscheidet Friedrich I. bezüglich des Vorfalls bei Föhring. Heinrich der Löwe geht nicht nur straffrei aus, er darf auch seine neue Zollstation samt Brücke an der Isar weiter nutzen und muss lediglich ein Drittel der Einnahmen an das Bistum Freising abführen. Der »Augsburger Schied« ist die erste urkundliche Erwähnung Münchens.

19. Juli 1158
Wibald von Stablo stirbt.

1158 bis 1162
Zweiter Italienzug Friedrich Barbarossas mit zehntausend Rittern

1. September 1158
Kapitulation Mailands

22. September 1158
Bischof Otto von Freising stirbt.

11. bis 26. November 1158
Auf einem Hoftag in Roncaglia werden Friedrich Barbarossa von Rechtsgelehrten aus Bologna erhebliche Ansprüche gegenüber italienischen Städten zugesprochen (Steuern und Rechte).

Juni 1159
Rainald von Dassel wird zum Erzbischof von Köln gewählt – auf Drängen des Kaisers und in Abwesenheit. Er erhält erst sechs Jahre später die Priesterweihe.

1. September 1159
Papst Hadrian IV. stirbt.

7. September 1159
Unter tumultartigen Szenen wird Rolando Bandinelli zum Papst gewählt und nennt sich nun Alexander III., während eine Gegenpartei den bisherigen Kardinal Octavian zum Papst Viktor IV. wählt. Dessen Wahl markiert den Beginn des sogenannten Alexandrinischen Schismas – einem achtzehn Jahre andauernden Zerwürfnis zwischen Kaiser und Papst.

Januar 1160
Nach sechsmonatiger, von beiden Seiten mit großer Grausamkeit geführter Belagerung unterwirft sich die Stadt Crema dem Kaiser.

24. Juni 1160
Bei einem Aufstand in Mainz wird Erzbischof Arnold von Selenhofen erschlagen.

1160
Lübeck erhält Stadtrecht.

6. Juli 1160 (?)
Sophia von Winzenburg, die Gemahlin Albrechts des Bären, stirbt.

Spätsommer 1160
Bei einer Strafexpedition auf Befehl von Heinrich dem Löwen gegen die Abodriten wird deren Fürst Niklot durch einen Hinterhalt getötet.

8. August 1161
Es kommt zu einem Aufruhr unter den Fürsten im Heerlager des Kaisers. Weil Rainald von Dassel gegen die von ihnen zugesicherte Geleitfreiheit für Mailänder Konsuln verstößt, beschweren sich Landgraf Ludwig von Thüringen, Pfalzgraf Konrad bei Rhein und zwei böhmische Herzöge massiv beim Kaiser über den Kanzler und verweigern ihre Teilnahme an Kämpfen mit Mailänder Truppen, die im kölnischen Lager ausgebrochen sind.

26. Februar 1162
In Lodi lässt Friedrich eine Urkunde für Markgraf Otto von Meißen ausstellen, die ihm erlaubt, achthundert Hufen Land für die Stiftung eines Benediktinerklosters einzusetzen – das spätere Marienzell bzw. Altzella. Tatsächlich jedoch lässt Otto dieses von Zisterziensern als Hauskloster und Grablege errichten.

2. März 1162
Nach erneuter Unterwerfung Mailands und nach einjähriger Belagerung wird die Stadt auf Befehl Friedrichs vollkommen zerstört, die Bewohner müssen sich anderswo ansiedeln. Besonders hartnäckig fordern Rainald von Dassel und die mit Mailand verfeindeten italienischen Städte die Zerstörung der Stadt.

23. November 1162
In Konstanz wird die Scheidung Heinrichs des Löwen von Clementia von Zähringen ausgesprochen. Clementia heiratet 1166 den Grafen Humbert von Savoyen und stirbt 1167.

Ende 1162 (?)
Das erste Kind des Kaiserpaares wird geboren. Die auf den Namen Beatrix getaufte Tochter stirbt noch im Kindesalter.

1163 bis 1164
Dritter Italienzug Friedrich Barbarossas, der sich im Bündnis mit Genua und Pisa erfolglos gegen Sizilien richtet.

20. April 1164
(Gegen-)Papst Viktor IV. stirbt. Dies wäre die Chance, das Schisma zu beenden. Doch eigenmächtig sorgt Rainald von Dassel dafür, dass schon zwei Tage später (am 22. April) Guido von Crema unter dem Namen Paschalis III. als Gegenpapst eingesetzt wird.

6. Juli 1164
Schlacht bei Verchen zwischen den Abodriten und Truppen Heinrichs des Löwen. Adolf II. von Holstein fällt. Die Abodriten ziehen sich mit Unterstützung aus Pommern nach Demmin zurück und geben damit alle Gebiete im Herrschaftsbereich des Löwen auf. Kurz zuvor war Niklots

als Geisel festgehaltener Sohn Wertislaw vor der Slawenburg Malchow auf Befehl des Löwen öffentlich gehängt worden.

16. Juli 1164
In Pavia bringt Beatrix den ersten Sohn Friedrichs zur Welt. Der nach dem Vater benannte Knabe ist kränklich und stirbt noch im Kindesalter, weshalb sein Name später auf Friedrichs drittgeborenen Sohn Konrad übergeht.

23. Juli 1164
Die Gebeine der Drei Heiligen Könige treffen mit einem Festzug in Köln ein. Rainald von Dassel hatte diese Beute aus Mailand für seine Verdienste von Friedrich geschenkt bekommen. Die Reliquien führen bald zu einem enormen Ansturm von Pilgern und später zum Neubau des Kölner Doms.

1164 bis 1166
Tübinger Fehde des Pfalzgrafen Hugo, unterstützt von Friedrich von Rothenburg, gegen Welf VI. und Welf VII.

1165
Verlobung Heinrichs des Löwen mit der englischen Königstochter Mathilde.

Pfingsten 1165
»Würzburger Eid«, bei dem sich der deutsche Adel verpflichten muss, keinesfalls Papst Alexander III. anzuerkennen.

5. September 1165
Im Rahmen der Tübinger Fehde verliert Welf VII. eine Schlacht gegen Pfalzgraf Hugo von Tübingen.

November 1165
Auf einem Hoftag in Ulm befiehlt Friedrich dem Pfalzgrafen von Tübingen, die neunhundert Gefangenen freizulassen, die er in der Schlacht gemacht hatte, sowie einen einjährigen Waffenstillstand, der jedoch von Hugo nicht eingehalten wird.

November 1165
In Nimwegen wird Friedrichs Sohn Heinrich geboren, der später als Kaiser Heinrich VI. regiert und außerdem durch Heirat König von Sizilien wird.

Um 1165
Markgraf Otto verleiht Leipzig Stadtrecht.

März 1166
Auf einem Hoftag in Ulm muss sich der Pfalzgraf von Tübingen drei Mal unterwerfen und wird in Fesseln in Haft geführt – ein bis dahin einmalig strenges Vorgehen des Kaisers gegen einen so hohen Adligen.

1166 bis 1168
Vierter Italienzug. Ziel ist es, das Schisma zu beenden, was aber nicht gelingt.

Winter 1166
Zwischen Heinrich dem Löwen und seinen sächsischen Gegnern bricht offener Kampf aus. Heinrichs Feinde belagern erfolglos die Burg Haldensleben, von der aus immer wieder Überfälle auf das Land um Magdeburg erfolgen.

Anfang 1167
Heinrich der Löwe bietet Abodritenfürst Pribislaw das einstige Land der Slawen als tributfreies erbliches Lehen an, aus-

genommen Schwerin und Umgebung, um sich auf die Vielzahl seiner sonstigen Gegner konzentrieren zu können. Damit kehren die Abodriten in ihre durch Krieg zerstörten Lande und Burgen zurück.

Ende Mai 1167
Es gelingt den Erzbischöfen von Köln und Mainz, Rainald von Dassel und Christian von Buch, die Römer bei Tusculum vernichtend zu schlagen. Tusculum wird zerstört. Derweil belagert Friedrich Barbarossa Ancona.

12. Juli 1167
»Magdeburger Eid«. Zahlreiche Welfengegner unter Führung des Magdeburger Erzbischofs Wichmann von Seeburg beschwören in Magdeburg ein Bündnis gegen Heinrich den Löwen. Ihnen hat sich nun auch Rainald von Dassel angeschlossen. Da er mit dem Kaiser in Italien weilt, legen Gesandte aus Köln an seiner statt den Eid ab.

20. Juli 1167
Friedrich besetzt St. Peter in Rom. Am 30. Juli wird dort Paschalis III. offiziell zum Papst ernannt.

1. August 1167
Festkrönung von Beatrix durch Papst Paschalis III.

Nur wenige Tage später
Infolge eines Unwetters breiten sich riesige Scharen von Insekten über Rom und das davor lagernde Heer Friedrichs aus. Binnen weniger Stunden infizieren sie einen Großteil des Heeres mit einer rasant tödlich verlaufenden Krankheit. Es sterben schätzungsweise zweitausend Ritter und zahlreiche ranghohe Fürsten, darunter Bischof Daniel von Prag (9. August), Friedrich von Rothenburg (19. August),

Welf VII. (11./12. September in Siena) – womit nach dem Tod seines Vaters Welf VI. dessen Haus erlischt – und Kanzler und Erzbischof von Köln, Rainald von Dassel (14. August).

»Sabine Ebert wird zum deutschen Ken Follett.«
Die Welt

SABINE EBERT

SCHWERT UND KRONE – MEISTER DER TÄUSCHUNG

Roman

Dezember 1137: Der Kaiser ist tot, und sofort bricht in deutschen Landen ein erbitterter Kampf um die Nachfolge aus. Machtgierigen Fürsten und der Geistlichkeit ist jedes Mittel recht, um den Welfen ihren Anspruch auf den Thron streitig zu machen und auch noch Sachsen und Bayern zu nehmen. Eine ausgeklügelte Intrige bringt den Staufern, die Jahre zuvor durch Ränke an der Thronbesteigung gehindert wurden, die Krone. Konrad von Staufen wird in die Königsrolle gedrängt, muss aber bald erkennen, dass sogar sein junger Neffe, der künftige Friedrich Barbarossa, nicht vorbehaltlos zu ihm steht. Es beginnt ein unerbittlicher Kampf um die Macht mit raffiniertem Intrigenspiel im Hintergrund, in dem alle bedeutenden Häuser ihrer Zeit mitmischen, die Geistlichkeit – und auch so manch bemerkenswerte Frau …

Der erste Teil des großen Barbarossa-Epos von Sabine Ebert.

Sabine Ebert schreibt Geschichte, unsere Geschichte – brillant, anrührend, spannend!

KNAUR

Das große Friedrich-Barbarossa-Epos
geht weiter!

SABINE EBERT

SCHWERT UND KRONE – DER JUNGE FALKE

Roman

Sommer 1147. Gegen den Willen seines Vaters reitet der junge Friedrich von Schwaben, der als Barbarossa in die Geschichte eingehen wird, mit den Kreuzfahrern ins Heilige Land – während die Fürsten von Meißen, Sachsen und Anhalt die benachbarten Slawenstämme bekriegen. Die zurückgelassenen Frauen müssen sich allein gegen Hungersnot und Angreifer behaupten. Schwerkrank kehrt der König mit wenigen Überlebenden in sein zerstrittenes Reich zurück. Als er stirbt, kommt für den jungen Friedrich die Stunde der Entscheidung. Hilft er seinem minderjährigen Cousin auf den Thron – oder greift er selbst nach der Krone?

»Noch dynamischer, noch dramatischer
und noch authentischer.«
Westfalenpost

Ein raffiniertes Spiel um die Macht, die Krone
und die Liebe

SABINE EBERT

SCHWERT UND KRONE – ZEIT DES VERRATS

Roman

März 1152 in Aachen: Gerade wurde Friedrich, der bisherige Herzog von Schwaben und künftige Barbarossa, zum König gekrönt und will das von Kriegen zerrüttete Land erneuern. Verbündete gewinnt er, indem er ihnen Land und Titel zusagt, gegen Feinde geht er mit eiserner Hand vor. Doch vom ersten Tag an hat er eine starke Fürstenopposition gegen sich, der missfällt, dass auf einmal die welfische Partei vom König bevorzugt wird. Zudem sammelt der neue König neue, junge Verbündete um sich wie den skrupellosen Rainald von Dassel. Die alten Markgrafen Albrecht der Bär und Konrad von Meißen fürchten um ihre Macht. Sie riskieren alles und verlieren viel. Und mittendrin in diesem gnadenlosen Kampf um die Macht stehen junge Frauen wie Hedwig, die künftige Markgräfin von Meißen, und die schöne Beatrix von Burgund, der Barbarossa sofort verfällt …

»Opulenter dritter Teil des Barbarossa-Epos,
toll, um darin abzutauchen.«
Petra

KNAUR